辻原登

陸奥宗光の青春

陥穽

日本経済新聞出版

目次

装丁　水戸部 功
写真　井上佐由紀

陥《かん》穽《せい》
陸奥宗光の青春

序

現在、外務省には陸奥宗光《むつむねみつ》の銅像が二つある。

一つは、霞が関の本省東口玄関横に建つ、像本体と台座を合わせ五メートル近い高さの立像で、第二次世界大戦後の昭和四十一年（一九六六）に、陸奥没後七十年を記念して建立された。もう一つは胸像で、神奈川県相模原市にある外務省研修所の玄関ホールに設置されている。本来は立像で、明治四十年（一九〇七）、陸奥の十周忌を記念して、外務省本館（旧）正面玄関前に設けられ、戦前は東京名所「帝都十大銅像」の一つに数えられて、絵葉書の絵柄にも取り上げられた。当時東京の市街は銅像だらけで、どこの公園、街角でも一つは見受けられた。

しかし、これらの銅像の殆どは、太平洋戦争が始まると、軍需金属供出のため撤去の憂き目に遭う。陸奥の銅像も例外ではなかったが、関係者は将来の再建を期して頭部を切断、これを栃木県某処に疎開させた。終戦後は占領軍の接収を逃れるため、当時、東京都文京区大塚にあった外務省研修所の床下に秘匿された。

旧像の制作者は藤田文蔵《ぶんぞう》（東京美術学校教授）、戦後の新像は山本豊市《とよいち》（東京芸術大学教授）。共に明治・昭和期を代表する彫刻家である。山本豊市は、フランス人彫刻家アリスティド・マイヨールの日本人唯一の直弟子として知られる。秘匿されていた頭部は、新像建立に合わせて、山本豊市によって補修が加えられ胸像として甦った。

陸奥宗光は、イギリスを筆頭とする欧米列強との不平等条約の改正に取り組み、日清戦争に際しては、外相・全権大使として開戦外交を指揮し、下関条約の締結と、ロシア、フランス、ドイツの「三国干渉」による遼東半島還付に至る、言わゆる〝陸奥外交〟を展開した。

戦勝に熱狂した国民は、いったん獲得した領土の放棄に激昂した。しかし、放棄の裏には、返還勧告を拒否した場合、列強による更なる干渉を招く恐れがあるとする陸奥の冷徹な状況判断があった。干渉即ち新たな戦争である。

当時、東京・本郷の尋常小学校に通っていた平塚らいてう（後に女性解放運動家として活躍）は、担任の教師が、「戦勝国である日本が、当然、清国から頒《わ》けて貰うべき遼東半島を、露、独、仏の三国干渉のため、涙をのんで還付しなければならなかったことの次第を、子供にもわかりやすく諄々《じゅんじゅん》と説き、『臥薪嘗胆《がしんしょうたん》』と黒板に大きく書いた」、その四文字を小さな胸に深く刻み込んだ。

「三国干渉」を止むなく受け入れたあと、持病の肺疾《はいしつ》が悪化して病床に伏した陸奥は、執念で、外務大臣在職中の外交記録を詳細に記した『蹇蹇録《けんけんろく》』を執筆、その翌年の明治三十年（一八九七）、五十四歳で死去した。在職中は「カミソリ大臣」の異名を取り、死後は「日本外交の父」と称されるに至った。

二つの銅像は、彼の栄光と名誉のシンボルとして建てられたことを疑う人はいないだろう。

しかし、私の主要な関心はここにではなく、彼の前半生にある。そのクライマックスは、彼の「明治政府転覆計画」への加担と挫折である。

この時点で、彼は当の政府の立法府である元老院幹事・副議長（仮）の地位にあった。穏やかならぬ陰謀を内に秘めて、「大日本帝国憲法」のたたき台となる「国憲按《こっけんあん》」の試案作りに、外国人法律顧問と共に何食わぬ顔をして取り組んでいた。

明治十年（一八七七）一月、天皇睦仁《むつひと》は、孝明天皇十年式年祭挙行と京都・神戸間鉄道開業式典臨幸のため、大久保利通ら政府首脳を従えて京都に滞在していた。行在所《あんざいしょ》には仮太政官《だじょうかん》（内閣）が置かれた。

二月十五日、西南戦争が勃発する。

この危機と混乱に乗じて、自由民権運動を押し進めていた土佐立志社系の急進グループが大久保利通を中心とする藩閥《はんばつ》政権打倒を画策した。銃で武装した土佐兵数千人が、西南戦争に兵を割《さ》かれて手薄になった大阪鎮台《ちんだい》を占拠し、京都に攻め上《のぼ》って、内務卿《ないむきょう》大久保利通や参議伊藤博文ら政府首脳を暗殺し、天皇を人質に取って、新たな立憲民主政体を樹立するというクーデター計画である。

陸奥は密かに、この計画に参謀役として加わっただけでなく、出身地和歌山で、自らがプロシア軍将校を招聘《しょうへい》して育てた精兵を率い、和歌山に上陸した土佐の一隊と合流して大阪鎮台攻略に向かうという作戦を実行に移すつもりでいた。

しかし、このクーデター計画は、政府側が土佐立志社や陸奥の周辺に張りめぐらしたスパイ網によって早くから探知されていた。紀州和歌山からの募兵計画についても同様で、未然に封じられてしまった。募兵計画が水泡に帰したことを知った時、土佐立志社の主謀者の一人、大江卓《おおえたく》によれば、陸奥は「狂乱せんばかりに憤慨した」。

同年六月末から事件の関係者たちは次々と検挙されていった。陸奥一人、その間も孤独と不安を噛み締め、平静を装いながら元老院幹事の職にとどまって、刑法草案作成に携っていた。

事件の発覚からおよそ一年後の明治十一年六月十日、彼は逮捕された。

陸奥の足取りは捉えにくい。メビウスの帯のような曲線を描き、ある時捉えた筈の横顔が次のシーンでは別の側面にすりかわっている。変節と変幻自在ぶりは、僧侶という偽善の仮面の下で少年時代を送った三人の人物、小説『赤と黒』の主人公ジュリアン・ソレルや、フランス革命とナポレオンの時代、復古王政期を権謀術数で泳ぎ切ったジョセフ・フーシェやシャルル・タレイランの如くである。陸奥もまた少年時代、彼らに倣うかのように、高野山の寺男、学侶方《がくりょがた》（真言密教の研究機関）の学僧から出発した。

安政五年（一八五八）、十五歳の時、学侶方の参勤交代に従って、江戸・高輪の高野在番屋敷に派遣されることになり、江戸に出るチャンスを摑んだ。ペリーの来航、安政の大地震、安政の大獄と続く騒然とした江戸で、学僧の身分のまま儒学者安井息軒《そっけん》の三計塾に通い、昌平黌《しょうへいこう》に出入りし、吉原通いも覚えた。この頃、彼は中村小二郎を名乗っていた。

彼の青春は十九歳の時、尊皇攘夷に沸き立つ京へ上《のぼ》った時に始まる。勝海舟が神戸で開いた「海軍塾（海軍操練所）」の訓練生となり、勝が軍艦奉行の職を解かれると、それを引き継いだ坂本龍馬の「海援隊」の一員として、龍馬と共に長崎へ移動した。
長身痩軀《そうく》、蒼白《そうはく》のこの青年は紀州出身、龍馬には愛されたものの、一部の仲間からは蛇蝎《だかつ》の如く嫌われた。

元来、紀州人は都《みやこ》では評判が悪かった。日に焼けた長い顔、とんがった頬骨、抜け目のない面構えなどは紀州出身者の特徴だが、気短《みじか》でせっかちな者が多く、傲岸不遜《ごうがんふそん》、狷介《けんかい》の性などといった形容が並ぶ。『御伽草子《おとぎぞうし》』の中に、道中で、向こうから来るのが紀州の人間と分かれば、脇に寄って目を伏せて通り過ぎよ、とある。

しかし、青年陸奥が仲間から嫌われたのは、紀州人だからというだけではない。

彼は幾つもの名前を名乗った。本姓は伊達《だて》で、幼名は牛麿《うしまろ》（あるいは牛丸）だが、長じて伊達小二郎（小次郎）、中村小二郎（小次郎）、伊達源二郎、錦戸《にしきど》広樹、錦戸太郎、陸奥元二郎、陸奥元二郎宗光、陸奥陽之助、陸奥宗光と、変名、偽名を含め次々と名前を変えて行く。

勝海舟の自伝『氷川清話《ひかわせいわ》』の中には、陸奥を評した言葉が残されている。

> 陸奥宗光は、おれ（勝海舟）が神戸の塾で育てた腕白者であった。（……）塾中では、小次郎（陸奥）の評判は、はなはだわるかった。皆のものはあれを「うそつきの小次郎」といっていた。
>
> 全体、塾生には、薩州《さっしゅう》人が多くって、専心に学問をするというよりは、むしろ胆力を錬《ね》って、功名をしとげるということを重んじていたから、小次郎のような小利口な小才子《こさいし》はだれ

にでもつまはじきせられていたのだ。(……)維新後は、おれの塾生もたいていそれぞれに出世したが、(……)ひとり小次郎の陸奥ばかりは、死ぬるまで大きな顔をして、ちっともおれの処へこなかったよ。(……)陸奥は元来才子だから、なかなか仕事はやる。あれも一世の人豪だ。(……)あの男は、統領もしその人を得たら、十分才を揮《ふる》うけれども、その人を得なければ、不平の親玉になって、眼下に統領をふみ落とす人物だ。あれがもし大久保(利通)のもとに属したら十分才をふるいえたであろうよ。

陸奥は、まさにその大久保に楯突《たてつ》き、蹉跌《さてつ》を来《きた》す。

因《ちな》みに江戸の戯言《ざれごと》に、「嘘吐《うそつき》弥次郎、藪の中で屁《へ》を放《ひ》った」というのがある。嘘をついた者に対して子供たちがはやしたてる言葉で、人前で嘘をつく者は、人の見ていない所でも悪事を働くという意。勝は生粋の江戸っ子だから、「うそつきの小次郎」は彼が付けた綽名《あだな》かもしれない。

陸奥の海援隊時代の写真が数葉残されている。

一枚は、海援隊士六人の集合写真で、中央に坂本龍馬、その左隣が陸奥だが、意気軒高そうな他の隊士の中で、彼一人だけが俯《うつむ》いて右手を顎にあてがい、暗い表情で視線を膝に落している。

二枚目は、彼が錦戸広樹あるいは錦戸太郎を名乗っていた頃のもので、着流しに高下駄、腰に二本差し、顔を宗十郎頭巾《そうじゅうろうずきん》で覆った鞍馬天狗張りの扮装《ふんそう》である。こうした〝傾《かぶき》たる服装《なり》〟で、長崎の色街に出没したのだろうか。

徳富蘇峰《とくとみそほう》は、『私が出会った陸奥宗光　小説より奇なる生涯』の中で、熊本・水俣の実家に残されていた写真について触れている。彼の家に長崎の海援隊の一行が遊びに来て、しばらく滞在したことがあった。

その頃、陸奥は変名、偽名を名乗り、隊内でも軽薄才子、油断のならない奴という陰口を叩かれ、徳富家でも評判は芳《かんば》しくなかった。

滞在時に撮った海援隊メンバーの記念写真の中で、陸奥の顔だけ、誰の仕業か分からないが、墨で黒く塗りつぶされていた。

一方、以下のような坂本龍馬の言葉もまた残されている。

紀州の浪士伊達小次郎と名乗れる者、他日必ず天晴《あっぱれ》の利器と成り申さん。唯余り才弁を弄して浪士共に憎まるゝより、或は殺さるゝやも知れず。

事実、海援隊社中で、陸奥は同志に殺されかけたことがある。

長崎における海援隊の主たる活動は、海上輸送や貿易取引で、陸奥はその中心的役割を担って活躍した。

「商法の事ハ陸奥に任《まか》し在之候得《これありそうらえ》バ」（坂本から陸奥への手紙）

龍馬は更に言う。

我隊中数十の壮士あり、然れども能《よ》く団体の外に独立して自から其 志《そのこころざし》を行ふを得るものは、唯余《よ》と陸奥あるのみ。

龍馬の評価と庇護が陸奥を救った。

慶応三年（一八六七）十一月十五日、坂本龍馬が京都で、陸援隊隊長中岡慎太郎と共に暗殺されると、十二月七日、陸奥はピストルを持って、陸援隊同志大江卓らと復讐戦（天満屋事件——但し、真犯人と目した男は取り逃す）を主導したのち、ふっつりと姿を消す。

彼が再び姿を現すのは、元号も明治と改まった翌一八六八年春、新政府外国事務局（のちの外務省）御用掛としてである。同時に御用掛として出仕したのは、伊藤博文（二十六歳）、井上馨《かおる》（三十二歳）、五代友厚《ごだいともあつ》（三十二歳）、中井弘《ひろし》（二十九歳）。陸奥は二十三歳、最年少である。彼を除く四人はみな薩摩、長州の出身だった。

この前後に、彼は終生の痼疾《こしつ》となる肺病を発症している。

龍馬の明察通り、陸奥は薩長藩閥勢力の外に能く独立して、政権の中枢に歩を進めて行く。彼の「政府転覆計画」への加担はその十年後である。

陸奥は裁判で、「政府転覆計画」への加担を否認し続けた。しかし、土佐立志社の主謀者たちと彼が、私用を厳重に禁じられている元老院の暗号電報を使った証拠を突き付けられ、観念する。

明治十一年（一八七八）八月二十一日、大審院の判決が下った。

和歌山縣士族　陸奥宗光

其方儀《そのほうぎ》明治十年鹿児島賊徒暴挙の時に際し元老院幹事の職を以て（……）大江卓が林有造《はやしゆうぞう》と共に兵を挙げ政府を顚覆《てんぷく》せんとするの企てを承知し（……）電信私報の禁令を犯し元老院の暗号を用いし詐称官員《さしょうかんいん》の電信を以て挙兵の密謀を牒合《ちょうごう》する報知を得て卓の下阪《げはん》を待受《まちうけ》たり
右科《みぎとが》に依《よ》り除族の上禁獄五年申付候《もうしつけそうろう》事

九月一日、国事犯陸奥宗光は山形監獄へ護送された。この時、彼は三十五歳、妻と三人の子がいた。暖国紀州育ちで、肺を患《わずら》っている彼は、果たしてみちのくの冬に耐えられるだろうか。陸奥という姓は、前半生の途上で彼が自ら名乗ったもので、本来陸奥《みちのく》の地とは無縁である。

彼は法廷での供述で、「政府転覆計画」への加担行為は「愚状」（『陸奥宗光口供書《こうきょうしょ》』）と胸中を吐露した。

獄中生活を始めて間もなく、賦《ふ》した漢詩「山形繫獄《けいごく》」の中で、「粗豪誤身三十年（粗豪《そごう》にして身を誤ること三十年）」とその前半生を総括し、晩年、彼自身が著した『小伝』においても、

此一事は余が半生の一大厄難にして自家《じか》の歴史上磨滅すべからざるの汚点なり余は多言《たごん》するを欲せず

と記している。

しかし、「政府転覆計画」が「愚状」、「自家の歴史上磨滅すべからざるの汚点」であったとしても、そのような暴挙に彼を駆り立てた本当の動機は何だったのか。

例えばそこに、坂本龍馬への思いが与《あずか》ってはいなかったか。師の影を踏むように歩んで来た陸奥にとって、「維新」は、龍馬が構想した世界とは違う方向に進んでいる。この流れを塞《せ》き止《と》め、新しい政体を確立するため「政府転覆計画」に加担したのか。あるいは行動を起こすきっかけに、功名心や栄達を望むといった野心、更に言うなら私欲が絡んではいなかったか。

私は、陸奥が「多言するを欲せず」と書いた理由を知りたいと思う。

第一部

I

静かだ。どこかで誰かが泣いている……泣いているのは誰だ？　父か母か、妻か幼児《おさなご》か……、いや、泣いているのは余《よ》だ。声を殺して、涙に暮れているのは。

余は闇の中にいる。一筋の光もない独房の中だ。昨夕、立て続けに二度喀血した。一合枡《ます》を溢《あふ》るる量の血を吐いたのは初めてだ。

ここ山形の獄に繋《つな》がれて三カ月になる。北国の冬の訪れは早く、寒冷は長く続く。獄内は闇に沈み、獄外は雪に埋もれている。余の命は蠟燭の炎のように果無《はかな》く揺らめき、やがて消えゆく定《さだ》めか。

妻　亮子への手紙　――明治十一年八月三日

我らのこともはや近日に御処分に相成り候ことと存じ候。多分二、三年は面会出来まじくと思い候。母様は申すまでなく小児のことよろしく御たのみ申し入れ候。我ら留守中は何事もそなたがせねばならぬゆえ、御身《おんみ》は大切に御いとい。我らのことはくれぐれも御あんしん。

さのみくるしくもなし。このうえ二年や三年のしんぼうは何ほどのこともないとおもうなり。御父様むかし十年のしんぼうなされしこともあることは御身にも承知と存じ候（※）。

※作者注　陸奥宗光の父伊達宗広《だてむねひろ》は、徳川御三家紀州藩五十五万石の勘定奉行、寺社奉行を兼ねる顕職にあったが、藩内の政争に巻き込まれて失脚、紀伊半島南部の田辺に流罪、九年間の幽閉の身となった。陸奥九歳の時である。加えて、家禄・屋敷没収の上、父親とは別に、家族は和歌山城下より十里以遠に追放という厳しい処断で、少年陸奥はこの沙汰を聞くや、床の間にあった重代《じゅうだい》の刀の鞘《さや》を払って、藩への復讐を誓った。

……何事も天命なりとあきらめ、お互いに身体を大切にし、めでたく面会の時をまつべきなり。

余がこのような手紙を警視本署内の拘置所に勾留中、妻にしたためてからすでに五カ月が過ぎた。自らの浅慮の致すところ、あきれるしかない。「二年や三年のしんぼう」が、禁獄五年、山形監獄送りとなった。肺疾持ちの身には死罪に等しい。

しかも、現在の山形県令（知事）は、余が元老院幹事在職中、「わっぱ騒動」の裁定に絡んで、余に深い遺恨を抱く薩州人三島通庸《みちつね》ときては……、嗚呼《ああ》、何をか言わんや！　余の生殺与奪の権は三島の掌中にある。

——西郷隆盛は、島津久光《ひさみつ》の不興を買い、沖永良部島《おきのえらぶじま》へ流され、牢込《ろうご》めに処せられた。彼が入れられたのは、海辺に作られた二坪程の鳥籠牢と呼ばれる壁も戸もない茅葺《かやぶ》き屋根だけの格《かく》子牢《ごうし》で、彼は、全身に照りつける太陽と風雨にさらされ、五カ月を耐え抜いた。この時、西郷三十六歳、今の余とほぼ同年である。その彼は、昨年九月二十四日、城山《しろやま》で自刃《じじん》して果てた。あえて享年は問うまい。

しかし、余もまた敗れたりといえども、自死する心算《しんざん》は露ほどもない。余にもとより達磨《だるま》の定心《じょうしん》なく、日がな一日、湧きむらがる妄念を抑制するあたわず、刻々「意馬心猿《いばしんえん》」して、止むことなし。

かつて、亡き父が、余の客気《かっき》盛んなるを戒め、諭《さと》したる手紙の中に、次のような歌が添えられていた。

春風の雪のとざしを吹くまでは冬ごもりせよ谷の鶯《うぐいす》

英明な父は、この時、すでに息子の現在を予見していたかのようだ。その父は五十一歳の時に流罪となり、十年もの間、僻南の田辺に押し籠められた。余と母、二人の妹は、紀三井寺の山門に立って、父が入れられた唐丸駕籠《とうまるかご》が、黒江《くろえ》の細い谷間に消えて行くのを見送った。

そして、程なく我ら母子もまた城下から追放され、夜間、三人の役人に付き添われ、伊都郡《いとぐん》名古曽《なごそ》の「一里松」で置き去りにされたのである。以来、我らは高野山麓を流浪する民となった。

多くの人は、自らの子供時代を懐しんで語ることを好むだろう。だが、余は自身の子供時代が嫌《いや》で、思い出したくないことばかり脳裏に浮かぶ。

……雪は止んだのか？　壁の高いところに一つだけある小さな円窓《まるまど》から、微《かす》かな光が射し込んで来始めた。月明りだろうか……。

呻《うめ》き声がする。隣房の三浦介雄《すけお》か。三浦は土佐出身で、東京から余と共に護送されて来た。それとも三浦と同房のマタギの若者か？　彼は、父親をムジナが化けたものと思い込んで殺害した。

円窓からの光が板寝床《いたねどこ》に落ちて、わずかだが移動しながら光量を増して行く。月明りではなく、曙光《あけぼの》であった。


明治十一年八月二十一日、陸奥への判決が言い渡され、立志社系「政府転覆計画」の逮捕者全員（二十四名）の裁判が終結した。死罪に処せられた者はなく、主謀者格の大江卓、林有造、岩神昂《いわかみのぼる》、藤好静《ふじよししず》は禁獄十年、陸奥より重い。大江卓は元陸援隊員で、坂本龍馬の仇討を陸奥と主導した。

二十四名はただちに警視本署拘置所から鍛冶橋の仮禁獄所に移され、配流地への出発を待った。

政権を牛耳っていた大久保利通は、この年五月十四日、数人の不平士族の要撃を受けて斬殺されたが、藩閥政府の陸奥に対する警戒心は緩むことがなく、拘置所内でも禁獄所内でも、陸奥と大江、林らとの接触は厳しく禁じられた。

近日中と予測されていた出発は遅れ、十日間が過ぎた。九月一日未明、臨時呼集の笛が鳴る。黒い制服に短剣を下げた看守長が行先を読み上げた。禁獄十年組から五年、三年、二年、一年、百日組と続く。大江卓と林有造は岩手監獄、岩神昂と藤好静は秋田監獄、陸奥は山形監獄……。

配流地が東北六県に集中している。囚徒のほとんどが土佐を中心に西国出身者であることから、遠隔かつ寒冷の地が選ばれ、刑期に加えて懲罰を科す意図が明らかな決定だった。

出発は二手《ふたて》に分けられ、第一陣は午前七時、第二陣は十一時と決まった。陸奥ら山形・秋田・新潟組は第一陣、大江、林有造らの青森・岩手組は第二陣である。

出発は慌しく、混乱を極めた。白い獄衣から柿色の筒袖・筒袴の護送服に着替えさせられ、官物と私物の麻袋が支給された。騒々しい出発準備の合間に、顔なじみの看守にこっそり金銭を渡して、家族や友人へのことづてを頼む者もいる。

陸奥と大江、林が偶然廊下ですれ違った。双方に看守がぴったり張り付いている。三人は無言で頷《うなず》き合って、互いの無事を祈るほかない。「政府転覆」という壮大な目論見が破れた今、彼らが再び相見《あいまみ》えることはあるだろうか？

その時、背後から一人の男が陸奥に近づいて、

「先生、山形でご一緒させていただきます。どうか私に身の回りのお世話をさせて下さい」

「こら、三浦、喋《しゃべ》るな！」

と看守が男の腕を取って、陸奥から引き離した。

陸奥は、三浦と名乗る男の顔を初めて見た。小柄で色黒、額に小さな角《つの》のような瘤《こぶ》を持った若い男と、その後山形監獄で五年過ごすことになる。

「禁獄五年、三浦介雄、山形！」

と看守長が読み上げた時、陸奥は訝《いぶか》しく思い、〝誰だ？〟と心中で呟《つぶや》いた。

三浦介雄は、今回の裁判に紛れ込んだ異分子とでもいうべき存在だった。彼は立志社のメンバーではない。彼の容疑は、西南戦争の際、薩摩と土佐の間を往き来して、西郷の「私学校」と土佐古勤王党の提携を画策したというもので、立志社系の「政府転覆計画」とは関わりがない。大審院は、三浦が土佐出身というだけの理由で、ひとくくりの裁判にしたのかと陸奥は推測した。

禁獄十年の判決は大江卓、林有造、岩神昂、藤好静の四名。配流先が、大江卓と林有造は共に岩手、岩神昂、藤好静は秋田、という組合せには納得がいく。禁獄五年は陸奥、池田応助、三浦介雄の三名。元陸軍少佐の池田は立志社創立時のメンバーの一人で、陸奥の知友でもある。十年組の組合せに倣えば、陸奥・池田の山形送りが順当で、陸奥・三浦というのは不自然の感が拭えない。

今回の逮捕者の中に、政府の密偵という疑惑を招いたメンバーが二人いた。川村矯一郎と林直庸《なおつね》だが、事実、裁判の早い段階で、二人の供述によって多くの被告が自供に追い込まれて行った。判決では、川村に禁獄二年、林に一年が言い渡されたが、早晩、放免されるだろうと噂されている。

政府は、陸奥を牢《ろう》に放り込むことは出来た。しかし、勝海舟をして、「不平の親玉になって、眼下に統領をふみ落とす人物」と言わしめた陸奥のことだ。牢内でも何を企むか分からない……。

三浦介雄は政府の密偵か監視役ではないか？　陸奥は疑心暗鬼のまま、男の後姿を見送った。

出発は予定時刻の午前七時を大きく上回って、囚徒は編笠を被せられ、後手に縛られて俥《くるま》に乗せられた。笛が鳴って、第一陣が動き出す。

街道に出た。国事犯の護送風景は珍しく、見物人が集まって来る。日本橋を渡っている時、礫《つぶて》が飛んで来て、陸奥の編笠に当たった。陸奥は、足許に落ちた小石を凝視した。

一昨日、「北陸・東海道巡幸」の騎馬を含む行列が、日本橋を通過したばかりだった。この巡幸は前年に行われる予定だったが、西南戦争が勃発したため延期され、今年になった。

巡幸は、国民に天皇のお姿を拝謁させようと意図した明治政府の重要な行事で、明治五年から十年代にかけて、日本列島全体を縦貫するかたちで挙行された。今回の巡幸は特に大規模なもので、埼玉、群馬から越後、北陸三県、東海道を三カ月掛けて回って還幸する。この時、天皇睦仁は二十七歳。明治元年（一八六八）九月二十日、御所の建礼門を出て江戸に向かって東幸して十年目の秋である。

陸奥は、天皇の巡幸については何も知らないでいた。

八月三十日早朝、天皇一行は皇居を出発した。鳳輦《ほうれん》に乗った天皇に供奉《ぐぶ》するのは、右大臣岩《いわ》倉具視《くらともみ》、参議の大隈重信と井上馨《かおる》、これに宮内卿《くないきょう》、宮内侍補《じほ》、侍従、侍医、皇宮騎馬隊、警視本署警部・巡査などが従う総勢七百人余りの大行列だった。皇太后、皇后も見送りのため板橋まで同行した。

陸奥と因縁浅からぬ人物たちが、巡幸の中心にいる。

十年前、陸奥が二十五歳の時、議定《ぎじょう》岩倉具視に提出した外交についての斬新な「意見書」がきっかけになり、彼は新政府の外国事務局御用掛に採用された。そして、井上馨はこの時の同期の一人である。

陪乗（君主の車に添え乗りすること）を務めるのは、一等侍補・元老院議官の佐佐木高行《たかゆき》。佐佐木は海援隊出身、陸奥より十四歳年長で、坂本龍馬亡きあと、一時長崎で海援隊の指揮を執っていたことがある。かつて陸奥を軽薄才子と罵った一人で、二人の間に生じた確執の年月は長い。現在、佐佐木は政府内保守派を代表する政治家であり、陸奥が現職を辞するまで、元老院の立法権をめぐって激しく対立した。立志社系「政府転覆計画」事件では、大久保利通の指揮の下《もと》、陸奥を標的にして摘発を主導した。

日本橋から上野広小路に掛けて、見物に集まった人々は、二日前の華やかな巡幸の大行列と、侘《わび》しい国事犯護送の小隊を見較べ、大方はそのコントラストを興味津々で見送ったに違いない。

護送隊は夜明けから日没まで、昼の休憩を挟んで、一日に八里から十里（約三十二〜四十キロ）進む。雨や風が旅程を遅らせる。山形までおよそ百里（約四百キロ）の行程である。

千住が最初の休憩で、縄目が解かれ、握り飯が配られた。この時、新潟監獄へ送られる竹内綱《つな》の長男明太郎が、出発の知らせを聞いて千住に駆け付け、父に衣類と六十円の現金を渡し、母の出産が迫っていることを伝えた。更に明太郎は、隊に随《つ》いて新潟まで同行することを許された。

竹内綱が新潟の獄舎に着いて間もなく、九月二十二日に五男誕生の報が届いた。この五男が、戦後政治の基本路線を敷いた首相、吉田茂である。また、昭和四十一年（一九六六）、陸奥の銅像が外務省前に設置された際、「没後七十周年記念会」が組織され、その会の名誉会長を務めたのも吉田茂であった。

第二陣は予定通り午前十一時に出発した。林有造もまた千住橋のたもとで、駆け付けた母親との面談を果たした。

「千住駅ニ於《おい》テ尊母ニ途中ニ面会ス談話ニ由《よし》ナシ只《ただ》途中感涙《かんるい》ヲ拭《ぬぐい》テ別ル」（『林有造自歴談』）

床几《しょうぎ》に腰掛けて、握り飯を頬張りながら、

「先生のお見送り、どなたもお見えにならないんですか」

と三浦が訊《たず》ねた。

禁獄所とは違って、護送中の囚徒同士の会話はいささかの自由が認められる。

陸奥はそれには答えず、

「君はどうなんだ？」

と突慳貪《つっけんどん》に訊き返した。

「私は東京に知人は一人もいません。郷里は土佐の沖の島ですが、島では母が一人暮らしです。私は四年前、台湾征討軍に加わりましたが、母は私がその時の戦闘で死んだと思ってる。……竹内さんのせがれ、父親に随いて道中出来るなんて羨ましい」

陸奥の家族――老母と妻、三人の子供は、彼の逮捕以前に京橋木挽《こびき》町の家を出て、由良守応《ゆらもりまさ》の許《もと》に身を寄せている。

由良守応は、和歌山県由良にある名刹《めいさつ》、開山《かいざん》「興国寺」門前の豪農の息子で、明治四年（一八七一）の岩倉使節団に随行員として加わった。子供の頃から馬小屋で寝起きするほどの馬好きだった彼は、ロンドンで見た四輪馬車や「オムンボス」と呼ばれる二階建ての乗合馬車、とりわけハイド・パーク北東隅のマーブル・アーチ付近で目の当りにしたヴィクトリア女王の馬車に魅了され、帰国後、宮内省に御召馬車として件《くだん》の馬車を輸入するよう熱心に働きかけた。明治六年、念願がかなうと皇室御馬車係となって自ら手綱を執ったが、ある日、皇太后と皇后を乗せた馬車が転覆し、責任を取って官界を去る。

由良は陸奥より十七歳年長だが、大蔵省で陸奥の部下として働いたことがある。同郷のよしみでつながりを深め、陸奥の後押しもあって下野《げや》後、東京で乗合馬車会社「千里軒」を興《おこ》し、日本で初めて二階建て馬車を走らせ、路線を東京圏外にまで伸張して大繁盛、有卦《うけ》に入っていた。雉子橋《きじばし》外《そと》飯田町に広大な屋敷を構え、その離れに陸奥の家族を安堵させた。昨年五月、陸奥の父伊達宗広が七十六歳で没した際には、木挽町の家が手狭なため、由良邸から出棺した。

護送隊は千住大橋を渡った。ここからが日光街道で、荒川が眼下を流れる。およそ百九十年前、芭蕉は「奥羽長途の行脚《あんぎゃ》」を思い立ち、深川から隅田川を船で遡《さかのぼ》り、千住で陸《おか》に上がった。

（……）むつまじき限りは宵よりつどひて、舟に乗りて送る。千住といふ所にて船を上がれば、前途三千里の思ひ胸にふさがりて、幻の巷《ちまた》に離別の涙をそそぐ。（『おくのほそ道』旅立ち）

余に涙は要らぬ、と陸奥は呟《つぶや》いた。離別の情を断ち切らねば、五年もの幽囚は堪え難い。

日光街道は松と杉並木が交互に続く。護送隊は草加に宿《しゅく》し、翌日は幸手《さって》、次の日の午後に利根川を渡って古河《こが》へ入った。上天気が続く。野木《のぎ》で、竹内綱たち新潟組は、三国《みくに》街道へと別れて行った。

宇都宮に着く。宇都宮は日光街道と奥州街道の分岐点で、囚徒たちはここで俥《くるま》から降ろされ、後手《うしろで》に縛られた縄目も解かれて、徒歩《かち》で陸奥《みちのく》に向かい奥州街道を下る。護送の巡査も全員交代した。護送上の厳格な掟《おきて》は、東京から遠ざかるにつれだんだん緩やかになり、囚徒と役人の間にも道中を共にする者同士の気安げな雰囲気が醸し出され、世間話、身上話なども交わすようになった。しかし、陸奥と岩神、藤との接触は厳しく禁じられたままで、巡査交代の際にもその旨が申し送られた。

岩神は時折、編笠の下から陸奥に哀訴するようなまなざしを送って来た。

彼は土佐立志社の自由民権運動に参加するうち、「政府転覆計画」に深く関わり、大久保利通、伊藤博文など政府要人の暗殺計画を立て、実行する心積りでいた。逮捕された岩神は、ある時、大審院から戻った獄の中で、隣房の佐田家親《いえちか》に、

「ああ、私は大恩を害《そこ》なってしまった」

と悲痛な声を上げたことがある。

岩神が慨嘆したのは、陸奥の事件への関与を認めてしまったことに罪の意識を抱いたからである。しかし、陸奥は岩神を咎《とが》める気などさらさらなかった。

岩神が訴えるような視線を投げ掛けて来るたび、陸奥の胸に複雑な思いが湧き起こるが、しかし、大逆の企てが潰《つい》え、下獄の時に至って今更何を……と言いたくもなる。

那須岳の山麓に広がるナラやクヌギの深い森の中を行く。葉群はすでに色付き始めている。草鞋《わらじ》は、一日に一足はきつぶす。陸奥の衰弱ぶりは激しく、三浦が肩を貸さなければ前に進めなくなった。

三浦が囁きかける。

「伝令役、私が務めますよ」

「伝令……、誰と?」

「岩神さんです。先生とひたすら話したがっておられます。私なら岩神さんに近付いても咎められませんから」

「余計なことを」

「岩神さんは禁獄所で、先生に詫《わ》びたい、と何度も大江さんや林さんに洩《も》らしていたそうです。

いつか先生からいただいた金装刀《きんそうとう》をお返ししなければ、とも」

そんなことまで耳に入っているのか、と陸奥は怪訝《けげん》な面持で、改めて三浦の横顔を見た。

陸奥の合点のいかない表情に気付いた三浦は、慌てて話題を転じた。

「先生は本をたくさん読まれているし、英語もお出来になる。私は藩校にも行けなかったから、入獄を学校に入るようなつもりで受け止めているんです。先生とご一緒出来ると知った時、先ず思い付いたのはそのことでした」

陸奥は三浦の肩に縋《すが》って歩を運びながら、思わず苦笑いを浮かべた。

「監獄が学校だと言いたいのかね？」

「良き師さえいれば、監獄など何程でもありません」

陸奥は、堅い決意を浮かべた三浦の表情を窺い、穏やかな口調で語りかけた。

「ロンドンには負債者監獄というのがあるそうだ。借金が払えないと入れられる。しかし、その監獄は、望めば家族も一緒に獄中で暮らすことが出来るし、子供はそこから学校に通ったり、工場に勤めたりしているそうだ」

白坂《しらさか》で雨が降り始め、白河で本降りになった。風も出て、いきおい歩度は鈍る。雨は夜中《よるじゅう》、激しく降り続いた。阿武隈《あぶくま》川に架かる橋が増水で危険なため、白河で二日足止めされた。この足止めで陸奥の体力はやや回復した。

護送隊は遅れを取り戻そうと道を急ぐ。須賀川《すかがわ》、郡山、二本松、福島を通過して桑折《こおり》の宿に着いた。東京を発って十二日目である。

桑折で、仙台へ向かう奥州街道に別れを告げ、羽州《うしゅう》街道（七ケ宿《しちかしゅく》街道）を進む。県境を越えて、上山《かみのやま》まで幾つもの峠道が続く。かつては囚人護送で、自力で峠を越えられない者が、崖道《がけみち》や森の中に置き去りにされ、無残な屍《しかばね》を晒《さら》した。

桑折から白石《しろいし》川沿いに七ケ宿街道に入って、金山《かねやま》峠に向かう。つづらおりの道がどこまでも続く。あちこちの草むらに野仏が隠れている。猿の声が頻《しき》りだ。

遂に陸奥は喀血し、草むらに蹲《うずくま》ってしまった。三浦が抱き起こし、彼を背負うと、そのまま歩き出した。小柄で太り肉《じし》の三浦の背に、痩身長軀の陸奥がしがみついている図はユーモラスで、役人たちも頬を緩めた。

「無理するな、次の宿まで三里もあるぞ」

と声を掛ける者がいた。

しかし、三浦は陸奥を背負ったまま、十二キロの坂道を登り切った。

その時、はるか下方から不思議な音が聞こえ始めた。それがつづらおりを縫うように、小さくなったり大きくなったりしながらどんどん近付いて来て、やがて轟音《ごうおん》となって真後ろに迫った。護送隊全員が驚いて振り返ると、崖の曲がり端《はな》から、突如、由良守応が御するオムンボスが飛び出して来た。

陸奥は、宇都宮で留守家族に当てて初めて電報を打った。

由良は、陸奥の電報を受けて慌てて馬車を仕立て、九月七日に東京を発った。馬車は三頭立て四輪で、途中、日光街道の主な宿駅にある「千里軒」の支店で馬を替え、一日八時間走り通せば三日で護送隊に追い付ける筈だった。

しかし、幸手《さって》で、いきなり飛び出して来た子供を轢《ひ》くというアクシデントが起こり、その処理に丸一日を費してしまう。更に、鬼怒川の増水で一日足止めをくらって、七ケ宿から金山峠の間で、護送隊の影を捉えるまでに五日間もかかってしまった。

三浦の背に負われた陸奥は高熱を発して、息をするのも苦しそうである。由良は、役人たちに袖の下を使って、陸奥を馬車に乗せる許可を取った。——何とか間に合ったが、このままの状態では先生の命も危ない。由良は護送隊の責任者に、馬車を飛ばして上山《かみのやま》まで陸奥を運んで、医者に診せることを申し入れた。

難色を示す役人に向かって由良は、

「囚徒とはいえ、国事犯、しかも前元老院副議長を護送中に死なせたとあっては、貴方がたの責任は重大で、制裁は免れまい」

と脅した。

「先生は上山で隊の到着を待って、揃って山形監獄の門をくぐる。これで如何でしょう」

役人は不請不請《ふしょうぶしょう》頷いた上で、

「我方も二人の者を同乗させる。逃亡されたら、死なれるより厄介だ」

と付け加えた。

突如現れた二階建て馬車を、役人たちは珍しそうに取り囲んだ。泥で汚れてはいるが、漆塗りの黒と海老茶ツートンの美しい車体には、金文字で「千里軒」と刻まれている。

「これが東京のオムンボスとかいう乗合馬車か」

「近寄るな、馬に蹴られるぞ」

などと言い交わす。

オムンボスは上山を目指して走り出した。

馭者《ぎょしゃ》台から由良が、大声で語り掛けた。

「お母上も奥様もお嘆きです。何しろ寒冷の地ですからね。それに県令が三島通庸とあっては……。奥様から手紙とラッコ皮のコートを預りました。禁獄所から差入れの指示のあった本は、全部馬車に積んであります」

陸奥の目が輝いた。

「ベンサムの原書とウェブスターの辞書は？」

「もちろんです。星亨《ほしとおる》君がロンドンで直接購入した最新版です。星君からは、別にシェイクスピアの著作も預って来ています。『徂徠集《そらいしゅう》』も『春秋左氏伝』もいいけど、先生は是非シェイクスピアを読むべきだ、獄舎でのせめてもの慰みに、と言ってました」

上山の町医《まちい》の手当で、一晩で熱も下がり、食欲も取り戻した翌日、陸奥は後続の護送隊と合流した。上山で、岩神と藤は陸奥と別れ、秋田へ向けて米沢街道を下って行く。

陸奥は三浦を呼び、

「伝令を頼む」

と言って紙切れを手渡した。

「岩神君に渡してほしい」

半紙には、次のような惜別の情溢《あふ》るる七言絶句が綴《つづ》られていた。

離別情兼秋夜深　燈前対坐涙霑襟（……）

離別の情に兼ねて秋夜深し　燈前に対坐して涙襟《えり》を霑《うるお》す（……）

2

紀州藩が最も活気に満ち、精彩を放っていたのは、第十代藩主徳川治宝《はるとみ》の時である。その治政は、彼の藩主在任期間の三十五年間のみでなく、隠退後も、風光明媚《めいび》な和歌の浦に近い西浜に構えた宏壮な御殿に住み、老公・舜恭《しゅんきょう》院として藩政を行って、嘉永五年（一八五二）に死去するまでの六十三年間に及ぶ。

陸奥宗光の父、伊達藤二郎宗広《だてとうじろうむねひろ》は、十五歳で小姓として出仕以来、治宝が没するまで三十六年間にわたって仕えた。伊達の英明と忠勤ぶりは群を抜いていて、十八歳で監察、二十一歳で御目付《おめつけ》、二十八歳で御勘定吟味役と出世の階梯を順調に登り、三十四歳で寺社奉行に任ぜられ、藩政の中枢へと進み出る。

この年、宗広は妻綾子を失うと、藩の要職にある渥美《あつみ》源五郎の長女政子を継室として迎えた。陸奥宗光の母である。

ここで言い添えておかなければならないのは、そもそも伊達宗広は紀州藩士宇佐美祐長《すけなが》の次男として生まれ、伊達家に幼少の頃からその女《むすめ》綾子の聟《むこ》養子として入り、育てられた身だという事実である。綾子との間には二人の女子をもうけたが、綾子は男子を残さず病死した。継室として迎えた政子との間に生まれた男子が家督を相続することになるが、その場合、政子も宗広も伊達の血を享《う》けていないから、伊達家の血統が絶える。そこで宗広は自らの先例にならって、先妻綾子との間に生まれた長女五百子《いおこ》にあらかじめ他家から聟養子を迎えることで、伊達家の血統を守る措置を取った。この聟養子が伊達五郎宗興《むねおき》である。

その後、継室政子との間に五男一女が生まれたが、いずれも夭折《ようせつ》、流産で、最後の男子が宗光であった。牛麿《うしまろ》（牛丸）という幼名は、牛のように頑健に、という両親の願いを込めた命名だった。

つまり宗光には、二十歳年長の家兄がいたことになる。のちに、宗光が陸奥姓を名乗り、一家を興《おこ》すことになるのは以上の理由からである。

陸奥の父、伊達宗広は四十九歳の時、寺社奉行のまま勘定奉行に任ぜられる。行政官としての彼の手腕は目覚しく、並ぶ者がなかった。

更に「熊野三山《さんざん》寄付金貸付方《かしつけかた》」惣括役《そうかつ》（頭取）に加え、殖産振興を担う「御仕入方《おしいれかた》」総支配を命ぜられた。

宗広は、藩の金融機関である「熊野三山寄付金貸付方」を全国最大規模の、言わば普通銀行に育て上げた。

伊達宗広は、金融行政とは別に、「御仕入方」総支配として、紀ノ川沿岸で棉《わた》を栽培する貧窮農民を救うため、「八丈織り」と名付けた縞地《しまじ》を新たに工夫して織らせ、販路を拡大するため自ら京大坂などに売込みに出掛けて、数万反《たん》を売り尽くした。

のちに幕末期、紀州藩が購入した二隻の英船「バハマ（明光丸）」と「ネ（ニッ）ポール号」の三十万ドルを超す購入費は、宗広が育てた「熊野三山寄付金貸付方」と「御仕入方」事業の収益から支払われたという。

「威権飛鳥《いけんとぶとり》も落ちる勢ひ」と言われた宗広だが、彼の才幹は政界ばかりでなく、教養や学問の世界においても発揮された。

主君治宝は好学の人で、和歌山藩士の子弟教育を義務化して医学館を創設、紀州藩領だった伊勢松坂に学問所を開き、本居宣長《もとおりのりなが》を招喚した。また宣長の養子で、宣長の学風を継ぐ本居大《おお》平《ひら》を和歌山に招き、『紀伊續《しょく》風土記』の新撰を命じた。彼の愛称は「数寄《すき》の殿様」である。

宗広は、主君の数寄にも応えることの出来る優れた文才の持主でもあり、本居大平に師事して、千人余の門弟の中で席次は常に首席を通した。

歴史についても深い見識を有し、史論『大勢三転考《たいせいさんてんこう》』を著している。これを物《もの》したのは、彼

が寺社奉行、「熊野三山寄付金貸付方」惣括役などを兼務して最も多忙なさなかにおいてだった。本文末尾には、

「職務之暇《いとま》夜々灯下において之《これ》を記《しる》す。疎漏尤《そろうもっと》も恥づ可《べ》き者也《ものなり》　嘉永元年（一八四八）戊甲《つちのえさる》六月」

と付記した。

明治―昭和期の東洋史学者で、京都の「支那学」の創始者の一人、内藤湖南は、『大勢三転考』を『大鏡』、慈円の『愚管抄』、北畠親房《きたばたけちかふさ》の『神皇正統記《じんのうしょうとうき》』、新井白石の『読史余論《とくしよろん》』に匹敵する優れた史書と認めている。また、「白石の『読史余論』は『大勢三転考』に及ばない」とも。

しかし、政治の世界には、常に対抗勢力がマグマのように伏在する。宗広が出仕し、表舞台で華々しく活躍する間、密かな陰謀の渦巻が蠢《うごめ》き始めていた。

治宝が、治政三十五年目の文政七年（一八二四）に隠退を余儀無くされたのは、紀ノ川流域で起きた百姓一揆の責任を取らせるという幕府の意向によるものだが、これには、背後に紀州藩江戸付《つけ》家老水野忠央《ただなか》、安藤直裕《なおひろ》らの暗躍があったとされる。参勤交代制特有の、国元《くにもと》と江戸表《おもて》との陰湿な確執である。

治宝隠退のあと、第十一代藩主には、第十一代将軍家斉《いえなり》の七男で、治宝の養子斉順《なりゆき》が就いたが、彼は一度も和歌山に赴任しないまま病没したため、斉順の弟の斉彊《なりかつ》が後継（第十二代）となる。しかし、斉彊もその三年後に病没。そこで、幕府によって斉順の長男慶福《よしとみ》が数え四歳で江

戸在住のまま家督相続した（第十三代）。――この慶福がのちの第十四代将軍家茂《いえもち》で、公武合体のため孝明天皇の妹和宮《かずのみや》を正室に迎えることになるが（和宮降嫁《こうか》）、これは十三年後の事である。この頃から和歌山の「隠居政権」と、幼藩主を補佐する江戸の水野・安藤との対立が激化していく。

こうした権力闘争が齎《もたら》す緊張状態の中で、宗広の目を瞠《みは》る活躍があったのだが、嘉永五年（一八五二）、宗広五十一歳の年、九月二十五日に執政山中筑後守《ちくごのかみ》、つづいて十二月七日には治宝が相次いで亡くなるや、江戸派の一斉攻撃が始まる。

江戸派がまず標的に選んだのが宗広だった。クーデターは、彼の頭上に霹靂《へきれき》の如く落ちかかった。治宝の死からわずか十五日後の十二月二十二日、宗広は安藤直裕の領地田辺へ「御《お》預ケ《あずけ》」（禁錮十年）を申し渡される。「申渡書」には、

「品々《しなじな》如何敷《いかがわしき》趣《おもむき》モ相聞候段従《あいきこえそうろうだんにしたがい》、公辺御趣意《こうへんのごしゅい》モ有之付《これあるにつき》」（『南紀徳川史』）

とあるだけで、具体的罪名はいっさい示されない。「公辺御趣意」とは幕府の意向のことだが、それも極めて曖昧である。

粛清は宗広を筆頭に、現職の町奉行、御目付、御側御用人渥美源五郎（政子の父）など国元の重役の殆どに及び、処罰者は三百余名を数えた。無論、家兄伊達宗興、また山中筑後守の遺族も対象となった。

処罰申し渡し翌日の十二月二十三日、宗広は唐丸《とうまる》駕籠《かご》に押し込められ、幽閉先の田辺へ送られた。

和歌山と田辺の距離は二十三里余り（約百キロ）、丁度その中程に旅程を二つに分ける峻険《しゅんけん》な鹿ケ瀬《ししがせ》の峠がある。

（……）俄《にわか》に事おこりて、同じ国ながら田辺といふ処《ところ》に追ひ下さる。頃はしはす二十日あまり、怪しきものに取り乗せられてゆく。峰の紅葉のやまおろしに吹きたてられて、暗き谷の底に落ちるにやたぐふべき。今は世の中かぎりや、只あるにまかせてこそはあらめと思ひ決めてゆく。高き山をこゆ。何処ぞととへば、鹿《しし》が背《せ》といふ。

宗広の回想記『余身帰《よみがえり》』からである。

射目《いめ》たつる鹿《しし》がせ山を坂鳥《さかどり》のあみにかかりてこえもゆくかな

宗広は右の歌も詠んでいて、射目は、獲物をねらって、射手《しゃしゅ》が身を隠す装備。坂鳥は、鳥が坂を朝に越えることから「朝越ゆ」にかかる枕詞《まくらことば》。「坂鳥の朝越えまして玉かぎる夕さり来ればみ雪降る（……）」（萬葉集巻一・柿本人麻呂）

鹿ケ瀬の峠を越えたところが由良《ゆら》である。この先、熊野街道は山間《やまあい》から海岸線に移る。切目《きりめ》崎から岩代《いわしろ》の浜に出ると、浜には「有間皇子《ありまのみこ》結び松」の歌碑がある。

高邁《こうまい》をうたわれた有間皇子は、中大兄《なかのおおえ》と蘇我赤兄《そがのあかえ》の仕組んだ罠《わな》にはめられ、謀叛の罪で縄目に遭い、保養のため行幸して白浜にいた斉明天皇（女帝）のもとに連行される。その途次、彼が切目崎（岩代）で詠んだ一首。

岩代の浜松が枝《え》を引き結びま幸《さき》くあらばまた帰り見む

白浜は田辺湾の一角にある。宗広が有間皇子の運命に自らを重ねなかった筈はない。二日後、宗広は駕籠から降ろされた。田辺は安藤直裕の城下である。北を流れる会津川河口の畔《ほとり》、人家から離れた草むらの中の「囲所《かこいしょ》」で、嘉永五年（一八五二）十二月二十五日、九年間に及ぶ宗広の幽閉生活が始まった。ペリー提督が軍艦四隻を率いて浦賀沖に現れるのは、その半年後の六月である。

ゆめさめて我影のみぞ残りける逢見《あいみ》し人はいづち行《ゆき》けん

（……）憶念《おくねん》の力弱くして、物学びのかたなどいと拙《つたな》かりしを、いかで人におとらじと心を砕きしも昔の事也。（……）大かた終日読経《どきょう》禅観《ぜんかん》にのみありしかば、自らこゝろも安くて、人のおもふばかりはくるしくもあらざりけり。（『余身帰』）

彼は、無念や怒り、怨恨といったルサンチマンを諦念の境地へと昇華した。治宝の菩提をとむらうために、法華経の読誦《どくじゅ》を日課とし、田辺城下の名刹高山寺《めいさつこうざんじ》から大蔵経《だいぞうきょう》（漢訳）を借り出して、全巻を繰り返し読んだ。

一方その子宗光は、まだ九歳ながら、復讐《ふくしゅう》の念に取り憑かれ、母と共に高野山麓を流浪していた。

「ここで放免だ。どこへなりと行くがよい。ただし、この一里松より一尺たりとも戻ってはならぬ」

と護送の役人は言って、立ち去った。

嘉永五年十二月二十三日、一家は田辺に護送されて行く父を見送った。明けて一月十三日、今度は陸奥自身が母と二人の妹と共に、城下より十里以遠の地に追放された。陸奥九歳の正月である。

日の出の刻《こく》、既に没収されている堀止《ほりどめ》の居《きょ》に三人の役人が現れ、出立《しゅったつ》を急《せ》き立てた。

紀ノ川北岸の伊勢街道を東へ進む。女子供の足で、日没まで十里を歩き通すのは至難の業である。行程のほぼ中間地点にある伝馬所《てんまじょ》、名手市場《なていちば》の板床《いたゆか》で一夜を明かし、翌日夕方、一本の老松《おいまつ》の下《もと》に辿り着いた。名古曽《なごそ》の「一里松」で、和歌山から十里の場所にある。

日が沈んだ。役人達は宿駅《しゅくえき》の馬を駆って城下に戻って行く。陸奥母子は、大海原を漂う小舟のように、見知らぬ土地に放り出された。母親と少年の首からは「所払い」の札が下がっている。

「小二郎、初穂《はつほ》はわたしが負《お》いまする」

と母親が言った。

「いや、お任せ下さい」

少年は、歩き疲れてむずかる四歳の妹を背負って二里を歩き通した。彼の足裏全体が肉刺《まめ》で膨《は》れ上がって、地面を踏むたび、鋭い痛みが走る。初穂は、彼の背中で寝入っている。七歳の姉の美津穂《みづほ》は道中、泣きじゃくり通しだった。

辺《あた》りに人家の影はなく、四人の手許には明かりがない。ようやく彼方に人家が一軒、仄《ほの》見えて来た。軒下に人影が立ち、軒行灯《のきあんどん》に火を入れる。

「お尋ねします。東家《とうげ》村の一色春信《いっしきはるのぶ》さまのお宅へはどう行けばよろしいか」

護送前の夫から、紀ノ川上流、橋本近郊の東家の一色を訪ねるよう告げられていた。

「一色さんのお宅は存知上げげんがの……。ここは高野口《こうやぐち》で、東家はまだ一里半は歩かねばなるまい」

老人は、女の首から下がった「所払い」の札に目を留めた。

「お気の毒に。事情は知らんが、女子供に酷い沙汰よのう。身分のあるお方《かた》のご家族のようで、土間でも貸してさしあげたいが……」

物乞いや所払いの者への対応は、村によって温度差があった。名古曽村には十里・所払いの「一里松」があるところから、いきおい対応は厳しくならざるを得なかった。

老人は温かい口調で言った。

「今夜は月も出そうにない。提灯《ちょうちん》をお持ちなさい。二丁ほど行くと別路《わかれみち》がある。右手が本街道だが、東家へは左手を行く方が近い」

二丁先の二股道を左に取ってしばらくすると、提灯の明かりが尽きた。風が出て、寒さはいっそう募って来る。谷間の田圃《たんぼ》道で、美津穂が道ばたにうずくまってしまった。小二郎の足の肉刺がつぶれて、草鞋《わらじ》が血塗《まみ》れになった。

「母上、これ以上は無理ですね」

「そうね、どうしましょう。休むところもないし……」

周囲を見回しても、一面の闇夜で、風が不気味な唸《うな》り声を上げて吹き抜けて行くばかりである。突然少年の目前に、茶色い大きな物体が浮かび上がった。錯覚かもしれないと思いつつ近付いてみると、田圃の中に円塔状に積み上げられた藁塚《わらづか》だった。両手を捩《ね》じ込んでみると、中は微かに温かい。藁束を一束ずつ力を込めて引き抜く。数束抜けると、その後は容易《たやす》く引き抜けた。少年は、四人が潜り込めるだけの空洞を作り上げた。

「お百姓さんに叱られますよ」

「あとで元に戻しておきますから」

「お兄さま、あったかい！」

と真っ先に潜り込んだ美津穂が歓声を上げた。

藁束の温《ぬく》もりに包まれて、四人はすぐに眠りに落ちた。五歳の春まで里子に出されていた小二郎は、初めて母の匂いを嗅いだ気がした。

目覚めると、体が冷え切っており、強張《こわば》って動かない。

「お母様、雪よ!」

和歌山城下ではめったに見られない新雪が、田畑の上にうっすらと積もって、暁《あけ》の色に染まっている。

小二郎は藁塚を出て、胸の札を見つめ、いきなり引きちぎろうとした。

「いけません!」

「母上、私たちは、十里から向こうでは何をしようと勝手ですよ」

「わたしはこれを捨てないで取って置きます」

「何のために?」

「この二、三日の艱難辛苦《かんなんしんく》を忘れないために」

少年は小さく頷いてから、「所払い」の札を雪面に放り棄てた。札は降りしきる雪の下に隠れて、たちまち見えなくなった。

東家村の一色春信は、母子をあたたかく迎えた。

陸奥の父、伊達宗広は本居大平の高弟であったことは既に述べた。一色春信もまた大平の門で、親しく交わったことから、宗広は、城下より十里以遠の地に住む一色に妻子を託したのである。

陸奥母子の四人は、一色家の離れや近隣の小原田《おはらた》村、恋野《こいの》村などに一色の世話で仮住いするが、いずれも短期間で引っ越している。一色氏が紀州藩の地士《じし》であるうえ、近くに伊都郡代官所があったため、改易・所払いの一家は長く留められなかったのである。一家の流転は一年余り続いたが、その間《かん》、母と小二郎は近所の農家の手伝いや草刈り、牛追いなどをして糊口《ここう》をしのいだ。

伊達宗広の妻子の窮状を耳にした、紀ノ川を挟んだ対岸の入郷《にゅうごう》村の岡左仲《おかさちゅう》が救いの手を差し伸べた。

入郷村は高野山領である。空海の母が暮らしたとされ、以後「女人高野」と呼ばれる慈尊院もここにある。高野山は紀州藩から独立した幕府直轄の言わば天領扱いの存在で、江戸・高輪には幕府より下された「高野山江戸在番《ざいばん》屋敷」があり、大名並みに参勤交代も行われた。

村は、高野山北麓の丘陵部から紀ノ川南岸（左岸）にかけての、温暖で地味豊かな地帯にあり、丘陵では蜜柑や柿、桃などの栽培が盛んで、紀ノ川沿いには良田と菜種畑が広がっている。

岡氏は、代々高野山領の経営に携わる高野山政所《まんどころ》四荘官《しょうかん》の一氏で、現在の当主岡左仲は、陸奥の父、宗広が寺社奉行・勘定奉行在職中に、高野山と藩の領地、権益をめぐって激しく渡り合った相手であった。しかし、角突合《つのつきあ》いが終わると、共に「徂徠学」と本居宣長の国学に傾倒していることから厚い友誼《ゆうぎ》を結んだ。因《ちな》みに、高野山政所四荘官の身分は、僧侶ではない。

岡左仲は、近隣の庄屋玉置《たまき》氏の別棟を用意して一家を迎えた。藁葺《わらぶ》き屋根の小さな家だったが、四人はようやく世間並の住まいに落ち着くことが出来た。もう郡代官所の目を恐れる必要もなくなった。しかし、一家に経済援助があったわけではなく、貧窮生活に変わりはない。農作業の手伝いを始めとする半端《はんぱ》仕事に加え、村の様々な雑用や使い走りで、小二郎は夜明け前から日没まで働いた。夜は乏しい明かりの下《もと》で読書に勤《いそ》しむ。彼は、父より『四書』の集注、

『易経』の講義を受け、算術を学んだ結果、『春秋左氏伝』ならその多くの章を諳《そらん》じるまでに至っていた。

ようやく入郷での生活にも馴染んで、四カ月余りが経った。この日も小二郎と母と妹たちは、朝早く田圃の畦《あぜ》の草刈りに出た。今年は空梅雨《からつゆ》で、早朝から青空が広がる。畦の雑草はたっぷりと朝露を含んでいた。草は干して飼葉《かいば》にするが、露のあるうちに刈り取ったものほど良い飼葉になる。

小二郎と母親は、露が乾き切らないうちに、請け負った量のススキ、イヌタデ、スギナ、ドクダミを刈り取ろうと鎌を振るった。幼気《いたいけ》な二人の妹が、刈り取られた草をまとめて小さな山を作って行く。あとで束に結《ゆ》って、庄屋の玉置の庭先まで運び、一束当り八文で買い取って貰う。他の小作農からの買取り価格は六文だったから、この価格設定は玉置の母子への小さな心配りだった。

因みに幕末のこの当時、かけそば、すうどんは一杯十六文。二八そばは、そば粉八、うどん粉二の割合のそばを指すが、代金の十六文は、二・八を掛け合わせた値段であるとも考えられていた。

母親の鎌の動きが止まった。立ち上がって、腰を伸ばし、手拭《てぬぐい》で顔の汗を拭いながら呟くように、

「お父さまはご無事かしら。一度お便りがあったきりで、今年になってまだ何も……」

一家が離散して既に一年半が経つ。

小二郎は無言で鎌を振るい続ける。遠く、山裾の方では多くの小作人が畑に出て、大掛りな菜種の刈り取りが始まっていた。

「田辺の安藤さまは酷《ひど》い扱いはなされないと思うけど、お父さまはあまりお丈夫な方《ほう》ではないし……、小二郎、そんなに荒っぽく鎌を使うと怪我をしますよ」

少年は日頃の鬱屈と苛立ちを、鎌の扱いにぶつける癖があった。

「休んで、お茶をいただきましょう」

と母親は波布茶《はぶちゃ》の入った土瓶を下げて、土手の斜面をゆっくりと登った。

眼下に、紀ノ川の豊かな流れが見下ろせる。

対岸の段丘には橋本の町並が広がり、その北東に聳《そび》える金剛山から続く尾根を連ねた和泉《いずみ》山脈の峰々が、紀ノ川に沿うように西へと延びている。

紀ノ川を十数艘もの船が、帆に風を孕ませて溯って来る。擦《す》れ違うように、長い筏流しの連《れん》が幾組も流れを下って行く。船には和歌山からの塩や干鰯《ほしか》が積み込まれている。干鰯は貴重な農耕用肥料であった。橋本には公認の塩市と干鰯市が設けられていて、荷揚げされた塩や干鰯は、陸路で隣町の五條や下市《しもいち》、吉野など南大和地方に運ばれる。紀ノ川は五條から吉野川と呼び名を変える。

「お母さま、あのお船は和歌山からやって来て、筏流しは和歌山へ向かっているのですね。私たちもあの筏に乗って、和歌山へ帰れないかしら？　……初穂、水際まで降りて行かないで」

美津穂が妹に呼び掛けた。

「お姉さま、ほら、向こう岸にきれいなお着物の女の人がたくさん！」

――紀ノ川の北岸（右岸）を東西に走る伊勢街道は、紀州藩主の参勤交代の主要道で、橋本に本陣がある。参勤交代は和歌山―江戸間、十三～十四日の行程だが、橋本は和歌山から江戸へ向かう最初の泊地、お国入りでは最後の泊地になる。一時《いちどき》に三千人近い人間が移動した。

一昨日、江戸から紀州の殿様の行列が橋本に着いたという噂は入郷村でもしきりに囁かれたが、今回はいつもと様子が違う、規模は五百人から千人で、その大半が簾中《れんちゅう》（奥方）と子供たち、女中方《じょちゅうがた》だというのだ。御駕籠《おかご》もいれば徒歩《おひろい》もいる。寛永十二年（一六三五）の武家諸法度の改定で、参勤交代が制度化されて以来、二百年以上にわたって、江戸屋敷に詰める女性たちは、余程の事がない限り屋敷内に籠り暮らしていた筈が、まるで籠から放たれた小鳥のように御国元《おくにもと》へ向かっている。

「黒船のせいですよ。みんな江戸から逃げて来る」

と小二郎が言った。

「あらあら、はしたない！」

母親が、突然咎める口吻《こうふん》を洩らした。

対岸の河原で、五、六人の女中たちが水遊びに興じていたかと思うと、いきなり小袖《こそで》を脱いで、下帯《したおび》の洗濯を始めたのである。

「まだ三割近くも刈り残してますから」

と母親は小二郎の視線を遮るように立ち上がって、後方を振り仰いだ。

「雨引山《あまびき》に西から雲が集まってるから、久し振りに雨になるかも。急ぎましょう」

午前中、母子は二十二束の草を刈り取った。〆《しめ》て百七十六文、つまり、かけそば十一杯分相当を稼いだことになる。

午後、小二郎は五合入りの酒瓶を七、八本、籠に背負って酒屋の配達に出掛けた。近い所から順に配達して荷を軽くしながら、最後の一瓶の届先、南馬場《みなみばば》の八幡宮へと向かう。

境内に、男たちの掛け声と竹刀《しない》の音が響いていた。武士以外の者でも武芸の稽古が認められるようになり、八幡宮境内には急拵《ごしら》えの剣術道場が設けられていた。

剣術道場には、地士や豪農、富農の子弟たちも通っていた。

小二郎は、道場に冷ややかな一瞥《いちべつ》を投げ掛けただけで境内を横切り、社務所に酒を届け終えると、紀ノ川の土手道伝いに一散に家路についた。前方を行く稽古帰りの少年の三人連れを、無言で追い抜こうとすると、

「おい、待てや。黙って先に出るのは無礼やろ。……何や、〝所払い〟か。お前、お侍の息子やと聞いたけど、ちょうどええ、竹刀を貸すから手合せせせえや」

小二郎は振り返って言った。

「ご免だ」

「竹刀を取らんか、ほら」

小二郎は、一瞬躊躇《ためら》ったのち、差し出された竹刀を右手で強く払いのけた。

「つまらん」

「今、何ちゅうた？」

「つまらん」

「何をぬかす！」

もう一人の少年が詰め寄った。

小二郎が正面に立つ一人を押しのけようとした時、不意に、背後にいた少年が、彼の左肩に竹刀を振り降ろした。小二郎が衝撃と痛みで前のめりになると、もう一度したたかに背中を打たれた。

「ええ加減にせんか！　お前ら」

と大声を発して、初老の男が駆け寄った。腰に脇差《わきざし》を佩《は》いている。

「道場外で竹刀を振るうたら、御仕置《おしおき》やど」

「岡のおやじさまや！」

三人は土手の斜面を転げ落ちるように逃げて行った。

背筋を伸ばした小二郎の目から涙が零れ落ちた。

「何故泣く？」

言葉とは裏腹に、岡左仲の語調は穏やかであたたか味があった。

小二郎は手の甲で涙を拭った。

「巷では、伊達宗広の息子が藩の仕打ちに憤り、刀の鞘を払って復讐を誓ったという噂が流れとるぞ」

「もう、そんなこと思い出したくもありません。今はただ、無性に学問がしたいという思いが募るばかりです」

小二郎は横を向いて、夕映えの紀ノ川に目をやった。

「ひと雨来るかと思うたが……」

岡左仲は夕焼け空を見上げて、残念そうに言った。小二郎は頷き、雲がすっかり吹き払われて優美な稜線《りょうせん》を見せている雨引山を仰いだ。母の予想は当たらなかった。遠くから兄を迎えようと、二人の妹が土手道を駆けて来るのが見えた。

「本好きと聞いたが、何を読む?」

小二郎は俯いて、口籠もりながら答えた。

「……軍《いくさ》物語や『水滸伝』『八犬伝』、他に『史記』の『列伝』とか。全部、五條の松屋さんから借りて」

「『列伝』を漢籍で?」

「はい。七歳から父の訓導を受けました」

五條の「松屋」は、紀北・南大和地方で唯一の、日本と中国の書籍を扱う本格的な書肆《しょし》・貸本屋だった。入郷村と五條の町は二里半の距離だが、小二郎は二時間弱で往復することが出来た。

妹たちと土手の斜面を滑り降りるようにして帰って行く少年を見送りながら、岡は独《ひと》り言《ご》つ。

──あの年齢《とし》で『史記』を漢籍で読む子はいない。さすが伊達宗広の息子だが、「所払い」され、貧窮に喘《あえ》いでも学問への志を忘れないとは……。

岡左仲は、荻生徂徠《おぎゅうそらい》の青年時代を思い出す。徂徠の父は医者で、館林藩主徳川綱吉（のちの第五代将軍）に側医として仕えていたが、主君の逆鱗《げきりん》に触れ江戸を追放、上総《かずさ》（南総）で流落《りゅうらく》生活を送る。徂徠・十四歳の時で、十五歳で母を亡くし、二十五歳でようやく江戸に還ることを許された。徂徠の思想を貫く剛毅豪胆、人間の多様性への深い柔軟な洞察は、十年余の間、書物や友人・知己と親しむことなく苦悶し続けた体験から生まれたのではないか、と、以前、少年の父と語り合ったことがあった。

「当時、これ以上の不幸はないものと嘆き悲しんでおりました」

とは徂徠自身の言葉である。

翌日、岡は、夜が明け切らないうちに玉置の別棟を訪れた。母親が岡と応接した。

「昨夜、転んで背中を痛めたと称して、珍しくまだ寝ております」

母親に促され、小二郎は身繕いして岡の前に立った。

岡は、小二郎に高野山へ一通の書状を届けさせる心積りでやって来た。高野山内《さんない》無量光院住職尊了師と面会し、書状に対する返書を受納して帰るのだ。小二郎は、高野山に登ったことがなかった。

日の出と共に発《た》てば、八《や》ツ（午後二時頃）までには戻って来られるだろう。尊了師に少しばかり引き止められるかもしれないが、と岡は言った。初めて登るとは言っても「町石道《ちょういしみち》」を行けば迷うことはない。

高野山への使いは、大役を仰せ付かったことになる。母親は、急いで小二郎のために大きな塩むすびを二つ作って送り出した。

「町石道」は、高野山麓の慈尊院から標高八百五十メートルにある高野山頂西口の大門《だいもん》に通じる主要な参詣道で、およそ五里の距離である。森の中を延々と続くつづらおりの細い坂道だが、一町（約百九メートル）ごとに五輪の石塔が道標として建っていることからそう呼ばれる。石塔は百八十を数え、この道を藤原道長も後白河も豊臣秀吉も通過した。

小二郎が慈尊院の石段から「町石道」の第一歩を踏み出した丁度その時、雨引山の稜線の東端に燦然《さんぜん》と輝く朝日が昇った。既に十数人の参詣人がいる。

大門に辿り着く頃、日はもう中天近くにあった。

山内に入ると、辺《あた》りには、小二郎がこれまで感じたことのない霊気が立ち籠め、幾多の寺院から漂い出る香の薫りと声明《しょうみょう》の響きに包まれた。

彼は、無量光院を探して、宏大な壇上《だんじょう》伽藍《がらん》の中に迷い込み、出口が見つからない。まるで迷宮を期して建造されたかのような諸塔、諸寺、諸堂の配置が彼を圧倒し、方向を見失なって泣きべそをかくうち、一人の若い僧が目を止め、無量光院の門前まで導いてくれた。

不愛想な門番が、彼を小部屋に案内した。障子越しの午後の光が、程良い明るさで室内を照らしている。その一隅に置かれた小振りな書き物机に向かって、くたびれた僧衣に身を包んだ小柄な老人が、余念無く紙縒《こより》を作り続けている。紙縒は既に山のように積み上がっていた。写経した和紙を縒《よ》っているのである。

老僧は突然顔を上げ、よく動く黒い小さな眼《まなこ》から人の心底《しんてい》を見透かすような視線を小二郎に注ぐと、

「岡からの使いというが、まだ小童《こわっぱ》ではないか」

と嗄《しゃが》れ声を発した。

「尊了というお坊様にと言付《ことづ》かってまいりましたが、あなたさまは？」

「儂《わし》が尊了だが」

小二郎は平伏したあと、腰帯にしっかり結《ゆわ》え付けた袋から書状を取り出した。

「江戸表は不穏でございます」

と岡は書き出していた。

昨年六月、米使ペリーが軍艦四隻を率いての開国要求、米国ばかりでなく、露国、英国の艦隊も襲来し、開国通商の要求で、江戸城は上を下への大騒ぎ。江戸市中では、

泰平の眠りをさます上喜撰（蒸気船）たった四杯《しはい》で夜も寝られず

などという落首《らくしゅ》がはやっているそうでございます。全国の諸大名が次々と江戸に集結、開国をめぐる大評定が始まり、今後不穏な動きが生じるやも知れぬ世情。年末の火事騒ぎ、幸いにして我が高輪の在番屋敷は類焼を免かれましたが、愈々《いよいよ》参勤交代の時期も迫って来ております。幕府から何時《いつ》如何なる沙汰があるや、余程の心構えをしておかねばなりますまい。大層な物入りのこと故、行人方《ぎょうにんがた》との関係を何より留意すべきことかと思料致します。

高野山の組織は、「学侶方《がくりょがた》」「行人方」「聖方《ひじりかた》」の三つの階層・部門から成る。「学侶方」は真言教学を修める僧の集団、「行人方」は山内組織の管理と運営に携わる言わば裏方、「聖方」は布教を担って諸国を遊行する「高野聖」とも呼ばれる僧の集団。これらを「高野三派《こうやさんぱ》」と称す。江戸高輪にある「高野山江戸在番屋敷」は学侶方の管轄で、要員も主に高野山から派遣される。

学侶方と行人方の軋轢は絶えない。元禄五年（一六九二）に起きた権力闘争（元禄高野騒動）は幕府の介入を招き、寺領没収も取沙汰されるほどの危機を招いたこともある。

岡左仲は、高野四荘官の中で指導的立場にある。彼はまた五條代官所から御用飛脚を利用する許可を得ていたから、江戸や大坂の情報も逸早く入手出来た。一方、尊了は山内の有力寺院の一つ、無量光院の住職であると共に学匠としても名高く、真言密教の根本経典、中でも空海が伝えた『大日経疏《だいにちきょうしょ》』二十巻の講伝（漢訳の原文を注釈し伝授する）の第一人者とされている。

「扨《さて》、書状を従来の手代《てだい》でなく、年端《としは》も行かぬ者に託しましたのにはわけがございます」

と岡の筆致は一転して、小二郎に向かう。

この度の使いを仰せ付けた年少の者は、尊師も高く評価しておられる『大勢三転考』の著者、紀州藩士伊達宗広殿の一子、小二郎と申す者。

ご承知の通り、伊達宗広殿は藩の理不尽な処断により、現在、田辺に幽閉の身、そればかりか家族もまた城下より十里以遠に所払いという苛酷な申渡し。以来、一家（令室とこれなる長子、幼女二人）は処々《しょしょ》流浪の末、現在、入郷にて日雇い仕事で糊口をしのいでおる由《よし》。

一子、小二郎は一風変わったところのある少年ですが、記憶力、知力に優れ、父親の訓導よろしく、句読《くとう》を会得して、「四書五経」など滞りなく読むことが出来ます。

この者が真言《しんごん》の良き理解者、弘法大師様の忠実な僕《しもべ》となるかは知れませぬが、江戸に出て、存分な研鑽を積む機会を与えれば、必ずや一角《ひとかど》の人物に成《な》り果《おお》せると。

さりながら、所払いの者の脱藩は御法度中の御法度。しかし、我が一山《いちざん》の学侶として、参勤交代の江戸要員に加えてやるならお咎めなしかと思料致しました次第。

伊達小二郎を「学侶方」学院の奨学生としていただきたくお願い申し上げますが、如何でござりましょうや。

読了後、尊了は一度射竦《いすく》めるような強い視線を少年に向けたあと、袂から小さな拍子木を取り出して、音高く鳴らした。先程の門番が現れると尊了はお茶を命じ、小二郎に向かって、開口一番、

「『大日経』を知っておるか？」

と訊ねた。

「存じません」

「『法華経』は？『大蔵経』は？」

と矢継早である。

小二郎はいずれも首を振って、同じ答を繰り返す。尊了の口許に苛立たしげな苦笑いが浮かんだ。

小二郎は青ざめた顔をして、声を絞り出した。

「父からは仏教について、何も教わっておりませぬ」

今、この時、彼の父は遠く離れた田辺の「囲所」で、仏教の教義に深く帰依して、法華経と大蔵経を読誦《どくじゅ》する日々を送っていたが、小二郎がその間《かん》の事情を知る由もなかった。

門番がお茶を運んで来る。

「お飲み」

と尊了は言った。

はい、と応じて茶碗を持った途端、小二郎は意識を失い、力無く畳に倒れ伏した。

尊了は拍子木を打って、門番を呼んだ。

「泡は吹いてないから、瘧《おこり》やろ。顔に冷えた手拭いでも当てておやり」

小二郎はすぐに我に返って、自力で起き上がった。彼は空腹と脱水症状から軽いめまいに襲われたのである。母が作ってくれたむすびを食べる暇《いとま》もなく「町石道」を駆け登り、壇上伽藍で迷った末、ようやく目的地に辿り着いたのだから無理もない。

「よく倒れるのか？」

「いいえ、初めてです」

小声で答えた。

「新しい茶を持って来させよう。盆の菓子をお上がり。善光寺はんからいただいた小布施《おぶせ》の栗《くり》落雁《らくがん》や」

小二郎はおそるおそる手を伸ばし、口にしてみて、その風味と甘さに陶然となった。

「少し質問したいのだが……」

小二郎は慌てて口を拭い、背筋を伸ばした。

尊了は高野山きっての知識人で、梵語（サンスクリット）の経典は無論のこと、中国の古典、国学にも通暁していた。彼は、『左氏伝』『易経』などについて、初歩的な質問を次々に発して小二郎の基礎知識を試し、その応答ぶりから岡の推奨の言葉が詐《いつわ》りでないことを確認した。

……訊かれもしないことまで答えようとするが、と尊了は呟いた。

「『史記』を読んでおるそうだが、『世家《せいか》』は？」

「いえ、『列伝《れつでん》』しか」

「春秋時代の政治家伍子胥《ごししょ》の話だが、彼は楚《そ》の平王《へいおう》に父と兄を殺されたあと、呉《ご》に亡命して、呉王に仕え、楚を攻めるよう進言、十六年後、楚の都を陥れた。その時、既に仇《かたき》の平王は没しており、伍子胥は墓を暴《あば》いて、その屍《しかばね》に鞭を振るうこと三百回、こうして復讐の思いを遂げた。『三国志』や『晋書』には、『父母の讐《あだ》は、天地を同じうせず、日月《じつげつ》を共にせず』とあるが、こうした復讐譚をどう思うてる？」

俯いて耳を傾けていた小二郎は、顔を上げると、

「藩の仕打ちに、意趣返ししたいと考えているのかいないのか、父の便りには何も触れられていません。一度父に会うて、伍子胥のように振る舞うか、問うてみたいと考えておりました」

と答えた。

「儂《わし》には伊達宗広ほどの人物が、怨みを晴らしたい一念に凝り固まって、他を顧《かえり》みないような真似をするとはとても思えんな」

尊了はそう言って、茶を啜った。

その後のやりとりで、尊了が意外に思ったのは、少年が父親の著作である『大勢三転考』を読んでいないどころか、その存在すら知らないことだった。

尊了は、別室の書棚から一冊の和綴《わとじ》の写本を持って来た。『大勢三転考』である。小二郎は、初めて目にする父の著書を押し戴くようにして受け取ると、頁《ページ》を繰りつつ拾い読みし始めた。

伊達宗広が『大勢三転考』を上梓《じょうし》したのは、小二郎が四歳の頃である。父はいつの日か、成長した息子が彼の著作に目を通す場面を、幾度も思い描いていたに違いない。

——皇国の有状《ありかた》、大《おおい》に変れる事《こと》三たびになんありける。其三転《そのうつり》の、ありかたをいわば、一ツには「骨《かばね》」、二ツには「職《つかさ》」、三ツには「名《な》」になんありける。

父の肉声が聞こえて来るような気がした。

「読みたいであろうが、貸すわけにはいかぬ。時折、写しに登って来るがよい」

と尊了が告げて、口頭試問は終わった。尊了は岡左仲への返書を認《したた》めて、小二郎を送り出した。

帰路、小二郎は馬酔木《あせび》の生垣に沿って、再び壇上伽藍の境内に入り込んだ。

山上《さんじょう》の盆地は、胎蔵曼荼羅《たいぞうまんだら》の中央部にある中台八葉院《ちゅうだいはちよういん》のかたちをしていると言われる。更にその中心部に、二層の金堂、西塔《さいとう》、東塔《とうとう》や諸堂が軒を連ねるのが、「壇上伽藍」と呼ばれる神域である。

「おや、また迷うたんか」

先程、道案内をしてくれた若い僧が再び通り掛かって、声を掛けた。

「いえ、見物して帰るんです」

僧は頷いて、足早に遠ざかって行く。

小二郎が大門を潜り抜けた時、日は大きく西に傾いていた。彼はひどく空腹であることを自覚し、慌てて腰袋から母のむすびを取り出すと、頬張りながら町石道を駆け下った。

小二郎は、下山する参詣人や僧侶の群を次々と追い抜いて行く。猿の親子が、頭上の梢を跳び移りながら彼に尾《つ》いて来た。彼が湧き水を掬って喉を潤していると、猿も降りて来て、同じ仕種《しぐさ》で水を飲んだ。

谷間が開《ひら》けて、空が大きく頭上を占める。北西の方角に雷雲が現れ、次第に広がり始めていた。

雨引山が見えて来た。町石道をいったん谷底まで降りたあと、標高四百七十七メートルの雨《あま》引越えに掛かる。峠までに三つの町石がある。小二郎は歩度を緩め、息を切らせてようやく登り終えた。

紀ノ川の流れを見はるかす。大きく蛇行する流れによって、北と南に隔てられた緑濃い丘陵と平野が、湧き上がる雲の間から斜めに射し込む陽光を浴びて煌《きらめ》く。

「美しい！」

小二郎は思わず嘆声を放った。

高野山のような閉ざされた幽冥界から、下界に戻って来たせいか、彼は解放感を覚え、両手を揃えて頭上に挙げ、思い切り伸びをした。

なだらかな丘陵地に柿や桃、蜜柑の果樹林が広がり、林の中を木《こ》の間隠《まがく》れに町石道が曲線を描きながら慈尊院の森の中に消えている。樹冠から突き出た多宝塔の相輪《そうりん》が光を反射した。森の向こうに、白壁の塀を廻《めぐ》らした宏壮な岡左仲の屋敷が見えた。

稲妻が走り、雷鳴が轟く。驟雨《しゅうう》が一気に降り始めた。田園地帯は俄かに酔い痴《し》れたように匂い立ち、燕たちは嬉々として飛び交わした。

小二郎は町石道を駆け下り、慈尊院の境内に飛び込んだ。石段の中程に建つ最後の町石、五輪の石塔の傍らに、息子の帰りを案じた母親が傘を手にして立っていた。

「母上の予想が当たりましたね、一日遅れですが」

と小二郎は呼び掛けた。

岡左仲を訪ねると、彼は返書の封を切らずに文机に置いたまま次のように問うた。

「尊師に何を訊かれた？」

「私が読んだ漢籍についてご下問があり、父が著《あらわ》した本を書写することをお許し下さいましたので、折を見てまたお訪ねしようかと思います」

岡は文机の上の返書に目をやった。

「壇上伽藍では、迷子になりました」

「壇上伽藍は、曼荼羅《まんだら》の世界を立体的に表現したものやから迷路そのもの、迷うて当り前や」

小二郎は頷いた。

岡は、尊了の返書を読んだ。

尊了は先ず、行人方とはうまく付き合うからご心配に及ばず、最早このご時世、山内で揉めている場合ではない、と述べて、岡を安堵させた。小二郎については、——伊達の一子、仰せの通り早熟、聡明ぶりは疑いなしとした上で、自恃《じじ》の念いささか強く、知を誇る嫌いありて、身体の力が高野山の寒さと修行に堪え得るか、一抹の懸念を抱いた、聖職者の資質ではないかもしれぬとした上で、当分は学侶見習いの扱いで、『大勢三転考』の書写をしながら当山の生活や仕来りに慣れるのがよかろう、と結ばれていた。『大勢三転考』は八十数葉の冊子本であるから、書写を一日二葉に限れば、週一回通うとして四十数週、一年の四分の三近くになる。そうして様子を見ながら、「学侶方」学院の奨学生として、参勤交代の江戸要員に加わる機会を待てばよい、という判断である。

尊了は、小二郎の風変りな容貌が人目に付きやすいことに気付き、それが少年に何らかの不利益を齎《もたら》す可能性についても考慮したが、返書の中ではこの件について触れたりはしなかった。週に一度、高野山へ書写に通い始めて半年余りが経った。小二郎には、『大勢三転考』の中で表明されている、父の歴史に対する深い認識や考察を、充分に理解する力はまだ備わっていなかった。しかし、書写する際の運筆を通じて、父の存在を身近に感じることが出来たのは、何にも優る大きな喜びだった。

一方、母は庄屋の玉置から十坪ほどの畑地を無償で借り受けて、小作人から教わりながら大根や甘藷《いも》、葱《ねぎ》などの野菜作りに取り組み始めた。

ある日、小二郎は、借りていた和刻本の『水滸伝』初集五冊を返すため、五條は桜井寺の門前、北之丁にある書肆「松屋」を訪れた。

帳場にいた主人が声を掛けて来た。

「この本は和刻で、訓点が付いているとはいえ、簡単に読めるもんやない。どこの塾で勉強しとるんや？」

「塾へは通っておりません」

「信じられへんな。しかし、ただ本好き、学問好きというだけでは出世は出来んぞ。偉い先生について、系統立った勉強をせんとな。橋本には、東家の和田復軒《ふっけん》先生の塾があるやろ」

小二郎は無言で唇を嚙んでいたが、やがて小さな声を絞り出した。

「授業料が払えません」

「松屋」の主人は、小二郎の目を見て言った。

「そうか。それなら代官所の主善館へ通うたらどうや。授業料は免除で、立派な先生がおられる。最近、森鉄之助という学者が主任教授に就かれたばかりや」

小二郎は目を輝かせた。

「森鉄之助？　私は以前、父からその先生の名前を聞いたことがあります。大変優れた方《かた》だと」

小二郎は書肆を出て、桜井寺の境内を横切り、代官所への坂道を駆け上がった。

五條は幕府の直轄領、天領である。直轄領は全国に五十あり、幕府の財政は、各地の代官所を通じて収納される年貢米、年貢金によって支えられていた。合わせて四百〜四百五十万石にのぼる。

五條代官所は、寛政七年（一七九五）に設置された。所轄の天領は南大和五郡四百五カ村にわたり、管轄高は八万石だった。代官は幕府勘定所や番方《ばんかた》所属の旗本から任命されることが多かったが、学問吟味（官吏登用試験）に及第しなければならなかった。

五條代官所内の郷校《きょうこう》・主善館は文化二年（一八〇五）、二代目代官池田仙九郎によって創設された。授業料は不要で、男女を問わず、百姓、町人でも志《こころざし》ある者は誰でも入学することが出来た。

代官所は広大な敷地に陣屋を構えていた。小二郎は大門《だいもん》を駆け抜けようとして、門番に制止された。

「何用か？」

「主善館へはどう行けばよいのでしょうか？」

「裏門の方だが……」

と門番が指差した建物の方から『論語』を朗唱する声が聞こえた。

「主善館に何の用か？」

「入学したいのです」

「お前は百姓か、それとも町人のせがれか？」

「武士の子です」

「そのようには見えんが。在《ざい》はどこや？」

「入郷です」

「入郷は高野山領ではないか。主善館には五條の領民でなければ入れんぞ」

門前払いを食らった小二郎は、何度も大門を振り返りながら家路についた。

天誅組が尊王倒幕の旗の下、五條代官所を襲撃し、代官ら五名を殺害したのち、建物に火を放って焼き払い、桜井寺に本陣を置いて「五條御《ご》政府」の看板を掲げるのは、これより六年後の事である。

五條は、大和地方で美しい町の一つに数えられる。町並は、北側に聳える金剛山の南麓に広がって、大台ヶ原を源流とする吉野川の蛇行する流れに縁取られている。対岸（南岸）には高野から西吉野にかけて標高千メートル級の峰々が東西に連なり、峠の一つ、例えば天辻《てんつじ》峠を越えると十津川《とつかわ》に至る。峰々の北麓は豊かな丘陵、田畑を形成して、五條の町を潤している。御《み》山《やま》は田園地帯の中央に位置する郷《ごう》で、ここに北厚治《きたあつじ》という豪農がいた。彼は主善館教授森鉄之助の高弟で、かつ剣術、槍術、馬術に長じた文武両道の人物、しかも入郷の岡左仲とは従兄弟の間柄であった。

伊達小二郎の主善館入学は、岡から相談を受けた北の口利きで難無く実現した。小二郎と面談した森鉄之助は、彼の頭抜けた能力を直ちに見抜くと、他の受講生と同列には置けぬと特別な教育課程を作成して、個人指導を施すことにした。小二郎は、師の期待に応えて、漢学の素養を身に付ける上で長足の進歩を遂げた。

森鉄之助は大和・高市《たかいち》郡の人で、大和・八木の高名な儒者谷三山《たにさんざん》に学んだ。森が主善館教授に就いて間もない頃、嘉永六年（一八五三）四月、一人の若者が彼を訪ねて来た。森と若者は二日にわたって『孫子』、「老荘」について論じた。吉田松陰である。松陰はこの時二十四歳、平戸、長崎、江戸、東北、近畿をめぐって、様々な風物と人物を探訪する旅の途上だった。彼が、下田でアメリカ艦に乗り込んで密航を企て投獄されるのは、翌年の三月である。

この頃、坂本龍馬はどこにいたか？　嘉永六年三月、龍馬は剣術修業のため高知を出立、江戸京橋桶町北辰一刀流千葉道場に入門、同時に土佐藩在府臨時雇として、アメリカ艦浦賀来航の際の海岸警備に当たっている。十九歳であった。

伊達小二郎はこの時点で、九歳。母と二人の妹と共に、高野山麓を彷徨《さまよ》っていた。

以来四年近い歳月が流れた。安政四年（一八五七）、小二郎は父の『大勢三転考』の書写を終え、週に一度、「学侶方」学院で催される尊了の『大日経疏《だいにちきょうしょ》』の講伝に通いながら、同時に森の指導を受けていた。また、五條中之町の御用飛脚「日高屋」と岡左仲との間の飛脚便の受け渡しを引き受け、入郷と五條の間を二日に一度の割合で往来している。「江戸在番屋敷」の参勤交代の時期が迫って、江戸表《おもて》の情勢も時々刻々と伝わって来た。

主善館の講義の帰り、書肆「松屋」に寄った小二郎は、一人の男に声を掛けられた。

「おい、小僧」

背の高い、髭面の若い男だった。

「高野山から来とるんやてな。伊達宗広のせがれと聞いたが、藩に復讐しとうないんか？　この御時世で、坊主になってどないする」

男は板谷《いたや》統一郎といって、「松屋」の裏の通りで金物屋の看板を掲げながら金物は置かず、「護摩之助丸《ごまのすけがん》」という自ら調合した胃薬を販売している。小二郎が「松屋」に立ち寄った時、よく裏路地の方角から、裂帛《れっぱく》の気合を掛ける異様な声音《こわね》が響いて来た。

板谷は筋金入りの尊王攘夷思想の持主で、庭の隅に二本の薪《まき》を並べ、その上に腐蝕させた藁束を置き、気合と共に、刀身を地に付けずに斬り捨てる稽古を連日続けている。このやりかたで、人の首を打ち落とす要領を会得したと称し、時には、外夷《がいい》を打ち払うこと斯《か》くの如《ごと》くせん、と絶叫して隣人を怖がらせていた。

「本ばかり読んでんと、剣術の稽古せんかい。儂《わし》が教えたるさかい、いつでも来いや」

と言いつつ、板谷は小二郎の耳朶《みみたぶ》をちぎれる程強く引っ張った。

ある日、師の森鉄之助が帰り支度をしていた小二郎を自室に呼んだ。

「松永様がお子たちの家庭教師を望んでおられる。私はお前を推挙しておいた」

代官の松永善之助はこの年、出羽寒河江《さがえ》柴橋代官所から着任したばかりだった。十歳の娘と八歳の息子がいる。

森は、家庭教師を依頼された時、真っ先に小二郎を思い浮かべ、推挙した。代官は小二郎の年齢を聞いて、元服前ではないかと懸念を抱いた。

森は、学力は江戸、京都のどの塾に出しても恥ずかしくない上、心根も優しい。お子たちにとっては、年齢が近いだけ身近に感じられ、素直な気持で勉学に励めるのではないか、と説得した。

「大丈夫か、うちの子らはこましゃくれた口を利くが」

「高野山の尊了師についておりますが、まるで抹香臭くありません。頭も丸めておりませんし。……実父は、紀州藩の前の勘定・寺社奉行伊達宗広様でして」

松永は驚いて、

「伊達様のことは、夙《つと》に存じ上げておる」

と応じ、話は決まった。

松永善之助の妻女佐代は、色白できめの細かい肌を持つ、雪国生れの美しい女性だった。三歳の娘を残して妻に先立たれた松永は、出羽柴橋に初めて代官として赴任した際、出羽置賜《おいたま》紬《つむぎ》の一つ、白鷹御召《しらたかおめし》の織元の娘と見合いして再婚した。

小二郎は、森の言い付けに従い、代官所に隣接する松永の邸を訪れた。門の前に佇んで、尻

込みしていると、丁度訪問先から戻って来た佐代が、

「何かご用？」

と背後から声を掛けた。

慌てて振り返った小二郎は、

「家庭教師に参りました」

と上ずった声で答えた。

頭を丸めた高野山の僧侶が来るものと思い込んでいた佐代は、自分の子供の年齢と余り変わらない少年の姿を見て驚いた。

小二郎は座敷に通され、夫人自らがお茶を運んで来た。

「ただいま子供たちが来ます。後程、主人も参りますので、少しお待ちになって下さいね」

小二郎は畏《かしこ》まって、緊張した面持ちで頷いた。

「高野山の『学侶方』で学んでらっしゃるのね」

「はい。『大日経疏《だいにちきょうしょ》』を読んでおります」

「大日……」

小二郎には、如才無く挨拶して、武家の奥方の機嫌を取り結ぶといった知恵は、授けられていなかった。

「子供たちは、人見知りする質《たち》ではありませぬが、打ち解けるまで多少の時間が……」

小二郎にとっては、夫人のような年上の美しい女性と面と向かって話すのは初めての経験

だったから、彼は落ち着かない気分のまま、相槌を打ち続けるだけで精一杯だった。

子供らが下女に連れられて入って来た。女の子は直《なお》、男の子は一雄《いちお》と名乗った。家庭教師が来ると聞いていた二人は、強面《こわもて》の厳格な先生を想像していたところ、見慣れない風貌の少年が一人座っているきりなので、当惑した表情を浮かべて、座敷内を見回した。

「お母様、先生はこれからいらっしゃるの？」

直が訊ねた。

夫人は微笑んで、小二郎を促した。

「伊達小二郎です。お二人に詩文や算術を教えるために伺いました」

子供たちはきょとんとした目付きで、互いの顔を見合わせた。松永が入って来たので、小二郎は卓から後退《あとずさ》って平伏した。

松永は、穏やかな表情で小二郎に語り掛けた。

「顔を上げよ。そなたのことは森先生からご紹介いただいた。さて、何から訊けばよいかな？」

松永は夫人に問い掛けた。

「伊達様が、詩文や算術を教えに参りました、と。漢詩《からうた》をたくさん誦《そら》じておられるそうよ」

小二郎は袂から一冊の版木本《はんぎ》を取り出した。大坂で印刷された『杜甫詩選』である。

「お嬢様、どこでもいいです、開いたところの頁数か、詩の題名を仰しゃって下さい」

直が頁数を告げると、小二郎は全行を暗唱してみせた。その詩の題名は「春望《しゅんぼう》」だった。

「では、私が」

と詩集は娘から父親の手に渡る。

「『兵車行《へいしゃこう》』」

と松永は言った。小二郎は淀みなく七言句から成る古詩を諳《そらん》じた。

「……『山寺《さんじ》』、これは難物だ」

小二郎は、十四行、百四十文字から成る五言古詩を、一語も間違えることなく諳じ終えた。

子供たちは意味も分からず、ただ目を丸くし、両親の驚きように、今起きていることが尋常一様でないことを覚《さと》った。

小二郎は、「学侶方」学院や主善館で首席を取った時と同様の得意気な表情を満面に浮かべ、上目遣いに松永と佐代の顔色を窺った。

小二郎の日々は慌しく過ぎて行く。

時に、松永の子供たちを連れて、吉野川の川原で野外授業を行うこともあった。小二郎はこれまでの屈託を忘れ、日常生活に確かな手応えと充実感を覚えて、自足した気分に浸っていた。

ある日、桜井寺の門前で、板谷統一郎が彼の帰りを待っていた。板谷は真剣な口調で、

「これを代官の奥方に渡してくれや」

と一通の手紙を差し出した。

小二郎は素直に受け取り、翌日の授業が始まる前、彼を迎えた佐代にその書状を手渡した。

この日は算術の授業で、子供たちは彼の期待に応えて、目覚しい上達ぶりを発揮した。

授業後、夫人に挨拶しようとすると、彼女は顔を背《そむ》けて、激しい怒りを露《あらわ》にし、

「今後、二度とこのようなことはなさらないで。この文《ふみ》は板谷、——名前を口にするのも汚ら

わしい――とかいう男に突っ返して下さい。何という破廉恥な言い種！　あなたはこのような卑しい心根の人物とどんな関係で繋がっているのですか」

と詰問した。

小二郎は、夫人の逆鱗に触れたと知って、凍り付いた。彼は、夫人が彼の境遇に深い同情を寄せてくれていることに気付いていた。しかし今、夫人は、小二郎が彼女の好意を踏みにじり、付け文の送り主の手先になったと誤解しているのである。

事の意外さに、小二郎の明敏な頭脳は機能停止に陥り、彼は、

「板谷が何者か……、私は……」

と口にしたところで、絶句してしまった。

小二郎は手紙を懐に、直ちに板谷の店に向かった。板谷は彼の顔を見るなり、

「あのお方は、儂《わし》の手紙を読んでくれたんか？」

と訊いた。小二郎は手紙を彼の足許に放り投げ、

「汚らわしい！　何という破廉恥な、と」

板谷は小二郎に近付いて、胸ぐらを掴み、彼の耳朶を引きちぎらんばかりに引っ張って、

「他言無用、よいな、口を滑らすとお前の家族を付け狙うぞ」

と脅した。

取り返しのつかない過失を犯した口惜しさと、夫人の信頼を損ねた後悔で胸が塞《ふさ》ぎ、小二郎は悄然として家路についた。吉野川に架かる橋の上で立ち止まり、川面を見つめるうち、両頬

を伝う涙に気付いた。立ち尽くして泣いている彼の肩に、粉雪がちらつき始めた。

翌々日、小二郎は雪化粧した高野山に登った。山内《さんない》は、間近に迫った参勤交代の噂で持切りだった。学院から誰が選抜されるか、小二郎は無関心を装って、同学たちの話の輪に加わらなかった。口頭試問や筆記試験の成績だけなら選ばれて当然だと思うが、江戸派遣は学業だけでなく、「真言」への帰依や理解力、信仰心の厚さが選考を左右すると分かっていたから、自信が持てなかった。

それから一週間後、家庭教師の日を迎え、小二郎が主善館へ赴くと、森教授が遠くを見るような目付きで、その日の授業の中止を告げた。小二郎は打ちのめされて、吉野川沿いの堤道を当てもなく彷徨《さまよ》い歩いた。

夫人はこの事態を、直や一雄に説明することが出来ないだろう、しかし、松永には報告せざるを得なかった筈だ。小二郎は、居たたまれない気持に襲われると同時に足を止めた。

「付け文の一件が、代官所経由で高野山へ知らされるとどうなる……」

その翌日、小二郎は「江戸在番屋敷」から岡左仲への飛脚便を受け取りに、再び五條の「日高屋」へ行かなければならなかった。飛脚の到着は遅れ、六ツ半過ぎ（七時頃）になった。書状を受け取って戻ろうとする頃、小雪が舞い始めた。明かりは持たないが、通い慣れた道だから迷いはしない。

吉野川を渡って野原から大津町《おおづちょう》の集落に入ると、提灯を手に、道を急ぐ人波に遭遇した。子供たちも大勢いる。彼らが向かう先に念佛寺陀々堂《だだ》の黒い森が見えた。陀々堂は茅葺屋根を廻《めぐ》らした方形の御堂で、小二郎はいつも近道するため寺の境内を横切る。

雪片に混って、森の中から火の粉が上がっている。その時、法螺貝や鉦《かね》・太鼓、板を激しく叩く連続音が、闇を切り裂いて響き渡った。

「火が点いたぞ。ほれ、急げや。鬼走《おにはし》りが始まるぞ！」

前方から声が上がると、人々はいっせいに駆け出した。小二郎は押し倒されそうになったが、何とか体勢を立て直すと、そのまま流れに身を任せて、境内まで運ばれた。

念佛寺の境内は見物人で埋め尽くされている。檜葉《ひば》を燻《いぶ》した煙霧が立ち籠め、突然、堂内から大般若経を斉唱《せいしょう》する大音声《だいおんじょう》が湧き起こった。すると堂内正面に、燃え盛る大きな松明を翳《かざ》した鬼が一匹ずつ飛び出して来た。鬼は松明を、何かの文字をなぞるように左右に振り回した。

鬼には赤鬼（父鬼）、青鬼（母鬼）、茶鬼（子鬼）の別があり、鬼面は人の顔の三倍以上の大きさで、松明は長さ一・二メートル、直径七十センチ、重さ六十キロもある。

五條・阪合部《さかあいべ》郷《ごう》大津町に四百年以上続く厄除豊穣祈願の火祭り「鬼走り」は、毎年一月十四日に開催される。

小二郎は、この勇壮な行事を初めて見た。

赤鬼、青鬼、茶鬼は本尊の阿彌陀如来立像を背にして堂の正面に立ち、群衆に向かって見得《みえ》を切ったあと、松明を振り回しながら堂の周囲に廻《めぐ》らされた廊下を直《ひた》走る。松明の巨大な炎が軒端を舐め、屋根まで龍頭のように伸び上がる。群衆の中から悲鳴とどよめきが湧き起こった。降り掛かる火の粉や、火が点き掛けた軒端を、水天《かわせ》（火消し役）が水桶から笹竹で水を掬って消火する。

松明を掲げて堂内を三回疾走する三匹の鬼は、羅漢《らかん》の遣いとされた。小二郎は、松明の明かりに全身を照らされるたび、自らの罪や穢《けが》れが払われ浄化される心地がして、鬱屈した気分をいっとき忘れることが出来た。

松明の芯に差し込まれた松根《まつのね》が炸裂し、見たこともない大きな炎が小二郎の左前方にある五輪塔《りんのとう》に伸《の》し掛かった。その明かりの中に、彼は松永代官と夫人、二人の手代に肩車された直と一雄の姿を認めた。更に、一間程離れた背後の人込みの中から、夫人のうなじに視線を据えた板谷統一郎の顔が浮かび上がる。

小二郎は慌てて人波から身を解《ほど》き、境内の外に逃れると、入郷への道を闇雲に突っ走った。雪は止んで、月が山の端に大きく顔を覗かせて道を照らした。

入郷に帰り着いたのは四ツ半（午後十一時）近くだった。岡左仲は小二郎の帰りを待ちわびていた。尊了師からの書状が届いて、伊達小二郎の江戸派遣が決まったことを知ったのだ。岡は、小二郎の顔を見るなり告げた。

「良い知らせじゃ」

小二郎の喜びは大きかった。致命的に思えた付け文の一件は、この決定に影響を及ぼさなかったのだ。それぱかりではない。「所払い」以来、これまで強いられて来た不本意な生き方から遂に解放される。江戸に出るということは、彼にとって、良いめぐり合せに向かって生きて行くことを意味した。「鬼走り」の松明の明かりの中で見た松永夫人や子供たちの光景も、板谷の邪悪な相貌も、今や遠眼鏡《とおめがね》を逆さまに覗いた世界のように遠景となり、やがて記憶の中から消えて行くに違いない。

奇しくも今夜、小二郎が運んだ「江戸在番屋敷」からの飛脚便は、幕府より下った参勤交代を今月中に行うようにとの沙汰を伝えるものだった。

出発の日時は追って「学侶方」から連絡があるだろうが、何時でも応じられるよう支度を整えておくように、と岡は言った。

小二郎は頬を紅潮させて、岡と尊了師への感謝の言葉を述べたのち、

「あとに残る母や妹たちを、何卒宜しくお願い致します」

と付け加えた。

「三人のことは私に任せてくれ。疲れたやろう、もう帰って寝なさい。……そうや、今日は五條の『鬼走り』やったな」

「はい。帰る道すがら丁度出会《でくわ》して、少し見物して参りました」

「そりゃ吉兆や。江戸に立つ前、羅漢様の遣いに会うとは縁起がええ」

岡は、小二郎に江戸派遣要員に選ばれたとだけ伝えたが、尊了の書状には、小二郎に関しては意見の対立があったことが記されていた。

尊了師の岡宛書状の要約。

――従来、高野山の参勤交代は、諸大名に較べ地味で小規模だったが、あるいは今回が最後になるか。岡殿の指摘通り、次期将軍の継嗣《けいし》問題、日米修好通商条約の勅許をめぐる混乱など、

幕藩体制の弱体化は否めず、二百年以上にわたって続いたこの制度も綻びが見え始めておる。先日の御重役会議に於て、経費の問題もあり、江戸表からの意向も踏まえ、この度は必要最小限度の交代に止めることとして、江戸からは十二名の帰山《きざん》、「お山《やま》」から江戸へは七名と決した。

その中の一名に選ばれし小二郎は、教学課程の成績は文句の付けようがない上、その才気煥発ぶり、呑み込みの早さは誰しも認めるところ。しかし、今回の派遣については、一部に反対意見もあった。

彼は宗教心に欠け、俗界への野心や出世欲を口にして憚らぬ面がある。最年少にも拘わらず、同学を見下すが如き態度に出て、反感を買うことも屡々《しばしば》云々……。

尤もな見方ではあるが、この逸材を、聖職者としての資質がないからといって、この地に埋もれさせてよいものか。

小二郎には人徳が無い故、人を率いて組織を作るなど所詮無理。己《おのれ》の才覚、能力を活かして世渡りするしかなかろうが、一度《ひとたび》才能を十全に発揮させる人物に出会せば、空恐ろしい功績を挙げ得る力を持つかと推察。この度の選抜、最後は独断で押し切ることにした次第。

岡は書状を畳みながら、独《ひと》り言《ご》つ。

小二郎は江戸へ行き、学問に勤《いそ》しむ。家兄の伊達宗興は、紀北の一村に謫居《たっきょ》して、幕府に対し、改易の撤回と藩政改革の直訴状を用意していると聞く。伊達宗広は、いずれ幽囚の身から現役復帰するであろう。

紀州藩存亡の秋《とき》、この親子三人の働きが、藩の窮状を救う日が来るやも知れぬ……。

安政五年（一八五八）二月朔日《さくじつ》、出立の日が来た。小二郎は行李の底に、書写した父の著作『大勢三転考』を収めた。一行七人の中に、珍しく「行人方」の一人が加わった。かつて小二郎が壇上伽藍で迷った時、無量光院まで案内してくれた若い僧である。

岡左仲と母と妹たちが、伊勢街道、橋本と五條の境の待乳山《まつちやま》まで小二郎一行を見送った。

3

昨年末、余は慌しく新しい獄舎に移された。三浦介雄《すけお》やマタギの梶清三も共にである。新獄舎はレンガ造りで、山形城趾《じょうし》の濠端《ほりばた》にあり、濠に沿ってコの字に建てられている。旧獄舎に較べ監房は広く、窓もやや大きく切ってあり、樹木の植わった内庭も備えているのはありがたいが、肺を病む身に寒さはこたえる。由良がラッコ皮のコートを差し入れてくれなければ、どうなったことやら。しかし、三浦は南国生まれのくせに何故か寒さに強く、弱音を吐いたことがない。

新獄舎は、以前、長期間女囚の裁縫場だったらしく、壁板の目地や床の隙間などから風が吹き抜ける時、ふと女体の微かな残り香が匂い立つような気のすることがある。ここで針仕事をしていた女性たちは、どこへ移監されたのだろう。

獄舎には、今日《こんにち》、二十五名の囚人がいる。国事犯は余と三浦の二人だけで、余は肺疾のため労役を免じられている。

今朝は、久し振りに空が晴れ渡った。余は内庭の百日紅《さるすべり》の木に凭《もた》れて、ベンサムの著作を読んでいる。塀の外は濠端の道で、三浦たちは道路の除雪作業に駆り出された。塀越しに三浦や梶の掛け声や笑い声が聞き分けられる。どんなきつい労役であろうと、足枷《あしかせ》さえ外されれば心が浮き立つものらしい。

マタギの梶は、父親をムジナの化物《ばけもの》と思い込んで殺害したというが、そのいきさつをいつか本人の口から聞いてみたい気がする。これまで接して来た限り、律義で穏やかな性格で、話すことも筋が通っていて、彼がそのような妄想に捕らわれるとは思えない。

本から視線を上方に移すと、高さが十尺余りのレンガ塀の天辺に、西蔵王の稜線が載っている。峰々が深い雪に蔽《おお》われていても、稜線の形だけは変わらない。

余はこの稜線に、高野《こうや》から西吉野にかけての山嶺《さんれい》の記憶を重ねてみる。余はかつて、母と妹とともに、高野山領の村で逼塞《ひっそく》生活を送っていたが、あれから二十年後の現在、監獄につながれる身となった。

安政五年（一八五八）の二月朔日、余は新しい生を求めて村を出たが、有為転変の日々を経て辿り着いたのがこの獄舎とは。

苦い思いが胸を衝く。

江戸で学んだ安井仲平先生が、若い頃、半折《はんせつ》に書いて柱に貼ったという「今は音《ね》を忍《しのぶ》が岡の時鳥《ほととぎす》」の句が、しきりと脳裏に浮かぶ。

除雪作業を終えた三浦が戻って来た。

「先生、ベンサムの翻訳は捗りましたか？　昨日の話の続きを聞かせて下さい」

「梶君はどうした？　訊いてみたいことがあるんだが」

「梶は今、面会室にいます。女房が差入れに来たんですよ、あとで呼びましょう」

「私が和歌山藩欧州執事として、欧州視察に出掛けたのは、明治三年九月のことだ。三カ月間、駆け足でイギリス、フランス、ドイツと回ってアメリカ経由で帰って来たんだが、丁度アメリカに出張しておった伊藤博文とニューヨークで合流して、一緒にサンフランシスコから太平洋汽船ジャパン号で帰国した」

「負債者監獄の話の前に伺いましたね」

「その旅でロンドンを訪れた時、たまたま読んだニューズペーパーの話をしよう。『ロンドン・タイムズ』という一流紙に、毎回必ず〝短評欄〟、コラムというが、これが載っている。滞在中、毎日チェックしてみると、気が利いた愉快な話題ばかりで面白い。その中の一つに、こんなものがあった。

例えば、三浦君、君がある日、あるものを八万六千四百個受け取るとする。君はこれを、一日のうちに使ってしまわなければならない。八万個以上のものを、どうやって一日で消費するか、という問題だ。さて、どうする?」

三浦は驚いて、

「そりゃ一体何ですか。食い物じゃないですよね」

三浦は額の小さな角《つの》のような瘤に人差し指を当てて、しばし沈思黙考したのち、

「ナムハチマンロクセンヨンヒャッコ、私の頭ではとても」

と降参した。

「それは〝時間〟なんだ。一日を秒単位で数えると、八万六千四百秒になる。来方行末《こしかたゆくすえ》を思い煩うより、今日の八万六千四百秒をどう使うかが大事だという主旨のコラムだった。その通りだと思うが、さて実際総ての時間を有効に使えるかというと……」

「除雪作業は、時間のうまい使い方になるんでしょうか?」

「どうだかな、tick-tack, tick-tack……」

余は、収監されている間に、果してベンサムの訳本を上梓出来るか。時間との競争だが、そもそもこの場所から生きて娑婆《しゃば》に戻れるかどうか判然としない……。余は三浦に、〝Time flies like an arrow〟の意味を説明してやることにした。

この北国で椿の木を見るのは珍しい。

我が紀州、紀伊半島には自生の椿が繁茂する。古来、半島は熊野《くまの》と呼び慣わされ、熊野はまた比丘尼《びくに》の国でもある。彼女たちは、霊験あらたかな熊野権現信仰を広めるため、椿の枝を手に、春をひさぎながら遠く陸奥《みちのく》まで旅をした。彼女たちの多くは彼の地で斃《たお》れ、埋められた。

いつかその場所から椿が芽を出した。雪深い北国の岬などに、温暖の地の椿が群を成している
のは何故か、と問い掛けてみる人が、いずれ現れるかもしれぬ。

お亮どの

相認《あいしたた》めまする。

永きうちにはいろいろのことあるべきなれど、今この一日を充ち足りて過ごすべき、何事もすべてしんぼうと神ながら守りたまえ清めたまえと念じて、我らが共に獄中にあることと思いなせば、何事なりと辛抱できざることあるべからず。すべて事物にしのびてかんにんすることは世を渡り候儀の第一の心得に候なり。しかしまたあまり屈しすぎても永き日を送りがたし。まして御身は、我身同様常々病身のことゆえに、おりおりは気散じなされ、くれぐれも大切に身を保つべし。

春にもなりたれば都合により御身自分にてこの地へもまいり候てはいかが。さのみむつかしき道中にてもなし。五、六日かかりたればまいり候ことゆえ、折よきときにまいり候もまた気放じになるべし。

一月五日夜　　ミつ

（陸奥は妻への手紙にこう署名した）

翌日早朝、余は梶の死を知らされた。昨日、彼の妻が半年ぶりに面会に訪れた。あたたかい衣類や砂糖、胃薬などを差し入れ、手を取り合い、泣きながら別れたという。

梶の妻は半年前、既に別の男と再婚していた。そのことを知らせるため、彼女はやって来たのである。梶は何も知らずに妻の差入れを心から喜んだ。そして、別離の言葉を告げられたのだ。梶の懲役刑は十年で、出獄までまだ六年も残っている。

梶は深夜、裂いた獄衣を繋ぎ合せ、独房の窓の鉄格子に結んで首を吊ったという。書き置きは残されていなかった。

余は、銀閣寺の北側から、大文字川に沿って山道を登り始めた。赤い小さな橋を渡ると、道は急登《きゅうとう》になり、深い森の木の間隠れに射し込む陽光を受けて、小鳥たちが翼を翻しながら囀《さえず》り合う。微風が梢を渡る。

急ぎ足で登っているのに、少しも息苦しさを感じない。体が軽く、樹上の小鳥の如く移動して行く。しかし、突然、誰かに追尾されていることに気付いた。こちらが足を止めると同時に動きを止め、歩き出した途端進み始める。一定の距離を置き、決して接近して来ない。誰だろう、役行者《えんのぎょうじゃ》か？

余は背後を振り返ろうとするが、肩甲骨が強張《こわば》って上半身を捩ることが出来ない。えい、ままよ、とそのまま登り続けると、前方の森が開けて全身が明るい陽射しに包まれた。

余は、いつの間にか大文字山の中腹の斜面に立っている。眼下には京都の街並が広がる。かって瀬戸内海の水が入り込んでいたと言われる盆地に、今なお、沈み込んでいる海底の都だ。

左右を見ると、漆黒の闇に浮かぶ「五山の送り火」を演出した火床が点在し、余の足許にも、薪を井桁《いげた》に組んで火を点した痕跡が残されている。

余は再び頂上を目指して歩く。呼吸は楽で、肺がいつにも増して大きくなったように感じられ、まるで息切れしないのが不思議でならない。

左右に巨大な岩塊が現れ、その角を左に曲った途端、前方およそ七〜八間先に薄墨色の影法師が立ち尽くしているのに気付き、驚いて立ち止まった。すっかり忘れていたが、麓から追跡して来たのはこの影法師に違いない。今度は先回りして、待ち伏せしていたのだ。

影法師は地面に伸びているのではなく、直立して余の方を疑わし気な様子で見つめ、観察しているように感じられた。

気圧され、脱力感に襲われた余は、膝から地面に頽《くずお》れ、両手を突いた。

「お許し下さい」

思ってもみなかった言葉が反射的に口を突き、同時に両手の肘の内側、両足の膝の裏側から粒状の蕁麻疹《じんましん》が顔を出し、次第に両手両足全体に広がり出した。赤い発疹は強い痒みを伴い、余は奇妙なかたちに体をくねらせた。

いったん痒みが収まると、余はもう一度、

「お許し下さい」

と呟き、顔を上げると、薄墨色の影法師は跡形もなく消え去っている。余はゆるゆると立ち上がり、向きを変え、悄然として下山し始めた。

「先生」

呼び掛けられて目覚めた余は、枕許に畏《かしこ》まっている男の顔を認め、それが三浦介雄と分かると、フンッと鼻を鳴らして半身を起こした。

「ご気分は如何ですか？」

余は昨夜、喀血した上高熱を発して、倒れ込むように寝床に入ったのだった。そして、本日昼近くまで寝入っていた。目覚めてもなお、先程の夢の人物、薄墨色の影法師が何者か考え続けた。あれは、一応知ってはいるが、よくは知らない誰かだ。

思い当たらないまま、余は素っ気ない口調で、

「喉が渇いた」

と三浦に告げた。

その時、典獄が入って来た。

「県令三島通庸《みちつね》様からの差入れじゃ」

「何方《どなた》ですって？」

三浦が振り返って素頓狂な声を上げた。

「何度も言わせるな。県令様じゃ」

典獄の背後に、県令の使者が唐草模様の風呂敷に包んだ重箱を持って立っている。

三浦同様、余も耳を疑った。三島通庸は大久保利通と同じ薩州人で、大久保に忠実な保守派の強権政治家、「わっぱ騒動」ではさんざん油を絞ってやった。恨みに思っていない筈はない。配流先が山形と決まった時、先ず彼の顔が脳裏を掠めた。どのような意趣返しを仕掛けて来るか、何しろ余は囚われの身なのだから、警戒心を緩めるわけにはいかない。

重箱の中身は、牡丹餅《ボタモチ》と大きな黒砂糖の塊《かたまり》だった。余が下戸、甘党であると知っての差入れだ。「牡丹餅をこわごわ上戸《じょうご》一つくひ」（誹風柳多留《はいふうやなぎだる》）という川柳を思い出す。

獄中で、政敵に毒を盛られた事例は、古今東西、枚挙に遑《いとま》が無い。

上等な餡《あん》と餅の甘い香りが辺りに漂う。甘党の余が、手を出さないのを見て、三浦が、

「先ず私めが毒味をさせていただきます」

と牡丹餅を口に入れた。さらに、二つ、三つと矢継ぎ早に頬張る。実に旨そうである。

余を恨んでいるにしろ、県令の重責を担う三島が、毒を盛るような陋劣《ろうれつ》な手段を選んで、復讐を謀《はか》るとは思えない。三浦の身には何の異変も起こらなかったので、余も一つだけ、摘んでみることにした。

4

安政五年（一八五八）一月、幕府は日米修好通商条約の勅許を朝廷に請うため、老中首座堀田正睦《まさよし》（佐倉藩主）自らが京都へ向かった。

条約には、江戸に駐在代表を置くこと、下田・箱館・長崎・新潟・兵庫・神奈川を開港、江戸・大坂を開市し、開港地に領事を置くこと、輸入・輸出に制限を設けないことなどの条項が盛り込まれていた。しかし、この条約は、アメリカ側に領事裁判権（治外法権）を認め、日本側には関税自主権がないなど、日本に不利な内容の〝不平等条約〟であった。

産業革命を経た欧米列強の資本主義は、アジア諸国を世界市場へ武力によって強制的に編入し、植民地化を加速させようとしていた。幕府首脳は、もはや開港・貿易にしか道はないとして、条約締結に踏み切ろうとした。

京都で、堀田正睦らは、国際情勢の変化を説き、条約を拒否すれば欧米列強を敵に回すことになり、日本は占領されると述べて説得を試みたが、朝廷側は、幕府が倒れるのは構わないが、天皇の安泰と国体が脅かされるのではないかと恐れ戦《おのの》いた。この事態を受けて、八十八名もの堂上《とうしょう》公家（昇殿を許された官位の高い公家）が禁裏御所に集まり、勅許反対を訴える前代未聞のデモンストレーションを行った（八十八卿の列参奏上）。

その一方、幕府内では、次期将軍をめぐる深刻な対立があった。十三代将軍家定が病弱で後継の男子がいなかったため継嗣《けいし》をめぐって、水戸藩前藩主徳川斉昭《なりあき》の七男一橋慶喜《よしのぶ》を十四代将軍とする派と、紀州徳川家の徳川慶福《よしとみ》を推す南紀派が争っていた。

条約と継嗣という二つの問題に直面する中で、安政五年四月、難局を乗り切るため、彦根藩主で、江戸城溜間詰《たまりのまづめ》出身の井伊直弼《なおすけ》が大老に就任する。大老は幕府の臨時の職制で、老中の上に置かれた。

井伊は、紀伊の徳川慶福を次期将軍に推す南紀派の筆頭だった。井伊の大老就任に際しては、紀州徳川藩家老で新宮藩主水野忠央《ただなか》が潤沢な資金を提供して、力を貸したとされる。その資金とは、かつて伊達宗広が紀州藩勘定奉行、惣括役として築き上げた「熊野三山寄付金貸付方」から齎《もたら》されたものである。

井伊は、先ず外憂を取り除こうとし、アメリカとの条約を締結するため、天皇の承認を得ようとした。

孝明天皇は、日米修好通商条約の勅許を拒絶した。堀田正睦は上京の目的を達せないまま、江戸に帰らざるを得なかった。しかし、幕府が、天皇から条約調印の許可を得ようとしたこと自体、前代未聞だった。その上天皇が、幕府の意向に反する決定を下したのも、異例の措置と言える。江戸時代の禁裏（天皇家）の収入は、幕府より進献される凡そ三万石余のみであった。これは高野山領の石高と同程度であり、直轄領五條の八万石の半分にも充たない。

四月、幕府は大老の井伊、老中の堀田が諸大名に開国を諮問して、大旨《おおむね》の同意を得る。六月十七日、アメリカ駐日総領事ハリスは、軍艦ポーハタン号で横浜沖に来航すると、幕府に対して、アロー戦争（第二次阿片戦争）に事実上勝利した英仏連合軍が日本へ向かう形勢にあることを伝え、通商条約の早期締結を迫った。

大老井伊直弼は再び天皇の承認を得るつもりだったが、余りにも時間がかかるため、幕府の独断によって調印することを決断。六月十九日、日本全権に任命されていた目付の旗本岩瀬忠《ただ》震《なり》と下田奉行の旗本井上清直《きよなお》の二人が、ポーハタン船上で行われた日米修好通商条約十四カ条と貿易章程七則の調印式に臨んだ。

これに対し、六月二十四日、水戸藩前藩主徳川斉昭と藩主徳川慶篤《よしあつ》、尾張藩主徳川慶勝《よしかつ》、福井藩主松平慶永《よしなが》（春嶽《しゅんがく》）が〝不時登城《とじょう》〟し、次期将軍に一橋慶喜を推す一橋派の諸大名ともども、条約調印を孝明天皇の勅許を得ずに行ったことに反発、井伊の独断専行を追及した。

その翌日、井伊は諸大名の動きをよそに、紀州和歌山藩主徳川慶福（家茂《いえもち》）を、十三代将軍家定の後継とする旨公布、直ちに慶福は江戸城に入ることとなった。

そして、七月五日、〝不時登城〟した大名と一橋派の大名に謹慎が命じられた。

七月六日、十三代将軍徳川家定、薨去《こうきょ》。

七月八日、幕府は外国奉行を設置し、旗本の水野忠徳《ただのり》ら五人を任命した。日米修好通商条約締結後、幕府は間髪を容れずオランダ、ロシア、イギリス、やや遅れてフランスとも修好通商条約を結んでいる（安政の五カ国条約）。

一月後の八月八日、突如水戸藩に密勅が下った。水戸藩京都留守居役に、修好条約調印の説明と公武合体・攘夷実行を求める勅諚《ちょくじょう》である。条約の締結は、極端な異人嫌いで攘夷派の孝明天皇の逆鱗に触れた。これをこの年の干支《えと》に因んで「戊午《ぼご》（つちのえうま）の密勅」と呼ぶ。「戊午の密勅」が水戸藩に下ったのが八月八日、その二日後、孝明天皇はより抑制したかたちで、条約の締結を不満とする勅諚を幕府に下した。それは公武合体・攘夷実行には触れず、幕政改革を促すものだったが、幕府を飛び越えて、強い調子の幕政批判の勅諚を水戸藩に下したことは、幕府にとって看過出来ない行為であった。幕府は水戸藩に勅書の返納を要求するが、水戸藩は拒否した。

大老井伊は、この「戊午の密勅」事件を切っ掛けに、幕府の権威の回復を目指して、尊攘派藩主、藩士、志士たちの弾圧に乗り出す。「安政の大獄」である。

水戸藩に対する制裁はとりわけ厳しかった。前藩主徳川斉昭（永蟄居）、藩主徳川慶篤（登城停止）、家老安島帯刀《たてわき》（切腹）。尾張藩主徳川慶勝（隠居・幽閉）、福井藩主松平慶永（隠居・謹慎）……。制裁は朝廷にも及び、左大臣、右大臣、前関白などが落飾（髪をそりおとして出家する）・謹慎などの処分を受けた。藩士、志士たちには更に苛酷な制裁が科され、福井藩士橋本左内、萩藩士吉田松陰らは斬罪となった。

吉田松陰が米国への密航を図って乗船を企てたのは、米国海軍旗艦ポーハタン号であったが、その四年後の安政五年六月、日米修好通商条約の調印が行われたのもまた同船上であった。更にその二年後、日米修好通商条約の批准書を交換するため、幕府によって派遣された遣米使節団（万延元年遣米使節団）総勢七十七名が乗船したのも同じポーハタン号で、使節団は大老井伊直弼よりアメリカ合衆国大統領ブキャナン宛ての国書を携行していた。

ポーハタン号には咸臨丸が随伴船として従った。咸臨丸の提督は軍艦奉行の旗本木村芥舟《かいしゅう》、艦長勝海舟、通訳の中浜万次郎ら九十余名、また木村の従者として福澤諭吉の姿もあった。

強固な幕藩体制の再構築を意図して、粛清と開国によって難局を乗り切ろうとした井伊だったが、時代は、新たな国家体制を目指す模索と闘争のうねりの中へと突入しつつあった。

萌芽は既に溯ること半世紀以上も前に現れた。天明七年（一七八七）、江戸市中で米屋、質屋、酒屋など米を持っていそうな九百軒以上の商家が、貧民の集団によって打ちこわされた。町奉行の力では防げず、アナーキーな状態が数カ月にわたって続いた。京都では、禁裏御所の築地《ついじ》塀《べい》を群衆が取り巻き、御所の中にお賽銭を投げ入れて、天皇に救済を祈る人々の数が連日、五万人に上《のぼ》った。「御所千度参り」である。

天明の大飢饉から四十数年後、長雨・洪水・冷害によって起きた天保《てんぽう》の大飢饉（一八三三〜一八三六）の際も、一揆・打ちこわしが全国各地に発生し、その対応をめぐって、幕藩体制の弱体化が進んでいることが誰の目にも明らかになりつつあった。「御所千度参り」に象徴されるように、民衆の意識の中に、将軍に代わって、まだ誰も見たことのない天皇の存在が、おぼろげなかたちで浮かび上がって来る。

同様に体制の中からも、天皇の存在に歴史的意義を見出そうとする考え方や動きが出て来た。天明の大飢饉を白河藩主として乗り切り、その手腕を認められて老中首座・将軍輔佐《ほさ》に就いた松平定信は、若い将軍家斉に助言するに当たって、「六十余州は禁廷（天皇）より御預り」したものである、との持論（大政委任論）を開陳した。

　天皇が大政を将軍に委任したとする「大政委任論」は、委任した以上、天皇は将軍の職責である大政に口出し出来ないとする論法で、幕府の支配を肯定、強化しようと考え出されたものである。しかし、同時に天皇を日本国の君主に、将軍をその臣下に位置付ける説でもあるため、幕府にとっては「諸刃《もろは》の剣《つるぎ》」となり、やがて慶応三年（一八六七）十月十四日、十五代将軍徳川慶喜による「大政奉還」、即ち幕府が朝廷へ政権を返上する歴史の流れへと繋がって行く。

　更に、「大政委任論」とは別に、日本を神代から成る万世一系の天皇（現人神《あらひとがみ》）を頂点に戴く、世界に類を見ない国であるとする「皇国」「尊王」史観が、水戸学や国学者、神道家などによって唱えられ、やがて儒学者、蘭学者までが日本を指して「皇国」と記述するようになる。

　そして、今、日本の海に異国（外夷）の軍艦が次々と現れ、「皇国」を脅かそうとしている。尊王攘夷の運動が、倒幕と結びついて変革が起きつつあるこの時、『大勢三転考』の著者伊達宗広は紀州田辺の「囲所《かこいしょ》」の中で、時勢をどう見て何を考えていただろうか。

　僧慈円の『愚管抄』が、仏教的な「道理」という歴史外の理念で歴史を語り、また六代将軍家宣《いえのぶ》の侍講《じこう》を務めた新井白石が『読史余論』で、支配勢力の変遷による歴史を叙述し、徳川将軍の権力の正統性を天皇ではなく、天と徳に求めたのに対して、伊達宗広が、支配制度の性質と変遷に洞察の目を向けたのは、幕藩体制の解体期に身を置いた彼の危機意識の表れかもしれない。

安政五年（一八五八）十月二十五日、十三歳の徳川家茂《いえもち》が十四代将軍に就任する。かつて紀州藩江戸付家老水野忠央、同じく江戸家老安藤直裕《なおひろ》が中心となって、十三代藩主に擁立した徳川慶福《よしとみ》その人である。慶福はその時四歳で、江戸在住のまま就任した。この時の擁立劇、江戸派によるクーデターで伊達宗広は失脚した。

紀州藩の実権を握った水野の次の狙いは、病身の家定《いえさだ》に代わって、慶福を次期将軍職に就けることだった。吉宗以来、二人目の紀州出身の将軍を誕生させようという野望である。

水野忠央について、彼を単なる謀略政治家と見るのは近視眼的かもしれない。水野は開明的な藩主でもあり、新宮城主として藩校を町人、農民にも開放し、医学所や施療院を充実させ、逸早くフランス人技師を新宮に招聘して、日本初の小型軍艦を建造した。愛書家で国史・記録・故実・歌集・物語など稀覯《きこう》書を集めた叢書を編纂、これを新宮城の別称丹鶴《たんかく》城に因んで「丹鶴叢書」と呼ぶ。また数万冊にものぼる蔵書を残している。

徳川家茂が将軍に就任した年、二十九歳の吉田松陰はまだ萩の生家に幽閉されていた。松下村塾を開き、畑の草を抜きながら少年たちに本を読み聞かせ、雑談した。殆どが旅とそこで出会った人物の話である。

彼は二十一歳で初めて萩を出て九州を歴遊し、二十五歳で萩・野山獄《のやまごく》に繋がれるまで、旅ばかりしていた。熊本には横井小楠《しょうなん》が、江戸には佐久間象山《しょうざん》がいた。大和・五條に森鉄之助を訪ねたのは、二十四歳の四月である。

彼は塾の生徒たちを「あなた」と呼び、弟子入りして来た少年には、「御勉強なされよ」と丁寧に優しく語り掛けた。この少年たちの中に、久坂玄瑞《くさかげんずい》、高杉晋作、伊藤利輔（博文）、山縣小輔（有朋）がいた。

しかし、この年（安政五年）十一月、松陰は幕府が外圧に屈したことを憤り、大老井伊の腹心として、朝廷工作や尊攘派弾圧の指揮を執っていた老中間部詮勝《まなべあきかつ》（越前鯖江藩主）暗殺計画を企てる。

老中間部詮勝要撃を企てた吉田松陰は、藩に武器弾薬の借用を願い出るが、藩は無論、門弟の高杉晋作らまでが無謀と反対して、目論見は実行に移されなかった。この時の計画メンバーには入江九一・野村靖《やすし》の兄弟がいる。

明けて安政六年（一八五九）五月、突然幕府は松陰を江戸に召喚する。理由は、既に捕縛されている梅田雲浜《うんぴん》と倒幕の謀議を行ったかどうかの吟味のためだった。

梅田雲浜は元・若狭小浜《おばま》藩士、在京の尊攘実行派志士の指導者で、「戊午の密勅」降下の仕掛人とも目されていた。

評定所での審問で、謀議の事実はないことが明らかになり、松陰の容疑は晴れた。しかし、松陰はここで、奉行に対して、憂国のため行おうとした間部要撃計画を告白してしまった。松陰は、この計画は当然、藩によって幕府に通報されていることと考えて、自分の信念を公儀に向かって表明する絶好の機会と捉えたのである。しかし、藩は御咎めを恐れてか、松陰の身を慮《おもんぱか》ってか、幕府には伏せたままだったのだ。

余曰く。

「間部侯上京して、朝廷を惑乱するを聞き、同志連判し上京して侯を詰《なじ》らんと欲す」

奉行曰く。

「汝、間部を詰らんと欲す。間部聴かずんば将《まさ》にこれを刃《やいば》せんとせしか」

余曰く。

「事未だ図るべからざりき」

奉行曰く。

「汝が心誠に国の為にす。然れども間部は大官なり。汝これを刃せんと欲す。大胆も甚し、覚悟せよ。吟味中揚屋入りを申付くる」


高杉晋作は獄中の師への書簡で、「丈夫《じょうふ》死すべき所如何《いかに》」と尋ねた。松陰は答えた。「死して不朽の見込みあらばいつでも死ぬべし。生きて大業の見込みあらばいつでも生くべし。僕が所見にては生死は度外に措《お》きて唯言うべきを言うのみ」。

一方、松陰が要撃の標的とした間部詮勝は、大坂城代、京都所司代を歴任した能吏で、井伊政権下でも老中として手腕を発揮、開国・五カ国修好通商条約の勅許を求める朝廷工作に専念していたが、井伊大老の水戸藩に対する苛烈な処分に対して寛大さを進言したため遠ざけられ、一万石削減、隠居・謹慎の処分を受けた。

松陰は、その日まで処分は重くても遠島《えんとう》と考えていた。しかし、十月十六日に呼出され、口《こう》書《しょ》に書判《かきはん》する時になって、自分が供述しなかった事実が記され、末文に「公儀に対し不敬の至」とあるのを見て、死を覚悟した。

松陰の処刑は十月二十七日朝だった。従容《しょうよう》として死に就いたわけではない。「彼縛らるる時まことに気息荒く切歯し口角泡を出す如く実に無念の顔色なりき」と同房の者の証言がある。

翌々日の十月二十九日、遺骸は小塚原の回向院に送られた。藩邸には桂小五郎と伊藤利輔がいた。桂は藩の大検使として江戸に在勤していて、自らの手附《てつき》（秘書）として伊藤を連れて来ていた。

桂はこの時二十七歳、松陰を師として慕っていた。伊藤は十九歳、萩の農家出身で、松下村塾の近くに住み、草鞋りをしながら松陰の話を聞いた。

桂小五郎、伊藤利輔、藩士の尾寺新之丞、飯田正伯《しょうはく》の四人が回向院に駆け付ける。役人が彼らに松陰の屍の入った四斗桶を示す。蓋を開けると、――首は胴体を離れ、顔色は生けるが如くだが血に染まり、四人はその有様に悲憤、慟哭《どうこく》した。

桂が水を注いで血を洗い、それぞれが着衣の一部を脱いで裸の松陰の体に着せ、伊藤は自らの帯を解き胴と首を結び付け、甕に納めて埋葬した。

松陰は処刑の前夜、遺言書「留魂録」を二通認《したた》めた。一通は飯田正伯から萩へ送られたが、維新の混乱の中で失われた。松陰は、もう一通を同じ獄にいた沼崎吉五郎という男に、汝、出獄の日、これを長（州）人に致せよ、と托した。沼崎は三宅島で遠島の刑に服した。十七年後の明治九年（一八七六）、神奈川県権令《ごんれい》（副知事）野村靖を一人の男が訪ねて来て、一通の書付を差し出した。松陰の「留魂録」である。沼崎は、権令が長州人と聞いて届けに来たのだった。

――今日義卿《ぎけい》（われ）奸権《かんけん》の為に死す。天地神明照鑑上にあり。何惜しむことかあらん

身はたとひ武蔵の野辺に朽ちぬとも
留《とど》め置《おか》まし大和魂

神奈川県権令野村靖は、かつての松下村塾塾生、松陰に従って間部詮勝要撃計画に兄・入江九一と共に加わった少年である。彼の妹すみは、伊藤博文の最初の妻となった。
更に、野村が権令として赴任（一八七六年）する四年前の神奈川県県令は、陸奥宗光であった。

安政七年（一八六〇）三月三日は「上巳《じょうし》の節句」（桃の節句）で、諸大名はこぞって祝いの登城《とじょう》をする。この日は明け方から雪催《もよ》いの空で、そのうち小雪が舞い始め、やがて牡丹雪に変わった。朝五ツ（午前八時）、江戸城中から登城を告げる太鼓が鳴り響くと、待機していた諸大名の駕籠が桜田門を潜って城内へと入って行く。内濠沿いには、年に数度の諸侯のきらびやかな行列を見物しようと、八百八町から大勢の人々が集まっている。中には、わざわざ『武鑑《ぶかん》』を手に、旗指物《はたさしもの》や家紋から藩主の名を当てて得意がる輩《やから》もいる。

「井伊様だ！」

その時、抜刀した一団の刺客が、彦根藩の行列に襲い掛かった。供揃《ともぞろ》えは総勢六十人程。拳銃が発射された。駕籠の護衛の供侍《ともざむらい》たちは、雪のため雨合羽を羽織り、刀の柄《つか》、鞘《さや》に刀袋を掛けていたため抜刀する間もなく斬られ、狙撃されて次々に倒れた。浪士たちは、護衛のいなくなった駕籠に襲い掛かる。

大老井伊は弾丸を浴びて腰部から大腿部を撃ち抜かれ、駕籠越しに数回刃《やいば》を受け、駕籠の外に引摺り出されて首級を挙げられた。

束の間の惨劇だった。水戸藩を脱藩した十七名に薩摩藩脱藩者一名を加えた、十八名の尊攘過激派による襲撃である。

彼らが引き揚げたのち、鮮血に塗《まみ》れた雪の上に新たな雪が降り積もり、それを踏みしめて、諸侯の登城の駕籠の列が続いた。

「安政の大獄」は、井伊の横死《おうし》で終わる。井伊は自らの不慮の死によって、「安政の大獄」を締め括った。吉田松陰の斬首から約五カ月後のことである。

井伊の首級を挙げたのは薩摩藩士有村次左衛門だが、首級は一時行方不明となり、その後井伊家に戻って、彦根藩邸で藩医岡島玄建により胴体と縫い合わされた。

事件の十日前の二月二十二日、勝海舟、中浜万次郎、福澤諭吉らを乗せた遣米使節団随伴艦咸臨丸は、本隊より先にサンフランシスコに入港した。そして、凶事を間に挟むようにして、三月八日、遣米使節団を乗せたポーハタン号はサンフランシスコに到着。三月二十八日、首都ワシントンのホワイトハウスでブキャナン大統領に謁見し、正使新見正興《しんみまさおき》は井伊直弼が認《したた》めた国書を奉呈した。四月三日には、国務長官カスと日米修好通商条約の批准書を交換し、こうして井伊直弼が手掛けた事業の一つが成就された。国内では、井伊の非業の死は、公《おおやけ》沙汰にはされないままだった。

幕府の最高指導者である大老の横死は、公儀の威光を著しく損なうもの、かつ武士の不面目と見做されて、お家取潰しの理由とするのが通例であったことから、幕府は井伊の死の公表を引き延ばし、井伊は病いを発して療養中とした。事件の翌日（三月四日）、将軍家茂は見舞の特使を彦根藩邸に遣わし、朝鮮人參を賜った。しかし、風説を押さえ込むことは出来ず、英国公使オールコック、米国公使ハリス、フランス総領事ド・ベルクールは、文書で幕府に大老の遭難とその余波について問い合わせた。

幕府は江戸市中に厳重な警戒体制を敷き、彦根藩士らの仇討ちなど妄動を抑えると共に、大老亡きあと幕府の権威を回復するための施策を練った。井伊の遺志を継ぐ磐城平《いわきたいら》藩主安藤信正と、一橋派であった関宿《せきやど》藩主久世広周《ひろちか》両老中の合従《がっしょう》による公武合体政策である。

この政策を名目に終わらせず現実化しようと、将軍の正室に皇女を迎えることに決め、五月十一日、京都所司代を通して朝廷に、将軍徳川家茂と孝明天皇の異母妹和宮親子《かずのみやちかこ》内親王の婚姻を願い出た。

またこの連立合従政権は、幕内から井伊直弼一派の一掃を図った。

六月、井伊の腹心で後援者的存在だった紀州藩江戸付家老水野忠央が居城新宮に蟄居を命じられた。かつて水野一派によって追放された伊達宗広たちに、赦免の機会が訪れたのである。

翌年、年号も万延から改まった文久元年（一八六一）六月、第八代紀州藩主徳川重倫《しげのり》の三十三回忌の折に、伊達宗広をはじめ往時の政争によって処罰を受けた人々に対する赦免が、藩庁によって公布された。宗広が田辺に幽閉されてから既に九年の歳月が流れていた。

（……）早や大かた終日読経《どきょう》禅観《ぜんかん》にのみありしかば、自らこゝろも安くて、人のおもふばかりはくるしくもあらざりけり――。人生を達観したかに見えた宗広に、思いもかけない赦免の知らせが寄せられた。

雪よりも清き心の色みせて散るやさくらの光なるらむ

六十歳を迎えた宗広は、再び娑婆に戻って行くことになる。

伊達宗広を乗せた駕籠《かご》が、熊野街道、岩代の浜辺を行く。九年前、彼は唐丸駕籠《とうまるかご》に押し込められてこの道を南へ下った。今は田辺藩差し回しの武家駕籠で同じ道を北へと上《のぼ》る。有間皇子《ありまのみこ》の歌と運命が宗広の脳裏を横切る。皇子もまたこの道を往還したのだ。――ま幸《さき》くあらばまた帰り見む。確かに皇子は、祈りを込めて結んだ松が枝を再び見たであろう。しかし、それは刑死寸前の最後の一瞥だった。

射目《いめ》たつる鹿《しし》がせ山を坂鳥《さかどり》のあみにかかりてこえもゆくかな

と宗広もまた幽閉の地田辺へと向かう道すがら、右の歌を鹿ケ瀬《ししがせ》の峠で詠んだ。決して帰れると思っていなかった彼は、赦免されての還《かえ》り路《みち》、同じ峠に立って詠む。

生きてまた越えにけるかな鹿《しし》がせの鹿《しし》たりとのみおもひける身の

駕籠は和歌山へと近付いて行く。和歌浦湾を望む藤白《ふじしろ》の坂で宗広は駕籠から降り、熊野五体王子の一つ、藤白王子に詣でた。この地で、有間皇子は絞首刑に処された。十九歳だった。眼下の海は真夏の陽を浴びて耀映《ようえい》している。

宗広赦免の知らせは、逸早く岡左仲の早飛脚によって江戸の「在番屋敷」にも届いていた。宗広の駕籠は黒江の町並を抜け、紀三井寺の山門下に差し掛かった。九年前、妻と子供たちはここまで見送ってくれた。

遠くに和歌山城の白い天守閣が見える。和歌の浦・東照宮の鳥居前で駕籠を降り、藩庁の役人の検問を受けたあと、彼らに先導されて徒歩《かち》で城下へと入り、なつかしい町並を左右に眺めながら進んだ。しかし、彼が案内されたのはかつての堀止《ほりどめ》の屋敷ではなく、鷹匠町《たかじょうまち》の下級武士の居住地の一角だった。

門から庭に一歩足を踏み入れた途端、二人の娘が駆け寄って、「お父様！　ご無事で」と宗広の手を取った。美津穂と初穂である。美津穂は十六歳、初穂は十三歳の美しい娘になっていた。娘たちのうしろに妻の政子が笑顔で立っている。宗興《むねおき》夫婦とその子供たち、つまり宗広の孫たちがいる。しかし、そこに小二郎の姿はなかった。

小二郎はどこにいたのか。

勿論、彼は江戸にいて、父赦免の知らせを受け取っていた。しかし、この知らせが高輪《たかなわ》二本《にほん》榎《えのき》の「高野山在番屋敷」に届いてから、本人に達するまでまる二日間を要した。小二郎は既に「在番屋敷」にいなかったからだ。彼と共に「行人方《ぎょうにんがた》」から派遣された武林敦《たけばやしあつし》が小二郎の寄宿先を知っていて、岡の書付《かきつけ》を渡そうと翌日小石川へ足を運んだが不在で、二日目の昼過ぎになってようやく寄宿先近くの路上で、小二郎を見つけたのである。

小二郎は書付を読むと、一瞬喜色を浮かべたが、たちまち顔を曇らせた。和歌山へ帰る旅費が無かったのである。

三年前、彼は江戸へ出立するに際し「郷国《きょうこく》を脱す」と題する詩を賦して、前途有望たる自らの未来を歌い上げた。

朝誦暮吟十五年　　飄身飄泊似飄船
他時争得生鵬翼　　一挙排雲翔九天

朝《あした》に誦《しょう》し暮《くれ》に吟じて十五年、飄身《ひょうしん》飄泊《ひょうはく》は飄船に似たり、他時《いつか》争《きそ》い得て鵬翼《ほうよく》を生ぜば、一

挙に雲を排して九天を翔《か》けん

『小伝』（明治三十年・原敬による起草増補）には次のように書かれている。

決然郷関を出で、江戸に来り、自ら姓名を改め中村小次郎と称せり。貧困自給する能《あた》はず。各処に寄食し、筆耕僅《わずか》に其《その》口を糊《のり》するもの三年。此間《このかん》安井息軒《そっけん》、水本成美《なるみ》等の門に修学し、得る所甚《はなは》だ多し。

「各処に寄食し」とある通り、彼は高野山「学侶方」から選ばれて派遣されたものの、志とは違って「在番屋敷」での扱いは寺男である。あらゆる寺の雑事に翻弄されながら「教学講習」を受ける。やりたいこと、学ばなければならないことは全て「屋敷」の外にあった。

かつて彼を江戸に送り出したあと、尊了師が岡左仲に語った言葉は正鵠《せいこく》を射ていた。

伊達小二郎が江戸に発ってしばらくのち、岡左仲が定例の四荘官会議のため登山《とうざん》した際、尊了師が岡を呼び止めて言った。

「小二郎は、いずれ在番屋敷には納まり切らん器量の若者や。それなら早う還俗《げんぞく》して、仏の世界から遠ざかる方が本人のためにはええかもしれん」

彼が江戸に入った安政五年（一八五八）には、日米修好通商条約の調印をめぐる「八十八卿の列参奏上」事件と「戊午の密勅」事件が起こり、井伊直弼が大老に就任して、苛烈な弾圧「安政の大獄」が始まった。更に、十三代将軍家定の薨去、徳川家茂の十四代将軍就任などの政変が続く。

また江戸市中では、コレラと天然痘が大流行した。コレラは罹《かか》ると三日程で死んでしまうことから「三日コロリ」と呼ばれて恐れられ、五万人以上の死者が出た。浮世絵師の歌川広重も、この流行《はや》り病《やまい》で死んだ。

江戸は政治、世情共に騒然としており、地方では北陸地方で飛越《ひえつ》地震による大きな被害が出た。

小二郎は、「在番屋敷」に着任して間も無く、当時、大儒《たいじゅ》としてその名を天下に知られた安井息軒の門を敲《たた》いた。息軒の「三計塾《さんけいじゅく》」は、麴町善国寺谷にあった。入塾は、「在番屋敷」には無断で決め、週に一度屋敷から抜け出して塾通いを始めた。

高輪から麴町までの距離は、かつて入郷《にゅうごう》と五條の間を往復した（小二郎改め）小次郎にとっては苦にはならない。しかし、麴町と、麴町に隣接した赤坂の土地を紀州藩邸が占めていて、塾の行き帰りに、紀州藩士と擦れ違うことが多い上、塾では藩士の子弟が受講しているかもしれない。

小次郎は九歳で和歌山を離れたから顔を知られている恐れはないが、伊達宗広の名は、藩邸内で知らぬ者はいない。もし小次郎が宗広の一子と分かれば、脱藩者として制裁を加えられる恐れがあった。幕末期と言えども、脱藩が主君と藩に対する重大な裏切りであり、武士にあるまじき行為であることに変わりなかった。特に紀州藩は、当時御三家の中でも旧弊、保守的とされる。

岡左仲が、学侶方で学び、僧籍にある者として江戸に向かう機会を窺えるよう尊了師に推挽《すいばん》を依頼したのも、脱藩の汚名を着せられることを回避するためであった。

小二郎は、三計塾に入る際にも用心して、「中村小次郎」と名乗っていた。

ある日、彼は「在番屋敷」学頭に呼び付けられた。

最古参の学頭は開口一番、

「所払いや」

と言った。

小次郎は青ざめた。その言葉が昔の忌わしい記憶を呼び起こして、彼を震え上がらせた。しかし、学頭の顔には、何故か言葉とは裏腹の柔和な表情が浮かんでいる。

「お前の勤務成績と学習態度は誠によろしくない。無断で外出するわ、許可も得ずに儒者の塾へ通うわ……。儂《わし》は、お前の行状を岡荘官と尊了師に報告して、御二方の判断を仰いだ。これがそれに対する返答や」

学頭は袂から一通の書状を取り出した。

「掻い摘んで説明すると、つまり、お前を〝所払い〟にするゆうことや。自由放免するから、どこへなりと行くがよい。ただし、僧籍は剝奪しない。――いざとなったら、駆込み寺として利用出来るゆう意味やな。紀州藩士かて、高野山在番屋敷には踏み込めまい。岡殿によると、尊了師は、高野山にも小次郎のような変り者が一人くらいおってよい、と仰られたそうや。ただし俸禄《ほうろく》は出せんがの」

小次郎は思わず瞑目して印《いん》を結んだ。真言密教では〝帰命《きみょう》〟と呼ばれる、交互に指を組み合わせる印である。

「在番屋敷」は、高輪二本榎の桂坂の中程にある。小次郎は武林敦を誘って、坂上の崖の端に立った。眼下を遮るものは何もなく、瓦葺きの美しい屋根の連なりの先に、江戸湾が広がっている。黒船の来航に備えて急遽作られた六基の砲台も見える。

武林は小次郎より七歳年長、十津川村の良音寺《りょういんじ》という真言宗の寺の次男で、長兄の住職が先年亡くなったため、任期が終われば十津川に帰る。

「小次郎も屋敷を出て行くんか。しかし、こんなに広大な江戸の街を……」

前方の街並と海に向かって両腕を広げた。

「どうやって泳ぎ切るつもりや？　壇上伽藍で迷って、泣きべそをかいてたお前が……」

小次郎は顎を引いて口角を上げ、

「学問で名を上げたる」

と断言した。

「幕府が倒れるかもしれん時に、儒学が役に立つんか」

と武林は問い掛け、

「……高野山はどうなるんやろか」

と続けると、小次郎は、

「お山は大丈夫やろ」

と自信ありげに低い声音《こわね》で応じた。

江戸は、当時人口百万人近くを抱える世界最大の都市だった。ロンドンやパリですら五十万人前後で、その上、江戸の識字率は四十パーセントを超えていた。

江戸の街に解き放たれた小次郎は、大都会の細民となって、様々な業種の日銭《ひぜに》仕事をこなしながら、週に一度、欠かさず三計塾に通い、寸暇を惜しんで本を読んだ。薬研堀《やげんぼり》の薬種《やくしゅ》屋では住込みで草の根や木の皮を刻み、薬研で漢方薬を磨《す》り下ろした。薬種屋を辞めて、偶然知り合った二、三人の仲間と、茅場町の九尺《くしゃく》二間の棟割長屋を一月《ひとつき》八銭で借りて、寺子屋の教本の抄写、手紙の代筆、草双紙《くさぞうし》や錦絵を扱う地本《じほん》問屋の手代などを務めて糊口をしのいだ。やがて日本橋葺屋町《ふきやちょう》の飛脚の大手、近江屋に時間給で雇われ、町飛脚となって江戸市中を駆けめぐるようになった。彼は誰よりも俊足だった。

小次郎は、大江戸八百八町を走りながら、街の様子や佇まいを仔細に観察した。木挽町では守田座を、神田お玉ヶ池では北辰一刀流千葉道場を覗き、土手八丁（日本堤）を駆けて、吉原の見返り柳と大門《おおもん》を好奇の目で眺めた。

両国橋のたもとで、十六文の〝夜なきそば〟を掻き込むこともあった。

「今度《こんだァ》、黒船が何十隻も押し掛けて、江戸に何百発も大砲《おおづつ》をぶち込むってなあ」

「なあに、地震と火事に較べりゃ大《てぇ》したことねえやさ」

「それよりゃ、近いうち公方様《くぼうさま》と天朝様《てんちょうさま》との戦《いくさ》があるって噂だぜ。どっちが強いか、ちょいと見物《みもの》だな。おやじ、もう一杯くれ」

などと鳶《とび》の二人連れが遣り取りするのを、傍らで耳を澄ましていた。

小次郎が安井息軒の三計塾に通い始めた頃、息軒は六十歳。日向《ひゅうが》の人で、江戸期儒学の掉尾《ちょうび》を飾る碩学《せきがく》とされる。字《あざな》は仲平《ちゅうへい》。

小次郎もその盛名を父から聞いていたことから、江戸に下った暁には、先ずその門を敲こうと固く決めていた。

三計塾の三計とは、「一日の計は朝《あした》にあり、一年の計は春にあり、一生の計は少壮の時にあり」という息軒の信条から択《と》られていた。

十三歳年下の息軒の妻女は、息軒の郷里では「岡の小町」と呼ばれた美しい女性だったが、形振《なりふ》り構わず働いて、夫の貧乏生活を支えたことで知られ、委細は森鷗外の短篇「安井夫人」に詳しい。

安井息軒はペリー来航に際して、攘夷《じょうい》封港《ほうこう》を主張し、「海防私議《かいぼうしぎ》」「靖海問答《せいかいもんどう》」などを上書《じょうしょ》して国防を論じたが、時勢の渦中に巻き込まれることを嫌って、隼町《はやぶさちょう》の家が火災に遭って番町に転居した際、二階の教室の壁に「辺務不談」の張り紙をし、血気に逸《はや》って国防談議を行う塾生を牽制した。安政五年に麴町善国寺谷に越してからも、同じ張り紙が壁に掲げられた。息軒の識見に共鳴して来訪、談論を希望する者が多く、其の筋から注意人物視されるのを避けようとしたのである。

ある日、「麒麟《きりん》現る」（『春秋左氏伝』）についての講義が終わって、帰ろうとする小次郎を息軒が呼び止めた。息軒自身、かつて芝増上寺の僧寮に居たこともあり（増上寺は浄土宗本山の一つだが、以前は光明寺と称する真言宗寺院だった）、高野山がどのような場所か、小次郎に説明を求めた。

小次郎は、先ず高野山の自然と地形について語り始めた。三千百尺（約千メートル）級の、蓮華の花びらのような峰々に取り囲まれた盆地に、大小様々な伽藍が配置されている。まさに真言密教の教理の精髄を絵画化、立体化したような霊地で、かつて小次郎自身も迷って出られなくなった体験などを交えて、手短《てみじか》な説明を試みた。また、弘法大師による高野山の開創に関しては、「狩人の案内」と「飛行三鈷《ひぎょうさんこ》」の二つの奇瑞譚《きずいたん》が特に有名で、云々……。

息軒は、唯一覚えている弘法大師・空海さまの詩《うた》だが、と断って、

閑林《かんりん》に獨《ひと》り坐す　草堂《そうどう》の暁　三寶《さんぼう》の聲《こえ》　一鳥に聞こゆ　一鳥　聲有り　人　心有り　聲心《せいしん》
雲水《うんすい》　倶《とも》に了了《りょうりょう》たり

と朗唱した。

「一度、高野に案内して貰えるかな」

「はい、喜んで。是非、会っていただきたい尊師がおられます」

小次郎は、尊了と息軒が対面し、言葉を交わす場面を想像して、胸の高鳴りを覚えた。

その時、襖が静かに開いて、夫人がおむすびと茶を差入れに現れた。すぐに下がって行ったが、美しい人だと小次郎は思った。

「ところで、真言《しんごん》とは何ぞや？」

と突然、息軒の質問の矢が飛んで来た。

「真言……ですか？」

いきなり問い掛けられ、小次郎は頬張っていたおむすびを喉に詰まらせて、咳き込んだ。

「……真言とは、マントラです」

「では、マントラとは？」

「マントラは梵語で、いつわりのない真実の言葉です」

「真実の言葉とは？」

「……マントラです」

小次郎は果てしのない堂々巡に陥りそうで、言葉を失い、俯いた。

「よい、答えずともよい」

息軒は、穏やかで、包み込むような声音《こわね》で、

「何が真実の言葉か、私にも分からない。さて、もうすっかり暗くなった。住まいは茅場町だったね」

夫人が門口で待っていて、お持ちなさい、と提灯を渡してくれた。

翌週の講義は前回の『左伝』――「哀公伝十四年」の「西狩獲麟《せいしゅかくりん》」（春、西の狩で麟を得たり）の続きである。

麒麟は聖獣であり、聖天子の出現、太平世界の成就を祝福して天帝が地上におろす使者だと

される。ところが、その麒麟が何を間違えてか天下大乱の哀公十四年に出現した。麒麟が捕えられたと聞いて、それを見に行った孔子が、

神々の世には麟や鳳凰が舞いあそぶ
今はその時でもないのに、なぜ来たのか
麟よ、麟、何と悲しいことだ

と歌い、「わが道も終わった」と悲嘆に暮れて、滂沱《ぼうだ》の涙が袖に流れるほどであった、と述べられている。

塾生たちは、今日《こんにち》の世情の混乱に当て嵌めて「西狩獲麟」を読み解こうと侃々諤々《かんかんがくがく》の議論を始め、息軒はそれを制して、時局ではなく、あくまでも孔子の心に即して読むようにと諭《さと》した。

授業のあと、小次郎は、自らが高野山に登って書写した父の著作、『大勢三転考』を息軒に差し出した。

「私の父、伊達宗広が著した史論です。父は、先生のことを大変尊敬しておりました。御一読いただけるなら、父の喜びは如何ばかりでございましょう！」

小次郎に大きな喜びが訪れた。『大勢三転考』を読了した息軒は、授業を始める前に、小次郎を一階の自室に呼び入れた。

「父上は、寺社奉行と寄付金貸付方を兼ねておられたと仄聞《そくぶん》するが……」

小次郎は居住まいを正して、父はかつて多忙な公務に従事していたが、現在は幽閉の身であること、その間の経緯を簡略に説明した。

息軒は頷いて、

「この著作では、日本史を三つの時代区分によって理解しようと提案されている。その根拠として着目しているのは、支配制度の性質だが、私は何故父上がこのような着想を得られたか、そこに切実な動機があるやもしれぬと推測した」

と述べた。

「藩の財政政策を担当なさっていた父上は、おそらく現今の幕藩体制がはらむ矛盾、制度そのものに起因する様々な問題に直面せざるを得なかったであろう。その深刻な体験と、支配制度の性質によって時代区分するという発想との間に繋がりがあると」

小次郎はうまく呑み込めない様子で顔を上げ、息軒の目を見つめた。

「藩財政の責任者の立場から、幕藩体制の危うさに気付いた父上は、過去の史実においても同様のことが起きていないかと考えたのでは。

武家制度は、世襲化し名目化した官職から疎外された新勢力が、旧勢力を駆逐して成立した。世襲化、名目化は再び繰り返され、幕府は危機的状況に陥っている。歴史を貫流するこうした方則性の発見を名付けて〝支配制度の性質〟とした……。

これは是非出版して、広く斯界《しかい》に問うべきだと思う。私が版元と交渉して、何とか上梓《じょうし》まで漕ぎ着けたい。神田組の書物《しょもつ》問屋『小宮山』に頼めばよいが、先ず父上の了承を得なければ」

息軒は、手にした『大勢三転考』を開いて、紙面を指でそっと撫で、掲げて透かし見ながら、

「実に良い風合《ふうあい》だ。素朴であたたかみがあり、紙質も強そうだが、紙の中に含まれているこの薄い線状のものは何だろう?」

「それは高野山の周辺で育った、特に長くて細い芒《すすき》を、簀子《すのこ》状にして漉《す》いたものです。この高《こう》野紙《やがみ》は、弘法大師様がその作り方を留学先の唐で学んで持ち帰ったとされています。

先生、『大勢三転考』が出版出来ますよう、是非ご助力をお願い致します。赦免された暁に、上梓された自身の著作を見て父がどんなに喜ぶことか、その姿が目に浮かぶようです」


町飛脚は、小次郎が江戸に出て最も長続きした日雇仕事である。町飛脚の配達区域は、日本橋葺屋町の近江屋本店からの距離によって大まかに三つに分けられ、それぞれ料金が違った。例えば、小次郎がこの仕事に就いた頃、一通当り二十六文(約六百五十円)、三十二文(約八百円)、五十文(約千二百五十円)であった。

通常、前日に預けられた手紙は翌日昼頃までに配達された。小次郎は毎日、およそ百通を請け負った。一通当りの手取りは一文(約二十五円)、かけそば一杯が十六文(約四百円)の時代である。

五條の飛脚問屋日高屋の江戸便には「六日限《むいかかぎり》」から一日刻みに「十日限」まであった。例えば「六日限」は、出した日を含めて六日のうちに着く。岡左仲が普段江戸との通信に利用するのは「六日限」で、書状一通が銀二匁(約五千円)だった。岡が小次郎の父宗広の赦免を知らせ

たのも「六日限」であった。

小次郎は江戸に出て三年目、茅場町から小石川養生所近くの棟割長屋に引越して、ようやく夜遅くまで一人で本を読む自由を獲得した。一月《ひとつき》の家賃は三百文（約七千五百円）だった。彼は背丈が急激に伸び、大人びた風貌に変わり、十八歳を二十歳と詐《いつわ》っても疑われなかった。

町飛脚には吉原の配達が多く、近江屋の印半纏《しるしばんてん》に飛脚箱を担いでいれば、大門《おおもん》の出入りも自由である。たちまち遊里の雰囲気に溶け込んだ小次郎は、大見世、中見世の並ぶ仲の町や江戸町ではなく、「鉄漿溝《おはぐろどぶ》」に近い小見世に通うようになり、馴染《なじみ》の遊女が出来た。彼女に何度も籬越《まがきご》しに手紙を配達するうち、言葉を交わすようになり、やがて手紙の代筆も何度か頼まれる。歌川と言った。

週に一度三計塾へ通い、半月に一度、近江屋の休みの日に、歌川に逢いに行く。町飛脚で稼いだほぼ一週間分の給金が、一回の逢瀬で消えた。

六月下旬、梅雨が明けて青空が広がったある日、小次郎は、この日最後の配達先の白山四丁目に向かった。この区域は、彼の住まいの小石川五丁目とは反対側の坂の上だった。

御殿坂を登り、龍泉寺の高い築地塀の角を曲ると、いきなり芳《かぐわ》しい花の香りが押し寄せて、小次郎は思わず息を呑んで立ち尽くした。それから、匂いに誘われるように進んで行くと、築地塀が途切れた先に槇《まき》の生垣を廻らした塗屋造《ぬりやづく》りの二階家の前に出た。門柱に「高岡要」の表札が掛かっている。手紙の届先はここだった。

門を潜った。庭は思ったより広い。白や黄や紅の大小の花を夥《おびただ》しく付けたバラが一面に繁って、匂い立っている。棘のある蔓は、板壁沿いに二階の屋根まで駆け上がっていた。

いきなり背後に人の気配がして、振り返った。

「飛脚かね？」

とその男は訊ねた。

「はい。白山四丁目の高岡要さま宛に」

「高岡は私だが」

きりりとした様子の中年男は、小次郎から封書を受け取ると、その場で封を切った。封筒の中には更に封筒が入っていて、上書きは横文字であることを小次郎は咄嗟に見て取った。

高岡は手紙にざっと目を通したあと顔を上げ、目の前に、陶然とした面持ちで立っている若者に気が付いた。

「何か用？」

「申し訳ありません。郷里にもありますが、これほど美しいノイバラは見たことがありません」

「確かにこれはノイバラだが、他のバラも混じっている。君の左手で、黄色い花を付けているのはコウシンバラ。これは唐《から》から来た。壁を伝って長く横に延びているのはモッコウバラ。これも唐から。水甕のそばの乳白色の花はローザ・ギガンテアといって、私が長崎にいた頃、オランダ人から根を貰い受けたものだ。……こんな話、興味あるかい？」

「もちろんです！　もう少しお邪魔していても構いませんか」

「いいとも。しかし、私は観賞用に育てているわけではないんだよ。これらの実や根は医薬として貴重なんだ」

　その時、門を潜って一人の若者が入って来て、

「こちらは高岡先生のお宅でしょうか」

　と問うた。

　高岡が振り向いて頷くと、

「長州藩有備館御用掛桂小五郎の使いで参りました。私は伊藤俊輔と申します」

「桂さんの使いですか。では中へどうぞ」

　小次郎の方を向いて、

「じゃあ君、これで失敬。またいらっしゃい」

　と言うと、先に立って家の中へ入って行った。

　小次郎は、伊藤に会釈して門の外へ出た。

　明日は休日だから、今夜、歌川と逢える。

　翌朝、歌川と別れて、飛脚の足なら小半時もかからない吉原から小石川までの道のりを、所在無げにぶらぶらと辿った。

　武林敦が向こうから駆けて来るのが見えた。


「書物問屋」は学術書を専門に取り扱った。「物の本屋」とも呼ばれ、古典文芸や道徳・思想とその研究書、医書の類《たぐい》を手掛けた。それに対して、小次郎が手代《てだい》を務めたことのある草双紙《くさぞうし》な

どの娯楽物や廉価本を扱う地本《じほん》問屋を「草紙屋」と称した。出版と販売を行う「出版書肆」が多く、安井息軒が口をきいてくれた「小宮山」もその一つだった。

出版の形態には「町版《まちはん》」と「私刻本（私家版）」があり、「町版」は商業出版を意味して幕府の検閲もあった。

「小宮山」の番頭は、『大勢三転考』を町版で出すことは難しい、私家版ならと応じた。

「学者さんの本は、大抵採算が取れないから私家版ですよ。司馬江漢の『西遊旅譚』だって、最初は私家版。息軒先生の本も、全部が町版というわけではなく……」

江戸時代の出版物の三分の一は私家版だったと言われる。たとえ学術本を町版で出すことが出来たとしても、現代のように著者に印税が支払われるような例は無く、自著を数十冊引き取ることで良しとした。

小次郎は、『大勢三転考』を私家版で出すことに決めた。しかも当時主流だった木版印刷でなく、木《もく》活字印刷を選んだ。木活字だと費用は半分ですむ。しかし、百部以上は刷れない。桜や黄楊《つげ》といった硬い板に版下《はんした》（文字）を彫って印刷する木版の工程は複雑で、手間――高度な技術――を要するが、一度彫った板木《はんぎ》は磨り減るまで使い続けることが出来る。木活字は彫る手間は不要で、活字を並べれば安く印刷出来るが、一頁に組んだ活字を次の頁を刷るために、いちいち分解しなければならず、大量に印刷することは不可能だった。そのため木活字印刷は出版文化が隆盛に向かうにつれ廃《すた》れて、幕末期には姿を消そうとしていた。

小次郎は、父の著作を活字にすることを諦めず、木活字版で百部を印刷、全部数を一両二分で買い取る条件で契約した。半分は前金、残額は納品時に支払う。一両二分は、現在の価格では二十三～三十万円か。

小次郎の飛脚仕事の月収（当初の手紙一通当りの口銭は、一文から一・五文に上がっていた）は約四千文（十二万円）。彼は一体どのようにして費用を捻出したのだろうか。先ず彼は、手許の有り金全てと近江屋から給金を前借りした分を合わせて、前金の一部を支払った。

小次郎が歌川と後朝《きぬぎぬ》の別れを惜しんだ帰途、小石川の路上で、武林から父の赦免の知らせを受け取ったのが六月の晦日《みそか》、飛んで帰って父に会いたいがその路銀がない。手持の金は夕べ遣い果たした。肩を敲《たた》いて再会を約し、「在番屋敷」へと駆け戻って行く武林を、唇を嚙んで見送る。

小次郎は突然、『大勢三転考』の見本刷りが今日出来上がることを思い出した。彼は神保町の「小宮山」へ急いだ。

刷り上がったばかりの、墨の匂いも生々しい本を手に取った。表題の『大勢三転考』の下に、「伊達藤二郎宗広」と著者名が続く。奥付《おくづけ》には、発行所・発売所「小宮山」と印刷されている。私家版には、著者の名前しか記されないことが多いが、小次郎は「小宮山」と入れることに拘《こだわ》った。父の本に「町版《まちはん》」の体裁を取り繕《つくろ》いたかったのだ。

「いい刷り上がりでしょう。木《もく》活字も悪くない。ところで、残金は今日、頂戴出来ますかな？」

と番頭が言った。

小次郎は口籠もる。

「今日はちょっと……、二、三日内に必ず。見本を持ち帰ってもいいですか」

「どうぞ」

小次郎はその足で息軒を訪ね、上梓に至ったことを報告した。

「先生、お蔭様でありがとうございました。先程、父が幽閉を解かれたとの知らせが届き、嬉しいことが重なります」

「それは良かった」

息軒は刷り上がったばかりの頁を丁寧に繰りながら、

「私はこれを塾の教本に使ってみたい。いずれ何十冊か購入させて貰うよ」

「父にとっては何より名誉なことで」

息軒は、小次郎を湯島の昌平黌《しょうへいこう》に推薦したと伝えた。小次郎は嬉しい筈のその言葉も上の空で聞き流して、息軒の許を辞去した。残金と路銀の問題が不意に頭をもたげて、彼はどうにも落ち着かない不安な気分に陥ったのだ。

眠れない一夜を過ごし、明け方、ようやく訪れた眠りの中に、歌川が現れた。目が覚めると、今、頼れるのは彼女しかいないとの思いが込み上げ、小次郎は恥を忍んで歌川に会いに行く決意を固めた。

二日続けての来訪に歌川は驚いたが、二人だけになるとすぐに小次郎の手を強く握った。

出羽から売られて来た歌川は、二十一歳だった。美人ではないが、善良で心根の優しい彼女は、小次郎の様子がいつもと違うことに気付いて、何が起きたか知りたがった。

普段は饒舌で、小難しい理屈を捏ねたり、地口《じぐち》で歌川を笑わせる小次郎が、突然現れた上、押し黙って悄然《しょうぜん》としている。

そっぽを向いて考え込んでいる体《てい》の小次郎が、遂に重い口を開いた。

歌川は無言で部屋を出て行った。小半時もすると戻って来て、

「これで本屋さんに後金《あときん》払って、残りのお金で和歌山へお帰りなさい」

と小判二両を小次郎の手のひらに置いた。

小次郎は呆然として、すぐには感謝の言葉も見つからない様子で、歌川の顔を見つめ続けた。

歌川は微笑んで、

「何も言わなくていいのよ。年季を増して前借《ぜんしゃく》するほどの額じゃないから。早くお父さんに本をお届けなさいな」

翌早朝、小次郎は江戸を立った。途中、入郷の岡左仲と久闊《きゅうかつ》を叙《じょ》し、十四日後、彼は、紀ノ川の対岸から和歌山城の天守閣を仰いだ。九歳の時、城下を追われて以来、九年ぶりの帰郷である。鷹匠町の新しい住まいは、岡から教えられていた。

二人の妹が庭に飛び出して来た。続いて母、姉の五百子《いおこ》とその子供たち、そしてゆっくりと長身の父が現れた。今や、小次郎の背丈は、父と変わらない。家兄《かけい》の宗興は登城《とじょう》中だった。

「父上、遅くなり申し訳ございません」

小次郎は、小脇に抱えた包みから一冊の本を取り出した。

「これをご覧下さい」

宗広は本を手にして、驚愕の表情を浮かべた。

「これは……どうしたことか！」

と呟きながら、瞠目して頁を繰って行く。怪訝な思いと喜びが交互に顔付きに表れ、時折小次郎の顔を見る。

小次郎は、高野山・無量光院の尊了師が『大勢三転考』の写本を所持していた事から、自分がそれを書写し、江戸で出版するに至るまでの経緯を語った。

「一読して出版を勧めて下さったのは、安井息軒先生です。奥付をご覧下さい。文久元年六月三十日発行、となっているでしょう」

「そうか、刷り上がりを待っておったので、帰りが遅れたのだな。ありがとう。今こそ、心から生きていて良かったと思うぞ」

小次郎が戻ったと聞いて、家兄の伊達宗興は急いで下城、帰宅した。

宗興は藩政に復帰したが、藩の体制は九年の間に大きく変化して、藩庁に知人は殆どいなくなっていた。宗興が就いた役職も、処分前の寄合格小普請《よりあいかくこぶしん》とは較べものにならない軽職だった。それ以上に彼が不満を募らせたのは、与えられた扶持《ふち》が「七人扶持」だったことである。

扶持とは、主君（雇主）から家臣（家来）に支給される俸禄のことで、一人扶持は玄米で一日五合、これに一年三五五日を掛けて、一石七斗七升五合となる。七人扶持だと十二石余り。

改易・所払い以前の伊達の家禄は八百石、落差は余りにも大きい。通常、家禄に該当するのは百石以上を指し、御役《おやく》から退いても家禄は失われないが、改易を命じられれば消失する。蟄《ちっ》居《きょ》・閉門の場合は継続した。伊達は改易・所払いを命じられたため、一旦取り上げられた家禄の復活は、容易なことではなかった。

　家禄八百石の武士とは、米が八百石取れる土地を主君から拝領している領主（正式には地頭）を意味し、通常収穫は四公六民で分割されたから、その四割が領主、六割が生産者＝農民の取り分となる。仮りに八百石が額面通りの収穫高とすると、伊達家の年収は三百二十石、江戸中期を平均すれば、およそ一石一両見当であったため、三百二十両は相当な高給であったことが分かる。

　かつて九百坪の広大な屋敷に用人、侍、馬の口取《くちとり》、門番、女中など二十人余の使用人を抱えていた伊達家は、零落した今、下級武士用の手狭な家で暮らしている。

　しかし、宗広は、宗興と違ってこの境遇を心穏やかに受け入れた。諦念からではない。〝囲所〟の独居で培った「仏」と「歌」と「歴史」への傾倒を、更に深めることが出来れば満足で、物質的な豊かさは求めないつもりでいたからである。そういう宗広にとって、江戸で出版された自著『大勢三転考』は何よりの贈物、励ましとなった。

　九年前の政変で処分を受けた部下に神前《こうざき》という者がいて、城下からはずれた田園地帯、太田《おおだ》村で広い農地を借りて農業を営んでいる。挨拶に訪れた神前は、鷹匠町の狭い家を見て驚き、宗広に太田村への移住を勧めた。

「土地と住まいは私がお世話します。美味な筍の採れる竹林もありますし、庵を結ぶには恰好な場所です」

「畑をお借り出来るでしょうか」

妻の政子が横合いから問い掛けた。入郷の玉置家の別棟に住んで畑仕事の楽しさを知った彼女は、城下での生活が息苦しくてならなかった。

「もちろんですよ。私の畑をいくらでもお使い下さい。地味《ちみ》は肥えております」

神前が応じた。こうした行立《ゆくたて》があって、宗広夫妻と二人の娘、美津穂、初穂の太田村移住が間もなく実現するところに、小次郎が帰って来たのである。

家の中が狭いため、宗広、宗興、小次郎の三人はいつも庭に出て話した。それも小声で。

鷹匠町は小家《こいえ》勝ちで、声は隣家にまで届く。特に宗興は、日頃の藩政への不満をぶちまけると同時に、江戸の高名な学者の塾で学ぶ小次郎に向かって何かと訴え掛け、彼の意見を聞きたがる。

「京や江戸は尊王攘夷で沸き立ち、幕藩体制そのものが軋《きし》り音《ね》を上げている。水戸や尾張、薩長土三藩の志士たちは続々と京都へ上《のぼ》り、皇女和宮さまが江戸へ向かおうというこの時に、我藩は手を拱《こまね》いているばかりだ。藩主茂承《もちつぐ》公は、江戸の上屋敷から一歩も出ない。

私は『藩政改革書』を起草し、藩政の一新と我が伊達家復権のため、幕府に差し出すつもりです」

「宗興、声が大きいぞ」

宗広は、苦虫を嚙みつぶしたような表情を浮かべた。

「幕府に直訴状など、とんでもない。藩の許可なく勝手に江戸へ行くのは、脱藩行為じゃ。いまさら、伊達の復権など考えるな」

「しかし父上……。小次郎、お前はどう思う?」

小次郎は無言で父の顔を窺うが、父の視線は既に丹精している楓《かえで》の盆栽に向けられている。

小次郎は太田村への引越しを手伝い、そのまましばらく父母の許に滞在した。

神前は宗広のために、竹林の中に茅葺きの小さな庵を作って提供した。近くに創建が神武天皇二年とされる、日前宮《にちぜんぐう》の広大な境内がある。宗広は庵を天目庵と名付け、多くの書籍を置いて、近郷近在の侍、町人、農民を問わず好学の士を招いて、万葉・古今・新古今、史記、左伝、本居宣長の『古事記伝』などを講じた。政子は二人の娘と野菜栽培に励み、甘藷《かんしょ》作りに挑戦し、梅や桃の苗木を植えて実のなる季節を待った。

天目庵での雑談の中で、文章について問われて、宗広は次のような徂徠の逸話を紹介して一座の笑いを誘った。

——世界は広大で、出来事は多種多様。一人の人間の一生だって手に負えないほどの事件を抱えている。思いの丈《たけ》まで含めれば、その内実は、無限と言ってよい。

そこで、荻生徂徠は、斎藤別当実盛《べっとうさねもり》の伝記を門人たちに書かせて、中味は不問に付した上で、一番文字数の少ないものを成績甲にしたという。

小次郎の人生にある変化が起きつつあった。彼は天目庵を訪れ、父と対座して以下のように述べた。

「父上、私は幼い頃から父上の薫陶を受けて以来、ずっと学問で身を立てようと思って来ました。江戸へ出たのもそのためでした。その学問の基本は儒学です。しかし、儒学、儒教の本家本元である清は、阿片戦争、それに続くアロー戦争で英国と仏国に敗れました。今後清の民は、孔孟の教えを経世済民の虎の巻と信じて生きて行くことは出来ないでしょう」

「儒学で政《まつりごと》の実際は支え切れないよ」

かつて大藩の政治と経済を担ったことのある父は言った。

「儒教や仏教は、これからも人の心を支えることは出来るが、かつてのように社会規範として政の礎となることは出来ないと私は思う。〝大勢〟は再び大きく変わろうとしている。儒学を学んで幕府のために働くのが、お前にとって最善の道とは思わんな。世の移り変わりに対応して生き抜いて行く才覚、機転が必要じゃ。先ずは洋学かな」

「はい。私もそう考えています」

「幕府の洋学所が最も充実していそうだが、直参《じきさん》でないと入学出来ないというから難しい。……粉河《こかわでら》寺の門前に、児玉庄右衛門という豪農の篤志家がいて、寺子屋教育にも熱心で、特に優秀な農民の子を何人か長崎留学に送り出している。私は、かつて御仕入方《おしいれかた》の役に就いていた頃、紀ノ川沿岸の木綿栽培の件で児玉を訪ねたことがある。その時、偶《たまたま》、五年間、長崎で西洋医学と博物学を学んで帰って来たばかりの学生と会って、言葉を交わしてみたのだが、聡明、闊達という印象を受けた。児玉は、田舎に置くのは惜しいと彼を江戸に送り出し、その後、小石川に医院を開いたと聞いたが、十年も前の話だから……。名を高岡要《かなめ》といった」

「高岡要！」

「知っておるのか？」

「私は町飛脚の仕事で、日々食いつないでおります。小石川の高岡様には一度手紙を届けましたし、言葉を交わしたことが。江戸に戻ったら、是非訪ねてみようと思います」

風が吹いて、周囲の竹林が騒《ざわ》めく。

「……小次郎、九年間苦労をかけたな。妻女が無事でいられたのも、そなたのお蔭だ。これは餞別じゃ」

と言って、宗広は十両の金を小次郎に渡した。

十両は大金である。もとより宗広に余裕のある筈がない。かつて彼が勘定奉行の頃、和歌山城下で広く酒造・廻船業を営んでいた加納屋が、大坂との取引で大損して倒産しそうになった時、救済に乗り出して危機を救った。その加納屋に融通を依頼したのである。

天目庵での父子の対話が終わろうという頃、妹たちが収穫した茄子を笊《ざる》一杯抱えてやって来て、

「お兄様、江戸になんかお戻りにならないで。入郷の時みたいに、一緒に暮らしましょうよ！」

と呼び掛けた。

九月初め、和歌山を去る時が来た。母、妹たち、兄宗興らは紀ノ川の対岸、六十谷《むそた》の辻まで小次郎を見送って別れを惜しんだ。

5

九月半ば、江戸に着いた小次郎は、真っ先に歌川の許に駆け付けた。何はさておき、借りた二両を返さなくては。しかし、彼女はいなかった。それどころか、彼女がいた見世（楼《いえ》）そのものが焼け落ちて、無残な姿を晒していた。通り掛かりの他楼の若《わか》い衆《しゅ》に訊ねると、歌川のいた「甲子《きのえね》」が焼けたのは、丁度一カ月前だという。

「誰か亡くなるとか……」

「幸い死んだ女《ねえ》さんは一人もいなかったし、そっくり仮宅《かりたく》へ移ったと聞いてるが」

――仮宅とは、吉原で遊廓が焼失した時、再建するまで定《き》められた場所で仮営業出来る制度で、場所は山谷、浅草、両国、深川に限られていた。

仮宅は、妓楼にとって不利な制度とは限らなかった。吉原の厳しい法律《きまり》から自由に営業出来たし、かえって客足が増えることもある。但し、全焼でないと許可されなかったため、焼け残りがあると、楼主は火消しに頼んで全焼させた。遊女たちも、仮宅では吉原よりも自由に外歩きが出来た。

「『甲子』も半焼だったけど、全部燃しちまえってわけで、今は仮宅さ」

「場所はどこでしょうか？」

と小次郎は問うた。

「仮宅の場所？　そいつは分からねえな。女《ねえ》さんたちもバラバラになってるかもしれねえし」

小次郎には歌川についてどんな伝《つて》もなかった。生れは出羽としか知らない。その後《ご》、彼は何度も歌川の消息を尋ねて吉原に足を運んだが、無駄足に終わった。やがて彼自身、幕末から維新に至る変革の渦に一人の志士として巻き込まれて行く中で、歌川の姿は遠ざかり、小さくなり、そして消えて行った。

しかし、これには後日談がある。

明治元年（一八六八）、既に陸奥宗光を名乗り、外国事務局御用掛として、伊藤博文らと共に明治新政府に出仕してのち、出世街道を駆け上がり、会計官（大蔵省）権判事《ごんのはんじ》（副局長）、大阪府権判事（副知事）、摂津県知事から兵庫県知事に任命されたが（この時二十六歳）、「廃藩置県問題」などをめぐる彼の急進的な言論活動を、政府内保守派に危険視され、兵庫県知事就任後僅か二カ月で罷免された。失意の陸奥を東京に呼んで激励したのが、伊藤博文である。伊藤は大蔵少輔《しょうゆう》（次官）として東京にいた。

二人で酒を酌み交わすうち、陸奥はふとセンチメンタルな気分に襲われ、思わず歌川の面影が脳裏を横切った。彼女の情《なさけ》に報いることが出来ないまま、激動の時代を駆け抜けて来たが、今は意気消沈して気持は過去に向かうばかりである。

彼は伊藤に、歌川の思い出を話さずにはいられなくなった。

「それはいかん。その女、俺が捜し出してやる」

と伊藤は即座に請け合った。

日を経ずして、陸奥宅に伊藤が現れた。

「おい、見つかったぞ」

伊藤は、本当に歌川を捜し出して来たのだ。

「甲子」は焼けたあと、吉原から深川仲町に移って「仮宅」となり吉原へは戻らず、「甲子仮宅」の看板を掲げて営業しており歌川も働いていた。

陸奥は伊藤に案内されて深川へ赴き、歌川と八年振りの再会を果たした。

二人が久闊《きゅうかつ》を叙《じょ》するのを、伊藤が傍らでどんな顔で聞いていたか知る由もないが、陸奥と伊藤の友情はこのあとも生涯続く。

歌川は直《じき》に年明《ねんあ》けだったが、陸奥はそれを待たずに身請《みう》けして自由の身とした上で、歌川に予《かね》て馴染《なじみ》の男との婚姻を勧め、媒酌人まで務めた。男は精励して日本橋に木綿問屋を開いて成功し、歌川は裕福な暮らしを享受したというのである。

陸奥はこの一年前、大阪・難波新地の芸妓吹田蓮子《すいたれんこ》と結婚していた。


小次郎は息軒を訪ね、父宗広から息軒への礼状を差し出した。

息軒は宗広の手紙を読み終えたあと、

「『小宮山』から良い知らせだよ。『大勢三転考』が学者の間で評価され、町版《まちはん》として出したいとの申し出があった。活字の組版のこともあって急いでいるようだったから、早く行くがよい」
小次郎はその足で「小宮山」へ向かい、『大勢三転考』の町版百部の増刷が決まった。父の本が江戸の書店の棚に並ぶのである。

小次郎が父に増刷を知らせたのと前後して、父から一通の手紙が届いた。中に、粉河の児玉庄右衛門から高岡要に宛てた、小次郎の紹介状が同封されていた。宗広が粉河まで足を運んで、児玉に依頼したのである。

宗広は小次郎を江戸に送り出したあと、田辺での幽閉中に綴った文と詠んだ歌をまとめ、

「明《あか》きよりくらきに入るを夜見《やみ》といへば　今はくらきよりあかきに出《いず》れば　よみかへりと名つけて其程《そのほど》の事を物《もの》すなり」

と序文を付し、『余身帰《よみがえり》』と題した一冊の本を和歌山で私刻本として上梓した。彼はこれを藩の重職を務めていた頃に交際のあった京・大坂の友人知人に贈呈するのだが、やがてそれが思わぬ波紋を生み、彼を天目庵の生活から再び政争の中に引き込んで行くことになる。

高岡要を長崎に留学させ、江戸に送り出した後援者である児玉庄右衛門は、紹介状の中で、伊達宗広が、紀ノ川沿岸の諸村の窮民救済事業として木綿産業の育成、振興に如何に尽力したかを力説し、その次男を、高野山の学僧であると共に安井息軒の三計塾に学ぶ俊秀と紹介し、本人は今後、洋学を真剣に学びたいと望んでいる旨を説明して、出来得る限りの恩顧と指導を依頼していた。

高岡要は、小石川で西洋医学に基づく医院を開業して、一般の患者の治療に従事しながら、

幕府の依頼により荒廃した小石川養生所の立直しに努め、かつ天然痘や結核などの予防医学の研究と治療薬の開発を、英国公使館の医官らと協力しながら進めていた。

小次郎が児玉からの紹介状を持参して高岡を訪れた時、庭で再びあの時の青年、伊藤俊輔と出会った。彼は、もう一人、年上の武士を案内して来ていた。彼らは先に館内に招じ入れられ、小次郎は外で待つことになった。

咲き誇り、薫り立っていたノイバラはすっかり花も葉も落ち、鋭い棘のある繁みだけが巨大な籠のように高岡の庭を包み込んで、荒涼とした雰囲気を醸し出していたが、よく見るとあちこちに可憐な小さな赤い実が隠れている。小次郎は棘に刺されないよう手を伸ばしてその一つを捥《も》いで、手のひらに載せた。ノイバラは薬になると高岡は言ったが、一体どんな薬効があるのだろう。

ノイバラの薬効はともかく、今は自分の進むべき道を見出さなければ。彼はノイバラの実を手のひらで弾ませて、高岡という人物がその鍵を握っているのだと考えた。

偶然、この庭で二度出会《でくわ》したあの伊藤という若い男は何者だろう。もう一人の長身の男は身分の高い武士らしく、体付きから相当な剣客かもしれないという印象を受けた。

二人が出て来た。高岡も玄関先まで送りに出たが、二人が丁重な挨拶をするのに対して、高岡は軽く頷《うなず》いてみせただけだった。

「やあ、君か！」

高岡が小次郎に呼び掛けた。

「今日は飛脚の恰好じゃないね。バラを見に来たのかい？　と言ってもご覧の通りだけどね」

二人の客は、門の手前で再び一礼して立ち去ったが、高岡は一顧だにしなかった。

「先生、私は中村小次郎と申します。故あって本名ではありませんが……」

「妙だな。君のような若い男が、故あって変名を使うとは。追われているのか？」

「……私は先生と同じ紀州出身です」

「私が紀州人だと、どうして知っている？」

高岡の顔に微かな警戒の色が浮かんだ。

「はい、粉河の児玉庄右衛門様よりお預かりした書状を届けに参りました」

「何だ、やっぱり君は飛脚か。しかし、手紙を届ける度に名乗る飛脚はいないだろ。だが、児玉様からとは……」

「児玉様が先生に宛てて、私の紹介状を書いて下さったのです」

高岡は一層訝しげな表情を浮かべた。

「自分の紹介状を配達する飛脚がいるか？」

高岡は、直ちに手紙を開いて読み始め、読み終わるや顔を上げて、

「いつから来られる？」

と訊ねた。

「はい、明日からでも！」

小次郎は即答した。

「明日から」の言葉通り、小次郎は長屋住まいを切り上げて、翌日から高岡医院の書生となった。

高岡の専門は本道（内科）で、医院には他に外科医一人と賄婦《まかないふ》が住み込んでいた（高岡は独身）。それ以外に、眼科医一人、看護人（男女各一人）の計三人が、通いで働いている。高岡は週に一度、近くの小石川養生所で無償で診療していた。

数日後、小次郎は三計塾に退塾の挨拶に赴いた。息軒は、小次郎の言葉に静かに耳を傾けたのち、徐《おもむろ》に語り掛けた。

「儒学のような旧い思想は、新しい時勢の到来とともに、弊履《へいり》の如く棄てられる運命にある。だが、いつか君が時代の潮流に足を掬《すく》われ失意の淵に沈むことあらば、儒学は君の魂の原郷として、心の支えになるかもしれぬ……」

ある日、彼が薬剤室で乾燥させたノイバラの根を刻み、それを薬研《やげん》で磨り潰していると、高岡が入って来て、

「手付《てつき》がいいね。さすが薬研堀にいただけのことはある」

と笑みを浮かべて言った。

ノイバラの根を乾燥させたものを「営実《えいじつ》」と呼び、利尿剤や下剤として用いられる。

「君の英語の上達振りはなかなかのものだ。伊藤君にはすぐ追い付くだろう」

「伊藤……、以前庭で会ったことのある青年ですか」

「そうだ。もう一人、背の高い武士がいただろう。二人は長州藩士で、英国へ留学したがって

いる。密留学だ。その斡旋《あっせん》を英国公使と親しい私に頼んで来た」

「密留学……ですか？」

「幕府は、日本人の海外渡航を厳しく禁止している。ところが、長州藩だけは黙認するらしい。吉田松陰が小伝馬町で斬首刑に処された際、遺体を回向院へ受け取りに行ったのがあの二人だ。松陰の衣鉢を継ぐつもりかもしれないが、こと留学に関しては分かりにくいところがある。長州藩は、公武合体して開国するという方針だが、幕府の黙認を前提に、藩が密留学を是とするのか、藩の思惑とは別に、たとえ敵対する国であれ、将来を見据えて、その言語や文明を学んでおきたいと二人が考えているのか、そのあたりが私には……。

ところで公武合体と言えば、京都を御出立された和宮様は、今は中山道《なかせんどう》のどのあたりだろう」

大老井伊直弼亡きあと、幕府は老中安藤信正（磐城平藩主）を中心に、将軍家の権威回復のため公武合体政策を進めて行くことになる。その切札が、将軍の正室に皇女和宮（親子《ちかこ》内親王）を迎えるという企てであった。和宮は、孝明天皇とは異腹の兄妹で先帝第八の皇女、孝明天皇にとっては、唯一人の妹である。和宮は幼い頃有栖川宮熾仁《たるひと》親王と婚約し、輿入《こしい》れの日まで決まっていた。しかし、幕府からの再三の奏上により、天皇は将軍家への降嫁を勅許せざるを得なくなった。勅許には「蛮夷を防ぐことを堅く約束せよ」と、徹底した外国嫌いの孝明らしい聖旨が付いていた。

文久元年（一八六一）十月二十日、和宮は江戸に向かって京都の桂御所を出発した。孝明天皇はお忍びで桂まで出向いて、妹を見送った。

和宮の輿《こし》の警備には十二藩、沿道警備には二十九藩が動員された。朝廷側からは中山忠能《ただやす》や岩倉具視《ともみ》が随行し、幕府からは二万人以上の迎えの供《とも》が、また女官や女中、人足まで含めると、およそ三万人にのぼる大行列だった。行列は、大河川は川留めがあること、海沿いを行く東海道では異国船から砲撃される恐れがあるなどの理由で、中山道を行くことになった。険しい山中の道を進む。

島崎藤村の『夜明け前』は、和宮下向《げこう》の行列がもし中山道を通らなければ、書かれなかったかもしれない。『夜明け前』の数ある名場面の一つが、まさに行列の「馬籠御通行」である。

九つ半時（午後一時）に、姫君を乗せた御輿《みこし》は軍旅《ぐんりょ》の如きいでたちの面々に前後を護られながら、雨中の街道を通った。厳めしい鉄砲、纏《まとい》、馬簾《ばれん》の陣立は、殆んど戦時に異ならなかった。供奉《ぐぶ》の御同勢はいずれも陣笠、腰弁当で、供男《ともおとこ》一人ずつ連れながら、その後に随《したが》った。中山大納言、菊亭中納言、千種少将（有文）、岩倉少将（具視）、その他宰相の典侍《てんじ》、命婦《みょうぶ》能登などが供奉の人々の中にあった。京都の町奉行関出雲守《せきいずものかみ》が御輿の先を警護し、御迎えとして江戸から上京した若年寄加納遠江守《かのうとおとうみのかみ》、それに老女らも御供をした。これらの御行列が動いて行った時は、馬籠の宿場も暗くなるほどで、その日の夜に入るまで駅路に人の動きの絶えることもなかった。

十一月十五日、江戸に到着。和宮は、将軍家茂とは同年同月の生まれで、この時十六歳であった。

尊王攘夷か公武合体か。熾烈な政治闘争が続く中でも、市井では変わりない日常生活が営まれていた。

文化十一年（一八一四）の刊行開始から二十八年後の天保十三年（一八四二）に全九十八巻、百六冊をもって完結した『南総里見八犬伝』は、明治時代にまで及ぶロングセラーとなった。この頃、江戸の貸本屋は七百軒を数え、寺子屋は江戸市中に千三百、全国で一万校を超え、しかも幕末に向けて激増している。高等教育機関の藩校、あるいは小次郎が通った三計塾のような私塾も、合わせると約千六百余に上《のぼ》った。

この当時、幕府の教育行政が、遅滞していたわけではない。文久二年（一八六二）、幕府は蕃書調所を小川町から一橋門外に移し、洋書調所と改称し、旗本らに外国語学習を奨励した。この年、堀達之助編による日本初の『英和対訳袖珍《しゅうちん》（ポケット）辞書』が刊行されている。また、欧米各国を中心とした海外事情を世間一般に知らせる必要から、ジャカルタ（バタビア）のオランダ総督府機関紙を洋書調所で翻訳、「官板《かんぱん》バタビア新聞」として江戸の書店萬屋兵四郎に販売させた。洋書調所は翌年には「開成所」と改称の上拡充され、のちの東京大学の母体となる。

更に幕府は、神田お玉ヶ池（現在の岩本町あたり）にあった種痘所を直轄の西洋医学所と改称し、頭取として大坂から緒方洪庵を招いた。のちの東京医学校（東京大学医学部）だが、この年、森鷗外が石見《いわみ》（島根県）津和野に生まれている。

彼は明治七年（一八七四）、十三歳で東京医学校に入学した。年齢規定を満たさないため二歳詐称して、万延元年（一八六〇）生まれとして願書を提出した。夏目漱石が江戸牛込に誕生するのは、鷗外に遅れること五年である。

「人民にとって、出来れば革命などやらない方がいいのだ」と、近代中国を代表する思想家である胡適《こせき》（一八九一〜一九六二）は述べたとされるが、一理あるかもしれない。

革命による体制の崩壊を防ごうと、幕府が取った彌縫策《びほうさく》の一つが「和宮降嫁」だった。二十五日間にわたる長い旅路を終えた和宮は、十二月十一日、江戸城で十四代将軍家茂と対面した。婚儀は翌文久二年二月十一日と決まった。

しかし、年が明けて一月十五日、「和宮降嫁」によって「公武合体」を実現する政策を推進した老中安藤信正（磐城平藩主）は、登城途中、江戸城坂下門外で、尊王攘夷派の水戸浪士六名に襲撃された。安藤は背中を負傷したが命に別状無く、浪士六名はいずれも闘死した。しかし、重なる襲撃に幕府の権威は更に失墜する。四月、安藤は失政を問われ、老中を罷免された。

将軍家茂と和宮の婚儀は予定通り執り行われたが、「坂下門外の変」は、和宮降嫁を幕藩体制強化のために天皇の権威を利用したものと批難する尊王攘夷派を勢い付かせ、彼らによる公武合体派に対する攻撃、テロが横行するようになった。

京都では、朝廷内の尊攘派が力を増し、和宮降嫁を推進した岩倉具視や女官今城重子《いまきしげこ》らは「四奸二嬪《しかんにひん》」と呼ばれ、蟄居、落飾の処罰を受けた。岩倉は洛北の岩倉村に逃れて隠れ住み、五年間もの幽居生活を強いられる。合体派の公卿九条尚忠《ひさただ》の家司《けいし》島田左近や宇郷重国《うごうしげくに》は、薩摩浪士田中新兵衛らによって襲撃され、斬奸状《ざんかんじょう》とともに首を鴨川の河原に晒された。天誅と称する同様のテロが相次ぐ。

皮肉なことだが、和宮が江戸に下向した途端、京都が尊攘倒幕の中心機能を果たすようになる。それまで禁中（御所）を囲んで、居眠りしているような土地柄だった京に——そもそも幕府は、武士、町人を問わず京都に入ることを固く禁じていた——、今や、各地各藩から藩士、脱藩者、勤王の志士を名乗る輩が続々と上って来る。

幕府は、京の治安維持のために京都所司代に加え新たに京都守護職を設け、会津藩主松平容保《かたもり》を任命する。容保は会津藩兵千人を率いて上京し、左京黒谷の金戒光明寺《こんかいこうみょうじ》に本陣を置いた。さらに幕府による浪士組の募集も始まった。取締方は旗本山岡鉄舟。のちに、これが近藤勇らの新選組の前身・壬生《みぶ》浪士組となる。

京都は、維新のマグマ溜りの様相を呈して来た。

小次郎はまだ江戸にいる。高岡の書生となり、名も伊達小二郎に戻して、薬剤作り、外科手術の助手、バラや庭木の剪定、小石川養生所への随行等々に追われる日々を送っていた。日中はとかく多忙だが、夜は読書に勤《いそ》しみ、高岡からは折を見て英語のレッスンを受ける。高岡の書斎の机上には、部厚い『ウェブスター大辞典』（一八四七年版）が載っている。書架には英語やオランダ語の医学書、博物学の本の他に西洋の、主に英語の書物が隙間なく並んでいる。『英国革命史』（ギゾー、英訳）、『ローマ帝国衰亡史』（ギボン）、『道徳および立法の諸原理序説』（ベンサム）、『法の精神』（モンテスキュー、英訳）、『旧約聖書』、『フランス革命についての省察』

（エドマンド・バーク）、『ハムレット』、『オリヴァー・トゥイスト』（ディケンズ）などだが、小二郎はただ背表紙を指でそっと撫でるばかりで、それらの本の内容は、彼の想像を絶する世界だった。

あれ以来、伊藤俊輔が小石川を訪れることはなかった。十カ月余りが経った文久二年（一八六二）八月末、高岡は小二郎に一通の書状を長州藩邸の桂小五郎に届け、返書を受け取って来るよう指示した。

「久し振りの飛脚だね」

「手紙一通当りの口銭は一・五文、往復で三文いただきます」

長州藩桜田藩邸は鬱蒼《うっそう》とした楠の森に囲まれている。門の左右を各々十人もの槍を持った門兵が固めるといった物々しい警戒振りで、小二郎が用向きを告げて控えていると、中から伊藤が飛び出して来た。目を真っ赤に泣き腫らしている。

「おぬしは……いつぞやの町飛脚か」

「高岡先生から桂小五郎様への手紙を預かって来ました」

「今、取込み中でな。それに桂様は今、萩に帰っておられる。手紙は必ずお渡しするから」

と言うなり、伊藤は邸内に駆け戻って行った。

この日の朝、伊藤が恩師と慕う藩の文武諸業御用掛を務める来原良蔵《くるはらりょうぞう》が、江戸藩邸内自室で自刃した。来原は、長州藩直目付《じきめつけ》長井雅楽《ながいうた》が提言していた国策（『航海遠略策』）、即ち公武合体して開国し、武威を海外に振るうという国家戦略の賛同者だったが、藩の方針が高杉晋作、久坂玄瑞《くさかげんずい》らによって尊王攘夷に転換したことの責任を取らされたのである。三十四歳だった。

伊藤は、来原の勧めで松下村塾に入塾した。来原の妻治子《はるこ》は、桂小五郎の妹である。

長井雅楽は翌年二月、藩主毛利慶親《よしちか》に切腹を命じられた。

高岡要が半年以上もの空白期間を置いて、桂小五郎に宛てて認《したた》めた手紙は、英国留学の方針に変化はないか確認するものだった。留学先はロンドン大学である。但し、高額の留学費用を準備しなければならない云々。

手紙は次のように結ばれていた。

「以前と違い、小生は、貴殿が留学するべきだと今は考えております。何故ならば、留学こそが、尊王攘夷の熱を冷《さ》ます最善の方法だと思料致すからです。英国の政治・経済制度、科学技術力、軍事力を知れば、攘夷が如何に不可能事か、夢想の類《たぐい》かがお分かりになるでしょう。『敵を知り己を知れば百戦殆《あや》うからず』。孫子の兵法書が伝えるところです」

伊藤俊輔は、萩にいた桂小五郎が義弟来原良蔵の自刃を知らされ、両手で顔を蔽《おお》って号泣し、周囲の者も貰い泣きしたと聞いた。その後、伊藤は来原の遺髪を萩の遺族に届け、芝の青松寺に葬ったことを伝えた。

のちに伊藤は、来原が夭折《ようせつ》しなければ維新後に「真に国家の重任を負うべき政治家になっていたことは間違いない」（「恩師来原良蔵」――『伊藤公全集』三巻〔逸話〕）と述べている。

伊藤俊輔は、高岡要への桂の返書を江戸へ持ち帰ると、その足で小石川を訪ねた。

桂の返書には、英国密留学は必ず実行する、しかし、桂自身は藩の重職を担う身になったため参加出来ないが、前途有為な若い藩士を数名選抜して派遣する、その一名はこの手紙を携行する伊藤俊輔で、費用の総額の問合せ、渡航時期は明年（一八六三）春頃といったことなどが記されていた。

高岡が返書を認めるのを待つ間、伊藤が庭に出ると、剪定鋏を手にした小二郎が現れた。二人は並んで母屋の壁に背を凭《もた》せ掛け、秋の空を仰ぎ見た。片雲が慌しく動いて、陽光が射したり翳《かげ》ったりする。

「おぬしは、町飛脚と書生を兼業しとるんか」

「いや、以前は飛脚を生業にしていたが、今は高岡先生の書生だ」

「生国は？」

「紀州」

「そうか。先生とは同郷のよしみか。先生は紀ノ川沿岸の農村の出だと聞いたが、俺も実家は農家で身分は足軽、桂さんの手附《てつき》として働いておる。おぬしは飛脚になる前は……」

小二郎は、高野山の学僧として江戸に出て来た顚末を語る。

「英国に密留学すると聞いたが、長州藩の方針は尊王攘夷では？」

「高杉晋作さんは、上海で英国人が清国人を奴隷のようにステッキで打つのを目撃したそうだ。夷狄《いてき》は日本も植民地化して、同様に振る舞うつもりじゃろう。それを防ぐには攘夷しかない。

しかし、他国を支配して宗主国になろうとする英国は、どんな国民性を持ち、法律や社会の仕組みを作っているか、現地で見て来たいとも考えて、密留学するわけじゃ。彼の国の力の源泉は何か、見極めることが……」

その時、門の方から馬の蹄の音と嘶《いなな》きが聞こえて来た。

馬を降りた二人の若い白人男性が、馬を左右の門柱に繋いだ。一人はとりわけ長身で、冠木《かぶき》門を潜る時、深く背を屈めなければならなかった。彼が小二郎と伊藤の姿を認めて、たどたどしい日本語で訊ねた。

「ゴメンクダサイ　コチラハ　タカオカセンセイノオタクデショウカ？」

「そうですが、あなた方は？」

二人はイギリス公使館の者だと名乗り、各々ウィリアム・ウイリス、アーネスト・サトウと自己紹介した。

「サトウさん？」

「ソウデス　サトウデス」

アーネスト・サトウは、まだ初々しい少年の面差しを残す顔に満面の笑みを浮かべた。

英語は初心者の小二郎と伊藤は、この場に相応《ふさわ》しい英語表現が思い浮かばず、相手がたどたどしくはあっても日本語で話すのをこれ幸いと、日本語で通すことにした。

「ウマヲ　ドコニツナギマスカ？」

小二郎は伊藤に向かって、

「僕が厩舎に案内するから、君は先生に取り次いでくれ」

伊藤は頷いて、高岡の書斎へ急いだ。

小二郎はノイバラの葉叢《はむら》に蔽われた庭へと続く小径に沿って、ウイリスとサトウを厩舎へ案内する。

二人はノイバラの枝に手を伸ばし、まだ青い小さな実を摘み取って、「クリムソン・チャイナ」とか「ブラッシュ・ティー・チャイナ、ローザ・アルバ」といった、どうやらバラの品種に関する言葉を交わしながら、小二郎のあとを馬の口縄を取って付いて来る。二人ともバラに強い興味を抱いていることが窺えた。

「This is "Rosa multiflora Thunberg". (ローザ・マルチフローラ・ツュンベルク)」

高岡に教わったノイバラの学名が、小二郎の口を突いて出た。

ノイバラの存在を初めてヨーロッパに紹介したのは、スウェーデンの医学者、植物学者のツュンベルクで、江戸時代中期の安永四年（一七七五）にオランダの東インド会社の医師として来日、日本の植物相を精力的に調査した。彼は、ノイバラに初めて学名を与えたことでも知られる。

二人の白人青年は、小二郎の言葉を耳にして意外の感に打たれ、思わず顔を見合わせた。

ウィリアム・ウイリスは、イギリス公使館（高輪・東禅寺）の医官としてこの年、文久二年（一八六二）五月に着任。職務に就くやいなや、松本藩士によってイギリス人水兵二名が殺害されるという事件（第二次東禅寺事件）に遭遇した。このためイギリス公使館は急遽横浜に移される。

一年前の水戸浪士らによる襲撃（第一次東禅寺事件）の際にも、同じ措置が取られていた。

アーネスト・サトウは公使館通訳生として、上海領事館、北京の公使館に数カ月勤務ののち、八月中旬に来日し、横浜に着任した途端、生麦事件が起きている。

二人は代理公使ニール中佐から、江戸・小石川に高岡要を表敬訪問するよう指示されたのだった。

高岡の庭で邂逅した四人の青年はこの時、ウィリアム・ウイリス二十六歳、アーネスト・サトウ二十歳、伊藤俊輔二十二歳、小二郎（陸奥宗光）十九歳である。

高岡がウイリスとサトウを書斎に招じ入れた。

小二郎はノイバラの剪定に掛かり、伊藤がそれを手伝う。小二郎は剪定鋏を手にして、切るべき枝を瞬時に見定めて次々と剪《はさみ》を入れていく。伊藤は、かつての柴刈りと縄綯《なわな》いの経験から、小二郎が切り落した枝を手早くまとめ、縄で縛る。

書斎では、高岡が若いイギリス人二人に、緊迫する現下の日本の政治情勢について簡にして要を得た解説をし、内戦の起きる可能性が極めて高いことを伝えた上で、今日、二人が護衛兵を付けずに横浜から江戸まで単独で騎行したことは危険であり、今後は必ず護衛兵を同行させるよう諭した。

サトウが護身用の拳銃を持っていると告げると、拳銃は重く、携帯に不便な上、夷狄の血に飢えた過激な二本差しの刀剣は、銃弾よりも素早く相手に致命傷を与え得ると忠告した。

二人は今後、別々に週に一度、高岡の許に通うこととなった。サトウは、高岡から日本語の公文書を解読する訓練を受ける。サトウは、高岡からどのような指導を受けたか書き残している。

高岡は、私に書簡文を教え出した。彼は、草書で短い手紙を書き、これを楷書に書き直して、その意味を私に説明した。私はそれの英訳文を作り、数日間はそのままにして置いて、その間に原文の写しのあちこちを読む練習をした。それから、私の英訳文を取り出して、記憶をたどりながら、それを日本語に訳し直した。（アーネスト・サトウ『一外交官の見た明治維新』、以下『回想録』とする）

ウイリスとサトウは、暇《いとま》を告げる際、ノイバラの繁みを指し、小二郎が教えた学名を口にして、是非花が見たいと言った。

「来年、五、六月にはたっぷり楽しめますよ。そうだ、株を分けてあげよう。御殿山に新しいイギリス公使館が完成したら、庭に植えるといい」

と高岡は応じた。

二人が帰って行くのと前後して、伊藤も高岡から桂小五郎への返書を受け取って帰路についた。

返書の冒頭には、桂の義弟、来原良蔵を追悼する言葉が置かれ、密留学については以下のように記されていた。

――昨年十二月に挙行された、大君《タイクーン》政府（徳川幕府）の遣欧使節団派遣の折、イギリス公使館の協力で事が円滑に運び、一行はイギリス軍艦オーディン号に乗船して出航している。その公使館が一方で、御法度の留学の手助けをしているとなれば、大君政府の不信を招くに違いない。そこで、公使館は表に出ないかたちにするため、横浜のジャーディン・マセソン商会に協力を依頼し、商会の所有船チェルスウィック号を利用して渡航するのが上策ではないか。公使館は、側面からの援助を惜しまないだろう。恐らく費用は、意想外の額になる筈――。

ウイリスとサトウの高岡訪問から二カ月前の八月二十一日、サトウの着任早々、薩摩藩士が、薩摩藩国父・島津久光の行列を横切ったイギリス人を殺傷する生麦事件が勃発した。

島津久光は、四月に公武合体実現と幕政改革を朝廷に進言するため、藩兵千人を率いて京都に入った。その後、幕政の一新を命じる天皇の勅使として攘夷派の公家大原重徳《しげとみ》が江戸に下向する際、一行の護衛として久光指揮下の藩兵が随行した。

江戸での任務を終えた久光と藩兵が、薩摩への帰途、東海道・横浜近くの生麦村に差し掛かったところ、イギリス人商人のリチャードソンら四人（女性一人を含む）が騎馬で通りかかり、下馬しないまま馬首を廻らそうとした時、突然数人の藩兵が抜刀して襲い掛かり、男性三人に斬り付けた。リチャードソンは馬から落ちて絶命し、二人が重傷を負った。重傷の一人が「馬を飛ばしなさい！」と女性に向かって叫び、「あなたを助けることは出来ない」と付け加えた。女性は横浜に辿り着いて急を伝え、英仏の公使館付き騎馬護衛隊が現場に急行した。しかし、誰よりも早くリチャードソンの遺体の許に駆け付けたのは、ドクトルのウィリアム・ウイリスであった。

生麦事件は、薩摩藩が攘夷派だから起きたのではなく、多分に偶発的なものだったが、これが因《もと》となって、やがて翌文久三年（一八六三）七月の薩英戦争へと発展する。
ウィリアム・ウイリスとアーネスト・サトウは、着任直後に、英国人殺害事件が起きたため、多忙を極めた。二人は初めての訪問以降、高岡の忠告に従って、常に六人の騎馬護衛兵を同行させている。彼らは公使館を警備する幕府派遣の騎馬隊で、公使館員の身辺を警護するとともに、外国人を日本人と接触させないよう目を光らせてもいた。

ウイリスは北アイルランドの生まれで、エジンバラ大学医学部を卒業して、ロンドンでの病院勤務の経験もあった。ウイリスは、高岡から日本語の指導を受けながら、医学や医療について高岡と意見交換し、最新の研究や治療法に関しては、高岡側に益する情報も少なくなかった。

十二月になって、小二郎は高岡がサトウたちに約束したノイバラの根株を、御殿山のイギリス公使館に運んで植え付けるための準備に取り掛かった。

しかし、十二月十二日夜、既に落成していたイギリス公使館は焼討に遇って全焼する。放火を実行したのは、長州藩士高杉晋作、久坂玄瑞、志道聞多《しじもんた》（井上馨）、山尾庸三、そして伊藤俊輔らである。

彼らが焼失させた建物がどのようなものだったかは、やはりアーネスト・サトウの「回想録」に頼るしかない。それは、大君政府が威信をかけた壮麗な西洋式建造物だった。

――建造中のイギリス公使館は、一棟の大きな二階建ての洋館で、海に面した高台に立ち、遠方からはそれが二棟のように見えた。大変見事な材木が工事に使用され、部屋はいずれも宮殿に見るような広さをもっていた。床は漆塗りで、壁面には風雅な図案を施した日本紙が張られていた――。

公使館焼討から九日後の夜、国学者塙《はなわ》次郎が外出先から麹町の自宅に帰る途中、闇討に遇い、斬殺される。塙次郎は、『群書類従《ぐんしょるいじゅう》』で知られる盲目の国学者塙保己一《ほきいち》の四男で、和学講談所御用掛として『史料』『続群書類従』などの編纂に携っていた。安藤信正が老中の時、命じられて不埒にも歴史上の廃帝の事例を調べたと誤伝され、それを信じた尊攘派の刺客に暗殺された。

刺客は伊藤俊輔と山尾庸三である。

伊藤と山尾は、塙次郎を待ち伏せし、国賊！　と罵って殺害した。しかし、二人の犯行であったことが明らかになるのは、後年（明治四年）、伊藤博文自身がそのことを認めたからである。

凶行に加担して半年も経たない翌文久三年（一八六三）五月十二日、伊藤はジャーディン・マセソン商会所有のチェルスウィック号に乗船し、英国へ向けて密出国した。密留学生は、伊藤俊輔、志道聞多（井上馨）、山尾庸三らを含む五人である。渡航と一年間の滞在費用は一人千両。破格の金額で、財源は長州藩の武器調達資金だった。

ノイバラの根株と移植に必要な土などの準備をすっかり整えて、あとは運び出すだけという矢先に、公使館焼討、全焼の知らせを聞いて、小二郎は心底落胆した。のちに、高岡から焼討を企てたのは長州藩士たちで、伊藤俊輔も加わっていたようだと知らされた時、小二郎は、以前庭先で彼と交わした会話を思い出した。

――日本の植民地化を防ぐには、攘夷しかない。しかし同時に、他国を支配して宗主国となった英国がどんな国か、現地で見て来たい――。

小二郎の脳裏に閃くものがあった。一見矛盾するかに見える伊藤の言葉の続きは、「彼《か》の国の力の源泉は何か、見極めること」だったのでは。

伊藤は、植民地にならないよう攘夷を実践しながら、一方で日本国自体が英国のような宗主国になる道を模索しようと目論んでいるのではないか。

小二郎には思いもよらない発想と行動力だが、宗主国になろうとすれば、侵略戦争という大きな危険を冒さなければならない筈だが……。

御殿山の事件から数日後、小二郎が裏庭で枯枝や落葉を集めて焚火をしていると、養生所から戻って来た高岡が表庭の方から回って来て、火に手を翳《かざ》しながら独り言のような呟きを洩らした。

「私は公武合体派でも尊王攘夷派でもないただの町医者だが、幕藩体制のあとに、どのような新しい政体を取り入れればよいのか、正直なところ朧げな輪郭すら見えて来ない……」

小二郎が攘夷派の伊藤の言葉について語ろうとした時、飛脚便が届いたと賄婦が一通の手紙を持って来た。岡左仲からの「六日限《むいかぎり》」だった。

それは、兄宗興の脱藩を告げる緊急の知らせで、宗興だけでなく、父宗広を含む家族全員が、去る十一月二十七日夜半、風雨を衝いて和歌山城下を脱出、京都へ向かったというのである。

6

お亮どの　　　　　　　　　（明治十二年十月十一日）

相認《したた》めまする。

火事一件、さぞや御心配をお掛け申したことと存じ候。報知新聞にて山形監獄火災、囚人多数焼死、陸奥宗光含まれしなどと報じられたるよし、そは虚報なり。火事は事実なれど焼死者は数人。我と三浦介雄《すけお》は既に新しき獄舎に移りおり、御安心召さるべく候。委細は検閲のため述べられぬが、取り急ぎ無事の報のみにて（※）。

※作者注　陸奥の妻亮子が山形監獄の放火炎上を知ったのは、十月六日の昼前であった。報知新聞の記事を目にして、母政子、亮子と子供たちは驚愕し、獄舎の近くで旅館業を営み、村役を勤める後藤又兵衛に事実確認の電報を打った。後藤の返信を受け取り、記事が誤報であることを知ったのは、この日の深夜近くである。

扨《さて》、このたびの来信にてまのあたりにあいみし心地して、大いに安心いたし候。母様もいつも御機嫌よろしきよし、また子供らも追い追い成長いたし候よし、まったく皆そのもとひとりにて、老幼の世話行き届き候ことふかくうれしく感謝申し上げるなり。

扨、我らのこと変りたることなし。この頃は日々自ら書物を読みまたは人に教え、あるいは庭前の草木をなぐさみなどして日を送り候。かつて小石川にノイバラなど植え育てし弱年の頃をしきりと思い出し候。

毎夕、碁、歌を習いおり候よし、気晴しによろしからん。書物も少々読み申すべし。今昔のことを知り候えば苦労にも堪えやすきものなり。歌もよくそのこころわかり候、『古今集遠《とお》鏡《かがみ》』と申す本あり。これは『古今集』のこうしゃくをしるしたるものなり。妹初穂《はつほ》存命中に所持いたしおりたれば、定めて中島宅にこれあるべし。お父様の『余身帰《よみがえり》』も、文と歌ともに良きかな。

倹約はさることなれども長き月日のことなれば、いつもけちけちとばかりすることなるまじく、月々の小遣いは今少し余計にいたしてよろしからん。横浜銀行預金、およそ八千四百円ほどの預高《あずけだか》と相覚え候。その中に存分にお遣いなさるべし。

尚々、いつも返事遅くなりたれども、郵便のたよりはたびたびにならぬ方よろし。この後はよぎなきことのほかは、一年に両三度のみたよりいたし候よう御心得、この文に限らずわれら方より遣わし候文は、見れば直ちに火中に投ずべし。残し置き、もし紛失等いたし候ては大いによろしからず。このこともっとも御心得あるべくなり。

ミつ

獄舎炎上は、余が入獄して一年後の九月二十五日夜半二時過ぎのことなり。余と三浦介雄は昨年末に新獄舎（余らはこれを〝女囚の裁縫場〟と呼んでいる）に移っていたため息災であった。旧舎とは凡そ三十間離れている。

火事は放火なり。殺人強盗罪で終身刑に服していた松村浜之助（余は庭で何度か言葉を交わしたことがあるが、柔らかな物腰の初老の男だった）の脱走を助けるために、同じく服役中の松村の手下《て》が火《か》を放ったのである。獄舎は全焼した。確認は出来ぬが、数名の死者が出た模様。松村と手下は捕まって懲罰房に繋がれている。監獄署長は更迭《こうてつ》された。

しかし、署内では、火災以前より不可解な人事の大異動が行われていた。

余は、三浦と数名の囚人に懇請されて、「獄内講習」と称して英語の初歩を教えたり、杜甫、李白などの漢詩、『奥の細道』などの講読を行っていた。いつしか生徒の数も増え、十二、三人になった。質問に答えて「自由民権思想」について話すこともあった。

これについて署長を始め県官、獄官らは共に服役囚の啓蒙に利するものと理解を示し、また彼らの中にも聴講する者少なからず。加藤、鈴木、林、長塚、中村、田中といった面々だが、最近になって彼らに、その事由も明らかにされないまま次々と廃官、転任の処分が下されたのである。

この突然の大異動は、県令三島通庸《みちつね》による粛清《しゅくせい》としか思えない。「藩閥思想」に凝り固まった彼は、「民権思想」のみならず、余自身を蛇蝎《だかつ》の如く嫌っているのである。

かくの如き人事の波瀾の直後に、放火・脱獄事件が起きたのであり、余と良好な関係にあった署長もまた更迭された。同時に、「禁獄囚取扱規則」第四条（明治十一年四月施行）の厳守が命じられた。即ち、「摂養《せつよう》の為、監外運動せしむる時間をば毎日一時間以内に限定し、側《かたわ》らに他囚あるを許さず」。

三浦と談笑する庭を奪われ、夜灯も禁じられて、余の獄中生活は一変した。秋に向かって日の出から日没までの時間はいよいよ短かくなれば、畢竟《ひっきょう》読書の時間もまた削られていく。余は、狭い獄内を移り行く日脚を求めて右往左往する。

回廊の高窓より瞥見《べっけん》することのある新築なった山形県庁舎の高楼には圧政者三島通庸がいて、余に対する監視の目を緩めることはない。元より余に肺の痼疾《こしつ》あり、いつこの身に何が起きるか知れない。愈々《いよいよ》ベンサムの翻訳を急がねばならぬ。

ベンサムの功利主義の理論、所謂《いわゆる》〝最大多数の最大幸福〟という命題（原理）を考究し、それを技術と科学（Art and Science）を通じて現実政治の中に実現する、その手段を模索するためには、先ず翻訳書が必須となる。

これまでベンサムの書は、スイス人デュモンが編纂した『立法論』の三つの部分、『民法論綱』（何礼之《がれいし》訳）、『刑法論綱』（林董《ただす》訳）、『立法論綱』（島田三郎訳）あるのみ。中でも島田の『立法論綱』が刊行されたのは明治十一年九月、まさに余が獄送された時のことである。余は逮捕直前の五月、島田の訳稿を手にし、乞われて序文を寄せたが、ベンサムの功利主義に「千載の迷夢」を破らるる程の衝撃を受けたのであった。

しかし、右の三著はベンサムの主著の一部に過ぎない。余は捕囚の身となった今こそ、彼の『An Introduction to the Principle of Moral and Legislation（道徳および立法の諸原理序説）』の全訳を刊行して、その「利世安民之要典」たる所以を広く世に問わねばならぬ。

原書は、星亭《ほしとおる》が入手し、提供してくれた。星のような暴れん坊が英国に留学して、日本人初の法廷弁護士バリスター（barrister）の資格を取って帰って来てくれたことほど、頼もしきことはない。

翻訳すること、これ単に英語から日本語に語意を移すのみにあらず。新しき訳語の発明・発見は、即ち新しき〝考え〟の導入に等しい。例えば“workhouse”には、どのような漢語・日本語を当てるべきか……。

余の机上にある『ウェブスター』は一八六四年版で、星亭が差し入れてくれたもの。かつて高岡要先生の書斎にあったのは、なつかしい一八四七年版だ。伊藤博文が密留学の時携行したのは、日本で最初の辞書『英和対訳袖珍辞書』だが、ロンドンではまるで役立たずだった、とのちに回想していた。

日が落ちて、辺《あた》りは闇に包まれ、洋書のアルファベットがしばらく残像となって眼前に浮かんでいたが、やがて消滅していく。

マタギの梶が首を吊って十カ月になる。彼の悲しげな顔が闇の中から浮かび上がる。父親をムジナの化物と思い込んで殺害したというが、彼がそのような妄想から殺人を犯したとはとても信じられず、いつかその事情を本人の口から直に聞いてみたいと思っていたのだが、叶わなかった。
しかし、三浦が先頃——火災の起きる二カ月前のことだが、看守の計らいで事件当時の新聞のバックナンバーを借り出して来て、余はその経緯《いきさつ》を知ることが出来た。

「山形新聞」——明治十年二月二十五日
（……）新庄署に拠れば、死亡した梶陽三（五十八）さんは去る二月十一日、神室《かむろ》山地鬼首《おにこうべ》峠の炭焼小屋から八百メートル離れた国有林に罠を仕掛け、つがいのムジナのうち一匹を仕留めたが、雄の方を逃した。息子の清三（三十三）が十三日夜、突然、雪の降りしきる中を小屋に登って来たのを見るや、したたか酒を飲んでいた陽三さんは、これまでめったに小屋に来たことのない清三を、恰《あたか》も取り逃したる雄のムジナが化けて現れたものと思い込み、「ムジナ、来《き》だな」と銃を向けた。「ムジナでねえ、おれは清三だ」と言っても信じない。銃を奪おうとする清三と父親は取っ組み合いとなりしうち、銃が暴発、弾は陽三さんの胸を貫通したり。この父子、日頃より犬猿の仲なりという。（……）

ムジナ（貉）はアナグマの異称だが、混同してタヌキと呼ばれることがあり、人を化かすとも思われている。また、この地方ではタヌキ汁をよく食べる。
ムジナに化かされたのは梶ではなく、父親の方だった。話があべこべになったのは、どのような成行きからであろうか。滑稽譚に見えて、その結果彼は尊属殺で収監されたのだから、悲劇的である。

彼の死は、無論妻との別れを悲しむ余りのことであろう。服役中に母親も亡くなっており、出所しても天涯孤独の身の上だった。監獄所は前妻に連絡を取ろうとしたが所在が知れず、遺骨は引き取り手のないまま、今は三浦が独房の片隅に置いて、毎朝線香を立てている。

十一月初め、時雨《しぐれ》が庭の百日紅《さるすべり》を濡らした。そのうち霙《みぞれ》になり、やがて雪に変わった。初雪である。例年より二十日も早いと聞いた。このところ喀血はないが、熱は下がらない。果たしてこの冬を越すことが出来るだろうか。

ベンサムの翻訳は遅々として進まない。余の英語の解読力にも問題があろう。一つのセンテンスを翻訳するにも、その含意を了解するためには、一々ヨーロッパの歴史、文化を参照しなければならない。現在、余の房には、由良守応《ゆらもりまさ》、星亭たちの尽力で洋書を中心に、漢籍、和書も含め凡そ二百冊ほどの参考文献が並んでいる。

ベンサムに疲れた時、余は最近息抜きに、これも星がロンドンで求めて差し入れてくれたものだが、十七世紀初頭のスペインの作家、セルバンテスの『ドン・キホーテ』の英訳版を読み始めた。これが頗《すこぶ》る面白い。

ドン・キホーテなる五十歳近い郷士《ごうし》が、長年騎士道物語の類《たぐい》を読み過ぎて、頭がおかしくなる。物語に描かれた出来事と史実を混同し、架空の世界と比較して、今の世の中は何と偽りと不正に満ちていることかと慨嘆する余り、遍歴の騎士となって正義の旗印を掲げ、痩馬ロシナンテに打ち跨って世直しの旅に出発する。従者は、目に一丁字も無い近所の農夫サンチョ・パンサのみ。

風車を巨人と見做して、地上の悪の芽を摘み取るのだと戦いを挑み、羽根車により地面にたたきつけられる。その時のサンチョ・パンサの言葉が振るっている。

「もう、おら嫌だ。巨人じゃねえ、ただの風車だと申し上げた筈じゃ。ようく見なっせえ、見れば判ることだに」

正気を失っているドン・キホーテは、現実世界から手痛いしっぺ返しを受け続け……。

セルバンテスは下級貴族の息子で、レパントの海戦に一兵卒として参加し、左腕に被弾して、一生左手が利かなくなり、「レパントの片手男」と呼ばれたそうだ。貧乏で、滞納税金徴収吏として働いていたが、徴収した税金を預けていた銀行が倒産したため、公金横領罪で牢屋に入れられた。『ドン・キホーテ』は、その獄舎の中で書かれたものらしい。牢獄が一人の大作家を生んだ事実は、ほんの少し余を慰めてくれる。

それにしても、三浦と庭で語り合うことが出来なくなったのはいかにも淋しい。この話をしてやれば、あの男が面白がること必定なり。

十一月十日、突然余に宮城監獄移送命令が下った。直ちに出発の準備をして、数日中に出立するようにとの指示である。如何なる理由か、何の説明もない。三浦随伴と聞いていささか安堵したが、余の体調はすぐれず、十日ばかりの延期を願い出た。

亮どの　　　　（日付なし）

　我らのことこのたび宮城県の方へうつされ候よし。いかなるわけに候やしらず候えども、さしてかわりたることもあるまじく候。今日の身上ゆえいかようになりたりともいたし方なし。しかし、この地よりは寒気はうすきかたなるべければ、かえって養生のためにはよろしきかと存じ候。（……）くれぐれもめでたく再会のときをまち候。また曰く、すべて此方よりつかわし候文そのほかの書きものは一見ののちは火中へ入れらるべく候。万一のこしおき人目にかかり候ては大いによろしからず候。

　陸奥の獄中生活は一年余りとなった。孤愁が深まるにつれ、外部世界に対する警戒ぶりは異常なほど高まっている。今回の突然の宮城移送の理由について、彼自身知る由もなかったが、これには内務卿伊藤博文の意向が強く働いていた。

　山形監獄炎上の知らせに衝撃を受けた伊藤は、火災が三島通庸の差し金とは思わなかったが、陸奥を三島の管轄下に置くことの危険性と彼の肺疾を考慮し、先頃新設なって設備も整った宮城監獄へ身柄を移すよう指示したのである。

　伊藤はそれ以前にも、陸奥が山形監獄に収監された頃、太政官《だじょうかん》（内閣）が陸奥の従四位の位階剥奪を決めたことに憤然として、右大臣岩倉具視に抗議の書簡を送り付けている。

　伊藤博文は陸奥の資質と将来性を見抜いて、特赦をいつ実行するか、常にその機会を窺っていたのだが、その実現には岩倉や佐佐木高行といった陸奥嫌いの政権幹部だけでなく、更に大きな壁が、背後に立ちはだかっていた……。

明治十二年（一八七九）十一月二十七日、陸奥を護送するため、宮城監獄から警部らが山形入りし、三十日、陸奥と三浦は仙台へ向けて出発した。

7

幕藩体制に大きな亀裂が走り、諸法度に緩みや綻びが目立ち始めたとはいえ、脱藩はやはり主君と藩に対する重大な裏切りであることに変りはない。家名は断絶、武士の身分を捨てることになる。伊達宗興《だてむねおき》にその覚悟があったかどうか。とにかく一家は、家財を京都に向けて船積みしたのち、十一月二十七日、夜半の風雨に乗じて城下を脱出、途中で雪となった。

何故京都か。

（伊達宗興来りて曰く）――即今の時勢甚だ困難、攘夷は勿論倒幕の説大いに発《おこ》り、諸藩もかれこれ紛議を生じ、幕威も日々地に墜ちんとす。さある時はわが藩の盛衰にも関係する事なれば、力を尽し国（藩）に報ゆるはこの時なり。しかれども、上書《じょうしょ》などの緩々《かんかん》と手ぬるき事にては所詮《しょせん》なり難し。然《し》かず、この藩を脱走して京都に赴き、輦下《れんか》（天皇の側近）の豪傑と会し、藩勢を更張し、懦弱《だじゃく》の藩士の睡りを醒《さま》させば如何《いかん》。（横井次大夫『脱走始末』）

これだけでは何故京都か、もう一つ説得力に欠ける。それには、父宗広が深く関わっていたのである。先述したように、小二郎が江戸から父の『大勢三転考』の町版《まちはん》出版を知らせたあと、宗広は、田辺幽閉中に書き留めた詩文を『余身帰《よみがえり》』と題して私刻本として上梓し、それを京・大坂の友人知人に贈呈したが、この書を手にして甚《いた》く感銘を受けた人物に、中川宮朝彦親王《なかがわのみやあさひこ》がいた。中川宮は、わざわざ江戸の「小宮山」から『大勢三転考』を取り寄せ、読了後、直ちに宗広に書状を送った。

——事情が許すなら、是非上京されて、歌学、仏典など講じていただきたい、住まいは当方で用意する、という内容である。

宗広はこの年六十一歳の還暦を迎え、「楽しきも憂きのかぎりも見つくして昔にかへる春はきにけり」と詠んで、和歌山城外太田《おおだ》の竹林で生涯を終えるつもりだったが、都《みやこ》の堂上公卿《とうしょうくぎょう》の最上位に立つ中川宮の勧誘に心が騒いだ。

偶然とはいえ、中川宮は朝廷内の公武合体派を代表する有力者で、幕府に大きな影響力を持っていた。孝明天皇の信頼も篤い。宗興はこれを先途《せんど》と、脱藩の賭けに出たのである。中川宮の紹介状を得て、幕府中枢に「直訴状」を提出出来ないか。

文久二年（一八六二）十二月一日、雪を踏んで伊達の一行は京都に着いた。この時、宗興と行をともにした藩士に横井次大夫がいる。

京都に到着した伊達一家は、中川宮が提供した青蓮院《しょうれん》近く、粟田口《あわたぐち》の別墅《べっしょ》に落ち着いた。

宗広は中川宮と対面したが、宗興が用意した幕府への「直訴状」については一言も触れなかった。話柄は些かも時勢にわたらず、歌道、歌学から「古今」「新古今」に至り、「世上の乱逆追討、耳に満つと雖《いえど》も、これを注せず、紅旗征戎《こうきせいじゅう》、吾が事に非《あら》ず」という藤原定家の『明月記』の一節を地で行くような座談に終始した。

一方、宗興と横井次大夫は精力的に動き回って、短時日のあいだに薩摩、長州、土佐の京都藩邸に知名の士を訪ね、激動のこの時代に居眠りしているような親藩・紀州藩を改革したいと訴え、彼らの支持を取り付けたのち、中川宮の許にまかり出て、所信を披瀝、遂に中川宮から幕府政事総裁職松平慶永《よしなが》（春嶽《しゅんがく》）への御書《ごしょ》（紹介状）の下付《かふ》に成功した。宗広は、宗興からこの一件を聞いたが、ひと言も発さず、ただ苦虫を噛みつぶしたような表情を浮かべるのみだった。

その「直訴状」とは如何なるものだったか。中川宮は紹介状を下付はしたが、「直訴状」の中身については関知していない。

「直訴状」は、嘉永五年（一八五二）十二月に第十代紀州藩主治宝《はるとみ》が死去したのち、藩政の実権を握った家老の水野忠央《ただなか》と安藤直裕《なおひろ》が犯した罪状を、十六カ条にわたって告発。藩政の刷新を訴え、先ず水野には切腹と減禄、安藤には田辺への蟄居と減禄、更に二人に関係する者全ての排除・追放を要求する、峻烈な内容のものであった。

宗興の積年の怨念がこもった過激な「直訴状」で、もしその内容を父宗広が事前に知ったなら、到底これを幕閣中枢に差し出すなどという行為を許さなかっただろう。

しかし、中川宮の御書を手にした宗興と横井は、勇躍して江戸へと向かった。


イギリス公使館焼討は、小二郎にとって意外な事件だったが、攘夷思想に基づくテロ行為だから理解は可能だ。しかし、父宗広、兄宗興が母や妹たち、家族全員を連れて脱藩したという事実は、どのように了解すればよいのか。

その後、岡左仲からは連絡がない。小二郎は鬱々たる日々を過ごし、文久三年（一八六三）の新年を迎えた。彼は遂に意を決して高岡に、父母の安否を確めるべく京に上《のぼ》りたい旨申し出た。

そこへ父からの手紙が届いた。

父親からの手紙によって、母と妹たち、兄一家も無事であること、洛東の粟田口に落ち着いたことが分かって安堵するとともに、小二郎はより一層父母に会いたい気持が募った。

「君はもう戻って来ないような気がするよ」

と高岡は医学書から顔を上げて言った。

「いえ、ノイバラの咲く頃までには必ず戻って参ります。まだまだ先生の許で学ばなければならないことが沢山あります」

「この機会に思い切って羽搏《はばた》くがいい。京都は今や面妖な連中の巣窟でもあるが、新しい時代を拓くための実験場の様相を呈してもいる。

アーネスト・サトウは生麦事件以来、幕府・薩摩方との賠償問題で大忙しだし、場合によっては、英国との間で戦端が開かれかねない情勢だ。なにしろ江戸湾には、英国の軍艦が十二隻も揃って、砲口を江戸市中に向けて停泊してるんだから。上海からも陸戦隊二千人が、薩摩に向かう構えだともいう。

先日、軍艦奉行並《なみ》の勝海舟様に呼ばれて、久し振りに会って来た。咸臨丸の艦長としてアメリカへ行って来た御仁だよ。彼曰く――日本は四囲を海に囲まれているくせに海防の意識が乏しい。強固な海軍が必要なのに、その創設は遅々として進まない。軍艦の建造はもとより、海軍軍人の養成が喫緊の要事だ。尊王だ攘夷だのと空疎な議論をするより、直ちに海防の体制を整え、航海術の練習生の訓練、育成に取りかからねばならん、と。どうやら海舟様は、神戸に訓練所を作る腹積りらしい」

「航海術の練習生ですか……」

航海術という言葉の響きに、小二郎は魅せられた。

高岡は小二郎を送り出すに際して、法外な額の餞別とともに、護身用の拳銃一丁を贈った。アメリカ人コルトが発明した、回転弾倉式の連発銃である。

小二郎が江戸を立って五日目、静岡岡部宿《おかべじゅく》に近い宇津ノ谷峠に差し掛かった時、向かい側から編笠をかぶった武士が二人、急ぎ足で近付いて来た。道の脇に寄ってやり過ごそうとすると、

「小二郎……、小二郎ではないか？」

と呼び掛けられた。

編笠を脱いだ背の高い男が走り寄って来た。兄の宗興である。

意外な再会を喜び合ったあと、兄の宗興は、勢い込んだ調子で江戸下向の目的を説明した。話に一区切りついたところで、宗興が弟の反応を窺おうと顔を覗き込むと、小二郎は目を逸らして、間近に枝を伸ばしているヤブツバキの葉を一枚ちぎり取った。

「兄弟揃って松平様にお目通り出来るのは、願ってもないことじゃ。のう横井殿」

と宗興は同行の横井を振り返った。

「直願《じきがん》は、しない方がいいと思います」

ぽつりと小二郎が言った。

「直訴しない方がいい、と……言いたいのか」

小二郎は頷いた。

「藩政の改革と伊達家復興の絶好の機会を逃すわけにはいかない。では同行しないと？」

「私には……」

と小二郎は口籠もった。

「……もはや紀州藩などどうでもいい。高野山の学僧になった時から、次第にそう考えるようになりました。兄上は江戸へお行きなさい。私はこのまま京へ上《のぼ》って、お父様お母様にお目に掛かります」

「そのあとは？」

小二郎は俯いてヤブツバキの葉を軽く口に含んだ。

「伊達殿、道を急ぎましょう。日没までに興津宿《おきつしゅく》に着かなければ」

と横井が口を挟んだ。

忿懣《ふんまん》やる方ない様子の宗興は無言で歩き出し、急ぎ足になって遠ざかって行く。二人の後影《うしろ》を見つめ、小二郎は小さく一礼した。

八日後、小二郎は京都に到着し、両親、妹たちと一年数カ月振りの再会を果たした。宗広は、中川宮より提供された粟田口の小宅に付いた離れを、やはり天目庵と名付けて、歌学と仏典を講じる日々を再開していた。伊達宗広の名声を聞き付けて、歌好きの公卿《くぎょう》、青蓮院や知恩院の僧、大店《おおだな》の主人、絵師などが引きも切らず天目庵を訪ねて来る。

小二郎には、京都の見るもの聞くものすべてが珍しく、二人の妹を連れて寺社をめぐったり、陶房や古書店を覗いて回った。

父の助手を務めながらも、彼は高岡へ書き送った手紙の中で、〝航海術の練習生〟について問い合わせることを忘れなかった。

文久二年（一八六二）春、坂本龍馬は土佐藩を脱藩して、下関から九州を歴訪、熊本に横井小楠《しょうなん》を訪ねた。小楠は儒学者だが、現実に根差した開明的な政治・経済政策を説く理論家で、私塾「小楠堂」を開いて、後進の指導に当たっていた。かつて吉田松陰も立ち寄り、三日間にわたって議論を戦わせたことがある。その名声を伝え聞いた越前福井藩主松平慶永（春嶽）は、横井を福井に招いて藩政改革に当たらせ、彼の施策は大いに効を奏した。

龍馬は、福井から帰郷後、閑居していた小楠を訪ね、教えを乞うた。

坂本龍馬は常に行旅《こうりょ》の途上にいる人物である。様々な土地を訪れ、その地の風物を探勝し、地元民の話に耳を傾け討論する。移動中は黙想に耽り、歩きながら読書することもあった。

龍馬は、熊本で横井小楠との会見を終えると江戸へ赴き、横井の紹介状を懐に、常盤《ときわ》橋にある福井藩江戸藩邸に、幕府政事総裁職松平慶永（春嶽）を訪ねた。

物々しい警備の中、案内されて中門を潜ると、馬屋《うまや》前で、陳情を終えたばかりらしい二人の侍と擦れ違った。龍馬は軽く会釈したが、二人は気付かないまま歩み去った。

小書院に招じ入れられ、松平が現れると龍馬は平伏する。

「面《おもて》を上げよ。横井の書状には目を通した。しかし、今日はおかしな日だな。脱藩者が立て続けに二組も現れるとは」

松平は、くぐもり声で呟いた。

「出会わなんだか」

「馬屋前で、二人の武士と擦れ違いましたが」

「紀州藩士でな、直訴状を持参した。紀州は公方《くぼう》様の御出身地でもあるし、放ってはおけぬ……。

坂本龍馬と申したな。悪いが今、そなたと海防・開国・攘夷を論じる暇《いとま》はない。小楠の紹介とあらば、会わずばなるまいと思うたが、あとに次々と気の重い詮議が控えておる。生麦事件で英国は賠償金を要求して来るし、公使館は長州のごろつき共に焼討された。公方様の上洛も迫っており、猫の手も借りたいほどじゃ。ところでそなたに傑物を紹介するから、喧嘩してみぬか」

松平が龍馬に紹介したのは、昨年夏、軍艦奉行並《なみ》に抜擢した勝海舟である。

勝海舟は、赤坂氷川町の屋敷で龍馬と会見した時の模様を次のように回想している。

「坂本龍馬。彼は、おれを殺しに来た奴だが、なかなか人物さ。その時おれは笑って受けたが沈着《おちつ》いてな、なんとなく冒しがたい威権《いけん》があって、よい男だったよ」（『氷川清話』）

以後海舟は龍馬を第一の門下生とし、龍馬は勝との出会いの感激を姉の乙女《おとめ》に向けて、次のように綴っていた。

此頃ハ天下無二の軍学者勝麟太郎という大先生に門人となり、ことの外かはいがられ候て、先客ぶんのよふなものになり申候。ちかきうちにハ（……）兵庫という所ニて、おゝきに海軍ををしへ候所をこしらへ、又四十間、五十間もある船をこしらへ、でしどもニも四五百人も諸方よりあつまり候事、（……）すこしヱヘンがをしてひそかにおり申候。（……）猶ヱヘンヱヘン

かしこ　龍馬

かつて城下より十里以遠に所払いとなり、雪の中の藁塚《わらづか》に潜り込んで眠った初穂も、今は十

五歳、適齢期を迎えている。彼女が天目庵の庭の草毟りをしていると、背の高い浪士風の男が柴折戸《しおりど》に手を掛け、丁寧な言葉遣いで、

「伊達宗広様のお住まいでしょうか」

と訊ねた。

初穂は不意を衝かれて、全身を強張《こわば》らせた。最近目付きの悪い男が、家の周囲をうろつき回っている。数日前も青蓮院の門前で、殺害された武士の遺体を目撃した。

「はい、さようですが……」

「兄《あに》さまはおられますか」

「大きい方の兄でしょうか」

「お名前は？」

「宗興と申します。只今、江戸に下向しておりますが」

「ああ、違います。小さい方の兄さま、小二郎さんです」

「小二郎はおります」

と初穂は天目庵の雪見窓の方を見やった。

「私は坂本龍馬と申します。江戸・小石川の高岡要《かなめ》先生からご紹介いただいた、と兄さまにお伝え願えませんか」

初穂は高岡の名を聞いて安心した。小二郎がよくその人物を話題にするからだ。初穂は裾の草埃を払って、庵の背後へと姿を消した。庵の中から、英語の教本を音読する声が微かに聞こ

える。

勝海舟を訪れ、第一の門下生となった龍馬は、勝が進めている海軍創設のための操練所構想に共鳴し、長年の夢にかたちが与えられそうで、欣喜雀躍《きんきじゃくやく》、この事業に命を賭けてみようと決心した。

海舟は、龍馬の志士としての柄《がら》の大きさ、統率者としての頭抜けた資質を見抜き、自らの構想の実現を彼に委ねてみようと即座に決断した。そしてこの男を、高岡要に引き合わせておこうと思い付いた。

――高岡は農民の出身である。公家や武士からでなく、農民から傑物が出る時代が来たのだ。彼は医術に限らず、西洋の啓蒙思想に造詣が深い。俺が学んだ木挽町の「五月塾」で、砲術や兵学を教えていた佐久間象山も、日本では数少ない高岡に似たタイプの蘭学者だった。イギリス公使館のアーネスト・サトウも、通訳官として着任後、高岡に師事して日本語文献の解読法を学習していると聞いた。坂本だって、彼から得るところが少なくない筈だ……。

高岡は、勝海舟が寄越した坂本という人物と一時《いっとき》会話を交しただけで、直ちに彼の気骨と度量の大きさを感取した。高岡は偶《たまたま》小二郎からの手紙を受け取ったばかりだった。無事京都に到着し、父の助手を務めながら英語の勉強に励んでいることの他、将軍後見職の徳川慶喜《よしのぶ》が入洛して、孝明天皇に拝謁したこと、和宮降嫁に協力した公武合体派とみられる公家の屋敷に身許不明の男の生首が投げ込まれたり、外国人商会と取引のある油商人や生糸商人が天誅と称して殺害され、斬奸状《ざんかんじょう》とともに三条大橋の下に首が晒される――といった物騒極まりない京の現状を冷静な筆致で報告したあと、一転、〝航海術の練習生〟について、熱の込もった調子で問い合わせていた。

高岡は、勝海舟が創設しようとしている海軍の話を耳にした時の小二郎の目の輝きを思い起こし、龍馬に彼の人となりを伝えた。

「我々はそういう前途有為の青年を求めている。私は、間もなく勝先生と上京するので、伊達小二郎と会ってみます」

日を措かず龍馬は、海舟の指揮する軍艦「順動丸」に乗って品川を出港し、大坂から京に入った。

海軍操練所創設のため、海舟は、将軍家茂《いえもち》上洛に備えて入京していた幕閣に対する根回しを精力的に進める。一方、龍馬は操練所に有望な人材を集めようと京・大坂を中心に駆けめぐる。

海舟は多忙な日程の合間を縫って、座学ではあるが、龍馬に海軍術の教練を施した。龍馬は、蘭学に堪能な海舟が、オランダ語から自ら訳した航海術、機関術、天文学などの教科書を丸暗記させられた。

ある日龍馬は、今日こそは、と粟田口へ向かった。高岡に紹介された若者のことを忘れていたわけではない。

上の妹の美津穂を相手に、英語のテキストを音読していた小二郎は、高岡先生からの紹介と聞いて閃くものがあった。龍馬は簡単に自己紹介したあと、現在開所準備中の海軍操練所について説明し、私の同志となって働いて貰えないかと訴えた。

この時、龍馬は、海舟がアメリカから持ち帰った「蒸気機関図」「セバストポール戦図」「米独立戦争小史」を小二郎に託して帰った。翌週、龍馬が粟田口を再訪すると、小二郎は「米独立戦争小史」を楷書体で日本語に訳したものを見せた。龍馬は、小二郎の肩を抱くようにして喜びを表し、持ち帰ってよいかと訊いた。父宗広が挨拶に出て来て、彼を天目庵に招じ入れ、抹茶を点てる。

勝海舟は、自らの海軍構想実現のために、次々と策を講じていった。龍馬を伴なって、操練所建設予定地の兵庫を視察し、神戸村に適地を見つけ、在の庄屋生島四郎太夫から生田地区ほぼ全域の地所を自腹で購入した。神戸は七百石の天領であったため、交渉は円滑に進んだ。現在の神戸税関から兵庫県庁にかけての一帯である。

構想実現の切札は、三月に上洛予定の将軍家茂一行が、海路を利用して大坂経由で上京するという旅程であった。御上洛の将軍とその同行者を、自分が指揮を執る軍艦に乗船させる、これに勝る海軍興起策はない。彼は周到な根回しとともに綿密な計画を立案し、老中に建議して承認された。

幕府軍艦朝陽丸、蟠龍丸、千秋丸などに加え、越前、薩摩、佐賀などの藩より一隻ずつの軍艦勢による将軍上洛である。

江戸湾には生麦事件以来、英国、仏国などの軍艦が十数隻碇泊し、一朝事ある時はと、腕に縒《より》をかけて待機し続けている。その間を縫って海舟の艦隊が堂々と航行しても、将軍の乗る船が攻撃されることはない。陸路よりはるかに安全だし、人員も日数も三分の一ですむ。実際、この頃海舟は一月から二月にかけて、船で江戸と京大坂を二往復している。

因みに船舶による江戸と大坂間の所要日数は、六～七日であった。

将軍上洛が早められたとの連絡を受け、二月六日に大坂を立ち急ぎ江戸に戻った海舟を待っていたのは、海路取り止め、陸路に変更するとの決定だった。腹立ちを抑え切れないまま、二月二十四日江戸を立って二十六日に大坂に着く。怒りが船足を速めたか、要した日数は僅か三日間。


将軍は、既に二月十三日に陸路東海道を京に向かって出発していた。海舟が京に戻って、海軍塾として借り切っている二条城近くの小寺、寿延院の一室で龍馬と向かい合い、「危険既に極まる天下の形勢」について分析を加えている頃、将軍の行列は、未だ岡崎—熱田の辺りを練歩いている。行列には、老中板倉勝静《かつきよ》、水野忠精《ただきよ》ほか三千人が随行していた。和宮降嫁は中山道だったが、一カ月近くの旅程を要した。孝明天皇からは入洛を急《せ》かされているし、拝謁すれば、攘夷実行を日限切って約束させられるのが目に見えている。家茂にとっては、実に気の重い旅だった。将軍の上洛は、寛永十一年（一六三四）、三代将軍家光以来二二九年振りとなる。


龍馬は海舟に言う。

「先生のご尽力で藩主さまより脱藩赦免を賜り、土佐藩邸で七日間、謹慎して参りました。これで私も藩邸の出入りを許され、有望な同志の募集も容易になる筈。既に高松太郎、望月亀弥《かめや》太《た》、沢村惣之丞、新宮馬之助、岡田以蔵、千屋《ちや》寅《とら》之助《のすけ》の面々が入門を約しました。岡田以蔵は無類の剣の使い手で、先生の護衛に適任です。なにしろ先生は、京都では尊攘激派の絶好の標的ですから」

「もう俺を先生と呼んでくれるな、勝さんでよい。……俺だって剣は免許皆伝の腕前さ。師の代稽古として諸藩邸を巡回したこともある。龍馬は北辰一刀流だったな。桂小五郎と手合せしたと聞いたが……」

「五番勝負で、三番負けました」

「俺は本気で剣術修業したが、これまで一度も刀を抜いたことがない。常に丸腰でもって刺客に応対したよ」

「これからはそうもいきませんぞ」

龍馬は言葉を切って、懐から無雑作に束ねた冊子を取り出した。

「これをご覧下さい」

海舟は、紙縒《こより》で綴じた冊子を開いた。小二郎が翻訳した「米独立戦争小史」だった。

海舟は頁を繰り、何度も大きく頷きながら読み進め、顔を上げると、

「誰だ、一体？　こんなことの出来る奴は」

「伊達小二郎という二十歳の若者です。つい先頃、江戸から上京したばかりで、小石川の……」

「高岡の……」

「そうです、高岡先生のところで居候していた書生です。私が勝さんの紹介で小石川へ伺った折、高岡先生からこの若者の噂を聞き付けたのです。

父親は紀州藩の重職にあったが、事情により脱藩、今は粟田口に居を移して、書院を構えております。小二郎は〝航海術の練習生〟と聞いて、強い興味を示したというので、先日訪ねて、試しに『米独立戦争小史』などを預けてみたのです」

「その小僧に一度会うてみるか。こいつはめっけもんかもしれんぞ、独学でこのレベルに達するなら……」

翌朝、龍馬は粟田口を再訪し、小二郎はその日の午後、寿延院で海舟と面談、その場で入門が決まった。彼は龍馬と机を並べ、二人で海舟の海軍術を受講する。

小二郎は、海舟の「海軍塾」に入門したことを高岡に報告した。彼は、春には大坂湾を航行する軍艦に乗れるかもしれない、航海術、機関術などの学課を習得することによって、周囲の世界が急速に広がって行く気がする、と前置きした上で、以下のように続けた。

――勝海舟先生が、幕府の指導者の一人として難局に立ち向かう姿は、獅子奮迅という言葉に相応しく、その意を体して駆け回り、人心を収攬《しゅうらん》し統率して行く坂本龍馬さんの存在は頼もしい限りです。

先日海舟先生にお聞きしたところ、神戸の海軍操練所には、大坂船手組支配のもの一切が移行されて、長崎製鉄所と鷹取山の炭坑を付属させ、観光丸と黒龍丸二隻を専属の船とするとのこと。また、寄宿舎を建設し、坂本さんを塾頭に据え、修業生は幕臣の子弟、諸藩の家臣の別なく募集する、それは「操練所を出自や家柄には拘らない、〝一大共有の海局〟にしたいからだ」と仰ってました。

坂本さんによると、「海舟先生は、尊攘運動に身命を捧げている〝卑賤草莽《ひせんそうもう》の徒《やから》〟のエネルギーを、海軍の修業に方向転換させられないかともお考えになっている。私もその意を酌んで、激徒に絶えず声掛けし、これを鼓舞するよう心がけてきた」そうです——。

折り返し高岡から返書が届いた。先ず、小二郎が飛躍出来る場所を得たことを祝したあと、勝海舟の少年期の貧乏生活をユーモラスに紹介してから、彼の蘭学修業時代の以下のようなエピソードに触れていた。

海舟は、若かりし頃、かの日蘭辞書『ヅーフハルマ』全五十八巻を、二度筆写したことがある。

当時二十五、六歳だった海舟は、『ヅーフハルマ』を入手したかったが、価格は六十両と目も眩むような高額である。もちろんそんな金は用意出来ないので、これを秘蔵している蘭医に泣きついて、一カ年十両の損料で借り受けた。昼夜ひたすら筆写に打ち込み、一年で写し終えたものの、損料が払えない。そこで仕方なく更に一年がかりでもう一度筆写し、それを売却して、ようやく二年間の借料二十両を精算することが出来た……。

高岡はこの話を本気にしなかったが、のちに海舟本人から写本の実物を見せて貰い、納得したと述べていた。

8

伊達宗興は吉報を携えて帰って来た。

文久三年（一八六三）二月二十四日付で、幕府政事総裁職松平慶永（春嶽）から紀州藩家老久《く》野《の》丹波守に以下の内容の書状が送られた。

紀伊殿国政之儀、先年水野土佐守（忠央《ただなか》）我意ヲ以テ恣《ほしいまま》ニ改革致シ候以来、流弊《りゅうへい》コレ有ル趣《おもむき》御聴キ入レ、早々改革コレ在ラセラル可《べ》キ（……）

として、藩政改革、人材登用、弊風一新、「誠義ノ士風ニ帰シ」、海岸防禦《ぼうぎょ》の指揮を執るよう命じるものだった。そして、家老水野忠央と安藤飛騨守（直裕《なおひろ》）に隠居すべき旨申し渡した。

かつて、将軍継嗣《けいし》で一橋派（徳川慶喜）を主導した松平慶永は、南紀派の井伊直弼によって隠居、謹慎処分を受けた過去があり、松平にとって井伊に連なる紀州の水野、安藤は政敵でもあった。宗興の直訴状が受理される条件は、既に整っていたと言える。

宗興と横井次大夫の二人は脱藩の罪を許され、帰藩が叶った上に、横井は知行二百石を与えられ、当分、江戸紀州藩邸で職務に就き、宗興は三百石で参政に任じられ、京都に駐在する紀州藩の代表格（公用人）として、三条通新町にある藩邸に勤めながら、朝廷や諸藩との交渉に当たることになった。

伊達家に久し振りに明るい団欒が甦った。

「父上、御親藩として、これまでの遅れを取り戻しますぞ。小二郎も早く藩邸へ行って帰藩の手続きをするがよい」

「私は藩籍復帰しないつもりです」

落ち着いた声で、小二郎は言い切った。

「何を申すか」

宗興は声を荒げた。小二郎は顔を上げた。

「父上には既に申し上げたのですが……」

と兄の目を真っ直ぐ見つめながら、勝海舟と坂本龍馬の下で〝航海術の練習生〟としての研鑽と訓練に励んでいることを報告した上で、更に次のように自らの決意を述べた。

「海軍塾、海軍操練所は出自や家柄、藩籍に拘らない〝一大共有の海局〟の実現を目指しています。以前、江戸下向途上の兄上と偶然、岡部宿近くでお会いした時、高野山の学僧になって以来、次第に藩などどうでもよいと考えるようになったと申し上げました。今後は海軍塾の一員として、航海術の知識と技術を身に付けることに専心したいと考えております」

父宗広は、腕組みしたまま沈黙を守っている。宗興は苛立たしげな視線を弟に向けた。

「〝一大共有の海局〟などと空言《そらごと》を弄して……。海防と申しても、先ず各藩がそれぞれの海岸線に砲台を築かねば話は前に進まない。我紀州藩は、紀淡海峡、加太《かだ》に大規模な砲台を構築、整備しつつある。これを踏まえて、松平様からの幕命の中に『海岸防禦方等行届キ候様指揮致ス可ク候』とあるのだ。勝海舟様はともかく、坂本龍馬など土佐脱藩の浪士、大言壮語するだけの風来坊ではないか。そんな輩《やから》に付き従ってどうする」

「宗興、言葉が過ぎるぞ。私は先日、坂本龍馬殿にお目に掛かった。天目庵で茶を献じて、しばし懇談したが、話に筋が通っていて、篤実なお人柄とお見受けした。黒潮洗う土佐と紀州の風土や人情に共通点が多いことなど、あれこれ興趣が尽きなかった。一つ、どうしても互いに譲らぬ論議になったのは鰹節についてじゃ。坂本殿は鰹節の発祥は土佐・宇佐浦だと言い、私は紀州・印南浦《いなみ》だ、と」

父上、と宗興が話が逸れるのに業を煮やして呼び掛けた。

「まあ待ちなさい。……小二郎が海軍術を学ぶなら、私はそれを見守ってやりたい。確かにこれからの世は、小二郎の言う通り、藩籍などに縛られない人間によって引っ張られて行くのかもしれん。源頼朝の鎌倉幕府創設によって始まった『兵権』・武家支配の制度が、徳川様による全国統一によっていよいよ強固になったものの、鎌倉以来六百年余を経るうち、終焉の時を迎えつつあるのではないか。実は、私自身もう藩籍などどうでもよいと思っていたところなのだ。しかし、戸主である私までが帰藩しないとなれば、宗興の立場に差障りが生じようからの」

三人の間で長い沈黙が続いた。

「印南浦の角屋《かどや》に鰹節を注文しておいた。小二郎、届いたら坂本殿にお渡ししておくれ」

宗広は軽く目を閉じると、独《ひと》り言《ご》つように続けた。

「……今回の御沙汰が、直訴状によるものだということを忘れてはならんぞ。私は長い間、藩政に携って来たが、この度のお指図、如何にも不自然の感が拭えんのだ。宗興は自重するがよい。いつ事態が引っくり返されるか、知れたものではない……」

宗興は三条通新町の藩邸へ、小二郎は堀川通下立売《しもだちうり》の寿延院にある海軍塾に毎日通う。

三月半ば、海軍塾の開所式が行われた。海舟の下に集まった航海術練習生は、海舟の長崎海軍伝習所時代の同期生の子弟やその縁故の者、軍艦奉行所の若手を選んで江戸から呼び寄せた数人、龍馬に勧誘された土佐藩脱藩の浪士、先に挙げた高松太郎ら六人に加え中島作太郎(十八歳)以下十数名、薩摩からは伊東祐亨《いとうすけゆき》(のちに日清戦争時の聯合《れんごう》艦隊司令長官)、堀基《もとい》(のちの貴族院議員)、熊本から横井小楠の縁戚の者数名などが加わり、総勢五十人近い陣容となった。

開所式に臨んだ海舟は、俺は演説は嫌いだ、坂本、君がやれ、と龍馬を促した。その時、龍馬が即興で行った訓辞は、四年後、慶応三年(一八六七)四月に、長崎で発足する海援隊「約規」冒頭の内容にほぼ重なる。

「凡《およ》そ藩を脱する者、海外の志ある者みなこの塾に入る。海防・交易の勇士ならんことを誓い、刻苦精励をもって諸学万般、航海術の習得を目的とし、自藩他藩の別なく朋友の精神をもって当たるべし」

寿延院だけでは手狭なため、海舟は、更に近くの小寺を軍艦奉行並《なみ》の権限を振るって収用、教室と合宿所とした。練習生には月額一両が支給される。

しかし、海舟は、松平慶永（春嶽）らと共に三月四日上洛し、二条城に入った将軍家茂の御《お》側《そば》に付かなければならず、練習生に対する講習はままならないことが多い。一方龍馬にしても、京都に屯《たむろ》する尊攘激派と海舟との仲介に奔走して、一所に落ち着くことが出来ない。

予めその事態を見越していた海舟は、自分の代役として、長崎海軍伝習所時代の同期生二人を招聘し、航海術の授業に当たらせた。この二人に助手として付いたのが小二郎である。やがて、小二郎は航海術とは別に、「英語入門」の授業を担当させられることになるが、これがのちに彼が塾内で孤立するきっかけとなる。

小二郎は余りの忙しさに、粟田口の家を出て、寿延院の庫裡の一角で寝泊りするようになった。

海舟は、神戸に建設予定の操練所で艦上実技を始めるつもりだが、それは数カ月あるいは半年先になるだろう。座学ばかりに業を煮やして辞めて行く練習生もいる。京都に海はないが、せめて彼らに端艇（カッター）を漕ぐ訓練ぐらいは施してやりたいと、海舟は考えた。

長崎海軍伝習所では、オランダから派遣された教官十数名によって、航海術、造船術、機関術などの専門技術が伝えられ、それらに必要な数学、物理学、力学、天文地理学などの課目が併せて教えられた。更に教育内容には、砲術、陸戦術など軍事技術の習得も含まれている。

伝習生は一期ごとに、幕臣と全国各藩から選ばれた者五十数名で構成され、士官、下士官に分かれて教練を受けたが、平民からも「職人」として船大工、鍛冶など若干名が入所した。伝習所は開所から僅か四年後の安政六年（一八五九）に閉所されたが、海舟と同期の一期生に、長吉という浦賀奉行所抱えの船大工がいた。

海舟はかつての同期生の中から士官、下士官各一名を京都に招聘した。更に浦賀に帰っていた長吉を呼び、伏見の三十石船《ぶね》造船所に派遣して、海軍演習用のカッターボートを四隻、急いで造らせ、それを巨椋池《おぐらいけ》に浮かばせた。

巨椋池は京都の南、淀から宇治にかけて広がっていた。東西四キロ、南北三キロ、周囲は約十六キロ、池というより湖だが、水深は平均九十センチと浅い。池畔《ちはん》の住民は、フナやナマズ、モロコ、ギギなどを釣って、家計の補いとした。

蓮の花の咲く頃には、この池で京の貴人が船遊びに興じる一方、早朝、切り取られた花蓮がお盆用として、三十石船で大坂の花市場に運ばれた。

艇長六メートルのカッターボートには、漕ぎ手八人が四人ずつ両側に分かれ、各自がオールを握って、息を合わせて漕ぐ。舵を取る艇長と号令を掛ける艇指揮は、塾長の海舟と長吉が交代で務めた。

なかなか息が合わない上、オール同士がぶつかり合い、繁茂する真菰《まこも》がオールに絡み付く。龍馬と小二郎が乗ったボートが、バランスを崩して転覆、全員が水中に投げ出された。この艇で泳げないのは、龍馬と小二郎の二人だけである。パニックに陥って危うく溺れそうになった二人に、同乗していた中島作太郎が声を掛けた。

「ご両人とも立ち上がれば？　浅いんだから」

「そんなことは分かっておる。ここを海だと思って、溺れる真似をしているだけだ」と龍馬は答えた。巨椋池での訓練は、学業に追われる彼らにとって、恰好の息抜き、レクリエーションだった。

海軍塾が巨椋池でボート訓練に励んでいる頃、禁中（御所）と二条城の間では、熾烈な政治抗争が繰り広げられていた。幕府側は、将軍家茂の上洛に従って、将軍後見職一橋慶喜を始め、政事総裁職松平慶永（春嶽）、老中板倉勝静・水野忠精、京都守護職として上京している会津藩主松平容保《かたもり》、尾張の徳川慶勝《よしかつ》、土佐の山内容堂《やまのうちようどう》、宇和島の伊達宗城《だてむねなり》といった面々が顔を揃えている。

一方朝廷側は、国事御用掛、国事参政、国事寄人《よりうど》を新設して、中央政府樹立を目指す尊王攘夷派の勢力が対峙する。この背後には、長州の桂小五郎、土佐勤王党などが控えていた。吹き荒《すさ》ぶ尊攘激派の嵐、頻発する天誅事件を背景にして、朝廷は幕府に攘夷実行を迫り、その日限を明確にするよう求め続ける。徹底した夷狄《いてき》、外国嫌いの孝明天皇と、反幕が旗印の長州の思惑が一致した。勅命で攘夷を実行させ、幕府が負ければ良し、実行しなければ勅命違反となる。その時こそ天皇を担ぎ出して、幕府追討の狼煙《のろし》を上げる好機だ。

京都にいる限り、幕府に勝ち目はない。

「破約攘夷」、修好通商条約を破って、英国や仏国を武力で追い払うことなど出来るわけがない。幕府側でも、一橋慶喜や松平慶永は、そこまで言うなら天皇に政権を返上するから、そちらで攘夷をおやり下さい、と奏上する構えを見せる。横井小楠の献策を受けて、松平慶永はとりわけその方策に傾いていた。一橋慶喜は、幕内《ばくない》の意見をまとめ切れず、突き詰めると、彼には本気で政権を返上する気のないことが分かって、松平慶永は政事総裁職を辞職、国許の福井へ引っ込んでしまう。釣られて土佐の山内容堂、宇和島の伊達宗城も退京してしまった。

京都に残ったのは、将軍家茂と将軍後見職一橋慶喜のみである。慶喜としては一刻も早く将軍を江戸に連れ帰りたい。京都にいれば、何が起きるか分かったものではない。将軍家茂は弱冠十八歳の若者である。

しかし、朝廷側は将軍を放さない。退京・東帰の噂を耳にした天皇は、家茂を呼び出し、滞京の勅命を下す。長州系で占められた朝廷内の尊攘派は、人質を取ったようなものだ。孝明天皇が賀茂社へ攘夷祈願に行幸した時、家茂と慶喜を供奉《ぐぶ》させた。天皇への将軍の随従は、幕府の権威が如何に地に墜ちたかを一般人にも示すものだった。

幕府は、将軍を江戸に帰して貰えないなら、せめて将軍後見職の一橋慶喜だけでもと歎願した。東帰の理由は、江戸湾にのさばる英仏の艦隊を追い払うための体制を整えなければならないから、とした。

よかろう、ならば攘夷実行の日を決めなさい。遂に幕府は、攘夷期限を五月十日と上奏した。それが四月二十日である。

幕府はこの時、もう一つの難題を抱えていた。

前年八月に起きた生麦事件の責任を追及する英国政府は、幕府に対し謝罪状と十万ポンド(四十万ドル相当)の賠償金の支払いを、薩摩藩には二万五千ポンドの支払いと犯人の処罰を要求していた。江戸湾には英仏の軍艦十数隻が布陣して、大砲を江戸市中に向け、いつでも砲弾が撃ち込める構えである。幕府は、薩摩の仕出かした偶発的な攘夷の後始末までさせられている。

松平慶永（春嶽）、山内容堂といった幕閣の有力者がいなくなった京都では、公武合体に理解を示す中川宮など一部の穏健派公卿《くぎょう》は無力で、今や尊攘激派と開国派を繋ぐことの出来る胆力と知謀を兼ね備えた存在は、勝海舟と坂本龍馬の二人だけになったと言ってよい。

午前中の課業が終わって、塾生たちが三々五々、庭で相撲を取ったり雑談をしたりしていると、山門の前を若い女性が内庭を窺うようにして行ったり来たりしている。竹刀を振るっていた岡田以蔵が気付いた。

「何か用みたいや。中島、訊いてあげなさい」

中島は竹箒を手にして庭の掃除に余念がなかった。

「伊達と申します。兄の小二郎はおりますか」

「伊達さんは出掛けておりますが……」

「直《じき》に戻りますでしょうか」

「きっと遅くなると思います」

「それでは、兄にこれをお渡し下さい」

受け取った中島の手に、唐草模様の風呂敷包みは随分と重く感じられた。初穂は、父が龍馬に約束した印南浦の鰹節を届けに来たのである。

「誰じゃ、今のおなごは?」

望月亀弥太がそばに来た。小二郎の妹と聞いて、突き放す調子で言った。

「あの嫌味な奴に、あんな別嬪《べっぴん》の妹がおるんか」

小二郎は、海舟と龍馬に随行して、堀川通を挟んで二条城の斜め向かいにある福井藩京都藩邸に向かっていた。

福井藩京都藩邸は、ひっそりと静まり返っていた。松や椋《むく》の大樹が屋敷の屋根を蔽っている。大きな池で鯉が跳ねた。海舟たちは曲廊を歩んで、書院に案内された。庭には陽射しが溢れているのに、室内は薄暗い。床の間に置かれた七宝の花瓶の花は萎れている。小二郎は書院には入らず、襖を開いた続きの小部屋で待機した。

程無く、小柄で柔和な顔付きの武士が現れ、海舟と龍馬の向かいの席につく。

「急にお呼び立てして心苦しいのですが」

と物柔らかな口調で言った。

「何の」

と海舟と龍馬は口を揃えた。龍馬は昨年の熊本以来である。海舟と龍馬を結び付けたのも、元はと言えば横井小楠《しょうなん》であった。

——この人が横井小楠か、と小二郎は呟いた。年齢は父宗広より六、七歳下の筈だが、年寄り染みて見える。小二郎はいつか海舟が、「小楠は、取留めのない事を口にする胡乱《うろん》な人物だと言う向きもあるが、そうではない……」と評するのを聞いたことがある。

これまで福井前藩主・幕府政事総裁職松平慶永（春嶽）の顧問として「国是七条」を建白、公武合体政策を始めとした幕府の政策を支えて来た思想家である。しかし、現在、彼は「士道忘却事件」によって、藩籍のある熊本藩より切腹を申し付けられかねない事態に遭遇し、藩主細川韶邦《よしくに》に対する松平慶永の必死の弁護によって、福井藩預りとなって処罰が引き延ばされている身の上だった。この事件によって、幕政改革に携って来た横井小楠の政治生命は絶たれたと思われていたのである。

「士道忘却事件」とは、昨年暮、友人宅で食事中、尊攘派の志士に襲われた際、腰の物を持っていなかったため、真っ先に逃げ出して滞在先まで取りに戻った。その間に、素手で戦った友人二人のうち一人が死亡、一人が軽傷を負い、これが武士にあるまじき行為、「士道忘却」と断じられた。

小楠は、福井藩預り、蟄居《ちっきょ》中の筈だが、それが突然京都に現れ、極秘に海舟と龍馬との会見を申し入れて来たのである。

糅《か》てて加えて、松平慶永自身も、京都で政事総裁職を辞したあと、許可無く離京して福井に帰ったことを幕府から厳しく咎められ、逼塞《ひっそく》（門を閉め、外出禁止）の処分を受けていた。

小二郎が、話し合いを息を詰めて待っていると、

「そこもとは？」

小楠が鋭く問い掛けた。

「祐筆《ゆうひつ》です」

と海舟が代わりに答えた。

「祐筆など要りませんが」

「いや、私共には要ります。今般は何しろ突然の思いも掛けない横井殿からの申し入れですから。多分、松平さまの御内意でもありましょうし。

控えておりますのは、紀州出身の伊達小二郎と申す我が海軍塾の俊英です。伊達はいっさい書き留めることを致しません。これから話される内容を全て記憶させます」

「では申し上げる。横浜港閉鎖問題や生麦事件の解決に効果的な手を打てない幕府に対して、英仏米蘭四国の艦隊は、結束して大坂湾に乗り込み、朝廷と直談判に及ぼうとしている。この状況をお二人は如何お考えか」

海舟が答える。

「英国は本気です。江戸にも薩摩にも、砲弾を何百発も撃ち込む気でいますよ。私と坂本が養成中の海軍塾で応戦したいが、とても間に合わぬ」

苦笑を浮かべて、龍馬を振り返った。

「あと一年あれば」

龍馬が呟く。海舟が首を振った。

「いや、一年では到底無理だな。

――私は『破約必戦』論者ではありません。今現在、私の力で出来ることは、唯一海軍強化のみ。国政は動かせない。このことをあらかじめご承知いただいた上で、以下のような激言を呈してみたい。英国は戦争を前提に脅しを掛けている。これに賠償金を払った上で、不平等条約を破棄し、ロシアを含めた四カ国にも同様の通告をする。奴らは宣戦布告し、戦争が始まるでしょう。しかし、これで尊攘も公武合体も倒幕も一つになりますよ。国内真の憤発の契機になる」

「負けるでしょうな」

小楠の目が輝いた。海舟が応じる。

「日本はこれまで、元寇や朝鮮征伐以外、外国と戦ったことがなかった。敗北は免れないにしても、尊攘激派と開国派が一致して国難に当たれば、戦《いくさ》を媒介に初めて国内統一が実現する。妄言かもしれぬが……」

海舟の言葉を龍馬が引き取った。

「今、幕府がやっているのは、『外、夷《い》を恐れ、内、激徒の天誅《てんちゅう》を恐る、縮首《しゅくしゅ》して一事も断ぜず』と。勝さんの言《げん》ですが、戦争がこの事態を打破する荒療治になるというわけです。日本を今一度、洗濯せねばなりません」

小楠の眼差は、海舟と龍馬の顔の間を何度も往復した。冷めてしまった茶を、音立てて啜る。

「敗北を想定した上での思考実験のようなお話だが、私は実際にどう対応するか、乾坤一擲《けんこんいってき》の策を考えてみました」

海舟と龍馬は互いに顔を見合わせた。小二郎は膝の上で拳を握って、小楠の次の言葉を待った。

「彼らが大坂湾に乗り込んで来る前、我が藩は松平慶永、茂昭《もちあき》親子を先頭に、藩兵四千人と農兵数千人を率いて上京し、京都守護職松平容保の会津兵三千人と合流して都を占拠。将軍、関白など幕府と朝廷の要人、雄藩を糾合して会議を開き、合議の上、破約攘夷か開国かを決定する。そしてその結果を、京都に呼び寄せた各国公使に通告。横浜港閉鎖か、和戦いずれか、決定はどうあれ、これが死中に活を求める計画のあらましです」

「横井殿、本気ですか？」

海舟が身を乗り出す。小楠は小さく頷く。

「我々はこれを『挙藩上洛計画』と名付け、最終の藩議に掛ける予定です。しかし、福井一藩で事が成るわけでなく、これを薩摩、熊本、加賀、尾張などに伝え、諸藩の賛同を得た上でなければならない」

「いつですか？」

龍馬が訊ねた。

「攘夷実行の五月十日以前でないと」

「それは無理でしょう」

と海舟が言った。すると龍馬が、

「五月十日なんぞに拘る必要はないのでは。一橋慶喜さまは、苦しまぎれに答えたに過ぎない。あれは何の根拠もない、無責任な判断です。彼はそのために東帰したが、何もしないまま、将軍後見職を投げ出すかもしれない」

「一橋殿の言うこと為すこと、全てこれ幕府＝徳川家の延命だけを狙っていると、春嶽さまも憤慨しておられた」

「一橋はさておき、横井殿、これはさしずめ〝雄藩連合〟という趣きですな。幕府と朝廷を取り込んだ上での」

と海舟。

「その通り。かくして私が予てより主張している共和一致の合議政体が実現すれば、私は直ちに熊本へ帰って……」

小楠は、帰国した後、「士道忘却」の罪を贖《あがな》うつもりでいた。

あちこちの寺が打ち鳴らす入相《いりあい》の鐘が聞こえ始めた。下僕が蠟燭を運んで来る。重い沈黙を破って、海舟が問うた。

「下工作はどこまで？」

「側用人中根雪江《せっこう》を朝廷、幕府要人、諸雄藩に派遣して協力を打診中です」

「先程、薩摩、熊本、加賀、尾張などを挙げられたが、長州は？」

小楠は苦々しげに首を振った。

「恐らく長州はこの策を潰しにかかるだろう。来原良蔵《くるはらりょうぞう》、長井雅楽《ながいうた》に腹を切らせて以来、藩論は、反幕攘夷一辺倒で、聞く耳を持たぬかと」

龍馬が組んでいた腕を解いた。

「今、桂小五郎は京都におる筈です。桂さんならどう応じるか……」

小楠は昨年九月、桂と会って談じたことがある。小楠の開国論が戦略であり、桂の攘夷論が戦術であること、「開国を目的とする攘夷論」で意見は一致した。海舟の方もまた今年になって、三月と四月に二度、桂の訪問を受けた。桂の目的は、海舟から海外情勢の教示を得ることだった。海舟は海軍興起の急務を説いた。桂は得心し、朝廷や藩にその旨を伝えると言って帰った。長州藩開明派に属する桂は、果たして横井小楠の「挙藩上洛計画」をどう受け止めるだろうか。

長い沈黙が続いた。近くの梢で梟《ふくろう》が鳴く。

海舟と龍馬は、「挙藩上洛計画」が自分たちの海軍興起に有利か不利か、その見極めがつかないうちはおいそれと去就・諾否を決められないと考える。また、その目的はどうあれ、一藩の「挙藩上洛計画」に他の雄藩が追従するだろうか。更に、幕府の技術官僚である海舟は、合議の決定が戦《いくさ》に傾いたら何が起きるか、〝思想家〟横井には想像出来ないのかもしれないと思った。

「海軍操練所の方は如何かな？」

小楠が沈黙を破った。

「資金集めに難儀しております」

すかさず龍馬が応じた。

「幕府の方は？」

「先日設置許可はおりたものの、当面の資金繰りが苦しい。松平さまからご融通願えないものでしょうか」

龍馬は少し厚かましいとは思いつつ、構わず口に出した。

「千両くらいなら直ぐにでも。一度福井へおいでなさい。私も明日、福井へ戻ります」

昼間の天気から一転して、夜は霧が立った。桂川、鴨川から上がる水蒸気が北山、東山、西山の三方から遮られて京の町を蔽う。福井藩邸で借りた提灯を、それぞれが手にして帰路についた。

「二人とも今夜は俺のところに泊まれ。ちょっと遠いが、一杯やろう」

と海舟が言った。

海舟の常宿は今出川を東へ、賀茂大橋を渡ってすぐの常林寺である。

「それにしても越前は危なっかしいな」

「春嶽と小楠の起死回生の一手といったところか。しかし、千両いただけるのはありがたい。なるべく早く福井へ行きます」

「千両と言わず、三千両くらいふっかければよかったな。……しかし、桂がこの話にどう反応するか、興味がある。恐らく小楠は、長井雅楽亡きあと、激派ばかりになった長州に期待はしていないだろうが、桂にだけは一縷の望みを繋いでいる筈だ」

賀茂大橋のたもとまで来た。いつの間にか霧が晴れて、西の空に三日月がかかっている。

「だが、桂に直接連絡は取れない。そこで俺たちに、という腹だろう。ここは小二郎に役に立って貰おう」

その時、橋のたもとで複数の人影が動いた。

「待ち伏せか。三人だな」

龍馬が囁くように言って、鯉口《こいぐち》を切った。

「俺は無手勝流だぞ」

と海舟。

龍馬が小二郎に訊く。

「拳銃を持っているか」

「今は持ってません。父に預けてあります」

「士道忘却、逃げるが勝ち」

と海舟が大声で言った。

橋のたもとから、白刃《はくじん》を手にした三人の刺客が飛び出して来た。

「勝さん、刀を抜いて下さい！」

龍馬は、橋の上を斜めに走って、三人を迎え討とうとした。その時、刺客の背後から黒い人影が近付いたかと思うと、見る間に二人を斬り伏せた。残る一人は、相手の太刀捌きの巧みさに怯《ひる》んだか、後退りしたかと思うと身を翻して、勝たちの脇を擦り抜け、今出川の方へ走り去った。

「先生、お怪我は？」

勝を気遣って迎えに出た岡田以蔵だった。

しかし、その夜は酒が出るどころか、食事もそこそこに海舟、龍馬、小二郎の三人は大きな紅木《こうぼく》の円卓に向かい合って、明け方まで一睡もしなかった。小二郎は、福井藩邸における横井小楠との会談の内容を、記憶から記録へと変換する作業に没頭した。蠟燭を次々と取替えながら、筆は三本も消耗した。議事録（海舟はそう呼んだ）は半紙二十八枚にも及んだ。坪庭を隔てた番人小屋からは、岡田以蔵の豪快な鼾《いびき》が、夜のしじまを破って聞こえて来た。

議事録を海舟と龍馬が読んで、小二郎の記憶に間違いないことを確かめ——二人が忘れてしまっていた議論も多々あった——、それを元に海舟が四分の一、七枚の半紙に要約して書き付ける。その文章を、小二郎が再び諳じる。

「覚えたか」

海舟が訊ねる。はい、と答えて小二郎は一字一句洩らさず暗誦してみせた。かつて五条で、松永代官とその夫人、二人の子供たちの前で『杜甫詩選』を暗誦してみせたのと同じ要領で。

障子に白々明けの光《かげ》が射した。

「よろしい。完璧だ」

と海舟が言い、龍馬も頷く。

「さあ、一時《いっとき》眠ろう」

三人は、そのまま畳の上に横たわると、たちまち眠りに落ちた。

松平慶永、横井小楠発案による「挙藩上洛計画」は、〝合議政体〟を目指すという美名の下に、幕府、朝廷双方に対する謀叛を企てたとも受け取られかねない目論見である。桂小五郎がどのような反応を示すか。彼に対する長州藩主毛利慶親《よしちか》の信頼は篤い。桂の意向を探りたい小楠は、それを海舟に託したのである。

海舟は、桂小五郎への密書を紙でなく、小二郎の記憶に刻印した。これなら途中で奪われることも紛失することもない。小二郎の身に異変が起きない限り……。

桂は国元の萩、京都、江戸を頻繁に移動している。京都でも藩邸にいないで、滞在先を変える。現在、彼は美山村の庄屋数藤《すどう》善兵衛宅の離れにいることを、海舟は独自の情報網で把握していた。

美山村は、京の北およそ十五里（六十キロ）の深い山の中にある。村の中心を流れる由良川の鮎が有名で、鮎に目のない桂は、滞在先の一つに選んだ。そろそろ稚鮎が味わえる季節でもある。

小二郎の美山村へ向けての出発は、明早朝と決まった。


印南浦の鰹節は、中島作太郎の手から小二郎に、小二郎から龍馬に渡された。風呂敷の中には、極上の鰹節三本と鉋《かんな》が入っていた。庫裡《くり》で、龍馬自ら鰹節を削って、居合わせた塾生におかか飯と味噌汁が振る舞われた。

「この味なら紀州に負けるかもしれん。こちらも宇佐浦から送られて来たらお届けする。お父上にはまたお目にかかりたいものだ」

小二郎が英語の原書講読のため教室に向かうと、中島が廊下に立って彼を待ち受けていた。

「一度、伊達さんのお宅をお訪ねしたいのですが」

「何もない寂しい場所だよ。近くの青蓮院で鐘を撞かせて貰うくらいしか慰みはない」

中島が口籠り気味に洩らした。

「妹さんがいますね」

「鰹節を届けに来たのは、おそらく下の妹で初穂という。そういうことなら、近いうちに案内してもいい。さて、授業を始めるか」

小二郎が襖を開くと、部屋には誰もいない。背後で中島が小声で言った。

「言いにくいことですが、今日の英語の受講者は私だけです」

「先週は三人いたが……」

「皆は、攘夷の気運が高まっている今、夷狄《いてき》の言葉を学ぶことに反撥してるんです」

「じゃ何のために海軍塾に入ったんだ。英語を知らないで、海軍術を修めることは出来ないが」

小二郎は憤りを押し殺して、努めて冷静に語ろうとした。

「それに……伊達が得意気に外国語の知識を振り回すのが気に喰わん。あんな小才子を師と仰ぐわけには、と。気を付けて下さい。塾生の中には、尊攘激派が少なからずいます。勝先生や坂本さんの目が届かないところで、あの連中が何をやらかすか」

「分かった。とりあえず今日の分を読んでみよう」

翌日の払暁前、小二郎は常林寺に駆け付けた。

海舟から町人・商人の風体でと言われた小二郎は、飛脚の身拵えをしていた。

海舟は問うた。

「拳銃は持参したのか？」

小二郎が頷く。

「撃った経験は？」

「高岡先生に使い方を教わり、京へ上《のぼ》る途中、山の中で何度か試し撃ちを」

「美山の庄屋数藤《すどう》善兵衛殿を訪ねるのだ」

海舟は、美山村出身者から教えられた道順を小二郎に伝えた。

――今出川通りを西に進み、北野天満宮、仁和寺を過ぎて福王子から北へ取る。ここからが周山《しゅうざん》街道だ。丹波、若狭に通ずる主要街道の一つで、西の鯖街道と呼ばれる。高雄、中川、小野、細野、周山、深見の集落の次が美山だ。深く嶮しい山道で、渡しと吊橋が幾つかある。岐路《えだみち》も多く、標石だけが頼りだ。晴れていても山峡《やまかい》にはよく霧が立つ。里程は凡そ十五里。

「日没までに着けるか？」

小二郎は頷いた。

「桂は長州藩京都藩邸留守居役だが、藩邸は留守にして、この緊迫した状況下、田舎住まいしている不思議な男だ。美山は鮎が名物と聞くが、どうせ……」

と言い掛けたところで、海舟は次の言葉を呑み込んだ。桂の艶聞は幾つも聞き及んでいる。

「桂さまは私に会って下さるでしょうか？」

小二郎は、紹介状や書付《かきつけ》といった類の物を持っていない。

「着いたら、必ずこれを見せろ。桂には私の使いだと分かる筈だ」

海舟が手のひらに載せて示したのは根付《ねつけ》だった。大きさが一寸強の猿で、左手を耳まで挙げている。精巧な鹿角彫《かづのぼり》である。

「これは、今江戸で売出し中の角彫《つのぼり》の名手、谷斎《こくさい》の作だ。対になっておって、もう一方の猿は右手を挙げている。三月に桂さんが見えた時、えらく気に入られて、右手の方を進呈した。谷斎の猿はこの一対しかない」

海舟が谷斎と出会ったのは、柳橋の亀清楼《かめせいろう》においてである。彫物師は、赤羽織の谷斎と呼ばれる柳橋で人気の幇間《たいこもち》でもあった。粋が売りの深川、柳橋の芸者は、黒羽織を羽織って宴席に侍《はべ》る。そこで幇間谷斎は、受けを狙ってわざと赤羽織で座敷に登場した。谷斎の本名は尾崎惣《そう》蔵《ぞう》、小説『金色夜叉』の作者、尾崎紅葉の父である。

海舟は、谷斎の根付と、路銀として一両に相当する銀六十匁の入った小袋を小二郎に与えた。

「明日中に帰って来い。三日経っても戻らなければ、塾生に捜索させよう」

「大丈夫です。必ず明日中に」

「常林寺周辺では、どこの手の者か分からぬが、浪士風の奴らがうろついておる。十分気を付けてくれ」

小二郎は拳銃と根付、数足の草鞋《わらじ》、竹の皮包みのむすびをしっかり腰に結わえ付けて山門を駆け抜け、賀茂大橋を渡った。

その時、橋の上から川面を見つめていた男が二人、小二郎のあとを尾け始めた。

妙心寺前で、如意ヶ嶽の稜線から一本の鮮やかな光線が京の空を斜めに貫き、みるみるうちに陽が昇った。

福王子の手前で、草鞋の紐を締め直そうと足を止めて屈み込み、背後を振り返ると、町人や農民、浪士ら十数人の人物が行き交うのを認めた。

周山街道に入った。道は急に曲がりくねった坂道に変わる。人家も稀になる。小二郎は早足で、前を行く旅人や駕籠を次々と追い抜いて行く。馬の姿はない。

中川の峠の茶屋を素通りして、歩きながらむすびを頬張り、崖から滴る岩清水を手のひらに溜めて飲む。周辺を見回すと、二、三十間後方に、二人の男がこちらに背を向けて立っている。

あの二人、福王子の手前で見掛けなかったか。

一昨夜、賀茂大橋で襲って来た一味なら、今日は暗殺が目的ではない筈だ。彼らの狙いは、所持しているであろう密書を奪うことか、あるいは誰に会おうとしているか、突き止めることか。彼らがあとを尾けているかどうか確かめるためには、いったん先に行かせる必要がある、と小二郎は考えた。

一方が崖の急な曲り角に差し掛かった時、小二郎は猛然と走り出した。坂を巻いて駆け上がり、駆け下って吊橋を渡り、深い熊笹の繁みに飛び込んだ。小二郎の行方を見失った男たちが、慌てて吊橋を渡って来る。橋が大きく左右に揺れた。二人が彼の前を急ぎ足で通り過ぎる。

彼らはひたすら小二郎に追い付こうとしているが、気付いた小二郎が彼らを遣り過ごした可能性に思い至るかもしれない。いずれにしろ、追手が前方にいて同じ道を辿る以上、前進は出来ない。

小二郎は拳銃を取り出し、弾丸を舌先で湿らせてから、慎重な手付きで三発装塡した。耳をそばだて、崖の斜面や巨木の陰などに視線を投げ掛けながら男たちを追尾する。両側の深い森の木々の根が地表に露出して緻密に絡み合い、路面を絨毯のように覆っている。

道はだらだら降《お》りに変わった。樹木に塞がれた谷底からせせらぎの音が聞こえて来た。道が平坦になって、突然、視界が開けた。弓削《ゆげ》川だった。小二郎は、素早く松の太い幹の陰に身を潜める。遂に二人の後姿を捉えたのだ。

彼らは川岸の大きな岩場の上に立っていた。岩場には渡し舟が繋がれていて、既に四、五人の男女が乗り込んでいる。二人は船頭と何か問答していたが、やがて舟は彼らを残して、四十間程先の対岸へと漕ぎ出した。

二人は小二郎がまだ弓削川を渡っていないことを確かめ、ここで待ち伏せすることにしたのだ。

小二郎は、舟が向こう岸に着くのと同時に、懐から拳銃を取り出し、銃把《じゅうは》を固く握り、引金に指を掛けて、徐《おもむろ》に松の陰から道に出た。男たちに接近して行く。

若い方の男が、気配を察して振り返った。

「奴だ！」

と叫ぶと同時に太刀《たち》の鞘《さや》を払った。もう一人は柄《つか》に手を掛けて身構える。男は示現流の使い手か、刀を頭上に振りかぶり数歩前進した。

小二郎は迷わず二間の距離まで接近すると、腰を落として片膝を突き、相手の下半身に狙いを定めて発砲した。男は岩棚に尻餅をついて、呻き声を上げた。一人は柄に手を掛けたまま、じりじりと後退する。小二郎は、銃を構えて岩場に近付く。男は川縁《かわべり》に立っていることに気付かず、足を滑らせて仰向けに水中へ転げ落ちた。そのまま半ば溺れながら流されて行く。

渡し舟が戻って来た。船頭は何事もなかったかのように、無言で小二郎を乗せて漕ぎ出した。小二郎は船上から、男が川下に張り出した木の枝に必死で縋り付くのを見た。岩棚の男は蹲《うずく》まったまま動かない。

下船してから小二郎は駆けた。峠を二つ越え、三つの谷を登り下りした。空は落ち着きなく動き回る雲に覆われ、その中を傾いた太陽が漂っている。冷たい風が吹き抜けて、霧が背後から追い掛けて来た。黒い樅《もみ》の樹間を、一群の鹿がゆっくり横切って行き、まるで幻覚を見ているようだった。

陽が沈む時、前方に見える銀色の閃きに目を凝らした。由良川である。

眼下に美山の集落を捉えた。よく整えられた茅葺き屋根の家々が百十数軒、夕景の中に沈んでいる。飛脚を装って庄屋の数藤を訪ね、根付を示して用向きを伝えると、直ちに桂の滞在する離れに案内された。

桂は谷斎の根付を刀の柄《つか》に結んでいた。余程気に入っているらしい。

囲炉裏を挟んで向かい合い、小二郎は正座して畏《かしこ》まる。鮎の季節にも拘わらず、美山の夜は深々と冷え込む。囲炉裏には炭が入り、自在鉤に下げた鉄瓶から白い湯気が上がっている。桂は長火箸を手にして、時々それを灰に文字を書くように動かした。屋内に人のいる気配はない。

「勝殿よりの使いというが、書状は？」

「全て口頭でお伝えしろ、と命じられました」

「成程。では早速伺おう」

「お書き留めになりますか」

「いや、拝聴するだけで」

と小二郎の顔を見つめた。

小二郎は、桂の目に海舟や龍馬のものとは違う質《たち》の才知の煌めきを感取した。

小二郎は、前々日、福井藩邸における横井小楠と海舟、龍馬の三者会談から、海舟がまとめ上げた要録をそのまま伝える。眼目は、福井藩による「挙藩上洛計画」であり、その可否を長州藩首脳桂小五郎に問うものである。桂は瞑目したのち、

「君は勝の密使であり、同時に密書というわけだな。では今度は、君を私の密使、密書として話せばよいのか」

小二郎は頷いた。

「では、単刀直入にお答えする。松平春嶽、横井小楠の計は画餅《がべい》に帰すと思う。藩兵四千人、農兵数千人で上洛する場合、藩の財政だけでこれを賄えるか。しかも、薩摩、加賀、尾張などの雄藩が上洛して、幕府、朝廷と協議したところで、横浜港を閉鎖するか否か、英仏米蘭と和戦いずれか、決議出来るわけがない。そもそも朝廷には、国政に関われる人材がいない。敵さ

んは、一戦交えるつもりだから、先ず江戸、大坂に砲弾を撃ち込み、市街を火の海にした上で、交渉を始めようという魂胆だ。今、我々が取るべき道は……合議のような手ぬるい手段ではないし、勿論長州藩は、雄藩会議などには加わらない。

我が藩は、五月十日、攘夷を決行しますよ。天皇との約定を反故《ほご》には出来ない。私は反対しましたが……」

ここで桂は、苦笑いを洩らした。

桂は、長火箸で囲炉裏の灰を掻き寄せながら続けた。

「ところで、伊達小二郎、君はただの使いじゃなさそうだ。君自身について少しばかり訊ねたい。以前どこかで会ったような気がするが……」

小二郎は、一昨年秋、小石川の高岡要先生の庭で、と答えた。

「その後、昨年八月、桂さま宛の高岡先生の手紙を、藩邸までお届けしました」

「当時、私は江戸にいなかった。そうか、その手紙は伊藤俊輔が萩まで届けてくれたな。高岡先生は、私に英国留学すべきだと説いておられた。私も行く気でいたが、藩の重職を担う身となり、諦めざるを得なかった。

君は高岡先生の薫陶を受けたのか」

その夜、数藤から運ばれた夕食の膳には、鮎の塩焼きが供されていた。

翌日は雨天で、小二郎は蓑笠を身にまとい、帰路に就いた。弓削川の船頭は、何食わぬ顔で彼に接し、舟には馬を引いた飛脚と同乗した。

小二郎が戻ったと聞いて、龍馬も常林寺に駆け付け、海舟と二人で桂小五郎の返書の内容を聞き、両者は共に暫し絶句した。

「攘夷を決行する……」

海舟は、激言と前置きして述べた戦争による荒療治が、現実のものとなろうとしていることに戸惑いつつ、福井の小楠には、一刻も早く桂の言葉を伝える必要があると判断した。

長州の暴挙の前では、「挙藩上洛計画」など一場の夢物語と化してしまう。

「私が福井へ行きましょう。春嶽、小楠、出来れば中根雪江《せっこう》にも会うて……」

龍馬はそう述べて、

「ついでに三千両、頂いて来るとするか」

と付け加えた。

「すぐに立ってくれ。実は今日、二条城での評定会議で、家茂さまから、神戸の海軍操練所を早く開設するようにとの御沙汰があったと聞いた。神戸に移動し、操練所の活動を開始する日は近い。先だって、家茂さまを順動丸にお乗せして、大坂湾を一周したのが効いた」

龍馬は頷いて、

「福井からは蜻蛉《とんぼ》返りということで」

と応じた。龍馬が福井へ向けて立つ日は、五日後の五月十一日と決まった。

海舟と龍馬は小二郎を労《ねぎら》った。

「ところで、拳銃は使ったか？」

と海舟が訊いた。

「はい、一発だけ」

「当たったか？」

小二郎は小さく頷いた。

海舟はそれ以上訊かなかった。

小二郎が使命を果たしたという高揚感を抱きながら帰宅すると、宇佐浦の鰹節が届いていた。初穂から中島作太郎が持参したと聞いた。

「これは印南浦と甲乙付けがたい。坂本さんにそう伝えておくれ」

と父は言った。

「中島さんも土佐のご出身ですってね」

と初穂が言った。

「そうだ、坂本さんの後輩だ」

小二郎は再び拳銃を父に預けた。


小二郎は三日ぶりに寿延院に向かった。教室の襖を開けると、中島の他に伊東祐亨《いとうすけゆき》が加わっていた。

「今日から、私は真剣に英語を学ぼうと決めました。どうか宜しくお願いします」

伊東は薩摩藩士で、小二郎より一つ年上である。

「中島君から、何の為に海軍塾に入ったのか問われて、勿論、海軍術、航海術習得の為だと答えたのですが、確かに学ぶべき〝術〟は全て英語か蘭語で書かれています。それらを読むことから始めなければ、と今更のように気付いたんです」

受講生が一人増えただけでも、小二郎は張合いが出る。

一時間半の講読を終え、中島、伊東と共に次の「天文航法」の授業の教室へ向かっていると、中庭に望月たちが屯《たむろ》していて、話し声が聞こえた。

「一昨日《おととい》、周山街道で壬生《みぶ》浪士組の二人がやられたらしいぞ」

「本当か？　浪士組は使い手ばかりだろう。彼らをやるなんて、一体何者なんだ？」

将軍家茂上洛を前に、治安の悪化する京都の激派、不逞浪士を取締るため、昨年、幕府は関東の浪士を募集、二百三十余名を七組に編成し、旗本山岡鉄舟を取締役に任じて今年二月入京、洛西の壬生村に駐屯させた。三月末には大半が江戸に帰ったが、残留を希望した近藤勇ら二十四名が壬生浪士組を結成した。

……あの二人、激派かと思ったが、と小二郎は呟いた。しかし、幕府軍艦奉行並《なみ》勝海舟を、幕府浪士組がなぜ？

勝の海軍塾は、尊攘激派、脱藩した「卑賤草莽《ひせんそうもう》之徒《やから》」をも受け入れて養っている。勝の本心は計り知れない、と京都所司代、奉行所見廻組は浪士組を配備して、勝の動きに警戒を怠らなかった。

五月九日、幕府は、引き延ばして来た生麦事件に関わる英国政府への賠償金十一万ポンド（四十四万ドル）を支払った。天皇に約束した攘夷実行の前日である。

約二カ月前、本国政府の訓令にもとづき、代理公使ニール陸軍大佐は、「もし賠償金支払い要求を拒絶すれば重大な災難が日本の国に降り掛かるであろう」と警告を発し、上海の司令官ブラウン少将には二千名の陸戦隊の派遣を要請していた。横浜港内には十七隻の連合艦隊が碇泊している。

アーネスト・サトウの「回想録」には、以下のように。

「私の教師高岡は戦争は必ず起こると信じていた。（……）江戸の住民は戦争の開始を予期して、大切な家財を田舎へ移しはじめていた」

五月九日、賠償金支払の模様を、サトウは次のように書き留めている。

朝早くから、各二千ドル入りの箱を積んだ荷馬車が公使館（横浜）に到着し始めた。公使館では、シナ人の貨幣検定人の全部を、貨幣の検査と勘定のため方々から借り集めた。記録室は、これらの知識的《インテリ》シナ人で混雑した。彼らは、貨幣と貨幣をぶっつけて見たり、いくつかに分けて積みあげたり、これらを箱につめて艦隊の甲板《かんぱん》へ運ばせたりするのに、忙《せわ》しく立ち働いた。この仕事は三日間かかった。

しかし、幕府は不思議な行動に出ている。賠償金支払い当日（五月九日）の日付で、諸港を閉鎖して外国人をことごとく国外に放逐せよという大君《タイクーン》（将軍）の命令（攘夷令）を、ニール大佐に覚書のかたちで伝達したのである。

今本邦ノ外国ト交通スルハ頗《すこぶ》ル国内ノ輿情《よじょう》ニ戻《もと》ルヲ以テ更ニ諸港ヲ鎖《と》ザシ居留ノ外人ヲ引上シメントス。此旨朝廷ヨリ将軍ヘ命ゼラレ将軍余ニ命ジテ之ヲ貴下等ニ告ゲシム。請フ之ヲ領《りょう》セヨ。何《いず》レ後刻面晤《めんご》ノ上委曲可申述候《もうしのぶべくそうろう》也。

文久三亥《い》年（一八六三）五月九日

小笠原図書頭《ずしょのかみ》長行《ながみち》（老中格）

アーネスト・サトウは、これを英訳してニール代理公使に提出した。

「この覚え書は私が翻訳官としての能力を発揮する必要に迫られた最初のものであった。もちろん私は、教師（高岡）の手助けがなければそれを読むことができなかったが（……）」

幕府が賠償金を払ったと聞いて、海舟と龍馬は激怒した。あろうことか、攘夷実行の期限である五月十日前日に！

この時から海舟と龍馬は幕府を見限り、「挙藩上洛計画」を中止させて松平春嶽と横井小楠を救うことと、神戸海軍操練所の開設に向けて全力を傾注する決意を固めた。

馬関海峡（下関海峡）は日本海と瀬戸内海を結ぶ要衝であり、大坂、長崎、上海などの港を往来する船舶もこの海峡を通過する。長州藩は早くから海岸砲台を構え、約千人の藩兵と帆走軍艦、蒸気軍艦各二隻を配備して、攘夷実行日を待った。

五月十日、見張りが沖合に碇泊するアメリカ商船ペンブローク号を発見、長州軍は予告無しに、砲台と軍艦から砲撃を加えた。ペンブローク号は、損傷を受けながらも辛うじて周防灘《すおうなだ》へ逃れた。

アメリカ船砲撃の通報が藩の早飛脚によって京都藩邸に齎《もたら》されるや、直ちに朝廷に報告された。小御所《こごしょ》に詰めていた国事御用掛《こくじごようがかり》の公卿たちから歓声が上がり、早速、天皇に奏上して褒《ほう》勅《ちょく》の沙汰を頂くための手筈が整えられた。

海舟は二条城の詰所で、龍馬は土佐藩邸で、下関砲撃事件を知った。龍馬はこの時、姉の乙女《おとめ》から手紙が届いていないか、福井へ出発する途次、藩邸に立ち寄ったところだった。姉弟は、時々藩邸を中継に通信していたのである。姉からの手紙はなかった。

龍馬は長州藩邸へ向った。しかし、藩邸の門は固く閉ざされ、門衛は問答無用とばかり、門を敲こうとする龍馬の肩に樫の門衛棒を押し当てて、追い払おうとする。

長州の馬鹿糞が！　と龍馬は何度も罵言を浴びせた。

「誰かおらんのか？　私は土佐の坂本龍馬だ。桂さんの知り合いだ。桂さんに会わせてくれ。米船をやったら、英国どころじゃ済まんぞ。生麦事件で、英国がどれだけ幕府と日本を苦しめているか。今度は賠償金だけで済まん。ペリーの脅しを思い出せ。長州をそっくり差し出せと言い出しかねんぞ」

龍馬はいったん寿延院に取って返し、中島を二条城にいる筈の海舟の許へ走らせた。

中島は下城途中の海舟に出会って、龍馬が戻っていることを伝えた。

海舟は龍馬の顔を見るなり、開口一番、

「桂の言った通りだな。しかし、ぴったり五月十日とは、何て律儀な奴らなんだ!」

海舟は、時折べらんめえ口調を交えて続けた。

「長州は間違《まちげ》えなく捻《ひね》り潰されるぜ。幕閣たちは大慌てさ。誰も本気でやるとは思っていなかったからな。英国には償金を払ったばかりだし、まさか江戸に大砲をぶち込むような真似はしねえだろうが、米艦隊がどう出るか」

「藩邸は固く門を閉ざしています」

「目付《めつけ》からの情報だが、不思議なことに、桂はまだ美山にいるぜ。彼は動いてない。どうしてだ?」

「福井行きはどうしますか」

「勿論、福井が大事だ。一刻の猶予も許されん。朝廷も尊攘派も攘夷で沸き立っている。天皇は褒勅を出すという。そんな中に、雄藩連合を謳《うた》って、福井がのこのこと京に入って来てどうなる?

……いや、待ってくれ、肝心なことを忘れていたぞ。龍馬が戻ってくれてよかった! 実は、海軍操練所の建設見積書を出せ、来年度予算に間に合わせてやるからとの勘定奉行のお達しだ」

直ちに海舟によって長崎海軍伝習所出身の二人の教授、船大工の長吉、それに小二郎に召集が掛けられた。見積書の項目は多岐にわたった。間《あいだ》に徹夜を挟んで二日がかりで仕上げた。

龍馬がようやく福井に向けて出発という朝になって、外国船砲撃を知った塾生の間で、攘夷派と開国派に分かれて争論になり、暴力沙汰に発展したため、龍馬はその仲裁と処分に時間を取られた。結局、出発は五月十六日になった。

京都から大津に出て、琵琶湖を船で海津《かいづ》へ、海津から西近江路、北陸街道を北上する。福井までの道程は約三十五里（百四十キロ）。龍馬はこれを二日半で踏破し、五月十八日正午、福井に着いた。

龍馬は、横井小楠と対面するや単刀直入に、桂小五郎は「挙藩上洛計画」に否定的である旨を伝えた。長州藩は雄藩連合に加わらないどころか、今や下関で攘夷を実行して、外国船打ち払いの急先鋒となっている現況下で、「計画」は、京都に更なる対立と混乱を引き起こすばかりであり、思い止まるよう説いた。

「これは勝海舟、龍馬が共有する考えです」

小楠は目を閉じて、龍馬の言葉に耳を傾けたのち、大きく目を見開き、首を振って、

「万機宜《よろ》しく公議に決すべし……。会議が成功した暁には、必ずや日本国中『共和一致』の平和が実現するでありましょう」

と京都での会談の際、彼が最後に述べた言葉を繰り返した。

会談のあと、小楠は龍馬を、近くを流れる足羽《あすわ》川の舟遊びに誘った。そして、舟をそのまま小楠の友人で、福井における彼の財政思想の最良の理解者である三岡《みつおか》八郎（由利公正《ゆりきみまさ》）の川縁《かわべり》の

家に着け、三岡宅で三人による酒宴となった。

その時、小楠はいささか酩酊していたが、自らの政治思想の一端を吐露した。

——残念なことだ、桂さんとは以前、散々意見を戦わし、たとえ破約攘夷の勅命に抗しても、筋の通らぬことに従うことはなく、多くの生命を奪う外国との戦争は断じてすべきではない、と意見は一致したのであったが……。

たとえ勅命であっても、このような誤った行動に出たのでは、上は神明《しんめい》に対し、下は万民に対し、誠に申し訳ないことであるから、幾重にも誠意をこめて、天皇をいさめるべきです——。

龍馬も大いに酔って、「君がため　捨つる命は惜しまねど　心にかかる国の行末」と歌った。

「挙藩上洛計画」について、各雄藩を打診して回っている中根雪江は帰任しておらず、龍馬は彼とは会えないまま福井を去ることになった。五月二十二日、小楠、三岡に伴われて、春嶽のもとに伺候して、別れの挨拶をした。

春嶽はその場で、神戸海軍操練所設立資金として五千両の支援を申し出た。先日、京都藩邸で小楠が、千両くらいならと述べた、その約束がこのようなかたちで果たされたのである。

龍馬は五月二十四日、昼過ぎに帰京した。

海舟は、五千両の支援に深く感謝したが、小楠を説得することの難しさを改めて思い知らされ、唇を噛んだ。

その前日（五月二十三日）、長州藩は更に、横浜から長崎へ向かっていたフランスの通報艦キャンシャン号に複数の砲台から砲撃を加えた。

「長州のやつばら、またやってくれた。彼らは連合艦隊の怖さを知らんのだ。世界の海を股に掛けて戦争を仕掛け、占領して権益を独占しようとしている連中だぞ。だが、長州はさておいて、問題は越前福井だ。どうするか……」

「帰路に、あれこれ思案したのですが……」

と龍馬が、余り自信のなさそうな様子で応じた。

「小楠と話していて、彼がそこまで思い詰めているなら、やらせてみるか、という気持になりました」

「いや、それはいかん、絶対にいかん」

海舟は強い調子で、龍馬の言葉を撥ね付けた。

二人は、杯《さかずき》を持った手を同時に宙で止めた。下鴨神社糺《ただす》の森から、五位鷺《ごいさぎ》の「ガア」という耳障りな鳴き声が響く。

鳥の声が止んだあとも、二人の間に暫く沈黙が続いた。

「嫌な声だ。この寺は居心地はいいが、あれだけは我慢出来ん。姿は優美なのに」

と言って、海舟はようやく杯を干した。

龍馬は杯をそのまま膳に置いて、

「彼らが『挙藩上洛計画』を実行に移すために、絶対に欠かせない前提条件とは何か、と考えてみたのですが」

「前提条件？　聞き慣れない言葉だな」

「小二郎が最近よく使うんです。英語からの翻訳でしょう」

「意味は分かる。して、その前提条件とは？」

「『計画』は、加賀、尾張など雄藩と連合して朝廷に呼び掛け、天皇を中心に戴く朝幕一体の政府を京都で樹立する、というものです。この場合、絶対に欠かせない前提条件とは、その時、天皇と将軍が共に京都にいることです。一方が欠けても計画は水泡に帰す。天皇と将軍は車の両輪です」

「……二条城に主がいなければいいんだ。将軍を速やかに江戸に帰す。どうせいずれ江戸に戻って貰わなければならんお方なのだから。

先月、順動丸にお乗せしたことは話したと思うが、家茂さまはいたく海が気に入られてな。これなら前《さき》の上洛の時も海路にすればよかった、と仰った。ならば、東帰は是非船になさいませ、海舟が舵を取りますする、とお答えしたものだよ。――海の良さをたっぷり味わって下さい。大体、武士は海を知らんのです。海の力を借りて国を発展させる。これが、予てより私が唱え、実践しようとしている海軍術、海軍力というもので、〝一大共有の海局〟と呼んでおります。そこで、間髪容れず、海軍操練所構想をお話ししたわけだ」

「天皇は将軍の東帰を許さんと思いますが」

「こう言うのさ。攘夷の狼煙《のろし》は下関海峡で上がった。だが、本丸は江戸湾だ。将軍が、江戸で攘夷の指揮を執る。一橋慶喜では心許ない。こっそり償金を払ったりするくらいだから、と訴える」

「その論なら通るかもしれませんね」

「一応、奏聞《そうもん》はするが、回答の如何《いかん》に拘わらず、実行するつもりだ」

「早ければ早いほど……」

龍馬が言葉を継ぐ。

「しかし、もし『計画』がこちらの思惑通り中止になったら、福井に、小楠の居場所がなくなる。春嶽さまは引き止めるだろうが、小楠の性格からして、熊本へ帰るでしょう。熊本には家族と、『士道忘却』の償いが待っている……」

「切腹か」

海舟は嘆息を洩らした。

「しかし、彼は、『計画』がどっちに転んでも、いずれ国に帰って、『士道忘却』の罪に服するつもりだ。たとえ死しても、彼の〝日本国中共和一致の平和〟の思想は残ります。これは、我々の〝一大共有の海局〟へと繋がるものです」

頷く海舟の目が、龍馬には微かに潤んでいるように見えた。

枯山水《かれさんすい》を隔てた向こうの釣鐘堂から、不思議な音が聞こえて来る。五位鷺の鳴き声とはまるで違うが、やはり耳に快いものではない。

龍馬は怪訝に思い、背後の障子を振り返った。

海舟が答えた。

「あれは、以蔵が居合の稽古をしてるのさ。大きな釣鐘の真下でね。居合の声が鐘身《どうしん》に籠もって、あんな風に響くのだ」

「変な奴だ。水琴窟《すいきんくつ》のつもりででもいるのか。近所迷惑だ、止めさせよう」

と龍馬は立ち上がろうとした。

「放っておけ。それより昨日、小二郎が殺されかけたぞ」

龍馬は座り直した。

「以蔵が救った」

龍馬が福井に発つ前日に海軍塾で起きた騒ぎは、龍馬が強権で押さえ込んだが、塾内で常に渦巻いている尊攘派対開国派間の抗争は鎮まることはなく、彼の留守中、小二郎の言論をきっかけに更に激化した。

事件は、小二郎が中島、伊東を相手に、「月距法《げっきょほう》」の短い英文テキストを講読している時に起きた。「月距法」とは、航海中に天体を時計として、時間と経度を読み取る術である。天球において、恒星の相対位置は動かないから、これを時計の文字盤として使うことが出来る。そこで、時計の針に当たるものが動く月である。

「月距（lunar distance）とは、恒星と月との角距離のことで、その算出方法は……」

望月たち数人がどかどかと教室に入って来た。

望月たちは帯刀していた。

「授業中だぞ。しかも教室では刀は禁止だ」

と小二郎は講読を止めて、鋭い声を発した。

「分かっとる」

と望月は返した。

「伊達、おぬしの言動を見てると、尊王思想が余りにも足りない。英語なんかやってる場合か。その存念を訊きたい」

「存念？　いいですか、ここは海軍塾だ。勤王の集りではない。勤王であろうがなかろうが、海軍術を身につけて、新しい国の基盤になろうという志を持った人間の集りだ。英語を学ぶことがなぜ反勤王なんです？　英米仏蘭、みな海軍大国だ。清国を見れば分かる。彼らは中華思想に毒されて、海外に目を向けなかったからやられたんだ。日本だってその二の舞になろうとしている。敵を知らずして、どうして己を知ることが出来ますか？」

「説教はいらん。おぬしに勤王の志があるや、それを訊いておる」

「それじゃあお答えしよう。……幕藩体制は、徳川という武家の統領による支配制度だ。これを君たち尊攘派は、徳川の〝私〟的支配として糾弾する。〝私〟に対して、天皇を戴く朝廷を〝公〟として、その支配の正統性を主張する。しかし、〝公〟とは何なのか。私にはよく分からない。ただ武家制度より古いというだけの理由なのか。朝廷＝天皇制度も、またかつて国を支配した制度の一つであり、もし尊王派が、その古い伝統を理由に〝公〟の立場に固執するなら、これも〝私〟ではないのか」

　小二郎の言論には、明らかに父宗広の『大勢三転考』の影響が色濃く認められる。しかし、望月たち激派には到底受け入れられない思想だった。

「斬る！」

と一人が抜刀した。

「天誅だ！」

更にもう一人が続いた。

小二郎は勿論、中島も伊東も丸腰である。中島が、小二郎を庇《かば》うように一歩前に出た。

「望月さん、止めさせて下さい。年長のあなたが止めなければ、誰が……」

玉砂利を蹴る足音がした。

「そりゃーいかんちゃ」

潰れたような声を発して、岡田以蔵が縁側に立った。

「刀抜いとるおんしらぁ、庭へ出て来《こ》んな。お相手つかまつるぜよ」

「小二郎の才は頭抜けているし、心意気も天晴《あっぱれ》だが、如何せん理屈が勝ち過ぎる。それが胆力だけが取得《とりえ》の連中の癪に障るのであろう」

と海舟は言った。

翌日、龍馬は小二郎を呼んで、一昨日の事件について問い、彼が望月たちに向けて放った言論をそっくり繰り返させた。聞き終わると、龍馬はただ頷いただけで、何も言わずに下がらせた。

午前の授業が終わると、龍馬から召集が掛かり、五十余名の塾生全員が中庭に集められた。

「神聖な教室で抜刀した者がいる。本来なら即退塾だ。海軍塾の塾生たる者、塾内で敵味方に分かれていてどうする。詳しくは述べぬが、尊攘・開国は楯の両面だ。相互に認め合って、訓練に励むべきであろう。

君たちは海軍術を身につけて、海洋に出て行く前途有為の青年なんだ。尊攘、公武合体など所詮、陸《おか》の河童の狭い了見に過ぎん。君たちは勤王の志士でも佐幕の志士でもなく、海軍志士なんだ。我々はもうすぐ神戸に移動するぞ。壮大な操練所が建設され、もう巨椋池ではない、本物の洋上訓練が始まる！」


長州藩は、五月二十三日のフランス船砲撃に続いて、二十六日、オランダ東洋艦隊所属のメデューサ号をも砲撃した。

これに対して、アメリカ、フランスの報復攻撃が始まった。六月一日、アメリカ軍艦ワイオミング号は下関海峡に入り、港内に碇泊する長州藩の軍艦三隻を撃破、陸上の砲台も艦砲射撃で機能不全に陥らせた。六月五日には、フランス東洋艦隊のセミラミス号、タンクレード号の二隻が砲台に猛攻撃を加えて沈黙させ、更に陸戦隊が上陸して船と砲台、民家を焼き払った。長州軍は壊滅、大敗した。

「桂は、一体どこにいるんだ？」

海舟は呟いた。既に美山に彼の姿はなかった。

六月一日の深更《しんこう》、一人の武士が寿延院の龍馬の宿舎を訪れた。福井藩士中根雪江である。彼は、朝廷、幕府要人、雄藩の重臣と会見して、「挙藩上洛計画」の下工作に従事していたのだが、その結果を報告するため帰藩すると、既に「計画」が藩議決定されたことを知り、驚く。中根は、「計画」の実施はまだ時期尚早であるとの報告をするつもりだった。

「挙藩上洛」の藩議決定は五月二十六日だった。直ちにその旨、藩内に布告された。龍馬が横井小楠説得に失敗して、福井を去って四日後のことである。

中根雪江は、「計画」の延期を強く訴えた。しかし、上洛は既に決定したことであるから覆すことは出来ない。但し、福井進発の期日について、その好機を改めて模索することになった。

中根は三岡八郎から、数日前、坂本龍馬が勝海舟の意を体して福井を訪れ、小楠に「計画」の実施を思い止まるよう説得したと聞き、この先どのような方策で臨むべきか、藁にも縋る思いで相談に駆け付けたのだった。このまま進めば、福井藩は雄藩の中で孤立するばかりか、「上洛」を強行し、もし雄藩・朝廷連合に失敗すれば、親藩とはいえ、幕府からどのような処罰が下されるか、事によると謀叛の罪で、藩御取潰しの災厄が降り掛かるかもしれない。

幸い進発の日はまだ決まっていない。

翌朝、龍馬から報告を受けた海舟の動きは迅速だった。彼は先ず大坂に使者を送って、順動丸がいつでも江戸に向けて出航出来るよう準備を整えておくよう命じた。

その後、臨時登城するや、将軍東帰の緊要性について、老中板倉勝静《かつきよ》の説得にかかった。

——先ずはっきりさせておくべきは、我国の首府は江戸であり、京都ではないこと。江戸城に政府・官邸があり、その統領である将軍がこの国難の時に当たって、いつまでも首府を留守にして時間を浪費しているわけにはいかない。一刻も早く東帰して、外夷に対する防衛と外交の指揮を執るべきである。朝廷が将軍を京都に止め置こうとするのは、幕府の弱体化を図ろうとする意図に発している。

こう述べて、海舟は板倉に、将軍との謁見を申し出た。すぐに通された。

「公方《くぼう》さま、船で江戸へ帰りましょう。和宮さまもお帰りをお待ちかねです。私がお供致します」

若い将軍は顔を綻ばせた。その場で、将軍東帰が決まった。これが六月六日である。

九日、家茂は御座船《ござぶね》で淀川を下って大坂に入り、大坂城には寄らず、その日のうちに順動丸に乗船、翌朝、解纜《かいらん》した。海舟が陪従する。

海舟は、船をすぐに紀淡《きたん》海峡に向けず、淡路島を北から一周させ、家茂に鳴門の渦潮を見物させた。船に乗ってしまえば、急ぐ必要はない。

ほんのりと明け初める駿河湾沖合を航走中の順動丸の甲板に、将軍家茂と海舟が立ち尽くしている。二人は、正面に屹立する霊峰富士の美しさに見惚《みと》れているのである。

「富嶽三十六景　凱風《がいふう》快晴ですな」

と海舟が漏らすと、家茂が、

「赤富士か」

と呟いた。続けて、

「人質の身から解放されて、晴れ晴れとした心持だ。これほど気鬱な日々を送ったことはない」

と述べて、溜息を吐いた。

海舟は視線を落として深く頷く。話題を変えようと視線を上げ、

「富士の麓の山中湖には、四季を通じて白鳥が」

と言い掛けたところで、西側斜面に一瞬土煙が立ったように見えた。

海舟は、〃また崩落が始まったのか〃と思い、同時に不吉な予兆と受け取り、思わず家茂の横顔を見た。

家茂は気付いていない様子で、

「のう、海舟、赤には厄除けの力があると言うぞ」

とのんびりした口調で語り掛けた。

順動丸は六月十六日江戸に着艦した。通常の航程なら四〜五日だが、七日間を要した。海舟の家茂への慮《おもんぱかり》だった。家茂は三年後、慶応二年（一八六六）七月に二十一歳の若さで薨去《こうきょ》するが、末期《まつご》に鳴門の渦潮と富士の姿を思い浮かべなかっただろうか。

将軍東帰の情報は、龍馬から福井藩京都藩邸で待機する中根雪江に伝えられた。中根はその知らせを持って福井に戻った。

最早、将軍がいなくなった京都に軍を進めてどうなるのか。藩論は動揺し、会議は白熱した。

会議は何度も繰り返され、激論が戦わされた。幸いと言うべきか、丁度この年七月、福井藩は江戸参勤（参府）の期に当たっていた。しかし、将軍が京都にいることを考慮して、藩主茂《もち》昭《あき》は参府を見合わせていたのである。将軍が江戸に戻られたとあっては、親藩として参府を怠るわけにはいかないという論が湧き起こり、上洛か参府かで議論が分かれた。

中根は、小楠の藩政に関する見識と、藩を越えた公共の政治・富国強兵・世界平和論などへの共感を表明しつつ、藩論を「挙藩上洛計画」から「江戸参府計画」へと巧みに誘導して行った。三岡八郎も龍馬との接触の経験から、現下の形勢における上洛の無謀性に危惧を抱くようになっていた。

遂に藩論は逆転し、「上洛」は中止、藩主茂昭は親藩に相応しい規模の行列を整えて参府することに決定した。

こうして春嶽、小楠の乾坤一擲《けんこんいってき》、「共和一致」を理念とする「挙藩上洛計画」は潰《つい》えた。最早、福井に小楠の居場所はない。八月十一日、彼は福井を去って、熊本へ向かった。

横井小楠の姿は、暫く我々の視界から消える。

海舟は六月二十日、江戸から京に戻った。まさに蜻蛉《とんぼ》返りである。奇しくもその日、福井藩から神戸海軍操練所設立援助金五千両が届けられた。

五千両という大金の調達が、福井藩がまさに藩の運命を左右する「上洛」か「参府」かで藩論が分かれ、紛糾する最中《さなか》に行われ、京都藩邸を通じて海軍塾に届けられたのである。

海舟と龍馬は、春嶽と小楠の二人の無念に思いを致しながら、その篤志《とくし》に報いるべく決意を新たにした。

程無く、勘定奉行より、海軍操練所への年間の助成金が三千両と決まったとの通知があった。海舟は、既に操練所用地として、神戸生田《いくた》に一万七千坪を確保している。六月二十四日、海舟、龍馬、二人の教授、小二郎、長吉の他に、海舟の内侍《ないし》として、長崎海軍伝習所に学んだ大坂台場詰鉄砲奉行佐藤与之助が加わって神戸に赴き、現地の土木工事組差配、設計士らと交渉を行った。早急に、バース、乾《かん》ドック、塾生と教授の宿舎、教室棟などの建設に掛からなければならない。

地元兵庫の網元が築造した大規模な船熮場《ふなたでば》が、そのまま乾ドックとして利用可能なことが分かった。練習艦観光丸、黒龍丸は既に大坂・天保山《てんぽうざん》港に繫留されている。

教授陣の増員が必要である。江戸、浦賀、大坂、長崎に在勤するかつての長崎海軍伝習所一期生、二期生の中から選抜し、招聘状を送付した。

正式な開所を、明年（一八六四）二月に予定して、今秋には、人員の大募集を掛ける。武士、町人、農民の身分を問わず人材を育成する。それでこそ〝一大共有の海局〟の実現となる。

早速、現有の五十数名の塾生を神戸に移し、本格的な航海術の実習・訓練を開始する。仮設宿舎と教室の建設が突貫工事で進められ、半月で完成した。七月半ばに引越しと決まった。

引越し当日、借り切った三十石船四隻に分乗して、海軍塾は淀川を下った。その日は、大坂・天保山の大坂船手組宿舎に一泊、翌早朝、練習艦観光丸に乗船した。

天保山―神戸は直行すれば二時間弱である。しかし、ここで海舟は彼らしい粋な計らいを見せた。彼は、観光丸の舳先を西の神戸ではなく、大坂湾から南の紀淡海峡へと向けた。船が紀淡海峡を通過すると、淡路島の南端に沿って針路を西に取り、鳴門海峡の渦潮を塾生たちに見物させたのち、播磨灘を北上、明石海峡を抜けて、夕刻神戸に着岸した。塾生たちにとって、紀淡、鳴門、明石という三つの海峡を、一日のうちに廻るという思いがけない船旅となった。

9

龍馬や小二郎が海軍塾の神戸移転準備に忙殺されていた頃、六月二十二日、ユーリアラス号（二千三百七十一トン、砲三十五門）を旗艦とする七隻の軍艦で編成された英国極東艦隊が鹿児島に向けて横浜を出港した。

相模灘に達した時点で、艦隊は旗艦ユーリアラス号、コケット号、パーシュース号、その左舷にパール号、ハヴォック号、アーガス号、レースホース号という順列で縦陣を組み、太平洋を進む。砲数総計九十門。まさに、海舟や龍馬が夢に描いた「海軍力」の偉容が現実となった光景であるが、無論、海舟、龍馬の視界の外にある。

六月二十四日、艦隊は紀伊半島潮岬の南方百四キロの海域から、北上する黒潮本流の強い流れを避けるため南下、外洋に出ると南西に直航して、大隅半島佐多岬を目指す航路に移った。

六月二十七日正午、艦隊は佐多岬の東端に達した。鹿児島は岬の内側である。鹿児島は、まだ誰も英国艦隊の存在を知らない。

しかし、横浜に派遣してあった薩摩の「探索」は、英国艦隊の出航を確認していた。江戸藩邸は直ちに国許へ飛脚を立てたが、艦隊が佐多岬に達した頃、飛脚はまだ山陽道、まさに神戸海軍操練所建設予定地である生田《いくた》辺りを通過中で、鹿児島到着は七月十日だった。

当時、最も早い飛脚は時速八キロ程と設定されていた。江戸―鹿児島間の距離は約千四百キロ、これを昼夜問わず引き継げば七日余りで到着することになるが、道中には無数の川があり、本州・九州間には関門海峡があって、そのような早い飛脚便は存在しなかった。江戸の藩邸が使ったのは最速の「大名飛脚」だが、十七日間かかっている。鹿児島に飛脚が到着した時、既に英国艦隊は、猛烈な艦砲射撃で鹿児島の町を火の海にしたのち、横浜に引き揚げていた。

しかし、薩摩藩は英国艦隊に不意を襲われて、惨敗を喫したわけではない。これより三カ月程前、英国政府から幕府を介して突き付けられた生麦事件に関する要求書の内容は、薩摩藩にとって受け入れ難いものだった。薩摩藩は英国の出撃を予想し、既に臨戦態勢を整えていた。

英国の要求は、以下のような内容だった。これは主に、その頃、外国奉行松平康英御抱えの翻訳係だった福澤諭吉による訳である。

生麦事件に係わる英国政府から薩摩藩に対する要求の一つは、英国官吏の立会いの下、リチャードソン殺害者の審問と処刑を行うこと、二つは、リチャードソンの親族と襲撃された他の三名に対し二万五千ポンドの賠償金を支払うこと、である。

問題は、犯人の断罪に関する内容だった。


「ヘール、リチャルソン」を殺害し及び「リチャルソン」に同伴せし貴女と諸君を殺さんと襲ひ懸りし諸人中の長《おさ》（重《おも》）立《だち》たるもの等を速に捕へ吟味して、女王殿下の海軍士官の壹人或は数人の眼前にて其首を刎ぬべし。（『福澤諭吉全集』第二十巻）

「長（重）立たるもの」を魁首《かいしゅ》と訳した別資料もあるが、これを直接の殺人者を指すのか、行列の主人、即ち島津久光と解釈するか、幕府の判断は分かれた。久光は、行列を横切ったリチャードソンらの殺害を命じた、とも言われている。

英国の要求は、リチャードソンを殺害した者の逮捕と処刑だったが、福澤諭吉の翻訳によって、「三郎（久光）の首」へと拡大解釈され、幕府はこれを薩摩側に示達《じたつ》した。

現藩主の父、国父たる久光の首級を差し出せとは！　薩摩藩中が驚愕し、激高した。

一方、英国側は、薩摩藩との談判に関して、幕府は全く無力であることを覚った。代理公使ニールは、本国政府の訓令に基づき、要求を直接突き付けるため鹿児島へ赴くことを決意した。そして、その警護を英国極東艦隊キューパー提督に依頼した。ニールもキューパーも当初、鹿児島での戦闘を想定していなかった。それは、当初の出動はユーリアラス号ともう一隻の二艦と考えていたことでも分かる。しかし、五月十日に攘夷の砲火が下関で上がり、外国船が次々と襲われたことへの警戒から、七隻の艦艇の出動となった。

——幕末期、日本の外国貿易の中心は横浜と長崎にあった。横浜の貿易総額の八割近くを占めていたのが英国で、その英国の取引きの大半をジャーディン・マセソン商会が握っていた。ジャーディン・マセソン商会は、本社を香港に置く極東貿易最大手の英国商社だった。ジャーディン・マセソン商会横浜支店代表がサミュエル・ガウアーで、このガウアーこそ小石川の高岡要の友人であり、伊藤俊輔（博文）ら五人の長州青年が英国へ密留学する便宜を図った人物である。

サミュエル・ガウアーは商活動を通じて日本国内の情勢に詳しく、ニール代理公使にしばしば貴重な助言を行った。例えば彼は、「大部分の大名が心底から攘夷派であるというのは誤った情報であり、それらは外国貿易の独占を確保するため、幕府（政府）によって意図的に流されたもので、独立心に富んだ諸侯、諸藩と幕府の対立の根底はここにある」といったレポートをニール代理公使に提出している。

彼の言う独立心に富んだ諸侯、諸藩の一つが薩摩藩で、薩摩藩は文久二年（一八六二）に、ジャーディン・マセソン商会から蒸気船ファイアリー・クロス号（三百馬力　四百四十七トン、のちに永平丸と改称）を購入する商談を進めていた。八月五日、薩摩藩江戸家老側詰《そばづめ》小松帯刀《たてわき》は、横浜に来て、ファイアリー・クロス号に試乗した。

生麦事件は、その十六日後に起きた。しかし、事件に関わりなく、発生から一週間後、ファイアリー・クロス号は無事薩摩藩に引き渡されている。

ファイアリー・クロス号（永平丸）は翌年一月、明石海峡で座礁して沈没、乗船していた大久保一蔵（利通《としみち》）が九死に一生を得るという事故があった。

薩摩藩はもう一隻、ランスフィールド号の購入を予定していたが、生麦事件によって交渉が中断、その間隙を縫って買い取った藩があった。

長州藩である。長州は、生麦事件から約二カ月後にランスフィールド号を購入した。壬戌《じんじゅつ》丸と改称され、翌年五月、攘夷実行のため出動したが、アメリカ軍艦ワイオミング号によって撃沈された。

ランスフィールド号の売先は長州へと変わったが、ガウアーにとって薩摩は重要な取引先の一つである。最近、薩摩切子の取引を始めたばかりで、ロンドンでは好評を博した。薩摩と戦火を交えるのは出来るだけ避けて貰いたいというのが彼の望みだったし、ニール代理公使、キューパー提督にしても平和的な解決を優先していた。従って、七隻もの軍艦を列ねての遠征は、頑《かたく》なな薩摩側に対して圧力をかけて回答を引き出そうとするデモンストレーションの意味合いが濃く、硬軟両様の構えで進める作戦だった。そのことは、旗艦ユーリアラス号とパール号には、幕府からせしめた巨額の賠償金四十四万ドルの入った重い木箱が何十個も弾薬庫の戸の前に積み上げられたまま出航した、という無防備さからも窺える。

遠征にはニール代理公使以下、英国公使館員全員（八名）が参加した。その中には医官ウィリアム・ウイリス、通訳生アーネスト・サトウ、アレクサンダー・フォン・シーボルトがいた。アレクサンダーは有名なドイツ人医師・博物学者フィリップ・フォン・シーボルトの息子で、安政六年（一八五九）十二歳の時、父の三十年ぶりの再来日に同行し、父の帰国後も日本に残った。

ウイリスとサトウは、来日して約一年、二人は江戸出張以外、横浜の狭い居留地に「閉じ込められた囚人」のような生活から一転、太平洋を軍艦で遠征する冒険の世界に解き放たれたのである。

わたしはアーガス号に乗組み、ムーア艦長の世話になりましたが、（……）かれがわたしと同郷のアイルランドの出身であることを誇りに思っています。快適な航海をするために必要な一切のものが、この艦には備わっていました。たとえば他ではめったに飲めないような上等なワインがあり、航海中の重要な行事である毎日の夕食会は、いつも大好評を博しました。

（ウイリスより長兄ジョージへの手紙）

航海中は天候がひじょうによく、艦隊は六月二十七日の午後鹿児島湾口に到着し、同夜はそこに碇泊、翌早朝湾を遡航《そこう》して、鹿児島の町の沖合へ達した。（アーネスト・サトウ『回想録』）

我々の目的地である鹿児島湾は、約五十キロの長さにわたって海岸線がつづき、じつに壮大でうつくしい、絵のような風景で、全体にきりたった崖にかこまれているので、いわば大地の巨大な裂け目のようにみえます。(……)もし、友だちがすべて一堂に会して、この土地のたくみにしくまれた壮観さと新奇さがかきたててくれるたのしみに接し、それを心ゆくまであじわうことができたら、これ以上ののぞみはありません。(ウイリスより長兄ジョージへの手紙)

ウイリスは七年後、この美しい土地を西郷隆盛の招きで再訪、鹿児島医学校・病院を創設し、土地の娘八重と結婚、一子をもうける。

ウイリスを讃嘆させた鹿児島湾の風景だが、しかし、この時、海岸の至る所に監視塔と烽火台が設置され、湾の両側に七つある砲台の照準は英国艦隊に合わされていた。

六月二十八日、早朝、二人の役人を乗せた小舟が旗艦ユーリアラス号の許に漕ぎ寄せ、来意を訊ねてから引き返して行った。

艦隊が錨を揚げ、町の砲台の方に向かうと、今度は四人の役人が乗った小舟が近付いた。軍役奉行折田平八と名乗った。ニールは藩主に宛てた要求書を折田に手渡し、二十四時間以内の回答を求めた。

折田らは数時間後に再度現れ、藩主が鹿児島から八十キロ離れた場所にいることを理由に回答時間の猶予を求めたが、その日のうちに別の文書が届けられ、ニールと提督の上陸を要請した。ニールとキューパーは危険を察知して、これを拒否した。

翌二十九日、薩摩の使者は再び旗艦を訪れ、上陸を督促したが、ニールは、会談するなら旗艦上を、と主張して譲らなかった。
四、五時間程して、今度は高官らしい人物が数隻の小舟を従えて現れ、四十名の部下共々乗船を希望した。キューパー提督は同意すると同時に、銃剣を構えた海兵を甲板に並ばせた。
高官は名乗らず、無言のままひどく緊張、興奮している様子だった。同行の役人が代わって、我々は回答を持参しているが、それに関して付け加える重要なことがあるので、それをこれから申し上げる、と言ったきり、次の言葉を発しない。

その時、また一艘の小舟が旗を振りながら近付いて来て、何事か叫んだ。高官はいきなり立ち上がると、急いで艦長室を出て行った。

アーネスト・サトウによれば、この高官は軍賦役伊地知正治《いじちまさはる》で、「私は後年、この伊地知と江戸で昵懇《じっこん》の間柄となったが、この男とこれに従う四十名の者が、イギリスの士官を急襲して重立《おもだ》った者を殺害せんものと、充分な計画の下に主君と別盃《べっぱい》を酌みかわして来たのである」(アーネスト・サトウ『回想録』)。

高官をサトウは伊地知正治としているが、ニールが当時の英国外相ラッセルへ送った報告では別の人物になっている。いずれにせよ薩摩藩は、ニールとキューパーに刺客を差し向けたのである。

しかも、この四十人の中に、生麦事件のリチャードソン殺害犯人奈良原喜左衛門、及び事件の現場にいて、リチャードソンに止《とど》めを刺した海江田《かえだ》信義の二人が加わっていた。二人はこのテロ計画の立案者であり、急先鋒だった。

島津久光、忠義父子は土壇場になって、さすがにこれはまずいと覚って、急使を送って中止させたのだろう。因みに、桜田門外の変で、井伊直弼の首を獲《と》った薩摩浪士有村次左衛門は、海江田信義の実弟である。

薩摩藩の対応に業を煮やしたキューパー提督は、小湾に隠れるように碇泊していた薩摩藩所有の蒸気船三隻を発見、拿捕するという強硬手段に出た。そして、蒸気船の「船長」と「通訳」を捕虜にした。「船長」は五代《ごだい》才助（のちの五代友厚《ともあつ》）、「通訳」は松木弘安（のちの外務卿寺島宗《むね》則《のり》）で、二人は英国艦隊が横浜に帰着後釈放された。

英国側が取った船舶拿捕という強硬手段に対して、薩摩は英艦隊への砲撃を開始した。雨が降り、強風が吹き荒れた。キューパー提督は直ちに交戦命令を発したが、この時、賠償金のドル箱の堆積が弾薬庫の戸を塞いでいたため、ユーリアラス号の応戦が二時間も遅れた。戦端は開かれ、双方の激しい砲弾の応酬が繰り返された。薩摩側の大砲の射程距離は千メートル余だが、英艦のアームストロング砲は四千メートルに達し、その上回転して連続発射が出来るから、相手に与える打撃力はより大きい。

しかし、薩摩の砲台が放った一弾が旗艦の前甲板に命中し、艦長ジョスリングと副長ウイルモットの命を奪った。

キューパーは怒りに駆られて、拿捕船の焼却命令の信号を発した。

拿捕船に穴が開けられ、船に火が放たれた。しかし、その前に、英兵によって船内の掠奪が行われたことをアーネスト・サトウは、「回想録」にリアルに書き留めている。

艦砲からのロケット弾によって、鹿児島の町の至るところから火の手が上がった。一弾が硫黄倉庫に命中し、強風に煽られて燃え広がった。

ウイリスの兄への手紙。

「我々は、一晩中、安全な場所に碇泊し、陸上の恐ろしい大火災を見つめていました。(……)私は、自分自身に向かって、これが戦争というものの恐るべき現実であり、世評によってしか戦争を知らない人々は幸福である、と言いきかせざるを得ませんでした」

七月三日の朝、ユーリアラス号艦長ジョスリングと副長ウイルモット、海兵九名の水葬を行ったのち、艦隊は、時折砲火を交えながら鹿児島湾を南下し、翌四日湾外に出て、横浜への帰路に就いた。

英国極東艦隊の鹿児島遠征は、敵に大きな打撃を与えたが、勝敗は不明のまま引き揚げたことになる。その理由として、アーネスト・サトウは「石炭、糧食、弾薬などの供給不足」を挙げている。

薩摩側はこれを英国艦隊撃退と判断した。薩摩藩の交戦報告に対して、幕府は江戸藩邸に「御勝利の由、慶賀」と伝え、朝廷からは褒勅が下った。

しかし、鹿児島の町の惨状は甚しく、開明的前藩主島津斉彬《なりあきら》(十一代)によって始められた新産業育成のための〝集成館〟の工場群は、悉《ことごと》く英国のロケット弾の餌食となった。薩摩切子の工場もまた破壊され、その後復興はならなかった。このことを何よりも残念がったのは、ジャーディン・マセソン商会横浜支店代表のサミュエル・ガウアーだった。彼は明年の秋、ロンドンで大規模な「薩摩切子展覧会」の開催を予定していたのである。

実戦を通じて、近代的な兵器の底力と、彼我《ひが》の海軍力の差を見せつけられた薩摩藩では、大久保一蔵（利通）、小松帯刀を中心に、英国との和睦を模索する動きが始まった。一方、英国では、英国艦隊が鹿児島の町を焼き払ったことに批判の声が上がっており、ニール代理公使も、薩摩に対して強硬に出られない雰囲気が醸成されつつあった。

会戦から三カ月後の九月二十八日、幕府の仲介で和平会談が英国公使館で始まった。第一回は、双方が主張を述べ合うだけで終わった。十月四日の第二回も同じ主張の繰り返しで決裂した。

薩摩側は、英国艦隊が薩摩の商船を拿捕し、焼き払ったことに非を鳴らした。片や英国は、船舶の拿捕は文明諸国間の常套手段であり、何ら非難に値しない、と反論する。

英国は、交戦の原因、つまり「リチャードソン殺害者の処刑」と「賠償金の支払い」について明確な回答を強く迫った。我々はもう一度だけ会談に応じるが、その時、満足の行く回答がなければ、再び戦闘を再開する決意である云々――。

翌日十月五日、第三回の会談で、薩摩はようやく賠償金の支払いに応じると回答した。しかし、リチャードソン殺害犯については、犯人が行方不明のため、処刑することが出来ない。

ここで、薩摩藩は突然、英国から軍艦を購入したいが、その周旋をして貰えないか、と提案する。

「両国懇親の廉《かど》相立ち候様に相成り、素《もと》より鹿児島戦争のことも、是《これ》にて両国和親いたし候印《しるし》に」

英国側は、戦火を交えた相手からの軍艦購入の申し入れに不意を衝かれ、困惑した。

「軍艦の売買は言わば兵士を売買するも同様で、既に双方が平和友好関係でなければならない」

とニールは憮然として答えた。

「……だが、もしこれが友好関係へと繋がるものならば、周旋するのもやぶさかではない」

と付け加えた。

薩摩の意表を衝く提案と、英国側の困惑が会談の雰囲気を変え、和平交渉を妥結へと導いた。

十一月一日、約束の賠償金十万ドル（二万五千ポンド、約六万両）が英国側に支払われた。だが、これは幕府からの借入金である。薩摩藩の財政は、戦争によって著しく悪化していた。軍艦は一隻十数万両もする。財政事情を顧みない、思い切った薩摩の一手だった。

リチャードソン殺害犯処刑の件は未解決のままだが、これ以降、英国側がこの問題を蒸し返した様子はない。こうして、薩摩と英国は砲火を交えることで、新たな友好関係に入って行く。軍艦購入交渉も順調に進んだ。

（……）すでにわが方は、砲台と町の大半を撃破した。そして、リチャードソンの殺害のことなぞ何も知らぬ多数の無辜《むこ》の人々を、この砲撃で殺戮《さつりく》したに違いない。その結果、初めの理由は公安破壊の罪に過ぎなかったのを、開戦の理由にまで拡大してしまったのだ。（……）

しかも、薩摩の使者は、その藩士が過誤を犯したことを正式に認めて、イギリス政府が要求した罰金をちゃんと支払ったのである。（……）だが、薩摩の人々が、この罰金を大君《タイクーン》の財庫から借用したものだということは言って置くべきだろう。そして、その後、私はその金が返済されたということを聞いていないのである。（アーネスト・サトウ『回想録』）

後世の人々は、薩摩切子が薩英戦争によって滅びたことを惜しむだろう。同様に、薩摩藩の存亡の懸かった戦場に、本来ならいるべき人物の姿を見ることが出来ないのは何故か、訝《いぶか》しむだろう。

その人物とは西郷隆盛。彼はこの頃、島津久光の不興を買って沖永良部《おきのえらぶ》に流され、死罪にも等しい期限の無い牢込めの刑に服していた。波打際の岩の上に建てられた二坪程の鳥籠牢《とりかごろう》の中である。

幕末期を震撼させた西郷隆盛、勝海舟、坂本龍馬。この三人が大坂で邂逅するまで、我々はまだ一年余り待たなければならない。

伊達小二郎より高岡要への手紙　　文久三年（一八六三）夏

御無沙汰致しております。先生、遂に航海術の本物の操練が始まりました。場所は神戸の海です。前方に淡路の大きな島影が横たわり、背後には六甲の険しい山容が迫る風光明媚な、

「海軍塾」に打って付けの舞台です。晴れた日には、大坂の町と、その向こうに生駒、金剛の山脈《やまなみ》が望めます。

神戸海軍操練所は、現在建造中で、私たちは急拵えの仮の設備で、毎日、普請の大きな槌音を聞きながら座学と実習に励んでおります。今、思うと、海のない京都で「海軍塾」とは如何にも不思議な気がしますが、勿論、修業は無駄ではありませんでした。私たちは今、まさに水を得た魚のように躍動しつつあります。

先生、私は遂に泳げるようになりました。同学に中島作太郎という泳ぎの達人がいて、水練の指導をしてくれるのです。彼は洋式の泳法を習得しています。

京都では緊張の連続でした。政治的陰謀、天誅と称するテロリズムの渦中でも、「海軍塾」は比較的穏やかな、勉学と訓練に勤しむことの出来る環境にありました。これは、海舟先生と坂本さんの不羈《ふき》の精神の賜物だと思います。時々、塾内にも激派の風塵が立つこともありましたが。

実は、私もいささか冒険めいた、危い目に遭遇したことがあります。詳しくは書けませんが、海舟先生から密書の送達を仰せ付かって、京都から北へ十五里程の美山という村を訪ねた時のことです。密書は、桂小五郎様に宛てたもので、私自身が密使であり、密書でもあるという不思議な使いでした。桂様への使いは実は二度目です。一度目は、先生から桂様宛の書状でした。

幸い先生からお借りした（私はいつかお返しするつもりです）コルトが役に立ちました。でも、人を殺《あや》めたわけではありませんからご安心下さい。

私は幼い頃から、腰に刀を差して武張《ぶば》る人間が苦手でした。一度は学問の道を志しましたが、先生のお蔭で〝航海術〟の世界と出会うことで、前途が大きく開かれたような気がしています。

脱藩して京へ向かったという父を訪ねるため、私が江戸を立つ時、先生は、君はもう戻って来ないような気がするよ、と仰いました。

その時、私は大変淋しい思いにとらわれたことを覚えています。

先生の言葉……。しかし、今、あれは私への励ましの言葉だったのだと考えるようになりました。先生は、京都における海舟先生、坂本さん、そして「海軍塾」と私との出会いを予測されていたからではないかと思えるのです。

その通り、私はもう江戸に戻るつもりはありません。七月半ば未明、私たち「海軍塾」は、いざ出陣、とでも言うような威勢の良さで、伏見から三十石船に分乗し、満帆の風に乗って淀川を下ったのです。しかしこの時、残念ながら数名の者が伏見の湊に姿を現しませんでした。彼らは〝一大共有の海局〟の思想に最後まで馴染むことが出来なかったのだと思います。その中に、岡田以蔵という土佐の浪士が含まれていたのですが、私は彼の不在を惜しみます。彼は坂本さんを頼って「海軍塾」に入り、剣の腕を見込まれて海舟先生の護衛役を務めていました。「人斬り以蔵」などと物騒な渾名《あだな》で呼ばれ、私の苦手な武張った人間の典型のような男でしたが、何故か私は彼に好感を抱いていました。事実、彼の剣に救われたこともあります。

私たちは、大坂・天保山で観光丸に乗艦し、神戸へ向かいました。初めて乗る本物の軍艦です。観光丸は四百総トン、外輪の蒸気船で、オランダ政府が東インドの海賊討伐用に建造したものです。「スンビン」と呼ばれていました。八年前、長崎海軍伝習所が開設された時、練習艦としてオランダ国王から将軍に贈呈され、「観光丸」と改称されました。長崎の伝習所の閉鎖後、一時佐賀藩に貸し出されていましたが、これからは神戸で、私たちの友となるのです。大きな二つの外輪、力強い竜骨構造、高い三本のマストには幾つもの帆桁が横に並んで、航走する姿は躍動的かつ誠に優美なものです。

その日、観光丸は海舟先生の指揮で、紀淡海峡、鳴門海峡、明石海峡と三つの海峡を廻って、夕方神戸に着岸しました。

鳴門の渦潮をご覧になったことがありますか。私たちは京都の座学で、月と太陽の引力によって起きる潮の干満の原理を学んでいましたが、実際に巨大な渦潮を間近に見ながら、航海術担当の佐藤与之助先生から潮の干満によって起きる仕組の説明を聞くことが出来ました。

高岡先生が以前、自然の現象は必ずや全て説明出来る日がやって来ると仰った言葉を思い出します。驚異は、現象に対する感情ではなく、その理《ことわり》を知ることにあるのかもしれません。

水の回転力は、二種類の流れの速度差によって生じます。鳴門海峡は幅一・三キロ、海底の断面はV字で、最深部は百メートルあります。潮は海峡の中心部では速く流れ、抵抗の多い岸辺ではゆっくり流れます。速度の違う二つの流れが渦を作るわけです。しかし、これだけでは鳴門の渦潮の驚異を説明出来ません。もっと大きな、淡路島を取り囲む海全体と、太陽と月の作用を考えなければならないのです。

先生、大坂湾全体の地図を頭の中で描いてみて下さい。その中に淡路島が浮かんでいます。淡路島は、神々が日本列島の中で最初に創造した島とされていますが、紀伊水道、大坂湾、播磨灘（瀬戸内海）に囲まれて、紀伊半島、本州、四国との間に三つの狭い海峡（紀淡海峡、明石海峡、鳴門海峡）を形成しています。このことが重要なのです。紀伊水道は外洋（太平洋）と繋がっています。

先ず太平洋側が満潮になると、潮流の大半は紀伊水道より大坂湾へと進み、淡路島を半周するかたちで、五、六時間かけて明石海峡から播磨灘へと入って行く。つまり、播磨灘が満潮になる時、紀伊水道は既に干潮というわけです。鳴門海峡は播磨灘の南への出口、つまり紀伊水道、太平洋への出口になります。潮流はほぼ六時間かけて淡路島を一周するのですが、その時、播磨灘側の満潮と紀伊水道の干潮が鳴門海峡を挟んで向かい合う、あるいは隣り合わせになる。高低差は一・五メートル。潮は低い方に、例えばこの場合は紀伊水道に向かって、時速二十キロの速さで一気に流れ落ち、大きな渦が発生します。六時間後には逆の方向に水が流れます。

私たちが鳴門の渦潮の驚異を目の当りにしながら、同時にその原理が解き明かされるのを聞いた喜びをお伝えしたくて、くだくだしく書き列ねてしまいました。些細なことかもしれませんが、このような体験一つでも、私を世界へ向かって大きく啓《ひら》いてくれるのです。一日も早く三つの海峡を廻る練習航海に出られるよう訓練に励みます。

庭のノイバラは、青い実を付ける頃ですね。コウシンバラ、モッコウバラ、ローザ・マルチフローラ、ローザ・ギガンテア……なつかしい名称です。

アーネスト・サトウとウィリアム・ウイリスはどうしていますか。薩摩と英国の戦争がありました。気懸りです。長州の伊藤俊輔は留学出来たのでしょうか。下関でも戦争がありました。彼らのことを案じていますが、いつか再会したいものです。


小二郎の手紙に対して、高岡から折返し返事が来た。

ウイリスとサトウは薩英戦争に医官、通訳生として参加したが、無事帰還を果たした。二人は小二郎のことをよく覚えていて、小二郎が神戸で航海術の訓練に励んでいると伝えると、近いうちに是非神戸を訪ねたいと言っていた。かつて小二郎が用意したノイバラの根株は、横浜の公使館の庭に移植した。長州の伊藤俊輔は、他の四人の青年たちと無事出国した。

——ところで、英語教師についてだが……、と高岡は続けていた。

小二郎は手紙の末尾で、この頃英語の力量不足を痛感している、どうしたらよいだろうか、と助言を求めたのに対して、高岡は、西宮に住む永井博三郎という医者を紹介して来た。彼に就くと良い。

西宮は、生田から一時間余りで通える。小二郎は早速永井を訪ね、週二回、夕方の二時間、個人レッスンを受けることになった。「高岡はんの弟子やからな。無賃《ただ》でええわ」

最後に、高岡は桂小五郎の消息を訊ねていた。

ジャーディン・マセソン商会の所有船チェルスウィック号の船長が、ロンドンに向かう伊藤から桂宛の手紙を託されて来た。チェルスウィック号は、伊藤たちを横浜から上海まで運んだ船である。

手紙は必ず人を介さず桂に直接渡してほしい、と依頼されたという。ガウアーは江戸藩邸に問い合わせたが、桂の所在を知る者はいない。留守居役は、桂さんは恐らく、長州にも京都藩邸にもいないだろうと答えた。

高岡は、桂の雲隠れは現在の時勢と深い関わりがあると見て、勝海舟、坂本龍馬の周辺から知ることは出来ないかと考え、小二郎に照会してみたのである。それに小二郎自身、五月初旬、美山に桂を訪ねた、と手紙に書いていた。

しかし、美山から姿を消したあとの桂の所在は、海舟の情報網をもってしても把捉出来なかった。

だが、この時、桂は再び美山にいたのである。

外は油照りで、時間は正午を回った。桂を中心に、囲炉裏の周りに三人の男が座っている。勿論、炭は入っていない。癇癖《かんぺき》の強そうな老人が一人、長火箸で頻りに灰を掻き回す。他の三人は二十代から三十代だが、最も若い男は引眉《ひきまゆ》・お歯黒の化粧を施している。皆、激情を押し殺しながら、まだ姿を現さない何者かを待つ気配である。

老人が長火箸を灰の中に深くめり込ませた。弛《たる》んだ瞼の下の目が異様な輝きを帯びる。

「天皇の召される御車は鳳輦《ほうれん》にて、御旗《みはた》は日月を画《か》き候《そうろう》一本、四神を画き候四本、すべて五本を御旗本の印を致し、旗指《はたさし》は力士を兼ねて五条家に御呼出し置きなされ度く候……」

まるで祝詞《のりと》をあげるように語り続ける老人の名は真木和泉《まきいずみ》。久留米の神官だが、水戸学を継承して、尊王攘夷思想を先鋭化すると共に、自らをその実践者たらんとする。数度の下獄を経て長州藩に接近、下関戦争では、この場に参集している長州藩士久坂玄瑞《くさかげんずい》、眉を引いた公家中山忠光らと砲撃戦に参加後、長州藩主毛利慶親《よしちか》に「攘夷御親征」を提議して容れられ、久坂、中山らと京に入った。天皇自らが軍を率いて攘夷を実行するという「御親征」である。

攘夷祈願のため先ず大和国に行幸し、神武天皇陵と春日大社を拝し、暫し逗留して親征の軍議を行い、諸藩に攘夷の檄を飛ばす。伊勢神宮参拝ののち、鳳輦《ほうれん》を江戸に進めて幕府を倒して、外夷を討つ。天皇を担ぎ出して、倒幕と攘夷を一挙に成し遂げようという大胆な長征の企てである。

その勅諚降下に向けての謀議を、幕府、朝廷双方の「探索」の目を逃れて、この美山で既に三度重ねて来た。今、その結果を待っている。

真木は火箸を灰から抜いて、宙の一点を剣で突き刺すように振り上げた。

「御親征は単なる軍列ではありませんぞ。天下人心一致して、神州日本の更生となるのです。……それにしても三条様の御見えが遅過ぎませぬか」

京都の権力の重心は、既に幕府から朝廷に移行していた。その朝廷を主導するのは長州藩である。長州の後楯《うしろ》の下に、権謀術数をもって動くのが公卿《くぎょう》・国事御用掛の三条実美《さねとみ》で、真木は三条の陪臣の役割を果たしていた。

五年前の安政五年（一八五八）、通商条約の締結を不満とし、攘夷の実行を求める密勅が水戸藩に下され、「安政の大獄」のきっかけとなった所謂《いわゆる》「戊午《ぼご》の密勅」を画策したのは、実美の父三条実万《さねつむ》である。

三条実美は、朝廷内において「攘夷御親征」計画の根回しを周到に行い、その総意をもって天皇の前に罷《まか》り出、勅諚の下るのを待って、美山に駆け付けることになっている。

「御親征」計画は、尊王攘夷派の人々にとって、霧の中に夢をかたち造るような美しい計画だった。

「鳳輦の下《もと》に国が治まる。たとえ幾万の屍《しかばね》を踏み越えることになろうとも」

と真木和泉は、歯の隙間から押し出すような声で言った。

囲炉裏を挟んで、桂の真向いに中山忠光がいる。忠光は、真木の言葉に陶然とした表情で頷いた。

桂は下僕を呼び、茶菓を命じた。久し振りに自分の声を聞くような気がした。その途端、同じ声の調子で、

「俺のやってることは滑稽だ」

と呟いていた。

――たとえ、「攘夷御親征」が藩命だとしても、「日本は神州であり、民族が滅亡することがあろうとも……」とは何という妄言か。俺は元来、こういう言辞が一番嫌いだった。吉田松陰

もそうだった。蛇蝎《だかつ》の如く嫌っていた。

目の前にいる忠光は、逆にこういう言辞が好みなのだろう。

中山忠光は権大納言中山忠能《ただやす》の七男、孝明天皇の侍従。姉の慶子《よしこ》は孝明の後宮に入り、祐宮《さちのみや》を生んだ。つまり忠光は、のちの明治天皇の叔父にあたるが、余りの貧乏暮らしに堪らず、王政復古を掲げる攘夷運動に投じて、長州藩の外国船砲撃に主領格で加わった。まだ十九歳である。

彼は土佐の勤王浪士吉村虎太郎と共に、「大和行幸・御親征」の勅が下れば、直ちに兵を挙げ、「親征」の先駆けとなって、大和五條へ向かって進軍する。

三条実美の到着が遅い。勅諚は下りないのか。

全員が外の気配に耳を澄ませていた。

囲炉裏から少し離れた畳で横になって、じっと天井を眺めていた久坂が言った。

「今日、ここに来る時、渡しの船頭から聞いた話だ。浪士組らしい二人の男に追われた若い男が川原で拳銃をぶっ放して、一人の足に深手を負わせたんだが、若い男というのが何と飛脚だったというんだ。飛脚が護身用に拳銃を持つ時代になったのか、と船頭とも話したんだが……」

「いつの話だ?」

桂が素早く反応した。

あの密使だ!

桂は、小二郎の声で伝えられた勝海舟の言葉を、脳裏に甦らせた。それは海舟のものであると同時に、横井小楠の思想の影が色濃く感じられるものだった。

桂と横井は数度、会っている。最後は一年前、江戸だった。横井は開国論が戦略であり、桂の攘夷論が戦術であること、「開国を目的とする攘夷論」で意見は一致した。

その横井が海舟と坂本龍馬を通じて、「挙藩上洛計画」の可否、または協力を打診して来た。「開国を目的とする攘夷論」で一致した者同士としては当然の働き掛けである。しかし、直近に、外国船砲撃という攘夷実行を控えた長州藩の重役としては否定的な返答しか出来なかった。福井藩は計画を中止し、横井は熊本へ去った。どうやら切腹は免れたようだが……。

横井小楠の所謂〝実学思想〟は、民の幸福をどう設計し、実行するか、ということの追求にあった。その中から『国是三論』（富国・強兵・士道）が著された。桂はそれを読んだ。その横井が「共和一致」の政治を訴え、「挙藩上洛計画」を実行しようとして、挫折した。

横井の「国是三論」を、真木和泉の「五事建策」と較べてみよう。「五事建策」は、真木が長州藩に提示し、やがて関白鷹司輔熙《たかつかさすけひろ》を経て、孝明天皇の上覧にも供されたものだ。——即ち、攘夷の権を朝廷が獲《と》り、在京の兵を統率し、全国に知らしむるため御親征に出、土地人民も幕府から朝廷に返収せしむること。蹕《みくるま》（首都）を浪華（大坂）に移すこと。

何という違いか！

高杉晋作は桂より早く横井に会っていて、その識見に感服、長州藩に招くことを考えた。だが、横井に替わって招かれたのは真木和泉であった。

横井が挫折した道を、桂もまた歩もうとしているのだろうか？　しかも、「共和一致」の政治を推進しようとした横井に、真っ向から対立する「鳳輦《ほうれん》御親征」という策謀に乗って……。

長州藩は、下関での敗北のあと、「御親征」を梃《てこ》に、失地回復、起死回生を図るつもりだった。戦争（倒幕と攘夷）を全国的規模に拡大して王政復古を実現する、という真木の煽動に乗ったのだ。

「俺は、横井の賢策を阻んでおいて、こんな愚策の片棒を担ごうとしているのか」

その時、下僕が入って来て、三条実美の駕籠の到着を告げた。

三条実美は三十がらみの痩身の男で、参内《さんだい》の装いのまま、バネ仕掛けのようなひょこひょことした歩みで入って来た。

「勅諚が下りましたぞ！」

桂を除く三人が立ち上がって、三条を取り囲んだ。

「三条様、こちらへお座り下さい。伺いましょう」

と桂は言って、自分の隣、上座に当たる丸い莫蓙《ござ》に導いた。

真木和泉は三条の手を両手で握り締め、

「お聞かせ下さい。勅諚のご内容を」

と声を震わせた。

「決まったのは昨夜遅く。下されたのは今朝がたです。勿論、まだ秘諚ですぞ。ご覧なさい、これが勅諚の写しです。お聞きなされよ。『天皇《すめらみこと》は、この度攘夷御祈願の為に、大和国に行幸、神武天皇山陵、春日大社に参詣になり、暫く御逗留、御親征の軍議あらせられ、その上で神宮

（伊勢）に行幸になられる……』」

　真木は嗚咽を洩らした。

「御発途はいつでござるか」

　中山忠光が訊ねた。

「恐らく十日か十五日後。鳳輦と行列の仕立ては、ほぼ真木殿の提案通りとなった。関白鷹司、右大臣二条の供奉《ぐぶ》は決まっているが、その他の随行の公卿、諸藩主については数日中に。明日、在京藩主に合わせて十万両の献納が言い渡されます。行列のあつらえは真木殿を長《おさ》に、肥後の宮部、長州は久坂玄瑞、つまりあなた」

　と三条が久坂に呼び掛ける。

「承知しました。だが、急がねばなりませぬな」

　中山忠光が立ち上がった。

「先に失礼します。東山方広寺で、吉村虎太郎、藤本鉄石、松本奎堂《けいどう》らが待機しておりますので」

　と引眉《ひきまゆ》を小刻みに動かしながら、

「先ず我々が天誅組の旗の下に兵を挙げ、皇軍の御先鋒を務めて大和の地に入り、幕府天領五條を平定して、お待ち申し上げる手筈です」

　と言い終わるか終わらないうちに、既に忠光は外に駆け出して馬に跨がった。真木、久坂らが続き、三条は急いで駕籠であとを追う。

桂一人、黙然と腕組みして、動かない。下僕が来て、何か問い掛けるも応じない。

油蝉がかまびすしい。桂は下僕に馬を命じた。

真木ら四人は、周山《しゅうざん》街道を競うように京に向かっている。桂は、馬首を彼らと反対方向に向けた。

桂小五郎は、馬を駆って由良川沿いに上流へと向かった。芦生《あしう》から桟敷《さじき》ヶ岳を越えて、貴船、静市《しずいち》へ出る道を選んだ。これが美山から京へ抜けるもう一つの道だった。周山街道より厳しいみちのりだが、幸い渡しが無く、馬を乗り継げばあるいは真木や久坂らより早く京に入れるかもしれない。途中、大布施《おおふせ》の庄屋は数藤《すどう》の分家だから、継馬《つぎうま》の調達も可能だろう。

……俺は今、藩命に逆らおうとしている。こんな時が来ようとは夢にも思わなかった。しかし、かつて吉田松陰は、俺や高杉晋作を前に、軽挙妄動を戒めて、

「その分れるところは、僕（松陰）は忠義をする積り、諸友（君たち）は功業をなす積り」

と決め付けて、叱責したことがある。

忠義とは、幕府や朝廷、藩に対するものではない、と松陰は口を酸っぱくして述べた。天だ、と断言した。その天はどこにあるか。天がどこにあるか、探す行為こそが忠義なのだ、と。

今、俺がやろうとしていることは忠義なのかどうかは分からぬが、藩を裏切っていることだけは確かだ。

日が西に大きく傾いた。大布施で継いだ馬は、汗を噴きながら桟敷ヶ岳、貴船、鞍馬を越えて、日没前に粟田口にある青蓮《しょうれん》院に飛び込んだ。

入相《いりあい》の鐘が鳴っている。撞《つ》いているのは尼ではなく、二人の若い娘だ。桂が、門跡様に、と案内を乞うと、代りに尼僧が出て来て、強い警戒心を顔に表しながら、親王様は境内におられないと言う。

「どこにおられますか？　私は、長州藩士桂小五郎と申します。何とぞご面会賜りたい。……おおそれながら、禁裏の緊急事に関わること、と申し添えて下さい」

桂の真剣な懇願ぶりに、尼僧は慌てて庫裡に引っ込んだ。数分後、老齢の尼僧が現れた。

「暫くお待ちなされよ。親王様はただ今、少し離れたところにおられますよって」

とおっとりとした言葉遣いで言い置いて、姿を消した。その間、まだ娘二人による鐘撞きは続いている。

尼僧が戻って来た。

「親王様がお目に掛かりますよって。こちらへ」

と先に立ち、生垣の細道を辿って、「天目庵」と札の下がった小さな庵に桂を案内した。

「長州はんからいちばん嫌われている私を、当の長州藩御重役の桂殿がお訪ねとは……。私を斬りに来られたのかな？」

朝彦親王・中川宮《なかがわのみや》は穏かな口調で問い掛けた。還俗《げんぞく》はしているが、まだ僧形《そうぎょう》である。

「ごもっともなお言葉。但し、ご覧の通り丸腰です。ところで、こちらの御仁《ごじん》は？　失礼、何しろご内聞に願いたい件でして」

「私の歌学の先生で、伊達宗広と申す方です」

宗広は桂に向かって会釈をすると、では私はこれで、と立ち上がり、庵を出て行った。

「伊達宗広殿というと、紀州の?」

「さよう。今はこちらで庵を結んでおられる」

中川宮は四十歳、公卿政治家としての経歴は長い。「安政の大獄」では、一橋慶喜《よしのぶ》を将軍に擁立しようとして「隠居永蟄居」を命じられた。今は復権して、国事御用掛を務めるが、同じ国事御用掛で、長州べったりの三条実美とは激しく対立している。

数時間前、中川宮は小御所《こごしょ》から憤然として青蓮院に帰って来た。三条たち長州派の暗躍とごり押しで、「親征」の勅諚が下ったのである。下った、というより、奪い取ったと言うべきか。

中川宮は天皇の本意を慮《おもんぱか》っていた。中川宮への先頃の宸翰《しんかん》(天皇の書信)に、「毛頭、予過激のこと好まず候えども、とてもとても(自分の)中条立たざる故、この上はふんふんという外、これなく候。(……)何分議奏にて徳大寺、三条は早々取除きにならでは、とても何らの所置も六《むつ》か敷《しき》と存じ候」と訴えておられた。「行幸親征」が、天皇の意志でないことは明白である。

昨夜(八月十二日)、中川宮たち反長州派の公卿は、三条実美と攘夷派の公卿、長州藩士らに遮られて、天皇との面会も叶わなかった。

十三日朝、「行幸親征」の勅諚が下ったことを知った中川宮は、薩摩藩邸を訪れ、そのことを知らせた。事態の重大さを覚った薩摩は、直ちに京都守護の任にある会津藩に連絡を取った。以前から、幕府の立場をないがしろにする「行幸親征」計画を警戒していた京都守護職・会津藩主松平容保《かたもり》は、桑名を通過中だった帰還部隊を急使を送って引き返させる処置を取った。

中川宮を中心とするこれらの反「行幸親征」の動きがあったのは、まさに三条実美が桂小五郎たちの待つ美山に到着した頃のことである。

中川宮は桂小五郎の提案に驚愕した。まさか「行幸親征」遂行の主軸たる長州藩中枢の人間が……。

桂は席に着くなり、なぜ自分が粟田口へ来たかなどの細々とした説明をいっさい省いて、単刀直入にこう問うたのだ。

「朝彦親王様、勅諚を取り消すことの出来るのはどなたですか?」

中川宮は一瞬、耳を疑った。沈黙が支配した。入相の鐘はとうに撞き終わっている。

「それは無論、勅諚を発された御本人……」

中川宮は立ち上がった。

「私はこれから参内します」

中川宮は青蓮院に戻り、参内式服に形《なり》を正し、駕籠を命じた。

桂は、中川宮より遅れて天目庵を出た。長身の老人が垣根に手を添えて、西の空を眺めている。

「伊達様」

と桂が声を掛けた。

「大変失礼致しました。私は長州藩士桂小五郎と申します。伊達小二郎という若い方を存じておりますが、もしや……」

「小二郎は私の倅《せがれ》です」

桂は、奇遇だな、と呟きながら小さく頷いた。

「こちらにおられますか?」

「いえ、今は神戸におります」

宗広は、勝海舟や坂本龍馬と長州の複雑微妙な関係を考慮して、それ以上については口を噤《つぐ》んだ。

桂はそれと察して、

「お願いがございます。実は飛ばして参ったものですから、馬が相当くたびれております」

と青蓮院門前に繋いだ鹿毛《かげ》を指差した。

「今夜、どこかで休ませてやりたいのですが」

「それなら私どもの厩《うまや》でお預りしましょう。丁度、上の倅は馬で出掛けて、今夜は戻りませんから。美津穂、初穂、この御方《おかた》の馬を厩へ曳いておいで」

「かたじけない。明日、誰かを引き取りに参らせますから」

娘たちが馬の方へ駆けて行った。

孝明《こうめい》は計り知れない苦悩の中にいた。彼は二日間、一睡もしていない。食事も喉を通らない。三条実美、徳大寺実則《さねのり》、長州藩士たちのごり押しで親征の命を下してしまった。自らの相変わらずの気弱さ、優柔不断がうらめしい。彼は、この「行幸親征」は還幸《かんこう》まで五年から七年かかるかもしれないと考えていた。

禁裏は三種の神器《じんぎ》によって守られているが、世は益々騒擾《そうじょう》の度を増し、安からざる形勢にあり、何が起きるか知れない。孝明には、皇親王（祐宮《さちのみや》）の身の上が何よりも心配である。心ならずも出掛ける旅から還幸出来なければ、「恐れながら（祐宮に）三種の神器を伝えたまいて、即位の礼をなしたまうべし」と近習《きんじゅ》、後宮の者に伝えた。

天皇だけではない。「行幸親征」が行われたら、実際その後どうなるか、誰にも分かっていなかった。

朝彦親王・中川宮の参内が告げられた。しかし、孝明は会わなかった。何を今更、という思いである。もう遅い。

これが八月十三日夜である。

中川宮は挫けなかった。京都守護職松平容保に会い、薩摩藩邸を訪ね、非親征派の右大臣二条斉敬《なりゆき》、前関白近衛忠熙《ただひろ》・忠房父子らと議論を重ねた。二日を要した。動き出さねばもう遅い。公卿、諸藩藩主連名、連判による「行幸親征」中止を乞う上奏文を呈した。十六日夕である。

十七日深夜、天皇は、中川宮を召し、諮《はか》りたき旨あり、との書を下した。

中川宮は、松平容保、所司代稲葉正邦、右大臣二条斉敬、前関白近衛忠熙らに呼び掛け、長州藩の警護に気付かれぬよう深更に及んでから揃って参内し、天皇と対面した。十八日子《ね》の半刻（午前一時）である。

桂小五郎は青蓮院を訪ねたあと、その夜は油小路《あぶらのこうじ》の馴染の小料理屋の二階に泊って、翌早朝、早駕籠を雇って美山に戻った。囲炉裏に炭を入れ、数藤が届けてくれた落鮎を一人で焼いた。盛んな炭の周りに、串に刺した鮎を円形に立てて並べる。焼け具合を見ながら何度も串を回して、まんべんなく火を通す。これが落鮎が最も旨くなる焼き方だ、と由良川で鮎を獲って育った下僕から教わった。

八月十四日夜、中山忠光を主将、吉村虎太郎、藤本鉄石《てっせき》、松本奎堂《けいどう》を総裁とする天誅組《てんちゅうぐみ》三十九名は東山の方広寺を出発し、伏見から三十石船で淀川を下って翌朝大坂に入り、天保山《てんぽうざん》から再び船で堺港に上陸した。彼らは、摂南・河内平野を貫く西高野《にしこうや》街道を黒革の甲《よろい》、銀の筋金入りの兜、陣羽織に鉄砲、槍で武装し、菊の御紋と幟を掲げ、大和五條を目指して行進する。「行幸親征」の露払いたる天誅組は、意気揚々と行進を続ける。途中で新たに十六名が加わった。十七日朝、後醍醐天皇ゆかりの河内長野の名刹《めいさつ》観心寺に着き、楠木正成の首塚前で正式に挙兵、錦の御旗を翻して必勝祈願した。

観心寺から金剛山に取り付き、険しい坂道を登って千早《ちはや》峠を越えると、早や大和国である。峠を下る途中、岡の八幡宮で陣立てをした。ここで大和勢が加わって総勢百五十余人となった。五條の金物屋板谷《いたや》統一郎の姿もある。かつて松永代官夫人への付け文事件で、小二郎に悲しい思いをさせた男である。

眼下に五條の町を見下ろす。悠然と流れる吉野川（紀ノ川）の姿がある。

八幡宮から坂道を下る途中、岡の住民は何事かと恐れて門を閉じ、戸を締め切っていたが、庄屋の定七の長男の嫁ことが戸の透き間から行列を覗き見て、大将らしい馬上の若者が引眉《ひきまゆ》、お歯黒に薄化粧をしていたので、この一団を歌舞伎役者の一座だと思った、という談が残っている。

十七日夕、天誅組は五條に下り、代官所を襲撃した。――我々は皇軍御先鋒である。この地を全て幕府から天皇に戻すことになった故、即刻引き渡すよう要求する、と宣告した。代官はこれを拒否した。一行は直ちに代官以下五人の役人の首を斬り、代官所を焼き払った。

一夜明けた八月十八日、天誅組は代官所近くの桜井寺を本陣とし、「五條御政府《ご》」の看板を掲げ、代官所所轄の吉野、十津川一帯八万石が皇室領となった旨を宣言した。

同じ八月十八日の未明、まだ暗いうちに、京都の御所の九門は、議奏宰相の命によって全て固く閉ざされた。門を固めるのは会津、薩摩の強兵を主に、土佐、米沢藩の兵士らである。

数時間前、十八日午前一時、参内し、天皇と対面した中川宮らは、その後直ちに国事御用掛の公卿と在京諸藩大名を小御所《こごしょ》に招集して、天皇の勅命を伝えた。

一、長州派公卿十九名の参内禁止・謹慎処分
一、長州藩の堺町御門の警備解任
一、長州藩及び浪士の退京
一、大和行幸及び御親征の延期

別に下された勅語には、「夷狄親征の儀（……）全く思食《おぼしめし》に在らせられず候」とあった。攘夷親征は自分の考えたことではない、中止するというのである。天皇自らによる勅諚の取消しである。

三条実美、真木和泉、久坂玄瑞らの長州藩は、十八日の朝になるまで禁裏での出来事に気付かず、事は半ば成ったものと考えていた。一夜明けた途端、会津、薩摩の兵が大砲六門を列ね、長州兵の屯所に筒口《つつぐち》を向けている。許可なき堂上《とうしょう》公卿《くぎょう》の参内も禁じられた。

真木和泉は悪夢を見ているようであった。霧の中に描いた夢は、やはり幻だったのか。

十九日未明、久坂玄瑞、真木和泉らに伴われ、三条実美ら尊攘急進派の公卿七人は京都を追われ、長州を目指して下った。〝七卿《しちきょう》落《お》ち〟である。

天誅組は桜井寺に本陣を置き、「五條御政府」を名乗って新しい政治機関を設置すると、間もなく御親征が行われ、天皇の行幸があることを高札《こうさつ》などで住民に告知すると共に、軍資金の調達と募兵に取り掛かった。旗本領を接収し、庄屋を罷免して銀十貫を献納させた。また、農民の秋の年貢を半減するなどの人心収攬《しゅうらん》策も取った。

十九日、天誅組の京都の連絡役が早駕籠で五條に駆け付け、禁裏での政変、大和行幸中止の報を齎《もたら》した。三条実美ら「親征派」公卿と長州藩が京都から追放されたともいう。その通りなら、天誅組は皇軍御先鋒という錦の御旗を奪われただけでなく、今や賊軍となったのだ。

軍議が開かれ、徹底抗戦に決した。このような屈辱を受ける謂《いわ》れはない。楠木正成のように必死の戦いを続ければ、必ずや天は味方するであろう。そのための千早越えではなかったのか。

その後、天誅組は、幕府軍との戦闘に備えて、本陣を五條から西吉野へ、更に十津川郷《とつかわごう》へと移して、奇しくも南朝とゆかりの深い土地をめぐることになる。

集まった十津川郷士たちを前に、吉村虎太郎は、天誅組は勅命によって組織された皇軍御親兵である、と訴えた。是非、我々天誅組に加わって、幕府賊軍と戦って貰いたい。

その時、十津川郷の真言宗良音寺《りょういんじ》の若い住職が、勅命の真偽について質問した。かつて小二郎と共に選ばれて高野山江戸在番屋敷に留学し、帰って来たばかりの武林敦《たけばやしあつし》である。

「京都へ使者を出して、勅命の事実を確かめてから、十津川郷全体の行動を決めてはどうか」

郷士の一人、玉堀為之進が賛成した。

吉村虎太郎ら首脳は、武林の疑念が郷全体に及ぶことを恐れて、二人の斬首を命じた。翌日、武林と玉堀の首が天辻《てんつじ》峠に晒された。

長州藩は、三条実美らを連れ、捲土重来《けんどちょうらい》を期して京都から引き揚げて行ったが、天誅組は既に一線を越えてしまっていた。実は八月十七日、京都で政変が起きる直前、中山忠光らが京を立って五條に向かったことを知った三条実美は、忠光らの行動が行幸の妨げになりかねないとの危惧から、五條平定を中止するよう急使を送ったのだが、急使が着いた時、天誅組は代官所を襲撃し、代官を含む五人の首を斬った上、代官所を焼き払ったあとだった。「行幸親征」中止の報が届いたのは十九日である。

彼らは最早、引き返せなかった。

朝廷・幕府は津、郡山、和歌山、彦根など十一の藩に天誅組追討令を出した。天誅組は十津川郷に拠点を移し、主に天ノ川辻《てんかわつじ》に本陣を置いて、圧倒的な軍勢で押し寄せる追討軍と死闘を繰り広げた。追討軍は一万六千の兵、対する天誅組は千数百である。

天誅組は十津川郷兵、河内勢を中心に健闘した。幾つもの嶮しい谷や峠で敵に奇襲、夜襲を繰り返したが、圧倒的な火力で攻め上《のぼ》って来る追討軍に死屍《しし》を重ねて行く。

九月十四日、和歌山・津の両藩兵約三千が天ノ川辻へ押し寄せた。この時、本陣に残っていたのは中山忠光、吉村虎太郎ら隊士約六十人と人足約百人だった。彼らは本陣に火を放って退却、南下して新宮・熊野への脱出経路を探ったが、既に国境は和歌山藩兵が固めており、十九日、翻転して北東方面の鷲家《わしか》へ向かうことに決する。一軒の民家もない標高千三百メートルの辻堂山、伯母ヶ峰の尾根道である。

しかし、鷲家では既に天誅組北上の動きを把握していた追討軍が待ち構えていた。吉村達は最早これまで、と二十四日夜、鷲家手前で各自が脱出を図ることになった。

三総裁の一人、松本奎堂は十八歳の時、槍術稽古中に左目を失明していたが、今回の戦いで右目も失明していた。松本は従者に手を引かれて尾根伝いに逃げたが、和歌山藩兵に見つかり銃殺された。

更に総裁の一人、藤本鉄石は従者と共に伊勢街道を目指したが、脱出不能と見て、和歌山藩脇本陣日裏屋《ひうら》へ斬り込みを掛け、斬殺された。

足に銃弾を受けていた筆頭総裁吉村虎太郎は、筵《むしろ》を二つ折りにした駕籠に乗って四人の隊士と共に逃走中、銃声に驚いた人足たちが駕籠を置いて逃げ去ったため、農家の薪小屋に潜んでいるところを家の老婆に見つかり、警備中の津藩兵に注進され、銃殺された。

天誅組三総裁は壮烈な最期を遂げたが、大将中山忠光は小名《こな》峠から三輪山、高田と潜行し、竹ノ内峠を越えて、二十七日夕方、大坂長州藩邸へ逃れた。

八月十七日の五條代官所襲撃から約四十日後、天誅組は殲滅《せんめつ》された。

五條から天誅組に加わった板谷統一郎は、逃れて大坂潜伏中に捕まり、他の天誅組関係者らと共に京都六角獄舎に繋がれていたが、翌元治元年（一八六四）七月二十日、池田屋事件をきっかけに反撃に出た長州軍勢が京へ攻め上った際（「禁門の変」、あるいは「蛤《はまぐり》御門《ごもん》の戦い」）、戦火による火災で京都市中が炎に包まれる中で、逃亡を恐れた幕吏により処刑された。

「行幸親征」中止で長州に退いた久坂玄瑞、真木和泉は、十一カ月後、軍を率いて上京、「禁門の変」を主導したが、薩摩、会津、福井などの幕府連合軍と激突、敗れて、久坂は洛中で自刃、真木は敗走中、天王山で爆死自害した。

しかし、真木が霧の中に育んだ「行幸親征」の夢は、彼の死から四年後、明治元年（一八六八）九月、「明治天皇御東幸《ごとうこう》」によって実現した、と言ってもよい。孝明天皇の子、天皇睦仁《むつひと》による江戸城（東京《とうけい》城）入城である。鳳輦《ほうれん》に乗った天皇を中心として、日本列島の中心部を京都から東へ、総勢三千三百人による大行列だった。

天皇睦仁（明治天皇）の叔父、天誅組主将中山忠光は、戦場からの脱出に成功し、大坂の長州藩邸に匿われたが、幕府による詮議が厳しく、僧侶に扮して長州へ逃れた。藩は、忠光の身柄を長府（下関南部）の山間の僻地に移し、登美女という町家の娘を侍女として世話をさせた。

長州藩の主力が尊王攘夷派である限り、忠光の身は守られる。しかし、「禁門の変」の敗北によって、藩が幕府への恭順降伏を決定すると、忠光は招かれざる客となった。

幕府による探索の手を逃れるため、忠光は山間の村を転々とさせられる。元来、血気盛んな若者である。猟師に同行して、猪狩や鹿狩で無聊《ぶりょう》を慰めた。

天誅組蜂起から一年三カ月後の元治元年（一八六四）十一月八日夜、忠光は数人の刺客に襲われた。彼は刀を携行していなかった。

忠光は「貴種」故、刺客たちはあらかじめ刀刃《とうじん》を加えないよう命令されていた。気性が激しく、腕力も強かった忠光だったが、たちまち組み伏せられた。刺客たちの腕が彼の胸を圧し、強靱な幾本もの指が鎖のように喉に食い込んで、敢え無く扼殺《やくさつ》された。

刺客は、長州藩支藩の長府藩が差し向けた者たちで、死体は松林の中に埋められた。

長府藩は、潜居中の中山忠光が大酒の為に発病し、吐血甚だしく、藩医を遣って看護させたが、その効なく十一月十五日に死亡した、と萩の長州本藩に届け出た。これを受けて、長州藩は幕府に同様の届出を行った。

忠光は二十歳、登美女はすでに彼の子を身籠もっていた。

天誅組による五條襲撃は、坂本龍馬から小二郎に伝えられた。龍馬は、大坂船手組の組織と施設を神戸に移管する手筈を整えるため、教授の佐藤与之助と大坂に赴き、その帰りに堀江の土佐藩邸に立ち寄り、事件の概要を知ったのである。

天誅組は、代官ら五人の首を刎ね、代官所に火を放ったという。五條からも天誅組に加わった者がいる。小二郎は、真っ先に板谷統一郎の顔を思い浮かべた。板谷は、庭の隅に二本の薪《まき》を並べ、その上に置いた藁束を、外夷を打ち払うこと斯《か》くの如くせん、と絶叫して、斬り落としていた。

六年前、小二郎が初めて、家庭教師として代官屋敷を訪ねた時、『杜甫詩選』を手にして、穏やかに彼に語り掛けたのは代官松永善之助である。小二郎は思わず、板谷が松永に向かって刀を振り下ろす姿を想像して、慄然となった。

小二郎は、五年前、板谷統一郎が原因で、松永夫人の信頼を損ねてしまった後悔と悲しみの余り、吉野川の橋の上で流した涙を忘れたことはなかった。

彼は矢も楯もたまらず、入郷《にゅうごう》の岡左仲《おかさちゅう》に手紙を書いた。無沙汰を詫びたあと、五條の状況について出来るだけ詳しい情報を知らせてほしい、と。

岡からの返信が届くまで、小二郎は座学にも実習訓練にも上の空で身が入らず、小舟に取り付けた訓練用の急造マストに登って、ブーム（帆桁）を伝いながら展帆《てんぱん》する作業中、足を滑らせて海に落ち、佐藤与之助に大目玉を食らった。

十日後、岡から返信が届いた。冒頭に、戦いの決着はほぼついたようだ、とあった。現在は追討軍による残党狩りの段階だ。

殺害された代官は松永善之助ではなかった。五條陣屋の代官は、天誅組襲撃の一年半前の文久二年（一八六二）四月に、松永から鈴木源内に交代していた。

首を斬られたのは鈴木源内の他、手附《てつき》、手代《てだい》の四人だが、その一人、木村祐次郎は松永の前任地、出羽の柴橋代官時代に手附として出仕し、安政五年（一八五八）に松永の五條転任に随行した。更に松永の大坂・谷町代官所赴任にも従ったが、松永はその翌年二月に病没する。木村は五條に戻り、鈴木源内の下で働いていたのである。

松永の遺族の消息については分からない。

――我々は、武林敦という有為《ゆうい》の人材を失ってしまった。郷民のために理《ことわり》を説いた武林を梟首《きょうしゅ》するなど許されることではない、このこと一つ取っても天誅組こそ天誅に値する、と岡には珍しく激しい言葉を使って、武林の死を悼んでいた。小二郎も同じ思いだ。

主善館は焼失したが、森鉄之助先生は無事である。桜井寺門前の書肆「松屋」は戸を閉《た》て切って、休業中の貼紙をしている。

高野山にも大きな動揺が走った。八月二十二日、天誅組の上田宗児と隊士数名が高野山に登って来て、高野三派（行人方、学侶方、聖方）との会談を申し入れた。「三派」は、彼らの強談《こわだん》判《ぱん》に屈して、「一山一統、一味同心《いちみどうしん》仕候《つかまつりそうろう》」と協力を約束してしまう。しかし、八月二十四日、上田たちが離山するや、「三派」は、橋本に陣を構える紀州藩に使者を送って、武力を背景の脅しに屈して止むなく味方すると約束を交わしたが、決して本心ではない、と釈明した。

尊了師は、天誅組に対する「三派」の弱腰、無節操な対応を怒り、「三派」の解体的出直しを管長に申し入れた。

――我々、左仲を含めた高野四荘官は、領民の中から選抜した猟銃に長じた者二十五名を率いて、黒河峠、雨引山《あまびきやま》、町石道《ちょういしみち》などの防衛の任に就いた。

八月二十九日、紀州藩勢は五條に入った。紀州藩別動隊も高野山着。八月二十九日夜、天誅組七十人が恋野村を一時占拠、花岡清左衛門方一軒に放火。八月三十日、高野山三宝院の寺《てら》侍《ざむらい》、澤田実之助を、天誅組と気脈を通じた嫌疑で紀州藩が捕縛。九月五日、冨貴村で放火、二十数軒焼失——。

岡左仲は手紙の末尾で、「今回の天誅組の変、鎮圧に出動した紀州藩について気になることがある」として、次のことに触れていた。家老安藤直裕《なおひろ》は今年二月、幕府より隠居を申し渡された筈だが、紀州藩勢の指揮を執る組頭らの話を聞いていると、安藤がいつのまにか復権して、今回の変事の対応にも彼の意向が強く反映しているように見える。

宗興《むねおき》様の幕閣への直訴状については仄聞《そくぶん》致しております。今後、紀州藩の動きについては注意された方が宜しいかと云々——。

岡からの手紙を受け取った翌々日、操練所の休日を利用して、小二郎は中島を誘って京都へ帰ることにした。大坂船手組から移管されるカッター（端艇）を神戸に運ぶため天保山へ向かう観光丸に便乗する。大坂からは三十石船で淀川を溯り、夕刻粟田口に着いた。五カ月振りの我家である。母と妹たちは、小二郎の背が急に伸びたことと、真っ黒に日焼けした顔に驚きの声を上げた。夕食後、中島と妹たちは八坂神社へ御参りに行く。小二郎と父は、天目庵で向かい合った。

小二郎は、父に岡左仲の手紙を差し出した。宗広はざっと目を通しただけで、内容については一言も触れないまま、神戸海軍操練所における小二郎の一日を詳しく知りたがった。

座学は、航海術、造船、数学、蒸気機関構造など。実技は、造船、砲術、船具運用、天測、機関操作、運転、銃砲、鼓手……と多岐にわたる。

宗広は目を細め、頻りに頷きながら聞き入った。

「もうすぐ練習航海に出る予定です」

「英語が必須やろ。どうやって勉強しているのか」

「小石川の高岡先生の紹介で、西宮の永井博三郎という、やはり医者の先生に習っています」

宗広は、小二郎が永井に学んでいる英語の本について訊ねた。

小二郎は、英国の商法、特に海上保険についての本を読んでいた。ギリシャ、ローマなどの地中海沿岸で交わされた、船主に金融業者が高利で金を貸し、海賊や嵐などで船や積み荷が失われた場合、返済を求めないとする所謂《いわゆる》「冒険貸借」から生まれた「海上保険」制度の歴史である。更に、英国の新しい政治思想や経済制度についての書、例えばジェレミイ・ベンサムの『道徳および立法の諸原理序説』は、高岡先生の書棚にあったのを覚えていて、これを永井先生の書棚にも見つけ、読破しようとしたが、余りにも難しく、歯が立たないため諦めた。しかし、いつか必ず再挑戦するつもりだ。

「小二郎、お前は幸運だぞ。私など、森羅万象、世界について、あるいは自分一個のことについて、様々な疑問を抱き、その解答を得ようとしても漢籍しかなかったのだからね。私が若かったら、やっぱり小二郎、お前と同じことをするだろう。

勝海舟先生の〝一大共有の海局〟という考えは立派だと思うが、坂本さんは少し違うことを考えているようだね。要するに、軍艦を海運業に使う。海軍と海運の一致だな」

「父上、さすが元紀州藩勘定奉行、御仕入方総支配を務められただけのことはありますね」

「……ところで、紀州藩の洋船『バハマ』や『ニッポール号』はどうなっているのだろうな」

「健在ですよ。『バハマ』は『明光丸』と改称して、大量の貨物を積んで、和歌山と大坂、下関、江戸を往ったり来たりしています。大きい船ですから目立ちます」

庭で、母と妹たちに混って中島の声がする。八坂神社から戻ったようだ。

「兄上は？」

「宗興は最近、帰りが遅い。酒が入っていることもある。藩邸の中も色々複雑と見えて、いつも屈託顔をして、私ともなかなか打ち解けぬ」

「岡様の手紙にあった安藤様の動きとも何か？」

「それは考えないことにしよう。……そうだ、この前、長州の桂小五郎という方が、中川宮様《なかがわのみや》を訪ねて見えて、小二郎のことを訊《き》いておったぞ」

「桂様が！　いつですか？」

「半月ばかり前だが。どうしてそう驚く？」

「高岡先生が、桂様の消息を訊ねておられるのです。どちらから来られたか、分かりますか」

「馬を飛ばして来られて、家《うち》の厩《うまや》に預けて帰られたが、翌日、大布施《おおふせ》というところの駅の馬子《まご》が馬を引き取りに来た」

「大布施？」

「馬子に訊いたのだが、鞍馬、貴船から美山という里に抜ける途中の駅らしい」

桂小五郎は美山にいる！　小二郎はすぐに高岡に手紙を書いて、桂の現在の居所が分かった、恐らく一部の人間にしか知らされていないと思うが、自分は海舟先生の使いで訪ねたことのある場所だ、もし構わなければ、先生が先日チェルスウィック号の船長から頼まれたという伊藤俊輔の手紙を届けてもよい、と知らせた。

程なく高岡から、桂小五郎宛の伊藤の手紙が送られ、小二郎の手で美山の桂に届けられた。

桂は、今回の小二郎は飛脚装束ではなかったが、二度も彼が美山に現れたことに驚きながら、古くからの友人のように遇した。

桂は庭先で手紙を受け取ると、その場で立ったまま読み終えた。面《おもて》を上げ、空を仰ぎ、流れる雲を追う様子で暫く沈黙を守った。

「君は伊藤と話したことがあるだろう」

「はい。昨年の八月末、高岡先生から桂様への手紙をお届けするため桜田藩邸へ伺った折、桂様が萩に帰っておられるということで、伊藤さんに預けました。二度目は、桂様の返書を小石川に届けに来られた時に」

高岡から桂への手紙は次のようなものだった。

——留学こそが、尊王攘夷の熱を冷ます最善の方法である。英国の政治・経済制度、科学技術力、軍事力を知れば、攘夷が如何に不可能事か、夢想の類《たぐい》か分かるだろう——。

しかし、長州藩は、積極的開国論「航海遠略策」を建言した直目付長井雅楽《じきめつけながいうた》と、桂の義弟来原良蔵《くるはらりょうぞう》を自刃《じじん》に追い込み、尊王攘夷に急転換して、下関で米国商船を砲撃した。更に「行幸親征」を主導して敗れ、京都から追放された。

「行幸親征」をその寸前で阻止するのに一役買ったのが、当の長州藩重役の桂小五郎である。

桂は、青蓮院を訪ねて中川宮に会い、美山に戻った日の夜、囲炉裏で落鮎を焼きながら独《ひと》り言《ご》ちた。

……確かに俺は、長州藩にとって、獅子身中の虫となった。だが、俺は自身を恥じない。

――我々武士は、先ず「藩はこう考える」から始める。儒学者は、「天はこう考える」から、尊王主義者は、「皇尊《すめらみこと》はこう考える」から始めるだろう。しかし、俺は違う。「己《おのれ》はこう考える」からだ。だが、己とは何なのか？

「敵を知り己を知れば百戦殆《あや》うからず」と高岡要は孫子を引用して、俺に英国留学を勧めていた。「敵」とは何か？　「己」に対する「他者」だ。世界だ。「他者」・世界を知ることが「己」を知ることになる……。今まさに伊藤は世界を知り始めている。

その時、突然桂は、彼の傍らに立って、黙って庭の周囲を眺め回している小二郎に気付いた。小二郎は、今頃、恐らくインド洋から紅海の方へと船の旅を続けているだろう伊藤俊輔のことを考えていた。

「伊藤の手紙を読んでみるかい？」

と桂が声を掛けた。小二郎は大きく頷いた。

出発の際はご挨拶も出来ず、申し訳ありません。お会いして申し上げたいことが山ほどあったのですが、（桂が）御上京中で諦めました。

マセソン商会のガウアー代表、公使館のアーネスト・サトウの協力で、我々五人は無事、役人の目を掻い潜って乗船を果たし、五月十二日の夜、横浜を出港しました。

死を覚悟しての出立とはいえ、やはり死にたくもありませんし、世上の体面からも愧《は》ずかしくないような成果を挙げて帰国致す決意です。

我々が藩の攘夷実行を知ったのは、上海に着いて二日目、五月十九日のことです。長崎から来たオランダ船の船長から聞きました。

お聞き下さい。上海を見る前でしたら、私も志道《しじ》（井上馨《いのうえかおる》）も、みな快哉《かいさい》を叫んだことでしょう。しかし、今は悲しみに沈むばかりです。

かつて高杉さんは、上海で英国人が清国人を奴隷のようにステッキで打つのを目撃し、夷《い》狄《てき》は日本も植民地化して、同様に振る舞うつもりだ、それを防ぐには攘夷しかない、と語りました。我々は高杉さんと共に品川の英国公使館を焼き打ちしました。馬鹿げたことです。上海の街は活気に満ち、各国の軍艦、蒸気船、帆船が何百隻となく黄浦江《こうほこう》と揚子江を、水面も見えないくらいの密度で上り下りしています。

攘夷は病気です。国を衰弱させ、やがて死に至らしめるでしょう。

伊藤は、攘夷という病《やまい》が長州から日本国中に広まることの危険性を指摘した上で、桂を中心に、藩の大方針をかつて長井雅楽が建策した「航海遠略策」へと回帰させるよう訴えていた。

――攘夷を棄て、開国の方針なくして将来の国家は成り立ちません。

志道は、攘夷を止《や》めさせるため、直ちに帰国するとまで言い出す始末です。それでは、我々の留学資金五千両もの大金を、藩の武器調達資金の中から工面してくれた桂さんの尽力を無にすることになる。我々は密留学生であり、五千両は公金横領に当たるものだぞ、と志道を説得しました。

こうして、志道の逸《はや》る気持を抑えるために、私が手紙を桂さんに書く破目になりました。何とか、この手紙が無事に桂さんの許に届くことを祈ります。

「何という変わりようだ！」

桂の声が響いた。小二郎は手紙から顔を上げた。

「上海に数日滞在しただけで……。伊藤も志道も天誅組の連中と変わりない尊攘派だったではないか。それが東支那海を越えた途端……、これほど異国の現実によって感化されるとは」

「私も上海へ行ってみたくなりました。……これで失礼致します。神戸に戻らなければならないものですから。高岡先生に何かお伝えすることは？」

「いや、ない。そうか、君は神戸にいるのか。『海軍塾』なら、上海ぐらいすぐ行けるようになるだろう。坂本さんに宜しく」

六月初旬、長州の密留学生五人は、二隻の船に分乗して上海からロンドンに向かって出発した。伊藤と志道は、「ペガサス号」という三百トンの帆船に乗せられた。殆ど英語の出来ない二人は水夫扱いで、トイレは船側《せんそく》の横木に跨って用を足さなければならず、下痢症になっていた伊藤が波にさらわれないよう、志道が綱で縛って支えた。

二人は九月二十三日にロンドンに着き、他の三人と合流した。

伊藤俊輔たち長州留学生五人（長州ファイブ）の名前は、ロンドン大学ユニヴァーシティ・カレッジの学生名簿の中に、確かに残っている。

彼らがロンドンで受けた〝西欧文明〟の衝撃度は、上海の比ではなかった。伊藤や志道が上海で直感的に抱いた考えは、ロンドンで確信に変わった。最早、攘夷は不可能だ。

やがて、伊藤たちは、ロンドンの新聞で、米仏艦隊の報復攻撃によって、長州海軍が壊滅的打撃を受けたことや、薩摩では英国艦隊の砲撃による火災で、鹿児島の街の大半が焼失したことを数カ月遅れで知った。二人は、死を覚悟で帰国することを決意し、そのチャンスを窺った。

年が明けた元治元年（一八六四）三月中旬、遂に伊藤と志道はロンドンを出立した。三カ月の船旅ののち、六月十日、横浜に上陸し、密かにジャーディン・マセソン商会のサミュエル・ガウアーを訪ねた。ガウアーは驚いたが、二人の帰国の目的を了として、彼らを英国公使ラザフォード・オールコックに会わせた。公使の隣には、通訳官としてアーネスト・サトウが控えている。

この時英国は、下関の海峡封鎖を続ける長州藩を攻撃するため、列強四国（英・仏・米・蘭）で連合艦隊を組み、下関へ向かう準備を進めていた。

伊藤と志道は、是非我々を艦隊に同行させ、下関に近い所まで送り届けてほしいと懇請した。我々が半年間の英国留学で確かめた英国の軍事力と富を含む国力について藩主に報告し、攘夷・排外政策を止めるよう説得する、と。

オールコックは、若い二人の申し出を受け入れた。連合艦隊は十七隻から編成される予定だが、先ず軍艦二隻（バロッサ号・千七百トン、砲艦コーモラント号・六百九十五トン）を派遣して、長州藩の反応を窺う。オールコックは、彼の覚書を伊藤、志道から長州藩主毛利慶親《よしちか》に届けさせることにした。

覚書は、速やかに下関海峡の封鎖を解くよう求める最後通牒《つうちょう》に近いものだった。

六月十八日、バロッサ号は横浜をあとにした。通訳としてアーネスト・サトウが随行する。

（……）バロッサ号の艦長ダウエル大佐は、非常に愉快な人物であるが、ドン・キホーテのような顔つきをしていて、まるで愁い顔の騎士といったところである。（アーネスト・サトウの日記）

伊藤、志道の二人がロンドンから横浜に帰着する一カ月前、元治元年（一八六四）五月十四日、神戸海軍操練所は全施設が竣工して、正式に開設された。勝海舟は軍艦奉行並《なみ》から軍艦奉行に進められ、役高二千石、安房守《あわのかみ》を名乗ることになった。「海軍塾」塾頭の坂本龍馬は、そのまま塾頭と呼ばれる。かつて姉の乙女への手紙に記した夢の実現である。「ちかきうちにハ大坂より十里あまりの地ニて、兵庫という所ニて、おゝきに海軍ををしへ候所をこしらへ（……）すこしヱヘンがをしてひそかにおり申候」

小二郎もまた、龍馬と同じ喜びを共有した。

操練所の新たな人員募集の布告が出された。

今度、海軍術大《おおい》に興《おこ》させられ、摂州神戸村へ操練所御取建《おとりたて》に相成候《あいなりそうろう》に付《つき》、有志の者は罷出《まかりいで》修業いたし、尤《もっとも》業前熟達の者は御雇《おやとい》又出役《しゅつやく》等に仰付《おおせつけ》らるべく候《そうろう》間《ま》、委細の義は、勝安房《あわ》守《かみ》に承合《しょうごう》せらるべく候。

六月二十一日、佐藤与之助船長の指揮下、小二郎、伊東祐亨《いとうすけゆき》、中島作太郎ら「海軍塾」一期生による初の練習航海が実施された。これには、新たに海舟の家来で、聴講生として入塾していた土佐出身の近藤長次郎が特別参加を許された。

船は観光丸（四百トン）である。帆走と外輪駆動を組み合わせ、日の出から日没までの間に、紀淡、鳴門、明石の三つの海峡を抜けて淡路島を一周する。

大坂湾を南下して紀淡海峡にさしかかった時、観光丸は、紀伊水道を北上して来るユニオン・ジャックを翻す二隻の軍艦と擦れ違った。六月十八日、横浜を出港して下関へ向かうバロッサ号とコーモラント号である。双方が、長く尾を引く汽笛を鳴らして挨拶を交わした。

バロッサ号には、アーネスト・サトウと、英国から帰国したばかりの伊藤俊輔、志道聞多《しじもんた》の二人が乗っている。

小二郎たちは、佐藤船長の指示で、船首を西へ七時四十分の方位に向けながら、外輪駆動から帆走へ切り換えるための作業に追われていた。

「あと二十数分で鳴門の渦潮に接近するぞ！　しっかり帆を張れよ」

船長の叱咤激励が飛んだ。

アーネスト・サトウ、伊藤たちを乗せたバロッサ号は、六月二十三日の日没後、周防灘《すおうなだ》姫島《ひめしま》沖に投錨した。伊藤と志道はここで下船する。

翌朝早々、われわれは二人の日本の友人伊藤と志道を上陸させたが、七月六日に周防沖の笠戸島で両人と再会することをあらかじめ約束しておいたのである。この航海の途中で、私は彼らと大いに語り合った。また、私の教師中沢見作の助力を得て、両人と私たちとの間で、ラザフォード卿（英国公使）の覚書をどうやら日本語に翻訳することもできたのであった。この二人は、甲板のない舟に乗って陸へ漕ぎ渡り、周防の富海《とのみ》に上陸する予定だった。八時には、二人が海岸から去って行くのを見た。中沢の考えでは、彼らは十中の六、七まで首をはねられ、二度と会う機会は絶対にあるまいとのことだった。（アーネスト・サトウ『回想録』）

練習航海を無事終え、翌日からの二日間の休暇を利用して京都に帰った小二郎を、思い掛けない出来事が待っていた。

兄の宗興《むねおき》に帰国の藩命が下された上、知行（三百石）召し上げ、幽閉の罰が下ったのである。宗興の家族は離散、和歌山の親戚に分居となった。

厳しい政治の世界を経験して来た父宗広が、一年半前、宗興の幕府への直訴状が功を奏した時、奇しくも「今回の御沙汰が直訴状によるものだということを忘れてはならんぞ。いつ事態が引っくり返されるか、知れたものではない」と危惧した、そのことが現実となった。

直訴状を受理した松平慶永は、政事総裁職を退いたあと、無断で退京した罪で逼塞処分を受け、更に「挙藩上洛計画」を主導して頓挫――、と宗興にとって形勢不利な状況の中で、幕府内では保守派勢力の捲返しが始まっていた。紀州藩においても、新宮の水野忠央《ただなか》、隠居中の家老安藤直裕の復権の兆しは、先の岡左仲から小二郎への返書にも窺える通りのものであった。

宗興の処罰の理由は、「公辺御趣意モ有之付《こうへんごしゅいこれあるにつき》」とあるだけで、具体的には明かされないままだった。「公辺」とは幕府の意向を意味する。

時間を先取りして記すと、禍は宗興一家に止まらず、一年後、父宗広にも及ぶのである。

「慶応元年（一八六五）六月、帰国ノ下命《かめい》。京都ヨリ護送セラレ、和歌山ニ帰リ、親戚預ケ、実家宇佐美裕之《すけゆき》方ニ閉居」（「伊達家譜資料」）

一年半前、もし小二郎が兄と共に藩籍復帰していたら、彼にも何らかの処分が下って、神戸海軍操練所を退所しなければならなかったかもしれない。

先にも述べた通り、小二郎の父伊達宗広は、紀州藩士宇佐美祐長《すけなが》の次男として生まれ、伊達家に聟《むこ》養子に入った。従って、宗広は実家である宇佐美に閉居の身となったのである。


身のさまざまにうつり変りて、はかなき調度なども失ひがちなる中に、ただ禅と歌とは、とりかくす人もなく、身につきたるがをかしくて

行きとまる宿もさだめぬ身にしあれど月と花とは離れざりけり

と宗広は歌った。

小二郎は神戸に戻った。

バロッサ号のアーネスト・サトウたちは、英国公使から託された覚書への回答を持ち帰る予定の伊藤と志道を待った。帰らない可能性が高いかもしれないが。

伊藤と志道が到着した山口は、まさに攘夷倒幕の気運が沸騰している最中《さなか》だった。去る六月五日、新選組の名を世に知らしめた池田屋事件が起きて、多くの長州藩の志士たちが犠牲になった。この事件を機に、「行幸親征」で一敗地に塗《まみ》れた久坂玄瑞、真木和泉らが捲土重来、即時率兵《そっぺい》上京を画策し、既に二千の藩兵を率いて京都に向け、進軍を開始したばかりだった。

藩主毛利慶親と藩首脳は、ロンドンから帰ったばかりの若輩の説得に耳を傾ける余裕はなく、覚書に対する回答の文書も与えず、ただ口頭で、連合国側に軍事行動の三カ月の延期を求めることを伝えただけだった。

伊藤とその僚友は、その夜のうちに再び立ち去った。ヨーロッパからわざわざ帰って来ながら、藩主への忠告が失敗に終わったことについて、私は同情の念にたえなかったが、それは何とも仕方がなかった。われわれは翌早朝錨をあげた。（アーネスト・サトウ『回想録』）

七月六日早朝、姫島をあとにしたバロッサ号は夕刻、明石海峡に差しかかった。この時、サトウが艦長室を訪れ、こう言った。

「ダウエル大佐、お願いがあります。この先の神戸で一時、碇泊していただけないでしょうか」

大佐は、深い眼窩の奥から不審気な目差しをサトウに送った。

「神戸に港はないだろう。兵庫の間違いでは？　我々は九日までに横浜に戻り、出撃に備えなければならない。しかし、君には何か面白い思惑がありそうだ。その冒険にお付き合いさせて貰おうか」

「はい。大君《タイクーン》政府は今年、神戸に新しく“Naval Academy”を発足させたのです。我国のポーツマスにあるような海軍士官学校を」

「それで、サトウ、君はどうするつもりなのかね」

「友人がいるんです。通り過ぎるのは、余りにも薄情というものでしょう」

「分かった。英国海軍がモットーとする〝友情〟と日本の海軍事情の偵察、この二つの観点から君を派遣することにしよう。明朝、夜明けと同時にカッターを降ろさせる」


早起きの中島が、窓から寝惚《ねぼ》け眼《まなこ》を海に放った途端、岸から二百メートル程の沖合に碇泊している巨大な軍艦を認め、思わず声を上げげた。砲門が幾つもこちらに向けられている。

「長州と一戦交えるんじゃなかったのか？」

伊東祐亨が寝衣《しんい》のまま外に飛び出した。小二郎はいつも寝起きが悪い。

バロッサ号の甲板から六メートルのカッターが降ろされ、三人の男がロープラダー（縄梯子）を伝って乗り込んだ。二人はオールを握る漕ぎ手の水夫で、真ん中に若い男が立って岸の方をじっと窺っている。

「敵さんは、伊達さんの名前を呼んでますよ」

伊東に言われて、小二郎は夢現《ゆめうつつ》のまま起き上がると窓から船入《ふないり》の方を眺めた。アーネスト・サトウが両手を頭上で輪を描くように振っている。

小二郎は急いで練習服に着替えると、埠頭までの急な石段を駆け降りた。サトウがカッターから岸に跳び移った。二人は埠頭の先端で出会い、握手を交わした。一年半振りの再会である。

「コジロウ、見違えたなあ」

サトウは日本語で語り掛ける。

「君はちっとも変わらないナイスガイだ」

小二郎は英語で応じる。

時間が余りない、とサトウは言った。

「ローザ・マルチフローラ（ノイバラ）はどう？」

「今年、初めて小さな花芽を付けたよ。コジロウ、一つだけ訊きたい。日本人はみな尊王なのか？　そしてコジロウ、君は？」

小二郎が、予期しない問いに戸惑ううちに、カッターから出発を告げる声がした。

第二部

I

余と三浦介雄《すけお》は山形より移送され、明治十二年（一八七九）十二月二日、粉雪の舞う仙台に到着、片平丁の宮城県監獄に入った。駕籠に乗せられての檻送《かんそう》だが、余に較べ三浦の駕籠が如何にもみすぼらしいのが気になった。三頭の駄馬には、余の二百冊の書籍が積まれていた。

仙台には二つの監獄、旧藩以来の宮城県監獄と新しい宮城集治監がある。宮城集治監は市《まち》の南東部にある若林の旧城址に新設されたばかりのもので、我々に移送命令が下った時、山形監獄の関係者の誰もが、二人は新しい宮城集治監に送られるものと考え、私と三浦にもそのように伝えられた。ところが着いてみると、古色蒼然《そうぜん》とした獄舎だったのでがっかりしたのだが、実はこれが幸いしたと今では思っている。

宮城県監獄、つまり我々の獄舎は、眼下に（と言っても、梯子でも使わぬ限り窓外の景色を見ることは出来ぬが）、広瀬川を隔てて、藩祖伊達政宗の廟所瑞鳳殿と相対している。やや彎曲《わんきょく》気味に並んだ獄室の前は庭兼運動場で、山茶花の木や菊の鉢などがあり、その背後に高い石壁がそそり立って、空以外の眺望を塞いでいる。三浦の房は余の右隣である。

典獄の水野重教《しげのり》警部は、丁長《ていちょう》、守卒《しゅそつ》と共に荒天の中、余を山形まで迎えに来てくれた。彼は、山形監獄の署長と同様、囚人を一個の人間として扱う健全な精神の持主で、信頼に足る人物だと思う。

水野警部が、新設の宮城集治監について次のようなことを教えてくれ、余の興味を大いに掻き立てた。

——宮城集治監はドイツ人技師の設計、監修で、フランスの中央監獄をモデルにしたものだという。中央に見張六角塔（三階）を置き、そこから放射状に六つの枝が翼のように伸びた地上九十一尺（二十七・五七メートル）のヒトデの形をした獄舎だった。独房七十二、雑居房二百七十二、計三百四十四房を備えている。この九月に完成し、それまで宮城県監獄に服役していたおよそ百十名の西南戦争関係の国事犯受刑者がまとめて移送された。

余は、直ちにベンサムの刑務所改善案「パノプティコン（万視塔）」を思い出した。

イギリスの刑務所は次のようなものらしい。

監房はいずれも丸天井で、九×六フィート（二・七×一・八メートル）の広さ、房の上部には九十×四十五センチの二重窓、扉の厚さは十センチ、釘をちりばめた板敷の周囲は石壁で囲まれている。裁判の時は大胆さを装って、不敵な面構えの罪人も、この暗い独房に入れられると涙を流すそうだ。

法律の改正ばかりでなく、人間の幸福の追求に向けられたベンサムの考察は、刑務所における囚人の幸福にも及ぶ。不必要な苦しみを囚人に与えることは悪である。彼は刑務所改善計画案を作成し、模型を添えて、イギリス議会に提出した。それが「パノプティコン（万視塔）」である。

建物は円型で、中央の最上部に監視所を置き、ここから一人の看守に囚人の自由な活動を監督させ、囚人の死亡率が減少すれば管理者に褒賞金が与えられる。

「パノプティコン」は、一人の人間（看守）が全ての人間（囚人）を監視出来る装置で建築の一形態だが、政治の統治形態として捉えることも出来よう。

一人の統治者（絶対君主）の目は、国家の隅々まで行き届く筈だ。何故なら、絶対君主の目は司法省の長官を監視し、長官は検察官及び警察官を監視し、警察官が全ての人々を監視する。警察国家は光に包まれ、如何なる影も闇も存在しなくなる。

ベンサムの建築への夢が、社会全体の制度となるとしたら……。ベンサムの功利主義については、色々立ち止まって考察すべき点が多い。

水野警部によると、集治監の監吏は、中央政府から派遣された官僚で占められているそうだ。規律も厳しい。一方、県監獄は旧藩以来の建物だけでなく、職員も殆どが土地の人間で、人情に厚いという。

仙台に到着して間もなく、十二月七日、由良守応《ゆらもりまさ》が東京から面会に来た。余が東京から山形へ護送された際、馬車で追い掛けて、金山峠《かねやま》で追い付き、その後見えがくれに随伴してくれた。今回は、妻の手紙と念願のドイツ製ランプを持参した。

十二月二十六日、義弟中島信行《のぶゆき》（作太郎）が訪れた。左は、獄窓に中島を見ての七言律詩である。

故人来兮故人来
謫居夢汝知幾回
欲訴旧情涙先催

故人来《きた》る故人来る
謫居《たっきょ》に汝を夢見るは幾回《いくたび》か
旧情訴えんと欲し涙先ず催す

（……………）

中島は仙台に数日間滞在し、何度か余の許を訪れた。中庭のベンチで、現職の元老院議官中島の威光と水野警部の配慮で、獄吏の監視もなく自由に語り合うことが出来た。

「初穂《はつほ》が逝ったのは一昨年の秋だったかな」

「二年になります」

「二年になるか……。儚いものだ」

「義兄さんはなぜ恩赦にならないんだろう。西南戦争で下獄した連中は、続々と刑期短縮で出所しているというのに。元老院でもそのことが話題になってます。伊藤さんも僕らも何とかしたいんですが……。この間、竹内綱と会いました。話題はやはり義兄さんのことです」

「綱とは護送の時、野木《のぎ》まで一緒だった。もうすぐ子供が生まれると言っていた」

「新潟の監獄に着いてすぐ、男の子誕生の知らせが届いたそうです」

「竹内に子供が生まれた。それは確かな事実なんだろう。今の私にとっては、獄舎暮らし以外のことは——海援隊も転覆計画も、みな〝一炊《いっすい》の夢〟のように思えてならないんだ」

「夢じゃありませんよ。私は、義兄さんが大江卓たちの計画に深入りするのをはらはらしながら見ていて、お止めなさい、と強く諫言《かんげん》したことがありましたね。あの時、私には、政府転覆計画など愚かしい夢想としか思えなかった」

「そうだ。愚状だ。私は、裁判でもそう言った」

「そうでしょうか。愚状でも夢想でもなかったかもしれない、と今では考えています。私は近いうちに元老院議官を辞任して、野《や》に下り、板垣たちの自由民権運動に加わるつもりです。その事を伝えるために来ました」

その時、余の内部で不思議なことが起きた。〝一炊の夢〟と思えた過去の出来事の中から、「政府転覆計画」だけが奇妙な現実感を伴って甦ったのである。愚状、夢想であれ、暴挙であろうと、ある確かな手応えをもって甦ったのだ。そして、こう考えた。計画はまだ余の人生の途上にある、と。

中島の声がした。

「刑期について、もう一度伊藤さんに掛け合ってみます」

「止したまえ。無駄なことだ」

その時、庭の隅に三浦介雄が姿を現した。雪が舞い始めていた。中島が立ち上がりながら告げた。

「天皇の東北・北海道巡幸が計画されています。先行して、近いうちに佐佐木高行《たかゆき》と宮内省の仙台巡視があるでしょう」

――余は書院造《づくり》の大広間の中央に座して、会談の相手を待つ。その人物がいつ到着するのか判然としない上、それが誰なのかも知らないでいる。正面の襖には見事な枝振りの松の巨木が描かれ、欄間の透かし彫り、柱の長押金具から推し測るに、ここは将軍が大名や公家衆と対面する場所か。

左手の鶯《うぐいす》張りの廊下を、足音を殺して忍び足で歩いて来る者がいる。漸《ようや》く現れたかと余が身仕舞を整えると、男は広間に足を踏み入れるや、余には目もくれないで、襖絵に向かって進み行く。後姿は、大文字山に出現したあの薄墨色の影法師である。影法師は躊躇《ためら》うことなく松の枝を掻い潜り、するすると絵の中に入り込んでしまった。余の両肘の内側に赤い発疹が浮かんで、痒みが増す。

すると今度は、摺り足で歩く人物が登場し、余に目を止めて近づいて来た。一風呂浴びて浴衣姿の伊藤博文である。胡座《こざ》した伊藤は、昨日横浜の富貴楼《ふうきろう》に立ち寄ったと言う。新入りの女中に目を付け、小部屋に連れ込み足払いを掛けてと思ったが、楼主のお倉の目が光っていて、と言葉を濁し、

「ところで御主《おぬし》、肥後芋茎《ひごずいき》を知っちょるか」

と尋《き》いた。余は今ここで与太話を聞かされてもと黙していると、伊藤は突然立ち上がり、影法師同様松の背後に姿を消した。そして障壁画の内側から、京都弁と長州弁の会話が洩れ聞こえて来る。

一人残された余は身の置き所がなく、じりじりしながら何か凶事《まがごと》が起きるのを待っていた……。

目覚めると獄舎は静まりかえって、夜明けまでまだ間がありそうだ。頭を切り換えて、先週読んだ功利主義関連の文献の中味を思い浮かべる。

十九世紀前半、英国では産業革命が生んだ大量の労働者が大都市に流入し、劣悪な住環境、衛生状態が社会問題化した。そこでベンサムの弟子のエドウィン・チャドウィックは、師の思想を行政官として実現しようと試みる。一八四八年、英国初の公衆衛生法が制定され、チャドウィックは中央には保健総局、地方には保健局を設立、不衛生な状態の改善に乗り出した。ところが彼は予想しなかった批判にさらされる。実情調査のため住居や工場に入り込むのは、私有財産や個人の自由に対する不当な侵害だと糾弾され、早くも五八年に保健総局は閉鎖、自身も引退に追い込まれた。最大多数の最大幸福を目指して、功利主義の理想を実践すると、こうした陥穽が待っているとは。

——余は睡魔に襲われ、意識が次第に朧《おぼろ》に。薄墨色の影法師と伊藤は、再び夢に現れるだろうか。

中島が去って、半月余りが経った。余は山形の獄にいた時、自身の子供時代が嫌《いや》で、思い出したくないことばかりが脳裏に浮かぶ、と語った。今もそのことに変わりはないが、稀に、心《しん》内《ない》からあたたかいものが溢れ出て来る思い出に浸るのに抗し難い時がある。それがあの藁塚《わらづか》の温もりだ。余と母と妹二人、和歌山より十里以遠の地に追放され、名古曽《なごそ》の「一里松」の先で日が暮れた。雪の降る中、宿を借るところもなく、田圃の中の藁塚に潜り込んで一夜を明かした。

「お兄さま、あったかい！」

と歓声を上げた妹たちの声が忘れられぬ。監房においても、二、三度、藁塚の穴の中で眠る夢を見て、幸福感に包まれたことがある。しかし、目が覚めて、余が自らを見出すのは、暗くて冷たい陥穽《あな》の中だ。

初穂は今や暗い土の中だ。願わくば、魂は我々の頭上のあたたかな星の中で憩いますように。

——このところ三浦介雄は毎日、煉瓦工場へ駆り出されている。水野警部は、松島の東にある野蒜《のびる》の築港工事用の煉瓦製造に、囚人を動員することを思い付いた。県監獄ばかりでなく、集治監からも相当数動員されているようだ。余は勿論免除されている。余は、三浦が工場から帰って来て、その日一日の出来事、耳にした娑婆の情報を話してくれるのを楽しみにしている。

広瀬川に大量の鮭が上《のぼ》って来て、産卵を終えた死骸が大量に川に浮かんでいる。集治監から来ている男が、翼が折れて、飛べない鷲をこっそり飼っている。政府が派遣した探偵吏が仙台市中をうろついていて、陸奥宗光を監獄に訪ねた人物のあとを尾けている、といった情報だ。

先週のことであるが、三浦によると、集治監にいる西南戦争の国事犯の二人が、煉瓦工場からの帰り、民家の火事に遭遇して、ためらわず危険な消火活動に加わり、火の中から老人と子供を救出した。県令と集治監長は、この二人の刑期短縮を中央政府に申請し、近いうちに二人には恩赦決定の報が齎《もたら》されるだろう、という。

この話を余に伝えた時、三浦がいわくありげな顔付きをしたのが印象に残った。気に掛かるといった方が正確か。

今日、煉瓦工場は休みらしく、余が本のページを開いたまま満開の山茶花の花を見上げていると、三浦が二人の囚人を伴って近付いて、何か外国の面白い話を聞かせてほしいと言った。

「外国の話というより、日本の中の外国の話だが……」

と前置きして、ベンチに腰掛けた余が話し始めると、三人は更に一歩近付いて耳を傾けた。

――余が神奈川県令を辞して、田租改正に専念するため大蔵省に移った明治五年頃、正式に租税頭に就任するまで三、四カ月の暇があった。その時、外務卿の副島種臣《そえじまたねおみ》に、幕末以来明治四年までの外交文書が未整理なのを何とかしたいと相談を受けた。それはいかん、外交は記録によって組み立てられる、早く専門の人間を雇って対処すべきだ、と応じ、ではちょっと見てみようと言って、外務省へ出向いた。外交文書と通商に関するものとがごっちゃになって、省内の四つの倉庫に山積みになっている。どこから手を付けていいか分からないくらいの量で、反古《ほご》のようなものも沢山ある。紙屑屋に一括処分で片付けさせるわけにはいかない。

行き当たりばったり、手当たり次第、拾い読みしていくと、これが存外面白い。幕末から明治初年にかけての日本外交は、屈辱の歴史そのものと言ってよく、絵に描いたような不平等状態が続く。どんな喧嘩をしても、必ずこちらが負けると決まっている。ある時、禁じられている博奕がらみで傷害事件を起こした横浜の英国領事館御抱えの俥夫《しゃふ》が、領事館の中へ逃げ込んだ。警察から内務省へ申告し、内務卿から外務卿へ、その俥夫の引渡しを要求するよう依頼した文書がある。その結末や如何《いかん》と捜してみるうち、数日後ようやく続きの文書を発見した。領事館側は、本人は博奕はやっていないし、傷害事件も起こしていないと言っている、従って、俥夫の引渡しには応じられない、と回答していた。領事館の中は治外法権だからね。

これは日本人俥夫の話だが、次は英国人だ。チャールズという商人が、鉄砲を担いで旅行免状も持たずに、千葉の習志野辺りへ鴨猟に出掛けた。獲物がないため、百姓家の庭先を流れる小川の家鴨《あひる》を七、八羽撃ち取った。驚いて百姓が飛んで来たが、チャールズは平気で家鴨を持ち帰ろうとする。村人たちはチャールズに縄を掛けて警察に突き出し、警察は彼を東京に護送した。

「さあ、どうなったと思う?」

「そりゃ、罰金刑ぐらいは喰らったでしょう、旅行免状不所持で、居留地に禁足か」

と囚人の一人が答えた。

――ところが我国は、西洋人を日本の裁判所で裁判する権利を持たない。警察はチャールズの身柄を英国公使館に、然るべき処罰を、と言って引き渡した。しかし、公使館からはそれっきり音沙汰がない。問い合わせると、家鴨がもし家禽であるならば何故家内に繋いでおかないのか、川で遊んでいるからには、これを撃つのに何の不思議があろう。にもかかわらず日本人は英人を殴打し、縄を掛けて東京まで歩かせた。従って英人虐待に対する損害賠償を請求する、という回答だ。二カ月後、そのチャールズが鉄砲を持って、今度は川越に現れた……。こんな調子でやりとりした文書が山ほどある。

余は、治外法権の撤廃と関税自主権の回復、この二つを実現することが今後の日本外交の課題だと述べて話を結んだ。

その夜、余は大量の喀血をした。しかし、もう驚かぬし、慌てぬ。光を入れるべき窓は小さく高い。外は雪だ。余は自らの精神の内部から熱を呼び起こし、光を発しなければならぬ。

中島信行が下野《げや》して、自由民権運動に挺身すると聞き、余の心は久し振りに騒めき、高揚した。

余が旧知に土佐人坂本龍馬という者あり。彼《か》は元来剣客にして文学を悟らず。然れどもその質聡明にして、その識見もまた秀出《しゅうしゅつ》せり。徳川の末世にあたり、時弊《じへい》を憂慮し、つとに郷国を去り、天下に奔走し、のちに薩長の間に周旋し、すこぶる時望を獲《え》たり。不幸にして、慶応三年の冬、京都に於て暗殺に遇《あ》いて横死せり。


人苟《いやしく》も一個の志望を抱けば、常に之を進捗するの手段を図り、苟も退屈の弱気を発す可からず、仮令《たと》い未だ其目的を成就するに至らざるも、必ず其之《それこれ》に到達すべき旅中に死すべきなり、故に死生は到底之を度外に置かざる可からず。


坂本のこの言を思い起こし、翫味《がんみ》すれば誠志胸に迫り、至極の名言也、と。

改めて今、余を「政府転覆計画」に駆り立てたものは一体何だったのか、その理念と実践を問い直してみようと思う。為にも、もっと歴史を学ばねばならぬ。ベンサムを更に精読し、翻訳を急がねばならぬ。

2

元治元年（一八六四）二月、西郷隆盛は沖永良部島の鳥籠牢から解放された。波打際の岩の上、二坪程の格格子牢に閉じ込められ、死を覚悟しての二年近くの歳月だった。座敷牢の中で足腰が弱って、立って歩く力もない。

薩摩藩国父島津久光との長い確執による入牢《じゅろう》だが、今や藩は西郷の力を必要とした。

「左右みな（西郷を）賢《けん》なりというか。然らば愚昧《ぐまい》の久光独りこれさえぎるは公論に非ず」

と久光は言って、西郷赦免に渋々同意した。

巨漢だった西郷は痩せ細り、歩けないため這いずって、崇敬する先代藩主島津斉彬《なりあきら》の墓に詣でた。

しかし、三月十四日、彼はもう京都にいた。久光に謁《えっ》して、軍賦役《ぐんくばりやく》（軍司令官）に任ぜられた。

この時、久光はにこやかに応じたものの、銜《くわ》えていた銀の煙管《キセル》を悔しさの余り強く噛み、その歯型が吸い口にくっきりと残ったほどである。

この時、西郷は三十八歳。牢獄生活は彼を沮喪《そそう》させるどころか、その気力と能力を養生・開花させたかのようである。これより明治十年（一八七七）九月、西南戦争で自決するまで、彼は幕末・維新の革命劇の主役の一人であり続ける。

七月十九日、「率兵上京《そっぺい》」した長州軍約二千は、嵯峨、山崎、伏見の三方から京都御所に迫った。主に蛤《はまぐり》御門《ごもん》内外が激戦地となった。幕府軍劣勢の報を受けた西郷は、乾門《いぬいもん》から薩摩軍を率いて急行し、長州軍を撃退した。その奮戦振りはめざましく、西郷自身も足に銃創を受けたが、彼の勇名を轟かせた。その後、彼は幕府の征長軍参謀に就くことになる。

戦争は幕府の勝利に終わり、前述したように、長州の久坂玄瑞は洛中で自刃、天王山に退却した真木和泉は爆死自害した。

七月二十三日、天皇は幕府に対し、「防長（長州）ニ押寄セ速ニ追討アルベキ事」と勅令を発した。第一次長州征伐である。八月五日には、英・仏・米・蘭の四国連合艦隊による下関砲撃が開始される。

長州軍は敗走した。京都では、幕府による厳しい残党狩りが続く。この時、長州藩京都留守居役桂小五郎はどこにいたのか。

しかし、その前に語らねばならないのは、八月十三日、突然、坂本龍馬が、伊達小二郎を連れて、京都薩摩藩邸に西郷隆盛を訪ねたことである。

「西郷に会って〝一大共有の海局〟について吹き込んで来てくれ。早晩幕府は倒れるだろうし、あるいはその前に俺がやられても、薩摩と長州を繋いでおけば攘夷は実現する。何故だか分かるか」

と勝海舟が言う。神戸海軍操練所の彼の部屋である。龍馬が腕組みをした。うしろに小二郎が控えている。

「両藩とも英国と一戦に及んで、こてんぱんにやられた。この経験が将来大きく物を言うぞ。今は薩長は犬猿の仲だが、これが組むと相当なことが出来る。本当の攘夷が始まるんだ」

「今さら攘夷ですか」

と龍馬は腕組みを解いた。

「そうだ、今こそ攘夷だ。と言っても、戦争をおっぱじめようというんじゃない。幕府が私的に結んだ——私的というところが味噌なんだが——五カ国条約を破棄する、これが俺の言う新しい攘夷だ」

「破約開国、横井小楠の建策だ！」

「そうさ、小楠だ。しかし、〝一大共有の海局〟があってこその破約開国だ。

西郷と会って、我々が神戸で何をやっているか説明して来るんだ。回答はいらない。大久保利通や小松帯刀《たてわき》なら反応の予想はつくが、西郷という御仁《ごじん》はさっぱりだ。何しろ先代藩主斉彬《なりあきら》公を慕うあまり殉死しようとしたり、清水寺の僧・月照《げっしょう》と心中し損なったり、という不思議な男なんだ」

「海軍術についての説明なら、小二郎を連れて行きたいんですが」

「それはいい。小二郎のような才気走った生意気な若輩を西郷がどう扱うか、面白いぞ。しかし、才知だけじゃ駄目だ、頓知も働かせなければ。英語でまくし立ててもよいかも。斬られるかもしれんがな。桂小五郎が京都におれば、そっちにも回って貰うところだが……」

龍馬と小二郎は八月十三日八つ半（午後三時頃）、今出川通《いまでがわどおり》相国寺近くの薩摩藩邸に着いた。

直ちに西郷との面会が叶った。貧相な書院で、巨漢の西郷一人で部屋が塞がってしまわんばかりの狭さだった。

西郷は勝の紹介状に目を通すと、

「それでは、神戸のことをお聞き申そう」

と発したきりで、その後は殆ど喋りもしなければ問い掛けもせず、ただ耳を傾けているだけだった。

龍馬と小二郎の説明は、航海術、砲術、陸戦隊調練など多岐にわたり、枝葉末節に及んだが、西郷に退屈した様子はなかった。小二郎の弁舌はさわやか、論理的かつ明晰で、時に海舟の口車に乗って英語を交えたりしたが、西郷の表情は変わらず、ひたすら聞き入っているかと見えた。眠っているのかもしれない、と小二郎に疑念が生じた。

気が付くと、暮色が迫り、既に大きな西郷の体が半ば闇に沈んでいる。灯りを持って来る者もいない。龍馬と小二郎は慌てて立ち上がった。すると西郷が大きな音を響かせて、手を拍った。小間使が隣の部屋から飛び込んで来た。ずっと控えていたのである。

「お二人に羽織と提灯を」

と指示した。

「その身形《みなり》では見廻組や新選組の詮議を受けかねない。薩摩の紋の入った羽織を着け、提灯をお持ちなさい」

と言ったかと思うと、西郷の姿はいつの間にかどこかに消えていた。

龍馬と小二郎は薩摩の紋の羽織姿、一丁の提灯を手に今出川通を東に進んだ。

「坂本さん。今夜はどうか私の家に泊って下さい。母や妹たちが夕食の仕度をしてくれますよ。驚かしてやりましょう。父も喜びますよ」

「忝《かたじけな》い。父上とも久し振りにお目に掛かりたい」

途中、会津藩の紋提灯を下げた数人と擦れ違った。彼らはこちらを薩摩と見て、軽く会釈をした。

賀茂大橋のたもとに来た。対岸に、かつて勝海舟の常宿だった常林寺の釣鐘堂が見える。昨年五月、海舟たちが刺客に襲われた際、岡田以蔵が駆け付け、斬り伏せた。以蔵は、今年二月、京の商家へ押借《おしが》りの科《とが》で捕まり、土佐の牢へ送られた。

「首に縄を付けてでも、神戸へ連れて行くべきだった」

と龍馬は慨嘆した。

京都の海軍塾で、小二郎に向かって刀を抜いた望月亀弥太を抑えたのは岡田以蔵だったが、望月は神戸を飛び出して長州の尊王激派に加わり、六月、三条小橋の池田屋で新選組に襲われ、命を落した。

龍馬と小二郎は涼みがてら川縁《かわべり》を行くことにして、橋のたもとの土手から降りて、水の流れを足許近くに見ながら南へ下る。

京の町はまだ焼け焦げの臭いがする。長州軍が逃げる際、藩邸に放った火が折からの強風に煽られて燃え広がり、市街地のほぼ半分が焼失した。

「小二郎、西郷のこと、どう思う？　勝さんには何とか報告しなければならん。御仁《ごじん》、殆ど喋らなかった。困ったな」

「妖怪のような男だった、とでも」

小二郎は真面目な顔をして言った。

「もう少し言いようがあろうが」

「妖怪がいけないなら、常林寺の釣鐘、というのはどうでしょう。小さく撞《つ》けば小さく響き、大きく撞けば大きく響く」

「そいつはいい」

小波《さざなみ》が月の光に照らされて、無数の鮠《はや》や鮒《ふな》が鱗を翻して躍っているように見える。

「小二郎、恋をしちょるか？」

驚いて小二郎が振り向くと、龍馬が続けた。

「恋なんぞ河豚《ふぐ》みたいなもんで、当たった奴は必ず死ぬ、なんて言う者がいるし、富籤《とみくじ》みたいなもんだというのもいる」

「坂本さん、何を言いたいのか分かりません。酔ってるんですか」

「馬鹿、酒なんか飲んでなかろうが。違うんだ、恋に酔ったことがあるかどうか訊いてるんだ。女《おなご》は良きものぞ」

小二郎は黙って川面を見つめながら歩いた。

――小二郎の脳裏を、吉原の歌川《うたがわ》の面影が横切る。しかし、それは既に、帰らぬ時に対する諦めを伴った郷愁に過ぎなかった。

続いて、郷愁よりもっと強い、説明のつかない感情が湧き起こった。

吉野川に架かる橋の欄干に凭れて流した悔やし涙は、長い時間を経て、今では奇妙に甘いものに変わっていることに小二郎は気付いた。「天誅組の変」で、五條代官の首が斬られたと聞いた時、真っ先に思い浮かべたのは松永代官夫人の顔と姿だった。

「坊や、何かご用？」

と殆ど耳許に近い背後から呼び掛けた夫人の優しい声と、慌てて振り向いた彼に向けられた眼差しだった。

小二郎は岡左仲の手紙で、殺された五條の代官が松永でなかったことと、その松永は既に大坂で病死していることを同時に知った。松永夫人佐代は未亡人になった。自分は大人に変貌を遂げ、しかも彼の中で、夫人は昔のままの姿である。

――龍馬と小二郎は荒神橋、丸太町橋の下を潜り抜けた。どの橋の下にも乞食小屋が並んでいる。

二条大橋の下にも大勢の乞食が屯《たむろ》していた。小二郎は、何気なく五、六人の乞食の中の一人に目を止めた。すると、男はくるりと背中を向けた。

小二郎は土手の階段を駆け上がった。龍馬もあとに続く。

……桂小五郎が乞食の群の中に？　他人の空似か。しかし、確かに小二郎の目と合った途端、男はさっと背中を向けた。

「今の乞食の中に、桂さんがいたような気がしたんです」

二条大橋を渡りながら、小二郎が龍馬に言った。

「まさか。いくら雲隠れの小五郎と言っても、それだけはないだろう」

粟田口の実家では、突然の小二郎の帰宅に美津穂、初穂の妹たちが喜びの声を上げた。父宗広は龍馬との再会を喜んだ。母は早速、以前龍馬より中島の手で届けられた土佐・宇佐浦の鰹節で出しを取った里芋と烏賊《いか》の煮付でもてなした。食後、三人は天目庵に席を移して、杯を手に遅くまで語り合った。宗広が和歌山に蟄居《ちっきょ》の身となるのは、これより十カ月後のことである。

遠く、鴨川の方から五位鷺《ごいさぎ》の鳴き声が聞こえていた。


桂小五郎は、二条大橋の下で、乞食の群に混って、耳のすぐそばで五位鷺の鳴き声を聞く。桂は藩邸留守居役、つまり京都における長州藩の外交代表である。彼は、逸《はや》る藩の「率兵上京」（進発）を止めることが出来なかった。進発に反対する盟友高杉晋作は、国許萩《くにもと》の獄中にいた。

桂はもちろん、京都での戦いに加わらなかった。長州軍は惨敗を喫した。長州の放った砲弾が御所の内庭、皇太子祐宮《さちのみや》（十三歳）の部屋の前に落ちて、宮が気絶するという一齣《ひとこま》があった。長州は朝敵となったのである。

残党狩りは熾烈をきわめ、桂は刀を筵《むしろ》で包み、顔を泥で汚し、手拭いで頬かむりして、二条大橋の下の乞食小屋に潜り込んだ。桂の恋人幾松《いくまつ》が変装して食物を運んだ。

……伊達小二郎、もう一人は坂本龍馬、と桂小五郎は呟いた。坂本とは十年程前、江戸・鍛冶橋の土佐藩邸で開催された剣術試合で対戦したことがあった。確か三対二で俺が勝った筈だ。

本当は声を掛けて再会を喜びたいところさ。だが、今の体《てい》たらくじゃどうにもならない……。高杉晋作や伊藤俊輔が長州で決起して、頑迷な奴らを倒してくれるのを待つしかない……。龍馬、小二郎とは天下晴れて、いつか再会しよう。

しかし、あの二人、今頃京都で何をしてる？　神戸にいるんじゃなかったのか。こいつはきっと勝海舟が動いてるな。海軍塾か……、あれは本来、長州が実現すべき仕事だった。

――幕府方《がた》の桂小五郎追及は執拗に続いていた。新選組局長の近藤勇は、桂は京都にいると確信していた。美妓と評判の幾松がいるからだ。幾松は三本木の割烹旅館吉田屋お抱えの芸妓で、結婚を約束した桂の恋人である。近藤はこの幾松を吉田屋の座敷に呼んだ。

「桂に言っておけ。天然理心流が神道無念流の相手をしてやると」

橋の下の暮らしも長くは続かない。京を脱出しなければならないが、美山は既に幕吏に内偵されている。以前から懇意にしていた対馬藩出入りの但馬出石《たじまいずし》の商人の手引きで、桂は出石に向かった。出石は京から北西に百五十キロ程離れた日本海に近い山間の町だが、京との往来も多く、京の情勢を窺うことが出来る。桂はここで荒物屋に身をやつして、潜伏生活を続けた。

しかし、この間、桂のまるで知らないところで、情勢は微妙な変化を示し始めていた。その一つは、龍馬と小二郎が二条大橋の下で桂と擦れ違った、まさにその日、彼らと西郷隆盛との奇妙な会見から齎《もたら》されたものだった。

神戸に戻った龍馬に海舟が訊ねた。

「西郷はどんな男だ？」

「小二郎によると、『荘子《そうじ》』に混沌《こんとん》という巨大な生き物が出て来るそうですが、それが小さく叩けば小さく鳴り、大きく叩けば大音声を発する。もし馬鹿なら大馬鹿で、利口なら途轍も無く利口。西郷は混沌のような男です」

と煙に巻くような表現で応じた。

「成程！　何となく合点が行ったぞ」

それから一カ月後の九月十一日、突然、西郷隆盛が小松帯刀ら五人の供を引き連れて、神戸海軍操練所に現れた。

江戸で幕閣たちと激論を交わし、その守旧ぶりに業を煮やし、憤然として神戸に帰って来た勝海舟はすこぶる機嫌が悪かった。京都で長州をやっつけたというだけで、再び天下を取ったような気になって旧弊を改めない相手では、〝一大共有の海局〟の話など通じるわけもなく、幕閣はこの難局に、「参勤交代の制」を旧に復したことを最大の政策的成果などと自讃する始末である。

海舟は既に幕府を見限っていた。だが自分はその幕府の軍艦奉行なのである。神戸だけは何とか守らねばならぬ……。海舟は若い連中と端艇《カッター》を漕いで一日、日の暮れるまで体をくたくたに疲れさせて憂さを晴らそうかと考えていた矢先、不意を衝いて西郷が現れたのである。

しかも話に聞く、形《なり》を構わぬ風体でなく、赤い轡《くつわ》の紋の付いた黒縮緬《ちりめん》の派手な羽織を着た役者のような出立《いでたち》である。頬には薄っすらと白粉《おしろい》を刷《は》いている。これには、一カ月前に会ったばかりの龍馬も小二郎も驚いた。

西郷の一行は海舟への挨拶もそこそこに、広大な操練所の中を二時間近くかけて、訓練の様子と施設を見学し、最後にカッターで碇泊中の観光丸の周囲を一周して戻って来た。西郷の羽織は、オールの上げる飛沫《しぶき》でびしょ濡れになっている。

西郷はそのまま海舟の部屋に入って、二人きりで話し込んだ。

西郷の訪問の目的は二つあった。一つは海軍の操練所見学、一つは、勝海舟を通じて幕府の内情を探ることである。

西郷は、勝の激烈な幕府批判を聞いて一驚を喫し、幕府の腐朽振りを改めて知った。

海舟は、思い切って、幕府を除外した雄藩連合による「共和政治」を西郷に吹き込んだ。つまり横井小楠の思想を、西郷によって体現させせようとしたのである。

西郷から国許にいる大久保利通への、九月十六日付の手紙。

勝氏へ初めて面会仕《つかまつり》候《そうろう》処《ところ》、実に驚き入候人物にて、最初は打ち叩くつもりにて差越《さしこ》し候処、とんと頭を下げ申候。どれだけか智略の有るやら知れぬあんばいに見受け申候。まず英雄肌合の人にて、佐久間象山より事の出来候儀は一層も越え候わん。学問と見識においては、佐久間抜群の事にござ候えども、現時に臨み候ては、この勝先生とひどく惚れ申候。

（……）一度此策を用い候上は、いつ迄も共和政治をやり通し申さず候ては相済《あいすみ》申《もうす》間敷《まじく》候《そうろう》間《ま》、能々《よくよく》御勘考下さるべく候（……）

西郷は、海舟を通じて横井小楠《しょうなん》の「共和政治」を受け取ったのである。龍馬の評言に従えば、大きく叩かれて大きく鳴ったのだ。

重要なことは、幕府・幕藩体制という最早手の施しようもなく腐り切った旧体制（アンシャン・レジーム）を西郷が見限った時、長州と薩摩が敵視し合う必要性、理由がなくなったということだ。つまり長州の桂小五郎と薩摩の西郷隆盛の両雄は、実はここで出会っていたことになる。その出会いを用意したのは〝一大共有の海局〟を唱え、実践しようとした勝海舟だが、どの辞書にも出て来ない「海局」とは、歴史上の文脈では、「薩長同盟」を推進するエンジンのことに他ならない。間もなくその装置を坂本龍馬が発動させることになるのだが……。しかし、西郷はこれから長州征伐に向かう幕府軍の参謀なのである。参謀が本営を半ば見限っているのだ。

その長州では、「禁門の変」の敗北以後、藩内は激しい内部抗争の最中《さなか》にあった。

八月五日、四カ国連合艦隊は下関に向けていっせいに砲門を開き、長州藩の砲台を次々に破壊した。翌六日も、下関沿岸を攻撃、殆どの砲台を壊滅させ、戦争はほぼこの日で終わった。

正午、艦に戻ってみると伊藤俊輔が来ていた。伊藤は、長州藩が講和を望んでいること、そして、全権を委任された家老が来艦することを告げに来たのである。そこで、その偉い人(The Great Man)を迎えるために、一隻のボートが出された。(アーネスト・サトウの日記、八月八日)

この家老とは実は偽物で、変装した高杉晋作であった。志道聞多《しじもんた》(井上馨《かおる》)もいた。ところが、連合艦隊との和議を喜ばない攘夷論者、藩庁の一部の者が、高杉、伊藤、井上を奸徒とみなして暗殺する計画があり、高杉と伊藤は身を隠してしまう。井上は逃げ遅れたことで、逆に踏ん張って、藩主の名において和議の通達を一般に公布させ、高杉、伊藤を呼び戻して、講和条約を締結させた。

長州藩は、外国船の下関海峡通航の自由、砲台の撤去などの条件を受け入れ、五カ条からなる四カ国連合艦隊との協定に調印、講和は成った。賠償金三百万ドルは幕府に請求する。長州藩は、そもそも昨年五月の外国船への砲撃は、幕府の通達に従ったものであるから支払い義務は幕府にあるという論法で切り抜けた。

八月二十日、連合艦隊は横浜に向けて、瀬戸内海経由で続々と帰航して行ったが、英・仏・蘭の各一隻は、協定順守監視のため、九月五日まで下関海峡に止《とど》まる。アーネスト・サトウは、バロッサ号と共に下関に残留することになった。しかし、艦内で天然痘が発生したため帰航を早める必要が生じ、八月二十七日、内海通行の水先案内人を確保するため上陸して「本陣」に行ったが、手続に手間取った。その時、サトウが上陸したと聞いた伊藤俊輔が息せき切って駆け付け、全てをてきぱきと処理した。

一件落着すると、伊藤はサトウを食事に誘った。町中《まちなか》の料理屋である。

「ちょっと待っていてくれたまえ。今、料理人と交渉してくるから」

と言って、伊藤は暖簾《のれん》を潜って店内へ入って行く。サトウは店の前で随分待たされた。三十分程たって、伊藤がサトウを手招きし、二階の部屋に案内した。部屋の一方は戸外に面し、小さな手入れされた中庭が見下ろせる。

（……）伊藤はわざわざヨーロッパふうの食事を用意しようと、涙ぐましい努力をしてくれた。まず長さ七フィート、幅三フィート半の食卓をつくり、外国ものの生地で、少々粗いが少しは見られるような布をその上にかぶせ、よく切れる長いナイフと、凹みの少ない、平べったい真鍮《しんちゅう》のスプーンとを置き、一対の箸をそのわきに添えた。四品の皿が出た。最初の皿は煮たロックフィッシュ（くろはぜ）の料理で、切るのに大変苦労した。その魚の頭にとがった箸をさしこみ、スプーンで肉を剝がして、まあ何とかやってのけた。二番目に出たのは鰻《うなぎ》の焼いたやつ、それにつづいてスッポンのシチュー。その両方とも大変にうまかった。だが、鮑《あわび》の煮たのと、そのあとに出た鶏肉の煮ものは全くお話にならなかった。切っ先のないナイフで鶏肉をどうして切るかが問題だった。それにナイフの刀身は今にも柄から抜けそうだった。（アーネスト・サトウ『回想録』）

サトウと伊藤俊輔の食事はデザートまで進む。

最後に、米でつくった甘いビール（味醂《みりん》）につけた未熟な柿を、皮をむいて四つ切りしたのが出たが、これはじつにうまかった。この饗応は、日本のこの地方でヨーロッパ風の食事を出した最初のものだったに違いない。あるいは、日本の国内で最初のものだったかもしれない。（アーネスト・サトウ『回想録』）

とまで言わせた伊藤の涙ぐましいもてなしぶりは、ロンドン留学の成果の一つかもしれない。

彼らの会話は、英語と日本語を交えて弾んだ。

「これから君はどうするんだい？」

「我々は必ず幕府を倒して、新しい日本を作るんじゃ」

「新しい日本？」

「イギリスのような立憲君主制の国だ」

「立憲？　君は立憲の意味が分かってるの？」

「議会を作って、憲法を制定する」

「どうやって議会を作る?」

伊藤は言葉に詰まった。

「じゃ訊くけど、君主は誰なの? 大君《タイクーン》、それとも天皇《ミカド》?」

「そりゃ天皇や。将軍(大君)は天皇の第一の家来以上の何物でもない」

「じゃ君は、尊王主義者《ロイヤリスト》なのか?」

「いや、そうではないが、天皇を元首として、諸藩の連合体が支配権力の座につくべきだと思うちょる」

「その先は?」

「その先は……、そう矢継早に訊くなよ。そうやな、諸藩を解体して大名をなくして、選挙で選ばれた議員が議会を構成する。しかし、日暮れて道遠しだ。俺だって、明日、殺されるかもしれん。とにかく、先ず藩内で我々がヘゲモニーを握らなくては。今度、何時《いつ》会える?」

「こっちが訊きたいさ」

「生きておれば、の話だが」

二人は笑い声を上げた。

「そうだ、君は神戸の"Naval Academy"を知ってるかい?」

「知っとる。あそこには伊達小二郎という紀州出身の友人がおる。生意気な奴やけど」

「何だ、知ってるのか。僕は一カ月程前、バロッサ号で下関からの帰りに神戸に寄って、彼に会ってきたんだよ」

この時、サトウ二十二歳、伊達小二郎二十一歳、伊藤俊輔二十四歳である。

西郷の海軍操練所訪問から数日後、幕府の偵吏が操練所で修業する二百十数名の姓名、生国《しょうごく》の内偵を開始した。既に海舟は、幕閣首脳から充分に睨まれるだけの言動を繰り返していた。外様の陪臣に向かって、幕府はもう駄目だと言い放つ。彼の目指す〝一大共有の海局〟とその実行部隊の養成機関である操練所は、保守・反動化していく幕府の方針とは背馳《はいち》するばかりである。「禁門の変」で追及を受けている激派浪士の数名の存在も特定されている。池田屋事件で戦闘死した望月亀弥太、長州軍に加わった安岡金馬《かねま》も海軍塾出身だった。

十月二十二日、勝海舟は大坂城代から江戸召還を命ぜられ、坂本龍馬には土佐藩より帰藩命令が出される。十一月九日、海舟は軍艦奉行を解任の上、役高《やくだか》二千石も取り上げられ、禄《ろく》百俵に返り、元氷川《もとひかわ》の屋敷に逼塞《ひっそく》となる。幕閣内の議論では、切腹申し付けの意見も強く、僅差で逃れた危うい決定だった。

「ひとり焦思深慮《しょうししんりょ》すれども、その志《こころざし》上達せず」

と彼は日記に書いた。

翌元治二年(一八六五)三月、操練所は正式に閉鎖された。在籍者の多くは各藩から派遣の修業生や塾生で、それぞれ帰藩して行く。一部は蝦夷地開拓生となって旅立った。行き場を失なったのは、二十数名の土佐脱藩浪士たちで、伊達小二郎もまた土佐藩士として登録されていた。

龍馬以下二十数名は、幕吏の追及を逃れるため頭髪、服装も薩人風に擬して、大坂の薩摩屋敷に身を寄せた。西郷が大坂屋敷に彼らを匿うよう命じたのである。薩摩が龍馬たち操練所の中核部隊を受け入れたのは、彼らの海軍術を藩の海軍の充実に活用しようという目的があった。

海舟より操練所の後始末を託されたのが、二人の塾頭、坂本龍馬と佐藤与之助である。龍馬は主に修業生・塾生たちの身の振り方に奔走し、佐藤は操練所の施設、練習船の処分、経理など煩雑極まりない残務処理に忙殺された。

佐藤与之助(政養)は出羽国遊佐《ゆざ》の人で、海舟より二歳上の四十四歳。維新後、明治新政府に出仕、のちに工部省鉄道助《てつどうのすけ》(次官)として新橋・横浜間や近畿の鉄道敷設に取り組んだ。航海術のエキスパートが、陸の鉄道のパイオニアになったのである。この時の工部大輔《たいふ》(副大臣)は伊藤博文、神戸で佐藤の薫陶を受けた伊達小二郎こと陸奥宗光は神奈川県令(知事)だった。

元治二年(一八六五)二月一日、鹿児島へ向かう操練所の第一陣(近藤長次郎、高松太郎、千屋寅之助、新宮馬之助、横井左平太ら十二名)が薩摩藩船安行丸に乗って出発した。

遅れて四月二十五日、西郷隆盛と小松帯刀が幕府に対する今後の対応を協議するため、藩船胡蝶丸で鹿児島に帰ることになり、龍馬、小二郎、伊東祐亨、中島作太郎らも同行する。西郷は勝海舟の罷免、海軍操練所の閉鎖などを見て、一層幕府との間に距離を置くことを慎重に図り始めていた。

小二郎は、西宮に英語の師永井博三郎を訪ね、別れの挨拶をした。永井は、彼にモンテスキューの『法の精神』の英訳本を贈った。

胡蝶丸は蒸気外輪船だが、石炭節約のため大坂湾、紀伊水道を帆走に依りながら航行していたが、室戸岬の沖合に達した辺りから風雨が強まり、乗組員たちは帆を制御出来なくなった。小二郎や中島たち神戸の塾生が甲板に飛び出して、危険ものかは、三本のマストに登って素早く帆を降ろすと、機敏に外輪駆動へと切換え作業を行って危機を脱した。

期せずして神戸海軍塾の実力のほどを見せつける結果になり、西郷は御満悦の体《てい》、龍馬はかつて姉の乙女《おとめ》に書き送ったように、「すこしエヘンがをして」、黒潮の流れを見やった。

五月一日、胡蝶丸は鹿児島湾に投錨した。

五月十六日、龍馬たちは、汽船開聞丸《かいもんまる》を買付ける藩命を帯びた小松帯刀に従って、長崎へ向かうことになった。龍馬は西郷、小松と協議して、海軍塾の活動の場を長崎に求めることに決した。長崎には薩摩の出張所とかなり広い土地があり、そこを拠点として、神戸ほどの規模は望めなくとも新たな海軍塾の創設が可能だ。幕府が最初に「海軍伝習所」を開設した港であり、海舟はその第一期生だった。

協議の場に龍馬と共にいた小二郎が、恐る恐るといった調子で発言した。

「私は海軍塾が進むべき方向の一つとして、例えば横浜や上海、香港に拠点を置く『ジャーディン・マセソン商会』のように船を所有し、武器をはじめとして様々な商品を運んで交易する、言わば海軍社中のようなものを思い付いたのですが、如何でしょうか。船は軍艦であると同時に商船でもある。そのためには、やはり長崎に拠点を置くのが最適だと思います」

西郷と龍馬は殆ど同時に膝を打った。

龍馬たちは長崎へ向かう途中、熊本・沼山津《ぬやまづ》に横井小楠を訪ねた。

小楠の帰国後、熊本藩は彼の「士道忘却事件」の処分を決めた。死罪は免れたが、知行召上げと士籍剝奪という厳罰である。小楠は無収入で、六人の家族を養っていかなければならない。

これを救ったのが、小楠を師と仰ぐ松平春嶽《しゅんがく》で、熊本藩の承諾の上で、生活費の援助を行った。窮状を聞いた福井藩のかつての教え子、同志たち、三岡八郎（由利公正《ゆりきみまさ》）や中根雪江《せっこう》らも金を集めて小楠に贈った。龍馬が熊本に寄ると聞いた春嶽は、京都の藩邸を通じて支援金百五十両を託した。

小楠は貧乏暮らしだが、失意の生活を送っていたわけではなく、櫨《はぜ》の良質の苗木を取り寄せて村人に植林させて蠟《ろう》の生産を始めたり、川堤に防災を兼ねた桑を植えて養蚕を奨励し、宇治から茶の木を運ばせて自ら茶園を造成するなど、地元産業の振興を図った。彼が唱える〝実学思想〟の率先躬行《そっせんきゅうこう》である。また早くから漢方医療の限界に気付いていた彼は、西洋医学の勉強を開始し、英国公使館の医官ウィリアム・ウイリス、江戸・小石川養生所の高岡要などと通信しつつ、いずれ彼らを熊本に招聘し、西洋医学の学校と病院を建設する夢を描いていた。

小楠は龍馬一行の訪問を心待ちにしていた。彼は小二郎のことを忘れていなかった。

「おお、あの時の不思議な祐筆《ゆうひつ》！」

となつかしげに小二郎の手を握った。

「君は一字も書き留めず、全てを記憶すると言ったが、本当だったのか？」

「本当ですよ」

龍馬が即座に請《う》け合った。

小二郎が記憶した小楠との会談が海舟によって整理され、七枚の半紙に要約された。それを再び小二郎が覚え切って、美山の桂小五郎に届けた。そのあと、龍馬が福井に赴き、小楠の提唱する〝共和一致の合議政体〟をめざした「挙藩上洛計画」を阻《はば》む結果となった。小楠は熊本に去り、今、士道忘却の罪を贖《あがな》っている。

「あの時、横井殿の口添えで春嶽様から頂いた五千両の御恩は忘れません。その操練所が閉鎖となり、今、我々は薩摩様、西郷、小松殿などの支援で、長崎で捲土重来を期すことになりました」

と言って、龍馬は唇を噛んだ。

小楠の目が鋭く光った。

頭の中に何かが閃いた時、小楠は必ず目を糸のように細め、その隙間から鋭く光る眼差しを相手に投げ掛ける。

「薩摩と長州の糸を結ぶことですな。坂本さん、あなたの海軍術を生かす時でしょう」

「然り！」

龍馬は声を上げ、小楠の方へ膝を寄せた。

「君たちは……」

と小楠は海軍塾生たちに語り掛ける。

「もう海軍ではなくなった。軍隊を目指すのではなく、その技術を未来のために生かさなくてはならない。これから坂本さんは勝さんに代わって、新しい日本を作るための政治をやることになる。その活動を支えるのが、若い君たちの任務だ。伊達君、君の責任は大きいですよ」

小二郎は畏まって、小さく頷いた。

「坂本さん、先ず何から始めるつもりですか」

「小松帯刀殿と長崎へ行って汽船を購入し、商会を立ち上げます」

「いえ、長崎はここにいる伊達君たち若い人に任せ、下関へ直行すべきです。桂小五郎と会うために」

「桂は雲隠れしたまま所在が……」

龍馬は戸惑いながら、呟くように言った。

「そろそろ出て来る頃ですよ。どこから現れるかは分かりませんが」

別れ際に小楠は、龍馬に自著『国是三論《こくぜさんろん》』の改訂版を贈った。

その夜、一行は、小楠の有力門下生である徳富一敬《とくとみかずたか》の別邸に宿した。

龍馬と小楠は再び会うことはなかった。これより二年半後、龍馬は京都で凶刃《きょうじん》に倒れ、そのおよそ一年後の明治二年（一八六九）一月、横井小楠もやはり京都で暗殺された。彼は、明治新政府に岩倉具視の強い推挽によって登用され、議政官参与という重職に就いていたが、参内《さんだい》の帰途、寺町丸太町で一団の刺客に襲われた。小楠の厳しい神道批判、実学思想に反感を抱く、狂信的国粋主義者たちによる犯行だった。

——龍馬たち一行に宿を貸した徳富一敬は、肥後の有力惣庄屋《そうじょうや》で、本邸は水俣にあったが、熊本にも別邸を置いた。偶《たまたま》この時、下関戦争の取材で派遣された英国の戦争写真家が、長崎、阿蘇旅行の途次、徳富の客となっていた。食事のあと、徳富の発案で記念の集合写真を撮った。一敬の長男が徳富猪一郎（蘇峰）である。

この時、徳富蘇峰はまだ三歳だった。

（……）私の家には当時の長崎における諸藩の留学生たち――その中には陸奥らの属していた海援隊の人々もあった――の一群の写真があったが、その中で陸奥の顔だけは、誰が消したか知らないが、墨か何かで塗り消してあった。（徳富蘇峰『私が出会った陸奥宗光　小説より奇なる生涯』）

十数名の集合写真の中で、たった一人、小二郎の顔だけが墨で塗り潰されていたのだ。

陸奥宗光が伊達小二郎であったこの時、彼は二十一、二歳の前途有為の若者だった。その彼の顔が何者かの手によって黒く塗り潰されていたという事実は、我々の心を不安にする。不穏な気配が漂う。政治と人間心理の洞察家をもって任じる蘇峰をも戸惑わせている。蘇峰の記述から我々は、小二郎のその後の人生に忍び寄る不吉な暗雲を読み取るべきか、それとも些細な子供のいたずらのようなものとして看過すべきか。

陸奥自身は終生、このことを知らずにいた。蘇峰は生前の陸奥と親しく、時に陸奥の世話になっているが、写真のことは話していない。

坂本龍馬も横井小楠も非命に倒れたが、小二郎・陸奥宗光は、小楠や龍馬が準備した近代日本の曙の中で、日本外交の確立という大きな事業をやり遂げて、五十四歳の生涯を畳の上で閉じている。

小楠について触れておきたいことがある。明治二十九年（一八九六）十月、蘇峰はロシアにトルストイを訪ねた。その折、蘇峰は横井小楠とその思想をトルストイに紹介した。

余は横井小楠翁を語り、且つ翁に語るに其の意見の一斑を以てしぬ。翁掌《たのそこ》を拍《うっ》て驚嘆して曰く、日本亦《ま》た此人《このひと》あるか。君何ぞ其の遺文を訳して、世界に示さゞると。（徳富蘇峰「トルストイ翁を訪《と》ふ」）

龍馬一行が徳富別邸を出立しようとする矢先、薩摩藩の長崎弁事処からの早飛脚便が届いた。長州では、高杉晋作らが藩内クーデターを敢行して、粛清弾圧政治を敷いていた幕府従順路線を取る「俗論派」椋梨《むくなし》政権を打倒、新しい政権を樹立したという知らせである。

3

下関から北へ二十キロ程の日本海に臨む漁村、吉母《よしも》の浜に一艘の漁舟から一人の女性が降り立った。舟は直ちに舳先を返して沖合へと去って行く。

女性の着衣は濡れそぼち、髪は潮風に乱れたまま、覚束無い足取りで砂浜を横切ると、煮炊きの煙が立っている番小屋の戸を敲《たた》いた。小屋には年老いた番人がいた。

女性は息も絶え絶えに、自分は対馬の厳原《いづはら》から来た者だが、長州藩士のこれこれの方に、

「さつきやみあやめわかたぬ」と口頭で伝えてほしいと言った。

「わたくしは女の身、その上この形《なり》、有様《ありさま》では下関まで無事に着かれしまへん」

と一両小判を差し出した。番人は善良な男だった。彼は、裏庭で山桃の木に登って、赤い実を食べていた孫の少年を呼んで、女の前に立たせた。年齢は十一、二歳、利発そうな目をしている。少年は、「さつきやみ……」と「これこれの方」の複数の名前を復唱すると、番小屋を飛び出して行った。

「坊や、忘れへんやろか」

と女は呟いた。

「さつきやみ……」は、村田蔵六（大村益次郎）が京都を去る時、潜居の覚悟を決めた桂小五郎が、桂自身の通信であることを保証する符牒として村田に伝えたものだった。

女は幾松。彼女が「これこれの方」として挙げたのは、村田蔵六、高杉晋作、伊藤俊輔、井上聞多の四名だった。

対馬藩宗《そう》家と長州藩毛利家は姻戚関係にあるだけでなく、文久元年（一八六一）二月のロシア軍艦による対馬占領事件や、その翌年に起きた宗家のお家騒動などの解決に桂小五郎が尽力したことから、対馬藩の桂への信頼は大きかった。但馬出石《たじまいずし》へと彼を導いたのも対馬藩京都藩邸出入りの広戸《ひろと》甚助という商人だし、幾松にも遂に新選組、見廻組の手が掛かろうとする寸前、彼女を遠い、しかし最も安全な対馬へと送り、匿ったのも対馬藩の差配による。

幾松は、長州で内戦が始まり、高杉らが指揮する奇兵隊が政権を掌握したことを知り、一刻も早く桂の居場所を伝えなければ、と単独で漁舟を雇って下関へ向かった。

吉母の少年は無事その役目を果たした。翌日の正午、伊藤と井上が吉母に来た。いつも真っ先に駆け付けるのがこの二人である。

高杉晋作、村田蔵六らは桂の所在を必死になって捜していた。幾松の決死の伝令行によって、桂は出石にいることが判明した。村田が先ず蜂起の経緯と現況を報告し、一刻も早い帰国を促す手紙を送った。

村田はこの時、桂より八歳上の四十一歳。周防《すおう》（長州東部）出身。緒方洪庵の適塾に学び、塾頭まで進んだあと、幕府の講武所教授となった。また長州藩江戸藩邸でも蘭語、兵学の講習会を開き、桂小五郎はその熱心な聴講生の一人だった。兵学ばかりでなく西洋医学などにも通暁する、機略に富んだ軍師でもあった。

桂は村田の手紙を受けて、四月五日に出石を出発、大坂に数日潜伏して周囲の状況を窺ったのち、商人を装って紀州藩船明光丸に乗船、四月二十六日下関に着き、高杉、村田たちと一年振りの再会を果たした。幾松とは十カ月振りである。

新政府は、かつての本陣をそのまま藩庁に転用して、執務室としている。桂は直ちに民政・軍政の再建に取り掛かった。外国との戦争によって見せつけられた彼我《ひが》の軍事力の差を如何に埋めるか、幕府軍による再討（第二次長州征伐）が迫る中、近代的軍事力の構築こそ喫緊の要事であった。

桂は、勝海舟の海軍塾を念頭に置きながら、兵器と兵員――農・町兵の徴兵と組織化、海軍力の強化を打ち出し、その体制作りのため村田蔵六を軍の総司令に任命した。軍備の増強を図るには外国製の武器、軍艦が必要である。しかし、それらの購入には、幕府に任命された長崎奉行の許可を必要とした。

ある日、忽然と下関に坂本龍馬が現れた。

龍馬は、小松帯刀や海軍塾のメンバーと別れて下関を目指したが、桂小五郎と会えるとは思っていなかった。しかし、久留米、太宰府を経由して北上、関門海峡を渡るうちに、徐々に小楠の予言、「そろそろ出て来る頃ですよ」が現実となりそうな気がして来た。

するると突然、龍馬の脳裏に、八年前の桂との剣術試合、五番勝負のことが甦り、もう一度立ち合ってみたいという思いが募った。

本陣を訪ねた。伊藤と名乗る若い侍が応接する。伊藤は客の名乗りを聞いて、目を輝かせた。急いで奥に引っ込んだかと思うと、瞬時も措かない早さで、桂が執務室から飛び出して来た。

久闊《きゅうかつ》を叙《じょ》するもものかは、龍馬はいきなり桂に剣術試合を申し入れる。

龍馬の流儀は、他流試合を重ねて剣術修業の旅をする、時代遅れの剣客のようである。坂本龍馬が現れたというので、勤務中の藩士たちが机を離れて本陣の中庭にぞろぞろと集まって来た。しかも、桂に剣術試合を申し込んだというのである。誰も本気にしていなかった。ただ見参の挨拶にしては型破りで、意表を衝くものだった。桂さんは受けないだろう。どんな詭弁でいなすのか、と伊藤と井上は固唾を呑んで見守る。高杉と村田は生憎居合わせない。

「覚えておられますか。以前、江戸・土佐藩上屋敷で催された剣術大会で、桂殿と対戦し、二対三で負けました。あれ以来、色々なことがありましたなあ。その時の雪辱というわけではありません。久し振りに拝顔の栄に浴して、思わずなつかしさに駆られ、竹刀の剣尖《けんせん》を打ち合わせてみたくなったのです」

「私も望むところです。我々はみな、物心つく頃より剣術修業に励んだ身、言葉でもって久闊を叙すこともあれば、このように剣を合わせるのも一興。俊輔、聞多《もんた》、用意してくれないか」

面《めん》、竹具足《たけぐそく》、籠手《こて》の用意が整った。さして広くない本陣の中庭で試合が行われる。見物人が集まって来た。女、子供もいる。戦争が続いて来たここ数年、剣術試合を楽しむ気風も廃《すた》れ、何時《いつ》また幕府が攻めて来るかもしれない時に、めったにない見物《みもの》が思い掛けず出来《しゅったい》した。

桂はかつて江戸・練兵館（神道無念流）の塾頭を五年も務めたほどの剣豪、片や龍馬も北辰一刀流免許皆伝の使い手。八年前、二人はほぼ互角に渡り合った。しかし、二人はその時以来、一度も竹刀を握っていない。外出の際は常に二本差しだが、刀を抜いたことはない。二年前、龍馬は、勝海舟、小二郎と福井藩邸に横井小楠を訪ねての帰り、賀茂大橋で刺客に襲われたが、岡田以蔵の助太刀で抜かずに済んだ。

「では、三番勝負。二番取った方が勝者」

と龍馬は言って、面を付けた。

二人は立ち合って数分後、共に自分の竹刀と足が思うように運べないことに気付いた。一番目は、龍馬が籠手を取って勝った。二番目は、桂が胴を取った。

その頃、高杉と村田が二人揃って出先から戻って来て、中庭の人だかりを見て驚いた。事情が分かると、さも愉快げに大きく頷き、勝敗や如何に、と食い入るように試合の模様を見つめた。

三番目の勝負の決着がなかなか付かない。二人の足許はふらついている。互いに決め手が無いというよりも、次第に勝利への執念が薄れて、互いの剣尖を軽く打ち合わせながら、小声で言葉を交わしている。

「一度、西郷に会ってみられよ」

と龍馬。

「何を言われるか。我が長州藩の国是は〝薩賊会奸《さつぞくかいかん》、倶《とも》に天を戴かず〟だ。薩摩こそ我々を京から追放した張本人ではないか」

「しかし、薩摩の大勢は倒幕に傾いています。恐らく、西郷と大久保に深謀遠慮ありと……」

「だが、西郷が再討軍（第二次長州征伐）の参謀であることをお忘れか？」

「だから面白いのです。西郷どんにはたっぷり悩んで頂きましょう」

「あなたはそのことを言いに来られたのだな」

龍馬は面《めん》の中で微笑を浮かべて、

「そろそろけりを付けましょうか」

「よろしい。では……」

その時、取り囲んだ見物の中から大声を発した者がいた。

「お二人、そこまで！　引分けじゃ、引分け」

龍馬は振り向いた。

「中岡ではないか！」

中岡慎太郎は満面に笑みを湛えて、龍馬の許に駆け寄った。

「お久し振りです。剣術試合だというから、こいつは今時珍しい、と他の急用をさておいて戻ってみたら、何と桂さんと坂本さんの立合とは！」

桂と龍馬は共に竹刀を納め、懐《ふところ》から手拭を取り出して額の汗を拭った。

龍馬と中岡はおよそ二年ぶりの再会である。中岡は龍馬より三歳下の二十八歳。かつて、共に土佐勤王党に加わって攘夷運動に身を挺した。龍馬が脱藩して土佐を去ったのが文久二年

（一八六二）三月、一方、中岡の脱藩は、勤王党への弾圧がより厳しくなった翌年の文久三年九月である。中岡は長州藩に身を寄せ、他藩からの脱藩浪士たちの束《たば》ね役を果たした。「禁門の変」では浪士組を率いて参戦し、銃弾で足を負傷して長州に帰還したが、その直後の四カ国連合艦隊による下関砲撃に直面して、攘夷の愚かさに気付くや、開国・富国強兵を唱えて活動を始めていた。

彼は『時勢論』を著《あらわ》し、「戦争の功」という表現で、長州と薩摩の和解と同盟を訴えた。中岡慎太郎の唱える「戦争の功」とは、先進列強と一戦を交えて敗れた両藩──薩摩は英国との薩英戦争、長州は四カ国連合艦隊との下関戦争──は、敗戦によって攘夷思想を超克し、近代的軍備を整えて、「国体を立て外夷の軽侮《けいぶ》を絶つ」努力をしている。これこそが「戦争の功」であって、新しい時代を切り拓くのに、この両藩に期待する他ない。もしこの両藩が手を携えれば幕府など恐るるに足りず……。

龍馬と中岡は、それぞれ別の起点──龍馬は勝海舟より受け継いだ「海局」の思想、中岡は「戦争の功」──から出発して、薩長同盟を推進しようとしていた。

剣術試合のあと、龍馬と中岡は、中庭の隅の四阿《あずまや》で、二人切りで話し込んだ。

中岡が先程、「他の急用をさておいて」と言ったのは、西郷に両藩提携を訴えようと、桂には無断で鹿児島へ向かって出発するところだったのである。龍馬は膝を打って、言った。

「西郷さんの腹の中は分からないが、長州藩に与《くみ》して、禁門の変で薩摩軍と戦って負傷した土佐藩士たる君が行って説けば、彼の心も動くだろう。ただ問題は桂さんだな。何と言っても

〝朝敵〟とされてしまった長州の傷を癒すには、ただのやり方では難しかろう」

「分かりました。私は西郷さんに会って、先ずそのことを訴えます」

「私は何とか桂さんを説得しよう」

中岡は鹿児島に向かって立った。

龍馬は、鹿児島から下関へ旅の糸を引いて桂小五郎へ、中岡は、下関から鹿児島へ旅の糸を引いて西郷へ、南から北、北から南へ、龍馬と中岡の二人の引く糸が縒《よ》り合わさって、強い一本の紐となるだろうか。

桂は、龍馬を町の料理屋に招いた。高杉晋作、村田蔵六、伊藤俊輔、井上聞多らが同席する。

「我々はこの店、初めてなんだ。俊輔がどうしても按配させろというから任せたんだが……。さて何を食わせられるやら」

店は去年の夏、伊藤がアーネスト・サトウに御馳走した「割烹」である。二階の部屋に上がって、一同はそのしつらいに驚いた。

上海に二カ月程滞在して、洋食のテーブルに着いた経験のある高杉が賛嘆の声を上げる。メニューはサトウの時とほぼ同じだが、彼が絶賛した柿のデザートは、時節柄李《すもも》の砂糖漬に変わっていた。

「我々に武器と弾薬、いま一隻の軍艦があれば」

高杉が低い声を押し出した。村田が言葉を継ぐ。

「武器も船も長崎でしか調達出来ないが、我々には長崎奉行の購入許可が降りない」

龍馬は桂の杯を受け、飲み干したあと、

「薩摩の名儀を借りたらよろしいのでは」

と言った。

桂は数分、沈思黙考ののち、やおら顔を上げる。

「良策だが、薩摩は貸すかな？　明るみに出れば、薩藩へのお咎めは厳しいぞ。しかし、本気で薩摩が我々との和解を望んでいるのであれば、……踏絵にはなるな」

「成程、然り。……我々海軍塾は、長崎に移ってカンパニーを創設する準備を進めています。肝煎《きもいり》・金主《きんしゅ》は薩藩です。どうです、海軍塾が、薩摩の名儀で奉行所の許可を取って、購入した銃と船を長州へ引き渡す」

龍馬の提案に、一同、荒天に晴れ間が覗く思いだった。伊藤が工夫した西洋式の食卓が一転、長州が外国から購入する武器・弾薬、軍艦の詳細と、予算などの協議のテーブルとなった。

翌日、龍馬は長崎へ向かった。

長崎で待機していた海軍塾のメンバーと合流すると、小松帯刀や薩摩藩長崎弁事処の協力と、海運業と質屋を兼ねる大店《おおだな》、小曽根《こぞね》家の出資を得て、弁事処近くの亀山の地に「亀山社中」を立ち上げた。同時に、長崎奉行所の貿易許可も取得。続いて龍馬は、近藤長次郎と小二郎を伴って、グラバー商会にトーマス・グラバーを訪ねた。通訳は小二郎が務める。

予《かね》てより薩摩藩の貿易計画に深く関わって来た小松帯刀は、既に汽船開聞《かいもん》丸の購入契約をグラバーと交わしていた。龍馬が長州藩への名儀貸しを提案すると、小松は、そのような極めて高度な政治的判断を要する案件には、西郷の承認が必要である、と言って首を縦に振らない。

龍馬は、事は急を要すること、小松は家老という重職、その権限で押し切れる筈、もしもの場合は西郷どんの前で、おいどんが割腹する、と強談判《こわだんぱん》に及ぶと、小松は苦笑して頷いた。

グラバーは、亀山社中との大型商談を歓迎しつつ、三千両の deposit（手付金）を要求する。

龍馬が下関に商談開始を知らせると、数日後、伊藤俊輔と井上聞多が三千両を持って長崎に到着した。

伊藤俊輔と小二郎は三年ぶりの再会を喜んだ。伊藤は、桂から伊達小二郎の二度にわたる（一度は伊藤が英国密留学の際、上海から桂に宛てた手紙）密使の件を聞いた時、「彼は江戸で飛脚をやっとったからね」となつかしそうに笑った。

だが、伊藤は deposit とは別に、龍馬にある知らせを齎《もたら》した。

中岡慎太郎は、鹿児島で「戦争の功」論を展開して、西郷の心を動かした。折好く西郷は、京都で対朝廷・幕府工作に従事している大久保利通と会うため上京の予定で、中岡はその途次、西郷が下関に立ち寄って桂と会談するという段取りを整えた。たとえ上京の途次とはいえ、一応西郷の方から出向くというかたちになり、長州の面目《めんぼく》は立つ。

西郷には中岡が同行する。その旨の連絡を受けた桂は、西郷の来訪を待った。しかし、西郷は下関を素通りしてしまう。船が佐賀関《さがのせき》に寄港したところで、大久保からの急報に接したのである。一橋慶喜《よしのぶ》を中心に、幕府が長州藩再征討の勅許を求める運動を加速させ、朝廷はその圧力に屈しようとしている、という内容である。

中岡の必死の説得も空しく、西郷は下関寄港を中止して京都に直行することを選んだ。中岡は一人悄然と下関に戻って来た。桂の失望は大きい。失望は怒りに変わった。

しかし、桂との会談よりも、長州再征を食い止めることを優先させた西郷の判断は誤りではなかったかもしれない。――結局、西郷や大久保たちの努力も空しく、朝廷は幕府の圧力に屈して「長州再征」を勅許することになるのだが……。

慶応元年(一八六五)九月二十一日夜明け前、大久保は深夜に勅許決定の報を得て、関白二条斉敬《なりゆき》邸に押し掛け、勅許の無謀を訴え、朝議を覆すよう懇請するが、匹夫《ひっぷ》の訴えとして相手にされなかった。「朝廷も是限り」と彼は慨嘆する。

龍馬は、伊藤から西郷が下関を素通りしたことを聞くや、直ちに西郷を追い、京都に向かって猛然と飛び出して行く。

「海局」のエンジンが掛かったかのように以後、龍馬は激しく動いた。死まであと二年しか残されていない。勿論彼はそのことを知らない。

鹿児島、下関、長崎、大坂、江戸、京都と駆けめぐる彼の動きは慌しかったが、しかし、この時ほど彼が深くものを考えたことはない。彼には歩きながら本を読む癖《へき》があった。

坂本龍馬は、旅によって思索と行動を合一させた吉田松陰の影を踏んでいる。彼は小楠の『国是三論』を暗記し、それを旅の中で血肉化して行った。

龍馬は、桂小五郎、西郷隆盛、大久保利通、後藤象二郎、中岡慎太郎たちと親しく交流し、友誼を結び、啓発し合い、時に激しく論争、決裂しながら倒幕の波を巻き起こし、加速させた。

その波が「大政奉還」「王政復古の大号令」の大きなうねりとなって行く様《さま》は、壮観としか言い様がないだろう。

——亀山社中の仲介と薩摩藩の協力で、長州藩の武器と船の購入計画は成功した。その明細は、ミニエー銃四千三百挺、ゲベール銃三千挺。いずれもフランス製で、銃身内にライフリング（螺旋状の溝）の入っているのがミニエー銃、ライフリングの入らないのがゲベール銃である。これらは、薩摩藩船胡蝶丸に積み込まれて下関へ運ばれた。操船は、亀山社中五名（近藤、伊達、伊東、中島、横井）が担当した。

船はイギリスで建造されたユニオン号（全長四十五メートル、排水量三百トン、木製蒸気船、スクリュー推進、三本マスト）で、購入金額三万七千七百両。しかし、船籍をめぐって薩長両藩と亀山社中の三者間で紛争が生じ、最終的にユニオン号が長州に引き渡されるのは慶応二年（一八六六）六月中旬、幕府による第二次長州征討の最中になる。

中岡慎太郎の尽力にも拘わらず、西郷隆盛が下関を素通りしたことは先に述べた通りである。長崎の伊藤・井上から薩摩名儀による武器と船舶成約の報を受けて、桂は、西郷に対する怒りもやや収まった頃、龍馬から、上京し、西郷との会談を促す真情溢れる手紙を受け取った。

桂はこの年（一八六五）九月、木戸に改姓している。藩命によるが、理由は定かでない。しかし、我々はさしあたり、桂小五郎のままにしておく。

翌慶応二年、桂小五郎は龍馬の招請に応じるかたちで、薩摩の船で下関を立ち、一月八日伏見に着いた。港で、西郷直々の出迎えを受けたのち、薩摩兵の厳重な警護の下、相国寺前二本松の薩摩藩邸に入る。

龍馬は遅れて、十七日、長崎より大坂に着いた。大坂からは四六時中、幕吏の尾行が付いた。幕府は既に、坂本龍馬の動きに重大な関心を払っている。彼は、高杉晋作から贈られたピストルと薩摩藩の通行手形を懐に、十九日、伏見に上陸、薩摩藩邸に入った。

二十二日、桂、西郷、大久保、小松、そして坂本龍馬が一堂に会して、薩長秘密同盟（薩長盟約）が成立した。

一、戦と相成り候時は（幕府と長州の戦端が開かれた時）、すぐさま（薩摩は）二千余の兵を急速差登《さしのぼ》し、只今在京の兵と合し、（また別に）浪華へも千程は差置き、京坂両処を相固め候事
（……）
一、是なりにて（第二次長州征伐が行われずに）幕兵東帰せし時は（江戸に引き揚げた時）、（薩摩は）詑度（必ず）朝廷へ申上、すぐさま（長州の）冤罪従朝廷《えんざいちょうていより》御免に相成候都合に、詑度尽力との事

などの六カ条からなり、この盟約に対して、龍馬は桂の求めに応じて、「表に御記しなされ候六条は、小松帯刀・西郷隆盛・大久保利通三氏及木戸孝允・龍等も御同席にて談論せし所にて、毛《いささか》も相違これなく候」と裏書をした。

一介の町人郷士の家に生まれた浪人の〝裏書〟、これが日本の新しい運命、曙を保証したのである。

長崎では、龍馬の亀山社中を介した薩摩藩名儀による長州藩の武器・船舶の調達、京都では、薩長両藩の軍事同盟の成立。龍馬の斡旋によるこの二つ、商業活動と政治活動がなければ、明治維新はまるで違ったものになったかもしれない。

しかし、敵もさるもの、幕府の炯眼《けいがん》は早くから龍馬を観察、彼のこれ以上の動きを封じようと躍起だった。

盟約の交わされた翌一月二十三日、離京する桂を見送って投宿していた伏見の船宿、寺田屋に戻った龍馬を深夜、伏見奉行所配下と新選組二十数名が襲撃する。この時、入浴中だった寺田屋の女中が異変に気付き、裏梯子を駆け上がって急を告げ、龍馬は直ちに羽織を行燈に被せ、灯火を廊下側に向けて暗がりに身を潜めた。殺到する新選組隊士に対して、龍馬はピストルを連射、弾丸が尽きると抜刀して応戦し、手傷を負ったが辛うじて修羅場を脱出して、薩摩藩伏見屋敷へ逃れた。

この危機を間一髪で救った寺田屋の女中がお龍《りょう》、のちに龍馬の妻となる。

——だが、丁度その頃、長崎の亀山社中では尋常ならざる事態が起きていた。

ユニオン号購入と長州藩への引き渡しをめぐって、長州、薩摩、亀山社中の三者の利害が衝突し、その調整で矢面に立って最も苦労したのが近藤長次郎だった。

軍艦に転用可能な汽船ユニオン号（三百トン）を、薩摩藩名義を借用して、グラバー商会から長州藩が購入するという綱渡り的取引を粘り強い交渉の末、成約までこぎつけたのは、ひとえに亀山社中渉外担当近藤長次郎の奔走による。

その結果、ユニオン号の所有権は長州藩、旗号《きごう》は薩摩藩、運用・操船は亀山社中という取決めが行われたが、運用・操船を亀山社中に握られることに長州藩海軍局は強く反発した。近藤が下関に出向いて交渉の末、船の乗り組み・操船は亀山社中にも認められたが、統制権は長州藩海軍局が握ることになった。

その取決めを持って長崎に帰って来た近藤を待っていたのは、彼の弱腰に対する同志の厳しい批判だった。

近藤が下関から戻って数日後、彼は寮の談話室で十数人の同志に取り囲まれた。小二郎にも召集が掛かったので、仕方なく出席する。彼は、今回の近藤の判断を妥当だと考えている。

近藤は冷静に語った。——我々亀山社中は、あくまで商品の輸出入業務を買主・売主に代わって行う代理店、商社であること、ユニオン号もまた商品の一項目であり、輸入の名儀人は薩摩藩、実質的なオーナーは長州藩なのだから、我々が運用・操船の統制権を主張するのは根拠がない、と理路整然と説明した。——もとより我々は神戸海軍操練所から生まれた航海術を売物とする海洋組織であり、と近藤は演説を続ける。だからこそ自分は一歩譲ってでも、社中の人間が乗り組むことの出来るよう話を付けて来たのだ。我々の目的は、社中の商業活動を通して利潤を上げ、いずれ二隻、三隻の自前の船を所有して日本、更に海外へと船首を向けて、駆けめぐることなのだ。

「そうだろう、伊達」

と近藤は呼び掛けた。

小二郎は小さく頷く。近藤は小二郎より六歳上の二十九歳だった。

この時、近藤は落ち着いて、余裕ある様子に見えたが、内心ひどく焦っていた。彼の乗る予定の船が近々、上海へ向けて出航するのである。

——近藤が、下関で談判した主な相手は伊藤俊輔と井上聞多だった。彼は、藩政の重要な仕事を任され、潑溂《はつらつ》と振る舞う若い二人に羨望と嫉妬を覚えた。ライバル同士の二人には前途洋々たる未来が待っている。彼らは折に触れて、密留学時代に見聞したロンドンの様子を話題に上《のぼ》せる。

おれはまだ若い。……彼らに可能なことが自分に不可能なわけがない、と近藤は考えるようになった。自分は高知の饅頭屋の息子に過ぎないが、伊藤だって足軽のせがれではないか。しかも、伊藤はそのことを誇らしげに口にする。

伊藤と井上は、ユニオン号をめぐる交渉で近藤長次郎が示した誠意ある対応と航海術についての見識に感銘を受け、彼に恩賞金を与えるよう藩首脳に上申した。その結果、近藤は二百両という大金を手にすることになった。近藤はこれを英国留学のチャンスと捉え、長崎に帰るとその足でグラバー商会を訪ね、トーマス・グラバーに留学の希望を伝えた。トーマスは便宜を図ることを約束した。

小二郎と近藤は、互いにライバル関係にあることを意識しつつ、好意を持って接していたが、他の連中には気付かれないようにすることを忘れなかった。

小二郎が近藤にライバル意識を越えて親近感を抱くようになったきっかけは、近藤が彼に英語の文法について質問して来た時だ。

「英語の構文は、主語が来て述語が来て、目的語が来るが、この語順の場合、主語は名詞で、述語は動詞、目的語は名詞。すると動詞が、見るとか聞くだった場合、今度は目的語のあとに動詞が来るのはなぜだろう？　"He saw her cross the street."　一つの文章に、二つの動詞を使わないのが原則ではなかったのか」

小二郎は、知覚動詞の構文について説明したのだが、彼は内心大いに驚いていた。なぜなら小二郎自身、同じことをかつて高岡要に訊ねたことがあったからだ。

小二郎は近藤のイギリス行きを逸早く知った。情報源は、横浜のジャーディン・マセソン商会からグラバー商会に出張して来ていた旧知の中国人クラークである。

小二郎は寮の廊下で近藤と擦れ違った時、いよいよ（船に）乗るのか、羨ましい、と囁いた。近藤は戸惑った様子で、無言のまま遠ざかった。

一月十二日、グラバー商会所属の汽船クラン・アルパインが長崎港に入った。グラバーは、近藤にクラン・アルパインに乗船出来るように図らった。出航は十四日、午後二時と知らされた。近藤は早速、必要最小限の身の回りの物をこっそり船に運び込み、寮に戻った。

十四日朝、彼が港に向かおうと寮を飛び出すと、外は激しい風雨だった。濡れそぼちながら亀山の急な石段を駆け下り、港に辿り着くと、二番埠頭にグラバーとクラン・アルパインの船長がいて、出航が明日正午まで延期になったことを知らされた。まる一日の待機である。近藤は、嵐の中、避難場所として亀山社中の寮に戻ることしか思い付かない。

夜、風雨の音を耳にしながら自室に籠もっていると、呼び出しが掛かった。不吉な予感がした。談話室に行くと、社中の主要メンバーが顔を揃えている。伊達小二郎の姿を捜したが見当たらない。

「君を先日に続いて、こうして訊問しなければならないのは、我々にとって決して嬉しいことではない」

と社中で一番年長の同志が発言した。

「訊問……、どういうことだ？」

と近藤は腹立しげな声を上げた。

「昼間、埠頭でグラバーと外国船の船長らしき男と、君が一緒にいるのを見た同志がいる。以前から社中では、君が抜け駆けで、洋行しようとしているという噂があった。関君が船について調べてみると、クラン・アルパイン。今日午後二時に上海へ向けて出航予定だったが、嵐のため、十五日に延期になった」

「私はグラバー商会に問い合わせたんだ」

と関と呼ばれた男が応じた。

「すると、驚くではないか」

と関は言葉を続けた。

「近藤、君はミスター・グラバーに百両を払い、上海経由でロンドンまで運んで貰う計画だったという。グラバーは、この計画はてっきり亀山社中の承認を得たものと考えていて、私に話したんだ。一体、百両もの大金をどう工面したんだ。これも噂だが、君は長州の毛利侯から相当な謝金を貰ったらしい……」

「近藤、本当か？」

「黙ってないで答えろ！」

小二郎が部屋に入って来て、立ったまま、隅の壁に凭《もた》れた。

「統制権を長州に売り渡して、その報酬を受け取ったんじゃないか？」

関が近藤を問い詰める。

「海軍塾」が京都、神戸にあった時も、個別の批判の応酬、追及はあったが、塾員の多数が集まって一人の同志に対して集団的に批判するような、言わば吊し上げめいたことはなかった。龍馬が許さなかったからだ。しかし、この頃、龍馬の不在が長く続いていた。

近藤は批判の嵐に、沈黙をもって答えた。自分の行為が同志への裏切りであることは分かっていた。彼の沈黙は、一層集団の怒りを掻き立てた。

「裏切りだ！」

「殴ろう。裏切りにはそれしかない」

「待て。ここが合議の場なら、その結論、つまり判決を下すべきだろう」

一番年長の男が言った。それから小二郎を振り向いた。

「伊達、君はどう思う。何とか言ったらどうだ」

小二郎は壁に凭れたまま俯いた。

突然、近藤が怒りの声を発した。

「何が合議制だ！　これは私的制裁でなくて裁判か？　ならば勝手に判決を下せ！」

「腹を切れ！」

と複数の声が上がる。

「そうだ、腹を切れ！」

……馬鹿なことを言うな、と小二郎は呟く。しかし、声には出さない。——自分には彼らの暴走を止める力がない。余計な口出しをすれば、矛先はこちらにも向かってくる。

近藤が立ち上がった。

「もういいよ。分かった、皆《みんな》、もう止めてくれ。おれは腹を切る」

室内が静まり返った。

「万事休すさ。毛利様から頂いた二百両のうち、手許の百両はクラン・アルパインの俺の船室にある。もう百両はグラバーに渡した。船に乗らなくなったんだから、返してくれる筈だ。悪いが伊達、明日、船が出るまでに行って、俺の荷物を引き取り、グラバーさんからは百両返して貰ってくれ。二百両は亀山社中のものだからな」

同志たちは三々五々、談話室から引き揚げて行く。近藤も自室に消えた。

夜が更けても風雨の収まる気配はない。寮内は静まり返り、皆はじっと息を潜めている。

小二郎は近藤の部屋に行った。彼の姿がない。外に出たのだろうか。自室に戻ると、近藤がいた。刀を手にしている。

「伊達、ピストルを持っているだろう。俺に貸してくれないか」

「駄目だ」

「俺はイギリスに行きたかった。嵐さえなければ船は予定通り出港して、今頃は東シナ海の上だ。

死ぬのは仕方がない。しかし、切腹は嫌だ。あんな野蛮で、悪趣味な死に方はしたくない。さあ、ピストルを貸してくれ、頼む」

「駄目だ。あれはもう使わないことに決めている」

「そうか、じゃ、仕方がない。ここで腹を切るしかない。介錯してくれ」

小二郎は息を詰め、二、三秒目を閉じた。それから、部屋の隅に置いた行李からコルトを取り出し、弾丸を装塡した。

「ありがとう。坂本さんには……」

「近藤、今すぐ、旅支度して逃げろ。妨げる奴がいたらこれで撃て。船に乗ってイギリスへ行くんだ。今後必ず日本の政治体制は変わる。それまでイギリスで待て」

近藤は力無くコルトを受け取り、黙って部屋を出て行った。小二郎は眠らず、耳を澄ましていた。いつまでたっても静寂が続く。逃げたんだ、と呟いてうとうとするうち眠り込んでしまい、明け方、拳銃の発射音で覚醒した。

4

中島作太郎が和歌山から帰って来た。中島は近藤の自死を聞いて、どうして止められなかったのか、と小二郎を詰問した。

「僕は卑怯者だ」

とだけ、小二郎は答えた。

中島が和歌山へ行ったのは、小二郎の父・伊達宗広が、前年の小二郎の兄・宗興《むねおき》の幽閉に次いで、紀州藩から和歌山へ帰国を命じられ、宗広の実家である宇佐美家にお預け、蟄居の身となったのを、小二郎に代わって見舞うためだった。疾《と》くに藩政から去り、十年間の田辺幽閉を経て、歌学と仏典の道に己《おのれ》を養っていた宗広への意外な処罰は、藩内の権力闘争の根深さを宗広、宗興父子に思い知らせた。

和歌山へ戻った母と妹たちの身の上も案ぜられた。しかし、小二郎は、近藤と共に長州藩の武器・船舶購入の複雑な輸入手続きに忙殺されて、帰省の余裕がなかった。中島がその代わりを買って出てくれた。

中島は、小二郎の両親と妹二人も無事、宇佐美家で暮らせることになったと報告し、小二郎は安堵した。

「初穂さんと結婚の約束を交わしました」

小二郎は心から祝福した。

「おめでとう！　ところで……、僕からもう一つ報告があるんだ。実は、明後日《あさって》、上海へ向かって立つつもりだ」

「坂本さんの指示で？」

「いや、違う。亀山社中を抜けるのさ。僕だって、近藤さんの立場だったら同じことをしたと思う。絶好のチャンスだったからな」

「上海経由で英国へ？」

「いや、英国へは行かない。そんな金はない。上海へ行くだけだ。横浜のジャーディン・マセソン商会のガウアーさんに頼んで、マセソンの横浜、長崎、上海航路の水夫として雇って貰うことになった。航海術に磨きを掛けて、海運と商社活動の中心地上海に行く。明後日、横浜から上海へ向かうジャーディン・マセソンの船が長崎に寄港する。僕はその船に乗る」

「坂本さんに黙って行くの？　近藤さんに死なれて、伊達さんまでいなくなるなんて……」

中島が声を落とした。

「上海を英語の辞書で引くとね、面白いことが出てるんだ」

と小二郎は中島に向かって言った。

「綴りはS《エス》、H《エイチ》、A《エー》、N《エヌ》、G《ジー》、H《エイチ》、A《エー》、I《アイ》だ。名詞の項では無論、清の港市《みなとまち》上海、という説明が先ず来る。次に、脚の長い鶏の一種、とある。驚いたことに動詞もあるんだ。シャンハイする。海洋俗語、つまり船乗りの言葉としてね。麻薬を嗅がせて、あるいは酔い潰して、船に無理矢理連れ込む、誘拐する、水夫にするために。どうだい、都市の名が動詞化して、こんな意味を持つなんて、さすが英国人は阿片戦争で清国を組み伏せ、ただの漁村だった上海を手に入れ、あっと言う間に東シナ海に面した巨大な港湾都市にしただけのことはある。とにかく水夫が足りなかったんだろう。そこで僕もShanghaiされたくなったんだ」

「冗談言ってる場合ではないです！　坂本さんに対する裏切りですよ。近藤さんと変わりない」

「手紙を書いた。坂本さんに渡してくれ。上海での住まいは分からないけど、ジャーディン・マセソン商会宛に出してくれれば届くと思う。住所は封筒の裏に書いてある」

中島は封筒を裏返した。「清国　上海・外灘（bund）Jardine, Matheson& Co C/O」とある。

「これは何て読むの？」

と中島が（bund）の文字を指差した。

「バンド。ペルシャ語起源で、人工の土手や堤防を指すそうだ。……実は水夫になって航海術の訓練云々は、マセソンへの口実なんだ。

亀山社中はこのままでは駄目だ。近藤の事件でそのことをつくづく感じた。ジャーディン・マセソンは上海を中心に香港、バタビア、ボンベイ、ロンドンを結んで巨額の利益を上げている。軍艦を運用するには、軍略に長じていなければならない。商船を運用するには、商法に明るくなければ利潤を上げられない。それを本場の上海で学んで来ようと思う」

その時、中島の背後にいつの間に現れたのか、一人の若者が立っているのに小二郎は気付いた。利《き》かん気で利発そうな顔付きをしている。

中島が彼を小二郎の方へ押し出した。

「初めまして。大江卓《おおえたく》です」

中島は和歌山から郷里の高知に回った際、かつて土佐勤王党の同志だった大江を長崎に誘った。中島より一歳下の二十歳になったばかりだった。

長崎に戻った龍馬を待ち受けていたのは、近藤長次郎の死と小二郎が上海に去るという二つの不在だった。龍馬は、将来、自らの世界像の実現に必要な人間を連れて行けと言われたら、躊躇《ためら》うことなくこの二人を選ぶ、と考えていた。その二人が、彼が留守をしている間に忽然と消えたのである。

龍馬は近藤の死の報告を受け、同志を集めて、向学心と冒険精神に富んだ人間、英国留学に果敢に挑戦しようとする、そんな男の一人や二人を包摂出来なくてどうする、と語気鋭く説いた。

しかし、同志の一部には納得出来ない者もいた。更に彼らにとって、小二郎自身が上海へ密出国するとは、彼自身もまた同志と社中に対する裏切り行為を働いたのであり、幕府による「第二次征長」も近いとされるこの時、敵前逃亡に等しいものではないのか……、といった疑念や蟠《わだかま》りである。

小二郎の龍馬への手紙は簡潔であったが、亀山社中の将来を見据えた上での上海行きであることを述べるとともに、目標の項目を修得の上、帰隊することを誓っていた。小二郎は既に〝社中〟の将来を〝隊〟と考えているらしい。

しかし、龍馬には、去った仲間を哀惜している暇《いとま》は無かった。この年、慶応二年(一八六六)四月十四日、薩摩藩は、老中板倉勝静《かつきよ》に「第二次征長」への出兵を拒否する建言書を提出した。龍馬が〝裏書〟した「薩長盟約」の履行の一つである。

幕府は、薩摩藩の出兵拒否に衝撃を受けるが、衝撃を発条《ばね》として「第二次征長」を加速させ、六月七日、瀬戸内海の周防《すおう》大島を砲撃して、戦端を開いた。幕府軍が四方面(大島口、芸州口、石州口、小倉口)から砲撃を加えたことから、この戦争は「四境《しきょう》戦争」とも呼ばれる。

龍馬はこの事態を、今こそ勝海舟の許《もと》から始まり、「海軍塾」「神戸海軍操練所」で培って来た「海局」の好機到来と捉えた。しかも近藤が死をもって贖《あがな》ったユニオン号はまだ亀山社中の掌中にあって、長崎港に繋留され、長州への引渡し時機を探っている最中だった。

折しも、長州藩海軍総督高杉晋作から龍馬に急使が送られ、「新鋭ユニオン号」を至急馬関(下関)に回航させるよう督促して来た。

龍馬は直ちに、馬関に向けてユニオン号出港の準備を整えた。彼は自ら艦長となって、亀山社中全員に乗船命令を下した。グラバー商会からは常備の武器弾薬とは別に、急遽五百挺のミニエー銃を調達した。ユニオン号は三本マストのスクリュー蒸気船、五門の大砲を備えている。

「遂に実戦の時が来たのだ！」

と龍馬は檄を飛ばす。

確かにこの時、亀山社中は束の間、「海軍塾」から脱皮して、海軍そのものとなった。しかし、その中には、創設時からの主要メンバーである近藤長次郎と伊達小二郎の姿はなかった。

六月十七日、ユニオン号は高杉晋作の指揮下に入り、四境戦争のうち最大の激戦となった「小倉口《こくらぐち》の戦い」に参加する。

「第二次征長」の帰趨がその後の〝維新〟の方向を決めた。

四境戦争の勝利は、松下村塾の雄・高杉晋作の最大の事業となった。松陰をして、高杉は「僕より少《わか》きこと十年、未だ学問充たず、経歴亦浅し。然れども強質精識、凡倫に卓越す」「その精識に至っては余の及ぶところではない」と言わしめた。また龍馬同様、横井小楠の思想に深く傾倒し、長州藩校「明倫館」の学頭に小楠を招聘するよう度々首脳に進言している。彼は、慶応三年（一八六七）四月、下関桜山で肺結核のため、龍馬の死より七カ月早く、二十九年の生涯を閉じた。


四境戦争は三カ月間、双方で十万以上の兵、三十隻以上の軍艦、百数十の砲門による海戦が中心の壮絶なものであったが、ここで、一月二十二日、京都薩摩藩邸で「薩長盟約」が結ばれた翌日の二十三日、寺田屋で龍馬が新選組に襲われたところまで、時を溯ることにする。

一月二十三日の深夜、龍馬が伏見奉行配下と新選組に襲われた時、一人の女性の機転で、負傷はしたものの難を逃れることが出来た。

龍馬は、お龍《りょう》というその女性の手厚い看護を受けた。その後、中岡慎太郎の勧めで祝言を挙げ、傷の湯治を兼ねて二人だけの旅に出る。大坂から船で鹿児島へ向かう。桜島、霧島、阿蘇、雲仙とめぐった。

雲仙から、龍馬は姉の乙女《おとめ》に手紙を書いている。


此所に十日ばかりも止《とどま》りあそび、谷川の流れにて魚をつり、短筒《ピストル》をもちて鳥をうちなどまことにおもしろかりし、是より又山深く入りて、きりしま（霧島）の温泉に行き、此所より又山上にのぼり、あまのさかほこ（天逆鉾）を見んとて、妻と両人づれにてはるばるのぼりし（……）


幕末期、新妻を連れての遊山・湯治という自由旅行は例を見ないとして、後世は〝新婚旅行〟のはしりと称し、龍馬の封建的な武士道徳に縛られない自由な態度を賞賛して来た。

開戦を前にして、龍馬がハネムーン旅行を満喫していたのは、出来過ぎのフィクションに見えるかもしれないが、紛れも無い史実である。

亀山社中全員が水兵となって乗り組んだユニオン号は、高杉晋作指揮下の庚申《こうしん》丸とともに、対岸の門司に構える幕府軍（小倉藩兵）陣地に対する砲撃戦に加わった。

海峡は砲煙に包まれる。砲火を潜り、砲煙を突いて長州軍の陸戦隊が上陸して行く。

龍馬が「撃て！」と号令を発した砲弾の一つが敵の軍艦の船首を直撃した。龍馬は快哉を叫ぶ。

「砲弾の下にさらされると異常な興奮を覚えるものだ」

と薩英戦争に従軍したアーネスト・サトウは、その「回想録」に記している。


（……）わが艦隊が戦闘行動に入って、パッと上がる煙の中から最初炎がほとばしり、次いで実に奇妙な丸くて黒いものがわれわれ目がけてまっすぐに飛んでくるのを見ることができたまでの、事件全体の興味と興奮を、私は決して忘れないだろう。（アーネスト・サトウ『回想録』）


六月十七日、ユニオン号は、門司・田ノ浦砲台から発射された十インチの破裂弾が船の主甲板で炸裂し、二人の同志を失った。十八日の夕刻、砲撃戦は長州藩優勢のうちに一旦停止した。十九日朝、戦闘で生命を失った亀山社中二名、関忠則と木塚訓《さとし》の遺体を海中に葬って、ユニオン号は他の艦船とともに錨を上げ、下関に戻った。

七月三日、再び海戦が始まり、長州軍は陸戦隊を繰り出して門司に上陸、小倉城に迫った。一進一退の銃撃戦、白兵戦が続く。

七月二十日、征長軍の総大将として大坂城にいて指揮を執っていた将軍家茂《いえもち》が没した。死因は脚気衝心、二十一歳である。その死は秘匿された。

八月一日、小倉口の戦いで小倉城が陥落し、幕府の敗北が決定的となる。幕府軍小倉口総督を務めていた老中小笠原長行が小倉城を脱出して、江戸へ敗走した。

八月二十日、幕府は将軍家茂の喪を告げ、徳川慶喜《よしのぶ》が徳川宗家を継ぐことを宣布する。

八月二十一日、第二次長州戦争停止の勅命が、幕府に対して下った。

家茂の亡骸は、九月二日、大坂を発ち、海路江戸に運ばれた。

三年前の六月、家茂は、勝海舟の陪従で、順動丸に乗って大坂から東帰した。将軍は鳴門の渦潮を見物し、また早朝、星空の中に薄紅《うすべに》色に輝く富士山を仰いだ。

同じ東帰の身だが、彼はもう視線を上げて、富士を仰ぐことも出来ない。

江戸到着は九月六日。港には、家茂の強い意向で、五月に軍艦奉行に復帰したばかりの勝海舟が、最前列に立って亡骸を迎えた。

九月二日、安芸・宮島で幕府と長州藩の休戦協定が結ばれるが、この時、長州藩の代表、桂小五郎に代わって重臣の広沢真臣《ひろさわさねおみ》と向き合った幕府側の代表はたれあろう勝海舟であった。しかし、我々はここでは、海舟の後姿を見るだけに止めておこう。いずれ、江戸開城をめぐる西郷隆盛との正面切っての対決まで待つことにしたい。

下関は、戦勝気分に浮かれているどころではなかった。長州藩一藩の問題ではない、日本全体を視野に入れた今後の政治上の戦略を構築しなければならない立場に身を置いたのであり、一国中心主義の超克は逃れられない。しかし、それには、まだ若い伊藤俊輔や井上聞多らの政治家としての成長と成熟を待つ必要があった。彼らを新しい世界へと送り出す仲介、あるいは触媒としての龍馬の役割はまだ終わっていない。

しかし、その龍馬は下関で、伊藤と井上の糾弾を受けていた。中でも、ユニオン号の談判で、近藤と直接渉り合った井上の舌鋒は鋭かった。

「我々は、ユニオン号購入における亀山社中への正規の手数料千五百両を支払っています。二百両は、あくまで藩主毛利様より近藤さんの尽力に対する感謝として差し上げたものです。我々がこの新鋭船を得て武装を強化することが出来たのは、彼の公平、適切な交渉術が与って力があったからです。僕はこのことを桂さんに強く進言したのです。近藤さんが英国留学を熱望していることも知っていました。二百両はそのことをも考慮したもので、グラバーさんにも我々から口添えさせて貰いました。

近藤さんの英国留学を断罪するなんて！　大体、僕と伊藤をご覧なさい。藩の軍事費を流用して密留学したくらいです。桂さんのお蔭ですが……」

「面目次第もござらん。……実はその間《かん》、私は長崎を留守にしておりまして……」

龍馬の言葉は歯切れが悪い。

「伊達君は何をしていたのです。あなたが留守でも、彼がおったでしょう。近藤を守るのは伊達君しかいなかった筈です。それなのに……彼はどうしていますか？　今回、船に姿を見掛けなかったようじゃが」

と伊藤が訊ねた。

「……彼は、現在、上海に留学中です。ジャーディン・マセソン商会上海へ、社中より派遣したんです」

苦しまぎれの返答でしのいだ。

龍馬は、亀山社中のメンバーより遅れて長崎に帰った。この頃、妻のお龍は長崎に住み、夫の無事の帰還を心より喜んだ。

龍馬は、近藤長次郎の亡骸を亀山近くの寺町にある皓台寺《こうたいじ》の裏山に埋葬し、自ら墓碑を刻して菩提を弔った。

「日本を今一度せんたくいたし申候事ニ」

とかつて姉の乙女に威勢よく書き送った龍馬だが、関忠則と木塚訓の戦死もまた彼に重くのしかかった。二人は目の前で首を吹き飛ばされたのである。

関は土佐の中村、木塚は壱岐《いき》から来た。龍馬は、二人の郷里の実家に各五十両ずつ、高知にいる近藤の妻子に百両の弔慰金を送った。合わせて二百両は元来近藤の金である。

亀山社中は苦境に立った。四境戦争にユニオン号を駆って参戦、培った「海軍力」で勝利したものの、長州藩から得た傭兵料を社中同志全員に均等に支払うと、ユニオン号運航、操船料の三百両しか社中の金庫には残らない。更に、ようやく手に入れた自前の帆船ワイルウェフ号を、五島塩屋崎で沈没して失うという非運も重なった。

龍馬は、亀山社中の解散を模索し始めていた。

5

小二郎を乗せたトロアス号は大きく左舷に傾き、揚子江から黄浦江《こうほこう》へと入って行く。急に濃い、巻くような霧のかたまりが船首に飛び掛かって来た。船は霧笛を鳴らしっ放しにしながら三十数分間進んだ。突然、幕が上がるように霧は晴れた。船はもう街の真ん前に来ていた。上海だった。

上海の港は、揚子江の支流の中で最も東シナ海の河口に近い黄浦江にある。三百メートル程の河幅一杯に、大型蒸気船、三本マスト、五本マストのスクナー、幾門もの砲身を構えた軍艦、木の葉のような舢板《さんぱん》、翼を折り合わせたコウモリのような沙船《ジャンク》がぶつかりそうになりながら行き交っている。

トロアス号は既にエンジンを停止している。投錨の鉦《かね》が連打される。小二郎は夜番明けだから、着岸作業は免除されている。彼はそのままベッドに入らず、上陸に備えて水夫服を長崎の古着屋で購入したスーツに着替え、船首に近い右舷デッキから、上海の街が近付いて来るのを食い入るように見つめていた。

しかし、先ず彼をたじろがせたのはその臭いだった。石炭が燃え、油が焦げる臭い、ニンニ

ク と茴香《ういきょう》、腐敗し、発酵した物の様々な臭気が混然一体となって押し寄せる。長崎で体験した異国の臭いなど物の数ではない。

これが大陸だ、と小二郎は呟いた。

「毎年六億トンの土砂がね……」

いつの間にか傍らに立っていたヘンリーが話し掛けて来た。ジャーディン・マセソン商会横浜の社員で、上海、香港へ出張する。彼の前任地は上海だった。

「揚子江が一年間に運んで来る土砂の量だよ。だから河も海も常に真っ茶色なのさ」

揚子江の流域は本流、支流を合わせて二百万平方キロに達し、そこには延長五万キロに近い水路がめぐらされ、約一億八千万人が暮らしている。当時の世界人口の十分の一を占める。

阿片はインドで栽培され、主に清国に売られ、イギリスとアメリカに巨大な富を齎《もたら》した。一八四〇年、清朝政府はこれを食い止めようと戦ったが、完全に敗北する。そして、今、小二郎がトロアス号のデッキから身を乗り出すようにして、賛嘆の眼差で見つめている「バンド(bund)」の風景が誕生した。ヨーロッパの植民地建築様式を、長さおよそ十二キロにわたって緩やかに弧を描く岸に沿い、舞台の書割のようにずらりと並べたウォーター・フロント空間。これを彼ら支配者自ら False-Front（フォールス・フロント）、〝偽りの正面〟と呼んだ。英米仏列強は広大な租界地（セツルメント）を確保し、彼らの「市参事会」が上海市の行政権を百パーセント掌握した。

小二郎は、ヘンリーの案内《ガイド》に耳を傾ける。

「一番右の建物がイギリス領事館、二番目が我がジャーディン・マセソン上海支店、三番目がP&O（ペニンシュラ&オリエンタル）汽船、シナ風の高い屋根の建物が上海税関、それから香港上海銀行、三つ飛ばしてフランス領事館だ。

豪勢な柱梁のヴェランダを廻らした三階建のイギリス領事館は、二代目上海領事ラザフォード・オールコック自ら設計して建てたものだ。上海領事のあと日本の公使に出世した」

小二郎はオールコックの名前をよく知っている。小石川の高岡先生とも交流があったし、アーネスト・サトウやウィリアム・ウイリスの元上司であり、英・仏・米・蘭四カ国の連合艦隊による下関戦争を主導した。

小二郎はタラップを駆け降りた。目の前がジャーディン・マセソン商会の建物だった。ヘンリーの後《うしろ》に付いて大理石の階段を上《のぼ》る。ヘンリーの姿が回転ドアの中に消える。回転ドアが初めての小二郎は一瞬躊躇って立ち止まるが、思い切ってドアを押し、素早く体を滑り込ませた。

小二郎はジャーディン・マセソン上海代表ジョージ・スチュアートの前に臆せず進み出て、同商会横浜支店代表ガウアーの推薦状を差し出した。ガウアーの推薦状は高岡要の働きかけで認《したた》められたもので、伊達は、いずれ誕生するであろう日本の新体制において必ずや枢要の地位を占めるに違いない有為の青年である、などと大仰な文言が並んでいた。

スチュアートはイートン校出身のエリート臭の強い人物で、ガウアーの手紙に動かされ、現在三十人いる中国人使用人（クラーク）ではなく、待遇がワンランク上のユラジアン（ヨーロッパとアジア人の混血）として雇い入れることに決めた。小二郎は長身瘦軀、高い鼻、面長な風貌からして、スチュアートがユラジアンとして雇うことに不思議はなかった。小二郎の英語力は問題ない。

宿舎は、鈴懸《プラタナス》や泰山木の繁る商会ビルの広い裏庭にあった。

仕事は忙しかった。ただの使い走りもあれば、日英の翻訳の仕事もひっきりなしにあった。

中国人クラークは茶、絹、阿片ごとの専門に分かれて、常に九江、福州、漢口、杭州へとシーズンごとに往復していた。中でもクラークが忙しいのは、阿片を積んだ大型快速帆船クリッパーがインドから到着した時だった。清朝政府は阿片の輸入を禁止しているから、積荷を黄浦江に繋いである廃船にいったん移して、中国人の仲買人に直接売り渡すのである。

上海に来て四カ月程経ったある日、一人の若いイギリス人が小二郎を訪ねて来た。香港上海銀行に勤めるウィリアム・ケズィックと名乗った。最近、ジャーディン・マセソンに長崎から来た日本人がいると聞いたので、と言った。

三年前、ユニヴァーシティ・カレッジ・ロンドンに在学中、五人の日本人留学生がいて、その中で特にシュンスケ・イトウ、モンタ・イノウエと親しくなった。パブでビールを飲みながら、マルコ・ポーロの『東方見聞録』の話をした。彼らはマルコ・ポーロも『東方見聞録』についても知らなかったが、甚《いた》く興味を示した。日本が黄金の国だって！　彼らは驚いていたよ。ところが、二人はいつの間にかいなくなった。他の留学生に訊くと、二人は、故国と外国、イギリスやフランスとの戦争を止めさせるために帰国した。——果たして、彼らは生きているか。君はひょっとして二人の消息を知らないか？

小二郎はケズィックの問いに、シュンスケ・イトウとは面識があると答えた上で、今年六月から八月にかけて行われた徳川幕府（日本政府）とイトウやイノウエが属する反政府勢力の筆頭、長州藩との国内戦争について簡単に説明し、二人が獅子奮迅の活躍をして勝利したと告げた。

「彼らは何て勇敢なwarrior《ウォーリア》なんだ！」

とケズィックは讃嘆の声を上げた。

「アーネスト・サトウという青年を知っている？」

と小二郎が訊ねた。

「日本の英国公使館付《つき》の通訳官だが、僕の友人だ。確かロンドン生れで、やはりロンドンのユニヴァーシティ・カレッジの卒業生と聞いたが」

ケズィックはサトウを知らなかった。

「サトウは、イギリスと日本の有力な藩（feudal domain《フューダル ドメイン》）である薩摩との戦争や、長州とイギリス、アメリカなどの連合軍との戦争にも通訳官として従軍してるよ」

「サトウには面白い経験だろうが、それより日本はよく大国イギリスやアメリカとの戦争に堪えていられるな。そう思わないか？」

小二郎は苦笑しただけで、それには答えず、サトウは日本の自然や人情・風俗が気に入って、外国人の自由旅行は禁じられているが、休暇となるとこっそりあちらこちら旅して、山登りや川下り、植物採集などを楽しんでいるようだ、と話した。ケズィックは、自分もまた大陸の風景と人々の暮らしに魅せられ、これまで色々なところへ行ったし、これからの旅のプランも持っていると答えた。

「是非一緒したいな」

と小二郎。

「例えば、蘇東坡《そとうば》（蘇軾《そしょく》）が作った西湖《せいこ》のある杭州《ハンジョウ》とか……」

「蘇東坡？　ハンジョウはもう行ったけど」

「蘇東坡は北宋時代の、何度も流罪になった政治家で、大詩人なんだ。――我々日本は漢文明から何もかも学んで来た。大体、日本語自体が漢語・漢字から作られたものなんだ。日本には元来、文字というものがなかったからね。漢字を借りて、それまでの話し言葉や考えや歌を表記出来るようになった。恐らく日本人が漢字と出会って、文字というものを知り、その文字を借りて日本語として書けるようになるまでに四、五百年はかかっただろうと思う。何しろ、文字、つまり漢字と出会った最初の日本人は、それが文字であることを知らなかった。何かの模様、あるいは呪文《まじない》のように思った筈だ。そして遂に、『源氏物語』が書かれたのさ。グレゴリウス暦で十一世紀初頭、一〇〇八～〇九年、今からおよそ八百五十年以上も前のことだ」

「ゲンジモノガタリ？」

「京都の宮廷を舞台にしたラブ・ストーリーさ。大長篇だよ。これはれっきとした日本語で書かれている。作者は女性だ」

「十一世紀に女性が長篇小説を？　嘘だろう」

「嘘じゃないさ。信じなくてもいいけど」

「ところで、君は当然マンダリン（標準中国語）が出来るわけだね」

「ところがどっこい、まるっきり駄目さ。日本人は誰も中国語は出来ない」

「どうして？　おかしいじゃないか。日本語は中国語から作られたんだろう？　しかも、日本の知識人はみな中国語の本を読んでいるという」

「事はそう簡単じゃない。第一、グラマー、シンタックスがまるで違う。確かに、我々は中国語の原書、漢籍をそのまま読んではいるが、中国語としてではなく、語順を変えて日本語として読んでるんだ」

「こいつは驚きだ！　どうしてそんなアクロバティックなことが出来るの？」

――ここでしばらく、小二郎とケズィックの言語談義から離れて、アーネスト・サトウの日本語について触れておきたい。

アーネスト・サトウと日本との出会いは、外交官を目指して、ロンドンのユニヴァーシティ・カレッジ在学中の十七、八歳の頃、兄のエドワードが図書館から借りて来たローレンス・オリファントの『エルギン卿の中国・日本使節記』の日本の巻を読んだことによる。サトウは、その魅力的な文体と、そこに描かれた日本の風景、風物に魅了され、日本行きを決意した。大学構内に張り出された外務省の通訳生募集の掲示を見て、すぐに応募、トップの成績で合格した。勿論、希望する赴任地は日本である。十九歳だった。

一八六二年一月、上海に到着。領事館に赴くと、待っていたのは全く予期しない訓令だった。それは、元上海領事で、日本の初代公使に就任していたラザフォード・オールコックからの訓令だった。――日本語を習得するには先ず中国語を学ぶことが望ましい。従って日本へ向かう前に北京に赴き、中国語の課程を修めるようにという指示だった。こうしてサトウは、江戸でなく北京へ遣《や》られた。彼は日記に次のように綴った。

（……）日本語の通訳官になる我々にとって中国語を学ぶことが役に立つかどうかが話題になった。我々は役に立たないという点で全く意見が一致した。たとえていうならば、イタリア語を学ぶためにまずフランス語を学ぶようなもので、（……）そういうことをしていたのでは、イタリア語を学ぶことに専念している者に到底追いつくことが出来ないのは確かである。
（一八六二年二月二日）

アーネスト・サトウを日本へと駆り立てた『エルギン卿の中国・日本使節記』の著者ローレンス・オリファントは、一八六一年、高輪の東禅寺にあった英国公使館に一等書記官として勤務中、水戸浪士ら尊王攘夷派の志士十四名に襲撃され、瀕死の重傷を負った（第一次東禅寺事件）。サトウが赴任する僅か一年余り前のことである。これは、英国公使オールコックが香港出張から江戸に戻る際、幕府の勧める海路でなく、独断で長崎から陸路を取ったことが原因とされる。

「しかし、君の言う漢文明の大国シナ（China）は、今ひどい有様《ありさま》だ」
とケズィックは言った。

二人が語り合っている場所は、既に彼らが知り合って数週間後、バンド三番地にある「上海クラブ」の長いバー・カウンターの席で、ピンク色のジンを飲みながら、窓の外を眺めている。

「この状態は君の国のせいではないのか?」

と小二郎が正論を口にする。

「阿片を持ち込んだのはどこの国だっけ?」

「弁解の余地はないね」

ケズィックは呟くように言った。

「しかし、阿片だけでなく、この国の有り様《よう》をもう少し冷静に観察してみると、あながち我々のせいとばかりは言えないのではないか。例えば太平天国の乱はどうだろう?」

太平天国の乱は、洪秀全《こうしゅうぜん》という若者が科挙の前試である院試に何度も失敗し、ノイローゼになって見た夢から始まった。彼は夢の中で、ヤーヴェから剣を与えられ、イエス・キリストの弟として救世に立ち上がるよう命令を受ける。満州族清朝の圧政から飢えに苦しむ四億の中国農民を救い、この地に天国を築かねばならないとして、一八五一年、広西省で蜂起する。運動は燎原《りょうげん》の火のように広がり、清朝政府との大規模な内戦に突入し、一八五三年に南京を占領した。

一八六四年七月、清朝政府軍の攻撃による南京の陥落と鎮圧まで、太平天国の乱によって中国全土で二千万の命が犠牲になったと言われる。上海が極めて短期間に巨大都市に変貌した背景には、租界地にまで水が染み込むように流入した大量の難民の存在がある。阿片戦争、アロー戦争、太平天国の乱という、中国が味わった苦難が上海の繁栄を齎《もたら》した。

小二郎は今、その上海の只中にいる。イギリス人の友人も中国人の友人も出来た。ウィリアム・ケズィックと李青黄《リーチンホアン》である。李はジャーディン・マセソンのクラークの中では最年長の五十歳で、茶葉《ちゃば》の目利きとして無くてはならない存在だった。

青黄《チンホアン》という名前は珍しい。川辺に生える背の高い雑草の一種の名前らしく、夏に淡紅紫色の鐘状の花をつける。葉は有毒だという。親がなぜこんな名を付けたのか分からない、と李は苦笑いを浮かべる。しかし、響きはいい。

秋の半ば、李は小二郎を杭州への出張に誘った。杭州近郊の龍井《ロンジン》は中国有数の緑茶の産地である。来年初夏の茶摘み期に向けての打合せだった。

馬に乗って行く。馬はポニーである。まる一日かかる。夕刻、杭州に着いた。翌日、小二郎が蘇東坡に傾倒していることを知っている李は、彼を一日、自由にしてくれた。

小二郎は終日、西湖の畔《ほとり》をめぐり、蘇東坡が知事だった頃、二十万人を動員して築いたという西湖を横切る蘇堤《そてい》を往復して過ごした。

翌々日、帰途についた。途中で、

「丁度、今時分が新月の大潮だから、銭塘江《せんとうこう》の海嘯《かいしょう》の大きいのが見られるぞ」

と李はポニーを駆って高い堤防へ上がった。小二郎もあとに続く。

銭塘江は東シナ海に臨む杭州湾に注ぐ河だが、湾口の広い杭州湾は陸地に入り込むにつれ狭まり、銭塘江の河口では極端にすぼまっている。そのため満潮になると、海水は大きく膨れ上がって河に押し寄せ、津波のような高さとなって逆流する。大潮の時になると、河口から三十〜四十キロの上流まで三〜五メートルの高さの垂直の壁となって押し寄せる。海嘯である。

「昔の詩人は、百万の大軍が軍鼓を打ち、剣戟を轟かせて襲来するようだ、と表現している」

その表現は誇張ではなかった。小二郎から二、三十メートル離れた場所で、十数人の見物客があっという間に逆巻く渦の中に消えた。

小二郎と李は、上海へとポニーを急がせた。

二人は轡《くつわ》を並べて、言葉を交わす。

「小二《シャオアール》、君は阿片を吸ったことがあるかい？」

李は小二郎を小二と呼ぶ。小二は、中国でも次男坊の意味である。

小二郎は首を横に振る。

「李さんは？」

「もちろん、吸うさ。ほんのときたまだがね。ジャーディンのクラークで吸わない人間は殆どいない」

静安寺の駅亭でポニーを返して、南京路を東へ辿っていると、とある里弄《リーロン》の入口で、小二郎は捨ててある襤褸《ぼろ》の包みに躓いた。包みが解けた。

「見てはいけない！」

と李が叫んだが、遅かった。青ばみ、むくんだ顔の赤ん坊の死骸だった。

ジャーディン・マセソン商会に戻ると、ケズィックから重い小包みが届いていた。小二郎は一瞬、手に取るのを躊躇した。包みを解くと、新しい『ウェブスター辞典』だった。一八六〇年刊行のマッケンジー版で、上下二巻、背表紙は革装である。ケズィックがロンドンから取り寄せてくれたのだ。小二郎が従来使っているのは、西宮の永井博三郎先生からモンテスキューの『法の精神』英訳本とともに贈られたメリアム版の「ウェブスター」(一八四五年刊行)だったが、収録語数も例文も少なかった。

マッケンジー版を使い出すと、その効果は覿面《てきめん》で、小二郎の『法の精神』を読む速度と精度は飛躍的に向上した。彼は、英文を日本語に翻訳した上で、その要約ノートを作り始めた。

数日後、小二郎とケズィックは、ガーデン・ホテルのロビーで落ち合い、三階のボールズ・バーに席を移した。大きく切った窓からは、蘇州河に合流する幾本ものクリークが見下ろせる。

小二郎は先ず「ウェブスター」のお礼を言い、代金を支払おうとすると、手で押し止めて、

「それより新しい『ウェブスター』が手に入って、モンテスキューは進んだかい? それを聞かせてほしいな。僕は読んでないけど、モンテスキューはイギリスの立憲君主制や民主主義を厳しく批判していると聞いたが……」

「確かにね。例えば、——イギリス人が彼らの間に民主制を樹立しようとして払った無駄な努力の数々は、前世紀におけるかなりよい見物《みもの》だった、と述べている」

「ははん、そいつは多分、クロムウェルの革命を指しているんだろうな。しかし、モンテスキューが死んだあとに起きた革命の無惨さやナポレオンの戦争を見れば、彼も考えを改めたかもしれないね」

「イギリスでは、今どんな思想家が影響力を持ってるんだい？」

「ジェレミイ・ベンサムかな。〝最大多数の最大幸福〟という旗印を掲げている。僕はそれほど詳しくはないが、功利主義（utilitarianism）とも呼ばれてるんだ。この考え方は、人がなすべき正しい行為とは、社会全体の幸福を増やす行為のことで、逆になすべきでない不正な行為とは、社会全体の幸福を減らす行為だと主張している。道徳も政治も、その目指すところは、人々の幸福の増大、不幸の削減と言えばいいかな」

「しごくもっともでシンプルな原理だな。……待てよ、ベンサムと言ったね」

小二郎は突然、高岡要の書架を思い出した。そこには、英語やオランダ語の医学書、博物学の本の他に英語の書物が隙間なく並んでいた。

「確か、……〝An Introduction to the ……」

「そう、……Principles of Morals and Legislation〟（『道徳および立法の諸原理序説』）。彼の主著さ。どうして知ってるんだい？」

小二郎は、江戸にいる彼の師、高岡要について簡単に紹介した上で、

「ただ背表紙を指で撫でただけだけど。僕はそこで高岡先生の助手兼庭師（gardener）として働いていたんだ」

といささか得意気に語った。

小二郎は窓の外に視線をやった。急速に日が暮れていく。クリークを平底の小さなジャンクが行き交う。舟縁《ふなべり》で素裸の幼児が泣いている。ホテル前に屯していた乞食の群を、中国人の騎

馬警官が鞭を振るって追い散らした。

最大多数の最大幸福、と小二郎は呟いた。――この国の最大多数の最大幸福とは？　日本の、あるいは世界の最大多数の最大幸福とは何か？

「どうしたんだい？　何だか急に浮かない顔をして」

とケズィックが、片眼鏡《モノクル》を左手で玩《もてあそ》びながら言った。

「いや、何だか不穏な匂いが漂って来たようで……」

と小二郎は首をめぐらした。

「ああ、これは阿片の匂いだ」

「君は阿片をやってるの？」

小二郎が訊ねた。

「やってないさ。でも、銀行内では何人もやってる。どうして？」

「いや、うちの李さんがやってると聞いて、びっくりしたんだ」

「どうってことないよ。上海だけでなく、ロンドンやパリだってそうだよ。有名な芸術家は軒並みさ。ド・クインシーとかフランスの詩人のボードレールとかね。ド・クインシーは、僕に言わせればイギリス屈指の作家だけど、『英国阿片服用者の告白』なんて本まで書いてる。例えばこんなふうだ。――葡萄酒は人からその冷静を奪い、阿片は大いに冷静さを取り戻させる。あるいは、――阿片は原始もしくはノアの洪水以前の人間の健康な肉体に伴っていた、生き生きとした温味《ぬくみ》を甦えらせる。

しかし、上海に赴任した人間にとって、一番警戒しなくてはならないのは阿片以外では女だろうね。バンドの裏の、一見静かな通りにはいかがわしい館《ハウス》が並んでいる。阿片の精製所も隠れている。上海に来れば、誰だって多少はうしろめたい楽しみを味わってみたいという誘惑に抗し切れなくなるんだ」

ケズィックは声を低くした。

「このホテルだって、阿片のルームサービスがあるそうだし、我々の夕食会でもデザート代わりに勧められるよ。僕は断ってるけどね」

ケズィックはモノクルを左の目に当てると、多人数の賑やかなテーブルの方に視線を向けた。

「ほら、窓際のテーブルを見てごらん。あのきれいなロシア女性、ボール・ルームで踊って来たらしく、息を弾ませているが、ダイヤモンドの輝きと阿片の服用でやたらゴージャスに見えるだろう。彼女はオリガ・ナジェージダ、フランス領事の愛人だ。

……ところで君、上海の法廷を覗いてみたくないかい？　来週、ちょっと面白い事件の裁判があるんだけど」

事件は明け方の四時三十分頃、慶順里《けいじゅんり》と清遠里《せいえんり》の路地が交叉する路上で、中国人警官鄭文新《ていぶんしん》が巡回中に病気の乞食を発見したことから始まった。鄭は直ちに河南中路の警察署に応援を求めた。明け番で交代間近の二人のイギリス人警官Ａ・スミス警部とＪ・カーター警部補は余儀なく馬で現場に駆け付けた。乞食は吐瀉物《としゃぶつ》にまみれて横たわっている。鄭が「江北車《ジャンペイチュー》（一輪車)」を呼んで来て乞食を乗せ、虹口《ホンキュー》貧民収容所に向かったが、蘇州河に架かるウェルズ橋まで来た時、スミスとカーターが一輪車を停止させ、馬から降りると乞食を抱え上げて、河へ放り込んだ。

　水音を聞いて、家族でジャンク暮らしをしている男が妻と共に男を見つけて助け上げた。鄭が医者を呼んだが、乞食は翌々日、肺炎で死んだ。

　鄭は、この件を河南中路警察署長R・トレィヴァー大佐に報告した。大佐がスミスとカーターに問い質すと、乞食が虹口に送られるのを嫌がって、自ら川に飛び込んだのだと主張した。

　二人は裁判に掛けられた。

　裁判は、上海租界の各国ごとの裁判所で別々に行われる。この事件の裁判はイギリス領事館内にある法廷で開かれた。陪審員裁判である。裁判官、検事、弁護士、陪審員は全員イギリス人で占められていた。三十人程の傍聴人もまたイギリス人である。小二郎はジャーディン・マセソンの社員(ユラジアン)として傍聴を認められた。

　一輪車の車夫が検察側の証人として出廷した。

「私は乞食が二人の警官に抱え上げられたところまでしか見ていません。落ちるところは見ていない。見たくなかったからです」

　弁護士は執拗に問い詰める。

「見たくなかった?　では、あなたは乞食が河に落ちるのを目撃していないと言うんですね。あなたは神を信じますか?　どの宗教の神でもいいです。神を信じますか?」

いた。

「私は、地べたを這って進むような一輪車引きです。神のことは考えたことがありません」

検事の被告人に対する尋問はありきたりで、被告を告発し、断罪しようとする情熱に欠けていた。

小二郎にとって、不可解だったのは、法廷に何故か中国人警官鄭文新が出廷していないことだった。裁判官が鄭文新の不在に疑念を呈すると、河南中路警察署長R・トレィヴァーは、鄭は出廷の予定ですが、いまだに現れません、と首を傾げた。

小二郎が感じたのは、法廷全体が中国人殺害によってイギリス人が有罪になることはありえない、という雰囲気に包まれていることだった。

弁論は、行為に基づく「法の裁き」ではなく、「人間的価値」の問題にすり替わっている。

「被告席にいる二人は、前途有為のイギリスの青年であります。一方、ワン・ミンは中国の乞食でした。彼が中国人であること、乞食であることは神によって定められたことです」

一時間の審理ののち陪審員の採決に移り、全員が無罪の評決を下した。傍聴席では、小二郎とケズィックを除く全員が立ち上がって拍手した。

「恥知らず」

とケズィックは呟いた。

小二郎は、かつて伊藤俊輔がロンドンへの途上、桂小五郎宛の手紙の中で、高杉晋作について綴った言葉を思い出していた。

高杉晋作は、上海で英国人が清国人を奴隷のようにステッキで打つのを目撃し、もし日本が植民地化されれば彼らは同様に振る舞うだろう、それを防ぐには攘夷しかないと考え、久坂玄瑞、井上聞多、山尾庸三、伊藤俊輔を率いて御殿山のイギリス公使館焼討に走った。その僅か五カ月後、伊藤たちは当のイギリスへ留学のため出発するのだが……。

高杉晋作が上海を訪れたのは文久二年（一八六二）五月である。幕府は、清朝の動乱（太平天国の乱）と欧米列強の対アジア政策の情報収集のため、交易を名目に御用船「千歳丸」を上海に派遣した。長州藩からは高杉が、薩摩藩からは五代友厚《ごだいともあつ》が選ばれて乗船した。

四年前、高杉が上海で見た光景は、今、小二郎が体験している世界と何も変わっていない。しかし、最早攘夷思想は破綻している。小二郎が帰国するには、高杉が持ち帰った攘夷思想とは違った新しい政治思想を獲得していなければならない。

一八六七年の年が明けた。上海に来て一年近くが経つ。小二郎のマンダリン（標準中国語）もかなり上達した。商会の仕事は主に海運による商品の輸出入業務だが、多忙を極めた。

モンテスキューの『法の精神』を読了し、その記念として、小二郎は次のようなパラグラフを脳裏に刻んだ。

「自然状態では、人間は確かに平等なものとして生まれる。だが人間は、自然状態に止《とど》まることは出来ないであろう。社会は平等を失わしめる。そして、人間は法によってのみ再び平等となる」

『法の精神』のあと、小二郎はケズィックの勧めでチャールズ・ディケンズの『デイヴィッド・コッパフィールド』を読み始めた。これはケズィックによると、ノベル（novel）と呼ばれる物語の新しいジャンルで、novelそのものが〝新しい〟〝新奇な〟という意味である。

日本にはまだ「小説」と呼ばれるジャンルは生まれていなかったから、小二郎にとっては「戯作」に当たるものだが、ディケンズのような物語から新鮮な驚きを覚えた。

『デイヴィッド・コッパフィールド』は、孤児となった少年デイヴィッドが、襲いかかる数々の苦難を乗り越え、作家として大成し、幸福な結婚に至る物語で、小二郎はデイヴィッドに自分自身の少年時代を重ね合わせ、胸を締め付けられた。自分はデイヴィッドのような孤児ではなかったが、所払いで味わった孤絶感は深く心に刻まれて、消え去ることはない。雪の舞う夜、藁塚の中に潜り込んで、母や妹たちと眠った思い出にはどこか甘美なものがあった。

ケズィックはディケンズの殆どの作品を読んでいた。『デイヴィッド・コッパフィールド』は、ディケンズの自叙伝的色彩の濃いものらしい。ケズィックが心に残る話をしてくれた。

――ロンドンにはこのノベルを繰り返し読む知人が多くいて、そのうちの一人が彼に、「私はこれを何十回となく読んでいる。四十歳になった今も読んでいる。子供の頃の苦しさと悲しみを忘れないためにね」と語ったという。

そんなある日、坂本龍馬から手紙が届いた。


一筆啓上仕候。益々御精励大賀候。茲《ここ》に報知致すは、亀山社中解散の事。其後、愚生の志十二分に運び候、此度土佐藩後藤象二郎先生の尽力にて我々と土佐藩提携、支援相成候、組織、創設致候間、「海援隊」と名付候。御報告申上げ候段。「海軍塾」以来の精神と理想を継承・

発展させる存念也。但し、これ大兄の参加なくば一幅の画餅に帰すこと必定。一刻の猶予なく「帰隊」（大兄が上海に赴くに当たり愚生に記し置き文言也）されんことを切に奉願候。謹言。

三月十五日

龍馬拝

6

亀山社中は解散を余儀なくされた。薩摩藩の支援の下で設立されたが、薩摩藩は元来、長崎に貿易窓口を独自に置いていたから亀山社中の役割は限られていた。長崎での直接取引が困難な長州藩の船舶、武器などの購入に当たって、薩摩の名義貸しによる取引を亀山社中が代行するというのが取引の大半であったが、第二次長州戦争に勝利した長州は、長崎での取引を自由に行えるようになり、亀山社中の存在意義は薄れた。その上、自前船ワイルウェフ号を難破で失うという不運が重なる。財政は逼迫した。

そこへ救い主が現れた。土佐藩である。薩長連合の勢いを見て、同じ反幕思想の強い土佐藩が乗り遅れまいと薩長に接近する中、藩政の改革強化を目指して、外国の武器と船舶の購入に動いた。藩命を受けて、参政後藤象二郎が長崎にやって来た。参政は要職で、藩政を左右する力を持つ。

後藤が、龍馬を長崎の酒席に招いて、外国の武器、船舶購入の相談を持ち掛けたのには、龍馬が亀山社中を率いて来た実績と、彼が薩長同盟を実現させた影の立役者、という認識があったからである。

龍馬と後藤の協議に、のちに中岡慎太郎が加わる。中岡も土佐藩脱藩者である。

慶応三年（一八六七）四月、土佐藩後援による龍馬の海援隊が長崎で結成された。中岡の陸援隊は遅れて七月、京都で結成される。

海援隊は結成に当たって、隊約規を策定し、その第一規約で次のように謳《うた》った。

「凡《およ》そかつて本藩（土佐）を脱する者、及び他藩を脱する者、海外の志ある者、此隊に入る。運輸、射利《しゃり》、開柘《（ママ）》、投機、本藩の応援を為すを以て主とす。今後自他に論なく、其の志に従って撰んでこれに入《い》る」

正式な発足は四月初旬だった。龍馬が小二郎に帰国（帰隊）を促す手紙を送ったのは、海援隊結成準備に追われている段階である。龍馬は、海援隊を興すに当たって、伊達小二郎を中心に据える以外、成功の道はないと確信していた。

倒幕のうねりが大きくなるにつれ、龍馬が果たす政治的役割は小さくなって行く。ようやく藩籍復帰して、海援隊設立が成ったのではあるが……。

かつて龍馬の動きに引っ張られるようにして、倒幕に向けて連繫を強めて来た木戸孝允《たかよし》（桂小五郎）、西郷隆盛、大久保利通らは、既に龍馬の周旋が無くとも独自に、公然と談判を行うようになり、薩長土連合戦線の形成、将軍徳川慶喜《よしのぶ》に政権を朝廷に返還させる〝大政奉還〟の可能性も視野に入って来た。維新劇の最後の舞台が用意されようとしている。

「自分がいなくても……」

龍馬自身、そのことを痛切に感じ取っている。

海援隊結成において、常に彼の念頭にあったのはそのことで、彼の生来の素直で真っ直ぐな精神は、ここで彼自身に、初心にかえることを促した。

龍馬は十九歳の時、藩より許され江戸へ剣術修業に出て、千葉定吉門下で北辰一刀流を学ぶが、その間、折しもペリーが軍艦四隻を率いて浦賀に来航、龍馬は土佐藩在府臨時雇として海岸警備の任に着いた。父・八平宛に「異国の首を打取り帰国仕る可く候」などと威勢の良い手紙を書くが、帰国して間もなく、河田小龍《しょうりょう》を訪ねる。

河田小龍は画家で儒家であるが、嘉永五年（一八五二）、米国より帰国した中浜万次郎（ジョン万次郎）から聞き書きした万次郎の漂流体験記『漂巽《ひょうそん》紀略《きりゃく》』を著したことで知られる。土佐藩屈指の開明派知識人であった。

龍馬二十歳、万次郎の冒険に心惹かれた。彼は河田を訪ね、いきなり今後の自分の進むべき道について御教示願いたい、と短兵急に求めた。最初、河田は彼を相手にしなかった。しかし、龍馬の懇請に負け、次のように語った。

――私に一の商業を興し、利不利は格別、精々金融を自在ならしめ、如何ともして一艘の外船を買求め、同志の者を募り之に付乗せしめ、東西往来の旅客、官私の荷物等を運搬し、以て通便を要するを商用として船中の入費を賄い、海上に練習すれば航海の一端も心得べき小《こ》口《ぐち》（端緒）も立つべきや、（……）今日より始めざれば後れ後れして前談を助くるの道も随《したがい》て後れとなるべし――。

龍馬は手を打って、

「剣は畢竟《ひっきょう》一人の敵と相対するのみ、以後天下に志ある者は、必ずこの他に採る道はないでしょう」

と喜び、再び訪れて問うた。

「船は金策さえ出来れば手に入りますが、これを運用する同志がなければ何の用にも立ちません。この点についての工夫を聞かせて下さい」

龍馬の問いに対して河田小龍は、

「従来、俸禄に飽いた者は志がない。下民《げみん》のうちにこそ志望に燃えながら資力なくして泣いている秀才もあろう。これを養成すれば、人材のことは憂慮には及ぶまいと思う」

と述べると、

「もっともの御説でござる。では僕は汽船の入手に骨を折ることにする。貴君はなにとぞ同志の養成に専任して下さい」

二十歳の弱輩が、十一歳上の先学にそう言った。河田は目を丸くして龍馬を見送る。

その小龍門下から「海軍塾」に来たのが饅頭屋《まんじゅうや》長次郎こと近藤長次郎である。他に長岡謙吉、新宮馬之助らの中堅をなす人材が来た。

海援隊約規は、正に龍馬が二十歳の時、河田小龍との出会いと教示、あるいは小龍を介して龍馬の心奥に滲透《しんとう》したジョン万次郎の冒険と克己《こっき》の精神、つまり初心から綴られたものと言える。

隊約規四――凡そ隊中修業課を分ち、政治法律、火技（銃砲術）、航海、汽機、語学等の如き、其志に従いてこれを選び勉励相勉むべし。

別項業務――著作出版、外国書籍翻訳出版の企画に相勉むべきこと。

龍馬の情熱の行方が、政治的野心にないことは明白である。彼の志向は、海洋へと展開する自由不羈《ふき》の精神の活躍する場を準備する組織の構築にあったのだ。「海局」の実現である。しかも、この「海局」は、勝海舟が構想した〝日本〟という国家の〝海岸線〟を波のうねりのように越えて、外海へ溢れ出ようとしている。龍馬はこの時、〝世界〟という概念を摑んだと言えよう。だからこそのちに、「今後、何をやるつもりか」と西郷隆盛に問われた時、「さよう、世界の海援隊でもやりますかな」とさらりと応じたのであり、刀刃《とうじん》に伏す数日前、「君と世界について話したいものだ」と陸奥に通信したのである。

――しかし、我々は先を急ぎ過ぎた。

先ず、龍馬からの「帰隊」を促す手紙を、上海の小二郎はどう受け取ったのか。彼からの返信がない。龍馬の胸を一抹の不安が横切る。

姉の乙女《おとめ》からの手紙のことがあった。彼女は、龍馬が土佐の藩籍に復帰したことを喜ぶどころか、厳しく批判する手紙を寄越したのである。藩の庇護と支援の下に、海援隊を結成したこともまた乙女には解せぬことであった。龍馬と後藤象二郎は、土佐勤王党をめぐって仇敵同士の間柄の筈ではないか。

姉乙女の手紙には「御国（土佐）の姦物《かんぶつ》役人にだまされ、私を以て利をむさぼり、天下国家の事をお忘れ候」とあった。

姉の力は強い。龍馬は必死に釈明する。

「右二ヶ条ハありがたき御心付ニ候得ども、およばずながら天下ニ心ざしをのべ候為とて、御国よりハ一銭一文のたすけをうけず、諸生の五十人もやしない候得バ、一人ニ付一年どふしても六十両位ハいり申し候ものゆへ、利を求め申候。（……）おそれながら、これらの所ニハ、乙（女）様の御心ニハ少し心がおよぶまいかと存じ候」

しかし、乙女とはまた違った意味で鋭い批評精神の持主である伊達小二郎は、海援隊の結成をどう受け止めているだろうか。

だが龍馬は、立ち止まっているわけにはいかない。洋型帆船大極丸（四百トン）を、土佐藩の融資で購入した。彼は、これを年来の宿願の一つである隊士による蝦夷地（北海道、樺太、千島）開拓移住に運用する計画で、兵庫港船渠（ドック）に預けた。かつての神戸海軍操練所である。

大極丸とは別に、伊予大洲《おおず》藩からいろは丸を借用して、海運業を本格的に開始する。いろは丸は四十五馬力、百六十トンの小型汽船。これを十五日間、一航海五百両で借り受けたのである。

慶応三年（一八六七）四月十九日、紅白紅《こうはくべに》に塗り分けた船旗を掲げた海援隊の船いろは丸は、銃砲弾、民用貨物を満載して大坂へ向けて長崎を出航した。

「今日をはじめと乗り出す船は　稽古始めのいろは丸」

と龍馬が即興で作った唄を全員で歌いながら下関海峡を通過、春の瀬戸内海を颯爽と東に向かって進む。

四月二十三日は正午過ぎから霞が立ち始め、日が傾くにつれ濃くなって行った。日が沈んだ。午後十一時頃、讃岐の荘内半島近くに差し掛かった時、突如海霧を突いて巨船が現れた。いろは丸の当番士官佐柳高次は、直ぐに左転して避けようとしたが間に合わず、巨船の船首がいろは丸の右舷に衝突、煙筒と中檣《ちゅうしょう》が大音響を立てて破壊された。船腹から浸入した大量の海水が船首を傾ける。巨船はいったん退いたが、再び前進したため、いろは丸は船腹を裂かれ、船首から水没し始めた。

龍馬の叱咤激励で、乗組員は必死で哨艇《しょうてい》を降ろして脱出、ようやく衝突に気付いて停止した巨船に収容された。

やがて幕が上がるように霧が晴れ、月の光が海面を照らした。いろは丸は汽笛を鳴らし、水しぶきを上げながら海中に没した。汽笛を鳴らしたのは、船に最後までとどまっていた二人の水夫で、泳いで哨艇に辿り着いた。

巨船は紀州藩汽船明光丸だった。百五十馬力、八百八十七トン、いろは丸の五倍の大きさである。

明光丸船長高柳楠之助はじめ紀州側の誠意を欠く対応に、龍馬は怒りをあらわにした。彼は明光丸を対岸の備後福山の鞆《とも》ノ浦に入港させ、海に臨む福禅寺の客殿対潮楼で事件解決の談判に入る。対潮楼は、かつて朝鮮通信使高官と雨森芳洲《あめのもりほうしゅう》らが漢詩の応酬で交歓した場所である。

紀州側は、海援隊をどこの馬の骨かといった態度で、大藩意識をちらつかせて非を認めない。龍馬は、一、いろは丸当番士官は明光丸の白色の檣灯《しょうとう》と青色の右舷灯を認め、警笛を鳴らしながら左転して衝突を避けようとしたが、明光丸は何ら回避措置を取らず、なお速度も落さず右旋回しながら驀進《ばくしん》して来たこと、二、衝突後も明光丸はいろは丸に対して、即時救助活動を行わなかったこと、等を挙げて厳しく糾問したが、紀州側は、衝突については明光丸に如何なる非もない、と反論する。何故なら、我方は五百トン以上の船の航路と定められた水域を航行しており、二百トンに満たないいろは丸は正規航路への闖入《ちんにゅう》者に当たる。更に、いろは丸の船首灯が点滅していなかったという我方の見張番の証言もある。

四日間、談合を重ねたが、解決の糸口を摑めないまま、明光丸は仕向地の長崎へ急ごうとする。

「この上は長崎において正式の裁判にかけて、公論によって正否を決することとする」

と龍馬は宣言した。

長崎での裁判は止むを得ないとして、裁判は長崎奉行所の管轄である。奉行所即ち幕府であり、係争の相手が御三家紀州藩となれば海援隊の不利は明らかだ。

その夜、事務長中島作太郎、当番士官佐柳高次、機関士腰越次郎の三人が龍馬に向かって、海援隊を脱退すると告げた。

「彼らの非を鳴らすため、明光丸に斬り込みを掛ける」

「その命をしばし僕に預けよ。長崎できっと勝ってみせる」

と龍馬は言った。沈んだいろは丸と積荷の賠償が彼に重く伸し掛かる。刀でこの事態を解決することは出来ない。これが大切な点だ。このことを海援隊士に教えなければならない。

龍馬の「海局」が試されているのだ。どうするか。知恵を働かせるしかない。小二郎ならどうするだろう？　彼の明晰な頭脳が要る。しかし、彼はもう帰って来ないかもしれない。裁判に負ければどうなるか？　結成したばかりの組織は取り潰され、そして切腹……。それでは何のための海援隊だ？　切腹などという、馬鹿な身の処し方を否定する世を求めたのではなかったのか。

龍馬は、長崎に帰還する隊士たちの主将に中島作太郎を指名した。彼にいろは丸の航海日誌、記録、海路図を託し、裁判に備えるよう指示した。隊士を三班に分け、瀬戸内航路の定期船に乗せて長崎に送り出すと、龍馬は単身、下関に向かった。阿弥陀寺の伊藤助太夫宅に、妻鞆《とも》（お龍《りょう》）を預けている。龍馬に一朝事ある時は、妻を高知の姉、乙女の許に送り届けてくれるよう伊藤に依頼した。

長崎へ急ぐ。漁船を雇って唐津まで行き、佐世保を目指して歩く。歩きながら考える。

……このままではいかん。何がいかん？　海援隊か、己れ自身か？　いや、日本の行末だ。

龍馬は、いろは丸沈没という椿事《ちんじ》に際して、直面している難題を飛び越え、あろうことか、新しい国家体制の基本方針を構想し始めたのである。それは革命的とも言える内容であったが、彼自身にはその価値と実現可能性を見定めるだけの心の余裕がなかった。

道中、猛烈な速度で人々を追い抜いて行く。道端の人々も、龍馬の歩き振りを見て、余程の急用か、と驚嘆の目で見送った。

龍馬は考えている。頭が焼き切れんばかりに思考をめぐらしている。

佐世保で、佐賀の藩船に便乗することが出来た。海は荒れて、船が大きく揺れる。だが、彼は考えることを止めなかった。

「万機宜シク公議ニ決スベキ……」

と宣言してみる。するとその言葉の周りに、新たな言葉が渦を巻くように寄せ集まって来た。彼は、それらの言葉を反芻《はんすう》しながら纏《まと》め上げて行く。

龍馬が長崎へ着いたのは五月十三日である。彼を驚かせたのは、既にいろは丸海難事故についての審問が始まっていたことだった。

審問・裁判は、長崎奉行所に近い聖福寺《しょうふく》方丈で開かれた。

審問は四日前から始まり、我方に有利に運んでいる、と中島が報告した。

「誰がそんなことを勝手にやってるんだ！　中島、君か？」

その時、ドアが静かに開いた。

「小二郎！」

龍馬は駆け寄って、肩に手を掛けた。

「隊長、訓令に従い帰隊致しました。遅くなって申し訳ありません」

龍馬はしばらく言葉が出ない。

小二郎の出立《いでた》ちはグレーのスーツ、髪は油で整え、七三に分けている。ノーネクタイだが、伊藤俊輔たち（長州ファイブ）がイギリス留学の際、ロンドンで記念撮影した服装にそっくりである。

「僭越《せんえつ》かと思いましたが、中島君から事故の詳細を聞いて、相手の船と船長が長崎にいるわけですから、とにかく先制攻撃を仕掛けるに如くは無しと、隊長の許しもなく事を運んでしまいました。航海日誌、海路図を吟味したところ、勝てると思います。こちらには国際法の知識がありますし――、これがそうです、英文ですが――更にいざとなれば、現在、長崎港に碇泊中のイギリス軍艦バロッサ号の艦長ダウエル大佐に海洋法上の判断を仰ぐつもりです。

我方の損害賠償請求額は十万両が妥当だと思いますが、如何でしょう。内訳は、大洲藩への弁済料五万両、船積書類から概算して貨物損失分一万両、海援隊に対する慰謝料四万両……」

「十万両！　伊達、相手は紀州藩だよ。いいのか？」

龍馬の問い掛けに、小二郎は表情も変えず答えた。

「私は脱藩者ですから斟酌《しんしゃく》には及びません。それに、現在父と兄は和歌山で幽閉中の身です」

翌日、小二郎の犀利《さいり》な弁論は相手を圧倒し、明光丸側は次の内容の書面に署名した。

衝突之際、我士官等、彼（いろは丸）甲板上に上がりし時、明光丸甲板上に一人の士官あるを見ず。是一ケ条。衝突之後彼《のち》（明光丸）自ら船を退く事、凡《およそ》五十間計《ばかり》、再前進し来っていろは丸の右艫《みぎとも》を衝《つ》く。是《これ》二ケ条。

署名を見届けると、海援隊側は明細書と共に十万両の損害賠償を提示した。明光丸側は余りの高額に驚き、これを拒否。明光丸勘定奉行茂田一次郎と船長高柳楠之助は、航路上の問題を蒸し返して、審問の場所を聖福寺から長崎奉行所に移すことを求めた。明らかに幕府の勢威を借りて劣勢を挽回しようとの心算である。

龍馬は奉行所移行に反対したが、小二郎は、

「相手の舞台で喧嘩してみましょう。その方が弁論を振るう力も出ようかと」

と長崎奉行所移行をあっさり受け入れた。

その夜、小二郎の率先で、海援隊士十数人が丸山花街に繰り出した。龍馬は得意の即興歌を作り、隊士、芸者衆と一緒に歌って踊った。

「船を沈めたその償いは　金を取らずに国を取る」

海援隊には薩摩、長州、土佐の後楯《うしろ》がある。海援隊をただの浪士の集まりと見くびると大火傷するよ、というはったりである。

オランダ語で船乗り、水夫の意味のマドロスは、異人、日本人を問わず長崎住民自慢の存在

で、マドロスを養成する海援隊の制服「白袴」は、伊達《だて》であるとして人気があった。花街から発される風聞に最も敏感なのは奉行所で、遠く離れた幕府の意向より、出島を有し、外国に向けての最大の窓口である長崎住民の「世論」が、奉行、与力、同心にとって気懸りなのである。「紀州なんか早くやっつけてしまいなさい」と賑町《にぎわいまち》の小曽根邸内に設けられた海援隊本部まで、激励にやって来る野次馬もいる。龍馬もまた隊士たちに、街に出て、我々は既に長州の桂小五郎、薩摩の西郷隆盛、土佐の後藤象二郎などと連繫して、紀州と一戦構える用意は出来ている、と吹聴するよう唆《そその》かしたりした。

五月二十七日、奉行出座の下に結審と決まった。当日、奉行所の周辺には朝から数百人の町衆が集まって、結審を見守る。

奉行所内の楓の間において、紀州側の座に見慣れない中年の武士が着いている。茂田や高柳よりも上座である。武士は甲高い声で、紀州藩京都藩邸参政、三浦休太郎と名乗った。敗訴の可能性と十万両という巨額の賠償金請求の知らせを受けて、慌てて出向いて来たのである。

三浦は家老水野忠央《ただなか》、安藤直裕《なおひろ》ら紀州藩守旧派に連なる重役の一人で、小二郎は、京都で兄の宗興《むねおき》からその名を何度か耳にしたことがある。宗興は一時、参政のまま中川宮朝彦親王の執事を務めたりして、藩邸内では尊王派と目されていたが、水野・安藤の復権と共に失脚、和歌山の獄に送られた。京都で、その兄を追い落して、後釜に座ったのが三浦であった。しかし、小二郎は三浦の顔を知らない。三浦もまた小二郎を知らない。それのみか、小二郎が伊達宗広の息子であることもまだ知らない。

三浦の反論は一点に絞られた。いろは丸は定められた航路を取らずに航行して、五百トン以上の大型船舶の航路に侵入して衝突したのである。従って過失は明光丸にはない。

「大型船舶航路については明文化されているか」

と小二郎は問う。

「明文化されていないが、慣例として海運界では共通の認識である。慣例もれっきとした法である」

「海運は一国の問題ではなく、国際的なルールの下で運用されなければならない。折良く、イギリス軍艦バロッサ号が長崎港に碇泊中で、艦長のダウエル大佐に海洋法上の見解を伺ってみてはどうか」

翌日、長崎奉行、三浦、茂田、高柳、龍馬、小二郎、中島らが打ち揃ってバロッサ号にダウエル大佐を訪問した。通訳は小二郎である。

――「公海」上において、五百トン以上と定められた航路は存在するか、という問いに対し、ダウエル大佐は、そのような航路もルールも存在しないし、国際海事裁判においては認められないだろう、と明言した。

大佐は小二郎の流暢、明断な英語に驚いた。彼は時々会談を中断して、小二郎に個人的な質問をした。小二郎がアーネスト・サトウと友人であることを知って、長髯《ちょうぜん》をしごいて大いに喜んだ。更に小二郎が最近まで上海にいたと知ると、上海競馬場のレースの思い出をなつかしそうに語った。

三浦休太郎は、二人のやりとりを苦虫を噛みつぶしたような表情を浮かべて聞いていた。

会談も終盤に差し掛かり、あとは奉行所に戻って奉行の裁定で決着をつけるばかりである。三浦はこの上は奉行に圧力を掛け、賠償金を大幅に減額させるしかないと考えた。財政逼迫の折、十万両などとんでもない。半分も出せない。

会談を終えて全員が席を立とうとした時、突然一人の大柄な武士が艦長室に入って来た。土佐藩参政後藤象二郎である。彼がいきなり、何の前触れもなくバロッサ号に乗り込んで来たのは、この度の沈没事件で海援隊を支援するためではなく、全く別の急を要する重大な案件で龍馬の力を借りるためだった。

しかし、後藤の登場は、紀州側と奉行に対して大きな圧力を掛ける効果があった。沈没事件をきっかけに、倒幕派の主力、土佐、長州、薩摩が連合して、徳川御三家の一角である紀州藩と一戦交えるというのは本当かもしれない。

翌日、場所を再び奉行所に移して、最後の審判となった。後藤も結審の場に連なる。紀州側は最早、抵抗する粘り腰もなく、賠償金の減額を要請する作戦に出た。数時間にわたる協議ののち、八万三千両とすることで決着が付いた。

その夜、海援隊は大挙して丸山へと繰り出した。陸奥宗光の海援隊時代のものとして残されている三枚の写真の一枚、スーツを着流しに替え、高下駄、腰に二本差し、顔を宗十郎頭巾で覆った鞍馬天狗張りの扮装、〝傾《かぶき》たる装《なり》〟で収まった奇抜な一枚はこの夜のものである。

龍馬と後藤は翌早朝、土佐藩汽船「夕顔」に乗り込み、急ぎ京都に向かう。

京都の反幕派の陣営は、今や倒幕挙兵に大きく傾きつつあった。中岡慎太郎の主導、画策で、武力倒幕を骨子とした薩土密約が結ばれたのである。西郷や小松帯刀までが、平和的な権力移行でなく、暴力による政府転覆路線を選んだことになる。長州の木戸が加わるのも時間の問題だ。

更に、これまで蚊帳の外に置かれていた感のあった朝廷も、和宮降嫁以来犬猿の仲だった岩倉具視と三条実美《さねとみ》が手を結び、政争の中心に躍り出ようという勢いである。公武合体、幕府との協調・融和路線に傾いていた孝明天皇の崩御に続く睦仁《むつひと》（十六歳）の践祚《せんそ》によって、思い掛けない力の充実を手にした二人は、虎視眈々、倒幕の勅令を下す機会を窺っている。

かつて敵同士であった龍馬と後藤象二郎が今、「夕顔」船上で、来たるべき日本の政治の行方を必死で探ろうとしている。先ず二人が手を結んで、内乱、内戦の危機を封じなければならない。

以前、龍馬の海援隊結成を知って、姉の乙女が書き送った手紙にあった「御国（土佐）の姦《かん》物《ぶつ》役人にだまされ……」の姦物役人とは後藤象二郎を指していた。しかし、龍馬は、「夕顔」出航前に、その後藤について、「（……）中にも後藤は実に同志にて、人のたましいも志も、土佐国中で外にはあるまいと存じ候」と乙女に書き送っている。

「夕顔」は下関海峡を過ぎ、伊予灘から安芸灘、来島《くるしま》海峡へと船足を進める。

一夜、龍馬と後藤は後尾甲板に並んで立った。傍らに伊達小二郎が控えている。

風が強くなった。月の光の下で、雲が流れながら不思議なかたちを取り、素早く崩れて行く。

「今夜、海は荒れますぞ」

と龍馬が言った。

波のうねりが大きく、高くなった。風は初め南東から吹いて来たかと思うと北西の風に変わり、次いで南西に変わり、そのまま猛烈な勢いで吹き続けた。「夕顔」は六百五十九トン、長さ六十五・八メートルの鉄製のスクリュー船だが、風と波に翻弄される。三本の檣《ほばしら》は軋り音を上げ続けた。波繁吹《しぶき》が甲板を襲い、龍馬たちを濡らした。

後藤と小二郎が船室に戻ろうとすると、

「ちょっと待って下さい。もうすぐですから」

「何がもうすぐですか?」

と後藤が振り返る。

龍馬はそれには答えず、疾走する筋雲の向こうで、耿々《こうこう》と輝いている月を見上げていたかと思うと、大声を上げた。

「万機宜《よろ》シク公議ニ決スベキ事! これだ。先ず全てはここから始めるべきだ」

龍馬は、下関で、妻の鞆《とも》(お龍《りょう》)に密かに別れを告げたあと、海と陸をつないで長崎へ向かいながら、猛烈な速度で思考をめぐらす中で、遂に発した先の宣言から生まれて来る言葉の渦巻を、今、荒れ狂う海の上で確実に捉え、声に出しながら纏め上げて行く。

「伊達君、君の筆無用の祐筆ぶりは証明済みだ。覚え切ってくれるね。僕は多分、一度しか言えん。言ったあとはきっと忘れてしまうだろう」

小二郎は微笑を浮かべて頷く。

「一、天下ノ政権ヲ朝廷ニ奉還セシメ……」

その時、「夕顔」は、波に高く持ち上げられたかと思うと、山から谷へと真っ逆さまに突き落されるように降下する。三人は辛うじてデッキの手摺にしがみ付く。だが、その間も龍馬の言葉は続く。

「（……）――以上八策ハ、方今《ほうこん》天下ノ形勢ヲ察シ、之《これ》ヲ宇内《うだい》万国ニ徴《ちょう》スルニ、（……）伏テ願クハ公明正大ノ道理ニ基キ、一大英断ヲ以《もっ》テ天下ト更始一新セン。以上！」

吹き荒ぶ風浪に抗して、龍馬の堰を切ったように迸《ほとばし》る言葉の連続が途絶えた時、嵐は鎮まった。

後藤が龍馬に駆け寄る。

「坂本さん、これは驚いた！　この策を示せば暴挙を防げる。必ず中岡も西郷も説得出来る」

龍馬は、全身の力が抜けたかのように呆然と立って、海面に映る月に視線を向けている。小二郎が穏やかな声で言った。

「私は明朝、お二人に、一字一句洩らさず文章にしてお届けします。標題があった方が良いと思いますが、『船中八策』というのは如何でしょう？」

「天下ノ政権ヲ朝廷ニ奉還セシメ、政令宜《よろ》シク朝廷ヨリ出ヅベキ事」

海上の嵐の中で生まれた「船中八策」は、朝廷を中央政府とした上で、「上下議政局」という議会を設け、憲法を制定し、法に基づく新しい国家を構想するものだった。

朝廷と幕府という二重権力構造を克服する平和革命の道を示した〝八カ条〟は、河田小龍《しょうりょう》、横井小楠《しょうなん》、勝海舟に連なる「海局」の思想が結実したものと言えよう。

倒幕挙兵に動いて薩土密約を画策した中岡慎太郎も、「船中八策」に基づく龍馬と後藤の説得を受け入れ、土佐藩前藩主山内容堂をも動かして、六月十七日、土佐藩は、「大政奉還」を藩論として決定した。動きは迅速である。

六月二十二日、龍馬と後藤、中岡は、薩摩藩小松帯刀、西郷、大久保利通らと「船中八策」をもとに会談し、先の倒幕の密約を解消して、「大政奉還」を視野に入れた薩土盟約を新たに結んだ。

しかし、薩摩は倒幕挙兵の構えも崩していない。八月十四日に、長州・広島（安芸）藩三藩による挙兵倒幕計画を図っている。

一方、討幕の密勅を下す機会を窺っていた朝廷は、九月七日、その薩摩藩に密勅を下す内意を伝えた。それを受けて、薩摩藩は土佐藩に対して、薩土盟約の解消を通告して来る。

龍馬と後藤は急遽、山内容堂に、討幕の動きに先んじて、「大政奉還」の建白書を幕府に提出するよう進言する。山内容堂は素早く動き、建白書を老中板倉勝静《かつきよ》を通して将軍徳川慶喜《よしのぶ》に提出した。十月三日である。

十月十三日、将軍は、二条城に在京十万石以上の四十藩の重臣に召集を掛けた。将軍自ら「大政奉還」の上奏案を諮《はか》るためである。

7

十三日八ツ時（午後二時）、二条城大広間に集まった後藤象二郎を含む四十名の各藩代表を前に徳川慶喜は、「政権を朝廷に帰し、天下の公議を尽したし」と述べた。

その日、小二郎と中島を含む海援隊士数名は、河原町蛸薬師《たこやくし》近くにある龍馬の下宿近江屋に集まって、二条城の会議の結果を待っていた。そこへ後藤から、「大樹公（将軍）政権ヲ朝廷ニ帰ス之号令ヲ示セリ」との報が入る。

その時、龍馬は、

「将軍家、今日の御心中さこそと察し奉る、よくも断じ給えるものかな」

と小二郎たちに語り掛け、落涙した。


心から長閑《のどけ》くもあるか野辺はなほ雪げながらの春風ぞ吹く　　龍馬

しかし、この日十月十三日、岩倉具視らが主導する朝廷は、薩摩藩に対し討幕の密勅を下す。

翌十四日、将軍は朝廷に「大政奉還」（政権返上）の上表文を提出する。

同日、朝廷は、今度は長州藩に対し討幕の密勅を下す。

翌十五日、朝廷は「大政奉還」を勅許する。

十月二十一日、朝廷は、討幕の密勅を見合わせる旨の沙汰書を薩摩、長州に送る。これにより討幕のクーデターは直前に回避された。

倒幕挙兵、「大政奉還」、さらに密勅を下したり取り消したり（しかもこの密勅には天皇の璽《じ》があったかどうか疑わしいとされる）の騒ぎをよそに、小二郎は京都で何をしていたか……。

彼は、龍馬が「夕顔」船上で口述した「船中八策」を筆記、文に整え、龍馬の校閲を経て清書したのち龍馬に提出したのだが、時を移さず十数頁にわたる自らの提言書を書き上げる。それは、海援隊の商業活動、主に海運業の拡大充実を目的とした提言で、彼はこれに「商法の愚案―新しい世界を目指して」と標題を付した。

彼がジャーディン・マセソン上海支店で培った貿易実務の知識と、香港上海銀行のケズイックから学んだ新しい為替理論などを海援隊用に編集、提要化したものだった。「船中八策」が新しい国家の政治大綱だとすれば、「愚案」は海援隊のビジネス綱領だった。

「商法の愚案―新しい世界を目指して」には、海援隊の商社活動について、三項目にわたって詳細かつ明快に記されていた。そして、海援隊商事部門は商法に明るい者に委ねるべきである、つまり筆者が担当すると宣言して締めくくり、「陸奥源二郎宗光」と署名していた。陸奥宗光の名の初出である。

小二郎はこれを龍馬に提出した。龍馬は一読後、「商法の事ハ陸奥に任し在之候得バ」（十月二十二日付）と書き送った。

しかし、小二郎は、「愚案」と併行して、「船中八策」と密接に関係する論文を起草していた。彼はその文を次のように始めている。

> 人は日々に旧《ふる》く、物は日々新《あら》たなり。万物は流転す。之《これ》即ち天理に基づく自然の理であり、人間《じんかん》に於てもまた然り。高貴必ずしも才徳あるを生じず、卑賤の門に知才の生ずを見る。四海同胞、平等也。天下国家においては、唯人民の心（public opinion）の向かう処に帰すべし。唯至尊（天皇）ノ為ニ帰スベキニアラズ。
> （……）茲《ここ》において、長きに亘《わた》る諸藩の主従の関係を一新（revolution）し、新たに各々対等の「盟約」を結ぶべし。「盟約」の下に人民徳望の帰する者を選び、議会を設け、法を定むべし。
> 泰西の賢人、謂《い》へらく。――自然状態におきて人自ずから平等なものとして生まれども、人、自然に止まることを得ず、必ず社会（society）を成す。社会必ず平等を失わしめる。そして、人は法によってのみ再び平等となる、と。

小二郎はこの論考に「藩論――もう一つの愚案」と付して、無署名のまま龍馬の机下に置いた。「もう一つの愚案」は、藩権を温存したままの改革路線「船中八策」を越えて、先に進もうとする。――唯至尊（天皇）ノ為ニ帰スベキニアラズ。清らかな尊王主義者である龍馬は、弟子の文章にどのように反応しただろうか。

四条通室町上ル西側の旅宿沢屋に投宿中の小二郎に、十一月七日付の龍馬の手紙が届いた。

世界の咄《はな》しも相成可申《あいなりもうすべき》か（君と世界について話したいものだ）、（……）此頃おもしろき御咄しも、おかしき御咄しも、実に実に山々ニて候。

十一月初旬、龍馬は、「船中八策」を更に具体化した「綱領八策」と新政府の官制案（組織と人事）の草案を携えて、京都薩摩藩邸に西郷隆盛を訪ねた。

西郷は、閣僚名簿を一覧して、龍馬の名がないのを不審に思い、その理由を訊ねた。

「窮屈な役人などは、真っ平ご免です」

「しからば、今後どうされるおつもりか？」

「さよう、世界の海援隊でもやりますかな」

西郷は頷き、頼もしげな表情を浮かべて微笑んだ。

西郷はこの時、既に「大政奉還」による「合議政体」を棄てて元来の武力倒幕路線に戻り、幕府との開戦のきっかけを窺って、十月以来、下総出身の志士相楽総三《さがらそうぞう》を江戸に潜入させ、江戸、関東の攪乱工作に従事させていた。相楽は芝三田の薩摩藩邸を根城に、草莽《そうもう》浪士を集めて江戸の大店、豪商を襲撃し、放火、暴行掠奪を繰り返す。十二月二十五日、これを怒った江戸市中警備役の庄内藩兵が薩摩藩邸を襲撃、焼き討ちした。西郷は、こうして開戦のきっかけを摑むのである。

無論、西郷のそのような深謀は龍馬の知るところではない。薩長土の連合戦線が形成され、維新劇の最終舞台が整いつつある時、彼らは龍馬という〝自由な存在〟を幾らか鬱陶しいものと感じるようになっていた。

西郷に問われて、龍馬が「世界の海援隊でもやりますかな」と答えたのは、濁りのない彼の精神がそのことを洞察していたからかもしれない。怪物西郷はその洞察に対し、微笑でもって敬意を表したのである。

しかし、龍馬はまだ「合議政体」への寄与と参画を止めてはいない。新政府の財政・金融政策を立案するため、理財の道に明るい三岡《みつおか》八郎（由利公正《ゆりきみまさ》）を久し振りに福井に訪ねたり、小二郎に横浜へ赴き、横浜の貿易状況を調査、合わせてアーネスト・サトウからイギリスやヨーロッパ諸国の議会制度を取材して来るよう指示している。

龍馬は「王政復古」後の「船中八策」の実現を間近なものと信じている。しかし、一旦矛を収めたかに見えた西郷や大久保、岩倉らに率いられた武力倒幕派によって、やがて「船中八策」、龍馬の「海局」がズタズタに切り裂かれ、葬り去られて行く過程を見ることは出来ない。

龍馬という〝自由な存在〟は、元より幕府にとっても鬱陶しいばかりか目障りであった。幕吏は常に彼を見張っていた。

警告は複数の人物を介して発せられていた。

〝自由な存在〟である龍馬だからこそ、勤王派と佐幕派の心有る者の間に橋を架けることが出来た。だが、その自由を憎み、許し難いと考える人間も多くいる。寺田屋事件に見るように、奉行所、京都見廻組、新選組などは早くから彼を危険人物と目して、抹殺する機会を窺っていた。しかし、自由に動き回る彼をなかなか掴まえられない。

十一月、彼の下宿（潜伏先）近江屋の主人新助は幕吏を警戒して裏庭の土蔵に密室を作り、龍馬は母屋の二階から土蔵へ移った。この密室から龍馬は、十一月十三日、近くの沢屋にいる小二郎に手紙を送る。

一、さしあげんと申《もうし》た脇ざしハ、まだ大坂の使いがかへり不申故《もうさざるゆえ》、わかり申さず。
一、（あなたの）御もたせの短刀は、さし上げんと申た私のよりは、よ程よろしく候。但し中《なか》心《ご》（刀身の柄《つか》に入った部分）の銘及びかたち、是ハまさしくたしかなるものなり。然るに大坂より　刀とぎかへり候時ハ、見せ申候。
一、小弟（私）の長脇ざし（吉行）御らん被成度《になりたき》とのこと、ごらんニいレ候。

十三日　　謹言

陸奥老台　　自然《じねん》堂　拝

自然堂は龍馬の号だが、「自然堂」と自署した書翰《しょかん》はこれ一通だけである。

翌々日の十五日夕方、陸援隊隊長中岡慎太郎が訪ねて来た。この日は、龍馬の三十三歳（満）の誕生日だった。龍馬は風邪気味のため、土蔵では寒さも厳しく、母屋の二階に移って中岡を迎えた。

陸援隊本部は土佐藩白川屋敷にあり、百人近い隊士がいたが、結成されて日も浅く、急拵えの感が拭えない。新選組が送り込んだ間諜《かんちょう》も混じっている。その日、男は中岡を尾行して、彼が河原町の近江屋に入るのを見届けた。近江屋が龍馬の常宿であるところまでは疾《と》くに内偵済みである。そこに中岡が入って行った。今、龍馬がいる！

間諜は京都見廻組に通報した。見廻組の中でも、特に腕に覚えのある七人の刺客が近江屋に向かう。

近江屋の母屋二階への階段を駆け上がった先鋒は二人。迅《はや》かった。龍馬は、床の間に置いていた佩刀《はいとう》（吉行・二尺二寸）を取ろうと身を捩じった瞬間、右肩先から左背骨へ激しい一太刀を受けた。

龍馬は続く二の太刀を鞘のまま受け止めたが、刺客の鋭い太刀は鞘を割り、刀身を削り、そのまま龍馬の前額を巻くように薙《な》ぎ払った。激痛の中で龍馬は、

「小二郎、刀はどこだ？　刀をくれ」

と叫んだ。中岡と呼び間違えたのである。しかも、刀は龍馬自身が手にしている。

「何も見えん。おれは脳をやられた。もういかん」

と声を絞り出して、そのまま突っ伏した。

中岡もやはり佩刀に手が届かず、短刀で応戦したが、腰部を何度も深く抉られた。いったんは立ち上がり、屋根伝いに救いを求めたが、どこからも応答のないまま倒れた。

血溜まりの中、鞘を割られた「吉行」を握ったまま龍馬は絶命した。「ごらんニいレ候」と小

二郎に書き送ったその長脇差である。この手紙が龍馬の絶筆となった。

しかし、この絶筆の存在が明らかになるのは、彼の死からおよそ百十年後のことである。『坂本龍馬全集』（監修／平尾道雄、編集・解説／宮地佐一郎　光風社書店　一九七八年）の編集スタッフが偶然、「神戸、加納家文書」から発見した。

「大政奉還」前後のこと、加納宗七と名乗る中年の男が小二郎を訪ねて来た。彼は和歌山城下で手広く酒造・廻船業を営む加納屋の次男に生まれ、兄と共に家業に携わっていたが、若い頃から伊達宗広の庵に出入りする学問好きの商人だった。

以前にも触れたが、宗広は勘定奉行の時、加納屋の倒産危機を救ったことがある。小二郎が再度の上京の折、加納屋は宗広に十両の金を融通した。宗七は父親の命で、和歌山で幽閉中の宗広一家の面倒を何くれとなく見ていたが、宗広から小二郎の海援隊での活躍の話を聞き、維新のうねりに身を投じたいとの一念で上京して、海援隊の門を敲《たた》いた。

加納宗七は、龍馬と中岡慎太郎の復讐戦「天満屋事件」で重要な役割を果たすが、それは措いて、彼は事件後、神戸に出て材木商や廻船業を営んで成功する。明治四年（一八七一）、生田川付け替え工事を請け負い、旧生田川の河川敷を埋め立てた。この辺りは今も加納町と呼ばれる。

郷里の和歌山でも紀ノ川や和歌川の改修工事に私財を投じ、和歌山市内にも加納町の町名が残る。

その加納宗七が残した「文書」の中から、龍馬の絶筆が見つかった。一世紀余の時間が経っている。

「度量寛大に任せて自由に行動する大兄を、私は羨ましく思うのですが、狐狸、豺狼《さいろう》の跋扈《ばっこ》する世ですから、どうか天日の光に良く照らされた世が来るまでは、呉々も用心怠りなきように」と木戸孝允（桂小五郎）は龍馬に書き送った。後藤象二郎は、土佐藩邸に移るよう強く勧めたが、龍馬は近江屋を動こうとしなかった。藩邸にいれば、横死は避けられた。だが彼は、広大な敷地と厳重な警護に守られた「藩邸」の住人になりたくなかった。

この日、京都に居合わせた海援隊士は小二郎と白峰駿馬の二人だけだった。急変の知らせに二人は現場に駆け付けた。十七日朝、大坂に滞在中の長岡謙吉ら七名も淀川を船で溯り、幕吏の警戒網を潜って、伏見に上陸した。

十八日、龍馬と中岡は海援隊、陸援隊同志たちの手で東山の麓に葬られた。「高知藩坂本龍馬」「高知藩中岡慎太郎」と墓標を書いたのは木戸孝允である。

陸援隊に新選組の間諜が潜り込んでいたことが明らかになったことから、襲撃者は新選組と信じられた。海援隊、陸援隊による復讐の密議が始まる。

加納宗七が重要な情報を聞き込んで来た。加納は和歌山時代から京・大坂を商売で往来して、商人の知己が多い。経済のみでなく、政治絡みの裏情報も商人寄合の方が幕府、朝廷より豊富で、真相を突いている。

「伊達さま」

と加納は耳打ちした。

「三浦休太郎をご存知でしょう。今回の黒幕は彼ですよ」

小二郎は長崎での裁判を思い出した。

――三浦は今や紀州藩京都藩邸を代表する佐幕激派の重鎮で、新選組隊長近藤勇とは昵懇《じっこん》の間柄である。「いろは丸沈没事件」では巨額の賠償金をせしめられた。三浦の坂本への遺恨は尋常ではない。その坂本が京都に現れたという情報を得た三浦が近藤を唆《そそのか》したに違いない。

この情報を得て、海援隊、陸援隊は色めき立ち、白川の陸援隊本部に集まり、三浦休太郎を殺害することに決した。月末、長崎から中島作太郎、大江卓《おおえたく》らも到着して、復讐計画が具体化して行く。小二郎を筆頭に六人の暗殺団が結成された。

しかし、小二郎は、血気に逸る同志たちを脇目に、坂本さんはこういう我々を見て、決して喜ばないだろう、と密かに思案した。

――坂本さんなら、復讐劇などに大して意味はない、もっと建設的なものに打ち込め、と言うのではないか。

しかし、流れは止められない。三浦休太郎の動静の探索が始まった。三浦も警戒して、常に新選組の護衛が四、五人付いている。

龍馬の横死の知らせが長崎に達したのは、事件から十日余りのちだった。中島は紀州藩との賠償金の受け渡し協議のため長崎に戻っていた。揉った揉んだの末、八万三千両を七万両とすることで妥協、決着を付けた。いろは丸の所有主大洲藩に船価その他四万二千五百両を弁済し、残りは長崎の海援隊本部を預る土佐藩大目付佐佐木三四郎（高行）が保管することになった。

中島はその中から五百両を持って大江卓と共に上京し、復讐戦に加わることになる。加納宗七が確実な情報を得て来た。十二月七日、三浦が馴染の油小路花屋町の天満屋で、藩邸の部下や新選組隊士らと酒宴を開く。

七日決行と決まり、メンバーは陸奥、白峰、中島、大江たちに陸援隊岩村精一郎らが加わった十六名が、大黒町の酢屋に集まって最後の酒を酌み交わした。味方の目印用の白手拭いが配られ、成就後の逃走資金として中島から各十両、加納は自らの財布から各自に四両ずつ提供した。

五つ半（午後九時）過ぎ、一隊は、三浦たちが円座を組んで酒宴の最中に踏み込んだ。襲撃組先鋒の剣の切っ先が三浦の額を横一文字に斬った。三浦は悲鳴を上げ、腰を抜かす。灯火が消え、暗中での乱戦となった。

「三浦を打ち取ったり！」

と声が上がった。

斬り合いには加わらず、階段の中程で戦況を見守っていた小二郎は、予《かね》ての打合せ通りコルトを天井に向けて三発撃った。引揚げの合図である。龍馬への小二郎の弔砲でもあった。

双方に一名の死者が出た。「三浦を打ち取ったり」の声は、死闘を終わらせるため三浦の一味が上げたものである。三浦が負った額の傷はかなり深く、傷痕は終生残った。陸奥と三浦休太郎（のちに三浦安《やすし》と名乗る）の対決は、十年後に再び繰り返される。

龍馬の妻鞆《とも》（お龍）は後日、小二郎は一人だけ斬り込みを躊躇って、ピストルを持ったまま、天満屋の裏の切戸《きりど》周辺でうろうろしていた、と見て来たかのような証言をしているが、その頃彼女は下関にいた筈である。

天満屋襲撃の翌八日夜、武装した陸援隊士五十数名は京都を脱出して大坂から堺へ、堺から錦旗《きんき》を掲げ、途中募兵しながら高野街道《こうや》に入った。十一日、大和五條の隣町橋本へと進み、「町石道《ちょういしみち》」を通って登山《とうざん》、十二日朝、高野山を占領、挙兵した。軍勢は千三百人に膨らんでいた。

「高野山挙兵」である。主将は侍従鷲尾隆聚《わしのおたかつむ》、副将は陸援隊副隊長田中光顕《みつあき》。これは岩倉具視、中山忠能《ただやす》より「内勅」を受けての予定の行動だった。

聖地高野山で挙兵して、倒幕戦争の狼煙を上げる。親藩紀州徳川家を始め、伊勢、大和、河内など畿内《きだい》の諸藩に檄を飛ばして、朝廷への恭順を迫る示威行動である。

「高野山挙兵」へ向けての陸援隊の出立は、早くから十二月八日と決定していた筈であるから、天満屋襲撃は急遽割り込んだかたちになる。中岡は、「高野山挙兵」のリーダーとして指揮を執る予定だった。従って、十一月十五日、中岡は「挙兵」の了解を龍馬から取り付けるためか、ただ通知するためか（龍馬が反対することは目に見えている）、近江屋に赴いて凶刃に倒れたのである。

聖地高野山を占領して義勇兵を募り、蜂起すると共に、朝廷への恭順を号令する。これは、天誅組による天領五條の制圧「大和義挙」の再現と追悼であると推理出来る。行軍の進路も似ており、「高野山挙兵」主謀の中山忠能が、非命に倒れた天誅組主将中山忠光の父であることを考慮すれば、中《あた》らずといえども遠からずだろう。

陸援隊が高野山に向けて京を立った翌日（十二月九日）、岩倉、西郷、大久保を中核とする武力倒幕派の主導の下に、「王政復古」の大号令が発せられる。龍馬の復讐戦「天満屋事件」の二日後のことである。明くる一月三日に鳥羽・伏見の戦いが勃発し、戊辰戦争が始まる。龍馬は幕府が放った刺客によって暗殺され、彼の命《いのち》であった「船中八策」は倒幕派によって葬られた。

高野山に走った中に、大江卓と数人の海援隊士も加わっていた。

鷲尾は高野山三派《さんぱ》の代表と高野山政所《まんどころ》四荘官を集めて、戦費の上納と僧兵の提供、及び天朝勝利の祈禱・勤修を命じた。

「祈禱・勤修のことはお受け出来ませぬ」

学侶方筆頭尊了師の声が響いた。

「何を！」

陸援隊の田中と岩村が立ち上がった。

田中と岩村を押し止めたのは大江卓である。

「お山に入ればお山に従えです。田中さん、岩村さん、刀の柄《つか》から手をお放しなさい」

三人は共に土佐藩士、同じ道場に通った仲である。鷲尾が貴族の度量を見せた。

「分かりました。祈禱・勤修の件は取り下げます」

合議のあと、大江が尊了師と岡左仲に話し掛け、伊達小二郎のことが話題に上《のぼ》った。

小二郎と海援隊は、その後どうなったか。

長岡謙吉は天領小豆島を根拠地に瀬戸内海交易に活路を見出そうとし、長崎の本隊は佐佐木三四郎（高行）の下に活動の継続を図ったが、慶応四年（一八六八）閏四月、土佐藩の命令で共に解散となる。

陸援隊は高野山挙兵後、京都に帰還し戊辰戦争に参加、官軍の兵卒として吸収されて行く。

小二郎はどこにも属さない。海援隊とも陸援隊とも行動を共にしなかった。龍馬の不在という自分の中にぽっかり開いた穴を凝視して過ごした。「船中八策」と「合議政体」が無残に葬り去られて行く過程を京都で一人、龍馬に代わって胸に刻み、悔し涙に暮れる日もあった。

我隊中数十の壮士あり、然れども能く団体の外に独立して自から其志《そのこころざし》を行ふを得るものは、唯余と陸奥あるのみ。

小二郎は、龍馬が残したこの言葉を遺言、贈物として受け取った。

「其志」とは何か？　「船中八策」と「合議政体」の思想に他ならない。それを継承するつもりで、小二郎は「藩論―もう一つの愚案」を書いた。

坂本龍馬の志を継ぐ者は自分だ、と小二郎は呟く。だが、前面には大きな敵が立ちはだかっている。果たして一人の力で前進出来るだろうか。

しかし、彼は意外な行動に出る。天満屋事件のあと、神戸に逃れた加納宗七に招かれて、彼の居候となりながら、大坂に毎日のように通い出した。

小二郎は十年前、十四歳の時、五條代官松永善之助の子女の家庭教師を務めた。天誅組事件で代官が殺されたと聞いた時、衝撃を受けたが、事件の一年半前に松永は大坂・谷町の代官に転任になっていた。しかし、松永はそのあとすぐ病没する。夫人と子供たちが残された。

小二郎は、夫人の思い出によって彼の中に掻き立てられるものが、単なるなつかしさや思慕ではないことに気付いた。

小二郎は大坂・本町橋東詰にある谷町代官所を訪ねた。門は固く閉ざされ、屋敷はしんと静まり返っている。人の出入りもない。彼は広い屋敷を塀沿いにひと廻りして、再び門前に戻ると、代官所の手附《てつき》らしき侍が出て来たので、走り寄って、前代官松永善之助の家族の消息を訊ねた。男は、松永代官が没後、谷町に赴任したので何も知らないと答えた。

「松永様の頃から勤めている方《かた》はおられますか」

「富田さんだな。今日は非番だが、明日はおる」

踵を返した小二郎は、大手通《どおり》から上町《うえまち》台地の坂を登って、大坂城を望む。大坂城には天守閣はない。現在、本丸御殿の中には将軍徳川慶喜が老中らと共にいて、戦争の指揮を執っている。

鳥羽・伏見の戦いが始まって既に三日目、幕府軍は、錦旗を掲げた薩長軍の攻勢に連日敗走、淀から橋本、枚方《ひらかた》まで後退していた。

二百五十年間にわたって大きな内乱のなかった日本で、双方が大砲、銃器中心の殺傷兵器による近代戦を始めたのである。鳥羽街道、伏見、淀などの戦場は酸鼻を極めた。榴弾《りゅうだん》が飛び交い、銃弾の叱音《しつおん》が大気に満ち、血しぶきの雨が降る。

大坂城は静まり返っている。本丸御殿や三重櫓が冬の鋭い夕日を浴びて、燃えているように見える。小二郎は、この度の戦争について、まるっきり無知でいたわけではなかった。「高野山挙兵」のあと京都に戻って、土佐陸援隊の指揮を執っている大江卓から頻繁に連絡があった。もうすぐ幕府との全面戦争に突入する、と記して、小二郎の決起を促していた。

一月三日、鳥羽・伏見の戦いが勃発した。

……とうとう戦争になってしまいましたよ、と小二郎は龍馬に語り掛ける。あなたは、見ないで済んでよかったかもしれません。そして、今私は、戦争にはまるで関心がありません。桂さんや伊藤がどこにいて何をしていようと、また西郷隆盛がこの戦争を思う壺とほくそ笑んでいようと構うものですか。〝紅旗征戎《こうきせいじゅう》吾が事に非ず〟です。

坂本さんには、私のこんな不埒な考えは想像外のことかもしれません。しかし、今の私には、いい、あの方の消息を摑んで、もう一度お目に掛かることより他に望みはありません。私の行為は、少くとも前《さき》の〝復讐戦〟より増しだ、とあなたなら苦笑しつつ、是認してくれるのではないでしょうか。

翌日、再び代官所を訪れ、手代の富田から松永夫人は夫の死後、二人の子供を連れて法円坂の惣年寄《そうどしより》・今井喜十郎の離れに身を寄せていたことを教えられた。即日、今井を訪ねると、夫人は二年前から船場の呉服問屋が営む裁縫御稽古場に移り、住込みで裁縫を教えていることが分かった。

遂に会える。五條で夫人と出会った時、小二郎は十四歳、彼女は二十七歳だった。

小二郎は二十五歳になった。しかし、夫人は彼の中で二十七歳のままである。幻影でしかない。人妻という崇高で神秘的な、犯し難い存在そのままの姿に、代官の死を知るや、更に未亡人という新しい魅惑が加わった。

小二郎は幻影の夫人に向かって、初めて、佐代、とファーストネームで呼び掛けた。震えるような歓びが脊髄を駆け昇る。彼はこの歓びに〝LOVE〟という名称を与えたが、その訳語にどんな日本語が相応しいか思い到らなかった。

小二郎は船場の呉服問屋を訪ねた。しかし、夫人はもうそこにはいなかった。その先の行方は杳《よう》として知れない。元来、彼女は小二郎にとって幻影なのであり、幻影は永遠に捉えることが出来ない。しかし、消滅することもない。

小二郎の探索はここで終わるが、我々はその後の夫人の消息を知っている。——佐代は船場で裁縫を一年余り教えたあと、胸の病いを発症し、二人の子供を連れて生国《しょうごく》の出羽置賜郡《おきたまごおり》白鷹《しらたか》の実家に帰り、一年後、深い雪の中で息を引き取った。小二郎が上海で、ディケンズの『デイヴィッド・コッパフィールド』を読み終えた頃のことである。

幕府軍の大坂への敗走が始まっていた。大坂城では、連日の敗報に接していた将軍慶喜が大広間に幕閣、諸将を集めて、「事、すでにここに至る。たとい千騎戦没して一騎となるといへども退くべからず」と檄を飛ばした。一月五日である。しかし、六日夜、彼は密かに大坂城を脱出、八軒家《はちけんや》から小舟で天保山沖に碇泊中の軍艦開陽丸を目指した。一月七日、新政府は徳川慶喜追討令を発する。一月十二日、慶喜は品川沖に到着、浜御殿から上陸する。勝海舟が出迎えた。大坂城は、将軍の退却後の混乱の中で、本丸御殿の台所から出火、城内の殆どの建造物は焼失した。小二郎が上町台地から遠望した、夕日に燃え上がるように照らされていた大坂城である。

松永夫人を完全に見失ったと分かった時、彼は新しい別の目標に向かって動き始めた。大坂城の焼け跡はまだ燻《くすぶ》り続けている。その重い煙が空に上がらず、低く暗鬱に漂っている光景を左手に見ながら、小二郎は谷町《たにまち》筋を南に向かって急ぎ足で歩き、高津宮《こうづぐう》の参道へ入ってすぐにある大きな寺の山門を潜った。数人の銃剣を持ったイギリス人門衛が控えている。

昨年、慶応三年（一八六七）十二月に徳川慶喜が京都から大坂城に入って以来、幕府の政治機能は大坂に移って、イギリス、フランスなど欧米六カ国の代表団は急遽大坂に臨時公使館を置いた。六カ国が早くから要求していた大坂の開市と兵庫（神戸）の開港に立ち合うためもある。

公使館は谷町筋高津宮の周辺に集中し、イギリス公使館は中寺町《なかでらまち》の名刹《めいさつ》、正法《しょうぼう》寺に置かれた。

小二郎は、流暢な英語で門衛に来意を告げる。

「アーネスト・サトウ書記官にお目にかかりたいのです。私は神戸の“Naval Academy”におりましたコジロウ・ダテと申します」

サトウが飛び出して来て、小二郎の手を握った。

サトウは、連合艦隊の下関攻撃に先んじて派遣されたバロッサ号に乗艦し、密留学を切り上げて急遽帰国した伊藤俊輔と井上聞多を藩に送り届けての帰路、神戸の海軍塾に小二郎を訪ねた。以来、四年振りの再会である。

サトウは小二郎を本堂内に設《しつら》えた談話室に招じ入れた。中央に紫檀のシナ風のテーブルがあり、四方に枝を広げた五葉松《ごようまつ》の盆栽が置かれている。

「見事だろう。これは江戸から持って来たんだ」

日本の植物に強い関心のあるサトウは仕事の合間を縫って、植物採集の旅を続けている。彼はのちに八ヶ岳で、未知の植物タヌキモ科のムシトリスミレを発見したことでも知られる。

小二郎はサトウに、紀州熊野の山中に自生する寒蘭、春蘭やエビネ蘭、羊歯類、棲息する羚羊《かもしか》や狼などについて語った。

「いつか熊野へ旅したいな」

「行こう。実は僕はまだ那智ノ瀧を見てないんだ」

「ナチノ瀧?」

「日本で一番高い瀧だよ。百三十メートルの落差がある」

「華厳ノ瀧より高い! 僕はもう何回も日光へ行ってるよ。いつか中禅寺湖の畔《ほとり》にロッジを持つのが夢なんだ」

しばらく沈黙が続いた。サトウが口を開いた。

「この前、神戸で僕が訊いたよね、君は尊王主義者かって。君は随分戸惑ってたみたいだ……」

小二郎は、付《つけ》書院の窓の障子で躍る陽光に視線を注いでいた。時折、葉影が映る。

「コジロウ、君は僕の質問にノーコメントを貫くつもりらしいが、この質問が君の同胞によって発せられたものだとしたらどうする？」

「誰もそんな質問はしないよ。だってみんな尊王主義だもの」

「成程。しかし、振りをするという手もある、政治上のテクニックとしてね。ピューリタン革命もフランス革命も、『神』から統治の資格を与えられたと主張する〝王権神授説〟の絶対君主から主権を奪って、共和制の実現を目指すものだったが、革命を主導したクロムウェルもロベスピエールも度し難い独裁者になった。人民主権の立憲主義の政治を行うのは、実際は難しいんだ。一党派の主義主張で政治をやられては人民がたまらない。最大多数の最大幸福を目指すには高度な政治テクニックが要る」

「最大多数の最大幸福……、それはベンサム？」

「知ってるのかい？」

「いや、読んではいないけど。上海にいた時、香港上海銀行のウィリアム・ケズィックという人物と懇意になった。そのケズィックから、ベンサムの“utilitarianism”（功利主義）のさわりを聞いただけだ」

「最大多数の最大幸福社会の実現なんて夢物語かも。簡単じゃないよ。……ところで昨日、伊藤俊輔と井上聞多がここにやって来たよ。彼らが言うには、京都の新政府が太政官制（内閣）

を敷いて、七つの官を設ける。その一つが外国事務局御用掛《がかり》と言って、イギリスの外務省のようなものらしい」

小二郎は急に目を異様に鋭く輝かせた。

「実は、僕が今日、君を訪ねた主な目的はそのことなんだ。僕もその情報を入手して、仕官しようと決心したんだ。それには、新政府に強くアピールするような政策の提言をする必要がある。恐らく伊藤も井上も仕官するだろう。

僕は、内戦状態にあるこの国の進路、命運は一《いつ》に外交に掛かっていると思うんだ。そこで列強国の外交官たる君の助言を貰いたくて来た。何しろ僕には伊藤や井上のような雄藩の後楯《うしろ》が全く無いからね。余程しっかりした論を立てないと……」

サトウは苦笑しながら言った。

「僕は外交官じゃない、ただの通訳官だよ。……おや、パークス公使が戻ったみたいだ。あとで紹介しよう」

ハリー・パークスは、ラザフォード・オールコックに代わって上海から赴任して来た。

小二郎は直立不動の姿勢でパークスを迎え、握手を交わした。パークスは上海でもオールコックのあとを襲って領事となっていた。

小二郎は握手ののち、緊張の余り、

「上海で、閣下の設計された総領事館を訪れたことがあります。素晴しい建築物です」

と口にしてしまった。

「あれは私ではありません。オールコックです」

とパークスは冷たく言い放って、部屋を出て行ってしまった。オールコックは初代駐日総領事で、富士山に登った最初の外国人だが、一八六四年十一月、本国の承認なく四カ国艦隊下関砲撃事件を起こしたことで解任、本国に召還されたのだった。パークスとしては、そのオールコックと混同されて不愉快だったのだろう。

しょげ返る小二郎をサトウが慰める。

「気にすることはないよ。僕はオールコックの磊落《らいらく》さが好きだった。パークスは、焼ける前の大坂城で慶喜《よしのぶ》と会ってるよ。彼の印象は悪くなかったらしい」

「欧米六カ国は今回の内戦に局外中立を宣言したが、それはどこまで貫徹されるんだろう」

――この日の陸奥の訪問については、サトウの「回想録」で触れられている。

（……）同日、陸奥陽之助という紀州生まれの若い土佐藩士が会いに来たので、私はこの男を相手に外国公使の天皇《ミカド》政府承認に関する問題を論じた。私はこう言った。第一歩を踏み出すことは、外国代表側からなすべきではない、われわれは徳川の頭首から引き続き政務を執るという確言を耳にしているが、京都側（新政府）からはまだ何らの通知をも受けていない。

（略）

陸奥は（……）、まず皇族の一人が大坂に下って城内で外国の諸代表と会見を行い、その際徳川の頭首も列席して外国事務の管理を辞任する。次いで皇族が天皇の政策について宣言を行う、というふうにしたらよい。もちろん、その場合は大名と大名の軍隊がその皇族を護衛して下坂することが必要だ、というのであった。

私は心からこの案に賛同し、また陸奥の依頼で、このことはだれにも漏らさぬと約束した。

（アーネスト・サトウ『回想録』）


小二郎はアーネスト・サトウと旧交をあたためたあと、サトウの「回想録」に陸奥の言《げん》としてある論に基づき、新政府に対して一篇の提言文を起草した。そのタイトルを「日本外交愚案」と、ここでも「愚案」とした。要旨はサトウの「回想録」にもあるように、「維新の急務は、必ずや開国進取の政策を執《と》らるるの外他策なし、而《しこう》してその第一は先ず天皇の代表を大坂に遣わして、現在大坂に在る各国代表と会見し、彼らに王政復古の実を告げ、維新経綸の主義を明らかにすべし。以て大いに外交を修むることに努むべし。天皇の代表団には雄藩大名、及びその精鋭を近衛兵として随行させるべし」。

小二郎は猟官のためのこの「愚案」をどこに持って行ったか。天皇親政の新政権の閣内には、龍馬の僚友の後藤象二郎がいる。かつて夕顔船上で、「船中八策」を共有した。しかし、小二郎は、この「愚案」を議定《ぎじょう》・岩倉具視に提出したのである。

岩倉はまさに「船中八策」を踏みにじった朝廷内の倒幕激派の領袖、憎むべき敵ではなかったのか。

だが、小二郎の頭は冷徹だった。岩倉という公家政治家をじっくり観察してみた。

——江戸時代、公家の台所は苦しかった。禁裏（御所）に幕府から与えられた御料は三万石を僅かに上回る程度で、これは大名の家老、地方の小大名並みである。紀州藩家老安藤直裕《なおひろ》の石高とほぼ同じである。公家となれば猶苦しい。岩倉具視は下位の公家、百五十石の禄を食むに過ぎなかった。

通常、公家の家には幕府の捕手《とりて》は入らない。若い岩倉はこの特権を利用して、邸内で賭場を開き、その寺銭《てらせん》で生活していたと言われる。自宅で賭場を開くほどの豪気と灰汁《あく》の強さが、彼を権謀術数に長《た》けた政治家に育て上げた。和宮降嫁の画策、数々の偽勅の発布、失脚と復活を繰り返した。果ては、後世において、孝明天皇の死因は天然痘でなく、当時幕府との融和、公武合体路線に傾いていた天皇を倒幕の障害として毒殺した、という「暗殺説」では、その黒幕との風説さえ生まれた。

小二郎は敢えて、自らの思想、信条を封印して、仕官の裁量を岩倉に委ねた。賭けでもあった。権力への階梯を登る決意をしたのである。但し、「愚案」の末尾には、挑戦するかのように「海援隊隊長坂本龍馬筆頭祐筆陸奥陽之助宗光」と署名した。

採用か不採用か、合否の結果を待ちながら小二郎は神戸・摩耶の埠頭工事を請負っている加納宗七宅の居候として、加納の家業の帳簿付けなどをしながら日を送る。加納宅といっても、工事現場の飯場を加納が「わいの屋敷」と呼んでいるに過ぎない。飯場には三十人程の人夫がいる。加納は、更に運上所（税関）の建設工事も入札して大忙しである。運上所の場所は、小二郎にはなつかしい海軍操練所の跡地だった。

小二郎は週に一、二度、西宮に永井博三郎を訪ねて、政治談議と西洋の書物や思潮について会話を交わし、時の経つのを忘れた。

「最近、フランスの作家のものを読んだんだが、これがすこぶる面白い。僧侶出身の家庭教師の少年と、十歳以上も年上の人妻との姦通物語だけどね。青年は断頭台の露と消えて、女はあとを追うようにして亡くなる」

小二郎は色を失った。

「僧侶出身の少年ですか」

消え入りそうな声で訊ねたきり、黙り込んだ。

「ああいう物語を向こうでは、例えば英語では novel（ノベル）、フランス語では roman（ロマン）、または nouvelle（ヌーベル）と呼ぶらしいが、どうも我々の戯作《げさく》とはかなり違う。シナには昔から〝小説〟という言葉があったが、しかし、novel の概念とは全く違う。シナと言えば〝歴史〟だ。歴史を大説とも呼ぶ。君は漢籍を随分読んでいそうだから、後漢の班固《はんこ》の『漢書藝文志《かんじょげいもんし》』を知ってるだろう」

小二郎は首を横に振る。

「そこに諸子百家の分類と一覧表があって、道家、墨家《ぼっか》、法家《ほうか》などがずらりと並んで、びりっ穴《けつ》に小説家が来る。孔子の言葉の引用がある。こうだ、

——小説家、無くていいもの。

無くていいもの、ここが味噌だ。確かに歴史家は無くては困るが、小説家はね……」

小二郎は、永井が紹介したフランスのロマンの世界を、頭の中で夢見るように追いかけていた。

「……では先生、loveはどう訳されますか？」

永井は腕組みして、首を傾げた。

「古事記、萬葉集から考えないといけないいな」

その時、玄関先で声がした。しばらくして下男が早飛脚の手紙を持って現れた。永井はそれを受け取って、傍らのテーブルに置くと、

「loveねえ……」

と呟く。

「ヤマトタケルだな。……倭《やまと》し愛《うるわ》し、愛《は》しけやし……ヤマトが恋しいよ、乙女が愛《いと》しいよ。恋《れん》愛《あい》と音読《おんどく》するのはどうだろう？」

と言って、永井は手紙を開封して読み始めたのも束の間、手紙を持つ手が震え出し、顔面は蒼白となった。

読み終え、心配げな顔で見つめる小二郎に向かって、

「高岡さんが亡くなった。それも……」

と絞り出すように言って、手紙を小二郎に寄越す。高岡の死を告げる小石川養生所の同僚医師からのものだった。

――夕刻、養生所からの帰路、御殿坂で三人の刺客に襲われた。大声を聞きつけて養生所の

門衛が駆け付けたが、高岡は十数カ所を深く斬りつけられて、既に虫の息だった。養生所に運ばれたが、意識を回復することなく絶命した。刺客は襲撃現場に「斬奸状《ざんかんじょう》」を残していた。

「今般夷賊《いぞく》に同心し、天主教を海内《かいだい》に蔓延せしめんとす。邪教蔓延いたし候せつは、皇国は外夷の有《ゆう》と相成り候こと顕然《けんぜん》なり。茲《ここ》に高岡要に天誅を下す」

小二郎はテーブルに突っ伏した。怒りと悲しみが込み上げる。

「高岡さんは耶蘇教徒ではなかったが……、人間耶蘇（イエス）には深く心酔していた。それは私も同様だ。何ちゅうことや、野蛮人ども！　これやから尊王主義は……」

永井の震える声を耳にしながら、目を閉じている小二郎の瞼《まぶた》にノイバラの庭が広がる。高岡の声が聞こえる。……君の左手で、黄色い花を付けているのはコウシンバラ。水甕のそばの乳白色の花はローザ・ギガンテア……。

――あの庭で、伊藤やサトウと出会った。坂本さんとの出会いも高岡の導きだった。私にとって大切な人は皆、非命に倒れなければならないのか。

翌日、小二郎は和歌山へ向かった。七年振りの帰郷である。幽閉の解けた父と兄が彼を迎えた。母と妹たちがいる。初穂のそばに中島作太郎（信行）が立っていた。

父伊達宗広は幽閉を解かれると、かつて庵を結んだ和歌山城下太田村に再び居住した。

小二郎の帰省を待って、中島は妹初穂と近くの日前宮《にちぜんぐう》で祝言を挙げた。天目庵に戻ると、神戸の加納宗七から小二郎宛に早飛脚の封書が届いたところだった。外国事務局御用掛の採用通知である。

岩倉具視は、外国事務局への多くの応募者の中で、特に岩倉を名指しして送られて来た「提言書」に注目した。それは、列強六カ国による新政府の正式な承認が政権樹立への緊要不可欠な課題であることを明快に論じ、そこに至る手順を具体的に提示したもので、岩倉はこれを最も優秀なものと認めた。末尾に、小二郎が挑戦的に署名した「海援隊隊長坂本龍馬筆頭祐筆陸奥陽之助宗光」の文字を見て、彼はただ苦笑したのみだった。

新政府は、恰《あたか》も小二郎の「日本外交愚案」に基づくかのように、六カ国に「今後攘夷鎖国の立場を排し、開国和親の政策を堅持する」ことを布告した上で、それを更に鮮明にし、同時に大坂開市と兵庫（神戸）開港について具体的な取り決めを行うため、竣工なったばかりの神戸運上所（税関）に六カ国代表を招聘した。六カ国側はイギリス公使ハリー・パークスを始め、フランス、アメリカ、プロシア、オランダ、イタリアの代表が出席した。

日本側は、勅使東久世通禧《ひがしくぜみちとみ》（外国事務総督）が京都から足を運んだが、この席に連なった日本側の外事局有司（外務官僚）の中には、早くも陸奥の姿がある。伊藤俊輔、井上聞多、寺島宗則、五代友厚もいる。彼らの外交デビューである。

東久世は六カ国の代表に「王政復古布告」の国書を手交した。会談はほぼ小二郎が岩倉に提出した「愚案」の主旨に沿って進められ、最後に六カ国代表の天皇への拝謁を可及的速やかに行うことが約された。小二郎は、終始得意の中にいて、鼻孔を膨らませた。

会談が終わると、ホールに打ち解けた雰囲気が生まれた。テーブルには清酒やワイン、シャンパンの瓶とグラスが並び、明石の鯛や鮑のグリルが運ばれて来る。小二郎、アーネスト・サトウ、伊藤、井上、五代らの談笑の輪に、他の五カ国の若い公使館員も加わる。激動の歴史のページに、そっと挿し挟まれた一枚の若葉の栞《しおり》である。

内戦は拡大の一途を辿っていた。新政府軍は江戸城総攻撃を三月十五日と決定し、東海道、東山道《とうさんどう》、北陸道の三方面に分かれ、錦旗を掲げて東征を開始する。

第三部

I

——余は獄舎から解き放たれ、東京市中を疾走している。何故か街路にも、左右の商家にも人気《ひとけ》がない。右手に満開の桜並木と宮城の御濠《おほり》が見えたのでいったん休息し、濠端に佇んで水《みな》面《も》に散り敷いた花びらを眺めやる。すると遥か彼方、緑道の向かいの乾《いぬい》門の傍らに、薄墨色の影法師が立ち尽くしているのが見て取れた。途端に腋《わき》の下や膝裏に蕁麻疹《じんましん》が現れる。

これまで余を背後から追尾したり、あえて無視した影法師が、初めて余の耳許に小声で囁き掛けて来た。

〃幼少のみぎり、皇子《おうじ》御殿の築地《ついじ》の脇の溝でめだかを捕ったり……〃。

おや、来し方を思い返しているのだろうか。京育ちなら公卿の出かもしれぬ。〃古風な服装で、やすらい花やと囃して踊る、今宮社の祭りを見に行ったこともある〃。

余は問わず語りの思い出話に、我知らず引き込まれていった。

〃尾張は新居《あらい》の手前で、太平洋とどこまでも続く砂浜を眺めた。三日後、駿河の金谷台《かなやだい》から富士を望む。いずれも初めて目にする風景であった〃。

これは大政奉還後の、東京行幸の記憶では？

〝鹿児島県暴徒は、熊本から敗走した。政府軍の勝利は確実なれど、西郷を憐む気持に変わりはない〟。

余は影法師の正体が、やんごとなきお方であることを確信した。ここで突然影法師の声音が変わり、余を糾弾する詰問調となる。

〝などて其方《そのほう》は政府転覆、大逆無道を企てしか？　藩閥打倒、立憲政体樹立の美名に隠れて、たくましゅうした私慾とは、如何なるものであったか、詳《つまび》らかに述べてみよ〟。

ああ、私慾……。すでに刑期を終えている余は目まいを覚えて、思わずお許し下さいと呟き、両膝をついて両手を差し出すや、真っ逆さまに御濠の水の中へと墜落した。

それにしても影法師の回想には、耳を傾けざるを得ない説得力があった。このような記憶を大切にしている御仁《ごじん》は、胸奥《きょうおう》に深い憂愁と孤独を秘めて生きておられるのではないか。

余は変わらず独房《ひとや》の中にいる。終日壁に面し、妄念の中に暮らして心の休まる時がない。言葉は馬のように奔馳《ほんち》し、猿のように喚き、一人で笑い、一人で涙する。

余は、これらのモノローグを密かに「面壁独語《めんぺきどくご》」と呼ぶ。

これまで、余を不安の中に置き去りにして顧《かえり》みなかった薄墨色の影法師の正体が明らかとなった以上、最早、彼が夢の中に出て来ることはないだろう。

中島信行が訪れたのは去年の暮だった。彼は近いうちに元老院議官を辞任して野に下り、板垣たちの自由民権運動に加わると言った。羨ましい。彼は、余の「政府転覆計画」への加担を

「愚状」でも夢想でもなかった、と評した。

余はかつて海援隊におりし時、「藩論—もう一つの愚案」という論考を起草した。その中で、「天下国家においては、唯人民の心（public opinion）の向かう処に帰すべし。唯至尊（天皇）ノ為ニ帰スベキニアラズ」と書いた。

坂本さんはこれについて何も言わずに死んだ。

余の元老院時代の闘いの中心は、「合議政体」樹立、議会の立法権の確立にあったが、これが〝天皇の大権〟を制限するものとして、岩倉、三条、大久保らに加えて、佐佐木高行を中心とする所謂《いわゆる》〝天皇親政派〟勢力の反対によって挫折して行く過程で、大江卓たち土佐立志社グループによる「政府転覆計画」が浮上して来たのである。「愚案」の中に込められた理念、合議（立憲民主）政体の実現に向けた闘いの途上、その戦略・戦術において、余に誤りがあったのだ。

ある日、典獄の水野警部が突然、余の独房に現れて、次のことを伝えた。

——明年（明治十四年）八月に、天皇の東北・北海道行幸が予定されている。そのため近々、元老院議官佐佐木高行と宮内省御用掛一行が、巡視と事前打合せに仙台を訪れる。宮城県監獄と宮城集治監も視察する予定である。

水野警部は、囚人に監獄内で煉瓦を製造させることに熱心で、その試作品を野蒜《のびる》の港の突堤工事に使用したところ好評だった。そこで本格的に野蒜の現地に製造工場を建設し、監獄所から多くの囚人が動員されることになった。余は労役には就かないが、時折、三浦に付いて煉瓦工場まで歩く。また、水野警部は余に厚意を寄せ、余が単独で獄外を散歩するのも大目に見てくれることもある。

佐佐木高行の仙台巡視も迫ったある日、三浦のあとに付いて野蒜への道を歩きながら、野良犬をからかったり、道端に群生する芒の穂をステッキで叩いたりするうち、突然、何者かが空から降りて来て、余に囁いた。

——お前の刑期はまだ三年以上ある。このままでは、お前の肺患は囹圄《れいご》の生活に耐えられないだろう。ベンサムの訳了のみを支えに怺《こら》えて来たが、これ以上は無理だ。聞くがよい、西南戦争で同じように禁獄となった国事犯は次々と減一等、放免されている。中島は恩赦を伊藤に働き掛けると言ったが、まだ何の音沙汰もない。お前は忘れられたのだ。ではこのまま朽ち果てるつもりか？

余は顔を上げ、脱獄、と呟いた。空は真っ青だ。……たとえベンサムを棄てても、家族を棄てても羽搏《はばた》きたい。どこへ？　上海か、それともイギリス、アメリカか？　とにかく海外へだ。たった一人で「海局」の実現だ。

由良守応《ゆらもりまさ》の船がある。彼は客船業に乗り出して、隅田丸という定期船を野蒜潜ケ浦《かつぎ》—横浜間に就航させている。伊藤や井上たちが、横浜でイギリス船に潜り込んだのは今からもう十七年も前のことか……。たとえ船上で果てようとも、骸《むくろ》を囹圄に晒すより上等ではないか。骸は海に沈めてくれるのが良い。いや、海の生気が余の宿痾《しゅくあ》を癒してくれるかもしれぬ。

三浦を連れて行こう。最近、彼の英語の上達振りには目を見張らせるものがある。

数日後、余は三浦を中庭の百日紅《さるすべり》の下に誘い、脱獄の計画を打ち明けた。

「先生、気は確かですか？」

と三浦は目を丸くして、訊き返して来た。

「確かだよ。これまでにも増してね。少くとも、転覆計画の時より確かさ」

「そのお体で！　ベンサムはどうなさるんです？　きれいな奥様とかわいい坊っちゃま、お嬢さまをどうなさるおつもりです？　先生、頭の中で、風車でもガラガラと回っているんじゃないですか？」

余は、サンチョ・パンサの言葉を思い出したが、三浦の郷里、土佐の沖の島でも、気の狂《ふ》れた人間のことをそう言うらしい。ベンサム、徂徠、モンテーニュ、モンテスキュー、シェイクスピアなどと舌を嚙みそうな名前の偉い人の本を読み過ぎて、頭の中が発酵してしまったのでは、などと三浦は余の神経を逆撫でするような言辞を弄した上で、更に額の瘤《こぶ》を撫でながら、余の目を覗き込んで言い放った。

「先生、しなさることをご自分でようく思案なされませ」

余は思わず、

「黙れ！」

と声を荒げてしまった。その途端、余は激しく咳き込み、ベンチに崩れるように倒れ込んだ。仙台病院の医師が往診してくれた。四十度の高熱が三日間続いた。三浦が付き切りで看病してくれる。お許し下さい、と何度も譫言《うわごと》を口走ったらしい。五日後、ようやく起き上がることが出来、中庭に出た。春めいた日差しが眩しい。

野蒜の煉瓦工場から帰って来た三浦が言った。

「先生、今夜は風呂をご一緒しましょう。背中をお流ししますよ」

監獄の入浴は週に一度、火曜日と決まっている。水汲み、風呂焚きは囚人の輪番制である。

「今日は火曜日ではないが……」

「先生のご快癒で、水野警部が特別に許可されたのです。今夜はのびのびと湯船に浸かれますよ」

水汲みも焚き口作業も、三浦一人でやってくれる。余は久し振りに湯の中で手足を伸ばし、生き返る思いで大きく深い息を吐く。焚き口で火吹きを使っている三浦が湯加減を訊ねる。

「先生、私も入らせていただきます。お背中を流しましょう」

余は既に自分で手拭いを背中に当てていたが、もう一度三浦に頼むことにした。自らの手の回らない背中洗いは、やはり他人に委ねるに限る。

その時、焚き口に近い磨《すり》ガラスが赤く染まった。浴室の戸口の隙間から煙が入って来る。ガラスに炎の舌が揺らめく。浴室に煙が充満する。

余と三浦は、裸のまま湯桶に浴槽の湯を汲んで焚き口に跳び下り、炎と煙に立ち向かった。看守と他の囚人も駆け付けた頃には、火も煙もほとんど鎮まっていた。余はほっとして、浴室の壁に凭《もた》れ掛かるとずるずると滑り落ち、昏倒した。

余は昏倒したが大事に到らず、腰に痛みが少し残ったものの、翌日からすぐ中庭の散歩を再開することが出来た。三浦は何事もなかったかのように煉瓦工場へ通っている。

水野警部は失火当日、出張中で不在だったが、翌日、余と三浦を呼んで状況を詳しく聴取したのち、余らの迅速機敏、献身的な消火活動がなければ大きな火災になっていたかもしれぬと判断し、宮城県警、裁判所判事補、検事補らと協議の上、二人の「減等」につき、松平県令より司法省への上申手続きに入った。

三浦は以前、宮城集治監にいる西南戦争の国事犯の二名が民家の火事に遭遇して消火に協力、老人と子供を救出したことから刑期短縮の恩赦を受けた話をしたが、その時、いわくありげな顔付きをしたのを覚えている。彼は、余の無謀な脱獄計画を阻止するために今回の失火を画策し、実行を決意したに違いない。しかし、彼はそんなことはおくびにも出さず、先生、御無事でよかった、私の不注意で申し訳ありません、としか言わない。何と献身的な男だろう。いつか報いてやらねばならぬ。

六月、余と三浦の「減等」の一件が司法省に達した、と水野警部から教えられた。

「もう間もなくですよ」

時を同じくして、天皇の行幸に備えての佐佐木高行と宮内省一行の仙台巡視があった。

古い話になるが、佐佐木が海援隊に入隊したのは随分遅く、一隊士というより土佐藩派遣の監視役のような存在だった。その頃、彼は余を軽薄才子と罵ったことがある。余に対するそのような見方は、二人が新政府に出仕してからも変わらず、立法権（元老院章程）をめぐる保守派との闘いの時も、余に対して同様の言葉を吐いた。

この度、仙台入りした佐佐木が宮城集治監だけを巡視し、余が収監されている県監獄には

「来臨」されず、盛岡に向けて出立した、と水野警部から聞いた。

中島から来信があった。――陸奥「減等」につき、伊藤博文が動いている。消防の功により一等を減じ、刑期を二年短縮して、明治十四年八月二十日とする「特典減等」の太政官《だじょうかん》(内閣)への上申が決まった。

中島は、今年秋に元老院議官を辞し、野に下る決意だ。新島襄《にいじまじょう》と出会い、キリスト教への傾倒が深まっていること、京都の教会で知り合った女性との再婚を考えていることなどが綴られていた。

ベンサムの訳了を急がねばならぬ。山東直砥《さんとうなおと》に手紙を書いて、出版の準備に取り掛かってくれるよう依頼した。原著のタイトルを直訳すれば、「道徳および立法の諸原理序説」と長過ぎる故、この書の要諦はまさに〝利世安民〟にあるところから『利学正宗《りがくせいそう》』とすることに決めた。

余に特赦の恩典が下るとして、想うのは、岩手の監獄に十年の刑で繋がれている大江卓や林有造、秋田の岩神昂たちのことである。

不意に、坂本龍馬の詠《えい》が唇に上《のぼ》った。

心から長閑《のどけ》くもあるか野辺はなほ雪げながらの春風ぞ吹く

大政奉還が決した日のことだ。

しかし、陸奥の恩赦は実現しなかった。

中島信行からの手紙にあったように、この年（明治十三年）、確かに恩赦の手続きは進んでいた。陸奥と三浦の「特典減等」の「上申」が、明治十三年九月二十日付で、司法省から正式に太政官（内閣）に提出されている。

当時の新聞もまた次のように報じている。

「陸羽日日新聞」（十月二十二日）

当県監獄署にある陸奥宗光君が、かつて獄中出火の節大いに尽力されたるにつき、県令より減等の沙汰ありたき旨、数月前その筋へ上申されたるが、この程いよいよ司法卿より内閣の減等の儀を請求せられたるよし。

しかし、事態は暗転する。

「江湖新報」（十一月十八日）

陸奥宗光君が獄に在りし頃同獄火を失せしを尽力されて特殊の功ありしにより、その筋より減等の旨伺い出られしに、司法省にては同君の事故、色々に評議を尽くされし末、内閣へ伺い出でられしに、同君に限り減等の沙汰に及ばれ難き旨指令ありしとは、如何なる御趣意にや。

陸奥の恩赦が見送られたことについて、「如何なる御趣意にや」と不審がる向きが多かった。内閣に上申された上での不許可は、余り前例のないことだったからだ。

陸奥の「減等」（恩赦）が見送られたことについて、「如何なる御趣意にや？」」。後年もそのことについての推理、憶測が続いた。

――その筋にては、陸奥が弱き身体にてこれ程の働きをなし得しとは信じ難し。さりとて三浦一人減等するも不都合なりと、君等（陸奥と三浦）が折角の苦肉策も空しく画餅に帰せしは、殆んど膝栗毛にも劣らぬ滑稽的奇《き》談《たん》と云ふべし。（『陸奥宗光』　阪崎斌《びん》　明治三十一年　博文館）

――折角三浦介雄の発案でやってのけた風呂場の失火、それに対する消火尽力の一幕も、実を結ぶには至らなかった。作戦の失敗というより、政府としては陸奥の義弟中島信行の下野説による民権運動に、更に力を添えるおそれがあることを憂慮して、陸奥の早期釈放にとどめをさしたのであろう。（『仙台獄中の陸奥宗光』　宇野量介　昭和五十七年　宝文堂）

陸奥の「特典減等」の上申が太政官《だじょうかん》（内閣）に提出されたところまでは正確だが、減刑に至らなかった理由についてはいずれも当たっていない。太政大臣三条実美《さねとみ》、右大臣岩倉具視らで構成される内閣でこの時何があったのか、広く公《おおやけ》になるまでにはそれから約九十年後の昭和の戦後、一九七〇年代半ばまで待たねばならない。

佐佐木高行（一八三〇～一九一〇）は枢密顧問官在職のまま八十一歳で死去するが、膨大な日記『保古飛呂比《ほごひろい》 佐佐木高行日記』（全十二巻 東京大学史料編纂所編、東京大学出版会、一九五二—七九）を残した。幕末・維新期の第一級資料として知られる。

その佐佐木の日記に、陸奥の恩赦の件について次のようなことが記されている。

——三条殿の提議より、消防の功で減刑が許可された前例にならい、陸奥の場合にも許可することに、岩倉具視を除いて意見が一致していたのだが、宸断《しんだん》（天皇の判断）を仰ぐべきとなった。

「（天皇）思召《おぼしめす》ニハ（……）、西南ノ動乱ノ際ニ当リ、私利（傍点作者）ノ為メ政府ヲ転覆セント謀《はか》ルノ徒《やから》ニ、僅々《きんきん》タル功ニ依《より》テ減等不可然《しからしむべからず》トノ御沙汰ナリ」（『保古飛呂比』九 明治十三年十二月十六日の項）。

我々は『保古飛呂比』に導かれて、やはり同じ頃（一九六八—七七年）に刊行された『明治天皇紀』（全十三巻 吉川弘文館）に当たってみる。

（明治十三年十二月）（……）閣議、宗光等の犯状尋常の国事犯に準擬《じゅんぎ》すべからざるを以て、十月二十六日之れが宸断《しんだん》を仰ぐ。宗光の如きは身重職に居ながら政府を顚覆《てんぷく》せんことを謀れる者、常人の例を以て之れを宥《なだ》むべきにあらずとの叡慮を以て、是の月之れを聴したまはず。当時某新聞、宗光等に対して減等の恩典なきを論じ、公明ならずと為す。大臣等之れを慮《おもんぱか》りて陳奏する所ありしが、新聞の記事に左右せらるべきにあらずと呵笑《かしょう》したまへりと云ふ。
（第五）

政府は、岩倉を除く全閣僚が陸奥の恩赦を了としていたのだが、天皇はこれを一蹴したのである。

陸奥は重い課題を背負って、更に幽閉生活を続けなければならない。

翌明治十四年、天皇は七月三十日に東京を出発、東北・北海道巡幸の旅に出た。

八月十二日昼、一行は仙台に入った。この日、警保局長が内務省直属の警護吏四名を従えて監獄に来署、獄内隅々まで点検があった。十三日、天皇は青葉城址、広瀬川堤、仙台市内に輦《れん》を引き、これに松平県令以下、水野警部ら百名が従行した。

十四日八時、天皇は北に向かって発輦《はつれん》した。

天皇は、陸奥が仙台で囚人生活を送っていることを知っている。しかし、自分が陸奥の夢に幾度も登場したことは知らない。一方、陸奥もまた、天皇の輦が県監獄の前の御濠通りを、つまり彼のすぐそばを通り過ぎたことを知っている。だが、天皇が彼の恩赦を斥けたことを知る由もない。

この時点で天皇は二十九歳、陸奥三十八歳。

2

慶応四年（一八六八）三月十三日、新政府下参謀西郷隆盛と旧幕府陸軍総裁勝海舟は、江戸・高輪の薩摩藩蔵屋敷において会談する。両者は再び、翌十四日にも会う。ここで江戸城の無血開城が決定し、新政府軍の江戸城総攻撃は中止となる。

この会談は海舟の申し入れによって実現した。勝海舟の談が残っている。

あのときの談判は、実に骨だったよ。官軍に西郷がいなければ、談《はなし》はとてもまとまらなかっただろうよ。（……）このとき、おれがことに感心したのは、西郷がおれに対して、幕府の重臣たるだけの敬礼を失わず、談判のときにも、始終坐《ざ》を正して手を膝の上にのせ、少しも戦勝の威光でもって敗軍の将を軽蔑するというようなふうがみえなかったことだ。

同じ三月十四日、京都では天皇が「五箇条の御誓文」を宣布する。

「一、広ク会議ヲ興《おこ》シ万機公論ニ決スベシ　一、上下心ヲ一《いつ》ニシテ盛《さかん》ニ経綸ヲ行ウベシ（……）」

龍馬の「船中八策」のこだまが聞こえる。一度ズタズタにされた「八策」が戻って来たのである。原案の起草は新政府参与由利公正《きみまさ》（福井藩士）、これに木戸孝允が修正を加えた。由利は、龍馬が刺客の手に倒れる直前の十一月二日に福井へ訪ねた友である。龍馬は「船中八策」を由利に示し、新しい政府が生まれようとしている、可能な限り武力衝突を避け、如何なる統治体制、財政・軍政を整えるべきかを由利に問うた。

龍馬は浮かばれたと言えるが、「御誓文」もまた先で反故にされて行く運命を免れない。

小二郎は、大手前にある外事局大坂代表部に勤務して、多忙な日々を送っていた。父の縁故で、三井組の手代（番頭）吹田《すいた》四郎兵衛の靫本町《うつぼほんまち》にある居宅の二階に仮住まいして、大手前まで通う。

伊藤俊輔は、神戸運上所長（税関長）となって神戸にいた。後《おく》れて、中島信行も外事局に出仕して、大坂の小二郎の下で働くことになった。

外交上の不祥事が頻発する。岡山藩兵がフランス人水兵を槍で負傷させたことから衝突、発砲事件に発展した「神戸事件」、土佐藩兵がフランス軍艦の水兵を殺傷した「堺事件」などが相次ぐ。

藩兵と外国艦水兵との偶発的な衝突に止まらず、恐れていた事件が勃発した。神戸運上所での約定に基づき、イギリス公使パークスが天皇に謁見するため宿舎の知恩院から御所へ向かう途中、攘夷激派の二人の刺客に襲撃されたのである。

パークス一行に案内役として随行していた薩摩藩士中井弘と新政府参与後藤象二郎が応戦し、

凶徒の一人を斬殺、一人を警備兵が捕縛、数日後、斬首刑に処した。

これら立て続けに起こった不祥事の処理と対応に、小二郎は不眠不休で当たらねばならなかった。中島が心配して、休むよう勧めても耳を貸さない。

小二郎、伊藤、アーネスト・サトウたちの連繋プレーも与って、日を措かずしてパークスの天皇拝謁は実現した。

その翌月、小二郎は御用掛から権《ごん》判事（副部長）に昇進すると共に、横浜在勤を命じられた。大坂開市、兵庫開港に合わせて列強六カ国は大坂に公使館を移したが、いずれは江戸、横浜に戻ることになり、外交、貿易の拠点として横浜の重要度は更に増すだろう。小二郎の横浜転勤は、新政府の外事局を統轄していた小松帯刀《たてわき》の指示だった。

準備を整え、横浜へ出発しようかという矢先、小二郎は高熱を発して、執務室で倒れた。医者は肺炎と診断した。その夜、小二郎は危篤状態に陥る。吹田四郎兵衛、神戸から加納宗七が、和歌山から兄の宗興《むねおき》が駆け付けた。

四日後、ようやく熱は下がり始めたが、起き上がれるようになるまで更に十日間を要した。小二郎は横浜行きを諦め、中島に付き添われて和歌山へ帰る。陸奥の宿痾《しゅくあ》となる肺患の発症である。

太田村には山桜の木が多い。その花が丁度、咲き初《そ》めたばかりである。小二郎は両親と妹たちの明るい笑い声に包まれて、徐々に健康を取り戻して行くが、心は鬱々として楽しまない。

——このままでは伊藤や井上、五代らに後れを取るばかりだ。外事有司として政治への第一歩を踏み出した途端、この様《ざま》だ。壮健な体あってこその出世街道である。しかも、政府の重職の殆どは薩長の人間に独占されようとしていた。天目庵で、父やその同人《どうにん》たちと語らううち、小二郎は昔のように学芸・学問の道を選び直そうかと迷い始める。そして、日本のモンテスキューやベンサムになる……。

彼は辞表を東久世に提出した。辞表は直ちに却下され、追い掛けるようにして、小松帯刀から出京命令が来た。

「とかく先生に無くては相済みがたき筋故、何卆万難を排して御上京切に願い度」

外国事務局の一部は、上京《かみぎょう》御花畑（森之木町《もりのきちょう》）の小松帯刀京都別邸にあって、小松はここで執務していた。その小松が小二郎に託した任務とは……。

四月二日、かつて幕府がアメリカに発注していた甲鉄艦（ストーンウォール号）が横浜に到着した。ストーンウォール号は日本には存在しなかった装甲艦で、新政府は何としても手に入れたい。江戸城無血開城がなり、東征軍の陸上の優勢は揺るがないが、海上では、榎本武揚率いる旧幕府艦隊に苦戦を強いられている。双方共、甲鉄艦をどうしても手に入れたい。アメリカは、他の列強国と同様、局外中立の趣旨に沿って、新政府、旧幕府双方に対して甲鉄艦の引き渡しを拒んでいた。

更に、買取資金の問題があった。甲鉄艦の代金は五十万両だが、そのうち四十万両は既に幕府が支払っている。残りの代金十万両を用意した上で、アメリカ側に引き渡しを要求しなければならないが、京都にはその資金がない。

十万両を大坂商人から調達する。これが小二郎に託された任務だった。

小松が小二郎をこれと見込んだ理由は二つある。一つは、父伊達宗広が紀州藩勘定奉行時代に培った大坂の豪商たちとの縁故、一つは、亀山社中、海援隊の商事部門を一手に任されていた小二郎の手腕である。小松は、小二郎に外事局権判事に加えて、会計局権判事のポストを与えた。

小二郎は直ちに和歌山に取って返すと、父の添状を用意して大坂に入った。

富裕な商人たちを大手前の外事局に集めて、自ら作成した新政府の告示文を基に熱弁を奮う。その結果、鴻池《こうのいけ》、三井、加島などから、その場で十万両の借用を取り付けることに成功した。大坂商人は只の募金には応じない。利息は年一分五厘（十五パーセント）である。

商談が終わると、鴻池の手代の音頭取りで、難波《なんば》新地の老舗料亭「加賀萬」に繰り出した。

甲鉄艦購入残額十万両の工面が付くや、小二郎は京都新政府代表として中島信行を伴なって、法円坂にあるアメリカ公使館に赴き、残額支払い問題を処理した上、ストーンウォール号を発注し、前金を支払ったのは大君《タイクーン》の政府であるからそちらの了承が必要である、とするアメリカ側の意見に反論を試みた。

――当時、幕府は朝廷より政権を「委任」された「日本政府」であり、その政府が政権を朝廷、即ち本来の日本政府に返還したのである。しかも、大君徳川慶喜は今や朝敵、叛逆者として罰せられようとしている。ストーンウォール号の発注者は日本政府であり、日本政府はただ一つであるから、局外中立を根拠にしての引き渡し拒否の論は成り立たないのではないか。局外中立が六カ国で合意されたものであるとすれば、この件を六カ国協議の場に持ち込んで正否を判断していただきたいと考えるが、如何か？

新政府に引き渡された甲鉄艦は、翌明治二年（一八六九）五月、箱館《はこだて》総攻撃の海戦に加わり、旧幕府艦隊の全滅に大きく貢献する。箱館戦争の勝利によって戊辰戦争は終結した。

新政府が甲鉄艦を確保したことが戦争の勝因の一つとなったことは間違いない。

小二郎の十万両工面とアメリカとの外交交渉は、のちのカミソリ大臣陸奥の片鱗を窺わせるに足る。この時、彼は二十五歳。

副総裁三条実美《さねとみ》は、龍馬の時代から小二郎の挙動に不信の目を向けていた人物だが、岩倉具視に称讃の書信を送った。


甲鉄艦買入に付《つき》金策の儀、陸奥陽之助格別の努力周旋にて十万金当地にて出来候。実に五、六日の際に十万の調達中々《なかなか》尋常の事にては決して六ケ敷《むつかしく》候。全《すべ》て同人の骨折に候。格別の御《ご》褒詞《ほうし》これあり度く存じ候。宜しく御聞取り御沙汰希《こいねが》ひ上げ奉り候。

岩倉が三条の書信にどのように応えたかは不明だが、これより十二年後、太政官（内閣）で陸奥に関する「特典減等」（恩赦）が三条実美によって提議された時、内閣でただ一人反対したのが岩倉であった。天皇の意を酌んだのかもしれないが、時を超えた奇妙なめぐり合わせと言える。

時間を引き戻して、十万両借用の商談が済んだのち、鴻池の音頭取りで難波新地に繰り出した面々はどうなっただろうか……。

宴《えん》は芸妓《げいぎ》が登場して、三味線と踊りのにぎやかな座となった。酒は鴻池が発祥の清酒である。

鴻池は戦国時代の武将山中鹿之助幸盛を遠祖とする。鹿之助の長男幸元《ゆきもと》が成長して名前を新右衛門（新六）と改め、伊丹・鴻池で酒造りを始めた。当時、酒は皆濁り酒だったが、新六は偶然清酒を造ることに成功した。

今夜の加賀萬の宴席を仕切っているのは、鴻池の筆頭手代金井紺ヱ門だが、その金井に向かって小二郎が杯を返しながら問い掛けた。

「清酒誕生の逸話、あれは本当なのでしょうか」

慶長五年（一六〇〇）頃、鴻池の酒蔵で、金を使い込んだ使用人が蔵を追い出されたことへの腹いせに、仕込み樽に灰を投げ入れて出て行った。新六は新酒が駄目になったと嘆いたが、翌朝樽を覗くと、酒は澄み切って、味もまろやかになっていたというのである。

「まあ、そう言い伝えられておりますが……。さて、伊達さま、お父上を一度大坂にお連れ下さいませ。ほんまに粋《すい》な御仁でしたなあ。遊びもきれいで。吹田《すいた》はん、あんたも覚えておるやろ？　ほれ、例の黄八丈《きはちじょう》を売り込みに来やはった時……」

ええ、よう覚えてます、と吹田だけでなく、他の商人たちも相槌を打つ。

伊達宗広が勘定奉行・御仕入方総支配の時、紀ノ川沿岸の困窮する木綿農家を救うため、彼の図案で八丈織の縞地を織らせ、その販路拡大に自ら大坂に乗り込んだ。道頓堀の芝居茶屋に商人たちを招待し、酒宴もたけなわの頃合、客人を始め芸妓衆全員に新作の八丈織を配って着替えさせ、席に歌舞伎の人気役者を呼んだ。酒宴のあと、一同を八丈織を着せたまま角座《かどざ》に案内する。幕が上がる。舞台の役者も皆、黄八丈を着けて登場する。その中に宗広がいて、自作の歌「ニョイと日の出の紀の川に晒《さら》し上げたる黄八丈」と歌いながら踊る。遊びなれた大坂の豪商たちもうなるほどの豪勢な宣伝を行って、紀州の八丈織を京坂《けいはん》に流行させたというのである。

小二郎は外の空気に当たりたくなり、席を立った。座では、話題が江戸無血開城から西郷と勝海舟の人物評へと移り、やがて皇女和宮《かずのみや》のその後へと続いて行く。

——家茂《いえもち》様が二十一歳の若さで亡くならはって、和宮様の結婚生活は僅か四年。政略結婚だったとはいえ、お二人は睦み合ってお暮らしであったそうな……。

——新政府軍による江戸城総攻撃の報が齎《もたら》された時、和宮は徳川家と生死を共にする覚悟を表明された。

勝海舟が屈辱に耐えて西郷に会談を申し入れ、決死の覚悟で薩摩屋敷に乗り込み、談判の末、無血開城を取り付けたことで、江戸百万の生霊（人間）は生命と財産を保つことが出来、徳川家も滅亡を免れたとは専らの評判だが、それはいささか趣が違う。若き十四代将軍家茂に父親のような気持で仕えていた海舟にとって、和宮の身の上もまた不憫《ふびん》に思われ、家茂に寄り添って生きた和宮の命を救うことが談判の本当の目的だったのだ。

——情報通を気取る大坂商人たちの話に縁廊下で耳を傾けながら、小二郎は欄干に凭れて視線をぼんやり庭の池の方へと投げ掛けていた。

縁廊下でコの字に囲まれた池には三日月が映っているが、空を捜しても見当たらない。庭には小さな稲荷の祠《ほこら》があった。
四、五間先の廊下の曲り角に人影が立った。女である。欄干に凭れ、膝を折るようにして稲荷に向かってしばらく手を合わせていたが、池で魚の跳ねる音がすると、まるで小二郎のいる気配を察したかのように振り向いた。松永夫人だった。

小二郎が松永夫人と錯覚した、芸妓お米《よね》は本名蓮子《れんこ》、この時二十一歳。淡路島賀集《かしゅう》に代々続いた人形細工師の家に生まれたが、父の死後、跡を継ぐ男子がいないため、廃業して母親と共に大坂に出た。母親は文楽人形の衣裳の縫製や船場の裁縫御稽古場で教えてたつきとしていたが、病いに倒れ、蓮子十五歳の時亡くなった。

小二郎は三日と明けず「加賀萬」に通い詰め、三カ月後に結婚した。蓮子はいったん吹田四郎兵衛の養女となった上で、吹田蓮子として陸奥家に嫁いだ。翌明治二年（一八六九）三月に長男広吉、続いて三年十月に次男潤吉が生まれる。

蓮子夫人は果たして本当に松永夫人に生き写しだったのだろうか。答は陸奥本人だけが知る。

陸奥は甲鉄艦取得の功のあと、大坂府知事となった後藤象二郎に乞われて副知事に就任する。この時、伊藤俊輔は神戸運上所長と兵庫県知事を兼ねており、その下に参事として陸奥の義弟中島信行がいた。三人は常に交流し、やがて連名で新政府に対して、革命的とも言うべき「廃藩置県」を建議する。

新政府は、首都を大坂にする案を退けて江戸遷都を決め、江戸を東京と改称する（慶応四年・一八六八・七月、この時点での読みはとうけい）。この年、元服し、即位したばかりの天皇は十六歳で、同年九月と翌年三月に二度東幸するが、以降京都に帰ることはなかった。

一度目の東幸は、九月二十日に京都を出発した。供は、輔相《ほしょう》岩倉具視、議定《ぎじょう》中山忠能、参与木戸孝允ら京都にいた公家・武家の実力者の殆どで、行幸の列は三千三百余人に及んだ。

十月一日、天皇は浜名湖南西岸、新居《あらい》の手前で初めて大波のうねる太平洋と無限に続くかのように思える砂浜を目にした。古代以来、幾人《いくたり》かの天皇が伊勢、美濃の国に行幸したが、遠江《とおとうみ》（浜名湖）まで臨幸した天皇はいなかった。

四日、金谷台《かなやだい》で初めて富士を望んだ。七日、原で再び富士山を仰ぐ（『明治天皇紀』第一）。

記紀伝承上、第十二代景行《けいこう》天皇の皇子日本武尊《やまとたけるのみこと》は東征して相模、甲斐、信州と行軍しているから、彼は富士山を仰いだ筈と夢想するのは自由である。天皇睦仁《むつひと》は第百二十二代に当たる。

明治新政府の中枢機能は東京に移って行く。伊藤俊輔は大蔵、民部両省の少輔《しょうゆう》に任じられて東京へ転任した。陸奥は伊藤の後任として兵庫県知事に就任するが、二カ月後に罷免される。

中央政府においては、「開進派」と「保守派」に分かれて熾烈な党派・権力争いがあった。更に藩閥抗争が加わる。「開進派」の中心には、「廃藩置県」によって新たな欧米型の立憲主義に基く中央集権政府を樹立しようとする大隈重信や伊藤がいる。

各県の知事の任命は権力闘争の影響を強く受ける。兵庫は兵庫港を持つ重要県であり、いったんは大隈、伊藤によって陸奥に決められたものが、「保守派」の巻き返しによって覆された。大隈と伊藤は、代わりに大蔵省のポストを用意するが、面子を潰された陸奥は病気を理由にこれを固辞する。

伊藤が失意の陸奥を東京に呼んで激励したのはこの時である。

「これで本屋さんに後金《あときん》払って、残りのお金で和歌山へお帰りなさい」

陸奥が思わず吉原の歌川を思い出し、彼女の情に報いることが出来ないまま今に至っていることを話すと、伊藤が部下を動員して、歌川を捜し出して来た。

「和歌山へお帰りなさい。何も言わなくていいのよ。早くお父さんに本をお届けなさいな」

陸奥は目を閉じて、八年前の歌川の言葉を甦らせていた。目を開けると、陸奥は言った。

「伊藤、僕は和歌山へ帰ることにするよ。紀州藩から出直すんだ」

伊藤は怪訝そうな表情を浮かべて訊ねた。

「紀州で何をする」

「藩を立て直す」

「藩を立て直す？　我々の当面の大事業は『廃藩置県』じゃ。潰そうとする藩をなんで立て直すんか」

「そうだ。確かに矛盾している。しかし、僕がこれから有意義な仕事をしていくためには、一歩後退が必要だと考えた。例えば、君の前途に開かれている道は、長州藩という後楯《うしろ》があってのことではないか。〝復古の大業は長薩の外に功を頒《わか》たず〟などと世間では言われている。怒るな、待ってくれ。君には、最早長州藩意識なんぞという狭い了見はないだろう。それはそうさ。長州藩自体が中央政権そのものになっているから。

僕は紀州藩を開明・先進的な県にするために働いてみようと思う。父からの情報だが、紀州は今、優れた指導者が現れて、『藩政改革』に取り組もうとする動きがある」

「『いろは丸事件』に見たように、あれほど紀州藩憎しやった君からそんな言《げん》を聞こうとは……。結婚したからか？」

「妻と紀州は関係ないさ。淡路の生まれだよ」

「人形芝居の島やな、治兵衛と小春……。おっと失礼、縁起でもないか」

陸奥と伊藤は、近いうちの再会を約して別れた。

大坂に戻ると、靭本町《うつぼほんまち》、吹田四郎兵衛の離れに仮住いしている陸奥の許を一人の中年の武士が訪ねて来た。津田出《いづる》と名乗った。確か父の天目庵で数回見掛けたことがある。

津田は、現在の第十四代紀州藩主徳川茂承《もちつぐ》の祐筆筆頭から執政太夫《たいふ》に任じられた人物で、若い頃は伊達宗広の下でも働いたことのある俊英の一人だった。徂徠学に明るく、江戸で蘭学を学び、江戸紀州藩邸では蘭学・洋学の教授を務めた。帰国後、取り組んだ財政、官制、兵制、禄制などの改革が、京都藩邸付家老三浦休太郎らを中心とする藩内保守派の反撥を招き孤立、その地位を追われたが、新政府下で、藩の立て直しを迫られた茂承は津田を再び重用、藩政の改革を彼に委ねた。

津田出が陸奥を訪ねた目的は、京都で新政府に言わば囚われの身になっている藩主茂承を、朝廷筋に働きかけ和歌山へ帰して貰えないかという依頼、もう一つは、現在、津田が和歌山で進めている「藩政改革」への参画を強く促すものだった。

親藩紀州藩に対する新政府の不満はかねてから燻っていた。かつて旧幕府による第二次長州征討に茂承が先鋒総督を任ぜられ参加したこと、土佐陸援隊高野山挙兵阻止に兵を派遣しようとしたこと、鳥羽・伏見の敗残兵が退路を親藩和歌山に取り、彼らを藩船明光丸で海路東帰させたことなどから、恭順の意を表させるため藩主茂承に上洛の上蟄居を命じたのである。

陸奥は、津田の説得に心を動かされ、上京するや本法寺に逗留する茂承を訪ねた。

茂承は小二郎とほぼ同年、病弱だが、極めて聡明な印象を受けた。茂承は小二郎に、津田に託した新しい時代に沿った「藩政改革」を、協力してやり遂げて貰いたいと懇請する。藩主の地位を退いても、という不退転の決意が見て取れる。

小二郎は畏まって、答えを保留したまま退室した。

大坂への帰路、淀川下りの船の中で、津田が口籠もりつつ言った。

「茂承さまにはお気の毒だが、お伝えしてないことがある」

「何でしょうか？」

「十五万両の軍資金を上納し、藩領のうち伊勢の三郡（十八万石）を朝廷に献上して窮地を脱しようと、国家老の久野丹波守たちが密かに岩倉殿に内願していることです。もしこの三郡献上が、三浦休太郎を中心とする守旧佐幕派の連中に知られたら大波乱が起きかねない」

大坂に戻ると、陸奥は直ちに大手通の府庁に後藤象二郎を訪ねた。

「この件は岩倉さんだな。小二郎、君はどうやら岩倉さんが苦手のようだから、僕も一緒に行こう」

岩倉は二人に会ったが、終始不機嫌そうな様子で、時折苦笑を洩らすことすらあった。外国事務局御用掛採用の折、岩倉を名指しして送られて来た陸奥の「日本外交愚案」の書名の文字を目にした時と同じ苦笑である。

十二年後、太政官（内閣）で三条実美より陸奥の恩赦が提議された時、一人反対票を投じた岩倉の顔に浮かんでいたのも同じ苦笑であった。

岩倉具視。この権謀術数に長《た》けた京都生まれの大政治家は、坂本龍馬のような「海局」思想、権力がどこに集中するのか分からない、やゝ茫洋とした言わば「海洋型」の政治思想をいささか苦手としたのかもしれない。陸奥をあくまで龍馬の息のかかった子分として見ていたのか、それとも、あるいは陸奥の中に自分と同質の何かを察知して、近親憎悪を覚えたのか……。

下級の貧乏公家の子として屈辱を味わった岩倉の少年時代、——彼は公家仲間では「岩吉《いわきち》」という渾名を付けられていた。下っぱのくせに細かく、理屈っぽく立ち回るので、軽蔑の意味を込めてそう呼ばれた。長じては、生意気な口の利き方をするので「岩倉の切り口上」とも。下って、和宮降嫁画策以来、廷臣間では「姦物」の評が定着した。

一方、陸奥は九歳の時に味わった所払いの屈辱を忘れないまま、高野山の僧侶見習いの少年時代を過ごした。亀山社中の仲間からは小利口な小才子と陰口を利かれ、嘘などついたことはないのに「嘘つきの小二郎」と悪評を立てられた。

岩倉と陸奥に共通するものが見えて来る。

後藤象二郎の援護を得た強談判《こわだんぱん》が功を奏して、十五万両の献納金は免除、伊勢三郡の朝廷献上も沙汰止みとなり、藩主徳川茂承は約十カ月に及ぶ恭順のための京都蟄居を解かれ、和歌山に帰ることが出来た。

紀州藩庁は陸奥の尽力に千石の知行を与えて報いようとしたが、彼はこれを辞退する。止むなく父伊達宗広に隠居料として三百石を贈った。

陸奥は遂に紀州藩士の列に加わった。茂承は津田出を「藩政改革」の首席執行者に、陸奥を次席執行者（参与）に任命した。

藩主茂承の強力な支援の下に、津田と陸奥は次々と改革を実行に移した。四民平等を前提とし、士農工商を問わない政治機構、殖産興業、教育制度を新たに構築して行く。中でも軍制の改革と整備は革新的だった。プロシアから下士官カール・ケッペンをはじめ数名の軍事技術者を招き、プロシアの軍制にならった軍隊の創設に取り掛かった。徴兵制度を採用し、ケッペンらの指導の下《もと》に訓練が始まる。

明治二年（一八六九）一月、薩摩・長州・土佐・肥前の四藩主は連署による「版籍奉還」を上表する。門閥士族支配の終焉である。遅れて、茂承も「版籍奉還」を上表し、六月、和歌山藩知事を拝命した。

和歌山藩軍隊はこの頃、「歩兵十二大隊五千七十六名、政事庁常備三大隊千百三十七名、騎兵一小隊百六十五名、砲兵四小隊二百七十九名、工兵隊五百七十二名、輜車《ししゃ》隊八十九名、合計七千三百十八名」の規模である。
プロシア陸軍を模範とし、新政府に先駆けて徴兵制を採用した津田・陸奥コンビの軍制改革は、これを視察した欧米列強の外交官たちによって「極東に新しいプロシア誕生」と驚きをもって形容された。駐日ドイツ公使マックス・フォン・ブラントが宰相ビスマルクに送った報告書がある。

接待はすべての点にわたって実に心のこもったものであり、大臣たちが私の当地滞在を快適なものにすべく、最大限の努力をしていることが明々白々でありましたが、ただそれのみならず、興味深さという点においても紀州での八日間は、私のすべての日本体験の中でも、最高の日々であったと申して過言ではありません。

この視察に同行したドイツ士官のレポートがドイツの新聞に掲載されている(『ナツィオナル・ツァイトゥング』ベルリン)。

(我々が)最初に招かれたのは観兵式だった。それは完全にプロシア軍式の大隊調練で、銃の操法は見事なもので、全大隊が一体となったひとつの運動音しか聞こえてこなかった。
(……)その生活習慣からして日本人があまり軍人向きでないことはよく知っていたから、どうせ大勢の日本人が鉄砲かついで雑然と右往左往するのだろう、とぐらいにしか思わなかった。

我々はあらゆる軍事施設を視察し、いくつかの兵舎を訪れた。この兵舎ではベッドに寝るが、普通日本人は畳の上に寝るのだ。ここでは椅子とベンチに座る。通常の日本人は肉は決して食べず、魚しか食べない。しかし、紀州兵は牛肉を食べているのである。普通日本人は足袋と草鞋《わらじ》をはくのだが、紀州兵は革製の洋式靴をはき、まげは切りおとして、軍隊式に短かく刈り込まれた髪形をしている。弾薬工場ではドイツ製の「針発銃」に使用する弾薬が日本人の手によって製造されており、その生産能力は一日に一万発である。

士官学校は本国ドイツを彷彿とさせるし、軍事関係の翻訳書を備えた図書室も充実している。

駐日ドイツ公使ブラントがビスマルクに宛てた書簡の中に、穿《うが》った見解が披瀝《ひれき》されている。

政治的方面について申しますと、これまで私が見聞したすべてから判断して、藩政府の有力筋では、現在の日本の政局に転換をもたらす好機が到来したならば、それを見逃さぬ決意を固めていることは、決して疑う余地がありません。もっとも、天皇の政府から完全に離反すべきなのか、または天皇政府に影響力をおよぼす方向で行くべきかについては、まだ全く方針は決まっていないように思われます。たとえ後者の場合にも、薩摩・長州といった西南日本の大名たちとの衝突は不可避ではありますが、どうやらほぼこの第二案を採用する可能性が高く、それを実現するために、天皇の宮廷にあるさまざまの派閥の相互の猜疑心をかきたてる好機をじっと待っている、というのが実情であるように思われます。いずれにせよ紀州藩は近い将来、日本の政治において決定的な役割を果たす使命と能力を与えられていると申せましょう。

ブラント公使は和歌山に八日間滞在した。彼の言う藩政府の有力筋とは誰を指すのか。公使を接待し、英語で自在に対話出来た人物は陸奥をおいて他にいない。ブラントの見解は、陸奥によって示唆されたものと考えられる。

今や陸奥は第二の維新劇が再開されるのを待っている。彼の下には、プロシア流の訓練を受け、装備を持った一万人近い精鋭部隊がある。

一方、明治新政府首脳は和歌山の藩政改革について、新しい日本の国造りのモデルとしてその行方に注目した。木戸孝允は伊藤博文にその旨を書き送っている。しかし、門閥制度を廃止し、士卒と三民（農工商）の区別なく、同権で兵役に就くという新たな徴兵制度の導入などの軍制改革については、猜疑と警戒を怠らなかった。この頃、和歌山では、政府筋や薩長、土佐の間諜の出入りがしばしば確認されている。

そんな中、陸奥は更なる軍の強化を図る目的で、プロシアからケッペンを補佐する佐官・尉官と共に、砲兵・騎兵の軍事教官、軍医を招聘するため、和歌山藩欧州執事として渡欧する。陸奥は出発に当たり、東京に木戸孝允を久し振りに訪ね、渡欧の挨拶をした。『木戸孝允日記』には次のように記されている。

風雨甚《はなは》だ烈《はげ》しく、十二時より一時、二時の間尤《もっと》も激烈。処々の屋瓦《おくが》皆飛び、墻垣《しょうえん》皆崩《くず》る。或は屋の潰倒《かいとう》の為に死するものありと云ふ。今朝陸奥陽之助等欧州に発し、仏の飛脚艦にて此《この》風浪の難如何《いかん》と懸念せざるを得ず。（『木戸孝允日記』）

陸奥の身を案ずる木戸だが、恰《あたか》も陸奥の将来にかかる暗雲を予見するかのようでもある。

九月八日、嵐を衝《つ》いて横浜を出港したフランス汽船には、当時新政府の通商正の役にあった中島信行や吹田四郎兵衛の甥飯田勘十郎も乗船していて、陸奥は中島と帰国するまで行を共にする。

十月八日、ナポリに到着した。欧州では普仏戦争が起こり、宰相ビスマルク下のプロシア軍が圧倒的な勝利を重ねていた。

陸奥はブラント公使の紹介状を持って、――ブラントの言に従えば〝極東の小プロシア〟の代表としてビスマルクに謁見する栄に浴する。その時のものだろう、プロシア軍の将校服を着け、軍刀を手にした陸奥の得意気な写真が残されている。まだ二十七歳である。

プロシアでの任務を終えると、中島と共にイギリスに渡った。ロンドンで、普仏戦争の視察に来たという高知藩参事の林有造と出会った。林は、龍馬の復讐戦や高野山挙兵に加わった陸援隊岩村精一郎（高俊）の実兄である。

林は、新政府に跋扈《ばっこ》する薩長閥に対する怒りを陸奥に打《ぶ》ちまけ、彼らを倒して立憲民主の体制を作らなければと熱っぽく訴え掛けた。林はのちに、「政府転覆計画」の主謀者の一人になる。陸奥と中島はアメリカ経由で帰国の途につくが、大蔵省の仕事で出張して来ていた伊藤博文とニューヨークで合流し、同じ船で帰国した。

二人が会うのは一年半振り、吉原の歌川の件以来である。デッキで星空を見上げながら、伊藤は長女貞子の死について語った。たった二年半の命だった。神戸時代の出来事だが、伊藤は長期出張で東京にいて、悲しみに沈む伊藤の家族を励まし、親身になって世話をしたのが陸奥である。

「小二郎、紀州へ帰って良かったな。木戸さんも注目しちょる。しかし、用心しろよ、岩倉や大久保は快く思うとらん」

この時、二人の間で「廃藩置県」について話し合われたかどうかは分からない。「廃藩置県」を最初に建議した伊藤、陸奥、中島の三人が同じデッキに顔を揃えていたのだが。

欧州から意気揚々と帰国した陸奥を待っていたのは、新政府による「廃藩置県」の決定だった。「廃藩置県」が、新政府への権力集中を早め、強めるのに最善の策と気付いた首脳は実行を急いだ。三百余の藩を廃止して、国直轄の県とする。

三年前、中央集権的な統一国家を目指すべきとして、伊藤、中島と図って「廃藩置県」を建議したのだが、まともに取り上げられなかった。そこで陸奥は、時未だ熟せずと、津田出と共に和歌山藩の改革に軸足を移し、紀州を一独立国にすべく働いて来たところが、予期しない早さで梯子を外されてしまった。

明治四年（一八七一）七月十四日、明治政府は在東京の藩知事を皇居に集めて廃藩置県を命じる勅を発した。予想される抵抗に対して、薩・長・土の親兵数千人を市中に配置、戒厳令並みの警戒体制を敷いた上での宣布だった。

藩の権限を全て中央政府に召し上げる。幕藩体制ではありえないことだった。そして、封建的割拠の中心を成すのは藩の軍隊であるとして、その解体が最優先とされた。

陸奥は自らが建議した策によって、その掌中の宝、軍を奪われたのである。

ここで注記しておくべきは、木戸、伊藤が、和歌山については軍制の改革など、今後の政府にとって益するところ少なくない先進的な試みの過程にある故、しばし解兵を猶予すべきとの意見を述べたことである。しかし、岩倉、大久保、佐佐木高行らはそれを一蹴した。龍馬亡きあと、最後の海援隊長を務めたのが佐佐木で、彼の陸奥嫌いは海援隊時代以来である。佐佐木は特に解兵を強硬に主張した。彼の配下にいたのが三浦安《やすし》（休太郎）で、三浦の使嗾《しそう》が佐佐木を強く動かした。三浦は、戊辰戦争が勃発すると一時捕縛されたが、釈放され、遷都と共に東京に移って新政府に出仕した。

三浦は、「いろは丸事件」「天満屋事件」と、二度にわたって屈辱を味わわされた陸奥に一矢《いっし》も二矢も報いることが出来た。

和歌山藩に対する解兵命令は、プロシアから帰って来て間もない陸奥を失望と落胆のどん底に陥れた。彼は、怒りに我を忘れそうになりながら辛うじて感情の激発を抑えて解兵の決断を下し、動揺する将兵たちに「廃藩置県」の意義と重要性を諄々《じゅんじゅん》と説いた。——いつかこの軍隊を動員する時が来る、と一縷《いちる》の望みを未来に繋ぎながら……。

陸奥は内心に憂悶を抱えたまま、和歌山藩軍解体の処理に忙殺されていた。そこへ政府より出京命令が来て、神奈川県知事（県令）を命じられる。「廃藩置県」実施の公布から僅か一カ月後の八月十二日付である。中央は陸奥を長く和歌山に留める危険性を考慮した。

しかし、陸奥は、八千人の兵とケッペンらドイツ人士官の身の振り方に目処《めど》を付けない限り和歌山を離れるわけにはいかなかった。

上京を命じられた徳川茂承《もちつぐ》は和歌山を去るに当たり、東京での生活に必要な経費を除く財を全て解兵に関わる補償費用に提供した。藩主と藩兵を失なった和歌山城下は極端に寂しくなった。

陸奥にもまた離任の日が来た。……またしても所払いか、と彼は苦笑いと共に呟く。彼は砲兵隊長の岡本柳之助《りゅうのすけ》を都督室に呼んだ。

「ケッペンは軍事顧問として新政府の雇入れが決まった。他のドイツ人将校には相応の補償金を払って、帰国して貰うことになった。津田さんは既に中央に出仕しておられるからいいとして、君はどうするかね。神奈川へ来るかい？」

「僕はしばらく大陸へ渡って色々見て来ようかと思っています。帰国の暁にはお訪ねします」

「それはいい。……ところで一つ、頼みがある」

「何でしょう？」

岡本は、砲兵隊長の他に士官学校図書室長と文書管理部長を兼務していた。

「我が戍営《じゅえい》全兵士の名簿及び武器庫、弾薬工場、弾薬庫に関する書類はまだ君の手許にある筈だが……」

「あります」

「それらを決して中央政府に渡さないように」

岡本の目は輝き、無言で深く頷いた。

陸奥は辞令より数カ月遅れて神奈川に着任した。家族を大阪・靫本町《うつぼほんまち》に残したままの赴任である。

翌年初、陸奥は、新政府内で燻っていた大江卓《おおえたく》を引き抜き、県の重要ポストに就けた。大江は元土佐陸援隊士、龍馬・中岡の復讐戦に参謀として加わった、まぎれもない陸奥の同志である。彼は「高野山挙兵」後、新政府に出仕し、慶応四年（一八六八）一月に起きたフランス兵傷害事件（神戸事件）の際、神戸外国事務所にいて、迅速・適切に処理したことから、陸奥は大江の法律知識と外交手腕を高く買っていた。神奈川に招かれた彼は、陸奥の期待に大いに応えることになる。

陸奥はこの年（明治五年）六月、神奈川県令のまま大蔵省租税頭を命じられ、「地租改正」という重要な任務に就くのだが、彼は神奈川県令時代について、

「廃藩後、自然の勢《いきおい》として余が和歌山藩庁出仕の職務は廃せられたるが故に、此任命ありたるなり。神奈川県在任中は多少県制改革等の事もありたれども茲《ここ》に特記する程の要無し」（『小

伝』)

とその自叙伝に素気無く記している。

しかし、全国初の警察制度の創設、全国に率先して娼妓の無条件解放、複雑な外交交渉を伴なった「マリア・ルス号」事件の解決など、大江卓の助力を得て、貴重な功績を残しているが、陸奥にしてみれば、やるべき仕事を淡々とこなしただけで、心ここにあらずといった心境にあったのだ。

「現在の日本の政局に転換をもたらす好機が到来したならば、それを見逃さぬ決意を固めていることは、決して疑う余地がありません。(……)紀州藩は近い将来、日本の政治において決定的な役割を果たす使命と能力を与えられていると申せましょう」(ドイツ公使マックス・フォン・ブラントのビスマルクへの書簡)

陸奥が構想し、実現半ばにして挫折してしまった〝極東の小プロシア〟。彼はしばらくその喪失感から抜け出せないまま、これから藩閥の後楯《うしろ》もなく、熾烈な権力闘争の渦中に飛び込んで行かなければならない。

追討ちをかけるように、新たな喪失が襲い掛かる。大阪から、妻蓮子の急逝の報がもたらされたのは二月十一日である。女中と洗濯物を庭で広げていると急に、「ああ、どないしよう!胸が苦しい」と言って俯《うつぶ》せに倒れ、そのまま亡くなった。

二人の幼い男の子が残された。僅か四年の短い結婚生活だった。

難波新地「加賀萬」の欄干で、魚の跳ねる音に驚いて振り向いたのは松永夫人だった。陸奥は、すぐにそれが錯覚であることに気付いたが、迷わず思慕する女性の化身と結婚する決意を固めた。

蓮子はそのことを知らない。

陸奥の胸奥《きょうおう》に、永遠の聖母として松永夫人の面影が揺曳していることに気付かないまま、彼女は儚い生涯を終えて逝ってしまった。

陸奥は、自分のような男に見染められたことが、そもそも蓮子の不幸の始まりではなかったかと、強い自責の念に駆られ、失って初めて彼女を深く愛していたことを知った。

3

明治四年（一八七一）十一月、岩倉使節団が出発する。岩倉具視を全権大使とする総勢百七名の大使節団で、主要な目的の一つは欧米諸国との不平等条約改正の交渉にあった。

大久保利通、木戸孝允、伊藤博文など日本の行方を左右する実力者たち揃っての外遊で、これは、例えば一人の青年にとって、外国旅行が青春を彩る冒険であると共に、その後の人生を左右することになるのと同様、誕生したばかりの日本という国の近代化の原点となる旅でもあった。アメリカからイギリス、フランス、ベルギー、オランダ、ドイツ、ロシア、デンマーク、スウェーデン、イタリア、オーストリアなど十二カ国を一年十カ月かけてめぐった。時の明治新政府の首脳たちが、二年近くも留守をして日本は大丈夫か？

この使節団には、中江兆民や新島襄ら様々な分野の若者や五人の女子留学生もいた。その一人津田梅子は僅か七歳、山川捨松は十一歳だった。佐佐木高行もいる。團琢磨、牧野伸顕《のぶあき》（大久保利通の次男）もいた。不思議な顔触れの外交使節団である。

岩倉使節団が欧州を巡歴中、陸奥は妻を喪《うしな》った悲しみと、伊藤たちの欧州使節団に参加出来なかった悔しさに唇を噛みながら、大蔵省租税頭として、国の財政基盤を確立するための作業に忙殺されていた。これは従来の米《こめ》の石高《こくだか》を基準にした課税法を、地価に応じた課税に改めること（課税率を地価の百分の三とし、納税は全て金納とする）、及び施行の具体策を策定する仕事である。現在の財務省の主税局・主計局の予算編成期の猛烈な多忙ぶりは夙《つと》に有名だが、陸奥が指揮を執った新しい税法の確立と実施はその魁《さきがけ》と言えようか。

だが、岩倉使節団の派遣により政府中枢にぽっかり穴が開き、陸奥が「地租改正」に夜も眠れぬほど取り組んでいる間に、留守内閣に大きな亀裂と葛藤が生じていた。「征韓論争」である。西郷隆盛と板垣退助が主導した。

朝鮮国とは豊臣秀吉の「朝鮮征伐」以来、正式な国交がなく、辛うじて対馬藩が管轄する韓国釜山の「草梁《そうりょう》倭館《わかん》」を通じた交易と、徳川将軍襲職の度《たび》に派遣される「朝鮮通信使」の往来のみで、明治新政府発足後も正式の国交は樹立されていなかった。

江戸時代以来、朝鮮と日本の外交・貿易は対馬藩を通して行われ、釜山に広大な敷地を持つ「倭館」には数百人の対馬藩士、商人が駐在して働いていた。しかし、廃藩置県によって対馬藩が消滅したため「倭館」領地は朝鮮政府に戻ることになる。朝鮮政府は「倭館」を接収し、施設の一部を解体した。これが日本の「征韓論」のきっかけの一つとなる。

西郷隆盛を中心に征韓論が留守政府内で沸き上がる。この時の内閣は、太政大臣三条実美、参議西郷、板垣、大隈重信、これに岩倉の留守中に大木喬任《たかとう》、江藤新平、後藤象二郎が加わっていた。

ここで西郷は、彼特有のロジックを展開する。

「内乱を冀《こいねが》う心を外に移して国を興《おこ》すの遠略」であると述べ、先ず朝鮮側の非礼を糺《ただ》すための「使節派遣」、次いで「兵の派遣・戦争」と二段構えの作戦を示した。使節を送れば必ず彼らは使節を「暴殺」する。兵を送る名分はこれで充分だ。使節には是非、この西郷を立てて貰いたい。

――この頃、陸奥は大蔵少輔《しょうゆう》心得に任じられ、引き続き「地租改正」業務に心血を注いでいた。

五月、陸奥は再婚する。二月に蓮子を亡くして、僅か三カ月後である。電光石火の再婚。陸奥の精神にどのような化学変化が起きたのか……。

陸奥の新しい妻は、新橋で芸妓に出たばかりの数えで十七歳の小鈴《こかね》という女性だった。本名は金田亮《りょう》、亮子夫人である。

のちに彼が出獄し、外遊を終えて帰国した明治十九年（一八八六）七月、アーネスト・サトウは、日光から渡良瀬川沿いに旅の途上、足尾銅山で偶然陸奥夫妻と出会った。亮子三十一歳。夫人とは初めて会う。サトウは夫人の容貌について、「若くてたいへんな美人」と日記に書き留めている。

またサトウは渡良瀬川についても、「この季節の渓谷で最も美しい場所の一つであり、この規模の川としては渡良瀬川は私が日本で見て来た中で最も美しいと思う」（『日本旅行日記』）と記した。

明治六年（一八七三）八月十七日、閣議は西郷を使節として朝鮮に派遣することに決定した。三条実美は翌十八日、これを上奏したが、岩倉使節の帰朝を待って再上奏すべしとの回答が下された。

これよりかなり以前に、ベルリン滞在中の大久保と木戸に東京から留守政府の状況と帰国を要請する通牒《つうちょう》が届いていた。大久保は事態の重大さを覚《さと》って単身帰国を決意、既に五月二十六日に一年振りに帰国していたが、出仕せず、箱根や京都に潜んで事態の推移を見守った。

木戸はベルリンで大久保と別れ、オーストリア、イタリア、フランスを回って七月二十三日に帰国した。大久保と木戸は「征韓」に断固反対だった。二人は、岩倉の帰国を待って、反撃に出る計画である。岩倉大使一行は九月十三日に横浜に着いた。

こうして三人の役者が揃った。先ず木戸は三条に対して、国内が「万民困苦」している状況下で外征などとんでもないことである、と警告書を送った。大久保はかつての盟友西郷と刺し違える覚悟で動いた。だが、内閣は征韓派が多数を占めている。

伊藤博文が大久保に建策する。上奏が必要な重要案件についての最終決定権は、上奏権を持つ太政大臣にある。太政大臣は三条、そして太政大臣の代行が務まるのは右大臣岩倉である、云々と。三条は「征韓」に消極的である。

一方、西郷も焦った。遣韓使節の勅許がなかなか下されない。執拗に閣議を開くよう要求する。

閣議は十月十四日開かれた。

西郷は使節派遣決定を強く主張する。これに板垣、後藤、江藤、副島《そえじま》が同調する。大久保が反論を展開した。使節派遣は開戦に直結するものであり、現在の日本に外征に乗り出す余裕などない。

決着は付かず、閣議は翌十五日に再開された。ところが西郷は書面を提出したのみで、欠席する。

再び紛糾するうち、征韓派の板垣、副島が太政大臣の裁断に委ねることを提案する。岩倉と大久保は内心ほくそ笑んだ。伊藤の建策の筋書通りに運びそうだ。

しかし、結果は違った。三条は不在の西郷の威圧に負けた。その存在を目の前にするより威力を発揮する人間、それが西郷隆盛である。彼はわざと欠席したのである。

「実に西郷進退に関係候では御大事に付き、止むをえず西郷見込通《みこみどおり》に任せ候処に決定いたし候」

三条の裁断は、西郷の欠席戦術による問答無用の圧力によって下された。岩倉、大久保、木戸は揃って三条に辞表を提出する。三条は後悔した。国を戦争に巻き込むような断を下してしまった。彼は煩悶し、錯乱し、病の床に伏した。「憐れむべき御小胆《しょうたん》」とのちに西郷は記している。

伊藤の思惑どおり、病気の三条に代わって、岩倉が太政大臣に就く。木戸はそれを岩倉と大久保に伝えた。

日を措かず、天皇は十月二十日、自ら三条邸に三条を見舞うと岩倉邸に赴き、岩倉に太政大臣代行の勅を与えた。

岩倉は直ちに西郷ら征韓派参議を召集した。西郷らは、三条の裁断通りに使節派遣の上奏を急ぐよう迫るが、自分は三条とは異なる考えであるから、明日再度双方の意見を聞いた上で上奏する、と答える。西郷は激昂し、桐野利秋は剣を抜く構えを見せたが、岩倉は動じなかった。

二十三日早朝、岩倉は参朝した。朝鮮問題についての西郷、大久保双方の意見を奏陳《そうちん》した上で、欧米歴訪の目的の一つ、不平等条約改正の難しさについて説明し、維新以来日の浅い我々は軽々に外事（戦争）を図るべきでなく、国力の充実に邁進すべきことを述べてから次のように結んだ。

「今頓《とみ》に使節を発するは、臣、其の不可を信ず」

これに対し、翌二十四日、「今汝《なんじ》具視《ともみ》が奏状、これを嘉納す」との勅語が発せられる。

岩倉との激論で既に敗北を悟っていた西郷は勅裁を待たずに、「胸痛の煩いこれあり、とても奉職罷《まか》り在り候儀相叶《あいかな》わず」と天を仰ぎ、全ての官職を捨てて、鹿児島に去った。その後、西郷は二度と東京の地を踏むことはなかった。

西郷下野《げや》の影響は大きかった。板垣退助、副島種臣、江藤新平、後藤象二郎の四参議も相次いで政府を去った。その他にも辞表提出者は四十六人に及んだ。「明治六年政変」である。

これによって岩倉・大久保の支配体制が整った。その体制とは、天皇を頂点とし、岩倉を中心とする公卿官僚と大久保傘下の藩閥出身官僚で政府、官界を支配する、所謂《いわゆる》「有司《ゆうし》専制」である。のちに、陸奥が風穴を開けようと槍を片手に痩馬ロシナンテに跨って戦いを挑むのも、西郷が「暴殺」されることで征韓戦争を起こそうとしたのも、板垣や江藤、副島、後藤たち民権派が征韓派と組み、一斉に下野したのも、この「有司専制」に対する抵抗の嚆矢《こうし》であったと言える。

4

陸奥は來宮《きのみや》神社の大楠を見上げていた。樹齢二千年という。幹回りは二十メートルはありそうだ。年老いた巨大な根幹は盛り上がった幾つもの瘤で、瘤の中は空洞になっている。木の方が、人間よりよほどしっかりした思想を持っているように思える。

「征韓論争」の嵐が政府を吹き抜け、西郷隆盛が下野した頃、陸奥は肺患の再発に見舞われ、入院と療養を余儀なくされた。神奈川県令時代、彼の下で出納長《すいとうちょう》を務めていた小田原在《ざい》の木崎兵倍が熱海の來宮にある別墅《べっしょ》を提供してくれた。温泉も引いてあり、小作人の老夫婦が留守番をしていて不便はない。大きく切った窓からは相模湾が一望出来て、初島が外套《がいとう》のボタンのようにに浮かび、その向こうに大島が悠然と控えている。三原山からは時々噴煙が上がる。気象のいたずらで、遠くの大島だけがくっきり見えて、すぐ近くの初島が消えてしまう日もある。老夫婦はそれを吉兆と呼んで、海に向かって拍手《かしわで》を打つ。

神社の傍《かたわ》らを流れる渓流沿いの小径を登って帰り着くと、中島信行が待っていた。見舞いの果物籠と東京の情報を携えて来た。二人は海を見はるかす広縁《ひろえん》に腰掛けた。

「初穂の体のぐあいはどうなんだい？」

「それが余り良くありません」

二人はしばらく黙り込んだ。

「亮子さんはお元気ですよ。お子たちの手紙を預かって来ました。私に神奈川県令の辞令が下りました。一月からです」

「それはよかった」

中島は西郷下野後の政局について詳しく報告する。内閣は征韓派五人の参議に代わって伊藤博文、勝海舟、寺島宗則《むねのり》が新たに参議に加わると共に、それまで分離されていた参議と各省の卿《きょう》（大臣）の兼任制が採用された。これによって内閣と行政機関が強化され、権力の一元化が進む。大蔵卿の大久保は卿を大隈重信に譲って、自ら新しく内務省を設置して内務卿に就いた。内務省は警察から殖産興業、地方官に至る内政の全分野を統轄する巨大な組織となった。伊藤博文は参議兼工部卿に就く。つまり大久保の左右に、大隈と伊藤がその両翼となって仕える体制が整った。かくして「征韓論争」の結果、大久保を中心とする、より強力な「有司専制」が確立したことになる。

中島から政府の情勢を聞くうちに、陸奥の心は憂悶に閉ざされて行く。かつて新政府が発足した際、外国事務局御用掛として肩を並べて立っていた寺島宗則は外務卿、伊藤、大隈も今や大久保政権下で最重要の地位に登用されている。

陸奥は大隈について、「経済に通じず、吏務を解せず」と彼の更迭《こうてつ》を木戸を通じて何度も訴えて来た。その大隈が大蔵卿に昇進したのである。陸奥はいまだ大蔵少輔心得という属僚の地位に甘んじていなければならない。〝極東の小プロシア〟とも称された紀州の都督としてビスマルクに謁見したこの俺が……。怒りと無念が込み上げる。

中島の問い掛ける声がしばらく耳に届かなかった。陸奥は湯呑みのお茶を一口啜った。冷めきっている。中島の声がやっと聞こえた。

「……西郷と板垣の思想は水と油、月とスッポンほどの違いがあるのに、なぜ『征韓論』で提携し、こぞって野《や》に下《くだ》ったのか、僕にはよく分からんのです。西郷は天皇至上の倒幕派とはいえ、士族中心主義、片や板垣たちは自由民権派。この双方にどんな共通点があったのだろうか、と……」

陸奥は腕組みして、しばらく眼下に広がる海を眺めていた。傾いた陽が、三原山から昇る噴煙を薄紅に染めている。座敷の奥から老婆が急須を持って現れ、湯呑みに熱い茶を注いでくれる。

「こうやっていると、和歌の浦の海を思い出す」

と陸奥が言う。

「僕は宇佐の海ですね」

「そうだ、海だ。この向こうは太平洋だ。坂本さんも君も大江も、私も海だ、海局を目指して来た。しかし海局とは何だろう。恐らく、西郷も板垣もそうだ。幕府権力という二百年以上も絶対的権力を誇った政府、磐石と思われた巨大な建造物を破壊したその向こうに見ようとしたもの、それが海局だ。西郷が夢見た海局と、板垣たちのそれはもちろん全く違うものだった。一方は郷愁をそそる封建的士族共同体だ。板垣たちは民撰議会と自由民権の世界だ。

だが、西郷と板垣が破壊した建造物の向こうに見たものは、『有司専制』という巨大な化物のような官僚世界だった。これが彼らの共通の敵となった。『征韓』は打って付けの共同戦線の口実だ。『征韓論』は何も事新しいものでなく、尊王攘夷の思潮の中にもあったものだからね。例えば橋本左内や吉田松陰、勝海舟、木戸さんだってあの頃は征韓論を唱えていた」

勝海舟は陸奥について、「あれがもし大久保（利通）のもとに属したら十分才をふるいえたであろうよ」（『氷川清話』）と述べたが、陸奥は統領として木戸孝允を選んだ。

二人は温泉に浸《つか》った。

「木戸さんは人柄が良すぎます」

と中島は言った。

「大久保は鬼にもなれる人です」

「大隈はその大久保に従《つ》いたわけだ」

「伊藤さんから伝言を頼まれました。何をぐずぐずしとる、早く東京に帰って来い、と。何か不穏なことを考えてはいないか、とも」

陸奥は苦笑を浮かべ、湯から上がった。

中島は一泊し、翌朝、馬車を雇って帰って行ったが、玄関先で鞄から一葉の短冊を取り出した。

父宗広は上京して、深川清住町《きよずみちょう》にある陸奥の家に逗留中だった。宗広は次の歌を認《したた》めていた。


春風の雪のとざしを吹くまでは冬ごもりせよ谷の鶯

中島は帰京後、直ちに念を押すように、「(……)用無しに不関《かかわらず》、御帰京可然《しかるべし》と存じ奉り候」と書き送った。

陸奥は來宮神社の大楠を見に行った。冷たい風が枝を揺らし、葉を鳴らす。彼はごつごつとした幹に両手を当てて目を閉じ、じっと動かずにいた。何かが手を伝って流れ込む。数秒、あるいは十数秒間、眠ったように思う。目を開けた。彼の中に治癒の感覚があった。宿に戻ると、今や大蔵卿に登りつめた上司大隈重信に賜暇《しか》の延長願いを書いた。明治七年（一八七四）の年が明けた。三十一歳である。彼は筆を執り、長文の「日本人」を一気呵成に書き上げた。

日本人とは、西は薩摩の絶地より、東は奥蝦夷《えぞ》までの間に生育して、凡《およ》そ此帝国政府の下に支配せらるる者皆此称あり。既に此称あれば、各人其《その》尊卑、賢愚、貧富、強弱に拘《かかわ》らず、皆此国に対する義務あり、権利あり。

と冒頭に置いたあと、薩長藩閥勢力による政権の独占、「有司専制」に対する徹底批判、糾弾に続けて、人民を幸福にする政治を構築しようと模索する思考を書き綴った。

陸奥の「日本人」は、明治初期において〝日本人〟という発想を前面に押し出して文章化した最初の画期的なエッセイである。そもそも〝藩〟が国であった。そこへ藩を越えた「国」という広い地平を描き、全国の人民の集合体としての「日本」という概念を創出したのである。このことは当然、薩長藩閥勢力による政権独占への批判の矢となって突き刺さって行く。

陸奥は、当初「日本人─或る愚案」とタイトルを付けた。「商法の愚案」「藩論─もう一つの愚案」「日本外交愚案」に続く四つ目の「愚案」となるが、最後にこれを削って、ただ「日本人」として木戸孝允に送った。

これに対する木戸の返信は、「（……）何も筆頭にて御答申し尽し難し。日ならず拝青《はいせい》」とや、当惑気味である。糾弾の筆頭に挙げられた長州閥の総帥としては止むを得ないとも言える。かつて飛脚装束で京都・美山に密使として駆け込んで来た若者を思い出しながら目を通したのかもしれない。しかし、この「日本人」が、のちに木戸の政治判断に影響を及ぼすことになる。

同年一月十四日夜半、赤坂喰《くい》違《ちがい》坂で右大臣岩倉具視が征韓派辞職者ら九名に襲撃され、負傷する。

翌十五日、陸奥は大蔵少輔心得を辞任し、野に下った。

一月十七日、征韓派前参議板垣、江藤、後藤、副島ら八人が「民撰議院設立建白書」を左院に提出する。この建白書は、陸奥の「日本人」とその論旨を多く共有するものだった。

二月十五日、建白書に名を連ねていた江藤新平が佐賀で叛乱を起こし、蜂起。大久保は素早く軍を動かして鎮圧、捕縛した江藤を即決裁判の上、処刑（梟首《きょうしゅ》）した。江藤は大久保のかつての朋友、その冷酷なやり方に囂々《ごうごう》たる非難が湧き起こったが、大久保はたじろがなかった。

五月には「台湾出兵」が行われた。三年前、台湾の東海岸に漂着した琉球人多数が台湾原住民によって殺害されたことを口実に、大久保が決定して出兵したものだが、これに対して木戸孝允が、征韓派の振舞と本質的に変わるものではないと反撥、辞表を提出して野に下った。

大久保の強権政治に綻びが目立ち始める。江藤は処刑されたが、高知に帰った板垣は四月、土佐立志社を創設して自由民権思想の啓蒙運動を開始する。鹿児島の西郷隆盛は「私学校」を作った。

下野した陸奥は、この頃何処にいたか。

陸奥は旅行した。横浜から大阪行きの定期船南海丸に乗った。甲板上の寒々とした気分、水ばかりの風景から受ける茫然と我を忘れてしまうような憂鬱。憎悪、失意、絶望などが苦い思い出となって去来した。

新宮で下船する。初めての熊野の旅である。那智大社に詣で、大瀧を拝んだ。速玉大社の梛《なぎ》の大木を見上げ、梛の押し葉と牛王宝印《ごおうほういん》の守札を妻と子供たちに送る。

新宮には、和歌山戍営時代、輜車《ししゃ》隊長をしていた中森奈良好《ならよし》という青年がいて、解兵後新宮に戻って家業の造園業に携っている。彼は熊野修験者でもあって、陸奥は彼の先導で「大峯奥《おおみねおく》駈《がけ》」に挑戦する。途中で倒れればそれまでだ。

「大峯奥駈道」は「吉野・大峯」と「熊野三山（本宮大社、速玉大社、那智大社）」を結ぶルートで、紀伊半島の背骨である紀伊山地の標高千二百〜千九百メートルの山々を縦走する、約九十キロのコースである。陸奥が選んだのは通常の奥駈道を逆に、南から北へ、熊野三山から大峯・吉野へと至るコースである。中森は奥駈けのパイロットで、輜車隊の頃、陸奥にその醍醐味について何度も語った。これをやれば権現《ごんげん》さま並《なみ》の力がつきます、と。

陸奥は、美しい星に曝されながら毛皮にくるまって、草の上に寝た。頭上の星を見上げて、背中に大地との直接のつながりを感じながら眠った。

十津川郷の良音寺《りょういんじ》を訪ね、天誅組によって梟首された武林敦《たけばやしあつし》の霊を慰めた。

陸奥は、中森の先導で「奥駈」を六日間で踏破して、無事吉野に辿り着いた。

五條で無残に焼かれたままの代官所跡に佇む。書肆「松屋」の主人は健在だったが、「小二郎」のことを覚えていなかった。徒歩で吉野川沿いに橋本に下る。念佛寺、恋野《こいの》、九度山《くどやま》、入郷《にゅうごう》……十六年前に通った昔のままの道である。岡左仲を訪ね、岡と連れ立って町石道《ちょういしみち》を登って高野山に詣り、尊了師の墓前に額衝《ぬかづ》いた。尊了師は「高野山挙兵」の三カ月後に亡くなっている。

紀ノ川を舟で粉河まで下り、児玉庄右衛門を訪ねる。児玉は紀ノ川筋の豪農で、伊達宗広の木綿栽培と織物振興策を支え、高岡要の学業を援助して、彼を江戸に送り出した。

陸奥は児玉に、高岡の高邁、崇高な精神について語った。――惜しみて余りある命でした。

庄右衛門の傍らに一人の若者がいた。次男の仲児《ちゅうじ》で、福澤諭吉の慶応義塾で学んでいるという。

児玉仲児はこの時二十五歳。翌々年の明治九年（一八七六）の地租改正反対闘争「粉河騒動」を指導、民権活動家として頭角を現す。また陸奥の和歌山における有力な支援者でもあり、のちの第一回衆議院議員選挙（明治二十三年）に当選、初代の衆議院議員となる。

陸奥は児玉宅に一泊したあと、舟で紀ノ川を下って和歌山に入った。寺町にある伊達家の菩提寺に墓参のあと、北京、上海と旅を続けて帰国した岡本柳之助と会った。

場所は、父宗広が仕えた紀州藩第十代藩主徳川治宝《はるとみ》が隠居所として構えた西浜御殿（養翠園）の茶室である。茶室の床下まで海水を引き込んだ「汐入りの池」の水が、潮の干満に応じて上下しながら小波《さざなみ》を立てている。

「先日、鳥尾小弥太《とりおこやた》がいきなり訪ねて来まして、和歌山軍兵士の名簿、武器庫、弾薬工場などの資料はどこにあるか、と訊かれました」

「鳥尾が？」

陸奥は押し殺した声で問い返した。

鳥尾小弥太は長州藩士。戊辰戦争で鳥尾隊を率いて勇名を馳せた。鳥尾は和歌山に来て、ケッペンの厳しいプロシア式軍事教練で優秀な成績を収め、陸奥は彼を戊営副都督次席に抜擢した。解兵後、中央政府に出仕、現在は大阪鎮台司令長官の地位にある。

「岡本、君は文書管理部長だったろう、書類はどうした？　と言うから、あなたはそれをどうするつもりなのか、と問い返しました。和歌山の徴兵制度は先進的だ、政府の徴兵制度の参考にしたい、と。燃やした、と答えました。本当か？　何故だ？　……和歌山藩も軍も解体され、無となりました。無となったものに名簿だけ残してどうなります。鳥尾は怪訝そうな顔をして帰って行きました」

陸奥は池の小波に小さく躍る陽光を見つめながら、岡本の話に耳を傾けていた。三年前、和歌山を去るに当たって、陸奥は岡本に「それらを決して中央政府に渡さないように」と厳命した。

「本当に燃やしたのか？」

「まさか。我々は、このまま引き下がるわけにはいきません」

岡本の目は、あの時と同様鋭く輝いた。

二人が養翠園を出て、遠くに見える和歌山城の天守閣の方に向かって歩き始めると、松の巨木の陰から鳥打帽を目深にかむった男が現れ、三、四十メートル離れて付いて来る。

鳥打帽の男は小野在好《ありよし》。監部密偵である。監部は政府の密偵機関として、明治四年に創設された。発案者は、当時、中弁の地位にあった江藤新平（のち司法卿・参議）である。彼は、右大臣三条実美に次のような制度改革案を提出した。

「在官ノ人平日ノ行状清濁、及び一家ノ治否等ハ探索シテ監部ヨリ言上ス。但シ、細末《さいまつ》（間者・スパイ）ノ事不可用《もちうべからず》」

大久保利通は、明治七年（一八七四）二月、野に下った江藤が起こした「佐賀の乱」の動きを事前に察知して、自ら軍の指揮を執って鎮圧し、江藤を梟首に処した。その情報を逐一大久保に送っていたのは、佐賀に潜入した、江藤自らが創設した監部の複数の密偵たちだった。

三浦安《やすし》は、明治八年に大蔵省七等出仕から内務省に五等出仕、翌九年、内務権大丞《ごんだいじょう》と着実に昇進、政府内保守派の佐佐木高行に近く、陸奥の動静に警戒を怠らないことについて意見は一致している。一月、陸奥は突然大蔵省に辞表を提出して野に下った。佐佐木の諮問に答えて三浦は、

「陸奥は必ず和歌山へ向かうでしょう。監部に小野という和歌山出身の密偵がいます。土地勘がある方がやりやすいと思います」

三浦自身も二年半前、津田出《いづる》や陸奥の兄伊達宗興《むねおき》を窮地に追い込んだ「賞賜米事件《しょうしまい》」（旧和歌山藩では、かつて藩政改革に功労のあった津田や宗興らに終身分《しゅうしんぶん》の賞賜米を授与することを決めたが、廃

藩置県後にこれを受け取ったことが中央政府で問題となった）の時、大蔵省から和歌山に派遣され、調査に当たったことがある。

監部は五十名の密偵で構成されているが、小野は十四等出仕と最も下位にいる。尾行は、陸奥が横浜で大阪行汽船南海丸に乗ったところから開始された。新宮で下船して、陸奥が「三熊《みくま》野詣《のもうで》」を終えるまで尾行を続けたが、中森奈良好の先導で「大峯奥駈」に向かうと知ると、次の船で和歌山に先回りして、陸奥の到着を待った。

和歌山入りした陸奥には、岡本柳之助と会った以外目立った動きはなかった。

陸奥は太田村の天目庵で読書と思索の日々を過ごした。東京から父が帰って来た。二人の妹は嫁いで、親子三人水入らずの、彼には最後となる穏やかな暮らしがしばらく続いた。密偵が常に視界の周辺をうろついていたとはいえ、陸奥は気付かなかったのだから。

陸奥が東京に戻ると、新しく設置されることに決まった元老院議官への就任要請が飛び込んで来て、彼を驚かせた。彼の下野、旅行中に政局は目まぐるしく動いていた。

台湾出兵の事後処理のために大久保は北京へ行ったが、清国との折衝は難航した。日本の一方的な出兵はイギリス、アメリカなど西欧諸国からも猛烈な批難を浴びた。無思慮に他国の領土に出兵してしまった後始末の難しさ、大国清国と欧米列強を本当の敵に回してしまった場合の恐怖を、大久保は初めて北京で味わった。

国際的な孤立は辛うじて回避出来たが、国内はどうか。旧士族や農民の不満の高まり、内乱の気配が有毒ガスのように列島に漂っている。

大久保は政治基盤を強化するには、下野した木戸ともう一度組んで、政治の刷新を図るしかないと考え、そのための工作を伊藤博文に托した。伊藤は素早く動いた。彼は、日本の政治の安定はいずれ民撰議会の開設と立憲制への移行しかないと考えており、大久保の煩悶を最大のチャンスと考えた。それには大久保と木戸と板垣の提携が必須だとして、盟友井上馨《かおる》、大阪の五代友厚《ごだいともあつ》らと示し合わせ、先ず大久保を大阪の五代邸に逗留させた上で、木戸、板垣を大阪に招こうとしたが、木戸は容易に腰を上げない。伊藤、井上二人がかりの説得で大久保と会ったのは明治八年（一八七五）一月五日だが、木戸の大久保に対する蟠《わだかま》りは解けなかった。伊藤、井上という長州のかつての親しい手下たちの懇請に渋々付き合っているという様子である。

「桂さん」

伊藤は木戸と二人切りになった時、なつかしい苗字で呼び掛けた。伊藤は木戸を動かすに足る何か具体的な政策案を提示しなければならないが、何をどう切り出せばよいか焦った。

「桂さん、言うて下さい、大久保に何を突き付ければよいか。私はそれを必ず大久保に飲ませます」

木戸は伊藤の目を鋭く見つめた。

「板垣からは『民撰議院設立建白書』が出ていて、大久保はそれを承知で、板垣との提携を望んだのだろう。それならば、私からも『愚案』を出そう。しかし、これは板垣たちのような声《こわ》高《だか》なものではないぞ。じっくり読んで、味わって貰わねばならぬ類《たぐい》の文だ」

と鞄から十数頁の冊子を取り出し、伊藤に手渡す。伊藤は標題を声に出して読んだ。

「『日本人』。陸奥ですね」

読み終えると伊藤は言った。

「桂さん、これで行きましょう。僕はすぐ大久保、板垣に会って来ます」

明治八年二月十一日、「征韓論争」決裂以来約一年三カ月ぶりで、木戸、大久保、板垣が会した。「大阪会議」である。伊藤博文、井上馨も陪席する。会談は日を改めて二回、三回と行われ、大久保は木戸、板垣が新政府に加わる条件として、二人が示した立憲政体樹立に向かって進むという趣旨に同意し、詔書（「明治八年の詔《みことのり》」）を公布させた。

一、元老院（上院）を設けて立法機関とする
二、大審院を置いて司法部門担当とする
三、地方官会議（下院）を召集して「民情」を徴する

だが、岩倉具視や左大臣島津久光は「大阪会議」自体に反撥し、元老院の設置を「国体一変の基《もと》」であるとして反対を唱え、登庁拒否のサボタージュに出た。先行不透明な船出である。

一説に大阪会議期間中、陸奥が大阪にいて、会議の斡旋役を務めたとか、伊藤や井上に助言を与えていたという風聞が残っているが、ありえない。その頃、彼は中森奈良好と「大峯奥駈」の最中で、ニホンオオカミやニホンカモシカの姿を、瀧の上の断崖や深い樹間に垣間《かいま》見て、興奮の余り我を忘れていた。

だが、大阪にいた、と言えばいた。木戸の鞄の中に。論稿「日本人」の筆者として。

元老院議官の人選は実質的には木戸、板垣、伊藤で行われた。任命は第一期と第二期に分かれ、第一期は十三名。陣容は陸奥の他、後藤象二郎、勝安芳（海舟）、由利公正《ゆりきみまさ》、鳥尾小弥太、津田出《いづる》らである。但し、勝はこの任命を受けなかった。

人選をめぐって一波乱あった。岩倉、島津が由利、陸奥、井上、後藤象二郎の任命に反対したのである。この時、左院副議長だった佐佐木高行は第二期で任命されている。佐佐木の日記には次のようにある。


土方《ひじかた》（太政官大内史・土方久元）一日来リ曰《い》フ。此度元老議員人撰ノ中、元老ニアラヌ向々多シ。陸奥宗光相成《あいなり》候テハ、監部（密偵）ノ筋悪説相聞《あいきこ》へ候事故《ことゆえ》、御登用不可《ふか》ナルベシト（『保古飛呂比』六）

木戸は、密偵の報告に基づいて異議を唱える岩倉、島津久光に対して、「陸奥ノ悪風説有之《これあり》迚《とて》、御登用無之《これなき》時ハ、後藤モ同断、大隈モ同断ニ付キ、サノミ陸奥許《ばかり》ノ差置《さしおく》ト申訳ニモ有《ある》マジ」と陸奥の任命を強く主張した。

元老院は、開院前から早くも分裂の危機に見舞われていた。「元老院ノ議定《ぎじょう》ヲ経ザルモノハ法ト為ス可《べか》ラズ」という規定を章程の中で明記するかどうか、元老院の権限をめぐってである。板垣退助はこれを激しく主張した。立法府である限り当然のことである、と。

しかし、これが「天皇の大権」を制限する過激なものと認識された。木戸や伊藤は板垣に対して、趣旨は分かるが、明文化して規定として掲げるのは将来のこととしてはどうか、と妥協を呼び掛けるが、板垣は退かない。

だがこれは板垣の方が正しいのであって、木戸と伊藤は立法権と行政権を混同していたのだ。「天皇の大権」と呼ばれるものは実は行政権のことで、天皇が立法者であるわけがないし、容喙《かいよう》する筋でもないから章程は「天皇の大権」を妨げも制限もしない。

板垣はこれを「英《イギリス》之政体」を引き合いに出して論陣を張る。板垣の言葉に木戸は不審を抱く。板垣にそれほどの知性はない。板垣の背後に別の頭脳が存在する。……陸奥だ！　木戸は、「天皇の大権」に関しては立法権と行政権を混同してしまったが、陸奥の存在を嗅ぎ当てた直感は正しかった。

陸奥は「日本人」で、薩長藩閥勢力による政権の独占を痛烈に批判していたが、それは偏《ひとえ》に、薩長が行政権をほぼ掌握している点にあった。元老院の立法権を武器にして、行政権を独占する薩長藩閥、「有司専制」に楔《くさび》を打ち込む。「日本人」にはそのような剣が隠されていた。

その剣を振るうに相応しい人間こそ、病弱な陸奥ではなく、参議に復帰した板垣退助だ。木戸はそのことに気付いたのである。

立憲政体漸進《ぜんしん》論の木戸は、急進論の板垣に手を焼く。背後に陸奥の姿を思い浮かべて舌打ちする。

大久保は沈黙を守り続けた。「大阪会議」で確立した木戸、大久保、板垣のトロイカを崩したくなかったのだ。しかし、本来の強権主義者である大久保は、一方で「讒謗律《ざんぼう》」（言論規制法令）や「新聞紙条例」の改正などを制定して、言論弾圧政策を推し進めていた。木戸はもともと大久保と反りが合わない。

九月五日、木戸は辞表を提出する。十月二十七日、遂に板垣も辞表を提出して再び野に下った。「大阪会議」によるトロイカ体制は僅か六カ月で崩壊した。元老院はその権限を次々と奪われ、荒海に浮かぶ小舟のように漂流し始める。

木戸が去り、板垣も去った。辛うじて伊藤が残ったが、「大阪会議」の鼎《かなえ》の二脚が外れて、大久保は、「大阪会議」以前より一層の強権を奮う自由を得た。大久保独裁の始まりである。

陸奥は、悄然《しょうぜん》として「大阪会議」の申し子たる元老院に残された。著しく権限を縮小された元老院は、板垣に「一箇の養老院たる観を呈す」と自嘲的に評されるに至る。後藤象二郎も去った。

骨抜きになった元老院だからこそ、陸奥は元老院に拘《こだわ》った。去って行く板垣と後藤の背中を見ながら、まだやることはある筈、と力無く呟く。

最早脅威でなくなった元老院だからこそ三条と岩倉は、陸奥を元老院幹事に昇格させた。祭り上げたと言える。彼の下に元老院書記局が置かれ、そこに中江篤介（兆民）がいた。中江は、かつて長崎で海援隊に加わっていたことがある。彼がのちに、愛弟子の幸徳秋水に語ったエピソードがある。

「予は当時少年なりしも、彼（龍馬）を見て何となくエラキ人なりと信ぜるが故に、平生人に屈せざるの予も、彼が純然たる土佐訛りの言語もて、『中江のニイさん、煙艸（タバコ）を買ふて来てオーせ』などと命ぜらるれば、快然として使ひせしこと屢々《しばしば》なりき」（幸徳秋水『兆民先生』）

中江は明治七年、フランス留学から帰国して、東京で「仏学塾」を開いていたが、後藤象二郎の推薦で元老院書記官として出仕して、陸奥に仕えた。のちに中江は、「其頃の元老院はなかなか進歩したものだった。ルソーのものなども元老院が僕等に翻訳させ、元老院蔵版の名を以て出版したものだった」と語っている。

のちに陸奥が獄中で翻訳に取り組むことになるベンサムの『道徳および立法の諸原理序説』の一部『立法論綱』を訳したのは中江と同じ元老院書記官の島田三郎で、出版元は元老院蔵版だった。陸奥はこの『立法論綱』に序文を寄せている。

中江兆民は元老院に二年いて、明治十年一月、西南戦争勃発前に辞めているが、幸徳秋水は、辞めた理由を陸奥との衝突と証言している。龍馬に愛された二人だが、互いは馬が合わなかったようだ。

書記局には中江や島田三郎のような有能な人材に加えて、フルベッキ、プスケといった御雇外国人がいて、ヨーロッパ先進国の法律書の翻訳や紹介に従事し、元老院における「日本国憲按」作成に大きな貢献を果たすが、その中心にいたのが陸奥である。

「日本人」で構想し、夢見た理想は潰え、仄暗い元老院幹事室の机に向かう陸奥の姿を〝孤影悄然〟と表現してもよいかもしれない。これを佐佐木高行は、「甚ダ畏縮《いしゅく》ノ光景」（『保古飛呂比』六）と冷たく描写しているが、一方陸奥の勉強振りはすさまじい。これはのちに、宮城県監獄から出獄後、伊藤や渋沢栄一たちの援助でイギリス、オーストリアに留学した時の勉強振り――当時（明治十八年・一八八五・七月）のウィーン駐在日本公使西園寺公望《きんもち》は伊藤博文への手紙で「陸奥宗光此地に在り。（……）同氏の勉強は実に驚く可し」と書いた――に通じるものだが、彼は「畏縮ノ光景」の中から内閣に対し現行刑法を改正し、「拷問廃止」を強く訴える意見書（改正案）を提出している。

「凡《およそ》罪ヲ断ズルハ（自白ニ依ラズ）証ニ依ル、若シ未《ま》ダ断決セズシテ死亡スル者ハ其罪ヲ論ゼズ」

この改正案は明治九年（一八七六）五月二十二日、天皇臨御の下に開かれた正院で可決、六月十日、布告された。

この頃、陸奥は深川清住町から京橋木挽町《こびきちょう》に引越し、和歌山から両親が上京して同居する。妻亮子と男子広吉、潤吉、亮子との間に生まれた清子《さやこ》、両親のにぎやかな生活になったが、清住町の時から身を寄せている星亨《ほしとおる》の両親もいる。

星は江戸築地の生まれだが、左官職の実父は星が一、二歳の頃、母と二人の姉を置いて出奔する。母は漢方医星泰順と再婚して星姓となるが、彼は貧しく辛い幼少年期を過ごした。その後苦学して英語を習得、生活の道を切り開いて来た。

陸奥は兵庫県知事の時、西宮の永井博三郎の書斎で星と出会い、その後和歌山に帰藩する際、彼を藩の英語教師として招く。六歳下である。両親も和歌山に来て住んだ。神奈川県知事になると、彼を県立英学校修文館の教頭に任命して支援する。陸奥が大蔵省に移ると、星も大蔵省御雇（下僚）となる。母と養父に対する孝養心は人一倍強いが、豪放というより粗暴な振舞が多く、大蔵省時代、閉門百日の処罰をくらったこともある。星は和歌山から両親を呼び寄せるつもりだったがそれもままならず、陸奥が引き取った。

星は挫けない。陸奥も星を見捨てない。星は陸奥の推薦で政府の英国留学生に選ばれ、現在イギリス有数の法曹学院ミドル・テンプルに留学中で、難関の barrister（バリスター、法廷弁護士）の資格試験に必ず合格して、来春帰国するつもりだ、と誓いの言葉を陸奥に寄こした。

陸奥の家には様々な人間が集まって来る。中島信行、山東直砥《さんとうなおと》、大江卓が随時出入りし、和歌山から上京した児玉仲児《ちゅうじ》は福澤諭吉を連れて来た。岡本柳之助も一度顔を出し、鳥尾小弥太が三浦安と共に再び和歌山に現れたと告げた。

板垣は下野後も東京にいて、上京した立志社のメンバーを同道して訪れる。ある日、大江卓が林有造を伴った。林とは五年前、ロンドンで会って以来である。最近、林は鹿児島へ西郷隆盛を訪ねたが面会出来なかったという。

板垣をはじめ立志社の面々には、民権派として唯一人元老院幹事として残っている陸奥から政権中枢の動向を探ると共に、陸奥本人を彼らの陣営に引き入れようという目論見もあった。

招かれざる客もいる。陸奥の家の塀に沿って周回している監部密偵小野在好である。和歌山以来、陸奥から目を離したことがない。そこに新顔が登場して、時々小野と鉢合わせすることがある。

新顔は中村弘毅《こうき》。中村は監部ではなく、太政官所属の土佐出身者。佐佐木高行の側近の一人で、板垣が立志社を創設した時から佐佐木の指示を受け、東京と高知を往復して立志社のメンバーを追っている。自由民権派を装って、高知、大阪、京都、東京での立志社の演説会、会合などにも顔を出す。陸奥は小野在好の存在をまだ知らないが、立志社の主なメンバーは、板垣をはじめとして中村を知らない者はいない。しかし、彼が政府の密偵であることは知らずにいる。板垣や立志社の主要メンバーの動きは、逐一彼の「報告書」に記載され、佐佐木に届けられた。

ある日、木戸孝允がぶらりと陸奥宅に現れた。明治九年（一八七六）の夏の終わり。三月に参議を辞め、無理矢理引き止められて閑職の内閣顧問に就いていた。この日、陸奥はまだ元老院から戻っていなかったので、父の宗広が応接した。なつかしい再会である。桂小五郎（木戸）は、無謀な「天皇大和行幸」を中止させようと美山から馬を駆って、京都・粟田口の青蓮院《しょうれんいん》に朝彦親王・中川宮を訪ねた。その時、中川宮のそばにいたのが伊達宗広だった。十数年ぶりの再会である。

木戸と伊達宗広が庭に立って、東京湾の上空を流れる茜《あかね》に染まった片雲を見上げていると、陸奥が帰って来た。宗広は自室に退いた。

「小二郎の奴、また不穏なことを考えているのではないか、と気になってね。冗談だ。俺もどうやら胸の患いらしい。長くはないね。大久保の増上慢を目の当たりにして、日本にいるのが嫌になった。五年前のウィーン、パリ、ローマ……、楽しかったな。そこで欧米旅行を企てたんだが、天皇がお許しにならない。パリ、ローマの代りに京都供奉《ぐぶ》を命じられたよ。孝明天皇の十年式年祭を行うためだが、東海道本線の京都―神戸間の鉄道開業式典にも臨御される。だから当分京都行在所《あんざいしょ》に詰めなければならん。東山の龍馬の墓にも御参りして来るよ。――ところで、この前、イギリスの面白い芝居の話をしてくれるという約束だったな。実は今日、その話を聞きたくてやって来たんだ」

二人は陸奥の書斎に移った。亮子が二つのランプに明かりを点した。

陸奥が木戸に語り聞かせようとしたのは、シェイクスピアの『ジュリアス・シーザー』である。数カ月前に、ロンドンの星亭から『シェイクスピア全集』が送られて来た。

「奥さん、もしよければ一緒に聞こうじゃありませんか」

「亮子もいなさい。その方が張り合いがある」

亮子は頷いて、部屋の隅に椅子を置いて座った。

――凱旋したシーザーの得意気な演説から始まる。近付いて来た予言者の「三月の十五日にご用心なさい」と暗殺を予告する第一幕から第三幕へ。シーザーが、「や、ブルータス、お前もか！　じゃ、俺はもう死ぬほかないのか！」と叫んで倒れる。暗殺者たちの一人、シナが「自由だ！　解放だ！　専制政治は死んじまった！　駆けて行って町中に触れ回れ！」と叫ぶ。

そして、終幕の第五幕五場、ブルータスの崇高な自殺に至るまでを、陸奥は舞台の劇的な展開に逆らうような淡々とした声と調子で語り終えた。

木戸は、握り締めた両手をしばらく膝の上に置いたまま目を閉じていたが、

「君がこの話を聞かせようとした理由《わけ》が分かった。大久保がシーザーだな。ではブルータスは誰だ？　……お止しなさいな、野暮な問い、か」

と言い残して、迎えに来た下僕と共に帰って行く。亮子は、しばらく部屋の隅の暗がりに佇んだままだ。

陸奥は元老院に精勤した。

元老院幹事室の仄暗い片隅で、あるいは自宅書斎で彼は自己の内面に沈潜して、自問自答していた。叛乱、謀叛、裏切りについてである。ブルータスは誰か、という問いを残して木戸は京都へ去った。

陸奥は眠りの中でも考えた。それは夢の形象を取った。大久保の周囲に群がる有象無象《うぞうむぞう》、刺客として送り込まれているのは誰か、忠義面をして、謀殺の機会を窺っているのは。

……西郷、と思わず知らず呟いた。そうだ、西郷だ、西郷よ、起《た》て！　お前は過去、三度死に損なった。四度目は必ず死ね。動乱・革命の中で死ね！

目覚めた時、それらは、まるで宙に指で描かれた線のように跡形も無く消えていた。

十月二十四日から二十五日の早朝にかけて、熊本の士族の集団、敬神党が叛乱を起こし、県令や熊本鎮台司令官・参謀を襲って殺傷した。神風連《じんぷうれん》の乱である。二十七日には福岡・秋月の旧秋月藩士たちが、二十八日には萩の前原一誠（維新政府兵部大輔《たいゆう》）らが神風連に呼応して起った。大久保利通は前原一誠ら十六人を処刑した。うち八人は斬首である。

その後、十一月末から十二月にかけて茨城、三重、愛知、岐阜、大阪・堺で、地租税率を地価の百分の三とする地租改正に反対する大規模な農民一揆が起きた。かつて陸奥が大蔵省租税頭として取り組んだ地租改正である。

明治六年十月、征韓論争に敗れた西郷隆盛は鹿児島に帰った。彼のあとを追って桐野利秋ら多くの薩摩出身の陸海軍人が帰郷する。彼らは辞職を認められないまま帰郷したため休職扱いとして給料の一部が支払われる。そこで、彼らはそれらをまとめた金に、戊辰戦争の戦功に対して与えられた賞典禄（西郷二千石、桐野二百石）を加えて基金として、県内士族とその子弟の救済と育成のために「私学校」や賞典学校、吉野開墾社を設立した。

「私学校」には銃隊学校と砲隊学校があり、軍事訓練の他に漢学の講義が行われた。賞典学校では外国人教師による英語とフランス語の授業が行われ、吉野開墾社には百五十～二百人の生徒がいて、昼間は原野、山林の開墾、夜間は勉学の共同生活を送った。西郷は生徒と共に開墾作業に汗を流し、愛犬を連れて猟に興じた。佐賀の乱の時、江藤新平が逃れて鹿児島に潜入し、援助を求めたが、これを拒絶する。

静穏な日々、動乱の気配はどこにもなかった。

5

「私学校暴発ス委細後報」

陸奥は、この電報を元老院議長室で受け取った。

政府は維新後、鹿児島県の火薬・銃器製造工場、倉庫などを接収して陸軍省、海軍省の管轄下においたが、西日本各地で叛乱や一揆が続発するやこれを西郷のいる鹿児島に置くのは危険と判断し、明治十年（一八七七）一月、秘密裏に大型汽船を派遣して大阪へ移送を開始する。これを察知した「私学校」生徒約千名が火薬庫と造船所を襲撃、大量の武器弾薬を掠奪した。一月二十九日から三十一日にかけてのことである。

西郷隆盛下野《げや》以来、国内の政治、経済の閉塞、危機的現状を打開する抵抗運動の象徴的存在として、全国の注目の的になっていた。

西郷は起《た》つのか。起つとすればいつか。しかし、佐賀の乱、神風連の乱、秋月・萩の乱と続いても彼は動かなかった。とは言え、この頃、彼は旧友の桂四郎への手紙で「一度相《あい》動き候わば、天下驚くべきの事をなし候わん」と認《したた》めている。

私学校「暴発」時、西郷は鹿児島から遠く離れた大隅半島の先端、小根占《こねじめ》という小村に遊猟のため滞在中だった。二月一日、事件の報に接して、驚いて膝を打ち、「しまった、わが事やむ」（牧野伸顕《のぶあき》『回顧録』）と嘆声を発した。

起つ時ではないと考えたのだ。彼らを鎮めなければならない。三日に鹿児島に戻った。

しかし、奇しくもこの日、政府が前年暮から鹿児島に潜入させていた警視庁の偵察・諜報員二十名のうち数人が私学校生徒に捕まり、訊問によって「西郷暗殺計画」が発覚する。この諜報団（俗に東京獅子《あずまじし》と呼ばれる）は大久保内務卿の指示で、大警視川路利良《かわじとしよし》によって組織され、派遣目的の最終項目に「其意《そのい》は、畢竟《ひっきょう》主任の人を斃《たお》す」と西郷暗殺が示唆されていた。

西郷は「国難」という大義名分での挙兵でないことを無念、遺憾としつつ、暗殺計画を「大久保より川路への内意（指示）」によるものと断じ、率兵上京して大久保を尋問する決心をした。自分はまだ陸軍大将だからその権利はある、と。

二月二日、二年の賜暇を終えたアーネスト・サトウが、ローマから上海を経由して鹿児島に到着した。パークス公使から鹿児島情勢を視察するよう訓令を受けたのである。

鹿児島に着いたサトウは先ず旧友の医師ウィリアム・ウイリスを訪ねる。ウイリスは明治三年（一八七〇）、西郷隆盛に鹿児島に招かれ、鹿児島医学校（鹿児島大学医学部の前身）とその附属病院を創った。

この日、ウイリスは宮崎へ出掛けて留守だった。

サトウが十一年ぶりで鹿児島に入ったのが二月二日、西郷が私学校「暴発」を聞いて大隅半島小根占から戻るのが翌三日、ウイリスが宮崎から帰ったのが二月八日。こうして三人の旧友は鹿児島に集《つど》った。

サトウは鹿児島で起きている重大な事件を知る。ウイリスの助手で若い医師の三田村から西郷の学校の叛乱とその背景、経過の説明を受ける。

「江戸（東京政府）の教唆にもとづく西郷暗殺の陰謀が暴露された。三名の暗殺担当者と、多くの密偵が逮捕された」（アーネスト・サトウの日記）

「今日（二月十日）、多数の兵が練兵場に集まり、銃を組んでいるのを見かけた。かれらは部隊に編成されつつあるのだという。（……）兵たちの唯一の目印は、目深にかぶった帽子につけた赤い鉢巻きである。装備は刀と小銃である」

西郷が突然ウイリスの家にやって来る。旧知のサトウが鹿児島に入ったことも聞いていた。

「（二月十一日）西郷がウイリスに会いに来た。ウイリスは用事で西郷を訪ねるつもりだったし、私も西郷を訪問したいと思っていたところだった」

西郷とウイリスの友情は措《お》いて、サトウもまた西郷という人物に不思議な魅力を感じていた。最初の出会いは十二年前の慶応元年（一八六五）十一月十四日、兵庫港胡蝶丸船上。「船長は（……）島津サチュウという名前の家老とアオキという名前のもう一人の藩の役人を乗せて鹿児島へ帰る途中であった。（……）サチュウは身長六フィート（約一・八メートル）の巨漢で（……）」

二年後（慶応三年・一八六七）四月、大坂で再会した時、サチュウが西郷だったと分かる。

「私が偽名のことを言うと、西郷は大笑いした。型のごとく挨拶を交わしたあとも、この人物は甚だ感じが鈍そうで、一向に話をしようとはせず、私はいささか持てあました。しかし、黒ダイヤのように光る大きな目玉をしているが、しゃべるときの微笑には何とも言い知れぬ親しみがあった」（アーネスト・サトウ『回想録』）

胡蝶丸船上の「アオキという名前のもう一人」とは坂本龍馬である。

サトウは、ウイリス宅に出向いてきた西郷の様子を次のように伝えている。

西郷には約二十名の護衛が付き添っていた。彼らは西郷の動きを注意深く監視していた。そのうちの四、五名は、西郷が入るなと命じたにもかかわらず、西郷に付いて家の中へ入ると主張してゆずらず、更に二階へ上がり、ウイリスの居間へ入るとまで言い張った。結局、一名が階段の下で腰をおろし、二名が階段の最初の踊り場をふさぎ、もう一名が二階のウイリスの居間の入り口の外で見張りにつくことで、収まりがついた。（二月十一日）

これではまるで「暗殺」の防止でなく、西郷を「虜囚」扱いしているようではないか。

会話は取るに足らないものであった。（……）西郷とわたしも二、三言葉を交わした。西郷は、下士官と兵の数は一万を越えるであろう、出発日は未定である、とわれわれに語った。「会話は取るに足らないものであった」。言外に、西郷とサトウの心奥《しんおう》の様々な思い、言わず語らずの意思疎通を想像させる言葉ではないか。これが最後となったことを思えば尚更である。

サトウはこの日の日記の最後に次のように記す。

おそらく、西郷は、取りあえず、自分の目的は自分の暗殺をたくらんだ者の処罰を要求するだけである、そう思われたいのであろう。しかし、それだけが西郷が行動を起こした本当の、そして唯一の動機であるとは到底信じられない。日本において表向きの開戦の理由は、決して本当の理由ではない。

二月十五、十六、十七日の三日間にわたって、私学校生徒を中核にした約一万六千の西郷軍は降雪の中、北上を開始する。十七日、ウイリスとサトウは、旧練兵場で西郷を見送った。

しかし、我々は急いで仄暗い明りに照らされた元老院幹事室に戻らなければならない。私学校「暴発」のニュースは京都行在所《あんざいしょ》に詰める伊藤博文から齎《もたら》された。動乱の気配である。陸奥を中心に議官の佐佐木高行、中島信行ら十数人が、元老院談話室に集まった。陸奥は即時出兵論を展開し、佐佐木たちはこれに賛成する。陸奥は、東京留守政府を預かる岩倉具視に、即刻征討軍を鹿児島に差し向けるよう陳情した。同時に、政府軍の不足を補うために和歌山における義勇軍の徴募を建策する。

幹事室に戻った陸奥は「私学校暴発、立志社如何にせしや」と板垣、大江卓、林有造に電報を打った。

遂に西郷起《た》つ！　いつか見たあの「不吉な夢」が現出したのだ。かつて坂本さんが西郷について、「西郷は、小さく叩けば小さく鳴り、大きく叩けば大きく鳴る。もし馬鹿なら大馬鹿で、利口なら途轍もなく利口」と評した。

今、大きく鳴り始めた！

偶《たまたま》上京していた岡本柳之助は急ぎ和歌山に帰って、陸奥からの指示を待つことになった。陸奥の自宅に後藤象二郎、板垣、大江、林有造、岩神昂《いわかみのぼる》、新たに後藤の推薦でメンバーとなった林直庸《なおつね》が集まった。遅れて中村弘毅《こうき》が加わる。

この席で、「立志社年来の宿志であるところの民撰議院設立の目的を達するには此の期をおいて外にない」と衆議一決ののち、土佐の同志を糾合して軍隊を組織、好機とあらば兵を挙げる、という方針が確認された。

林有造は以前より「西郷氏ノ事ヲナスノ際、予モ事ヲナサント欲ス」と公言してはばからなかった。私学校暴発を知るや躊躇うことなく挙兵に向かって走り出そうとする。

板垣は、林に向かって冷静になるよう諭した。

その時の板垣の発言を、密偵中村弘毅は「報告書」に記している。

「政府震動スベシ。実ニ吾輩ノ宿志民権開進ノ時参《まい》レリ。（……）時失フベカラズ。西郷隆盛ハ憤怒兵ヲ以テ政府ヲ突ク。吾輩ハ亦《また》民権論ヲ以テ政府ヲ突ク可《べ》シ」（『保古飛呂比』七）

既にこの時点で、立志社の動きはほぼ完全に政府に把捉されていたのである。

大江卓が陸奥の考えを問うと、答えた。

「君たちは高知、大阪、京都へ散れ。大阪―京都が戦陣ラインだ。林君、高知ではどれくらい壮兵を集められるかな」

陸奥に和歌山戍営《じゅえい》都督心得時代の気概が甦る。

「立志社社員を中核に千五百名ぐらい」

「私の考えはこうだ。間もなく征討軍派遣の命が下るだろう。だが西郷軍は既に熊本に達して、二万近い兵で熊本城を包囲している。彼らは集成館製造の豊富な武器弾薬で装備されている上、薩英戦争を戦った連中だ。それに較べ政府軍は旧藩兵の寄せ集めであるし、兵員の不足も目に見えている。和歌山軍は解兵されたが、ひとたび私が動けば数千の強力な大隊が生まれる」

大江、林たちは目を輝かせて声を発した。

「もし我々土佐と合流出来れば！」

しかし、陸奥の考えはそれほど単純ではなかった。先ず、和歌山からの募兵を前・戍営都督心得の権威をもって一手に仕切ることにより、政府の増援部隊を構成する。かつて極東のプロシア軍とも称された精鋭師団である。これを九州に率いて鎮圧に功を挙げれば、「有司専制」・藩閥政権の堅城の一角を崩して発言権を増し、立憲政体の樹立に大きく前進することが可能になる。

一方、西郷軍の優勢がこのまま続けば、立志社壮兵隊の意気も高まり、彼らに紀州兵を合流させて大阪鎮台を占拠、更に京都を撃ち、一挙に立憲民主政権を打ち立てることが出来る。

「いいかい、私は当分知らん顔をして元老院で執務を続ける。元老院には重要な情報が刻々と集まって来る。大江君、林君、君たち二人との連絡には元老院の暗号電報を使うことにしよう。

詳しくはまた知らせるから」

北海道から鹿児島まで電信線が引かれて、日本を縦貫するネットワークが繋がったのは二年前の明治八年（一八七五）である。

二月十八日、熊本鎮台から薩軍接近の報が電報によって伝えられると、京都仮政府は三条、大久保、木戸、伊藤、山縣が会して征討軍派遣を決定、翌十九日、布告された。この時より「戦時中」であるという理由で、私用の電報に暗号を使用することは禁じられる。陸奥は、大江たちとの通信に元老院の暗号の使用を思い付いたのであるが、これが陸奥の立志社系「政府転覆計画」への加担が紛れもない事実とされる決定的証拠となる。

大本営は京都行在所に置かれた。

板垣、後藤、大江卓、林有造、岩神昂ら立志社系同志たちは、横浜から郵船東京丸で大阪へ向かう。林直庸、中村弘毅の姿もある。林有造は離京に当たって、岩崎弥太郎の三菱社を通じて、銃三千挺の調達を依頼した。

板垣、林有造は高知で挙兵に向けての工作に当たり、大江は京都、大阪を往来して情報の収集に努める。

山縣有朋《ありとも》、川村純義《すみよし》の征討軍第一・第二旅団は二月二十日、熊本に向けて神戸を出航した。

陸奥は元老院に戻って会議を主宰し、フルベッキらと「国憲按」の草案作りに掛かる。冷静沈着な表の顔とは裏腹に、彼の内面は小波《さざなみ》立っている。岩倉に申し出ている紀州義勇兵徴募のための関西出張許可がまだ下りないのだ。

熊本では西郷軍が熊本鎮台（熊本城）を包囲して、政府軍を迎え撃つ態勢にあった。「西郷起つ」は全国に伝わり、戊辰戦争以来明治政府に圧迫され続けて来た東北諸県にも呼応の動きがある。

熊本に宮崎八郎という民権運動家がいた。彼は宮崎滔天《とうてん》の兄だが、八郎が西郷に呼応して起った時、滔天は「西郷は民権運動なんかやりませんからお止しなさい」と諫《いさ》めたが、八郎は「西郷に天下を取らせてから民権運動をやればいい。少くとも今の政府よりは増しだ」と言って参加し、戦死する。

三月一日、立志社の幹部は高知に集結し、林有造の挙兵計画を聞く。――我ら立志社は、「私学校」に続き、全国に湧き起こる政府転覆運動の中核となって前進すべき時が来た。機は熟せり！

会議は「挙兵」で衆議一決する。しかし、板垣は態度を保留した。

林が描いた「挙兵計画」は、銃器が整い次第千数百名が高知から山越えで徳島に出て、船で和歌山に上陸、陸奥の率いる和歌山兵数千名と合流、一大隊を組み、熊本に兵を割かれて手薄となった大阪鎮台を攻略、京に攻め上《のぼ》るというものだった。いずれにせよ和歌山兵との合流が大前提である。

この頃、陸奥は元老院幹事室の仄暗い明かりの下にいて、仮副議長として会議を主宰している。佐佐木高行、中島信行ら主だった元老院議官は西南の乱を機に京都へ出張中で、会議の出席者はごく少数だ。彼はまた別に、フルベッキ、島田三郎ら書記官たちと様々な法律案の起草や改正作業に取り組み、元老院会議に議案として上程する。

例えば二月二十日は「懲役人又犯罪条例外律例共改正布告案」、三月九日「利息制限法」、同月十五日「明治十年郵便規則中改正案」といった具合である。

これらは西南の動乱、陸奥の中で沸々と煮えたぎる変革への情熱、進行中の土佐の「挙兵計画」と何の係りもない事柄である。

毎日、判で押したように元老院に精勤する陸奥の尾行を無益と判断した密偵小野は、任務の解除を正院監部に申し出て、受理された。

元老院の片隅で鳴りを潜めている陸奥は不気味である。政府軍の苦戦が伝えられる。彼は、岩倉に紀州義勇兵徴募の緊要性と自らの関西出張許可を督促する書簡を二度送った。岩倉自身も義勇兵を募る必要を言明したことがある。

立志社系の挙兵計画は進んでいる。陸奥は焦った。……西郷よ進め、退《ひ》くな。全国の士族、民権派、東北よ、呼応して起ち上がれ、と呟きながら、大久保が壮兵を募る局面が来るのを待った。

政府軍は西郷軍の包囲を崩せない。四月四日、大久保は遂に木戸の反対を押し切って、壮兵徴募の決定をする。岩倉はそれを受けて、四月八日、陸奥に関西出張の辞令を下す。

四月九日早朝、陸奥は飛ぶように東京を立ち、横浜から東京丸に乗船した。

和歌山の岡本柳之助からの電報が木挽町に届くのは、東京丸が浦賀水道を抜けて太平洋に出ようとする頃だった。電報は、四月七日、和歌山城下関戸《せきど》にある岡本の自宅に鳥尾小弥太指揮の一隊二十数名が押し掛け、家人を人質に取って倉を開けさせ、和歌山戍営《じゅえい》兵名簿他保管する書類全てを押収、持ち去ったこと、一隊の中に三浦安《やすし》の姿もあった、という内容である。

岩倉は陸奥への辞令交付の翌朝、電報でその旨を大久保に伝えた。折返し大久保から、「陸奥ノ出張ハ不要」と返電が来る。

陸奥は、何も知らずに逸《はや》る気持を抑えようと、東京丸の船首から船尾へとデッキを歩き回る。

岩倉は前後入れ違いになったことを大久保に知らせた。大久保は直ちに、伊藤博文に次のような書簡（四月十日付）を送った。

「陸奥上京ハ何事ニ候や。和歌山兵募集之事ニ付《つき》、余計之喙《くちばし》ヲ容《い》れ候てハ、よほど不都合と存ぜられ候。三浦（安）も気遣《きづかい》居《お》り候 趣《おもむき》承り候」

そして、――陸奥は必ず伊藤を訪ねて来るだろうから、和歌山に関して余計なことをするなと厳しく勧告されたし、と結んであった。

この時点で、大久保を中心とする京都の政府は、中村弘毅らの諜報活動によって、立志社系の策謀のほぼ全貌を摑んでいた。彼らと陸奥の関係、陸奥個人の動静にも目を光らせていたことは明らかだし、大久保の書簡に三浦安が登場したことで、陸奥と和歌山を結ぶ動きにも警戒を怠らなかったことが分かる。

四月十一日夕方、陸奥は神戸に着いた。港で、彼は全く意外な人物の出迎えを受ける。

東京丸は神戸・加納港に着岸した。神戸港が四年前の台風で大きな被害を受けたため、加納宗七は生田《いくた》川河口に私財数万円を投じて新港を建造し、自ずと「加納港」と呼ばれるようになった。

加納宗七は埠頭に立って、旧知の陸奥宗光を出迎えた。加納の背後から木戸孝允が現れた。わざわざ京都から出向いたのだ。供《とも》が二人控えている。陸奥の驚きは大きかった。

木戸は、有無を言わさず陸奥を摩耶《まや》の谷間の料理旅館に誘った。東京から陸奥に同行した山《さん》東直砥《とうなおと》は加納と共に生田の加納邸に向かう。

木戸と陸奥は夕食の膳を前にして、杯を交わした。窓の障子は開け放ってあり、夕陽に照らされた淡路島が見える。

「驚いたか」

と木戸は穏やかな口調で語り掛ける。陸奥は頷きながら、

「木戸さん、顔色が悪い。心配です」

「うん。供の一人は医者だ。心配して付いて来た」

ヒヨドリの鳴き声が頻《しき》りにする。背戸《せど》を川が流れているようだ。

「小体《こてい》でいい宿だろう。初めてなんだ。付いて来た医者が偶《たまたま》この辺の出で、按配してくれた」

その時、宿の主人が自ら次の膳を運んで来た。

「せせらぎが聞こえる。川があるんだな」

と木戸が訊ねた。

「左様で。川と言えるほどのもんやありまへんが……、渓流の姿のまま海に流れ込んでます。後《うしろ》の摩耶山の青谷《あおたに》が水源で、その辺では青谷川、この辺りから西郷《さいごう》川と名が変わります」

「西郷川か……」

木戸と陸奥は、同時に鸚鵡返しに呟いたきり、そのまま無言を続ける。

陸奥は、埠頭に木戸の姿を見た時の驚きからまだ覚めていない。木戸が顔を上げた。

「小二郎、このまま東京に戻れ。和歌山戍営《じゅえい》の壮兵召集は、鳥尾と三浦安の手配で既に着々と進んでいる。そのために徳川茂承《もちつぐ》を東京から和歌山入りさせた」

陸奥は真っ青になった。握り締めた拳が膝の上で震える。

「これ以上動くな。全てお見通しだ。諜報活動の指揮を執っているのは、大警視の川路利良だ。パリで警視総監フーシェに学んで帰って来た男だ。私学校『暴発』も、彼が派遣した『東京獅《あずまじ》子《し》』が挑発したようなもんだ」

元和歌山藩戍営副都督次席、現陸軍中将・大本営陸軍参謀局長鳥尾小弥太は、早くから密偵の報告を元に陸奥の秘策を見破っていた。二年余り前、陸奥が熊野旅行の時、和歌山で岡本柳之助と会い、養翠園で密談したという報告が、彼の動きに危惧を覚えた最初だった。今年三月半ば、中村弘毅からの「報告書」がそれを現実のものとした。

「元老院幹事陸奥宗光ノ紀州義勇兵徴募ノ建策ハ土佐立志社ノ挙兵計画ト気脈ヲ通ジタルモノカ」

鳥尾は大久保、伊藤の同意を得て、陸奥の動きを封じる工作を開始する。三浦安を和歌山に先乗りさせたのち、自ら出向いて押収した名簿、武器弾薬保管書類に基き、前藩主徳川茂承の出馬を促し、その権威の下に壮兵募集計画に着手した。陸軍省からは十名の壮兵募集係が駐在している。

陸奥は、今度は顔を憤怒で紅潮させ、席を蹴って立とうとする。

「まあ、待て。小二郎、落ち着け。大久保は、今、俺が果たしている役を伊藤にやらせるつもりだった。どうせ陸奥は神戸に着いたら、先ず伊藤を訪ねて来るだろうから、こちらから出向いて引導を渡せ、とな。俺もその場にいた。伊藤はしばらく俯いたきりだった。肩が震えていたよ。

俺は言った。大久保、私が行こう。まあ、誰が行っても同じだろうが。大久保はただ頷いただけだが、伊藤はほっとした表情で顔を上げたよ。

小二郎、この辺にしておけ。引き返して、元老院の仕事に戻れ。その顔は何だ？　ブルータスのつもりか。シェイクスピアなんて歌舞伎のようなもんだろう。あんな芝居を実際に演じてどうなる。

――大久保は西郷と幼馴染み、竹馬の友だった。それが、今回の訣別だ。大久保は最初、俺が西郷に会いに行くと言ったんだ。それを俺と伊藤が止《とど》めた。もし鹿児島へ行けば、西郷と刺し違えて死ぬつもりではないか、と案じたんだ。今、西郷よりも大久保に死なれたら困る。西南の乱はもう行き着くところまで行くしかない。

大久保は冷酷だが、彼でないとこれからの日本はやって行けない。俺とは反《そ》りが合わないが、彼は私利私欲で政治をやっていないから強いんだ。

何度も言うぞ。東京へ引き返せ。元老院を立て直して、夢の民撰議院を設立しろ。憲法を作れ。選挙をやってお前の日本を作れ。大久保は手強いぞ。ここで引き返せば何も起こらん。安全だ。大久保は陸奥宗光の能力を買っている。俺にではなく、大久保につけ」

陸奥は悶々《もんもん》と眠れぬ一夜を過ごした。西郷川の流れの音ばかりが耳につく。翌朝、汽車で京都に帰る木戸を神戸駅で、殆ど言葉を交わすことなく見送った。その足で加納宅を訪れ、山東と合流する。陸奥は今回の和歌山出張が無に帰したことについては触れないまま、加納から多額の軍資金の提供を受けて大阪に移動した。木戸からすぐ東京に帰るよう強く促されたにも拘《かか》わらず、彼は大阪に止《とど》まった。

大久保、伊藤、鳥尾の策謀によって彼の紀州兵を一挙に取り上げられたことは、自らの王国、父と母、父祖の地から追放されたに等しい。根っこから引き抜かれてしまった。この屈辱と無念をどのように晴らすか。それまでは東京に戻れない。

この時、彼は、初めて本当の意味で「土佐立志社」という集団を発見した。最早、拠りどころは立志社とその「政府転覆計画」にしかない。彼の足は、今は岩崎弥太郎が買い取ったかつての土佐藩蔵屋敷にいる大江卓《おおえたく》の所に向かう。山東は粉河の児玉庄右衛門を訪ねて、和歌山へ下った。

大江は陸奥の来阪を待ち望んでいた。彼は陸奥を部屋に迎え入れると人払いして、二人切りで小さなテーブルを挟んで向かい合った。陸奥が先に口火を切る。

「高知には一体何人程兵があるか？」

「二、三千人はあるでしょう。高知が遣《や》るならば、紀州の兵をまとめて起《た》ってくれるでしょうね」

陸奥は悄然として、首を振った。

「自分は今、紀州の兵を自由に扱うことが出来なくなった。陣頭指揮を執るつもりだった兵を大久保に取り上げられてしまったのだから、諸君と共に兵を挙ぐるわけにはいかない。無念至極だ」

大江は色をなした。

「紀州兵が駄目だとしても、陸奥さん、あなた自身はどうなんです？　もし僕たちが蜂起したら、一味してくれますか」

「しないことはない。しかし、僕も大阪に長くいることは出来ないだろう」

「いつまでですか？」

「恐らく……、十日か十五日間だ。僕の関西出張は無効になったんだから、岩倉からは追っ付け帰京命令が来る。――もし君たちが本当に挙兵するつもりなら、事は急いだ方がいい。西南の乱の帰趨が決まらないうちに、電光石火にやらなければ駄目だ」

大江は陸奥に向かって体を乗り出した。

のちに、逮捕された大江は大審院法廷で次のように供述する（明治十一年七月二十八日）。

「其頃陸奥は、紀州兵募集の事が行われなかったので、頗《すこぶ》る不平であった折柄であるから、自分はこれに付け入って、自分等が将《まさ》に画策しつつある所の政府転覆運動に就いて、謎の様な話を取り交わしたのであった」

「謎の様な話」。紀州という土壌から根扱《ねこ》ぎにされた陸奥の孤愁と立志社という集団の策謀が、ここで深く交錯する。謎の様な話は、大江が抱いた奇策に陸奥が共振し、補強して御墨付を与えた密議のことである。

「紀州トノ合従《がっしょう》ナクバ、土佐単独ニテ有丈《ありったけ》ノ銃砲ヲ持チ挙兵シ、神速大阪突出ス。同時ニ、岩《いわ》神《かみ》ハ刺客ヲ纏《まと》メ京ニ上《のぼ》ル」

と、この時期の大江、陸奥の動きについて中村弘毅の「報告書」にあるが、大江は、先ず陸奥に挙兵と暗殺計画を組み合わせる作戦を提案したのである。この時、陸奥がどう応答したか、立志社側の記録が残っている。

「やるならば、電光石火やらなければ駄目だ。此事は、諸君の為に代って自分(陸奥)が計《はか》るのである」(大江卓供述書)

「何分ニモ早クヤルベシ。又暗殺ナラザレバ事ノ成ラザルナリ」(『林有造自歴談』下)

陸奥は、大江に小声で語り掛ける。

「兵数の不足を補うに要人暗殺をもってする。要人暗殺は、権力側から譲歩を引き出すための、また民衆を覚醒、決起させるための手段として有効で、既にヨーロッパの革命などにおいて立証済みだ」

大江は頷き、席を立って部屋から姿を消した。やがて岩神昂《のぼる》ともう一人の、陸奥には初顔の男を連れて戻って来た。岩神が男を紹介する。名は川村矯一郎、豊前《ぶぜん》(大分)の旧中津藩士で、三月末、大阪に現れた。自由民権政治の確立を目指す立志社の策謀に剣の腕をもって参加したい、岩神は以前から政府要人暗殺の必要性を主張していた。林有造が面接して、同志に加えた。

要人暗殺要員である。だが、川村は正院監部の放った密偵であった。川村の監部における上司が林直庸《なおつね》である。川村は林直庸の指示により、政府要人の暗殺を挑発することで「政府転覆計画」を炙り出す役目を負っていた。この二人が密偵であったことが判明するのは遥かのち、「政府転覆計画」の裁判が全て終了してからである。

暗殺の標的は大久保、伊藤、鳥尾と決まった。この三人がいなくなれば、三条実美《さねとみ》（太政大臣）は孤立無援となり、必ず陸奥を頼る。

かつての盟友、現在もなお政権中枢において唯一、陸奥の理解者と言える伊藤まで標的にする。陸奥の心情や如何《いかん》？　穏やかである筈はないが、それほど陸奥は特異な精神状態の中にいた。

岩神と川村は京都に移動し、大久保たち三人に対する偵察行動を開始する。

林有造は、東京で三千挺の「スナイドル」銃購入の資金調達のため奔走する。台湾出兵時、ポルトガルのローザー商会が日本に売り付けようとした武器・弾薬だが、商談不成立のまま香港上海銀行がこれを差し押さえ、上海に保管中であるのを林有造は三菱社を通して購入する計画を立てた。この三千挺がなければ立志社の挙兵計画は画餅に帰す。銃は一挺十五円、計四万五千円である。立志社が高知の士族授産・植林の目的で政府から払い下げを受けた白髪山《しらがやま》を、政府に買い戻して貰い、その交付金を購入に充てるつもりだ。だが交渉は進まない。林有造は大蔵卿大隈重信を訪問、陳情を重ねた。この談合に、林有造は林直庸を同道している。

林有造からの返事を待っている大江卓は焦りを募らせた。事態は切迫している。痺れを切らして、武器調達の進捗状況を知り、林を督励するため、上京を決意する。出発に際して、大阪に滞留する陸奥との連絡は電報とし、かつ元老院の暗号を使用することを打ち合わせた。陸奥は言う。

「焦眉の急の案件は『銃器』『暗殺』『挙兵』、この三つだ。一つでも欠けたら終わりだ。通信では、銃器を『一』、暗殺を『二』、挙兵を『三』としよう。とにかく早くやらなければ駄目だ。東京へ着いたら一発で決めて来い。君も大蔵省時代知っての通り、大隈は利にはさといが仕事は遅い。黒い噂もある。それを匂わせて脅してもいい」

元老院の電報暗号は、「イ」を「ロ」と読み、「ロ」を「イ」、「ハ」を「ニ」、「ニ」を「ハ」と読むという単純なものだった。「一」「二」「三」に関する準備や手配の状況、指示をこの暗号を使って伝達する。

四月十七日、大江は船で東京へ向けて立った。

一方西南では、四月十四日、政府追討軍が熊本城開通に成功する。開通は、政府軍と薩軍の戦局の決定的転換を意味するものだった。しかし、陸奥、大江たちはまだこのことを知らない。以後、政府軍は戦いを優勢に進めて行く。

陸奥は、大阪は靭本町《うつぼほんまち》の三井の番頭吹田《すいた》四郎兵衛宅に宿を借りた。蓮子が逝って五年になる。蓮子は吹田の家から陸奥に嫁した。そして、吹田の離れで所帯を持ったのだった。

東京の大江からの連絡を待つ日が重なったある日、陸奥は靫本町から東に向かって歩いていた。御堂筋を横切って、瓦町《かわらまち》のとある路地に足を踏み入れる。一軒の刀剣屋の前を通り掛かった時、岩神が太刀の刃毀《はこぼ》れを嘆いていたことを思い出した。

店に入ると、中では趣味の良い香が薫《た》かれ、狭いが刀の陳列振りも端正で行き届いている上、老店主の風貌と挙措に品格が感じられる。

陸奥は店主に軽く会釈をしたのち、一振《ひとふり》の彫金加飾を施した金装刀《きんそうとう》に目を留めた。二尺の打《うち》刀《がたな》である。

「備前ですわ。刀身を見やはりますか」

店主が声を掛けて帳場から立ち上がる。

「銘無しですが、確かなもんだす」

その時、店の外から声が掛かった。

「伊達《だて》さま！　伊達小二郎さまではございませんか！　お久し振りでござりますなあ」

以前、「加賀萬」の宴席を仕切った鴻池の筆頭手代、金井紺ヱ門である。庭の池に面した欄干で、初めて蓮子の姿を見たのがその折だった。

「ご免やすや、仲庭《なかにわ》はん」

と金井は暖簾《のれん》を潜って入って来たが、陸奥の無愛想で、迷惑げな応対振りに早々に退散する。

陸奥は、岩神に贈るつもりで金装刀を購《あがな》った。

「伊達さまと仰いましたな。伊達小二郎さまと……」

陸奥は当惑げに頷く。

店主の仲庭はいったん店の奥に引っ込んだかと思うと、転ぶように飛び出して来て、

「土佐の坂本さまの脇差《わきざし》でございます。研ぎのため預かりましたが。——これは海援隊の同志、伊達小二郎という者に呈するものだ、と仰ってましたが、そのままに……」

龍馬が死の二日前、絶筆となった伊達小二郎（陸奥宗光）への手紙。

「さしあげんと申《もうし》た脇ざしハ、まだ大坂の使いがかへり不申故《もうさざるゆえ》（……）大坂より　刀とぎかへり候時ハ、見せ中候」

前述のとおり、この絶筆が発見されたのは龍馬の死からおよそ百十年後、神戸の加納宗七が遺《のこ》した「加納家文書」からである。

こういうめぐり合せは何を意味するだろうか。陸奥はこの出来事が、あらかじめ偶然を装って仕組まれていたかのような印象を受け、龍馬の脇差は、このまま仲庭に預かって貰うことに決めて店を出た。

翌朝、大江に東京での進捗状況の報告を督促する暗号電報を打つと、岩神に会うため大阪から初めて汽車に乗って京都へ向かった。船で半日掛かったところを二時間足らずで到着する。

二人は三条大橋近くの瑞泉寺境内で会った。陸奥は岩神に金装刀を贈り、当面必要な軍資金を渡した。

「ありがとうございます。こんなことまでしていただいて。きっと使命を果たします」

「川村君は？」

「来る筈だったが……。時々、いなくなるんです。島原あたりにしけこんでるんでしょう」

岩神は大久保を、川村は伊藤を追尾している。

「大久保は本当に遊びませんね。それに較べて鳥尾は発展家です。川村によれば、伊藤はもっと凄いとか。鳥尾はもっぱら先斗町《ぽんとちょう》、伊藤は祇園、上七軒《かみしちけん》だそうです」

岩神は言葉を切って、陸奥の顔を下から窺う。

「大久保はまるで無警戒です。内務卿《きょう》がこれでいいのかと思うくらい。いつでも殺《や》れますよ」

「今はまずい。挙兵と同時か、直後だ。それからは一気呵成《かせい》にやる」

「分かりました。もう一つ、いいですか？　林直庸のことです。後藤さん（象二郎）の紹介と言いますが、怪しいですよ。僕は以前、高知で林が佐佐木高行、川路利良と一緒のところを何度も目撃してるんです。我々の動きが彼の密告で政府側に洩れているのではないか。幾つか思い当たる節があります」

岩神は陸奥にこのように告げたが、岩神の洞察力は、現在行動を共にしている川村矯一郎に対しては全く働いていなかった。

川村は結局、現れない。

岩神と別れたあと、陸奥は鴨川の岸に降りた。浅瀬に数羽の青鷺が細い脛《はぎ》を見せて立っている。不意に青ざめた木戸の顔が思い出された。

木戸は、下鴨神社近くの常林寺で、京都行在所《あんざいしょ》内閣顧問として政務を執っている。彼が常林寺にいるのは勝海舟の勧めによる。

陸奥は鴨川の岸を上流へと、常林寺を目指して歩き始めた。

木戸は陸奥の不意の来訪に驚かなかった。未《いま》だ京阪にいることについても何も言わない。二人は書院で、言葉少なに向かい合う。

寺僧が昼八《や》つの鐘を撞《つ》いている。勝海舟がいた頃、彼の護衛を龍馬に命じられた岡田以蔵が撞くこともあった。岡田はその二年後、土佐勤王党に対する弾圧により、高知で斬首刑に処せられた。

この書院で、かつて陸奥は、勝海舟と龍馬、横井小楠の会談の内容を暗記し、密書・密使となって美山の桂小五郎（木戸）に届けたのだ。十九歳だった。十四年後の今、その書院に木戸がいる。

木戸は体が辛そうだ。陸奥が腰を上げると、その折を窺っていたかのように木戸は、四月十四日、熊本城が開通したことを告げた。薩軍の包囲から二カ月後である。

木戸は、この日の陸奥来訪を日記に短く記した。

「四月二十二日。陸奥宗光。二月来の事情等細々と相語れり」（『木戸孝允日記』三・傍点作者）

これが二人の最後の面談となった。

木戸の所を辞して、陸奥が急ぎ足で賀茂大橋を渡っていると、いきなり踏まれもしないのに左足の靴が脱げた。彼が立ち止まると、頭上の深い青空を、黒褐色の一羽のノスリが斜めに横切った。ピューッという鋭い鳴き声を聞いた途端、陸奥は今、何か異常な精神状態から抜け出して、本来の理性を取り戻したかのような気がした……。

京都駅から大江に再度督促の電報を打つ。大阪に戻ると、大江からの電報が届いていた。

「一、二、トモ（共）ニヨロ（宜）シ。イワカミシ（岩神氏）ハゼヒ（是非）ソノチ（其地・京阪）ニオ（居）レ」

武器の調達は順調、要人暗殺計画を堅持せよ、という内容である。しかし、この電報は、白髪山の買い上げが進んでおらず、陸奥を計画に繋ぎ止めておきたい一念から打たれたものだった。

四月上旬、既に大蔵卿《きょう》大隈重信は、京都の大久保から「（……）兼ねて御買上げ相成候彼《かの》社（立志社）官林（白髪山）代価御下げ渡しの義、御見合せこれ有り度く」との書簡を受け取っていた。大隈は交付金支給見合せを決定しており、のらりくらりと林有造をはぐらかしていたのである。林はそれを知らずに待ち続けていたのだ。彼のそばにいた林直庸は疾くにそのことを知っていた。

陸奥が大江の電報を手にした時、最も不審に思ったのは、肝心の「三」（挙兵）について触られていないことだった。既に熊本城は開通している。「チャンスは去った」と陸奥は呟いた。ノスリの鋭い鳴き声を聞いた時、陸奥は白日夢から目覚めた。「政府転覆計画・立憲政体の樹立」という「壮大な夢」が、彼の中で音を立てて崩れ去ったのである。

直ぐにも大阪を離れる必要がある。その前に、二人に暗殺計画中止を命じなければならない。彼は京都へ取って返して岩神に会い、大阪に戻ると更に一通の電報が届いていた。妻の亮子からである。

「オトウ（父）サマ　ヤマイ（病）アツ（篤）シ　スグオカエリコ（乞）ウ　リョウコ」

父の危篤が、陸奥を大阪から身を引き離す絶好の機会を与えた。彼は四月二十九日、大阪を汽車で発ち、途中馬車を乗り継いで五月三日、帰京した。幸い父は小康を得ていた。岩倉に帰京届を提出し、元老院幹事室の椅子に戻った。大江と林有造を自宅に呼び、計画の中止を強く勧告する。

君等の遣《や》る事は到底ものにならん。だから僕が最初に言ったではないか。此事は拙速を貴《とうと》ばねばならぬと。所が土佐の遣り方は頗《すこぶ》る悠々たるもので、最早官軍の連絡（熊本城開通）がついた今日に於て、鉄砲がどうだとか騒いで居るではないか。其処《そこ》で君等はもう止め給へ。今頃からやったとて何の役に立つものか。（大江卓供述書）

五月十八日、父伊達宗広（自得翁《じとくおう》）が没した。七十五歳。木挽町の家が手狭なため、葬儀は雉《き》子《じ》橋外飯田町の由良守応《ゆらもりまさ》の邸で執り行い、二階建馬車や馬を列ねた豪勢な葬列を組んで出棺した。

父の死から八日後の五月二十六日、木戸孝允が死んだ。四十四歳。訃報は当日付で、伊藤博文から陸奥に齎《もたら》された。

伊藤は、始めに陸奥の父の死に対して、深甚《しんじん》なる弔意を記した。

「此程《このほど》　承《うけたまわり》候へバ、尊大人自得翁御遠行《ごえんこう》之《の》　趣《おもむき》　御愁傷之程不堪拝察《はいさつにたえず》候。（……）甚《はなはだ》御無音《ごぶいん》に打過《うちすぎ》、今更慚愧《いまさらざんき》至極《しごく》不悪《あしからず》御海恕《ごかいじょ》可被下候《くださるべく》」

そして、木戸の訃音《ふいん》へと移って――、

「当地（京都）にても木戸去月来《きょげつらい》肝臓並に胃ノ腑病にて難渋罷在《まかりあり》、種々療養仕《つかえ》候へ共、終《つい》ニ今朝六時半死去、来二十九日埋葬可仕筈《つかまつるべきはず》ニ御座候。（……）殊《こと》ニ小生ハ積年《せきねん》ノ恩誼も有之為《これあるため》、公私不堪非歎《ひたんにたえず》候」（明治十年五月二十六日付）

伊藤という人間の心延《こころば》えを表す書簡である。

木戸は上京《かみぎょう》にある彼の京都別邸で死去した。死の七日前の五月十九日、天皇は三条実美《さねとみ》を従え、見舞いの行幸を行った。臨終には大久保利通と伊藤博文が立ち会った。大久保は木戸の手を握った。木戸はその手を握り返し、「西郷、もうよか、このへんにしよう」と言った。まるで大久保の手が西郷に繋がっているとでもいうかのように。

伊藤からの書簡を受け取った陸奥は一人、庭に出た。去年の夏の終わり、父と木戸がこの庭に並んで立ち、東京湾の上空を流れる片雲を見上げて、談笑していた光景を思い出した。二人は何を語り合っていたのだろう。

父の死、それは陸奥の青春の終焉を意味していた。木戸の死は、陸奥の「立憲民主政体樹立」という「理念」の敗北を告げていた。木戸は、陸奥が「理念」を訴え掛ける相手であったからこそ、論稿「日本人」を彼に向けて執筆したのだ。

その木戸が別れ際に、「俺にではなく、大久保につけ」と言った。「理念」を現実化するには権力と組織が要《い》る。陸奥はそれを大久保ではなく、「土佐立志社」という非現実的な組織に委ね、賭けに出た。そして、彼らの壮大な夢、「政府転覆計画」は、今や無残な結末を迎えようとしている。

一方で、目指した方向こそ違え、西郷の戦《いくさ》もまた劣勢の中にある。薩軍は人吉に撤退し、政府軍は鹿児島を占領した。大久保は、維新後最大の危機と混乱を、着実に克服しつつある。

五月下旬、大久保の指示によって、遂に土佐立志社系による「政府転覆計画」に対する摘発、拘引が高知を皮切りに開始された。

先ず、高知の銃器商中岡正十郎が貯蔵する小銃約千五百挺、雷管二十万発、火薬約十トンを押収、船で神戸に運んだ。更に土佐出身の元老院議官佐佐木高行が陸軍関係者を連れて高知入りして警察の指揮を執り、立志社社員らの一斉検挙の準備を行った。五月二十五日、大阪では、林直庸、続いて岩神昂、川村矯一郎が拘引、東京へ護送される。政府の密偵である林と川村の逸早い拘引は、東京、大阪における一斉検挙に向けて、段取りを付けるためだろう。其《それ》かあらぬか、二人は数カ月後にいったん釈放されている。

主犯の一人、林有造が逮捕されるのは八月八日だが、彼はまだ「スナイドル」銃三千挺の購入を諦めず、三菱社に向かうところを張込み中の警官に逮捕され、警視本署に連行された。

高知での一斉検挙は八月十七日夜半に始まり、十八日早朝に終わった。陸軍参謀局長鳥尾小弥太は、立志社「暴発」に備えて軍の派遣を検討した。社員に対し「暴発」の愚を説き、高知における混乱を回避させたのは板垣の弁舌だった。

逮捕された立志社社長片岡健吉ら十三名は船で東京に護送され、全員警視本署付設の拘置所に収容、東京、大阪で逮捕の林有造、岩神昂らと共に裁判の開始を待つ。この時点では、主犯の大江卓はまだ逮捕されていない。陸奥にもまだ司直の手は伸びていない。不気味で不安な時が流れる。

陸奥はやはり元老院にいた。彼は、関西出張のために元老院を一カ月間留守にした空白を埋めようと精勤し、議長とは名ばかりの有栖川宮《ありすがわのみや》に代わって議長代行を熱心に務め、自ら議案を次々と策定して、議事に上《のぼ》せた。

他に、書記官の島田三郎の依頼で、彼のベンサムの『立法論』の訳稿を査読し、『立法論綱』として刊行するのに助力したり、それに寄せる序文の起草に取り掛かったりしている。

八月二十日、中島信行に嫁いだ妹の初穂が長患いののち亡くなった。これを機に、父宗広の死に重ねて、十一月十七日までの九十日の忌服《きぶく》を願い出て、父の遺言に従い、大阪天王寺の丘に父と初穂の墓石《ぼせき》と、父の生涯と事績を顕彰する碑を建立した。

ここは四天王寺の「日想観《にっそうかん》」として知られた土地である。西の空に沈む夕陽を見て、極楽浄土を観想する。『新古今集』の撰者の一人藤原家隆《ふじわらのいえたか》の塚があることから、歌人でもある宗広は生前、この地を購入し、ここを夕陽岡《ゆうひがおか》と名付けた。

西南では、西郷軍が終わりを迎えようとしていた。八月、敗北を重ねて、退却に次ぐ退却の末、宮崎県延岡の北にある長井村で薩軍は極まった。三万人以上だった兵は今や四千五百余になっていた。弾薬も食糧も尽きた。西郷は解軍を宣言、兵に自由行動を指示し、四千人が投降した。西郷は陸軍大将の軍服を脱ぎ捨て、愛犬を手放す。彼は残る五百名を率いて脱出行軍を開始、九月一日、鹿児島に戻ることに成功し、城山に本営を置いて立て籠もった。九月二十四日午前四時、山縣有朋の指揮による政府軍の城山総攻撃が始まる。

アーネスト・サトウの日記。

九月三日、フラワーズ（長崎領事）からの電報によると、西郷が鹿児島を奪い返した。（……）それにしても、これは信じがたいことである。

山歩きと植物採集の愛好家サトウは、九月十二日から榛名、伊香保、浅間、草津、赤城、白根、奥日光、と北関東の山々をめぐる三週間に及ぶ旅に出た。順調に来て二十四日、白根山を下山する途中で道に迷ってしまい、夜になった。

すでに午後六時であり、案内人はうろたえるばかりで、まったく役に立たない。そこで野宿と決め、適当な場所をさがし、木を集めて大きな焚火をつくり、その側に腰をおろして、日の出を待った。（……）時々疲労に負けて、何度かうとうとしたが、そのつど十五分以上は眠らなかった。幸い空は晴れ上がり、霧は消え、月が出ていた。大気も寒くはなかった。気圧計を見ると、海抜五千九百フィート（約千八百メートル）である。

日光ではサトウが遭難したのではないかと大騒ぎになっていた。西郷の死は、同じ二十四日の朝のことである。

九月二十四日午前四時、政府軍の弾丸が雨霰《あめあられ》と城山に降り注いだ。西郷も股と腹部に銃弾を受けて倒れた。助け起こそうとした別府晋介《しんすけ》を見上げた西郷は、

「シンドン、シンドン、もうよか、このへんにしよう」

と言って膝を折り、手を合わせて東の空を仰いだ。別府は「ごめんなったもんし」と語り掛けて、西郷の首を落とし、その刀で敵陣に斬り込んだ。

午前七時、政府軍は凱歌の祝砲を放ち、山縣が西郷の首級を検分した。

6

西南戦争における政府軍出征兵員六万八百三十一人、死傷者一万五千八百一人、薩軍四万余人、死傷者二万余人。戦費は双方合わせて約四千二百九十二万円、現在の約一兆九千億円に達している。

戦争で生き残った薩軍兵士に対する裁判は、長崎に設けられた九州臨時裁判所で開始された。歩調を合わせるかのように、立志社系「政府転覆計画」の本格的な裁判が大審院で始まる。判

事は玉乃世履《たまのせいり》と巌谷《いわや》龍一《りゅういち》。玉乃は大審院院長代理で、かつて司法卿江藤新平の下で法典編纂に携わった。

裁判においては、まだ弁護人制度はなかった。検事の取調べに続く裁判官による尋問のみである。審理は、政府密偵林直庸と川村矯一郎の供述及び中村弘毅の「報告書」に基づいて進められて行く。

陸奥一家は父の死後、木挽町から飯田町の由良守応《ゆらもりまさ》の別棟に引っ越していた。忌服が明けて再び元老院に復帰した陸奥だが、常に念頭から離れないのは「立志社」裁判の行方である。加えて、この頃彼に苦々しい思いを掻き立てる記事が新聞に載った。

「西南戦争に際して、和歌山県下で徴募された壮兵は千八百余人にのぼった。これは全国第一位の数である。徴募に尽力した功績により、徳川茂承《もちつぐ》は正三位から従二位に叙せられ、三浦安《やすし》を筆頭として同県士族八名に褒賞品が与えられた」

十二月初旬、陸奥は再び肺患を発症、元老院に休暇願いを出して、温泉治療のため熱海・來宮へ向かった。彼はこの二度目の來宮滞在中、來宮神社の大楠を見上げながら、元老院議官辞職を決意する。

審理が続く大審院では、明治十一年の年が明けると、岩神昂が川村矯一郎の供述に基づく執拗な尋問に堪え兼ね、暗殺計画関与を認めようとする気配を見せ始めるが、彼はまだ川村の正体に気付いていない。林有造は岩神の動揺を知って、彼の士気を鼓舞せんと檄文を看守を通じて書き送った。

來宮の温泉で健康を恢復《かいふく》した陸奥は、再度起死回生の「大峯奥駈」を計画する。修験者の中森奈良好と走破した崖と森と星空が忘れられない。

彼は、以前から「大峯奥駈」に強い興味を示していた山東直砥を旅に誘った。今回は新宮からでなく、吉野から入る予定で、横浜から船で松坂へ、松坂から伊勢街道を西に進む。

二十年前、彼が十五歳の時、高野山学僧として初めて江戸へ向かった道を逆に辿って、大和・吉野へ向かう。しかし、吉野、大峯山一帯は大雪で、入山禁止となっていた。諦めて、五條で一泊ののち、橋本の町に入った。入郷《にゅうごう》の岡左仲宅へと向かう道すがら、橋本の目抜きにある呉服店の飾り窓に、美しい黄金色の縞と光沢のある反物が目に止まった。

主人の谷口善志郎《たにぐちよしお》の説明によると、この反物「黄八丈《きはちじょう》」は三十年程前、当時、紀州藩の御仕入方・勘定奉行だった伊達宗広が、紀ノ川筋の殖産興業の一環として、養蚕と桑、棉《わた》の栽培を奨励し、自らも出向いて意匠（デザイン）して織らせて以来、続いているものだという。

陸奥は、意匠の違った「黄八丈」一反ずつを妻亮子と母政子に飛脚便で送る手配を谷口に依頼した。「この反物は、お父さまが紀州藩重役の頃、肝煎りで始められた逸品です」と書き添えた。

尊了師の墓参をするつもりでいたが、高野山も雪で登山《とうざん》出来ない。岡左仲宅で二泊した。

「もし私が……」

囲炉裏を囲んで、陸奥は静かな口調で語る。

「今回の難を逃れることが出来たら、紀ノ川の畔、例えば雨引山《あまびきやま》の麓で家族と暮らして、学校を作ろうと思うんです」

陸奥は真剣にそのことを考えていた。所払いになり、母と妹二人で辛い生活を送ったその場所で、新しい人生を設計する……。

紀ノ川を帆掛けで下り、粉河《こかわ》の児玉庄右衛門を訪ねた。息子の児玉仲児《ちゅうじ》は、父の協力を得て、粉河寺境内に男女同権を標榜する文化教育の学校を設立しようと奔走していた。陸奥と山東は協力を固く約束して帰京した。この計画は、その後実際に粉河寺の山号に因んだ「猛山《もうざん》学校」として実現する。

陸奥は、辞職願を懐にしたまま再び元老院幹事室に戻った。

四月十五日、主犯格の大江卓を筆頭に竹内綱らが逮捕された。これで陸奥を除く「政府転覆計画」に関わったとされる主要メンバー全員が拘束されたことになる。当局は、陸奥が中央政府高官であることから逮捕には慎重を期していたが、彼に対する包囲網は確実に狭まって行く。

法廷で、玉乃判事は大江に対し、主に事件と陸奥との関わりを粘り強く追及した。岩神からは既に挙兵、銃器調達、暗殺に関する暗号電報のやりとりの供述を得ている。中村弘毅の精細な「報告書」もある。大江は陸奥の関与を頑強に否定するが、連日のように続く尋問に段々と苦境に追い込まれて行った。

大江の逮捕から一カ月後の五月十四日朝十時、林有造が出廷し、審問が始まった直後、玉乃判事の背後に廷吏が近付き、何事か囁いた。玉乃が驚愕の表情を浮かべて、隣の判事に耳打ちしたあと、

「急用が出来《しゅったい》したため、本日の審問は中止する。直ちに帰監せよ」

と告げて退席した。

林が拘置所に戻ると、警視本署全体が騒然としている。いつまでたっても一向に収まる気配がない。彼の監房に看守が現れ、

「間もなく隣の房に来る罪人は国事重罪犯であるから、言葉を交わしてはならんぞ」

と告げて去った。

林は、判事の驚愕ぶりと関係があると確信して、重罪犯が現れるのを待ち構えた。

隣の監房に人の入った気配を確かめると、林は看守の注意もものかは、大声で名乗りを上げた。

「僕は土佐人林有造なり。君は？」

「僕は因州（島根県）人浅井寿篤《としあつ》なり。君のことは知っている。大変だろうけど、いずれ出られるだろう。僕らは十日もすれば斬首《ざんしゅ》だ」

「一体、何を？」

「大久保を殺《や》ったんだ」

「まさか！」

「本当だ。刺して、馬車から引き摺り降ろして、首を落した」

林はそのまま口を噤んで蹲《うずくま》った。

翌日、大久保暗殺の主謀者島田一郎が林有造の監房の前を通り掛かる。島田は看守に、林の

監房であることを確かめた上で、林に語り掛けた。

「林有造君、僕は石川県士族島田一郎です。西郷の仇《かたき》を討ちました」

数日後、拘置所の廊下で擦れ違った島田一郎と大江卓が言葉を交わした。

「君らは時代がかった大芝居を打とうとして挫折したけど、僕らは茶番狂言をやってのけた」

得意気に語る島田に対して、大江は反論した。

「茶番狂言で世の中は良くならんでしょう。もっと大事なことがある」

「もっと大事なこととは？」

「分からん。それを今、考えとるんだ」

「そうか……。しかし、僕にはもうそんな時間はない」

——五月十四日午前八時頃、大久保利通は護衛も従えず馬車で自宅を出て赤坂仮御所へ向かう途中、刺客に襲われた。大久保は無警戒です、いつでも殺れます。岩神が陸奥に語ったとおりだった。

大久保遭難の報を聞いて現場に駆け付け、損傷の激しい遺体を集め、寄り添って大久保の自邸に送り届けたのは西郷隆盛の実弟、近衛都督西郷従道《つぐみち》である。

西郷、木戸、大久保死して、次の若い世代の伊藤博文、山縣有朋、井上馨、大隈重信などが国政の舵を取る時代が始まる。しかし、かつて彼らと轡《くつわ》を並べて走り出した筈の陸奥だったが、今やその彼に逮捕の時が迫りつつあった。

拘置所における監房間及び外部との通信の制限はそれほど厳しくなかった。大江は、六月に入って玉乃判事の陸奥に関する追及が極めて厳しくなっていることを陸奥に知らせた。

陸奥は明治十一年（一八七八）六月十日、逮捕された。彼は和歌山から帰京して、二月二十一日から元老院議長代理として会議に出席し、四月十五日の大江の逮捕によって自らも検挙を免れ難いことを自覚しつつ、職務に忠実、熱心な高官としての日常を送っている。

しかし、大江からの厳しい状況を伝える通信を受け取った六月初めの夜遅く、彼は飯田町の自宅から歩いて麴町にある鳥尾小弥太宅を訪ねた。ここは、かつて彼が通《かよ》った安井息軒の「三計塾」のあった辺りである。鳥尾は紀州をめぐって、陸奥とは因縁浅からぬ間柄の朋友だった。

陸奥は夜中ながら俺の所に尋ねて来た。そして、自首したものであろうかどうかを相談したのである。其の時はじめて陸奥が真心中を打明けて、政府顚覆の快事を夢見た事を話した。自分（鳥尾）は、それならば仕方がないから、思い切って獄に行き給え、自首等をしてからにいくらか刑を緩《ゆる》めて貰おうなどというのは、男子の恥づべき事だ、妻子の事は俺が引受けるから潔く刑に就けよと言った事があった。

陸奥は自首をせず、逮捕を待った。六月十日朝、元老院議長有栖川宮は陸奥を邸に召し、辞職を勧告する。陸奥は持参した辞表を提出する。逮捕がこの日と覚った彼は自邸に戻り、警吏を待った。義弟中島信行が駆け付ける。午後、警視本署より警部と警官が現れた。

陸奥に対する訊問は、逮捕当日から直ちに開始された。担当判事玉乃世履、巌谷龍一は、先に逮捕された政府密偵の疑惑のある林直庸《なおつね》、川村矯一郎らの供述、及び密偵中村弘毅《こうき》の「報告書」によって、昨年四月、和歌山壮兵募集のための西下《さいか》から京都、大阪滞在中の陸奥の動静をかなり正確に把握していた。それは、陸奥が土佐立志社の「政府転覆計画」に加担していたことを如実に物語るものだが、陸奥は「計画」そのものについて、何も聞かされていない、関知していないと頑強に否定する。四月に西下した目的は、あくまで西南戦争における政府軍への紀州義勇兵を募るためである。暗号電報の存在は知らない……。

大江卓もまた陸奥を守るため、「転覆計画」について陸奥に話したことも相談したこともないと主張した。玉乃判事は、「転覆計画」実行のため東奔西走する大江に常に同行していた林直庸の供述を引用する。

「大江、余ニ言明セシ。――大阪鎮台兵員些少《さしょう》、（……）今高知ノ兵ヲ以テ大阪ノ空虚ヲ衝《つ》カバ志ヲ逞《たくまし》ウスルナリ。右之事ヲ陸奥ニ談ゼシ処、同人モ同意ナリ。其為陸奥ハ大阪ニ滞在セシナリ。更ニ大江云《いう》。木戸・大久保・伊藤・鳥尾ノ四人共ヤル積《つも》リナリト。コノ事モ陸奥ニ於《おい》テモ其論《そのろん》ナリト」（林直庸口供書、「公文録」、明治十一年八月、司法省附録）

七月二十四日、これに対して、大江は林直庸との「対質」（それぞれの証言者を対面させて訊問する）を要求して、対決するが、林の供述は変わらない。

七月二十七日、遂に大江は「暗殺計画」について、翌二十八日には、林の供述にあった大阪で陸奥と交わした会談内容をも認める。

しかし、陸奥は八月十一日、大江の自白に基づく玉乃の追求に対して、

「大江卓ガ中立ル処一々事理ニ適スト判事殿ニ於テ御見做《おみな》シニナリタル以上ハ、最早宗光ヨリ答弁スルモ殆ンド無益ナル業《わざ》ト存スレドモ、云々」（『陸奥宗光口供書』）

と開き直る。

だが、全ては翌十二日に一転する。

大久保利通が紀尾井坂で暗殺されたのは五月十四日である。その検死書は読むのが苦痛なほどで、如何に残虐な殺され方だったかを示している。犯人たちの殺意と憎悪の激しさを物語るものだが、殺害現場に残された大久保の鞄にあった部厚い書類挟みから、十数葉の電報の発信と受信の控えが出て来た。暗号電報のようである。警察はこれが何を意味するか判断出来ず保管してあったが、偶《たまたま》暗号電報に詳しい鑑識員の目に止まった。

一時《いっとき》、陸奥の尾行に就いていた監部密偵小野在好《ありよし》は、裁判で暗号電報の遣り取りが明らかになった時点で、東京、大阪、京都の電信局を当たって、局に残された受発信記録から暗号電報と思われるもの、更にその中から元老院の暗号を使用したものを抽出した。司法卿《きょう》は、これを大久保の求めに応じて差し出した。この電報の控えは、陸奥の有罪を決定的なものとするだろう。暗号「一」「二」「三」の意味については岩神、川村から供述を得ているとしても、大江や林有造、陸奥が否定すれば、物証がない限り、有罪となしえない。

暗殺当日の朝、大久保は入手した暗号電報の控えを持って家を出た。彼はこれをどう使おうとしたのだろうか。大久保はやはり彼に楯突いた陸奥が許せなかったのか、あるいはこれを元に脅迫、懐柔する腹でもあったのか……。

　八月十二日、元老院暗号電報の控えが、玉乃判事によって陸奥に突き付けられた。昨年明治十年四月二十二日付で、大江が東京から大阪の陸奥へ送ったものだ。陸奥の「計画」加担の決定的証拠である。彼は遂に事実関係を認め、ほぼ大江の供述に沿ったかたちで自白を始める。

　ここで思い出されるのは、二年前の明治九年四月、陸奥が元老院幹事として刑法の改正に取り組んでいた時、拷問の廃止を唱え、「凡《およそ》罪ヲ断ズルハ証《しょう》（拠）《こ》ニ依《よ》ル」として、自供・自白から証拠中心の取調べへの転換を主導して、案文を本院に下付《かふ》、可決の上、同年六月に布告されたという事実だ。所謂《いわゆる》「断罪依証律《だんざいいしょうりつ》」である。当時、司法省において、この法案の成立を積極的に推進した一人が玉乃世履だった。

「計画」事件への関与を否認し続けた陸奥だが、「暗号電報」の写しという証（拠）によって断ぜられたことになる。自縄自縛《じじょうじばく》と言えようか。

　玉乃は、暗号電報の「ダイイチ　ダイニ　トモニ　ヨロシ」の電文の意味の説明を求めた。

　上京する大江との取決めは、「一」＝銃器、「二」＝暗殺、「三」＝挙兵である。しかし、陸奥はこれを次のように説明した。「一」は当時元老院副議長を辞任し、下野《げや》していた後藤象二郎の再出仕を促すための工作のこと、「二」は高知県挙兵の準備状況のことである。

　一方、大江は先に、「一」は林有造暴挙の決心如何《いかん》、「二」は銃器の手配完了、の意味だと供述している。この食い違いを玉乃は突くが、陸奥にとってはどちらでもいいことで、要は本来の「二」の「暗殺」の意味を何としても隠蔽したかったのだ。要人暗殺の対象には木戸孝允や伊藤博文が含まれていて、陸奥はこれを一度は容認してしまった。その事実を記憶から消し去り、忘却の彼方へ葬り去ろうと試みたのである。

玉乃世履は、「佐賀の乱」で処刑された江藤新平が司法卿《きょう》の時、その下で権《ごん》（副）大判事を務めた。陸奥より十九歳年長の五十三歳で、大審院長代理の地位にあり、先に述べたように、拷問廃止を含む刑法改正作業の過程で、陸奥と交流があった。

玉乃には、土佐立志社の「政府転覆計画」は余りにも軽挙妄動、稚拙なものに思えた。銃器調達資金を、白髪山《しらがやま》の政府買上げに頼ったり（白髪山はもともと林業育成のために政府から安く払下げを受けたものである）、スパイの疑いのある中村弘毅、林直庸、川村矯一郎たちの潜入をやすやすと許してしまう脇の甘さに、玉乃は内心呆れ果てた。更に、肝心要の和歌山の壮兵募集を簡単に政府に抑え込まれている。

これほど実現の見通しを欠いた計画に、陸奥ほどの英明・犀利を謳《うた》われた政治家が、何故手を貸すような真似をしたのか、その真意を測りかねた玉乃は、訊問中、大江たちの「計画」そのものに「同意」していたわけではあるまい、と繰り返し問い掛けた。

それに対して陸奥は、苦渋の表情を浮かべながら、声を絞り出すように、

「お尋ねの〝その真意〟とは、ひとえに立憲政体の樹立という大義にあり」

と語り出した。

——実際に政府を転覆せしめるというより、立憲政体樹立の方向に向かって進むためのエンジンの役割を「計画」に期待したのだ。西南戦争の勃発はエンジンの点火装置に火を点けてく

れる、あるいは駆動軸の役割を担ってくれる筈だった。

米国ノ憲法ハ英ト争戦ノ中ニナリ、仏国ノ憲法ハ外仇《がいきゅう》ト内乱トノ間に布告シ、伊太利ノ憲法ハ猟馬《ローマ》攻囲ノ中ニナレリ。当時我国ノ西南ノ騒乱ハ甚《はなは》ダシト雖《いえ》ドモ、前数国ノ例ニ比スレバ、固《もと》ヨリ比較スルニ足ラザル程ナリ。（明治十一年八月十四日の供述、『陸奥宗光口供書』）

それでは、自首をせず六月十日の逮捕から約二カ月に及ぶその間、二十回の訊問を受けながら、「政府転覆計画」関与の事実の承認を拒み続けた本当の理由は何だったのか。

八月十二日、陸奥はその供述を次のように締め括った。

今日ヨリ見レバ、最初宗光ガ思考セル如ク政体改革ノ見込ミモ行ハレザリシノミナラズ、差引残リテ只《ただ》宗光ガ暴動ノ情状ヲ知リツツ之《これ》ヲ容隠《よういん》セル罪科ノ存留スルノミニシテ、甚《はなは》ダ恐入リタル次第ナリ。之ヲ要スルニ宗光ガ小知短識《しょうちたんしき》ニシテ、只ニ権略《けんりゃく》ニノミ馳《は》セ、心ハ愛国ニ存スト雖《いえ》ドモ、終《つい》ニ刑辟《けいへき》（罰）ヲ免《まぬか》レザル事ニ至レリト、只今悔悟セルノミナラズ、実ハ客歳《かくさい》（昨年）東京ニ帰リシ後《のち》大イニ悔悟シ、実ニ慙愧《ざんき》ノ余《あまり》誰一人ヘモ相話セシ事ナシ。（『陸奥宗光口供書』）

四月下旬、大阪を引き揚げ、元老院の暗い執務室に戻った陸奥は、間《あいだ》に天王寺の夕陽岡《ゆうひがおか》に父を葬るための下阪《げはん》と和歌山への帰郷を挟んで、逮捕されるまでの一年間、痛恨と慙愧の念を抱え、唯《ただ》一人として相談する相手もなく、孤愁の中にいたことを告白し、いっさいを「愚状」と断じた。

判事が玉乃世履であったればこそ、このような真率《しんそつ》な胸中の吐露が可能になったとも言えようか。

我々はこの物語の冒頭、「序」において、陸奥自身が著《あらわ》した『小伝』から「此一事は余が半生の一大厄難にして自家《じか》の歴史上磨滅すべからざるの汚点なり余は多言《たごん》するを欲せず」を引いて、陸奥が「多言するを欲せず」と書いた真の理由を知りたいと思うと述べた。

更に、「政府転覆」に加担するきっかけに、功名心や栄達を望むといった「野心」、もっと言うなら「私慾」が絡んでいなかったか、と問うた。

明治二〜三年（一八六九〜七〇）、陸奥は津田出《いづる》と共に、軍制の確立に重点を置いて、和歌山藩の改革に取り組んだ。これを視察した英米独仏の外交官たちは「極東に新しいプロシア誕生」と称讃した。駐日ドイツ公使マックス・フォン・ブラントは宰相ビスマルクに、「現在の日本の政局に転換をもたらす好機が到来したならば、（紀州藩は）それを見逃さぬ決意を固めていることは、決して疑う余地がありません」と書き送っている。ブラントが、その指導的立場にいる人物を陸奥と見做《みな》していたことは間違いない。

明治三年（一八七〇）九月、陸奥は和歌山藩欧州執事として渡欧し、ブラントの紹介状を持ってドイツ帝国宰相ビスマルクにプロシア軍の将校服を着けて謁見した。陸奥は得意の絶頂に達し、欣喜雀躍、手の舞い足の踏む所を知らずといった心境ではなかったか。

しかし、帰国するや、「廃藩置県」によって中央政府よりその軍隊を奪われた。彼は、いつかこの軍隊を取り返し、動員する時が来るという野望を胸に秘めて、明治政府に再出仕した。

その六年後、西南戦争の勃発に乗じた土佐立志社の蜂起を、陸奥は千載一遇の好機と捉え、軍の再編計画を練り始め、小プロシアのビスマルクたらんとする野心に心を奪われた。

しかし、彼は情勢を見誤った。彼の西下に野心、私心があったことは疑い得ない。彼の供述、「宗光ガ小知短識ニシテ、只ニ権略ニノミ馳セ」という言葉はそれを裏打ちしている。やがて、彼の獄中の夢に明治天皇が現れ、たくましゅうした私慾を糾弾されることとなった。「立憲政体樹立」の理念は大義であり、歴史的現実性を持つ。しかし、その理念を具現化する手段もまた現実的でなければならない。立志社の「政府転覆計画」は見通しと思慮を欠いた空想的、非現実的なものだった。陸奥は判断を誤り、冷徹な眼が権略で曇って、視野狭窄《きょうさく》に陥っていた……。


陸奥は、理念の「現実性」と、計画・手段の「非現実性」の間に穿《うが》たれた陥穽《かんせい》に、真っ逆さまに墜落したのである。

八月二十日、陸奥を除く逮捕者全員に判決が下る。林有造、大江卓、岩神昂は禁獄十年……。

陸奥の判決は翌二十一日。

「其方《そのほう》儀《ぎ》（……）元老院ノ暗号ヲ用ヒシ詐《さ》称官員《しょうかんいん》ノ電信ヲ以テ挙兵ノ密謀ヲ牒合《ちょうごう》スル報知ヲ得テ、（大江）卓ノ下阪《げはん》ヲ待受《まちうけ》タリ。右科《とが》ニ依《よ》リ、除族ノ上禁獄五年申付候事《もうしつけそうろうこと》」

九月一日未明、各人の配流先《はいる》が告げられ、二隊に分かれて出発する。陸奥の山形監獄入獄は九月中旬だが、判決後、政府が陸奥の従四位の「位記被褫《いきひち》」（位階剝奪）を決めたことに対し、伊藤博文は、右大臣岩倉具視に抗議の書簡を送り付けた。

（……）同人（陸奥）儀御維新前より勤皇之為には東西奔走も仕居《つかまつりおり》、御一新之際には殊更尽力も仕候事《そうろうこと》、博文現に目撃仕居、且《かつ》才力も不乏《とぼしからざる》人物にて（……）閣下には余り御好み無之《これなき》人物故達《ゆえたっ》ては申上兼候得共《もうしあげかねそうらえども》（……）若此人《もしこのひと》薩長之士族にて御一新来の功績有之候《これありそうら》へば、決《けっ》して如此訳《かくのごときわけ》には有之間敷奉愚考候《これあるまじくぐこうたてまつりそうろう》。

7

山形から仙台へ、陸奥の獄中生活も四年近くたった明治十五年（一八八二）三月十四日、伊藤博文は、ヨーロッパ立憲各国の組織と憲法の調査研究のため、横浜からイギリス船「ゲーリック号」で旅立った。期間は一年半の予定である。

大久保利通没後、「明治十四年の政変」によって、伊藤を中心とする政治体制が整い、九年後の一八九〇年に国会開設、憲法制定が約束された。そのための外遊である。政府の中心にいる伊藤が一年半も国を留守にする。だが、伊藤は多くの反対を押し切って、異文化の中で生まれ、培われて来た憲法を日本に導入し、「憲法政治」を確立、定着させる困難さを人一倍痛感していたからこそ、率先して国を留守にする冒険に踏み切ったのである。この時、伊藤四十一歳。随行は伊東巳代治《みよじ》（二十五歳）、西園寺公望《きんもち》（三十三歳）ら俊秀官僚数人である。

五月五日にナポリに着き、十六日にベルリンに到着する。首相ビスマルクに拝謁ののち、ただちにベルリン大学ではグナイスト教授、ウィーン大学ではシュタイン教授に就き、憲法学習を始める。伊藤は英語は達者だが、ドイツ語に不案内なため苦労する。だが必死に取り組む中で、「憲法政治」において、行政権・君主権・議会の権限が緊張関係にあることが望ましい、天皇といえども君主権を制限されるべきであることなどを学びながら、憲法はその国の固有の歴史を反映したものでなければならないと認識する。

更に、君主権は神から授かったもの（王権神授説）という考え方を否定する先鋭的な学説などを理解していく中で、「これはもう俺一人の頭では駄目だ」と思わず音を上げた。

もう一人の俺が要る。それは誰か？　陸奥だ！

伊藤は岩倉に手紙を書く。

「勘考するに憲法政治を実現するは容易ならざる候事故、以前にも御登用の儀 屡言上《しばしばごんじょう》も仕《つかまつり》居《おり》候《そうろう》陸奥宗光の才力、国家百年の計に当り是非必要と思念仕居候故、何卒《なにとぞ》特赦の恩典に被処度《しょせられたく》奉存候」（明治十五年八月十一日付）

岩倉は動いた。ウィーンにいる伊藤に岩倉は「来示《らいじ》之《の》通《とおり》、陸奥宗光始め数名特典を以《もって》而《しこうして》放免」（明治十六年二月二十三日付）と報告している。

陸奥に刑期を八カ月残して特赦の恩典が伝達されたのは、明治十五年十二月三十日の夜だった。三浦介雄《すけお》も同様である。この恩典は、まだ服役中の立志社のメンバーにも及んだ。

陸奥の釈放の知らせに安堵した伊藤は、明治十六年三月初旬、イギリスの憲政学習のためロンドンへ向かう。ロンドンでの勉学中、ドイツとは対極的ともいえるイギリスの憲政こそ、将来の日本の政治が目指すべき手本だと考えるようになった。この路線の研鑽を陸奥に引き継いで貰おう。

賜暇休暇で帰国中のアーネスト・サトウが伊藤の宿舎を訪れ、久し振りの邂逅を喜ぶと共に、旧友陸奥の出獄を祝って盃を上げた。

「四月三十日、伊藤を訪ねる。モスクワでの戴冠式に出席するため、まもなく当地を出発するという」（アーネスト・サトウの日記）

八月末、先に出獄して東京に戻っていた陸奥と、遅れてヨーロッパから一年半振りに帰国した伊藤は再会を果たし、「憲法政治」あるいは「近代日本」を目指す、伊藤と陸奥の二人三脚が始まる。

この年、陸奥一家は根岸新坂下に移り住んだ。獄中で訳了したベンサムの主著『道徳および立法の諸原理序説』は『利学正宗』と題して刊行された。出版人は山東直砥。山東はまた末尾に「跋《ばつ》」を寄せている。

翌明治十七年（一八八四）四月、陸奥は伊藤の尽力によって、二年間のイギリス、ドイツ留学に出発した。

ケンブリッジ、ウィーンに留学中、陸奥が書き溜めた勉学ノート七冊が、現在、神奈川県立金沢文庫に保管されていて、閲覧することが出来る。三百ページ以上の部厚いノートに、殆ど書き損じのない見事な英文筆記体の文字がぎっしり書き込まれている。私はかつて漱石の留学時代の英文ノートを見た時、その綿密さと端正さに感動した覚えがあるが、陸奥のイタリック体はそれよりも遥かに美しい。起死回生を賭けた彼の尋常ならざる勉学への傾倒が伝わって来る。

時計を巻き戻して、私たちは明治十五年十二月三十日の夜の宮城県監獄に戻らなければならない。

特典恩赦の知らせは何の前触れもなく、突然やって来た。その瞬間を陸奥は書き留めている。

明治十五年十二月三十日特赦放免
当日此《この》恩命あり（……）一身上恰《あたか》も暗夜中俄《にわ》かに暁《あかつき》に達したるが如く。（『小伝』）

自作自演による消火活動が「特典減等」にならず、三浦介雄《すけお》はしょげ返っていたが、やがて陸奥の許で、これまでに倍する熱心さで英語に打ち込むようになった。更に陸奥の書棚から次々と本を借り出して読み始める。英語の上達も驚くほど速く、一年後には英国の観光案内にまで手を伸ばすようになった。

「そんなに読んでると脳味噌が溶けるぞ」

「平気です。鉄と同じで、一度溶かした方がいいんです。再成形するにはそれしかないでしょう」

深夜、突然の特赦放免の知らせは、二人を「深い闇の中に突然の暁光が差す」喜びで包んだ。

「先生、おふくろに手紙を書きました。もう死んでるかもしれませんが」

明治十六年（一八八三）一月八日早朝、陸奥と三浦は、由良守応《もりまさ》が自ら御して迎えに来たオムンボス（三頭立て四輪馬車）に乗って仙台を出発した。奥州街道に雪が舞う。二日後の昼過ぎ、桑折宿《こおりじゅく》に差し掛かる。

桑折は奥州街道と羽州《うしゅう》街道（七ケ宿《しちかしゅく》街道）の合流点である。五年前、東京から護送されて来た陸奥たちは、桑折から羽州街道を取って山形へ向かった。

突然、三浦が声を上げた。

「囚人護送の列が来ますよ。おお、あれは我々じゃないですか！」

その隊伍が桑折で分かれて、羽州街道の峠道をとぼとぼと登って行く。

陸奥は思わず噴き出して、

「よく見なさい。あれは鍬や鎌を担いだ百姓の群れだよ」

と言った。

陸奥は、今夜は下総古河《しもうさこが》、翌日は千住で出迎えられ、麹町の津田出《いづる》邸でも盛大な祝宴が催される予定であることを、あらかじめ知らされていた。

しかし、彼の心が浮き立つわけではない。列席する人々の中に、監部《かんぶ》密偵が紛れ込んでいるのは目に見えている。

彼は特赦放免の報を受けてから、来し方行く末について考えるうち、あるアナロジーに気付いた。彼は藩閥政府に対する批判と怒りから、立志社の杜撰《ずさん》な目論見に加担し、のちにその行為を「愚状」と呼ばざるを得なくなったのだが、薩長閥の勢威を恐れ憎む気持と、西欧列強の脅威に怯え反発する心情とは似ていないかと思ったのである。

そして今後、弱小国家日本が国力を増して行くなら、現在の西欧やロシアとの力関係を「転覆」する「計画」を立て始めたりはしないだろうかと想像し、その「愚状」を避ける道を見つけることに、政治家としての死命を賭けるべきではないかと思い定めたのだった。

その後、暗誦している龍馬の名言が頻りと彼の脳裏に浮かんだ。


人苟《いやしく》も一個の志望を抱けば、常に之を進捗《しんちょく》するの手段を図り、苟も退屈の弱気を発す可からず、仮令《たと》い未だ其目的を成就するに至らざるも、必ず其之《そのこれ》に到達すべき旅中に死すべきなり、故に死生は到底之を度外に置かざる可からず。

陸奥は、「故に死生は到底之を度外に置かざる可からず（故に死生は、度外視しなければならない）」と呟き、肺疾を無視して生きる決意を固めた。

今朝方から降っていた雪が止み、青空が広がった。四輪馬車の車窓からは、果樹園の連なりが見える。陸奥は古河で待つ家族の顔を思い浮かべようとして、子供たちの顔を忘れていることに気付いた。

エピローグ　陸奥小伝

四年四カ月の獄中生活とそれに続く一年九カ月の外遊の時期は、陸奥の壮年期の只中にあって長い空白を作るが、また彼の五十四年の生涯の前後半を分水嶺の如く分割する。我々は彼の前半生を「青春」として辿って来た。

その「青春」の掉尾《ちょうび》に位置するのが獄中生活だが、彼はその獄中で、難解をもって知られる千ページに及ぶベンサムの主著『道徳および立法の諸原理序説』の全訳に取り組み、完成稿を仕上げて、出獄後『利学正宗』（上下巻）として刊行した。

当時のヨーロッパの先進的な思想とその書物を日本語に翻訳する困難さには、我々の想像を超えるものがあった。何故なら我々は当初、例えば〝novel〟にどのような日本語（その多くは漢語だが）を当てれば良いのか、ひたすら当惑した。この言葉に〝小説〟という訳語を当てたのは、坪内逍遥である。

では〝utility〟は？　現在は「効用」、「功利性」と訳されるが、最初にベンサムを翻訳し、陸奥が序文を寄せた島田三郎の『立法論綱』では「実利」とされている。

大正・昭和初期の東京帝大教授でカント研究の先駆者桑木厳翼《げんよく》は、陸奥の訳業を称讃して、

「今此書を通読すれば、固《もと》よりその文体は今日の趣味に合しない所もあり、訳語等も現時廃朽に属するものもあるが、然し其の訳文は極めて明晰暢達《ちょうたつ》で頗《すこぶ》る理会し易く、其の漢学の素養は訳文に一種の風趣を与えている。（……）殊に一驚を喫したのは、開巻第一に当為（What we ought to do）という語の存することである」（桑木厳翼『明治の哲学界』・傍点作者）

陸奥は功利主義の思想ばかりでなく、ジョン・スチュアート・ミルやモンテスキューなどの自由思想に加え、父の許で少年時代から学んだ『春秋左氏伝』からの抜萃集「左氏辞令一斑」を獄中で編んだ。当時の日本を取り巻く国際情勢を「春秋列国」になぞらえ、その渦中に置かれた日本の国内もまた「春秋列国」の世界そのものだという認識からである。

陸奥はその序文に、

仲尼《ちゅうじ》（孔子）曰く、志之《こころざしこれ》有り、言《げん》を以て志に足り、文を以て言に足る、言はざれば誰か其志を知らんや、言の文無ければ、行けども遠からずと。

と記して、「礼文《れいぶん》修辞」の習得の必要を強調する。

彼は更に考察を進めて、

抑《そもそ》も政治なるものは術《アート》なり、学《サイエンス》にあらず。故に政治を行う人に巧拙《スキール》の別あり。巧《たくみ》に政治を行い巧に人心を収攬《しゅうらん》するは、即ち実学実才ありて広く世務に練熟する人に存し、決して白面書生机上の談の比にあらざるべし。亦た立憲政治は専制政治の如く簡易なる能わず。

「理念」と「権力」という二つの要素を結び付ける契機こそ技術《アート》である、と陸奥は言う。陸奥における〝政治〟の発見であり、政治家陸奥の誕生である。

彼は、「政府転覆計画」において、立憲政治という理念の「現実性（正当性）」と計画・手段の「非現実性」の間に穿たれた陥穽に墜落した。その陥穽の隠喩とも言える獄中において、ベンサムの翻訳、読書と思索、三浦介雄を始めとする様々な境遇の囚人たちとの交流を通して、思想的充実と人間的な幅の広がりを獲得した。

――三浦は出獄後、高知・沖の島に帰ったが、既に母は亡くなっており、母の位牌と対面した。その隣には、三浦自身の位牌が置かれている。彼は足早に島を立ち去り、その後の消息は杳《よう》として知れない。

明治十六年（一八八三）一月、陸奥は特赦にあって出獄すると、翌年四月、伊藤博文の慫慂《しょうよう》で外遊に出発する。ニューヨークを経由して七月八日、ロンドンに到着した。

以後、ロンドン（ケンブリッジ）、ベルリン、ウィーンにおける一年九カ月は、「技術《アート》」を修得し、それを鞏固《きょうこ》・精緻にするための勉学・研鑽に費される。当時のウィーン駐在日本公使西園寺公望《きんもち》は「陸奥氏の勉強は実に驚く可し」と伊藤博文への手紙で述べ、感嘆措能《おくあた》わずとしている。その勉強ぶりと成果を実証するのが、千ページに及ぶイタリック体の英文で書かれた七冊の限り無く美しいノートである。我々はその現物を、横浜市にある神奈川県立金沢文庫で見ることが出来る。起死回生を賭けた彼の思いが、ひしひしと伝わって来る。

ノートは、イギリス下院書記官長（事務総長）アースキン・メイ、ケンブリッジ大学政治学講師トマス・ワラカー、ウィーン大学の碩学《せきがく》シュタイン教授などから集中的に個人教授を受けた時のものである。因みに、その二年前、明治十五年から十六年に掛けて、憲法調査のためヨーロッパへ外遊した伊藤博文も、二カ月にわたってシュタインの個人教授を受けている。

ノートは、「責任内閣制」「国際法」「イギリス憲法の歴史」「代議士の選出」「憲法の改正」「政党の規律と党員の行動」「選挙区に対する代議士選出権の停止」「政党」「小選挙区制」「議会の財政」「代議士の俸給」など立憲政治に関わる多岐にわたる問題が、陸奥とメイ、ワラカー、シュタインとの質疑応答のかたちで綴られている。

白眉は、陸奥の最大の関心事である立憲政体と責任内閣制（内閣の存立が、議会の信任を得ることを必須条件とする制度）をめぐるワラカーとのやりとりである。立憲制と責任内閣制は不可分の関係にあるもの、いやあるべきものと考える陸奥は、彼の方からワラカーに質問を投げ掛ける。

「責任内閣制を欠いた立憲政体を採用することの意味はどこにあるのか？」

ワラカーは答える。

「日本のような国の場合、責任内閣制に基づく政体を直ちに採用出来るかどうか、疑わしい。イギリスの場合、それが成立するまでに二百年掛かっている。もしこの制度が採用された場合、必ず王室の権威の減少を招き、最高権力は次第に立法府のうちの国民によって選出される部分、即ち代議士によって掌握されることになる。つまりミカド（天皇）は、自分の権力のうちの非常に重要な部分を内閣と代議士に譲り渡す用意がなければならない」

「その通りです」

　と陸奥は応じる。

「自由と平等の要求が人類の間で日に日に強まり、人間の知性もほとんど時々刻々進歩している今日、選挙権の拡大を求める叫びは高まる一方であり、それは普通選挙権を獲得するまで決して止むことはないでしょう。これは遅かれ早かれどこの国をも訪れる不可避な出来事であると思います。従って立憲政体の真髄は責任内閣制の採用にあるのだから、それによって、ミカドの大権が大幅に減少することも止むを得ないし、むしろそういう事態が起こらなければ、そもそも立憲制を採用する意味はどこにあるのかと考えます」

　我々が思い出すのは、この時より丁度二十年前の元治元年（一八六四）七月に起きた些細な出来事である。

　下関海峡の封鎖を続ける長州藩に対する攻撃に先駆けて、偵察の目的で派遣された軍艦バロッサ号に通訳として乗り組んだアーネスト・サトウ（この艦には、藩の危急を聞き、イギリス留学を切り上げて帰国した伊藤俊輔と志道聞多《しじもんた》（井上馨《かおる》）が乗っていた！）は、任務を終えての帰途、神戸沖で急遽カッターを降ろして、海軍操練所にいる陸奥（小二郎）を訪ねた。

「ローザ・マルチフローラはどう？」

　と小二郎は高岡の庭から英国公使館に移植したノイバラについて訊ねた。

「今年、初めて小さな花芽を付けたよ。コジロウ、一つだけ訊きたい。日本人はみな尊王なのか？　そしてコジロウ、君は？」

小二郎が答を躊躇《ためら》ううち、帰船の時間が来た。小二郎は、その答を二十年後、ケンブリッジでワラカーに向けて発したのである。


明治十七年（一八八四）十一月、ケンブリッジの陸奥に母政子の訃報が届いた。行年《ぎょうねん》七十六歳だった。様々な思い出が脳裏を駆けめぐったが、所払いになって流浪中、蒿塚に潜り込んで初めて母の側で眠った夜の記憶がまざまざと甦り、陸奥は我知らず、

「雪が降っていた」

と呟いた。

陸奥は、ロンドンから妻の亮子にポートレイトを送るよう手紙を書いている。


御身の写真も御つかわし、しかしいそぎ申さず候まま、よく出来候よう上手の写真家にて御うつしなさるべく、西洋服の半身の方がよろしかるべし。（明治十七年六月十六日付）

母の訃報と前後するようにして、美しく仕上がった亮子の写真が届く。

写真御つかわし、久しぶりにて相見し心地してうれしく存じ候。（……）宿の老婦人の申し

候には、御身の写真はそのおもかげ我に似ているゆえ妹にあらざるやなど申し候。何にても写真はよく出来ており候。（明治十七年十一月）

この亮子夫人のポートレイトもまたノート同様、現在見ることが出来る。亮子夫人の美貌については、アーネスト・サトウがその日記に記している。

陸奥が外遊を終えて帰国したのは明治十九年（一八八六）二月だが、その半年後の七月、当時バンコク総領事だったサトウは夏の休暇を日本で過ごしていた。彼は、お気に入りの日光から渡良瀬川渓谷沿いに旅を続けている途中、足尾に来合わせていた後藤象二郎、渋沢栄一、陸奥の家族一行と偶然出会った。陸奥の次男潤吉（先妻蓮子の遺児）が、足尾銅山の経営者古河市兵衛の養子になっていた縁である。

アーネスト・サトウは陸奥との交流は長いものの、亮子とは初対面である。

陸奥の二度目の夫人、若くてたいへんな美人、すずしい目とすばらしい眉 Mutsu's second wife, a very pretty young woman, with fine eyes and splendid eyebrows.（アーネスト・サトウの日記、明治十九年七月三十一日）

陸奥の帰国時の内閣は、第一次伊藤内閣である。外務大臣は井上馨（志道聞多）。かつての〝三銃士〟が期せずして顔を揃えた。

明治二十一年（一八八八）、陸奥は駐アメリカ特命全権公使に任ぜられ、ワシントンに家族と共に赴任する。亮子との間に、長女清子《さやこ》が生まれていた。

ワシントンではメキシコとの修好通商条約の締結、アメリカとは不平等条約改正に着手する。ワシントンの社交界では、亮子夫人の写真が新聞に掲載され、しばしば話題となる。

明治二十三年（一八九〇）に帰国。内閣は変わって、山縣有朋内閣である。山縣は陸奥を農商務大臣に据えようとするが、天皇は「政府転覆計画」に加担した過去を持つ陸奥の大臣就任に疑念を抱いた。この時点でも、やはり過去は彼を執拗に追い掛けて来る。

山縣は陸奥の能力を楯に説得を試みて、天皇は不承不承勅許した。

陸奥は、農商務省では「剃刀大臣《カミソリ》」の異名を取るほどの辣腕を奮うが、その右腕となったのが原敬《たかし》である。

原は陸奥より十二歳下、盛岡藩出身の東北人で、天津領事、パリ駐在書記官などを務めたあと帰国、休暇で東北旅行中（明治十四年九月）、仙台に立ち寄り、宮城県監獄を視察した際、囚人姿の陸奥を目撃しているが、言葉は交わさなかった。その二人が、今や最も信頼し合う上司と部下の関係になった。原は陸奥によく仕え、立憲民主政府の実現という志を共有する。

明治二十三年七月、第一回衆議院選挙が行われ、陸奥は農商務大臣のまま和歌山一区から立候補し一位当選、二区から出馬した、和歌山における陸奥の最大の支援者で自由民権運動家の児玉仲児《ちゅうじ》も一位当選を果たした。

明治二十五年（一八九二）農商務大臣辞任、枢密院顧問となる。この年、王子西ヶ原《にしはら》に広い土地を購入し、新しい自邸の建築に取り掛かった。江戸中期「西ヶ原牡丹屋敷」と呼ばれた牡丹屋太右衛門の別荘（牡丹園）があった場所で、現在、「旧古河《ふるかわ》庭園」として残る。

同年八月、第二次伊藤内閣成立。陸奥は外務大臣として入閣、原敬を重要ポスト、通商局長に就け、外務次官には林董《ただす》を。

外務大臣としての陸奥の最大の任務は、イギリス、アメリカなど列強六カ国との不平等条約の改正と法権の回復（領事裁判権の撤廃）だった。

――陸奥はかつて宮城県監獄時代、獄舎で三浦たちにせがまれて、未整理の外交文書の中から拾い上げたイギリス人の家鴨《あひる》撃ちの逸話を例に、治外法権について解説したことがある。

明治二十六年（一八九三）一月、亮子との間に生まれた長女清子《さやこ》を腸チフスで亡くす。二十一歳の若さで、結婚話も進んでいた矢先だった。亮子の嘆きは計り知れず、以来床に臥しがちになる。

翌二十七年七月、日英通商航海条約締結、領事裁判権も撤廃。十一月アメリカ、十二月イタリア、翌二十八年ロシア、二十九年ドイツ、フランスと交渉が続く。こうして不平等条約改正交渉は、陸奥の外交術（アート）と最側近の原敬の活躍も相俟って、おおむね成功に導かれる。

だが、その間、朝鮮で東学党の乱（甲午《こうご》農民戦争）が起き、明治二十七年（一八九四）内乱に発展した。鎮圧のため朝鮮政府は清に派兵を要請するや日本も出兵。朝鮮の地位と権益をめぐって、日清の武力衝突が避け難い状況になる。伊藤はもともと対清協調路線だったが、陸奥は既に清との戦争を想定した外交方針を組み立てていた。

外務次官林董と陸奥の間で、次のようなやりとりがあった。

「大政治家は、門閥の背景がなければ、大抵は戦争の勝利によって台頭し、勢威を奮ったもんです」

林の言葉に陸奥はしばらく腕組みして俯いていたが、陽光の翳《かげ》った窓の方を向くと、

「情勢は春秋列国だからね……、やってみようか」

と答えた。

開戦へと突き進む陸奥に対して、天皇の疑惑と不信が日毎に増幅する。大国清との戦争で本当に勝てるのか、不安でたまらず、動悸の早まりを抑えることが出来ない。

だが陸奥は怯《ひる》まず、伊藤も引き摺られるようにして開戦へと傾いて行った。

「今回の戦争は朕素《もと》より不本意なり」（『明治天皇紀』）

七月二十五日、豊島《ほうとう》沖海戦で清に勝利するや、八月一日付で宣戦布告。成歓《せいかん》の戦い、九月の平壌、黄海と交戦が続く。

十一月末、旅順陥落を機に、講和に向けた動きが本格化する。陸奥の〝開戦外交〟とは、戦況を見極めながら戦勝の対価として取れるものは全て取るという戦略である。朝鮮国公使となっていた井上馨がこれを支えた。陸奥はこの間、東京と大本営のある広島を頻繁に往復している。

翌明治二十八年（一八九五）四月十七日、日清双方の全権は、講和条約（下関条約）に調印する。朝鮮の独立、遼東半島・台湾・澎湖島《ほうことう》の割譲、二億両《テール》（約三億一千万円）の賠償金、日清間

の通商航海条約締結が定められた。

　しかし、その一週間後の四月二十三日、ロシア、フランス、ドイツの公使が揃って東京の外務省を訪れ、外務次官の林董に面会を求め、遼東半島の領有を放棄するよう要求した。

「遼東半島は満州の南端、外洋に開かれた要衝地で、特にロシアにとっては生命線となる地域、日本が手を出すべきではない」

　当時ロシアは、太平洋に向かって進出するための不凍港を何よりも手に入れたかった。

　この時、陸奥は激務の重なりで持病の肺疾が悪化し、兵庫・舞子《まいこ》で療養生活に入っていた。

　四月二十四日、広島大本営で御前会議が開かれ、伊藤は大蔵大臣松方正義と内務大臣野村靖を伴ない、その会議録を携えて翌日、舞子の陸奥を訪れた。その結論とは、三国の返還要求を拒絶し、イギリス、アメリカに協力を要請して、下関条約を改めて認めさせようという案である。

　それを聞いた陸奥は、憤然として床から起き上がった。

「日英同盟に期待している人は多い。が、しかし、それは認識が甘い。イギリスは、他人の憂いを自らの憂いとして人助けしようとするようなドン・キホーテではない。ここで彼らに救いを求めて、同盟国面《づら》されたら、国力の劣る日本は列強に折角の講和条約をズタズタにされるだけだ」

「どうすればいいんかね？」

「遼東半島を即、返還するんだよ」

に南へ向かって下る斜面を巧みに庭内に取り込んでいる。彼のたっての希望で、その境界を区切る金網のフェンスが設《しつら》えられ、テラス式庭園の石垣にはノイバラやモッコウバラが植えられて、無数の小さな蕾を付けている。

我々は小石川の医師高岡要の庭を初出として、たびたびこの日本の山野に自生する花について触れて来た。

路《みち》たえて香《か》にせまり咲くいばらかな　　蕪村

ノイバラの存在を初めてヨーロッパに紹介したのは、スウェーデンの医者、植物学者でリンネの弟子ツュンベルクである。江戸時代中期の安永四年（一七七五）にオランダの東インド会社の医師として来日し、『日本植物誌』を著した。（『バラの誕生』大場秀章　中公新書）

学名はその名を取って、Rosa multiflora Thunb。一八六二年、ノイバラの種子が初めてフランスに入ると、やがてこれがその後のヨーロッパの園芸つるバラの作出に欠かすことの出来ない野生バラとして珍重されることになる。

小二郎を初めとして、坂本龍馬も、桂小五郎、伊藤俊輔、アーネスト・サトウもウィリアム・ウイリスも、ノイバラの茂る高岡の庭を訪れたのである。

西ヶ原の庭のノイバラは、大量に自生する軽井沢の千ヶ滝から百株が植木屋によって運ばれ、栽植された。明治三十年（一八九七）のこの年は、六月の気温が低かったため、開花は八月にずれ込んでいた。

陸奥は、庭に張り出した館のテラスの寝椅子に体を横たえていた。隣に妻の亮子がいる。たった今、後藤象二郎危篤の報が齎《もたら》されたばかりだ。陸奥は、後藤について語り残しておきたいことがある。生憎《あいにく》、書生の片木は外出中で、陸奥は亮子の方を向いて語り掛けた。

「筆記、やってもらえるかね」

「わたくしに出来るかしら……」

女中に筆記用具を持って来させる。

陸奥が口述する。


……土佐の藩士後藤象二郎が、征夷大将軍徳川慶喜を勧誘して、其二百五十年来占有の政権を京都の朝廷に上らしめんとしたるは、昨日の事と思へしに、今は早や三十年前の昔日談となり、其事蹟の主人公たる後藤伯も六十年の星霜に打たれ、新聞紙は往々其余命幾何《いくばく》もなからんとするを報ず。夫《そ》れ西郷は城山の露と消へ、大久保は空しく墓標を清水谷に止《とど》め、木戸の名また語るものなく、維新の風雲を鼓動したる者、多くは頽敗《たいはい》老衰、僅かに三四を止むるに方《あた》りて、此報に接す。

慣れない筆記作業に書き泥《なず》む亮子を、陸奥は優しく振り返り、言葉を止めた所まで書き進むのを待つ。
陸奥は、かつて後藤と自分が「夕顔」の甲板上で、風浪に翻弄されながら、坂本龍馬が朗々と誦《ず》した「船中八策」に耳を傾けた夜のことを想起する。陸奥はそれを一言一句漏らさず覚え切って、のちに浄書したのだ。彼は口述を続ける。

（……）坂本は近世史上の一大傑物にして、其融通変化の才に富める、其識見議論の高き、其他人を誘説感得するの能に富める、同時の人、能く彼の右に出るものあらざりき。後藤伯が其得意の地にあり乍ら、其旧敵坂本を求めたるは……

「今日はここまでにしようか」
この口述筆記「後藤伯」は、雑誌「世界之日本」第十八号（明治三十年）に掲載された。陸奥の絶筆である。

八月に入った。陸奥の衰弱は著しい。伊藤、山縣、西園寺らの見舞いの使者が、引きも切らず訪れる。
八月十二日からは、原敬が連日、陸奥の許にやって来た。原は陸奥の外務大臣辞任後、外務次官から朝鮮公使に転じた。しかし、所を得ず官を辞し、大阪毎日新聞の編集長への転職が決まった。陸奥はこれを喜んで、大いに言論をやりたまえ、と励ました。

十四日は薬を飲んで寝ており、原は面会出来なかった。十六日、原が訪ねると、どうしても会いたいと、亮子と看護婦に両脇を抱えられながらテラスに出て来た。ノイバラ、モッコウバラが花開き、庭中にその香りが漂う。ティーテーブルに、ロールパンと紅茶が供された。

（……）故に無益に長談して伯の疲労を増し、又互に悲傷の情を加うるに忍びざるに因り、何《い》ずれ来月初めに（大阪へ）出発することなれば、其前には屢々《しばしば》参上御見舞致すべし、との一語を遺して別を告げ、室外に出たり。将に階を降らんとする時、伯再び余を呼ぶと云うに付室に入りたるに、

伯云く、彼地に行きて施すべき方略に付ては、尚お聞きに来たまえと。（……）蓋し伯は尚お余に語らんと欲するものの如く、余と別るることを頗る厭うの情は容貌に現わる。（……）余の長談は家人も欲せざるべしと思うに付、忍んで別を告げたり。（『原敬日記』）

その八日後の八月二十四日、陸奥はこの日もテラスの寝椅子に横たわっていた。傍らに亮子と看護婦が付き添う。

白い層状雲が空全体に立ち籠めている。蜩《ひぐらし》が鳴いた。陸奥は閉じていた瞼を開いて、下方に広がる庭園に視線を投げ掛けた。その時、ヤマボウシとノイバラの茂みに覆われたフェンスの背後を、旅姿の坂本龍馬がゆっくり通り過ぎ、彼の視界から消えて行った。

陸奥の口から微かな溜息が漏れた。亮子が、あゝと小さな声を上げて立ち上がる。

明治三十年（一八九七）八月二十四日、午後三時四十分、陸奥は五十四年の波瀾に満ちた生涯を閉じた。

補遺一

伊藤博文は、陸奥の死より十二年後の明治四十二年（一九〇九）十月二十六日、ハルビン駅頭で拳銃によって狙撃、暗殺された。犯人は朝鮮人安重根とされる。彼は、日本人検察官による最初の尋問で、職業を猟師と答えた。伊藤、享年六十八歳。

伊藤は明治十八年（一八八五）に内閣制度を創設し、第一次伊藤内閣を組閣したあと、明治憲法を制定し、二十五年第二次内閣では陸奥と二人三脚で日清戦争に対処した。明治三十一年（一八九八）、第三次内閣を組閣、三十三年（一九〇〇）、立憲政友会総裁となり、第四次内閣を組閣し、陸奥と共に夢見た立憲政治の実現に邁進した。

伊藤の立憲政友会の創立に参加し、陸奥、伊藤と続く立憲政治の構築に参画したのが原敬である。原はその衣鉢《いはつ》を継いで、平民宰相として日本初の政党内閣を組閣したが、大正十年（一九二一）、東京駅頭で凶刃《きょうじん》に倒れる。

時間を戻して、明治三十八年（一九〇五）十二月、元老で枢密院議長だった伊藤博文は初代韓国統監に就任する。初め彼は韓国併合に消極的だったが、その後、明治四十二年（一九〇九）四月、桂太郎首相、小村寿太郎外相に説得され併合に同意、政府はその方針を閣議決定した。

同年十月十四日、伊藤は日露戦争後の日本とロシアの協調を図る目的で、ロシア蔵相ココーフツォフとの会談のためハルビンに向かった。

伊藤は満州に旅立つ直前の十月十二日、横浜・大綱山荘《おおつなさんそう》に高島嘉右衛門を訪ね、易を立て旅の吉凶を占なって貰おうとした。

占筮《せんぜい》の結果高島は「艮為山《ごんいさん》」の三爻《さんこう》を得た。この卦《け》には「彼我《ひが》各々思想ヲ異ニシ互ニ親シム可《べか》ラザルノ時ナリ、故ニ艮《ごん》ノ時ニ当リテハ毫《わずか》モ希望ヲ起コス可ラズ」の意がある。

伊藤が易の告げるところを促すと、高島は、今度の満州行きを中止出来ないかと持ち掛けた。危険は承知の上です、と伊藤は答えた。

「では艮《ごん》の字の付く人間にお気を付けなせえ」

と高島は言って、伊藤を送り出した。

艮は很、恨、根に通じる。

十月十四日、伊藤は軍官、秘書官、医師らを従えて大磯から汽車で門司へ向かうが、途中、京都・東山に坂本龍馬、中岡慎太郎、木戸孝允の墓を、大阪・夕陽岡に陸奥宗光とその父伊達宗広の墓を訪れた。

十八日、大連に到着。伊藤にとって満州は初めての地である。二十日は旅順に行き、激戦地二百三高地、二龍山などの戦跡をめぐり、日本とロシア双方十数万人の戦死者を弔った。

二十六日午前九時、伊藤の乗った汽車は、ハルビン駅に到着した。

補遺二

アーネスト・サトウはシャム（タイ）、ウルグアイ、モロッコの領事を歴任したあと、明治二十八年（一八九五）、念願の全権公使に任命され、日本に戻って来た。三十三年（一九〇〇）、中国に公使として転じ、これを最後に六十三歳（一九〇六年）で外交官生活から隠退したあと、イギリス海峡ライム湾に近いオタリー・セント・メアリーに居を定め、八十六歳で亡くなるまで二十二年間ここで暮らした。この都市は、ロンドンから西南西へ汽車で四時間程の場所に位置する。サトウは赤レンガ造りの宏壮な二階建の館を建て、建物を囲む庭には、日本から取り寄せたヤマザクラやヤマボウシ、カエデ、青森のリンゴ（紅玉）の木などを植えた。牆《しょう》を廻《めぐら》した庭の境には、ノイバラやモッコウバラが縦横に蔓《つる》を伸ばして絡まり、あちこちで日本の笹の葉が風にそよいで鳴っていた。

日本ですごした長い歳月を思い出させてくれるので、わたしは自分の庭のためにできるだけ多くの日本の植物を手に入れたいと思う。（アーネスト・サトウの日記、一九〇七年十月三十一日）

彼はオタリー・セント・メアリーで、一九一九年（大正八）から翌一九二〇年にかけて、回想録『一外交官の見た明治維新』を執筆した。

彼には日本から連れて来た越後生れの本間三郎という従僕がいて、彼がサトウの死を看取った。本間は忠実無比な人物で、まるで象のように大きく、動きが鈍重だ、とサトウの息子（長男）武田栄太郎が母への手紙に書いている。

アーネスト・サトウはイギリスでは妻帯しなかったが、日本には所謂《いわゆる》〝日本人妻〟がいた。名を武田兼《かね》という。東京、三田伊皿子《いさらご》に住む、武家や外国公館御用達の高級指物師の娘であった。サトウより十歳下である。サトウとの間に女子、二人の男子が生まれたが、女子は早逝している。サトウは、九段・富士見町の武家屋敷を購入して母子を住まわせた。屋敷は関東大震災にもびくともせず、東京大空襲も免かれた。現在、法政大学が建っている辺りである。

サトウは日本を離れて、タイ、ウルグアイ、モロッコ、中国など日本以外の土地に勤務している間も、隠退後、オタリー・セント・メアリーで亡くなるまで、兼に生活費を送金し、日本語の手紙を書き続けた。

長男栄太郎はアメリカへ渡り、デンヴァーの近くで農園を営み、アメリカ人女性と結婚、肺病に罹患し、四十六歳で亡くなった。象のような三郎、という形容は、明治三十九年（一九〇六）、サトウがデンヴァーに息子を訪ねた際、栄太郎がその委細を東京の母に報告した手紙の中に登場する。

待ちに待つた御父上様もいよ〳〵去る二十六日に当地へ御いで相なると云ふことで、電報がきましたから、田舎からでんば（デンヴァー）へきてまつて居りまして、二十六日の朝六時半より起きて、田舎の垢をおとしたり、鬚をすつたり（……）御父上様への中食のものを買いなどして、やがて十時二十分、汽車がつくと云ふ停車場へまへりました処、汽車は十二時でなければつかぬと云ふ事、それで家へかへり、又十一時に出かけて行きまして、停車場へはへり、汽車のつくのをまち受けました。

（……）

父上様はまさか僕が停車場に居るとは思はぬから、大いにびつくり、停車場へでると手を握り合ふて、まあ大変色が黒くなつたねーと云ふ始末。それから（本間）三郎が象の様な風をしてでゝきました。

次男の久吉《ひさよし》は父に似て植物を愛し、登山を好んだ。サトウの要望に応えて、オタリー・セント・メアリーまで日本の苗木を送ったのは、少年時代の久吉である。彼は東京外語を卒業すると、父の招きでイギリスに留学する。

久吉の母への手紙。

本日四日朝（明治四十三年・一九一〇、四月）、父上様と一緒にデボン州のオッタリー・セント・マリーなる父上様の御家に参り候。朝十一時に汽車にのり候処、急行にて途中二、三ヶ所しか止まらず、午后の三時半頃着。停車場より徒歩にて十五分許りにて、町はづれの静かな所に、かねて絵葉書にて見覚えのあるボーモント・ハウスと申す煉瓦造りの家あり候。玄関をはいると、（本間）三郎が例の様にふとって出て来て、ンーと言ったきり。それから衣服を着かへて、御茶を飲んでから、一寸近所を散歩して、種々の草を集めて参り候。それから毎日毎日、雨が降らうと風が吹かうと、御父様と一緒に午后の二時半頃から山へ登ったり、谷へ下ったり、牧場を通ったり、野原を歩いたりして、色々面白い草を採集致し候。御父様の足の達者なのには驚く許り　モットユックリあるかうか等と言はるるには却って閉口に候。

（同年五月十八日付）

久吉はロンドンに戻り、キュー植物園で研究生活を始める。またイギリス王立理科大学やバーミンガム大学にも通う。

週末や休暇にはオタリー・セント・メアリーを訪ね、「雨が降らうと風が吹かうと」父と野原や丘陵を歩き回る。

久吉は六年間の留学生活を終え、帰国後は牧野富太郎に師事するなどして植物学者として名を挙げると共に、日本山岳会の創設者の一人となった。

久吉がイギリスを去った時点に戻ろう。

久吉は別れの挨拶のためにオタリー・セント・メアリーを訪ね、父と一夜を共に過ごす。

サトウの日記の筆致は感情に流されず、常に冷静だが、一月二十六日の記述は違う。
午後三時四十分の汽車で久吉は去っていった。われわれはふたたび会うことがあるだろうか。できることなら、わたしは久吉をイギリスに引きとめておきたい。しかし、カナダへの投資で損をしたことと、所得税が三シリング・六ペンス（つまり、税率十七・五パーセント）に増額されたために、わたしの収入がかなり減ってしまい、もはやかれを助けるために毎年二百ポンドわたしてやる余裕がなくなってしまった。それに久吉の母が非常にさびしがっていて、かれのかえりを待ちこがれている。

今日、久吉は日本へむけて旅立つはずである（一月三十一日）

サトウ七十二歳、久吉三十二歳の時である。
サトウの読書と原野の跋渉と庭いじりは、その後も変わることなく続いた。久吉を送り出した翌年、本格的にロシア語を習い始め、三年後には『戦争と平和』の原書を取り寄せて読む。

今日、トルストイの『戦争と平和』を読了。ずいぶんながい時間がかかった。（アーネスト・サトウの日記、一九二〇年二月二十日）

『戦争と平和』は大長篇だが、アーネスト・サトウは我々の主人公の中で誰よりも長く生きた。彼は一九二九年（昭和四年）八月二十六日、八十六歳で逝去。九月二十四日、彼の死を伝える手紙が本間三郎から武田兼の許に届いた。

サッソクヲシラセモヲシアゲマスルガ、サクネンノ六月二十三日十二ジ三十プンヨリ、ゴビヨウ（御病）ニテ、トヲネン（当年）ノ八月二十六日ゴゴ五ジ十八プンニヲナクナリマシタ。八月十日ヨリ、トコニヲヨリメサレテ、スコシモカラダガジヨウ（自由）ニナリマセナンダ。トコノナカニテ、ダイベン、チヨウズヲナサレテ、カンゴウフ（看護婦）ガフタアリ（二人）ツキトウシニテ、ヨルモネズバンニテ、フツカホドカラヒトノミワケ（人の見分け）ガデキマセナンダ。

シカシサイゴノヒノコト、ニワニオイデニナリタイトマオシマシテ lounge chair（寝椅子）ニウツシテ、ニワニオハコビイタシマスレバ、カネ（兼）サマヲオモイダサレテ、A very pretty young woman, with fine eyes and splendid eyebrows. トツブヤキナサレテ、のいばらノカホリノナカデイキヲオヒキトリナサレマシタ。八月三十日ニソヲレイ（葬礼）ヲイタシマシタ《ママ》。（八月二十八日　本間三郎）

サトウが死の直前に思い浮かべていた pretty young woman とは誰であろうか。その謎を解く鍵は、恐らく彼の日記の中に隠されている。我々は、彼が四十三年前、渡良瀬川渓谷で偶然稀に見る美貌の女性と出会い、更にその二十四年前、彼女の夫からノイバラの学名を教わった事実を思い起こす必要がある……。

参考文献

『山形獄中の陸奥宗光―獄中生活と民権思想の発達―』 柏倉亮吉 山形県文化財保護協会 一九五四年
『仙台獄中の陸奥宗光―陸奥宗光と水野重教―』 宇野量介 宝文堂 一九八二年
『林有造自歴談』 林有造 高知市立市民図書館 一九六八年
『坂本龍馬全集』(全一巻) 平尾道雄:監修／宮地佐一郎:編 光風社書店 一九七八年
『陸奥宗光』(上・下巻) 萩原延壽 朝日新聞社 一九九七年
『日本の名著(35) 陸奥宗光』 萩原延壽:編 中央公論社 一九七三年
『陸奥宗光 「日本外交の祖」の生涯』 佐々木雄一 中公新書 二〇一八年
『遠い崖――アーネスト・サトウ日記抄』(全十四巻) 萩原延壽 朝日文庫 二〇〇七―〇八年
『一外交官の見た明治維新』(上・下巻) アーネスト・サトウ／坂田精一:訳 岩波文庫 一九六〇年
『明治天皇 むら雲を吹く秋風にはれそめて』 伊藤之雄 ミネルヴァ書房 二〇〇六年
『伊藤博文 近代日本を創った男』 伊藤之雄 講談社学術文庫 二〇一五年
『天皇の世紀』(全十七巻) 大佛次郎 朝日文庫 一九七七―七八年

初出　日本経済新聞朝刊（二〇二三年三月一日～二〇二四年一月三十一日）

＊装丁写真は外務省研修所に設置されている陸奥宗光胸像を撮影したものです。

辻原登（つじはら・のぼる）

一九四五年和歌山県生まれ。九〇年「村の名前」で芥川賞、九九年『翔べ麒麟』で読売文学賞。『遊動亭円木』『許されざる者』『闇の奥』『韃靼の馬』『冬の旅』など著作多数。近刊に『卍どもえ』『隠し女小春』。二〇一六年、恩賜賞・日本芸術院賞。二二年、文化功労者。

陥《かん》穽《せい》
陸奥宗光の青春

二〇二四年七月十七日　第一刷
二〇二四年十月二十二日　第二刷

著者　辻原 登

発行者　中川ヒロミ
発行　株式会社日経ＢＰ
日本経済新聞出版
発売　株式会社日経ＢＰマーケティング
〒一〇五－八三〇八　東京都港区虎ノ門四－三－一二
印刷　錦明印刷
製本　大口製本
ISBN978-4-296-12016-1　Printed in Japan